Lezers en boekhandelaren over de eerdere delen van *De zeven zussen*

'Ik kan niet genoeg benadrukken hoe prachtig deze reeks is tot nu toe. Riley weet vanaf de eerste bladzijde telkens de lezer vast te grijpen en mee te nemen in een wonderbaarlijke reis naar het verleden. Door dit te combineren met het persoonlijke verhaal van een van de zussen, wordt de lezer heen en weer geslingerd tussen vroeger en nu en zijn de boeken met hun prachtige verhalen uit voor je het goed en wel beseft.' – Valerie

'Ik kreeg het boek getipt en kon niet stoppen met lezen totdat ik het uit had. Het is een mooi geschreven, makkelijk leesbaar en spannend verhaal, vol puzzelstukjes en interessante historische context.' – Megan

'Ik zat regelmatig op het puntje van mijn stoel, hoe loopt dit af? Het liefst had ik dit boek in één ruk uitgelezen, wat goed aangeeft hoe mooi en spannend het is. De emoties worden ook heel mooi beschreven. Ik kan je vertellen dat ik niet kan wachten om de volgende boeken ook te mogen lezen! Dit boek moet je echt gelezen hebben.' – Joyce Elise

'Zo af en toe heb je een juweeltje in handen dat je niet meer weg kunt [illegible] vier dagen had ik het uit, kreeg ik heimwee en nu verlang ik na[illegible] deel!' – Heleen, Boekhandel van der Me[illegible]

'Ik ben verkocht, het boek is in één woord GEWELDIG. [illegible] ontroerend. Een boek waarin je zelf de hoofdpersoon zou [illegible] Readshop Express Oranjerie

'Je moet van goeden huize komen om mij 600 pagina's lang geb[illegible]aten blijven en dat is precies wat er gebeurde bij *Storm*. Lucinda Riley is de koningin van de taal. Ik kan niet wachten op het derde deel.' – Judith

'*Storm* is een verhaal dat je echt even moet laten bezinken. De emoties zijn zo levend beschreven dat ze voelbaar zijn. De karakters zijn heel tastbaar neergezet. Je beleeft de reis naar het verleden van Ally mee, door de ontroerende en melodische schrijfstijl van Lucinda Riley. Dit boek zal me nog lang bijblijven, met tranen in mijn ogen en een diepe zucht sluit ik deze must read.' – Moon

'Het is onmogelijk om na deze boeken direct aan weer een ander boek te beginnen omdat deze verhalen nog lang in je hoofd 'nasudderen'! Het leest inderdaad als een trein.' – Marjan, Boekhandel Marjan Houtman

'Weer heb ik enorm genoten van de derde zus, heel mooi!!! Ik kan ze niet wegleggen. Het moet… maar ik kan niet wachten op het verhaal van CeCe!' – Saskia, Boekhandel de Drvkkery

'Steeds weer kan ik mezelf onderdompelen in en laten meeslepen door de verhalen van Lucinda Riley. Meeslepend, verslavend en ontroerend.' – Bregje

Ook verschenen van Lucinda Riley bij Xander Uitgevers

De zeven zussen (2017)
De zeven zussen – Storm (2018)
De zeven zussen – Schaduw (2018)
De zeven zussen – Parel (2018)
De zeven zussen – Maan (2019)

De nachtroos (2018)
De olijfboom (2019)
Het meisje op de rots (2019)
De lavendeltuin (2019)
Het Italiaanse meisje (2019)

Lees meer over Lucinda Riley en al haar boeken
op www.lucindariley.nl

LUCINDA RILEY

De zeven zussen
Zon

Electra's verhaal

XANDER

Uitgegeven door Xander Uitgevers BV
Hamerstraat 3, 1021 JT Amsterdam

www.xanderuitgevers.nl

Oorspronkelijke titel: *The Sun Sister*
Oorspronkelijke uitgever: Pan Macmillan
Vertaling: Dieuwke van der Veen, Kees van Weele, Irene Goes en Anne Jongeling
Omslagontwerp: zero-media.net, Munich
Belettering: Studio Marlies Visser
Omslagbeeld: Getty Images, Mauritius Images
Auteursfoto: Boris Breuer
Zetwerk: Michiel Niesen, ZetProducties

Eerste druk 2020
Tweede druk 2020

ISBN 978 94 0161 103 9 | NUR 302

Voor Ella Micheler

Sommige vrouwen zijn bang voor vuur,
andere vrouwen wórden het…
– R.H. Sin

HOOFDPERSONEN

Atlantis
Pa Salt, adoptievader (overleden)
Marina (Ma), verzorgster van de zussen
Claudia, huishoudster op Atlantis
Georg Hoffman, Pa Salts advocaat
Christian, de schipper

De zusjes D'Aplièse
Maia
Ally (Alcyone)
Star (Asterope)
CeCe (Celaeno)
Tiggy (Taygete)
Electra
Merope (afwezig)

ELECTRA

NEW YORK, MAART 2008

1

'Ik kan me niet herinneren waar ik was of wat ik deed toen ik hoorde dat mijn vader was overleden.'

'Oké. Wil je dat verder onderzoeken?'

Ik keek eens goed naar Theresa. Zoals ze daar zat in haar leren oorfauteuil deed ze me denken aan de zevenslaper bij het theekransje in *Alice in Wonderland*, of aan een van zijn muizige vriendjes. Achter haar ronde brilletje knipperde ze regelmatig met haar ogen en ze hield haar lippen permanent op elkaar geperst. Onder haar knielange tweed rok stak een stel fraaie benen, en ze had mooi haar. Als ze wilde, kon Theresa knap zijn, concludeerde ik, maar behalve dat ze intelligent wilde overkomen, was ze niet in uiterlijkheden geïnteresseerd.

'Electra? Ik raak je weer kwijt.'

'Ja, sorry, ik zat heel ergens anders met mijn gedachten.'

'Zat je te denken aan wat er door je heen ging toen je vader overleed?'

Ik kon Theresa moeilijk vertellen wat er echt door me heen ging, dus ik knikte ernstig. 'Ja, dat klopt.'

'En?'

'Ik kan het me echt niet meer herinneren. Sorry.'

'Het lijkt erop dat je boos bent omdat hij dood is, Electra. Waarom was je boos?'

'Dat ben ik niet... Dat was ik niet, ik bedoel, ik kan het me niet herinneren, echt niet.'

'Je herinnert je niet hoe je je op dat moment voelde?'

'Nee.'

Ze krabbelde iets op haar notitieblok, waarschijnlijk iets als 'weigert dood vader te verwerken'. Dat had de vorige psycholoog tegen me gezegd, terwijl ik er juist heel erg mee bezig was. Ik was er in de loop der jaren achter gekomen dat die lui maar al te graag wilden ontdekken waarom mijn leven zo'n puinhoop was, en als ze die oorzaak eenmaal hadden, beten ze zich erin vast als een muis in een stuk kaas en bleven ze eraan knabbelen tot ik ze gelijk gaf en maar wat onzin uitkraamde om ze tevreden te stellen.

'En hoe staat het met je gevoelens voor Mitch?'

Als ik had gezegd wat er bij me bovenkwam als ik aan mijn ex dacht, had Theresa vast en zeker haar mobieltje gepakt en de politie gewaarschuwd dat er een krankzinnige vrouw vrij rondliep, die de ballen van een van de beroemdste rocksterren eraf wilde schieten. In plaats daarvan glimlachte ik liefjes.

'Goed hoor. Ik ben eroverheen.'

'De vorige keer was je erg boos op hem, Electra.'

'Ja, maar het gaat nu prima, echt.'

'Nou, dat is goed nieuws. En je drankgebruik, hoe staat het daarmee? Iets beter onder controle?'

'Ja hoor,' loog ik weer. 'Luister, ik moet nu echt rennen, ik heb een bespreking.'

'Maar we zijn pas halverwege de sessie, Electra.'

'Ik weet het, heel jammer, maar zo gaat het nou eenmaal.' Ik stond op en liep naar de deur.

'Misschien heb ik later deze week nog een gaatje voor je. Loop voor je weggaat even bij Marcia langs.'

'Zal ik doen, bedankt,' zei ik, met de deur al bijna achter me dicht. Ik liep Marcia straal voorbij en koerste naar de lift. Die kwam bijna onmiddellijk, en terwijl ik omlaag zoefde, sloot ik mijn ogen – ik háátte besloten ruimtes – en leunde met mijn voorhoofd tegen het koele marmer.

Jeetje, dacht ik, wat is er met me aan de hand? Ik ben zo ver heen dat ik zelfs mijn therapeut de waarheid niet kan vertellen.

Je schaamt je te erg om wie dan ook de waarheid te vertellen, en al zou je dat doen, zou ze het dan begrijpen, bracht ik daartegen in. Ze woont natuurlijk in zo'n mooie *brownstone*, met een man die advocaat is, twee kinderen, en een koelkast vol schattige magneetjes met hun artistieke prestaties. O ja, voegde ik eraan toe, terwijl ik achter in mijn limo stapte, en boven de bank zo'n misselijkmakende, enorm uitvergrote foto van paps en mams met de kids, het hele gezin gehuld in bij elkaar passende denim shirts.

'Waarheen, *ma'am*?' vroeg de chauffeur via de intercom.

'Naar huis,' blafte ik, en ik griste een flesje water uit de minikoelkast, voordat ik in de verleiding zou komen de alcoholische opties te verkennen. Ik had migraine, daar kon geen pijnstiller tegenop. Het was even over vijven 's middags. Het was een geweldig feestje geweest de vorige avond, althans wat ik me ervan kon herinneren. Maurice, mijn nieuwe ontwerpersvriendje, was in de stad en kwam met een paar New Yorkse maatjes langs voor een drankje, en die maatjes hadden weer andere maatjes gebeld... Ik kon me het moment dat ik in bed stapte niet herinneren, en ik was dan ook verbaasd bij het wakker worden een onbekende naast me aan te treffen. Maar het was wel een mooie onbekende, en toen we onze fysieke kennismaking hadden hernieuwd vroeg ik hoe hij heette. Fernando was pakjesbezorger voor Walmart in Philadelphia tot hij een paar maanden geleden de aandacht van een mode-inkoper had getrokken, die hem had aangeraden een vriend bij een New Yorks modellenbureau te bellen. Fernando verklaarde dat hij graag snel een keer met mij over de rode loper wilde lopen, maar door schade en schande wijs geworden wist ik dat een foto van mij aan de arm van Mister Walmart hem een bliksemcarrière zou bezorgen, dus ik wist niet hoe snel ik hem de deur uit moest krijgen.

En als je mevrouw Zevenslaper nou eens de waarheid had verteld, Electra? Als je nou eens had toegegeven dat je gisteravond door de coke en de alcohol zo totaal van de wereld was dat je met de Kerstman naar bed had kunnen gaan zonder dat je er erg in had? En dat het niet vanwege je vaders dood was dat je absoluut niet over hem wilde praten, maar omdat je wist dat hij zich voor je zou schamen, omdat hij zich voor je hád geschaamd?

Toen Pa Salt nog leefde, wist ik dat hij niet kon zien waar ik mee bezig was, maar nu hij dood is, is hij op een of andere manier alomtegenwoordig. Hij had er gisteravond bij kunnen zijn in mijn slaapkamer, hij kon op dit moment zelfs naast me in de limo zitten...

Ik gaf me gewonnen, pakte een miniflesje wodka en goot de inhoud naar binnen om Pa's teleurgestelde blik tijdens onze laatste afspraak voordat hij doodging te vergeten. Hij was me in New York komen opzoeken omdat hij me iets wilde vertellen. Ik had hem tot de laatste avond weten te ontwijken, tot ik er met tegenzin mee had ingestemd ergens te gaan eten. Toen ik bij Asiate, een restaurant tegenover Central Park, arriveerde stond ik al stijf van de wodka en de coke. Ik zat de hele tijd als een zombie tegenover hem, en elke keer als hij een gesprek begon waar ik niet op in wilde gaan, excuseerde ik me om naar de wc te gaan en daar nog een stoot cocaïne te nemen.

Toen het dessert was geserveerd, had Pa zijn armen over elkaar geslagen en me rustig aangekeken. 'Ik maak me grote zorgen om je, Electra. Je maakt een volkomen afwezige indruk op me.'

'Je hebt geen idee onder wat voor druk ik sta,' had ik hem toegebeten. 'Je moest eens weten hoe zwaar het is om Electra te zijn.' Tot mijn schande moet ik bekennen dat ik maar vage herinneringen heb aan wat er vervolgens gebeurde of wat hij zei, ik weet alleen dat ik opstond en wegliep. Ik zal dus nooit te weten komen wat hij me had willen vertellen.

Wat kan het je schelen, Electra, zei ik tegen mezelf, terwijl ik mijn mond afveegde en het lege flesje in een van mijn zakken stopte. De chauffeur was nieuw, en ik zat niet te wachten op een verhaal in de pers dat ik de minibar soldaat had gemaakt. Hij is niet eens je echte vader.

Bovendien kon ik er toch niets meer aan veranderen. Pa was dood, net als iedereen van wie ik ooit had gehouden, en ik moest verder met mijn leven. Ik had Pa niet nodig, ik had niemand nodig...

'We zijn er, ma'am,' zei de chauffeur door de intercom.

'Bedankt, blijf maar zitten,' zei ik, en ik stapte uit en deed het portier achter me dicht. Wáár ik ook kwam, ik moest altijd zo onopvallend mogelijk uitstappen. Andere beroemdheden konden zich vermommen en zonder problemen in het buurtrestaurant gaan eten, maar met mijn ruim een meter tachtig konden ze mij in een mensenmassa onmogelijk over het hoofd zien, ook als ik niet beroemd zou zijn.

'Ha, Electra!'

'Tommy,' zei ik, en het lukte me te glimlachen terwijl ik onder de overkapping door naar mijn appartementengebouw liep. 'Hoe gaat-ie?'

'Al een stuk beter nu ik jou zie. Fijne dag gehad?'

'Ja, geweldig, dank je,' zei ik met een knikje, terwijl ik letterlijk neerkeek op mijn allergrootste fan. 'Ik zie je morgen, Tommy.'

'Zeker weten, Electra. Je gaat niet uit vanavond?'

'Nee, het wordt een rustig avondje thuis. Tot ziens,' zei ik, en ik zwaaide naar hem en ging naar binnen.

Hij houdt in elk geval wel van me, peinsde ik, terwijl ik mijn post ophaalde bij de conciërge en naar de lift liep. De portier bracht me naar boven, omdat het nou eenmaal zijn werk was, en even overwoog ik hem mijn sleutels te overhandigen omdat dat mijn enige bagage was. Onderweg naar boven dacht ik na over Tommy. Hij hield sinds een paar maanden bijna dagelijks de wacht voor het gebouw. In het begin had ik daar de zenuwen van gekregen en de portier gevraagd hem weg te sturen. Maar Tommy had voet bij stuk gehouden en gezegd dat hij alle recht had om op de stoep te staan, dat hij daar niemand mee lastigviel, en dat mij beschermen het enige was wat hij wilde. De conciërge had me aangeraden de politie te bellen en aangifte wegens stalken te doen. Maar ik had hem een keer naar zijn volledige naam gevraagd en was vervolgens hem gaan stalken op internet. Ik ontdekte op Facebook dat hij een oorlogsveteraan was, dat hij in Afghanistan medailles voor dapperheid had gekregen, en dat hij een vrouw en dochter in Queens had. Sindsdien voelde ik me niet langer bedreigd door Tommy, maar gaf hij me een veilig gevoel. Bovendien was hij altijd beleefd en respectvol, dus had ik de conciërge gevraagd hem met rust te laten.

De portier stapte de lift uit en liet me passeren. Vervolgens voerden we wat danspasjes uit, waarbij ik een stap achteruit moest doen, zodat hij me voor kon gaan naar mijn penthouse om met zijn eigen loper de deur voor me te openen.

'Zo, u bent er, Miss D'Aplièse. Fijne dag nog.' Hij knikte me met een kille blik toe. Ik wist dat het personeel hier me het liefst in rook uit de niet-bestaande schoorsteen zag opgaan. De meeste andere bewoners woonden hier al als foetus in hun moeders buik, in een tijdperk waarin iemand als ik, een vrouw met een donkere huidskleur, het 'voorrecht' genoot hun dienstbode te zijn. Ze waren stuk voor stuk eigenaar-bewoner, terwijl ik het boertje van buiten was: ik was 'maar' huurder, zij het een rijke huurder, en dan ook nog omdat de zoon van de vorige bewoonster, een oude dame, na haar overlijden het appartement had gerenoveerd en vervolgens voor een exorbitante prijs te koop had gezet. Zonder succes, als gevolg van wat ze de subprime-crisis noemden, zodat hij het wel moest verhuren, aan de hoogste bieder: ik dus. De huur was waanzinnig hoog, maar het appartement was even waanzinnig: het hing vol met moderne kunst en was voorzien van elk elektronisch speeltje dat je maar kon bedenken (van de meeste dingen wist ik niet eens hoe ze werkten), en vanaf het terras had je een adembenemend uitzicht over Central Park.

Als er íéts was wat me aan mijn succes herinnerde, dan was het dit appartement wel. Maar het herinnert me er vooral aan dat ik eenzaam ben, dacht ik toen ik me op de bank liet zakken, een meubelstuk dat met gemak als comfortabel bed voor twee volwassen kerels kon dienen. Ik voelde me er extra klein en kwetsbaar, en hier, helemaal boven in het gebouw, heel erg geïsoleerd.

Ergens in het appartement ging mijn mobieltje over, met het nummer waarmee Mitch een superster was geworden. Ik had vergeefs geprobeerd de ringtone te veranderen. Als CeCe dyslectisch is met woorden, ben ik het met elektronica, dacht ik, terwijl ik naar de slaapkamer liep om het ding te pakken. Tot mijn opluchting zag ik dat het dienstmeisje het beddengoed op het gigantische bed had verschoond en dat alles er weer net zo perfect uitzag als in een hotelkamer. Ik was gesteld op het nieuwe dienstmeisje, een aanwinst die mijn personal assistant voor me had gevonden. Ze had net als haar voorgangers een geheimhoudingsclausule moeten ondertekenen, zodat ze geen boekje tegenover de pers zou opendoen over mijn onaangename gewoontes. Maar toch huiverde ik bij de gedachte wat er door Lisbet – heette ze zo? – heen moest zijn gegaan toen ze die ochtend mijn appartement was binnengekomen.

Ik ging op het bed zitten en luisterde mijn voicemailberichten af. Vijf berichten van mijn agent met het dringende verzoek terug te bellen vanwege de shoot voor *Vanity Fair* de volgende dag. Het laatste bericht was van Amy, mijn nieuwe personal assistant. Ze werkte pas drie maanden voor me, maar ik mocht haar wel.

'*Hoi, Electra, met Amy. Ik... ik wilde alleen even zeggen dat ik het echt heel fijn vond om voor je te werken, maar ik denk dat het op de lange termijn niet werkt. Ik heb vandaag mijn ontslagbrief aan je agent overhandigd en ik wens je veel succes in de toekomst, en...*'

'Shit!' schreeuwde ik. Ik drukte op 'verwijderen' en smeet mijn mobiel de kamer door. 'Wat heb ik haar verdomme misdaan?' vroeg ik het plafond, en ik begreep niet waarom ik zo van streek was doordat een onbeduidend grietje dat me op haar knieën had gesmeekt haar een kans te geven al na drie maanden de benen had genomen.

'Ik droomde er als klein meisje al van om in de modebranche te werken. Alstublieft, Miss D'Aplièse, ik zal dag en nacht voor u werken, uw leven is mijn leven, en ik zweer dat ik u nóóit zal teleurstellen,' imiteerde ik Amy's neuzelige Brooklyn-toontje terwijl ik mijn agent belde. Er waren maar drie dingen waar ik absoluut niet zonder kon: wodka, cocaïne en een personal assistant.

'Hoi, Susie, ik hoor net dat Amy ontslag heeft genomen.'

'Ja, niet fijn. Ze was goed bezig,' antwoordde Susie in haar onberispelijke, zakelijke Britse tongval.

'Ja, dat idee had ik ook. Weet je ook waarom ze is weggegaan?'

Het bleef even stil aan de andere kant. 'Nee. Hoe dan ook, ik zal Rebekah op de zaak zetten, dan hebben we tegen het eind van de week vast wel een nieuwe voor je. Heb je mijn berichten beluisterd?'

'Yep, heb ik.'

'Nou, kom dan morgen niet te laat. Ze willen opnemen zodra de zon opgaat. Je wordt om vier uur 's ochtends opgehaald, oké?'

'Prima.'

'Het was me het feestje wel gisteravond, hoorde ik.'

'Ja, het was leuk.'

'Nou, vanavond géén feestjes, Electra, je moet morgen fris zijn. Het gaat om de coverfoto.'

'Maak je geen zorgen, ik stap om negen uur als een brave meid in bed.'

'Oké. Sorry, ik heb Lagerfeld op de andere lijn. Rebekah neemt nog contact met je op met een lijstje met geschikte personal assistants. Ciao.'

'Ciao,' mimede ik tegen mijn zwijgende mobieltje. Susie was een van de weinige mensen op deze planeet die een gesprek met mij durfde te beëindigen. Ze was de machtigste modellenagent in New York en had alle grote namen in de business onder haar beheer. Ze had me op mijn zestiende ontdekt. Ik werkte als serveerster in Parijs, nadat ik van mijn derde school in drie jaar tijd was weggestuurd. Ik had tegen Pa gezegd dat het geen zin had een andere school voor me te zoeken, want daar zou ik op den duur ook weggestuurd worden. Tot mijn verbazing had hij niet moeilijk gedaan.

Ik weet nog dat ik stomverbaasd was dat hij niet veel bozer was om die zoveelste mislukking. Hij zal vooral teleurgesteld zijn geweest, en daarmee had hij me de wind uit de zeilen genomen.

'Ik zou eigenlijk willen reizen of zo,' had ik voorgesteld. 'Leren door levenservaring op te doen.'

'De dingen die je moet weten om succes te hebben in het leven leer je niet per se tijdens een academische opleiding, dat ben ik met je eens,' antwoordde hij. 'Maar omdat je zo slim bent, had ik gehoopt dat je in elk geval een paar diploma's zou halen. Je bent wat jong om op eigen benen te staan, het is een grote wijde wereld daar buiten, Electra.'

'Ik kan heus wel voor mezelf zorgen, Pa,' had ik heel stoer geantwoord.

'Dat kun je vast wel, maar hoe ga je dat reizen bekostigen?'

'Nou, een baantje nemen, natuurlijk,' had ik schouderophalend gezegd. 'Ik wilde eigenlijk eerst naar Parijs gaan.'

'Uitstekende keus,' had Pa met een bevestigend knikje gezegd. 'Fantastische stad.'

We zaten in zijn studeerkamer, en het leek wel of hij achter dat grote bureau van hem wat dromerig en verdrietig voor zich uit zat te kijken. Yep, verdrietig, dát was het.

'Goed dan,' vervolgde hij. 'We sluiten een compromis. Jij wilt van school af, en dat begrijp ik, maar het baart me zorgen dat mijn jongste dochter op zo'n prille leeftijd al de wijde wereld in stapt. Marina heeft contacten in Parijs, ik weet zeker dat zij je kan helpen bij het uitzoeken van een veilig adres. Ga daar van de zomer heen, daarna spreken we elkaar weer en besluiten we waar je vervolgens naartoe gaat.'

'Oké, lijkt me een goed plan.' Ik stond nog steeds versteld van het feit dat hij niet sterker had aangedrongen op het afmaken van mijn school. Toen ik aan het eind van het gesprek opstond, concludeerde ik dat hij ofwel zijn handen van me wilde aftrekken ofwel me een stuk touw had gegeven om mezelf mee op te hangen. Hoe dan ook, Ma had wat contacten gebeld en ik kwam terecht in een schattig studiootje dat over de daken van Montmartre uitkeek. Het was echt piepklein, en ik moest de badkamer delen met een massa buitenlandse uitwisselingsstudenten die hun Frans kwamen verbeteren, maar het was míjn studio.

Ik herinner me dat verrukkelijke gevoel van onafhankelijkheid nog zo goed; ik weet nog dat ik op de avond van mijn aankomst in dat minuscule kamertje stond en me realiseerde dat niemand tegen me kon zeggen wat ik moest doen. Ik had ook niemand om voor me te koken, dus ik was naar een café verderop in de straat gegaan, aan een tafeltje buiten gaan zitten, had een sigaret aangestoken en het menu bestudeerd. Ik bestelde Franse uiensoep en een glas rode wijn, en de kelner trok zelfs geen wenkbrauw op omdat ik rookte of alcohol bestelde. Drie glazen wijn later had ik genoeg moed verzameld om op de baas af te stappen en te vragen of hij misschien een vacature had. Twintig minuten later liep ik de paar honderd meter naar mijn studio in het bezit van een baan. Ik weet nog hoe apetrots ik was toen ik de volgende ochtend vanaf de betaaltelefoon in de hal Pa belde. Ik moet hem nageven dat hij net zo enthousiast was als toen mijn zus Maia een plaats aan de Sorbonne had gekregen.

Vier weken later serveerde ik Susie, mijn huidige agent, een croque-monsieur. De rest is geschiedenis...

Waarom kijk ik toch steeds terug, vroeg ik me af nadat ik mijn mobieltje had opgeraapt om de rest van de berichten af te luisteren. En waarom moet ik toch steeds aan Pa denken?

'Mitch... Pa...' mompelde ik, terwijl ik zat te wachten tot de stortvloed aan voicemailberichten loskwam. 'Ze zijn er niet meer, Electra, net als Amy er vanaf vandaag niet meer is, en je zult gewoon verder moeten.'

'*Allerliefste Electra! Hoe gaat het met je? Ik ben terug in New York... Wat doe je vanavond? Zin om* dans ton lit avec moi *een fles Cristal en een portie chow mein te verorberen? Ik smacht naar je. Geef me zo snel mogelijk een belletje terug.*'

Ondanks mijn treurige stemming moest ik glimlachen. Zed Eszu vormde een groot raadsel in mijn leven. Onmetelijk rijk, goede connecties en ondanks zijn geringe lengte en het feit dat hij totaal mijn type niet was, ongelooflijk goed in bed. We hadden drie jaar lang een seksuele relatie, waar een eind aan kwam toen het serieus werd met Mitch. Maar ik had Zed een paar weken geleden in ere hersteld en dat had ongetwijfeld mijn ego die broodnodige opkikker gegeven.

Waren we verliefd? Wat mij betreft totaal niet, maar we behoorden tot dezelfde clan in New York, en, wat nóg beter was: als we met zijn tweeën waren, spraken we Frans. Zed was net als Mitch niet onder de indruk van wie ik was, iets wat tegenwoordig maar zelden voorkwam en me op een of andere manier op mijn gemak stelde.

Ik staarde naar mijn mobiel en ging met mezelf in discussie: Zeds bericht negeren en Susies bevel om vroeg naar bed te gaan opvolgen, of hem bellen voor een beetje gezelschap. Een makkie, dus ik belde Zed en nodigde hem uit. In afwachting van zijn komst nam ik een douche en trok ik mijn favoriete zijden kimono aan, die speciaal voor mij door een veelbelovend Japans atelier was ontworpen. Daarna dronk ik voor mijn gevoel een liter of vijf water als tegengif tegen de drank of wat voor slechte dingen ik in zijn gezelschap nog zou doen.

Toen de conciërge belde om Zeds komst aan te kondigen, vroeg ik hem om hem direct naar boven te sturen. Hij stond voor mijn deur met een gigantisch boeket met mijn favoriete witte rozen en de beloofde fles Cristal.

'*Bonsoir, ma belle* Electra,' zei hij in dat rare afgemeten Frans van hem, terwijl hij zich van de bloemen en de champagne ontdeed en me op beide wangen kuste. '*Comment vas-tu*?'

'Goed,' antwoordde ik, met een gretige blik op de fles. 'Zal ik hem openmaken?'

'Volgens mij is dat míjn taak. Zal ik eerst mijn jas uittrekken?'

'Natuurlijk.'

'Maar allereerst...' zei hij, en hij viste iets uit zijn jaszak en overhandigde me een fluwelen doosje. 'Ik zag dit en dacht aan jou.'

'Dank je wel,' zei ik, terwijl ik op de bank ging zitten en mijn irritant lange benen onder me trok. Ik staarde als een opgewonden kind naar het doosje in mijn handen. Zed nam vaak cadeaus mee, en ironisch genoeg waren die zelden duur en opzichtig, maar altijd attent en interessant. Ik maakte het doosje open en daar lag een ring, genesteld in de voering, met een ovale steen met een zachte, botergele tint.

'Dat is amber,' zei hij. Hij observeerde me terwijl ik keek hoe de steen het licht van de kroonluchter boven ons hoofd opving. 'Doe hem eens om.'

'Aan welke vinger zal ik hem doen?' vroeg ik, plagerig naar hem opkijkend.

'Aan welke je maar wilt, *ma chère*, als ik je tot mijn echtgenote wilde maken, dan was ik denk ik wel met iets beters gekomen. Je weet dat je Griekse naamgenoot met amber wordt geassocieerd?'

'Is dat zo? Nee, dat wist ik niet.' Ik keek toe hoe hij de fles met een plop ontkurkte. 'Hoe dan?'

'Nou, het Griekse woord voor amber was 'elektron' en volgens de legende ving de steen zonnestralen op. Een Griekse filosoof ontdekte dat er frictie ontstaat als je twee stukken tegen elkaar wrijft, waardoor energie vrijkomt... Je naam past perfect bij je,' zei hij glimlachend.

'Wil je zeggen dat ik frictie veroorzaak?' zei ik, eveneens glimlachend. 'De vraag is alleen: ben ik me naar mijn naam gaan gedragen of heeft die naam mij gevormd? Santé.'

'Santé.' We stootten onze glazen tegen elkaar en hij kwam naast me zitten.

'Eh...'

'Je vraagt je af of ik nog een cadeautje heb meegebracht?'

'Yep.'

'Kijk dan maar eens onder de voering van het doosje.'

En ja hoor, onder het dunne lapje fluweel dat de ring had omhuld lag een plastic zakje.

'Dank je, Zed.' Ik trok het pakje open, en als een kind met een pot honing dipte ik mijn vinger in de inhoud en wreef die over mijn tandvlees.

'Lekker, hè?' vroeg hij, terwijl ik wat poeder op de tafel uitstrooide, het korte rietje uit het pakje haalde en het spul opsnoof.

'Mmm, erg lekker,' beaamde ik. 'Wil je ook wat?'

'Je weet dat ik niet gebruik. Maar vertel eens, hoe gaat het met je?'

'O, goed hoor.'

'Dat klinkt niet erg overtuigend, Electra, en je ziet er moe uit.'

'Ik heb het druk gehad,' zei ik, en ik nam een flinke slok champagne. 'De afgelopen week zat ik in Fiji en volgende week vlieg ik naar Parijs.'

'Misschien moet je het wat rustiger aan doen. Even pauze nemen.'

'Zegt de man die me onlangs vertelde dat hij vaker in zijn privéjet slaapt dan in zijn bed,' plaagde ik.

'Dan moeten we het misschien allebei rustiger aan doen. Kan ik je verleiden tot een weekje op mijn jacht? Dat ligt de komende maanden aangemeerd bij Saint Lucia tot ik het voor de zomer naar de Middellandse Zee laat brengen.'

'Ik zou wel willen, maar ik zit tot juni bomvol.'

'Dan wordt het juni. We kunnen langs de Griekse eilanden varen.'

'Misschien,' antwoordde ik, mijn schouders ophalend, want ik nam zijn voorstel niet serieus. Hij kwam zo vaak met plannen waar nooit iets van terechtkwam, sterker nog, van mij hoefde er ook niets van terecht te komen. Zed was prima gezelschap voor een nacht en wat fysieke actie, maar langer moest het niet duren, want dan begon ik me te ergeren aan zijn bijna neurotische pietluttigheid en zijn enorme arrogantie.

De conciërge belde opnieuw en Zed nam op. 'Laat maar naar boven brengen, bedankt.' Hij schonk ons allebei nog wat champagne in. 'We eten Chinees, dit is gegarandeerd de lekkerste chow mein die je ooit hebt gegeten. Hoe gaat het trouwens met je zussen?'

'Geen idee. Ik heb het de laatste tijd veel te druk gehad om ze te bellen. Maar Ally heeft een baby, een jongetje. Ze heeft hem Bear genoemd, zo schattig. Ik bedenk ineens dat we in juni bij elkaar komen op Atlantis. Dan gaan we met Pa's boot langs de Griekse eilanden om een krans te werpen op de plek waar volgens Ally zijn kist is neergelaten. Jouw pa werd op een strand daar vlakbij gevonden, toch?'

'Ja, maar ik wil net als jij niet aan de dood van mijn vader denken, dan raak ik van streek,' zei Zed op scherpe toon. 'Ik denk alleen maar aan de toekomst.'

'Dat weet ik, maar het is wel erg toevallig dat...'

De deurbel ging. Zed ging opendoen.

'Zo, Electra,' zei hij, toen hij met twee grote dozen in zijn handen doorliep naar de keuken. 'Kom eens even helpen.'

2

Toen ik de volgende dag thuiskwam van de fotoshoot, nam ik een warme douche en stapte ik met een glas wodka mijn bed in. Ik was afgepeigerd. Iedereen die denkt dat modellen niets anders doen dan in mooie kleren rondhuppelen en daar een fortuin mee verdienen, zou eens een dag lang mijn programma moeten overnemen. Vier uur 's ochtends beginnen, zes keer wisselen van kapsel, kleding en make-up in een ijskoud pakhuis ergens downtown is níét makkelijk. Maar je hoort mij niet klagen, althans niet publiekelijk. Ik kon toch moeilijk beweren dat ik in een sweatshop in China zat, bovendien kreeg ik er een smak geld voor betaald, maar iedereen heeft zijn eigen werkelijkheid, en zo af en toe mag een mens toch best even klagen, ook al is het een *first world problem*?

Voor het eerst die dag kreeg ik het weer een beetje warm. Genietend van de warmte nestelde ik me in de kussens en checkte mijn voicemails. Rebekah, Susies personal assistant, had vier berichten ingesproken, ze had cv's van geschikte personal assistants gemaild en of ik daar zo snel mogelijk naar wilde kijken. Ik was ze net op mijn laptop aan het bekijken toen mijn mobieltje ging. Opnieuw Rebekah.

'Ik ben ze net aan het doornemen,' zei ik, voordat ze iets kon zeggen.

'Fijn, dank je, Electra. Waar ik voor bel is dat ik de perfecte kandidaat voor je heb, maar ze heeft een baan elders aangeboden gekregen en moet uiterlijk morgen reageren. Vind je het goed als ze vroeg in de avond bij je langswipt, zodat jullie even kunnen babbelen?'

'Ik kom net terug van de shoot voor *Vanity Fair*, Rebekah, en...'

'Je zou haar echt moeten zien, Electra. Ze heeft fantastische referenties. Ze heeft als personal assistant voor Bardin gewerkt, en je weet hoe lastig hij is. Ik bedoel,' vervolgde ze haastig, 'dat ze gewend is om onder hoge druk voor bekende klanten in de branche te werken. Mag ik haar bij je langssturen?'

‘Oké,’ zei ik met een zucht, want ik wilde niet zo ‘lastig’ overkomen als ze me kennelijk inschatte.

‘Geweldig, ik zal het tegen haar zeggen. Ik weet zeker dat ze het fantastisch zal vinden, ze is een van je grootste fans.’

‘Prima. Mooi. Vraag maar of ze tegen zessen langskomt.’

Stipt om zes uur kondigde de conciërge mijn gast aan.

‘Laat maar bovenkomen,’ zei ik vermoeid. Ik zat niet echt te wachten op dit bezoek. Sinds Susie had gesuggereerd dat ik iemand nodig had om mijn leven op orde te brengen, had ik een reeks jonge, dolenthousiaste en gretige jonge vrouwen zien langskomen, die allemaal na een paar weken waren vertrokken.

‘Ben ik lastig?’ vroeg ik mijn spiegelbeeld, toen ik checkte of er niets tussen mijn tanden was blijven zitten. ‘Misschien. Maar dat is niks nieuws, toch?’ vervolgde ik, terwijl ik mijn wodka opdronk en mijn haar gladstreek. Stefano, mijn hairstylist, had het onlangs in vlechtjes strak tegen mijn schedel gedraaid, zodat er extensions in konden. Mijn hele hoofd deed pijn als er een nieuwe *weave* in was gezet.

Er werd geklopt. Nieuwsgierig naar wie er aan de andere kant van de deur zou staan, deed ik open. Wát voor iemand ik ook had verwacht, in elk geval niet dit kleine, tengere figuurtje in een lelijk bruin pakje met een ouderwetse rok tot over de knieën. Toen mijn blik omlaag zwierf, zag ik dat haar voeten waren gehuld in wat Ma ‘verstandige’ schoenen zou noemen: bruine brogues. Maar wat nog het meest verbazingwekkende was: de strak over haar voorhoofd en langs haar hals getrokken hoofddoek. Ze had fijnbesneden trekken: een kleine neus, hoge jukbeenderen, volle roze lippen en een egale lattekleurige huid.

‘Hallo,’ zei ze glimlachend, en haar prachtige donkerbruine ogen lichtten op. ‘Mijn naam is Mariam Kazemi, en ik vind het heel prettig u te ontmoeten, Miss D’Aplièse.’

Ik was wég van de klank van haar stem, sterker nog, als die te koop was geweest had ik hem direct besteld: zo diep, zo melodieus, een stemgeluid dat als honing uit haar mond vloeide.

‘Hallo, Mariam, kom binnen.’

‘Dank u.’

Ik stevende met grote passen op de bank af, maar Mariam nam de tijd. Ze bleef staan om naar de peperdure krabbels en strepen op canvas te kijken, en ik zag aan haar gezicht dat ze daar dezelfde mening over had als ik.

'Die zijn niet van mij, het is de keus van de eigenaar.' Gek genoeg had ik de behoefte het uit te leggen. 'Kan ik iets voor je inschenken? Water, koffie, thee, iets sterkers misschien?'

'O nee, ik drink niet, ik bedoel, ik drink geen alcohol. Een beetje water, alstublieft, als het niet te veel moeite is.'

'Natuurlijk niet,' zei ik, en ik draaide me om en liep naar de keuken. Ik haalde net een fles Evian uit de koelkast toen ze ineens naast me stond. 'Ik dacht dat u wel personeel zou hebben voor dat soort dingen.'

'Ik heb een dienstmeisje, maar mijn persoontje is hier meestal alleen,' zei ik, en ik reikte haar een glas water aan. Ze liep naar het raam en staarde naar buiten.

'U woont hier erg hoog.'

'Dat klopt, ja,' zei ik. Ik was compleet overdonderd door deze vrouw, die een kalmte uitstraalde alsof het parfum was en totaal niet onder de indruk was van mij of mijn appartement. Andere kandidaten waren altijd hysterisch van opwinding en een en al belofte.

'Zullen we gaan zitten?' opperde ik.

'Ja, dank u.'

'Zo,' zei ik, toen we in de woonkamer waren gaan zitten, 'ik hoorde dat je voor Bardin hebt gewerkt?'

'Inderdaad.'

'Waarom ben je daar weggegaan?'

'Ik kreeg een baan aangeboden die waarschijnlijk beter bij me paste.'

'Niet omdat Bardin lastig was?'

'O nee,' grinnikte ze. 'Hij was helemáál niet lastig, maar hij is onlangs teruggverhuisd naar Parijs en ik heb hier mijn basis. We zijn nog steeds bevriend.'

'Mooi. Geweldig. En waarom ben je geïnteresseerd in deze baan?'

'Omdat ik uw werk altijd heb bewonderd.'

Wauw, dacht ik. Het is maar zelden dat iemand wat ik doe 'werk' noemt.

'Dank je.'

'Het is echt een talent als je een persoonlijkheid kunt creëren die een aanvulling op het geadverteerde product vormt.'

Ze opende haar simpele bruine schoudertas – eerder type schooltas dan type designertas – en overhandigde me haar cv.

'Ik nam aan dat u geen tijd had om het van tevoren door te nemen.'

'Dat klopt,' beaamde ik, terwijl ik haar cv scande, dat ongewoon kort en to the point was. 'Je hebt niet gestudeerd?'

'Nee, daar hadden mijn ouders geen geld voor. Of, eerlijk gezegd...' Ze bracht een delicaat vingertje naar haar gezicht en wreef over haar neus. '... hadden ze het waarschijnlijk wel, maar we zijn met zijn zessen, en het zou tegenover de anderen niet eerlijk zijn als ik was gaan studeren en zij niet.'

'Ik ben ook een van zes! En ik heb óók niet gestudeerd.'

'Nou, dan hebben we in elk geval iets gemeen.'

'Ik ben de jongste.'

'En ik de oudste,' zei Mariam met een glimlach.

'Je bent zesentwintig?'

'Ja.'

'Dan zijn we even oud,' zei ik, en om de een of andere reden deed het me plezier dat ik iets gemeen had met deze bijzondere vrouw. 'En wat ben je gaan doen toen je van school kwam?'

'Ik werkte overdag bij een bloemist en volgde 's avonds een administratieve opleiding. Ik kan u wel een kopie van mijn einddiploma geven, als u wilt. Ik weet alles van computers, kan spreadsheets maken en mijn typesnelheid, nou ja, die weet ik niet precies, maar ik kan heel snel typen.'

'Dat is niet een van de belangrijkste vereisten, en het maken van spreadsheets ook niet. De financiële zaken regelt mijn boekhouder.'

'O, maar spreadsheets kunnen ook handig zijn bij regelwerk. Ik zou in een mum van tijd uw hele maand tot in detail kunnen plannen.'

'Als je dat doet, loop ik waarschijnlijk hard weg,' grapte ik. 'Ik werk van dag tot dag, dat is de enige manier om dit werk aan te kunnen.'

'Dat begrijp ik helemaal, Miss D'Aplièse, maar het is míjn taak om verder te kijken en te plannen. Ik had bij Bardin zelfs een spreadsheet voor de stomerij, en bij elk evenement bepaalden we samen wat hij zou aantrekken, tot aan de kleur van zijn sokken toe, en hij droeg vaak expres verschillende sokken.' Mariam giechelde, en ik ook.

'Hij is aardig, zeg je?'

'Ja, hij is fantastisch.'

Of Bardin nou fantastisch was of niet, deze vrouw was op-en-top integer. Hoe vaak had ik niet kandidaten tegenover me gehad die bakken met bagger over hun vorige werkgevers uitstortten? Misschien vonden ze het cool om tot in de kleinste details uit te leggen waarom ze waren vertrokken, maar mijn enige gedachte bij zo'n verhaal was dat ik het volgende slachtoffer zou zijn.

'Voordat u het vraagt, ik ben heel discreet.' Mariam had duidelijk mijn gedachten gelezen. 'Ik heb gemerkt dat er vaak helemaal niks klopt van de verhalen die ze over beroemdheden in onze branche rondstrooien. Het is interessant...'

'Wat is interessant?'

'Nee, niets.'

'Ga door, alsjeblieft.'

'Nou, wat ik interessant vind, is dat de halve wereld dolgraag beroemd wil worden, maar mijn ervaring is dat het vaak alleen maar ellende met zich meebrengt. Ze denken dat mensen die beroemd zijn maar kunnen doen wat ze willen, maar in feite verliezen ze dan juist het kostbaarste wat een mens heeft: zijn vrijheid. Úw vrijheid,' voegde ze eraan toe.

Verbaasd keek ik Mariam aan. Ik kreeg het gevoel dat ze ondanks mijn beroemdheid en mijn geld medelijden met me had. Geen betuttelend medelijden, maar meevoelend en warm.

'Yep, ik ben mijn vrijheid kwijt,' zei ik tegen deze totale onbekende. 'Sterker nog, ik ben zo paranoïde dat ik ervan overtuigd ben dat mensen een heel verhaal gaan verzinnen om meer kranten te verkopen als ze me iets heel gewoons zien doen.'

'Dat is geen prettige manier van leven, Miss D'Aplièse.' Mariam schudde plechtig haar hoofd. 'Ik vrees dat ik er nu vandoor moet. Ik heb mijn moeder gezworen dat ik op mijn broertje zou passen als zij en papa uitgaan.'

'Oké. Dat babysitten, moet je dat vaak doen?'

'O nee, helemaal niet, en daarom is het juist zo belangrijk dat ik vanavond op tijd ben. Het is mama's verjaardag, ziet u, en het grapje binnen de familie is dat papa haar achtentwintig jaar geleden voor het laatst mee uit eten heeft gevraagd, toen hij haar ten huwelijk vroeg! Ik begrijp heel goed dat als u mij in dienst neemt, ik vierentwintig uur per dag beschikbaar moet zijn.'

'En dat daar heel wat overzeese reizen bij komen kijken?'

'Ja, dat is geen probleem.'

Ik keek haar na toen ze zich omdraaide en naar de deur liep. Zelfs in die lelijke kleren had ze een natuurlijke gratie en wat een fotograaf *presence* zou noemen. Het gesprek had exact een kwartier geduurd en ik had nog geen tiende van de obligate vragen gesteld en toch wilde, ja, móést ik Mariam Kazemi en haar heerlijk kalme uitstraling in mijn leven hebben.

'Hoor eens, als ik je nu de baan aanbied, zou je dat dan willen overwegen?' vroeg ik, terwijl ik snel opstond en achter haar aan liep. 'Ik weet dat je morgen uitsluitsel moet geven over een andere baan.'

Ze bleef even staan, draaide zich naar me toe en glimlachte. 'O, natúúrlijk zou ik dat overwegen. Ik vind u een heel fijn iemand, met een goed karakter.'

'Wanneer kun je beginnen?'

'Volgende week, als u wilt.'

'Afgesproken!' Ik stak mijn hand uit. Ze aarzelde een paar seconden en schudde me toen de hand.

'Afgesproken,' herhaalde ze. 'Maar nu moet ik er echt vandoor.'

'Natuurlijk.'

Ze opende de voordeur en ik liep even mee naar de lift. 'Je kent de voorwaarden, maar ik laat Rebekah een officieel contract opstellen en het morgenochtend per koerier bezorgen.'

'Heel goed,' zei ze, terwijl de liftdeuren opengleden.

'Wat voor parfum is dat trouwens, dat je op hebt? Het ruikt heerlijk.'

'Dat is eigenlijk een lichaamsolie en ik maak het zelf. Tot ziens, Miss D'Aplièse.'

De liftdeuren sloten zich en weg was Mariam Kazemi.

Niet alleen klopten alle referenties van Mariam, ze werd door iedereen de hemel in geprezen, dus de donderdag daarop stapten we op Teterboro Airport, New Jersey, in een privéjet en vlogen naar Parijs. De enige concessie die ze vanwege het reiscomfort aan haar 'uniform' had gedaan, was haar rok verwisselen voor een beige lange broek. Ik sloeg haar gade toen ze ging zitten en haar laptop uit haar schoudertas haalde.

'Heb je weleens eerder met een privévliegtuig gevlogen?' informeerde ik.

'O ja, het was het enige vervoermiddel dat Bardin en ik gebruikten. Maar Miss D'Aplièse...'

'Electra, alsjeblieft.'

'Electra. Ik wil graag weten of je tijdens de vlucht liever wat uitrust of de tijd wilt gebruiken om een paar dingen door te nemen.'

Aangezien Zed tot vier uur 's ochtends mijn speelmaatje was geweest, koos ik voor het eerste, en zodra we waren opgestegen, veranderde ik met een druk op de knop mijn stoel in een bed, trok mijn oogmasker over mijn ogen en viel in slaap.

Drie uur later werd ik uitgerust wakker – ik was gewend aan slapen in een vliegtuig – en gluurde onder het hoekje van mijn masker door om te zien wat mijn nieuwe personal assistant aan het doen was. Ze zat niet op haar plek, dus ik nam aan dat ze naar het toilet was. Ik trok mijn masker af, ging overeind zitten en constateerde tot mijn verbazing dat ze met haar achterste omhoog in mijn richting in het krappe gangpad zat. Misschien doet ze yogaoefeningen, dacht ik, toen ik zag dat ze op handen en knieën voorovergebogen zat, met haar voorhoofd tegen de vloer, in iets wat leek op een variatie op de kindhouding. Even later mompelde ze in zichzelf, en toen ze haar hoofd en handen iets ophief, realiseerde ik me dat ze aan het bidden was. Het voelde wat ongemakkelijk om haar tijdens zo'n privéhandeling te observeren, dus ik wendde mijn blik af en liep naar het toilet. Toen ik terugkwam, zat Mariam alweer druk op haar laptop te typen.

'Goed geslapen?' vroeg ze met een glimlach.

'Ja, en ik heb trek.'

'Ik had het cabinepersoneel van tevoren gevraagd om voor sushi te zorgen, dat was volgens Susie je lievelingseten als je op reis bent.'

'Dat klopt, dank je.'

De stewardess stond al naast me. 'Kan ik u helpen, Miss D'Aplièse?'

Ik bestelde vers fruit, sushi en een halve fles champagne, en ik wendde me tot Mariam. 'Wil jij wat eten?'

'Ik heb al gegeten, dank je.'

'Heb je last van vliegangst?'

Ze keek me fronsend aan. 'Helemaal niet. Hoezo?'

'Toen ik wakker werd, zag ik dat je aan het bidden was.'

'O,' zei ze lachend, 'dat is niet omdat ik bang ben, maar het is in New York nu midden op de dag, en dan bid ik altijd.'

'O, wauw, ik wist niet dat je dat moest.'

'Maak je alsjeblieft geen zorgen, Electra, je zult me niet vaak zien bidden. Ik zoek meestal een afgezonderd plekje, maar hier in de lucht...' Ze gebaarde om zich heen in de krappe cabine. 'En ik paste niet in de toiletruimte.'

'Moet je elke dag bidden?'

'O ja, vijf keer om precies te zijn.'

'Beperkt dat je niet in je dagelijks leven?'

'Zo heb ik er nooit naar gekeken, want ik doe dit al van kinds af aan, elke dag. En ik voel me na afloop altijd beter. Dit hoort nu eenmaal bij mij.'

'Dat hoort bij je godsdienst, bedoel je?'

'Nee, het hoort bij míj. Kijk, hier is je sushi. Het ziet er verrukkelijk uit.'

'Waarom kom je niet even naast me zitten? Ik drink niet graag in mijn eentje,' grapte ik, terwijl de stewardess champagne in een flûte schonk.

'Kan ik u iets aanbieden, ma'am?' vroeg ze Mariam, die inmiddels in de stoel naast me was geglipt.

'Water, alstublieft.'

'Proost,' toostte ik naar Mariam. 'Op een succesvolle werkrelatie.'

'Ja, dat wordt het zeker.'

'Sorry dat ik niets weet over jullie gewoontes.'

'Zeg alsjeblieft geen sorry,' troostte ze me. 'Ik zou daar in jouw situatie ook niets van afweten.'

'Kom je uit een streng gezin?'

'Niet echt, nee, althans vergeleken met andere gezinnen. Ik ben in New York geboren, net als mijn broers en zussen, dus we zijn Amerikanen. Mijn vader zegt altijd dat deze natie mijn ouders een veilige haven heeft geboden toen ze die nodig hadden, en dat we haar gewoontes net zo goed moeten eren als de onze.'

'Waar zijn je ouders geboren?'

'In Iran, of Perzië, zoals we het thuis liever noemen, een veel mooiere naam, vind je niet?'

'Vind ik ook. Dus je ouders moesten tegen hun wil hun land verlaten?'

'Ja. Na de val van de sjah zijn ze allebei als kind met hun ouders naar Amerika gekomen.'

'De sjah?'

'Hij was de koning van Iran en had erg westerse idealen. Dat beviel de extremisten in ons land niet, dus moesten al zijn verwanten vluchten voor hun leven.'

'Dus als hij koning was, dan ben jij zeg maar royalty?'

'Nou,' zei Mariam glimlachend, 'formeel gezien wel, maar niet zoals bij Europese royalty, er zijn honderden van ons: neven, nichten, achterneven en achterachterneven en -nichten, plus aangetrouwde familie. In het Westen zou je in zo'n geval kunnen zeggen dat mijn familie van adel is.'

'Jeetje! Ik heb een prinses in dienst!'

'Wie weet, als het anders was gelopen. Het had gekund als ik met de juiste man was getrouwd.'

Het leek me niet gepast te zeggen dat ik een grapje had gemaakt, maar toen ik eens goed naar Mariam keek, viel alles op zijn plek. Haar beheerste houding, haar zelfverzekerdheid, haar perfecte manieren... Misschien bereikte je zoiets alleen door generaties van aristocratische opvoeding.

'En jij, Electra? Waar komt jouw familie vandaan?'

'Ik heb geen idee,' antwoordde ik, terwijl ik mijn glas leegdronk. 'Ik ben als baby geadopteerd.'

'En heb je nooit overwogen op zoek te gaan naar je verleden?'

'Nee. Wat heeft het voor zin om terug te kijken als je niets aan je verleden kunt veranderen? Ik kijk altijd alleen maar vooruit.'

'Dan kun je mijn vader maar beter niet ontmoeten,' zei Mariam, met een vrolijke blik in haar ogen. 'Hij zit altijd vol verhalen over zijn leven bij mijn grootouders in Iran. En over voorouders die eeuwen geleden leefden. Het zijn prachtige verhalen en ik vond het als kind heerlijk om ernaar te luisteren.'

'O, nou, de enige verhalen die ík te horen kreeg, waren de sprookjes van de gebroeders Grimm, en daar kwam altijd een enge heks of een trol in voor en daar was ik doodsbang voor.'

'Die komen in onze verhalen ook voor, maar bij ons worden ze djinns genoemd. Die doen mensen de vreselijkste dingen aan.' Mariam nipte aan haar water en keek me over de rand van haar glas aan. 'Papa zegt altijd dat onze geschiedenis voor het tapijt zorgt waarop we staan en waarvandaan we omhoog kunnen vliegen. Misschien komt er een dag waarop je wél je eigen geschiedenis wilt ontdekken. En, ben je al zover dat ik het programma voor Parijs met je kan doornemen?'

Een uur later ging Mariam terug naar haar eigen plek om de aantekeningen van ons gesprek uit te typen. Ik verstelde mijn stoel, leunde achterover en zag hoe de hemel donkerder werd en de Europese nacht aankondigde. Ergens beneden in die duisternis lag mijn thuis, althans het thuis waar Pa ons, kinderen van allerlei slag en van over de hele wereld, had verzameld.

Dat we als zussen geen bloedverwanten waren, had ik nooit als een probleem ervaren, maar toen ik Mariam hoorde praten over haar roots en zag hoe ze in een privévliegtuig naar Parijs een eeuwenoud gebruik in ere hield, was ik bijna jaloers geworden.

Ik dacht aan de brief van Pa, die ergens in mijn appartement moest rondslingeren. Ik wist niet eens waar hij lag, ik had hem zelfs niet opengemaakt. Hij was natuurlijk zoekgeraakt, dus ik zou wel nooit de kans krijgen iets over mijn verleden te ontdekken. Misschien kon 'The Hoff', zoals ik Pa's advocaat stiekem noemde, me verder helpen. En dan waren er nog die getallen op dat armillarium, schoot me te binnen. Volgens Ally gaven die precies aan waar we vandaan kwamen. Ineens vond ik het verschrikkelijk belangrijk om Pa's brief te zoeken, bijna belangrijk genoeg om de piloot te vragen rechtsomkeert te maken, en naar huis te gaan om mijn laden door te spitten. Na die nepherdenking die Pa had geregeld omdat hij vóór onze komst naar Atlantis in zee begraven wilde worden, was ik toen ik thuiskwam zo boos dat ik er niets van wilde weten.

Waarom was je zo boos, Electra?

De woorden van mijn therapeut klonken nog na in mijn hoofd. Eerlijk gezegd wist ik het niet. Ik schijn al boos te zijn geweest vanaf dat ik kon lopen, waarschijnlijk al eerder. Mijn zussen vonden het altijd leuk om me te vertellen dat ik als baby het hele huis bij elkaar krijste, en dat was er naarmate ik opgroeide niet veel beter op geworden. Ik kon dat niet wijten aan mijn opvoeding, die was tamelijk perfect, zij het een tikje apart omdat we waren geadopteerd en de familiekiekjes vanwege onze etnische verschillen griezelig veel op een advertentie van Gap leken. Als ik Pa ernaar vroeg, antwoordde hij steevast dat hij juist óns als dochters had uitgekozen, en met dat antwoord namen mijn zussen kennelijk genoegen, maar ik niet. Ik wilde weten waaróm. Nu hij dood was, leek het erop dat ik dat nooit te weten zou komen.

'Over een uur landen we, Miss D'Aplièse,' zei de stewardess, die mijn glas bijvulde. 'Kan ik u nog ergens mee van dienst zijn?'

'Nee, dank u.' Ik deed mijn ogen dicht en hoopte dat mijn contact in Parijs zich aan zijn woord had gehouden en mijn bestelling bij het hotel had afgeleverd, want ik snakte naar een lijntje. Als ik clean was, begonnen mijn hersens te werken en dan moest ik aan Pa denken, aan mijn zussen, aan mijn leven, en daar voelde ik me niet prettig bij. Nu even niet, in elk geval.

Voor de verandering genoot ik van de shoot. Lente in Parijs, als de zon schijnt tenminste, is echt waanzinnig mooi, en als er een stad is waar ik voor mijn gevoel thuishoor, dan is dat Parijs. We werkten in de Jardin des Plantes, waar de kersenbloesem, irissen en pioenrozen uitbundig en overvloedig bloeiden en alles nieuw en fris leek. Daar kwam bij dat ik erg gesteld was op de fotograaf. We waren ruimschoots op tijd klaar en besloten op mijn hotelkamer nog wat langer van de chemie te profiteren.

'Waarom woon je eigenlijk in New York?' vroeg Maxime in het Frans, terwijl we in bed thee uit tere porseleinen kopjes dronken en daarna het dienblad als ondergrond voor een lijntje gebruikten. 'Je hebt een Europese ziel.'

'Dat weet ik eigenlijk niet,' zei ik met een zucht. 'Susie, mijn agent, zit er en het leek me logisch om bij haar in de buurt te wonen.'

'Je *maman* voor het modellenwerk, bedoel je?' plaagde hij. 'Je bent een grote meid, Electra, en je kunt je eigen beslissingen nemen. Kom hier wonen, dan kunnen we dit vaker doen,' zei hij, terwijl hij uit bed klauterde en naar de badkamer verdween.

Ik bleef een tijdje over de Place Vendôme staren, die volgepakt was met dagjestoeristen en mensen die langs de chique winkels slenterden, en dacht na over de opmerking van Maxime. Hij had gelijk, het maakte eigenlijk niets uit waar ik woonde, ik was toch het grootste gedeelte van de tijd onderweg.

'Thuis, waar is dat?' fluisterde ik, en bij de gedachte dat ik terug moest naar New York en naar mijn zielloze, echoënde appartement voelde ik me ineens heel gedeprimeerd. In een impuls greep ik naar mijn mobieltje en belde Mariam.

'Heb ik morgen iets in New York?'

'Je hebt morgenavond om zeven uur een etentje met Thomas Allebach, het hoofd marketing, in verband met je parfumcontract,' reageerde ze onmiddellijk.

'Oké.' Sinds Mitch bij me weg was, hadden Thomas en ik de afgelopen maanden heel wat loze uurtjes aangenaam doorgebracht, maar ik was niet verliefd op hem.

'En zondag?'

'Dan staat er niets in je agenda.'

'Mooi. Wil je dan het etentje afzeggen, zeg maar dat de shoot hier is uitgelopen of zoiets, de terugvlucht naar zondagavond verplaatsen en hier nog een paar nachten bijboeken? Ik wil wat langer in Parijs blijven.'

'Perfect. Het is een fantastische stad. Zodra het rond is, laat ik het je weten.'

'Dank je, Mariam.'

'Geen probleem.'

'Ik blijf wat langer,' zei ik tegen Maxime toen hij onder de douche vandaan kwam.

'Wat jammer, ik ben het weekend de stad uit. Als ik dat had geweten…'

'O.' Ik probeerde mijn teleurstelling te verbergen. 'Nou ja, ik moet hier binnenkort weer zijn.'

'Laat je me weten wanneer?' vroeg hij, terwijl hij zich aankleedde. 'Als ik kon, zou ik het afzeggen, maar het gaat om de bruiloft van een vriend. Sorry, Electra.'

'Ik blijf voor de stad, niet voor jou,' zei ik met een poging tot een glimlach.

'En de stad houdt van jou, net als ik.' Hij plantte een kus op mijn voorhoofd. 'Fijn weekend en houd contact.'

'Doe ik.'

Toen hij vertrokken was, nam ik een lijntje om mezelf wat op te vrolijken en dacht na over wat ik zou gaan doen. Maar net als in elke andere grote stad hoefde ik maar een voet buiten de deur van het Ritz te zetten of ik werd herkend. Dan had iemand binnen een paar minuten de pers gewaarschuwd en had ik een meute volgers achter me aan.

Mijn hand zweefde boven mijn mobieltje om Mariam te bellen en te zeggen dat ze alles moest terugdraaien, en precies op dat moment ging de telefoon, alsof er magie in het spel was.

'Electra? Met Mariam. Ik wilde je alleen even laten weten dat de vlucht naar New York is verschoven naar zondagavond en dat je hotelboeking is verlengd.'

'Dank je.'

'Zal ik een restaurant voor je reserveren?'

'Nee, ik...' Tot mijn eigen verbazing sprongen de tranen me in de ogen.

'Gaat het, Electra?'

'Ja hoor, prima.'

'Heb je het... druk op dit moment?'

'Nee, helemaal niet.'

'Is het goed dat ik dan even langskom? Susie heeft een paar contracten gestuurd die je moet tekenen.'

'Tuurlijk, prima.'

Een paar minuten later verscheen Mariam, en met haar zweefde die heerlijke geur de kamer binnen. Nadat ik de contracten had getekend, staarde ik somber naar buiten, waar de Parijse avondschemering inviel.

'Wat zijn je plannen voor vanavond?' vroeg ze.

'Ik heb geen plannen. En jij?'

'Alleen maar een bad, mijn bed en een goed boek.'

'Ik zou eigenlijk best wel uit willen gaan, naar het café waar ik vroeger als serveerster heb gewerkt, en daar als gewoon mens een gewone maaltijd eten, maar ik ben niet in de stemming om te worden herkend.'

'Dat begrijp ik.' Na me even te hebben aangestaard stond ze op. 'Ik heb een idee. Wacht hier.'

Ze ging de kamer uit en kwam na een paar minuten terug met een grote sjaal.

'Mag ik even proberen? Kijken hoe die staat?'

'Om mijn schouders, bedoel je?'

'Nee, Electra, om je hoofd, net als de mijne. Mensen zijn geneigd om afstand te houden van een vrouw in een hidjab, en dat is deels de reden waarom veel vrouwen van mijn geloof ervoor kiezen. Zullen we het eens proberen?'

'Oké. Volgens mij is dit de enige look die ik nooit heb uitgeprobeerd,' zei ik giechelend.

Ik verhuisde naar het voeteneind van het bed, en Mariam wond de doek handig rond mijn hoofd, drapeerde de uiteinden over mijn schouders en speldde het geheel op zijn plaats.

'Zo, kijk maar eens.' Ze gebaarde naar de spiegel.

Ik kon de verandering nauwelijks bevatten; ik herkende mezelf niet eens.

'Goed, heel goed, maar aan de rest valt niet veel te veranderen, hè?'

'Heb je een donkere broek of legging bij je?'

'Alleen de zwarte trainingsbroek die ik onderweg aanhad.'

'Die is goed genoeg. Trek die maar aan, dan haal ik ondertussen nóg iets.'

Even later kwam Mariam terug met een kledingstuk over haar arm. Toen ze het uitvouwde, kwam er een goedkope, bovenmaatse bloemetjesblouse met lange mouwen tevoorschijn.

'Deze had ik meegenomen voor het geval we naar een chic evenement moeten. Ik bewaar hem voor speciale gelegenheden, maar je mag hem wel lenen.'

'Die past me vast niet.'

'Volgens mij verschillen we niet zo veel qua bovenmaat. Ik draag hem als jurk, maar jij zou hem heel goed als overhemdblouse kunnen dragen. Probeer hem maar,' drong ze aan.

Mariam had gelijk. De blouse kwam tot halverwege mijn dijen en zat van boven perfect.

'Zo! Nu herkent niemand je, je bent een moslima.'

'En mijn voeten? Ik heb alleen mijn Louboutins en mijn pumps van Chanel bij me.'

'Trek die sneakers aan die je in het vliegtuig droeg,' stelde ze voor, en ze liep al naar mijn koffer. 'Mag ik?'

'Ga je gang,' zei ik, starend in de spiegel naar mijn nieuwe ik. Met die hoofddoek en die simpele katoenen blouse moest je wel een adelaarsblik hebben, wilde je me herkennen.

'Zo,' zei Mariam, terwijl ik mijn sneakers aantrok. 'De transformatie is compleet. Nog één ding… mag ik even in je make-uptasje kijken?'

'Ja hoor.'

'Zo, nog even wat kohl rond je ogen. Ogen dicht alsjeblieft.'

Ik sloot braaf mijn ogen, en ondertussen gingen mijn gedachten terug naar de zomers van vroeger. We maakten elk jaar een tocht met Pa's boot, en in elke plaats waar we aanlegden, gingen we uit eten. Mijn zussen vonden me nog te jong voor make-up, maar ik zat dan op het bed toe te kijken hoe Maia Ally hielp met haar make-up.

'Je hebt zo'n mooie huid,' verzuchtte Mariam. 'Hij straalt letterlijk. Nou, volgens mij word jij vanavond door niemand lastiggevallen.'

'Denk je?'

'Zeker weten, maar je kunt je vermomming testen als we straks langs de receptie lopen. Ben je er klaar voor?'

'Ja, waarom niet?' Ik reikte naar mijn Louis Vuitton-shopper, maar Mariam hield me tegen.

'Stop wat je nodig hebt maar in mijn tas,' zei ze, en ze hield haar goedkope bruine schoudertas van kunstleer voor me open. 'Klaar?'

'Klaar.'

Er stapten drie mensen in de lift, maar niemand die me zelfs maar een blik waardig keurde. In de lobby keek de conciërge even op, maar hij had onmiddellijk zijn aandacht weer bij de computer.

'Wauw, Christophe kent me al jaren,' fluisterde ik, toen we naar buiten liepen.

Mariam riep de portier. 'Graag een taxi naar Montmartre,' vroeg ze in heel behoorlijk Frans.

'*D'accord, mademoiselle,* maar er is een rij wachtenden, dus het kan wel tien minuten duren.'

‘Oké, we wachten wel.’

‘Ik heb in geen jaren op een taxi moeten wachten,’ mompelde ik.

‘Welkom in de echte wereld, Electra,’ zei Mariam glimlachend. ‘Zo, daar gaan we.’

Twintig minuten later settelden we ons aan een tafeltje in het café waar ik had gewerkt. Het was geen prettig plekje, we zaten ingeklemd tussen twee andere tafels en ik kon het gesprek van mijn buren woord voor woord volgen. Ik keek regelmatig naar George, die me tien jaar geleden als serveerster had aangenomen. Hij stond achter de bar, maar keek geen enkele keer mijn kant op.

‘En, hoe voelt het om onzichtbaar te zijn?’ vroeg Mariam, nadat ik een halve karaf huiswijn had besteld.

‘Ik weet het niet, in elk geval griezelig.’

‘Maar wel een bevrijding?’

‘O ja, ik vond het heerlijk om onopgemerkt over straat te lopen, maar alles heeft zijn voor- en nadelen, vind je niet?’

‘Dat is zo, maar ik kan me voorstellen dat ze ook al naar je staarden toen je nog niet beroemd was.’

‘Ik geloof het wel, ja, maar ik wist nooit of het nou vriendelijk staren was of omdat ik, laten we zeggen, op een zwarte giraffe lijk.’

‘Ik denk dat het was omdat je heel mooi bent, Electra. Terwijl ík, vooral sinds 11 september, overal met achterdocht word bekeken. Iedere moslim is namelijk een terrorist, weet je.’ Ze nam een slokje water en glimlachte verdrietig.

‘Dat moet heel naar voor je zijn.’

‘Dat is het ook. In elk politiek of godsdienstig regime willen gewone mensen alleen maar in vrede leven. Helaas word ik nog voordat ik mijn mond opendoe al beoordeeld vanwege mijn kleding.’

‘Draag je die altijd als je de deur uit gaat?’

‘Ja, maar toen ik werk zocht, vond mijn vader dat ik mijn hidjab af moest doen. Hij dacht dat die mijn kansen zou verkleinen.’

‘Misschien zou je het eens moeten proberen en net als ik vanavond een paar uur lang iemand anders worden. Het zou ook voor jou bevrijdend kunnen werken.’

‘Zou kunnen, maar ik ben tevreden met mijn manier van leven. Zullen we bestellen?’ vroeg ze, en ze ging over op het Frans.

‘Wat een hoop verborgen talenten,’ zei ik plagerig. ‘Waar heb je zo goed Frans leren spreken?’

‘Tijdens mijn opleiding, en ik heb het verder opgepikt toen ik voor Bardin werkte. Ik vind dat gewoon een vereiste als je in de haute-couturewereld werkt. En ik heb kennelijk een talenknobbel. Het viel me trouwens op dat je heel anders klinkt als je Frans spreekt dan wanneer je Engels spreekt.’

‘Hoe bedoel je?’ vroeg ik geïrriteerd.

‘Dat bedoel ik positief,’ zei ze snel. ‘In het Engels kom je wat nonchalanter over, misschien omdat je een licht Amerikaans accent hebt. Maar in het Frans klink je... serieuzer.’

‘Wat zouden mijn zussen lachen als ze dat hoorden,’ zei ik grijnzend.

Bij de *moules marinières* en het verse, knapperige brood waarvan alleen de Fransen het geheim kennen, moedigde ik Mariam aan om over haar familie te praten. Ze was duidelijk dol op haar broers en zussen, en ik was jaloers op de liefde die uit haar stralende ogen sprak.

‘Ik kan haast niet geloven dat mijn kleine zusje volgend jaar al gaat trouwen. Mijn ouders noemen me steeds een oude vrijster,’ zei ze glimlachend, toen we op het dessert, een tarte tatin, aanvielen. Ik had met mezelf afgesproken dat ik die extra calorieën de volgende ochtend in de fitnessruimte van het hotel wel zou wegwerken.

‘Denk je ooit te gaan trouwen?’ vroeg ik.

‘Ik weet het niet. Ik ben er nog niet echt aan toe om te settelen. Of misschien heb ik de ware nog niet gevonden. En jij, als ik vragen mag? Ben je weleens verliefd geweest?’

Voor de verandering vond ik het niet vervelend dat iemand dat vroeg. We waren die avond tenslotte gewoon twee vrouwen die gezellig uit eten waren en zaten te babbelen.

‘Yep. En verliefd wil ik denk ik nooit meer worden.’

‘Liep het slecht af?’

‘Nou en of,’ zei ik zachtjes. ‘Hij heeft mijn hart gebroken. Ik was er kapot van, maar ja, shit happens, toch?’

‘Er komt vast nog wel iemand in je leven, Electra, dat wéét ik gewoon.’

‘Je lijkt mijn zus Tiggy wel. Die is heel spiritueel aangelegd en zegt ook altijd dat soort dingen.’

'Nou, misschien heeft ze net als ik gelijk. Ik geloof echt dat ieder mens een voorbestemde partner heeft.'

'De vraag is alleen, vinden we die ook? De wereld is groot, weet je.'

'Dat is zo,' beaamde Mariam. Ze onderdrukte een geeuw. 'Neem me niet kwalijk, ik heb slecht geslapen vannacht. Ik kan niet goed tegen een jetlag.'

'Ik zal de rekening vragen.' Ik wenkte de ober, die me volledig negeerde.

'Wat een hufter,' zei ik boos toen hij ons na vijf minuten nog geen blik waardig had gekeurd.

'Hij heeft het druk, Electra, hij komt heus wel zodra hij tijd heeft. Geduld is een schone zaak.'

'Dat heb ik nooit gehad,' mopperde ik, terwijl ik mijn woede probeerde te beheersen.

'Nou,' zei Mariam toen we buiten stonden nadat de ober ons eindelijk met zijn aanwezigheid had vereerd, 'ik heb vanavond gemerkt dat jij het niet prettig vindt om genegeerd te worden.'

'Zeker weten. In een gezin met zes meisjes moet je keihard schreeuwen om gehoord te worden. En dat heb ik gedaan,' zei ik grinnikend.

'Zullen we een taxi naar het hotel proberen te vinden?'

Ik hoorde nauwelijks wat Mariam zei, want mijn aandacht werd getrokken door een man die in zijn eentje op het terras aan een glas cognac zat.

'O, mijn god,' fluisterde ik.

'Wat is er?'

'Die man ken ik. Hij werkt voor onze familie.' Ik liep op hem af en torende al boven hem uit toen hij eindelijk opkeek.

'Christian?'

Hij staarde me onthutst aan. '*Pardon,* mademoiselle, moet ik u kennen?' vroeg hij in het Frans.

Ik boog me naar hem toe en fluisterde in zijn oor. 'Natuurlijk ken je mij, sufferd! Ik ben het, Electra!'

'*Mon Dieu*! Natuurlijk, jij bent het, Electra! Mijn...'

'Sst! Ik ben in vermomming.'

'Nou, dat is dan een uitstekende vermomming, maar nu zie ik natuurlijk wel dat jij het bent!'

Ik realiseerde me dat Mariam achter me stond te wachten.

'Mariam, dit is Christian, hij is... nou, zeg maar familie,' zei ik met een glimlach naar hem. 'Storen we je erg als we bij je komen zitten en een drankje nemen? Wat een ongelooflijk toeval.'

'Willen jullie me excuseren? Ik ga terug naar het hotel,' zei Mariam. 'Anders val ik in slaap terwijl ik hier sta. Aangenaam je te ontmoeten, Christian. *Bonne soirée,*' zei ze met een knikje, en ze draaide zich om en verdween in de drukte van Montmartre.

'Mag ik bij je komen zitten?' vroeg ik Christian.

'Maar natuurlijk, ga zitten. Ik bestel een cognac voor je.'

Ik keek naar Christian toen hij de jonge serveerster wenkte. Als kind was ik smoorverliefd op hem, hij was tenslotte de enige man onder de dertig met wie ik op Atlantis te maken had. Hij leek na tien jaar niet veranderd en ineens bedacht ik dat ik geen flauw idee had hoe oud hij was. Of, realiseerde ik me met een licht schuldgevoel, wíé Christian eigenlijk was.

'En,' vroeg ik, 'wat brengt je hier?'

'Ik... wel, ik bezoek een oude vriend.'

'Oké,' knikte ik, maar ik had sterk de indruk dat hij loog. 'Wist je dat Ma toen ik op mijn zestiende naar Parijs ging een paar deuren verderop een adres voor me heeft gevonden? Ik heb in dít café gewerkt. Het lijkt heel lang geleden.'

'Dat is het ook, Electra, bijna tien jaar. Ah, daar is de cognac. Santé.'

'Santé.' We klonken en namen een flinke slok.

'En mag ik vragen wat jij hier in vermomming in de straten van Montmartre doet?'

'Mariam, de vrouw die je net hebt ontmoet, is mijn personal assistant en ik beklaagde me erover dat ik nergens heen kon zonder herkend te worden. Dus heeft ze me in deze outfit gestoken en zijn we samen uit eten gegaan.'

'En heb je ervan genoten om even iemand anders te zijn?'

'Eerlijk gezegd weet ik dat niet zeker. Ik bedoel, het heeft zeker zijn voordelen, want als ik die vermomming niet had, konden jij en ik hier niet ongestoord zitten babbelen, maar tegelijkertijd ergert het me dat ik genegeerd word.'

'O, dat zal best. En, hoe gaat het met je?' Christian nam nog een slokje van zijn cognac.

'O, prima,' antwoordde ik schouderophalend. 'En hoe gaat het met Ma? En met Claudia?'

'Met allebei goed, ja. Ze zijn alle twee gezond.'

'Ik vraag me vaak af hoe ze tegenwoordig hun tijd doorbrengen nu wij het huis uit zijn en Pa er niet meer is.'

'Daar zou ik me maar niet druk om maken, Electra, die twee hebben genoeg omhanden.'

'En jij?'

'Er is altijd een hoop te doen op het terrein, en er gaat geen maand voorbij waarin niet een of meer van je zussen langskomen. Ally is er nu met dat mooie zoontje van haar, Bear.'

'Ma zal wel in de wolken zijn.'

'Dat denk ik wel,' zei Christian, en hij gaf me een van zijn zeldzame glimlachjes. 'Hij is de eerste van de volgende generatie. Marina heeft weer het gevoel dat ze nodig is, en het is goed haar zo gelukkig te zien.'

'En hoe gaat het met Bear, dat neefje van me?' Ik was zelf verbaasd over dat woord.

'Even perfect als alle pasgeboren baby's.'

'Maar huilt hij nooit, zet hij het af en toe niet op een krijsen?' polste ik. In theorie behoorde Christian tot degenen die bij mij en mijn zussen in dienst waren, maar ik stoorde me die avond aan zijn overbeleefde houding.

'O ja, soms, maar welke baby doet dat niet?'

'Kun jij je mij als kind nog herinneren?'

'Natuurlijk herinner ik me jou.'

'Ik bedoel, toen ik een baby was?'

'Toen jij een baby was, was ik pas negen, Electra.'

Ah! Dan moet Christian een jaar of vijfendertig zijn...

'Maar je herinnert je toch wel dat jij toen ik nog heel klein was de boot bestuurde?'

'Ja, maar je vader was er altijd bij om te controleren of ik het wel kon voordat hij me in mijn eentje liet sturen.'

'O, mijn god!' Ik sloeg een hand voor mijn mond toen er ineens een herinnering bovenkwam. 'Weet je nog dat ik rond mijn dertiende een keer van school ben weggelopen? Toen ik thuiskwam, zei Pa dat ik terug moest gaan en het in elk geval nog een keer moest proberen, omdat ik het geen kans had gegeven. Ik vond het zo verschrikkelijk om terug te moeten dat ik midden op het meer uit de boot ben gesprongen en terug wilde zwemmen.'

Aan de blik in Christians vriendelijke bruine ogen zag ik dat hij het nog wist. 'Hoe zou ik dat kunnen vergeten? Je was bijna verdronken, je had er niet aan gedacht eerst je jas uit te trekken en verdween onder water. Ik kon je eerst niet vinden...' Hij schudde zijn hoofd. 'Het was een van de vreselijkste momenten in mijn leven. Als ik jou was kwijtgeraakt...'

'O ja, Pa zou razend zijn geweest,' beaamde ik, in een poging de sfeer luchtig te houden, want zo te zien was Christian bijna in tranen.

'Ik zou het mezelf nooit hebben vergeven, Electra.'

'Nou ja, de stunt had in elk geval gedeeltelijk succes. Ik hoefde een paar dagen niet naar school.'

'Nee.'

'En hoelang blijf je nog in Parijs?'

'Ik ga morgen terug. En jij?'

'Zondagavond. Ik heb vanmiddag mijn vlucht omgeboekt, maar toen liet mijn date me zitten,' zei ik schouderophalend.

'Ga dan mee naar Atlantis, dan kun je je neefje ontmoeten. Ik heb de auto hier, dus je kunt meerijden. Ze zullen allemaal heel blij zijn je te zien.'

'Denk je?' Ik schudde mijn hoofd. 'Nou, ik denk het niet.'

'Waarom zeg je dat? Marina en Claudia hebben het altijd over jou. Ze houden een plakboek bij van al je fotoshoots.'

'Echt waar? Wat lief. Nou, een andere keer misschien.'

'Mocht je van gedachten veranderen, je hebt mijn telefoonnummer.'

'Nou en of ik dat heb.' Ik moest glimlachen. 'Het zit in mijn brein gebeiteld. Als er op school weer eens rottigheid was, wist ik dat jij me binnen de kortste keren zou komen redden.'

'Ik moet er weer eens vandoor, ik vertrek morgenochtend vroeg.' Christian gebaarde naar de ober om de rekening te vragen.

'Waar logeer je?'

'In het gebouw waar jij destijds woonde, het is eigendom van Marina's vriendin.'

'Is dat zo? Dat wist ik niet.' Er kwam een vluchtige herinnering aan mijn Parijse hospita bovendrijven; een stokoude vrouw met een gezicht dat getekend was door een leven lang absint drinken en sigaretten roken.

Christian stond op. 'Hoe dan ook, mocht je je bedenken, laat het me weten. Ik vertrek morgenochtend om zeven uur. En nu ga ik een taxi voor je zoeken.'

Terwijl ik naast Christian liep genoot ik van het feit dat hij even lang was als ik. Hij was bovendien in waanzinnig goede vorm, ik kon onder het witte overhemd zijn gespierde borstkas zien. Toen hij een taxi aanhield, overviel me om een of andere belachelijke reden hetzelfde gevoel als vroeger, als hij me naar school had gebracht en ik hem nakeek en het liefst bij hem in de auto was blijven zitten.

'Waar logeer je, Electra?'

'In het Ritz,' zei ik, terwijl ik achterin stapte.

'Oké, nou, fijn je te hebben gesproken. Pas goed op jezelf.'

'Zal ik doen,' riep ik door het open raampje, terwijl de taxi wegschoot.

Toen ik me een half uur later op mijn bed liet zakken drong het plotseling tot me door dat ik sinds die middag met Maxime geen lijntje meer had genomen, en dat gaf me een heel goed gevoel.

De volgende ochtend werd ik tot mijn ergernis al om vijf uur wakker. Ik nam een slaappil, maar mijn brein weigerde te worden uitgeschakeld. Ik bleef liggen nadenken over het lege weekend in Parijs dat zich voor me uitstrekte en scrolde door mijn contacten op zoek naar een speelmaatje met wie ik de tijd kon verdrijven. Tot ik besefte dat ik eigenlijk helemaal niemand wilde zien, want dan moest ik weer supermodel Electra zijn, en ik wilde wat tijd voor mezelf.

Maar geen tijd voor mezelf in mijn eentje, dacht ik, starend naar de lichtgevende cijfers op de wekker, waarvan de wijzers tergend langzaam richting zes uur bewogen.

Vervolgens zwierven mijn gedachten naar Atlantis, naar Ma en Claudia. Ik zag mezelf door het huis en over het terrein struinen, in de oude trainingsbroek die nog in een onderste la van de kast in mijn slaapkamer lag. Daar zou ik me niet anders hoeven voor te doen dan ik was.

Voordat ik me kon bedenken, belde ik Christian op zijn mobiele nummer.

'Goedemorgen, Electra.'

'Hoi, Christian, ik heb net bedacht dat ik toch met je meerijd naar Atlantis.'

'Goed nieuws, Electra! Marina en Claudia zullen opgetogen zijn. Zal ik je over een uur ophalen bij het Ritz?'

'Heel fijn, dank je.'

Daarna stuurde ik een sms'je naar Mariam.

Ben je wakker?

Ja, heb je iets nodig?

Bel me.

Toen Mariam belde, zei ik dat ik liever vanuit Genève wilde terugvliegen naar New York.

'Geen probleem, Electra. Zal ik een hotel voor je boeken?'

'Nee, ik ga naar huis om mijn familie te zien.'

'Geweldig!' antwoordde ze, met zo'n warmte in haar stem dat ik haar in gedachten zag glimlachen. 'Ik neem contact op zodra ik alle bevestigingen binnen heb.'

'En jij, Mariam?' vroeg ik, toen ik ineens bedacht dat ik haar hier aan haar lot overliet. 'Red jij je wel in Parijs? Boek gerust een vlucht met de creditcard als je liever vandaag teruggaat.'

'Nee, Electra, ik voel me hier prima. Ik was van plan om, als dat jou schikte, vanmiddag bij Bardin langs te gaan. Ik ga het een en ander regelen en dan zie ik je morgenavond op het vliegveld van Genève.'

Ik nam een lijntje uit het pakje dat Maxime voor me had achtergelaten, gooide mijn spullen in mijn koffer en reistas en bestelde een assortiment aan luchtige Franse baksels en wat fruit, zodat ik me minder bezwaard hoefde te voelen over de overdosis calorieën. Na het ontbijt belde ik de piccolo om mijn bagage naar beneden te brengen. Ik zette mijn grote zwarte zonnebril op – die waarmee ik volgens CeCe op een bromvlieg leek – en volgde mijn bagage richting Christian en zijn comfortabele vierdeurs Mercedes. Hij begroette me en opende het achterportier.

Ik schudde mijn hoofd. 'Ik ga liever voorin zitten als je het niet erg vindt.'

'Helemaal niet,' zei Christian, en opende vervolgens het voorportier.

Ik installeerde me voorin en rook weer dat geruststellende luchtje, een combinatie van leer, luchtverfrisser en Pa's onmiskenbare citrusgeurtje. Al sinds ik als kind voor het eerst in een auto van ons gezin was geklauterd, hing dat luchtje er, en het hing er nog steeds, ook al was Pa er niet meer. Het stond voor thuis en voor veiligheid, en als het had gekund, had ik het in een flesje gestopt.

Christian startte de motor. 'Nog iets nodig, Electra?'

'Nee, dank je.'

'De rit duurt een uur of vijf,' zei hij, terwijl de auto geruisloos wegreed.

'Heb je Ma verteld dat ik kom?'

'Ja, dat heb ik. Ze vroeg of je nog speciale dieetwensen had.'

'Ik...' De vorige keer dat ik thuis was, deed ik een detoxkuur en dronk ik liters groene thee, schoot me ineens te binnen. Ik had destijds verkering met Mitch, die clean was, sterker nog, brandschoon was, maar ik had voor noodgevallen een fles wodka meegenomen. En noodgevallen waren er ook geweest. Wat niet raar was, omdat ik voor het eerst op Atlantis was zonder Pa, bij een uitvaart zonder begrafenis.

'Gaat het, Electra?'

'Prima, dank je. Christian?'

'Ja?'

'Heb jij Pa naar veel verschillende plaatsen moeten rijden?'

'Niet echt, nee. Voornamelijk naar de luchthaven van Genève, daar stapte hij in zijn privéjet.'

'Wist jij altijd waar hij naartoe ging?'

'Soms wel, ja.'

'En waar was dat dan?'

'O, allerlei bestemmingen, over de hele wereld.'

'Weet jij wat hij eigenlijk deed?'

'Ik heb geen idee, Electra. Hij was heel erg op zichzelf.'

'Zeg dat wel,' verzuchtte ik. 'Vind je het eigenlijk niet raar dat wij dat geen van allen wisten? De meeste kinderen weten dat wel, die vertellen dat hun vader winkelier is, of advocaat of zo, maar ik kon dat nooit omdat ik geen flauw idee had.'

Christian zweeg en hield zijn blik op de weg gericht. Dat hij als chauffeur én schipper van de familie geen idee had, kon ik me niet voorstellen.

'Weet je, Christian...'

'Ik weet het pas als je het vertelt.' Hij glimlachte flauwtjes naar me.

'Als ik op school in de problemen zat en jij kwam me ophalen, dan waren jij en je auto mijn *safe space.*'

'En wat is een safe space?'

'O, dat is therapeutenjargon voor een plek waar je in gedachten heen kunt gaan en waar je je gelukkig voelt. Het kan een fantasieplek zijn, of een echte plek van vroeger. Ik droomde vaak dat jij voor de deur stond om me mee te nemen.'

'Ik voel me zeer vereerd,' zei Christian, en dit keer was zijn glimlach oprecht.

'Heb je gewoon gesolliciteerd voor die baan bij Pa?' polste ik maar weer eens.

'Je vader kende me al toen ik nog een jochie was. Ik woonde... in de buurt en hij heeft mij en mijn moeder heel vaak geholpen.'

'Bedoel je dat hij een vaderfiguur voor je was?'

'Ja.' Het bleef even stil. 'Dat was hij.'

'Dan ben jij misschien wel die mysterieuze zevende zus!' zei ik grinnikend.

'Je vader was een heel goed mens en zijn overlijden is voor ons allemaal een zwaar verlies.'

Was Pa aardig of dominant, of allebei, peinsde ik terwijl we de buitenwijken van Parijs doorkruisten en de snelweg naar Genève namen. Ik zette mijn stoel in de ligstand en sloot mijn ogen.

3

‘Electra, we zijn bij de steiger,’ fluisterde een zachte stem in mijn oor.

Ik werd wakker en knipperde met mijn ogen tegen het felle licht. Het was de reflectie van het zonlicht op het rimpelloze oppervlak van het Meer van Genève, realiseerde ik me.

‘Ik heb vier uur geslapen?’ zei ik verbaasd, en ik stapte uit. ‘Ik zei toch dat jij mijn safe space was?’ zei ik grijnzend terwijl Christian de kofferbak opende. ‘Ik heb alleen mijn reistas nodig, je kunt de rest er gewoon in laten.’

Christian sloot de auto af en ging me voor naar de ponton waaraan de speedboot lag aangemeerd. Hij bood me een hand bij het instappen en moest daarna het een en ander doen ter voorbereiding van het vertrek. Ik installeerde me op de zachtleren bank bij de achtersteven. Ik was onderweg naar Atlantis altijd een beetje opgewonden, maar meestal was ik ook opgelucht als ik daar weer wegging.

Zou het deze keer anders zijn, vroeg ik me af, en ik moest even zuchten omdat ook dát gevoel altijd bij me opkwam.

Christian startte de motor, en zo begon de reis naar het huis waar ik was opgegroeid. Het was warm voor eind maart. Ik genoot van de zon op mijn gezicht en het wapperen van mijn haar.

Toen we het schiereiland waarop Atlantis lag naderden, strekte ik mijn nek uit om tussen de bomen door een glimp van het huis op te vangen. Het was een spectaculair pand, zo fraai dat het net een Disneykasteel leek. Dat paste totaal niet bij Pa, dacht ik. Hij had een minimale garderobe, voor zover ik wist droeg hij altijd dezelfde drie jasjes: linnen voor ’s zomers, tweed voor de winter en iets van ondefinieerbare stof voor de tussenseizoenen. Zijn slaapkamer was zo sober gemeubileerd dat hij geschikt zou zijn voor een priester. Ik had me weleens afgevraagd of hij in het geheim boete deed voor een misdaad die hij ooit had begaan. Maar wat het ook was, zijn garderobe en de inrichting van zijn slaapkamer waren volledig in contrast met de rest van het huis, bedacht ik toen we de steiger bij Atlantis naderden.

Ma stond me al uitbundig zwaaiend op te wachten. Ze was als altijd onberispelijk gekleed, en ik zag dat ze de bouclérok van Chanel droeg die ik van een rek met showmodellen had meegesmokkeld omdat ik wist dat ze hem prachtig zou vinden.

'Electra! *Chérie*, wat een onverwachte verrassing!' zei ze, terwijl ze op haar tenen ging staan en ik vooroverboog, zodat ze me op beide wangen kon kussen en haar armen om me heen kon slaan. Daarna deed ze een stap achteruit om me te bekijken. 'Je bent even mooi als altijd, maar ik vind je te mager. Geeft niet, Claudia heeft alles in huis voor je favoriete bosbessenpannenkoekjes, mocht je daar zin in hebben. Wist je dat Ally hier is met haar baby?'

'Ja, dat hoorde ik van Christian. Ik kan niet wachten om mijn neefje te ontmoeten.' Ik volgde Ma over het pad door de tuinen voor het huis, die tot aan het meer liepen en waar het gras en de planten in knop een heerlijke geur verspreidden, een groot contrast met de vieze lucht in New York. Ik zoog een diepe teug frisse, zuivere lucht mijn longen binnen.

'Kom maar door de keuken,' zei Ma. 'Claudia is al bezig met de brunch.'

Ik zag Christian aan komen lopen. Toen hij mijn reistas onderaan de trap neerzette, liep ik naar hem toe. 'Bedankt dat ik mee mocht rijden, ik ben blij dat ik ben gekomen.'

'Graag gedaan, Electra. Hoe laat moeten we morgen naar het vliegveld?'

'Een uur of tien 's avonds. Mijn personal assistant heeft het vliegtuig rond middernacht gereserveerd.'

'Oké. Mocht er iets veranderen, meld dat dan aan Marina, dan geeft zij het aan mij door.'

'Zal ik doen. Fijn weekend.'

'Jij ook.' Hij knikte kort en verdween door de voordeur.

'Electra!'

Ik draaide me om, en daar kwam Ally met open armen vanuit de keuken naar me toe gelopen.

'Hoi, hoi, kersverse mama,' zei ik terwijl ze me omhelsde. 'Gefeliciteerd!'

'Dank je. Ik kan nog steeds niet geloven dat ik moeder ben.'

Met een vleugje jaloezie constateerde ik dat ze er geweldig uitzag. Haar vroeger wat hoekige gezicht was dankzij een paar zwangerschapspondjes zachter en dat beeldschone roodblonde haar scheen als een stralenkrans rond haar porseleinen huid.

'Je ziet er fantastisch uit,' zei ik.

'Echt niet. Ik ben acht kilo aangekomen, en die willen maar niet weg, en ik krijg twee uur slaap per nacht. Ik heb een heel hongerig mannetje bij me in bed,' zei ze lachend.

'Waar is hij?'

'Zijn doorgehaalde nacht inhalen, natuurlijk.' Ally trok quasi-gefrustreerd een wenkbrauw op, maar ik had haar nog nooit zo gelukkig gezien. 'Dan kunnen wij tenminste even bijkletsen,' vervolgde ze, terwijl we naar de keuken liepen. 'Ik zat vandaag te bedenken dat ik je sinds vorig jaar juni niet meer heb gezien, toen we hier na het overlijden van Pa met zijn allen waren.'

'Nee, nou ja, ik heb het druk gehad.'

'Ik probeer jou en je leven via kranten en tijdschriften te volgen, maar...'

'Hallo, Electra,' zei Claudia in het Frans met haar zware Duitse accent. 'Hoe gaat het met je?' Ze stond onder verleidelijk gesis pannenkoekenbeslag in een koekenpan te gieten.

'Goed, dank je.'

'Kom hier zitten en vertel eens wat er allemaal is gebeurd sinds ik je voor het laatst heb gezien,' zei Ally, en ze gebaarde naar een van de stoelen aan de lange keukentafel.

'Dat zal ik doen, maar ik ga eerst even naar boven om me op te frissen.' Overvallen door een gevoel van paniek liep ik de keuken uit. Ally hield ervan haar zussen aan een verhoor te onderwerpen, en ik wist niet of ik daar op dat moment wel aan toe was.

Ik greep mijn tas, liep de trap naar de zolder op en ging mijn kamer binnen. Het was eerder een ruime verdieping dan een zolder, waar wij als zussen onze slaapkamers hadden. Alles zag er nog net zo uit als toen ik als tiener naar Parijs was vertrokken. Ik ging op het bed zitten en staarde naar de muren, die nooit anders dan roomkleurig waren geweest. Vergeleken met de kamers van mijn zussen, waar de muren de persoonlijkheid van de bewoonster uitdrukten, waren die van mij nogal kaal. Ze zeiden helemaal niets over de persoon die hier zestien jaar van haar leven had doorgebracht. Geen posters van modellen of popsterren of balletdanseressen of sportidolen… nergens iets waaraan je kon zien wat voor iemand ik was.

Ik reikte naar mijn reistas, pakte de fles wodka die ik in mijn kasjmieren trainingsbroek had gewikkeld en nam een flinke slok. Deze slaapkamer vertelde exact alles wat er over mij te vertellen viel: dat ik niet meer dan een lege huls was. Ik had geen enkele passie voor iets, nooit gehad ook. Ik wist toen niet wie ik was en ik weet nog steeds niet wie ik ben, dacht ik, terwijl ik de fles weer in zijn kasjmieren jasje wikkelde en het pakje uit het voorvak van mijn tas pakte om een lijntje te doen.

Toen ik weer naar beneden ging, had de wodka me gekalmeerd en de coke me opgevrolijkt. Terwijl Ma, Ally en ik van Claudia's befaamde brunch genoten, draaide ik de vereiste verzoeknummers af door ze alles te vertellen over de glamourparty's die ik had bijgewoond en de beroemdheden die ik had ontmoet, het geheel gelardeerd met wat onschuldige roddels.

'En jij en Mitch? Ik las in de krant dat jullie ieder je eigen weg zijn gegaan. Klopt dat?'

Ik zat erop te wachten. Ally was de hogepriesteres der directheid.

'Ja, een paar maanden geleden.'

'Hoe kwam dat?'

'Ach, weet je.' Ik haalde mijn schouders op, nam een slok sterke, hete koffie en wenste dat er een scheut cognac in zat. 'Hij had zijn thuisbasis in LA, ik woonde in New York, en we moesten allebei veel reizen…'

'Dus hij was niet de ware?' dramde Ally.

Plotseling hoorde ik een krakend geluid. Ik keek om me heen om te zien waar het vandaan kwam. 'O, dat is de babyfoon. Bear is wakker,' zei Ally met een zucht.

'Ik ga wel even,' bood Ma aan, maar Ally was al opgestaan en duwde Ma zachtjes terug op haar stoel.

'Ma, lieverd, je hebt al vanaf vijf uur vanochtend dienst, dus nu is het mijn beurt.'

Ik had mijn neefje nog niet ontmoet, maar o wat was dat een lief joch, ik was dankzij hem ontsnapt aan de Grote Ally-Inquisitie.

'En hoe bevalt je nieuwe appartement?' vroeg Ma, die van onderwerp veranderde. Als tact iets tastbaars was, zou het sprekend op mijn surrogaatmoeder lijken.

'O, goed, maar ik heb een huurcontract voor een jaar, dus ik zal binnenkort naar iets anders moeten uitkijken.'

'Met dat vele reizen van je zul je er niet vaak zijn.'

'Dat is ook zo, maar ik heb in elk geval een plek om mijn kleren op te hangen. Kijk eens aan, wie hebben we daar?'

Ally kwam binnen met in haar armen een baby met grote bruine ogen die onderzoekend om zich heen keken en een bos donkerrood haar dat al een beetje begon te krullen.

'Dit is Bear,' kondigde ze aan, met de glanzende, trotse blik van een moeder. Waarom zou ze ook niet? In mijn ogen was iedereen die de moed had een kind op de wereld te zetten een heldin.

'O, mijn god! Hij is om op te vreten! Hoe oud is hij nu?' vroeg ik, terwijl Ally ging zitten en hem op haar schoot heen en weer wiegde.

'Zeven weken.'

'Wauw, wat een grote knul!'

'Omdat hij zo'n gezonde eetlust heeft,' zei Ally glimlachend. Ze knoopte haar blouse los en legde de baby in de zuighouding. Bear zette het op een luidruchtig sabbelen. Ik huiverde.

'Doet het geen pijn als je hem de borst geeft?'

'In het begin wel, maar nu hebben we onze draai gevonden, hè, schatje?' zei ze, en ze keek op hem neer zoals ik vast weleens naar Mitch had gekeken. Vol liefde dus.

'Nou, dan laten we jullie hier alleen, zodat jullie kunnen bijpraten, en dan zien we jullie later,' zei Claudia, nadat ze had afgeruimd, en ze volgde Ma de keuken uit.

'Ik vind het echt heel erg voor je van Bears vader, Ally.'

'Dank je, Electra.'

'Wist hij… Wist de vader…'

'Hij heette Theo.'

'Wist Theo dat je zwanger was?'

'Nee, ik kwam er pas een paar weken na zijn dood achter. Destijds had ik het gevoel dat mijn wereld instortte, maar nu…' Ze glimlachte naar me, en ik las volkomen tevredenheid in haar helderblauwe ogen. 'Ik zou hem niet willen missen.'

'Heb je nog overwogen om…'

'Abortus te plegen? Die gedachte is inderdaad heel even bij me opgekomen. Ik had tenslotte mijn zeilcarrière, Bears vader was dood, en ik had geen eigen huis. Maar ik had het nooit gekund, dat wist ik. Ik zie Bear als een geschenk. Soms, als ik hem in de kleine uurtjes de borst geef, voel ik Theo om me heen.'

'Zijn geest, bedoel je?'

'Ja, echt.'

'Ik had nooit gedacht dat jij in die flauwekul geloofde,' zei ik met een bedenkelijk gezicht.

'Nee, ik ook niet, maar op de avond voordat Bear werd geboren, gebeurde er iets heel bijzonders.'

'Wat dan?'

'Ik zat in het vliegtuig naar Spanje om Tiggy op te zoeken. Ze had net te horen gekregen dat ze een hartkwaal had, maar was ervandoor gegaan om haar biologische familie op te sporen. En toen, Electra, vertelde Tiggy me iets wat alleen Theo kon weten.' Ally's bleke hand ging naar het kettinkje om haar hals.

'En wat was dat?'

'Dit heeft Theo voor me gekocht.' Ze hield het hangertje met een turquoisekleurige steen in de vorm van een oog omhoog. 'Een paar weken daarvóór was het kettinkje gebroken, en Tiggy zei dat Theo wilde weten waarom ik het niet droeg. En ze zei dat hij Bear een mooie naam vond. En weet je wat, Electra? Dat wás ook zo!'

Er verschenen tranen in haar ogen.

'Hoe dan ook, vroeger was ik sceptisch, maar inmiddels ben ik bekeerd. Ik wéét gewoon dat Theo over ons waakt.' Ze haalde haar schouders op en liet een wazige glimlach zien.

'Ik zou willen dat ik zo'n geloof had. Het punt is dat er maar weinig dingen zijn waar ik in geloof. Maar hoe gaat het nu met Tiggy's hart?'

'Kennelijk een stuk beter. Ze is terug naar de Schotse Hooglanden, waar ze dolgelukkig in een afgelegen liefdesnestje gesetteld is, met de arts die haar verzorgde toen ze ziek was en die ook de eigenaar is van het landgoed waar ze werkt.'

'Dus binnenkort luiden voor Tiggy de huwelijksklokken?'

'Dat betwijfel ik. Charlie is officieel nog getrouwd, en naar ik van Tiggy begrijp, is hij momenteel in een nogal grimmige vechtscheiding verwikkeld.'

'En de andere zussen?'

'Maia is nog steeds in Brazilië, bij die verrukkelijke man van haar, Floriano, en diens dochter. Star is in Kent, waar ze haar vriend – die om de een of andere reden Mouse heet – helpt bij de renovatie van zijn huis, en CeCe woont met haar vriendin Chrissie bij haar grootvader in Australië. Ik heb foto's van haar schilderijen gezien, die zijn prachtig. Ze heeft zo'n enorm talent.'

'Dus alle zussen zijn een nieuw leven begonnen?' constateerde ik.

'Ja, daar lijkt het wel op.'

'En ze hebben allemaal dat nieuwe leven gevonden toen ze op zoek waren naar hun verleden?'

'Dat hebben ze, ja. Net als ik. Ik heb je toch gemaild dat ik een tweelingbroer heb?'

'Eh...'

'Ja, echt waar, Electra. En een biologische vader die een muzikaal genie én een zuiplap is.' Er trok een intense glimlach over Ally's gezicht. 'En heb jij nog iets met de brief van Pa gedaan?' vervolgde ze.

'Ik heb de envelop nog niet eens opengemaakt, eerlijk gezegd weet ik ook niet waar ik hem opgeborgen heb. Misschien ben ik hem wel kwijt.'

'O, Electra! Dat meen je niet!' reageerde ze, haar gezicht een en al afkeuring.

'Ach, hij zal wel ergens liggen. Ik heb alleen de moeite nog niet genomen om hem te zoeken.'

'Wil je dan echt niet weten waar je vandaan komt?'

'Nee, ik zie het nut er niet van in. Wat maakt het uit? Ik ben wie ik ben.'

'Nou, het heeft mij wel degelijk geholpen. En ook al zou je de aanwijzingen in die brief niet volgen, dan waren die woorden toch Pa's laatste geschenk aan ons.'

'Jezus!' Ik had het helemaal gehad met dat gezeur. 'Jij en onze andere zussen doen godsamme alsof Pa een heilige is. Pa was iemand die ons om wat voor enge reden ook heeft geadopteerd, meer niet.'

'Niet schreeuwen, alsjeblieft, Electra! Je maakt de baby van streek, maar het spijt me als ik...'

'Ik ga een eindje wandelen.'

Ik stond op, beende de keuken uit richting de voordeur, trok die met een klap achter me dicht en stevende over het gazon naar de steiger. Zoals altijd als ik een paar uur op Atlantis was, had ik spijt van mijn besluit om hierheen te komen.

'Wat is dat toch met die zussen en Pa? Hij is verdomme niet eens onze biologische vader!' Ik ging op de steiger zitten, liet mijn benen over de rand bungelen en bleef een tijdje in mezelf zitten mopperen. Ik haalde een paar keer diep adem, maar dat werkte niet. Misschien zou een extra lijntje wel werken. Ik stond op en liep terug naar het huis, sloop op mijn tenen de hal door en de trap op, zodat niemand me hoorde. Op mijn kamer aangekomen deed ik de deur op slot en pakte ik de benodigde spullen.

Een paar minuten later voelde ik me al een stuk rustiger. Ik ging op bed liggen en stelde me in gedachten ieder van mijn zussen voor. Ik weet niet waarom, maar iedere zus verscheen aan me als een Disneyprinses, en dat was best grappig. Met dat nieuwe uiterlijk vond ik mijn zussen helemaal niet irritant en hield ik zelfs van ze. Behalve van CeCe, die plotseling als de heks in *Sneeuwwitje* opdoemde. Ik moest erom giechelen, maar dat vond ik zelfs tegenover CeCe wreed. Er werd altijd gezegd dat je wel je vrienden kunt kiezen, maar niet je familie, maar Pa had ons wél uitgekozen, en we zaten met elkaar opgescheept. Misschien konden CeCe en ik niet met elkaar overweg omdat zij anders dan de rest mijn gezeur niet pikte. En ze kon harder schreeuwen dan ik. De anderen deden hun uiterste best om de lieve vrede te bewaren, maar daar gaf CeCe niks om. Ongeveer zoals ik...

Het was kennelijk nooit tot mijn vier oudere zussen doorgedrongen dat zij elkáár hadden: Ally en Maia, Star en CeCe, dus was ik automatisch aan Tiggy gekoppeld. Het was Tiggy met wie ik geacht werd op te trekken toen we opgroeiden, want we scheelden maar een paar maanden. Ik hield echt van haar, maar onze karakters waren totaal verschillend. Het hielp ook niet echt dat mijn oudere zussen duidelijk liever met hun lievelingszusje Tiggy speelden. Tiggy schreeuwde niet, krijste niet en kreeg niet voortdurend driftbuien. Tiggy zat rustig bij iemand op schoot op haar duim te zuigen en perfect te zijn. Ik had toen we opgroeiden geprobeerd een band met haar op te bouwen, omdat ik me eenzaam voelde, maar ik ergerde me dood aan dat spirituele gezeik.

Naarmate het effect van de coke uitwerkte, veranderden mijn zussen van Disneyprinsessen in zichzelf. Waar maakte ik me eigenlijk druk om? Nu Pa dood was, vormden we hoogstens een verzameling totaal verschillende vrouwen, die als kinderen bij elkaar waren gebracht maar nu hun eigen weg gingen. Ik haalde een paar keer diep adem en probeerde erachter te komen waarom ik zo boos was geworden, iets wat iedere therapeut me had geadviseerd. En voor de verandering dacht ik dat dit keer te begrijpen: Ally had gezegd dat al mijn zussen gelukkig waren en een nieuw leven hadden opgebouwd met iemand die van hen hield. Zelfs CeCe, net als ik niet iemand om direct in je armen te sluiten, was erin geslaagd haar griezelige obsessie met Star te overwinnen en door te gaan met haar leven. Sterker nog, ze had altijd van kunst gehouden en had nu ontdekt dat daar haar passie lag.

En hier lag ik, zoals gewoonlijk het buitenbeentje. Het enige wat ík sinds Pa's overlijden had gevonden was een nieuwe, meer betrouwbare dealer. En al was ik financieel gezien verreweg de meest geslaagde zus – als ik mijn accountant moest geloven, kon ik vandaag stoppen met werken en hoefde ik me de rest van mijn leven over geld geen zorgen te maken – maar wat had ik daaraan als ik geen flauw benul had wat ik dan wilde gaan doen?

Er werd geklopt.

'Electra? Ben je daar?'

Het was Ally. 'Ja hoor, kom binnen.'

Ze kwam binnen, met Bear in de holte van haar elleboog.

'Het spijt me als ik iets gezegd heb waardoor je van streek bent geraakt,' zei ze, terwijl ze in de deuropening bleef dralen.

'Hé, maak je niet druk. Het ligt aan mij, niet aan jou.'

'Nou, hoe dan ook, het spijt me. Ik vind het echt fijn je weer te zien en ik ben blij dat je er bent. Mag ik gaan zitten? Hij weegt een ton.'

'Tuurlijk,' zei ik met een zucht. Ik zat er niet echt op te wachten om hier zonder ontsnappingsmogelijkheid te worden onderworpen aan een verhoor van Ally.

'Ik wil je alleen iets vertellen, Electra. Iets wat we volgens Tiggy zouden moeten onderzoeken.'

'O ja? Wat dan?'

'Ze heeft toen ze hier vorige maand was kennelijk een kelder ontdekt, en een geheime lift die daarheen voert.'

'Eh… oké. En dus?'

'Ze zei dat hij werd gebruikt om wijn op te slaan, maar ze had gezien dat er achter een van de rekken een deur zat. Misschien moeten we uitzoeken waar die op uitkomt.'

'Oké. Waarom vragen we dat niet gewoon aan Ma?'

'Dat kan, ja, maar Tiggy had het gevoel dat ze er niet over wilde praten.'

'Jeetje, Ally. Dit is óns huis en Ma werkt voor óns! We kunnen haar toch vragen wat we willen en doen wat we willen?'

'Ja, dat kunnen we,' zei Ally zachtjes, 'maar misschien moeten we het uit respect voor Ma een beetje tactvol aanpakken. Ze woont hier al zo lang, ze runt samen met Claudia het huishouden, ze heeft voor ons gezorgd, en ik wil niet dat ze het gevoel krijgt dat we haar ergens mee kwetsen nu de situatie… veranderd is.'

'Dus wat je eigenlijk zegt is dat we in het holst van de nacht stiekem in die lift moeten stappen om uit te zoeken wat er achter die deur zit?' vroeg ik verbaasd. 'Maar het is me nog steeds niet duidelijk waarom we hier een spannend avontuur van moeten maken in plaats van het gewoon aan Ma te vragen.'

'Kom op, Electra, niet zo chagrijnig. Die geheime lift en die kelder zijn er nou eenmaal en Pa moet een reden hebben gehad om ze juist daar te laten aanleggen. Wat je ook van Pa vindt of hoe je ook over hem denkt, hij was een praktisch ingesteld mens. Hoe dan ook, ik ben 's nachts toch wakker vanwege Bear, dus ik ga wel op onderzoek uit. Ik vroeg me alleen af of je zin had om mee te gaan. Tiggy zei dat je zeker twee man nodig hebt om dat rek te verplaatsen. Ze heeft me ook verteld waar de sleutel lag. Vind je het erg om Bear even vast te houden terwijl ik naar de wc ga?' Ally stond op en dumpte Bear op mijn schoot. Ik moest hem stevig met twee handen aanpakken om te voorkomen dat hij achteroverviel. Van de weeromstuit liet hij een enorme boer.

'Prachtig!' zei Ally vanuit de deuropening. 'Ik ben al een uur bezig om die eruit te krijgen.'

Ze deed de deur achter zich dicht en Bear en ik waren opeens alleen.

Ik keek omlaag naar Bear. Bear keek omhoog naar mij.

'Hoi,' zei ik, vurig wensend dat hij niet op me zou piesen of iets soortgelijks. Het was de eerste keer dat ik een baby vasthield.

Hij hikte en bleef me aanstaren.

'Wat gaat er allemaal door je heen, ventje? Vraag je je af waarom ik een heel andere kleur heb dan je mammie, terwijl ik toch je tante ben? Je hebt hem nooit ontmoet, maar je had echt een héél rare opa,' ging ik verder, want hij scheen te genieten van mijn gebabbel. 'Ik bedoel, hij was fantastisch, heel slim en zo, maar volgens mij had hij heel veel geheimpjes. Wat denk jij?'

Plotseling voelde ik het kleine lijfje verslappen, en toen Ally terugkwam had Bear zijn ogen dicht en was hij diep in slaap.

'Wauw, je bent een natuurtalent,' zei Ally glimlachend. 'Ik moet hem meestal uren wiegen voordat hij zwicht.'

'Hij verveelde zich zeker,' zei ik schouderophalend, terwijl Ally hem voorzichtig van me overnam.

'Ik leg hem in zijn ledikantje en probeer zelf ook nog even te slapen,' fluisterde ze. 'Tot straks.'

Ik had ervoor gezorgd genoeg wodka in te nemen om tijdens het avondeten rustig te blijven. Op weg naar beneden schonk ik mezelf nog een flinke hoeveelheid in uit de voorraadkast. Goddank bleef de conversatie beperkt tot de fenomenale kookkunst van Claudia (die betrof in dit geval haar beroemde schnitzel, die ik tot en met de laatste kruimel opat) en de plannen voor ons boottochtje naar Griekenland, om op Pa's sterfdag een krans in zee te werpen.

'Ik dacht eerst dat alleen wij als zussen de boottocht zouden maken, maar Maia komt de week ervóór al hierheen met Floriano, die ik dolgraag wil ontmoeten, en zijn dochter Valentina,' vertelde Ally me. 'Star, Mouse en zijn zoon Rory komen ook hierheen, én Tiggy, haar vriend Charlie en zijn dochter Zara...'

'Wauw,' onderbrak ik haar. 'Dus Maia, Star en Tiggy zijn stuk voor stuk surrogaatmoeders voor het kind van hun partner?'

'Ja, dat zijn ze,' bevestigde Ally.

'En als jullie surrogaatmoeder verzeker ik jullie dat mijn meisjes van het kind dat aan hun zorg is toevertrouwd houden alsof het hun bloedeigen kind is,' verklaarde Ma resoluut.

'Komt CeCe ook?'

'Ze zei dat ze zou komen. Ze hoopt dat haar grootvader en haar goede vriendin Chrissie ook meekomen.'

'Haar "goede vriendin" Chrissie?'

Ma en Ally staarden me allebei aan, en ik vroeg me af of ik degene binnen de familie moest zijn die hardop zei waar het op stond.

'Ze hebben toch een relatie?'

'Dat weet ik niet,' zei Ally, 'maar ze klinkt heel gelukkig, en daar gaat het om.'

'Maar het was toch van meet af aan duidelijk dat CeCe lesbisch was? Dat ze verliefd was op Star?'

'Electra, het past ons niet om ons met het privéleven van andere mensen te bemoeien,' onderbrak Ma me.

'Maar CeCe is toch niet "andere mensen", of wel soms? Bovendien, wat is het probleem? Ik vind het fijn voor haar als ze iemand heeft gevonden om wie ze geeft.'

'Dat wordt straks nog woekeren met de ruimte,' ging Ma onverstoorbaar verder.

'Nou, als jullie allemaal een gezinnetje hebben en ik als enige in mijn uppie ben, kan ik maar beter niet meegaan.'

'O, Electra, zeg dat toch niet! Je móét mee, je hebt het beloofd.' Ally was duidelijk van slag.

'Tja, nou, misschien kan ik in die geheime kelder slapen die Tiggy ontdekte toen ze hier was,' antwoordde ik, Ma aankijkend.

Vanaf de andere kant van de tafel wierp Ally me een dodelijke bliktoe, maar ik was te dronken om me daar iets van aan te trekken.

'Ah, die kelder,' zei Ma, ons nadrukkelijk aankijkend. 'Ja, ik heb Tiggy verteld dat die er is, en dat er niets geheimzinnigs aan is. Zodra we Claudia's verrukkelijke apfelstrudel op hebben, neem ik jullie er zelf mee naartoe.'

Ik wierp een zo-die-zit-blik naar Ally, die me woedend aankeek. Na het dessert stond Ma op en pakte een sleutel uit het wandkastje.

'Oké, zullen we dan maar gaan?'

Een antwoord was overbodig, want ze liep de keuken al uit, met Ally en mij in haar kielzog. In de gang aangekomen trok Ma een mahoniehouten paneel met een koperen handvat open, waarmee ze een minuscule lift onthulde.

'Waarom is die eigenlijk geïnstalleerd?' vroeg ik.

'Zoals ik Tiggy ook al heb uitgelegd, werd je vader er niet jonger op, daarom wilde hij makkelijk toegang tot elk deel van het huis.' Ma opende de deur en gedrieën wurmden we ons in de lift. Ik voelde me meteen claustrofobisch en moest een paar keer diep ademhalen. Ma drukte op een koperen knop en de deur sloot zich achter ons.

'Ja, dat begrijp ik, maar waarom heeft hij hem verstópt?' vroeg ik, toen de lift in beweging kwam.

'Hou toch je mond, Electra,' siste Ally, die zich inmiddels mateloos aan me ergerde. 'Ma zal het vast wel kunnen uitleggen.'

Na een ritje van vier seconden kwam de lift met een klap tot stilstand. De liftdeur gleed open en we stapten uit in een sobere kelder, waarvan de muren inderdaad met wijnrekken waren bedekt.

'Zo, we zijn er.' Ma deed een stap naar voren en maakte een zwaaiend gebaar. 'Jullie vaders wijnkelder.' Ze draaide zich om en glimlachte naar me. 'Het spijt me, Electra, maar dat grote geheim bestaat niet.'

'Maar...'

Achter Ma's rug zond Ally me de zoveelste boodschap, en zelfs ík besefte dat ik die dit keer maar niet moest negeren.

'Ik... Nou, heel mooi.' Ik liep de rekken langs om te zien wat Pa hier zoal had opgeslagen. Ik trok een fles tevoorschijn. 'Wauw, Château Margaux, 1957. Hier betaal je in de betere restaurants in New York tweeduizend dollar voor. Jammer dat ik meer een wodkafan ben.'

'Kunnen we weer naar boven? Ik moet even bij Bear kijken,' zei Ally, die me opnieuw een waarschuwende blik toewierp.

'Een paar minuutjes nog,' zei ik, en ik speurde verder de rekken af, haalde hier en daar een fles tevoorschijn en deed alsof ik het etiket bestudeerde, terwijl ik tussen de rekken door gluurde of ik ergens die geheime deur zag. Toen ik bij de rechterwand zogenaamd naar een Rothschild-bourgogne uit 1972 tuurde, ontdekte ik in het pleisterwerk achter het rek de bijna onzichtbare contouren van een deur. 'Oké, we gaan,' zei ik, en ik liep terug naar Ma en Ally.

Op weg naar de lift zag ik dat die door een dikke stalen rand werd omlijst.

'Waar is dát voor, Ma?' vroeg ik.

'Als je hierop drukt...' Ma wees naar een knop aan de zijkant van de rand. '... wordt de lift met stalen deuren afgesloten.'

'Dus als je nu op die knop drukt, zitten we hier opgesloten?' vroeg ik, en ik voelde paniek opkomen.

'Nee, uiteraard niet, Electra, maar iemand die vanuit de lift de kelder in probeert te komen, komt dan niet verder. Dit is een kluis,' legde ze uit, terwijl we ons weer in de krappe liftcabine propten. 'Dat is niets bijzonders in het huis van een rijke, afgelegen wonende familie. Als, God verhoede, Atlantis door inbrekers of erger wordt aangevallen kunnen we ons hier opsluiten en om hulp bellen. En ja, chérie,' zei Ma met een flauw glimlachje naar mij, 'we hebben hier beneden wifi. Goed,' zei ze toen we uit de lift stapten en ons weer in de keuken verzamelden, 'jullie moeten het me maar niet kwalijk nemen, maar ik ben moe en moet nu echt naar bed.' Ik lette goed op waar ze de sleutel terughing.

'Dat is de schuld van Bear, je bent al vanaf vijf uur op, Ma. Ik zal morgenochtend wel voor hem zorgen.'

'Nee, Ally. Als ik nu ga slapen, ben ik morgen weer fit. Ik sta tegenwoordig sowieso vroeg op. Welterusten.' Ze knikte ons toe en vertrok.

'Ik ga even bij Bear kijken,' zei Ally, maar voordat ze Ma kon volgen, tikte ik haar op haar schouder.

'Waarom neem je de lift niet?' zei ik, en ik pakte de sleutel van het haakje en liet hem voor haar ogen heen en weer bungelen. 'Je kunt ermee naar de zolder, ik zag een knop in de lift.'

'Nee, Electra, het is goed zo, dank je.'

'Wat jij wil,' zei ik schouderophalend terwijl ze de keuken verliet. Ik maakte nog een wodka-cola, slenterde naar de hal en duwde de deur van Pa's studeerkamer open. Het was net een levend museum, je zou denken dat Pa even de kamer uit was en zo terug zou komen. Zijn pen en notitieblok lagen nog precies in het midden op zijn bureau, alles lag er even onberispelijk bij als altijd. Anders dan bij zijn jongste dochter, dacht ik met een spottend lachje, terwijl ik in zijn oude leren kapiteinsstoel ging zitten. Ik bestudeerde de wand met boekenplanken, stond op en pakte de grote *Oxford English Dictionary* die ik als meisje zo vaak had gebruikt. Toen ik op een dag Pa's kamer binnenkwam, zat hij in die stoel een kruiswoordpuzzel in een Engelse krant op te lossen.

'Hallo, Electra,' zei hij, en hij keek glimlachend op van de krant. 'Ik krijg deze niet opgelost.' Ik las de omschrijving – *ze gaan omlaag voor een dutje (8)* – en ik liet mijn hersens kraken.

'Je oogleden, misschien?'

'O, natúúrlijk, je hebt gelijk! Wat ben je toch een slimme meid.'

Vanaf die dag liet hij me, als ik vakantie had en hij thuis was, bij zich komen op zijn studeerkamer en dan losten we samen een puzzel op. Ik vond het een rustgevend tijdverdrijf, en ook later, als ik ergens in een vertreklounge op mijn vlucht zat te wachten, pakte ik een krant op en ging de puzzel oplossen. Het had me bovendien een uitstekende Engelse woordenschat opgeleverd, iets wat interviewende journalisten altijd weer verbaasde. Ze dachten dat ik met zo'n hoofd vol make-up wel een leeghoofd zou zijn.

Ik zette het woordenboek terug en wilde net de kamer uit gaan toen ik als aan de grond genageld bleef staan door het sterke aroma van Pa's geurtje. Ik zou dat frisse citrusluchtje overal herkennen. Er ging een rilling door me heen toen ik dacht aan Ally's opmerking dat ze Theo om zich heen voelde...

Nog huiverend haastte ik me de kamer uit en sloeg de deur achter me dicht.

Ally was inmiddels alweer in de keuken, druk in de weer met flessen.

'Waarom heb je die melk in een kannetje gedaan?' vroeg ik. 'Ik dacht dat je Bear de borst gaf.'

'Dat is ook zo, maar ik heb deze melk al eerder gekolfd, dan kan Ma hem morgenochtend voeden als hij wakker wordt.'

'Brr.' Ik kreeg weer kippenvel toen ik haar de melk in een flesje zag gieten. 'Als ik ooit een kind krijg, wat ik sowieso al betwijfel, zou ik dat niet allemaal willen doormaken.'

'Zeg nooit nooit,' zei Ally. Ze glimlachte naar me. 'Ik zag trouwens onlangs een foto van jou met Zed Eszu in een of ander tijdschrift. Hebben jullie iets met elkaar?'

'Jezus, nee,' zei ik, terwijl ik mijn vingers in een koektrommel stak en er een zandkoekje uit viste. ‘We gaan in New York af en toe samen de hort op om te spelen, of liever gezegd, dat doen we binnen.’

‘Bedoel je dat jij en Zed Eszu minnaars zijn?’

‘Ja, hoezo? Heb je daar problemen mee?’

‘Nee, helemaal niet, ik bedoel…’ Ally draaide zich naar me toe, zo te zien een tikje nerveus. ‘Ik…’

‘Wat is er, Ally?’

‘O, niks. Hoe dan ook, ik ga mijn bed opzoeken en proberen wat te slapen. En jij?’

‘Ja, dat ga ik ook doen.’

Pas toen ik een beker pure wodka uit de fles in mijn tas achter de kiezen had en in het bed uit mijn kindertijd kroop, schoot me het silhouet van de deur achter het wijnrek te binnen. Misschien moest ik nu op onderzoek uitgaan…

Morgen, beloofde ik mezelf, en mijn ogen vielen dicht.

4

De volgende ochtend werd ik gewekt door het gekrijs van Bear. Ik reikte naar mijn oordopjes in de hoop nog een paar uur te kunnen slapen, maar het was te laat, ik was klaarwakker. Ik trok de oude ochtendjas die nog aan de deur hing aan en verliet mijn kamer, op zoek naar gezelschap. Het gehuil kwam uit Ma's suite aan het eind van de gang, dus ik klopte zachtjes op de dichte deur.

'*Entrez*.'

Ik ging naar binnen en daar zat Ma, ook in ochtendjas, een zeldzaam verschijnsel.

'Doe de deur achter je dicht, Electra. Ik wil niet dat Ally wakker wordt.'

'Nou,' antwoordde ik vinnig, 'hij heeft mij anders wél wakker gemaakt.'

'Dan weet je nu hoe het voor de oudere meisjes was als jij ze elke nacht wakker maakte,' zei Ma met een glimlach, terwijl ze Bear ritmische klopjes op zijn rug gaf.

'Wat heeft-ie?' vroeg ik.

'Gas, dat is alles. Hij krijgt het niet goed naar boven.'

'Krijste ik daarom ook zo?'

'Nee, jij liet heel makkelijk boertjes. Jij genoot gewoon van het geluid van je eigen stem.'

'Was ik echt zo'n vreselijke baby?'

'Helemaal niet, Electra, maar je hield er gewoon niet van om alleen te zijn. Je viel altijd in mijn armen in slaap, maar zodra ik je in je ledikantje legde, werd je wakker en begon je te huilen, tot ik je weer oppakte. Wil je me dat doekje even aangeven, alsjeblieft?' Ze wees naar een wit, vierkant lapje op de salontafel.

'Tuurlijk.' Ik reikte haar het doekje aan en keek eens om me heen, naar de mooie gordijnen met bloemmotief, de roomkleurige damasten bank, de foto's op het mahoniehouten bureau en de her en der geplaatste bijzettafeltjes. Op de salontafel stond een vaas met roze rozen. De kamer weerspiegelde Ma's persoonlijkheid ten voeten uit: elegant, beschaafd en onberispelijk. Ik liep naar het bureau en pakte een ingelijste foto van Ma in avondjurk en parelsnoer naast Pa in smoking en vlinderdas.

'Waar is deze genomen?'

'In de Opéra in Parijs. We zagen Kiri Te Kanawa in de rol van Mimi in *La Bohème*. Een heel bijzondere avond,' vertelde Ma, die nog steeds met Bear in haar armen heen en weer liep over het zachte, roomkleurige tapijt.

'Gingen jullie vaak samen uit?'

'Nee, maar we deelden de liefde voor opera, vooral die van Puccini.'

'Ma?'

'Ja, Electra?'

Zelfs op mijn zesentwintigste vroeg ik me af of ik de vraag durfde te stellen die me sinds ik klein was op de lippen brandde.

'Hadden jij en Pa een, eh... romantische relatie?'

'Nee, chérie. Weet je, ik ben pas halverwege de zestig. Jouw vader had ook mijn vader kunnen zijn.'

'In mijn wereld vormt leeftijd voor rijke mannen geen belemmering om een verhouding aan te gaan met een vrouw die hun dochter zou kunnen zijn.'

'Misschien niet, Electra, maar jouw vader zou zoiets nooit hebben goedgekeurd. Hij was op-en-top een heer. Bovendien...'

'Bovendien wat?'

'Ik... Nee, niets.'

'Zeg alsjeblieft wat je wilde zeggen.'

'Wel, er was altijd iemand anders.'

'Echt waar? Wie dan?'

'Nu heb ik genoeg gezegd, Electra.'

Bear liet eindelijk een enorme boer en bliksemsnel veegde Ma het melkachtige vocht dat uit zijn mondje liep met het doekje weg.

'*Bien, bien, mon petit chéri*,' fluisterde ze, terwijl ze zijn snoetje schoonveegde. 'Is hij niet schattig?'

'Als er om vijf uur 's ochtends al iets schattig kan zijn, zelfs als het spuugt, ja, dan is hij het.'

'Ik kan me nog levendig herinneren dat ik als je huilde hier met jou op en neer liep om je te sussen,' zei Ma. Ze liet zich op een stoel zakken en installeerde Bear in de holte van haar arm. Hij zag er inmiddels uit als iemand die te veel wodka had gedronken, met ogen die rolden in hun kassen. 'Het lijkt wel gisteren. En hier zitten we dan met de eersteling van een nieuwe generatie. Wat zou je vader als hij nog leefde blij zijn geweest met Bear. Maar het heeft niet zo mogen zijn.'

'Nee. Ma?'

'Ja, Electra?'

'Was jij bij Pa toen hij mij vond en me mee naar huis nam?'

'Nee, ik was hier om voor je zusjes te zorgen.'

'Dus je weet niet waar ik vandaan kom?'

'Dat zul je door je brief toch wel te weten zijn gekomen?'

'Die ben ik kwijt,' zei ik met een onverschillig gebaar, en voordat ze een kritische opmerking kon maken, stond ik op. 'Ik ga naar beneden, koffie halen. Wil je iets hebben?'

'Nee, dank je. Ik breng dit hummeltje weer naar bed, dan kleed ik me aan en kom ik ook naar beneden.'

Toen Ally om acht uur wakker werd, zat ik al aan mijn tweede wodka en wenste ik dat ik een vlucht eerder naar New York had geboekt. Ik moest hier nog veertien hele uren zien door te komen en kon echt niet bedenken hoe ik dat zou moeten doen. Ik kon niets vervelenders bedenken dan wachten.

'Zin om te gaan zeilen, Electra?' vroeg Ally bij het zoveelste pannenkoekje van Claudia.

'Met je Laser, bedoel je?'

'Ja. Het is prachtig weer en de omstandigheden zijn perfect: een briesje dat net hard genoeg is maar ook weer niet zo hard dat het niet leuk meer is.'

'Je weet dat dat niks voor mij is, die extreme sporten.'

'Ach, Electra, je kunt een rustig zeiltochtje over het meer waarbij jij kunt blijven zitten en niks hoeft te doen toch moeilijk een extreme sport noemen.' Ally rolde met haar ogen. 'Bear en ik gaan in elk geval wel, dus tot straks.'

Ik slaakte een diepe zucht toen ze de keuken verliet en pakte een verse muffin, puur omdat die daar zo eenzaam in zijn mandje lag. Tien minuten later was Ally terug met Bear in een schattig reddingsvestje en ingepakt in een draagzak die ze om haar middel had gebonden.

'Weet je zeker dat je niet mee wilt?'

'Nee, dank je,' zei ik. Ik had inmiddels besloten er een dagje filmkijken van te maken. Ik ging naar de woonkamer, zette het scherm aan en bekeek de stapels dvd's. Ik zag geen enkele film die me kon boeien.

'Shit,' kreunde ik, op mijn horloge kijkend. Wat deed ik als kind eigenlijk als ik me stierlijk verveelde en ongedurig was?

Dan liep je weg, Electra...

'Ja, dat deed ik,' mompelde ik. Als ik van streek was of als iemand boos op me was (meestal was dat allebei het geval), ging ik naar buiten, naar de bergen achter het huis. Ik had een steil, kronkelig pad door een ruig gebied ontdekt en daar rende ik en rende ik tot mijn hoofd helemaal leeg was.

Ik ging de trap op naar mijn kamer. In de onderste la van mijn kast vond ik mijn oude lycra legging en een T-shirt dat ik van Ma binnenstebuiten had moeten dragen vanwege de obscene slogan op de voorkant. Onder mijn kleren trof ik een van de schetsboeken aan waarin ik als kind altijd zat te tekenen. Ik bladerde het door; elk vel was half gevuld met potloodtekeningen van jurken met kragen met te gekke grote ruches, jeans met een split van dij tot zoom, shirts met een keurige voorkant maar zonder achterkant.

'Wauw,' mompelde ik. Nog niet zo lang geleden had ik tijdens een fotoshoot net zo'n soort shirt gedragen. Ik had destijds felgekleurde stukjes stof die ik vond aan de tekeningen vastgehecht. Als jong meisje was ik dól op felle kleuren. Ik liet het schetsboek in het voorvak van mijn reistas glijden en bedacht dat dit het enige voorwerp was dat de tiener van vroeger verbond met de volwassene die ik nu was. Ik pakte mijn oude hardloopschoenen achter uit de kast, kleedde me om en ging via de keuken naar buiten. Ik jogde de moestuin door en liep via de achteruitgang in de richting van de bergen.

Ik nam het pad dat ik tien jaar geleden voor het laatst had gevolgd, en ondanks mijn regelmatige bezoekjes aan de sportschool deden mijn benen pijn en had ik moeite met de laatste meters, die behoorlijk pittig waren. Ik klauterde over keien en gleed uit over hard, vochtig gras, maar eindelijk was ik er.

Hijgend beklom ik een uitstekende rotspartij. Dit was nog maar een uitloper van het gebergte dat achter me oprees, maar bood het meest spectaculaire uitzicht op het meer. Toen ik neerkeek op de daken van Atlantis besefte ik, dankzij alle therapieën die ik had gevolgd, waarom dit uitzicht in mijn jeugd zo veel voor me had betekend: Atlantis vormde mijn universum, Atlantis omringde me als een cocon, maar hiervandaan was het een poppenhuis, klein en onbelangrijk.

Daardoor kon ik dingen in perspectief zien, zei ik tegen mezelf terwijl ik mijn benen over de rand van de rots liet bungelen. Het gaf me zelfs het gevoel dat ik klein was.

Ik bleef een tijdje zitten genieten van wat echt een fantastische dag was. Beneden op het meer gleed een zeilboot over het water, het zeil plooide licht in de zachte bries; hiervandaan leek het een speelgoedbootje.

Plotseling wilde ik niet meer terug naar de alledaagse werkelijkheid. Ik wilde hier blijven, op deze rots, waar niemand me kon vinden. Ik voelde me vrij, en bij de gedachte dat ik weer terug zou moeten vliegen naar New York en de kunstmatige hoogtes van Manhattan keerde mijn maag zich om. Daar was alles vals en zinloos; hier was alles echt, en puur, en schoon.

'Jeetje, Electra, je begint al net als Tiggy te klinken!' sprak ik mezelf streng toe. En wat dan nog? Ik wist alleen maar dat ik doodongelukkig was en mijn zussen benijdde om hun nieuwe, volle en gelukkige leven. Toen Ally het had over de nieuwe partners en vrienden en familie die mijn zussen mee naar Atlantis zouden nemen, had ik me alleen maar nóg eenzamer gevoeld. Ik zou niet eens weten wie ik zou kunnen meenemen.

Ik had dorst, en omdat ik zo dom was geweest geen flesje water mee te nemen, moest ik wel terug. Nog een laatste keer nam ik het uitzicht in me op.

'Waarom heb ik het gevoel dat ik niets heb, terwijl ik toch eigenlijk alles heb?' vroeg ik aan de bergen boven me.

Toen ik van het richeltje af sprong, besefte ik dat ik mezelf een nieuw leven moest bezorgen. En liefde. Maar waar moest ik beginnen? Alleen de hemel – waar Pa misschien vertoefde – wist het.

5

Terug in New York hield ik het goede gevoel na mijn tochtje door de bergen vast. Zodra mijn programma het toeliet, ging ik hardlopen door Central Park. Het goede nieuws was dat ik iemand die me zou herkennen probleemloos achter me liet. Daarnaast probeerde ik mijn alcoholinname te beperken en had ik niet meer zo'n sterke behoefte aan coke, misschien omdat ik van hardlopen in een soort natuurlijke roes kwam. Als ik nu paniek voelde opkomen, pakte ik het kruiswoordpuzzelboek dat ik had laten bezorgen en ging ik een kruiswoordpuzzel oplossen.

Kortom, ik had de zaken iets beter onder controle.

Het enige wat me dwarszat was dat ik mijn hele appartement had afgespeurd, maar nergens Pa's brief kon vinden. Ik pijnigde mijn hersens om me te herinneren waar ik de envelop tijdens mijn verhuizing had neergelegd; ik had zelfs Mariam op de zaak gezet.

'O, Electra, we móéten hem vinden,' zei ze, vol sympathie in die expressieve ogen, en ze ging op haar knieën zitten om mijn lingerieladen door te spitten.

'Hoor eens, het wil nog niet zeggen dat ik hem ook wil lezen, maar het is fijn om te weten dat hij er is.'

'Natúúrlijk is dat fijn. Het waren zijn laatste woorden aan jou, en ik weet zeker dat hij wilde dat je die las. Maak je geen zorgen, Electra, we vinden hem wel.'

Maar nadat we elke lade, elke kast, elke jaszak hadden doorzocht en elk stukje papier hadden bekeken, begon zelfs Mariams optimisme te tanen.

'Maak je niet druk,' zei ik, toen ze op een zonnige aprilochtend voor de honderdste keer de laden van mijn nachtkastje leegde. 'Misschien heeft het zo moeten zijn. Ik ga een lunchdrankje klaarmaken, wil jij iets drinken?'

Mariam wilde zoals altijd alleen water. We gingen zitten en namen de e-mails van die dag door, die voornamelijk bestonden uit uitnodigingen voor de opening van een nieuwe modezaak, een filmpremière of een liefdadigheidsbal. Vroeger was ik heel opgewonden over zo'n uitnodiging; inmiddels wist ik dat het de afzender niet om míj ging, maar om de publiciteit die het hem opleverde.

'Oeps, bijna vergeten.' Mariam groef in haar schoudertas. 'Deze brief kreeg ik van Susie, hij was naar het bureau gestuurd.'

'Die moet jij afhandelen, dat is jouw taak,' zei ik geërgerd. 'Dat zijn bijna altijd bedelbrieven, of een verzoek om een donatie, of iemand die beweert dat hij mijn verloren gewaande broer is.'

'Dat weet ik wel, Electra, en normaal gesproken zou ik hem ook afhandelen, maar Susie en ik vinden dat jij dit moet lezen.' Ze gaf me de envelop, die in een elegant handschrift was gericht aan het adres van het bureau. Ik keek Mariam over de tafel heen aan.

'Waarom? Wat staat erin?'

'Ik vind gewoon dat je hem moet lezen,' herhaalde ze.

'Oké,' zei ik zuchtend, en ik haalde de brief uit de envelop. 'Er staat toch hopelijk niks akeligs in? De belastingdienst die me persoonlijk aanschrijft of zo?'

'Nee, Electra, echt niet, dat beloof ik je.'

'Oké.' Ik vouwde de brief open. Het briefhoofd bevatte een adres in Brooklyn. Ik begon te lezen.

Lieve Miss D'Aplièse, of mag ik je Electra noemen?

Mijn naam is Stella Jackson en ik ben je biologische grootmoeder…

'Jezus!' Ik maakte een prop van de brief en gooide hem met een speels gebaar naar Mariam. 'Weet je hoeveel van dit soort brieven van verloren gewaande familieleden ik krijg? Susie gooit ze meestal direct in de prullenbak. En wat wil deze?'

'Aan de inhoud te lezen je alleen maar ontmoeten.'

'Oké, maar wat is er zo bijzonder aan deze brief dat je hem aan mij geeft?'

'Er zit nóg iets in, Electra.' Mariam wees op de envelop, die ik op de tafel had gegooid. 'Ik vind écht dat je moet kijken.'

Alleen omdat ik wilde dat ze eindelijk haar mond hield, pakte ik de envelop en keek erin. Vastgeklemd in een van de hoeken zat een fototje. Ik trok het eruit. Het was een zwart-witfotootje dat aan de randen begon te vergelen, en er stond een beeldschone zwarte vrouw op. Ze had een baby op de arm en glimlachte naar de camera.

'Nou?'

'Hoezo, "nou"?' Ik keek Mariam aan.

'Zie je de gelijkenis niet?'

'Met wie?'

'Met jou natuurlijk! Susie zag het direct, ik ook.'

Ik keek nog eens. 'Oké, ze is zwart, en ja, ze is absoluut een schoonheid, maar er lopen natuurlijk duizenden vrouwen rond die op haar – en op mij – lijken,' zei ik schouderophalend.

'Je weet heel goed, Electra, dat er maar heel weinig vrouwen zijn die op jou lijken. De vorm van haar gezicht, de stand van haar ogen, haar jukbeenderen. Ze zou jou kunnen zijn, ik meen het. Ik bedoel eigenlijk... jij zou háár kunnen zijn.'

'Ja, nou ja, zolang ik die brief van Pa niet heb, ga ik niet iedere figuur die schrijft dat ze familie is aan mijn hart drukken alleen omdat ze een beetje op me lijkt, oké?'

'Dan moeten we toch die brief zien te vinden,' zei Mariam, terwijl ze de brief van de vrouw die beweerde mijn oma te zijn opraapte, het volgens mij niet meer glad te krijgen papier gladstreek en de brief en het fotootje weer in de envelop stopte. 'Ik leg deze in de safe, oké?'

'Oké.' Ik keek ondertussen op mijn mobieltje, waar een sms'je op binnenkwam.

'Ik kom je dus morgenochtend om acht uur ophalen. Dan heb je een bespreking met Thomas en Marcella over de kerstcampagne van het parfum. Electra?'

'Ja hoor. Cool. Dág.' Het sms'je lezend wuifde ik Mariam weg.

'En morgenmiddag de horlogeshoot. Als ik verder niets meer voor je kan doen, zie ik je morgenochtend.'

Ik luisterde niet, zat met mijn ogen aan het schermpje gekluisterd en knikte alleen in Mariams richting toen ze naar de voordeur liep. Ik reikte naar mijn wodka, nam een flinke slok en herlas het bericht.

Hoi, schat, ben in de stad voor een concert en vroeg me af of je morgen thuis bent. Zou fijn zijn met je te praten. Mitch.

Shit! Shit! Shit!

Ik sloeg de rest van mijn wodka in één keer achterover, stond op en schonk nog een glas in om mijn als een razende kloppende hart tot bedaren te brengen.

Opnieuw las ik het bericht, en nog eens, en nog eens, en ik checkte op mijn laptop of het klopte wat hij zei. Het klopte. Hij sloot zijn tournee af in Madison Square Garden over twee dagen. Ik stond op, schoof een van de hoge terrasdeuren open en liep naar buiten. Ergens hier vlakbij was Mitch; we ademden dezelfde lucht in.

Opnieuw keek ik op mijn mobieltje, en probeerde erachter te komen of hij me een olijftak aanbood, en als dat zo was, wat dat dan betekende. Maar een olijftak kon allerlei zijtakjes hebben, eentje die bijvoorbeeld zei: ‘Hé, ik mis je, en ik hou van je, en ik weet nu dat ik een vergissing heb begaan.’ Of eentje met: ‘Er is wat tijd overheen gegaan en het zou fijn zijn om als vrienden verder te gaan…’

Ik had geen idee wat voor zijtakje het zou worden.

Zeg nou nee, Electra! Het is veel te gevaarlijk om daar weer in te stappen.

‘Shit! Goddomme.’ Ik gaf een stomp tegen de glazen barrière die me ervan weerhield om vanaf honderden meters hoogte mijn dood tegemoet te springen. Ik vroeg me af of dat niet de makkelijkste optie was; ik was letterlijk doodsbang omdat ik echt niet wist wat ik moest doen. Had ik maar een goede vriendin die ik kon bellen voor advies. Was het niet in- en intriest dat ik vijf zussen had, maar niet een van die vijf volledig vertrouwde of als vriendin kon beschouwen?

‘Negeer het bericht,’ zei ik hardop, terwijl ik over het terras ijsbeerde en een uitgebloeide bloem van een struik trok en de bloemblaadjes over de glazen rand gooide.

Ik ging naar binnen en smeet mijn mobieltje met het schermpje naar beneden op mijn bed. Misschien moest ik gewoon maar niet reageren. Als ik niet antwoordde en hij niet de moeite nam nog eens te sms’en, wist ik genoeg.

Ja, dat zou ik doen. Ik schonk nog een glas wodka in en liep naar mijn inloopkast om te kijken wat ik bij onze ontmoeting zou aantrekken. De enige wapens waarover ik beschikte waren mijn kleren, meer niet. Ik hoefde maar een willekeurige modeontwerper te bellen en de outfit die ik bestelde, werd binnen een paar uur per koerier afgeleverd. Het hing er natuurlijk wel van af waar we elkaar zouden treffen. Als het hier thuis was, moest het casual maar sexy zijn. Hij vond dat ik fantastische benen had, dus misschien was het antwoord simpel...

Ik ging naar de badkamer en kleedde me uit. Ik pakte een witte, donzige baddoek van het verwarmde rek, wikkelde hem om me heen, draaide de kraan open, hield mijn hand eronder en depte een paar druppels water op mijn huid. Ik draaide mijn haar in een knotje en bestudeerde mezelf in de manshoge spiegel.

Ik moest even giechelen. Als Mitch me hier kwam opzoeken, was dit dé outfit. Maar als ik naar hém ging... Ik liet de baddoek vallen en liep terug naar de kast. Ik trok er net een smaragdgroen mini-jurkje van Versace uit toen een ping een nieuw sms'je aankondigde. Ik haastte me naar de slaapkamer en greep mijn mobieltje.

Het was Mitch. Ademloos opende ik zijn bericht.

Electra. Heb je mijn sms ontvangen? Wil je morgen echt graag zien en spreken.

'Yés!' gilde ik. 'Hij is wanhopig!' Ik sprong op mijn bed. Ik dronk mezelf moed in met nog een glas wodka en deed een poging een antwoord te formuleren.

Hoi, zie dit net pas.

Mijn vingers bleven boven het schermpje zweven; ik zat te bedenken hoe zijn dagindeling zou zijn. 's Ochtends bezet met interviews, na de lunch repeteren en soundchecks met zijn band. Tegen achten was hij vrij, schatte ik in.

Morgen overdag kan niet want bespreking parfumcampagne maar ben waarschijnlijk tegen achten thuis.

Ik las het bericht nog eens na, was tevreden en verstuurde het. Een paar seconden later kwam het antwoord.

Negen uur bij jou lukt. Oké?

Dit was hét moment om een bad te nemen. Ik zette mijn geluidsinstallatie harder, liet me in een diep bad met geurend water zakken en beluisterde Mitch' nieuwste cd. Genietend van het feit dat ík voor de verandering de gang van zaken bepaalde, liep ik even later op mijn gemak de slaapkamer binnen en pakte mijn mobieltje.

Yep, oké. Tot morgen.

Ik drukte op 'verzenden' en gunde mezelf een glimlachje. Het mooiste van alles is nog dat ik mijn nieuwe, favoriete outfit kan dragen, dacht ik terwijl ik in de spiegel keek.

Ik sliep nauwelijks die nacht. Omdat Mitch cokegebruikers al op een kilometer afstand herkende, had ik mezelf beloofd niet te gebruiken, maar ik was zo zenuwachtig dat ik vlak voor mijn bespreking over de parfumcampagne een lijntje moest doen.

'Gaat het wel?' vroeg Mariam toen ik uit het toilet kwam.

'Ja hoor, prima. Zullen we naar binnen gaan?'

Toen we een paar uur later buiten stonden, was ik blij dat ik Mariam bij me had gehad voor het vastleggen van de afspraken over de aankomende shoot in Brazilië en de lancering van de campagne in oktober. Verder wist ik alleen maar dat ik stonk als een goedkope hoer: de klant, die bij de bespreking aanwezig was geweest, had kennelijk van tevoren de hele ruimte met die troep laten onderspuiten.

'Wauw,' zei Mariam in de lift naar beneden, 'ze sparen kosten noch moeite dit keer. Ik ben nog nooit in Rio geweest, jij wel?'

'Ik zou het zo gauw niet weten, maar ik dacht het niet, nee.'

'Zei je niet dat je oudste zus daar woont?'

'Dat zal ik weleens gezegd hebben,' antwoordde ik, terwijl ik me afvroeg of ik die middag nog tijd had voor een manicure.

'Dan kun je bij haar langs, toch?'

'Ja, ik denk het,' antwoordde ik, terwijl Mariam ons het gebouw uit leidde en we even later in de limo gingen zitten.

'Zal ik een lunch voor je bestellen?'

'Nee, dank je, ik heb thuis vast nog wel iets liggen.'

'Electra, je koelkast is leeg, en je moet echt wat eten. Je hebt om drie uur de fotoshoot voor de Jaeger-LeCoultre-campagne.'

'Wat?' Vol afgrijzen keek ik haar aan. 'Dat heb je gisteren helemaal niet gezegd.'

'Dat heb ik wél, Electra,' antwoordde ze rustig. 'Ze kwamen vorige week met twee beveiligingslui langs met dat prachtige horloge met roze diamantjes, weet je nog? Ze kwamen checken of het paste.'

Helaas wist ik het nog.

'Shit,' zei ik binnensmonds, want het was me opgevallen dat Mariam elke keer als ik vloekte ineenkromp. 'Kunnen we het niet afzeggen? Zeggen dat ik ziek ben of zo?'

'Dat zou wel kunnen, denk ik. Maar waarom zouden we?'

'Omdat ik totaal vergeten was dat ik vanavond iets heb.'

'Hoe laat is dat?'

'O, rond achten.' Ik had zeker een uur nodig om me voor te bereiden op Mitch' komst.

'Nou, ze willen een opname bij zonsondergang, en het is om half acht donker, dus je zou het net kunnen redden als je direct vanuit de shoot naar je afspraak gaat.'

'Maar ik heb tijd nodig om me voor te bereiden! Jezus! Kunnen ze het niet een week uitstellen? Die campagne begint pas over een paar maanden. Hoeveel tijd hebben die lui wel niet nodig?'

'Electra, ik ben je oppas niet, maar...'

'Nee, dat ben je niet! Niemand is mijn oppas, maar iedereen gedraagt zich wel zo.'

Mariam bloosde en sloeg haar ogen neer. 'Als je het zo hebt ervaren, bied ik mijn excuses aan.'

Ik kreeg plotseling een rotgevoel. Dit was niet Mariams schuld, dit was míjn schuld. 'Nee, ik moet jóú mijn excuses aanbieden. Ik ben vandaag gewoon heel gespannen,' verzuchtte ik. 'Oké, ik denk dat je gelijk hebt. Het zou geen goeie indruk maken als ik het laat afweten. Ik zal me als het briljante model gedragen en supersnel voor de perfecte shot zorgen.'

'Als iemand dat kan, ben jij het wel, Electra. Oké, dus je weet zeker dat je niets wilt eten?'

'Misschien kun je wat wasabinoedels met boerenkool bestellen.'

'Doe ik. En nu moet ik naar Susie, maar ik ben om half drie terug om je op te halen, oké?'

'Oké.'

Terug in mijn appartement snoof ik een paar lijntjes, want de zenuwen gierden door mijn lijf. Mijn lunch spoelde ik weg met mijn vriend Grey Goose, daarna dronk ik een halve liter water, spoelde mijn mond met een halve fles mondwater en kauwde als laatste op een stukje pepermuntkauwgom. Ik ging op bed zitten en deed een poging om te ontspannen met de ademhalingsoefeningen die mijn therapeut me had aangeraden.

Ze werkten niet. Niets werkte, behalve de Goose en zijn poedervormige maatje, die ik de bijnaam White Heaven had gegeven.

'Waarom zijn de prettige dingen altijd zo slecht voor een mens?' beklaagde ik mezelf hardop, en ik nam een paar snuifjes van het enige medicijn waarvan ik rustig werd.

'Hoi, Electra, je ziet er even verrukkelijk uit als altijd.' Tommy, mijn superfan, liep naar me toe toen ik het gebouw uit kwam.

'Dank je.'

'Kan ik iets voor je doen vandaag?'

'Nee, maar fijn dat je het vraagt.' Op weg naar de wachtende limo gaf ik hem een glimlach.

'Wat een lieve man is dat toch,' merkte Mariam op, toen ze naast me instapte. 'En zo beschermend naar jou toe. Misschien moet je hem maar als privébodyguard inhuren. Onder die oude sweatshirts van hem is hij vast en zeker gespierd.'

'Mariam!' Ik keek haar aan en trok een verbaasde wenkbrauw op. 'Ik ben geschokt!'

'Heus, Electra, ik vloek en drink dan wel niet, maar ik heb wel degelijk gevoelens, weet je,' zei ze, terwijl de limo zich in het verkeer voegde. 'En wat voor belangrijks heb je vanavond?'

'O, gewoon een etentje met een vriend.'

'Nou, we gaan ons best doen om je op tijd terug te krijgen in je appartement.'

Even voor achten kwam ik thuis, met een pijnlijke schouder doordat ik mijn arm net zo lang omhoog had moeten houden tot ze de perfecte shot hadden. Tot mijn opluchting stond Tommy niet op zijn vaste plek. Meestal ging hij pas naar huis als hij me veilig en wel thuis had zien komen. Het laatste waar ik behoefte aan had, was dat iemand Mitch mijn appartement zag binnengaan, ook al had hij thuis een kast vol valse baarden, snorren en pruiken en was hij een meester in zich vermommen. Nadat de portier me in mijn penthouse had binnengelaten, liet ik het bad vollopen en controleerde mijn make-up om te zien of die er nog mee door kon. Ik wist dat Mitch me het liefst zonder make-up zag, dus ik poetste alles weg en liet me in bad zakken, heel voorzichtig omdat mijn haar niet nat mocht worden. Wat verlangde ik naar écht, natuurlijk, zijdezacht haar. Misschien liet ik het op een dag afscheren, net als Alek Wek, een fotomodel dat ik een paar keer op de catwalk had ontmoet. Het zou een stuk makkelijker zijn.

Na het bad dribbelde ik naar de keuken voor wat ijs om mijn Grey Goose te verdunnen.

'Shit!' zei ik. Mariam had gelijk, mijn koelkast was leeg. Mitch hield het nog geen twee minuten uit zonder een kop groene ijsthee.

Aan de andere kant, het zal me een rotzorg zijn wat hij drinkt, zei ik tegen mezelf toen ik terugliep naar de badkamer en mijn tanden ging poetsen. Hij heeft je gedumpt, weet je nog? Hij heeft je hart gebroken.

'Zo is het!' zei ik hardop tegen mijn spiegelbeeld, terwijl ik wat vaseline op mijn lippen smeerde. Ik ging naar de woonkamer, waar de klok kwart voor negen aanwees. Aangezien ik slechts in een baddoek gekleed was, viel er weinig anders te doen dan een plastic waterflesje met een noodvoorraad wodka te vullen, zodat hij niet wist wat ik dronk. Ik pakte mijn portfolio, haalde mijn beste foto's van de laatste tijd eruit en arrangeerde ze losjes op de salontafel, zodat het leek of ik er een aan het uitkiezen was. Ik wilde wat muziek opzetten maar kon niet kiezen tussen Springsteen – zijn idool – of jarentachtigpop – mijn voorkeur. Ik koos de gulden middenweg: geen muziek.

Ik ging op de bank zitten. 'Jezus, wat ben ik gespannen,' mompelde ik. Ik bespeurde een scherpe transpiratiegeur bij mezelf en liep naar de badkamer om me te wassen en nog meer parfum op te spuiten.

Sinds mijn eerste optreden op de catwalk was ik niet zo zenuwachtig geweest.

En als hij je nou terug wil? Loop je dan als een mak lammetje op hem af?

Ja, dat doe je, dat weet je best, Electra.

Meer tijd voor zelfanalyse kreeg ik niet. De conciërge belde en ik kreeg te horen dat er een 'Mister Mike' in de lobby stond.

'Ja, laat maar bovenkomen.' Ik gooide de hoorn op de haak, snelde naar de badkamer en sprenkelde water over mijn schouders. Ik inspecteerde mijn spiegelbeeld en wachtte tot de deurbel ging.

Ik wachtte en wachtte, maar het bleef stil. Plotseling hoorde ik vanuit de woonkamer een vertrouwde stem.

'Electra? Ben je daar?'

Jezus! Mitch is al binnen!

'Kom eraan!' Ik maakte harde spettergeluiden en druppelde nog wat geurig water over mijn schouders. Ik checkte nog even of ik de witte baddoek verleidelijk genoeg had gedrapeerd en liep de woonkamer binnen.

En daar stond hij. Levensgroot. De man die me een gebroken hart had bezorgd. Hij had zijn honkbalpet en valse baard afgedaan en zag er nog even (irritant) lang en sexy uit als ik me herinnerde. Vuile jeans, ruitjeshemd en de cowboylaarzen die hij altijd droeg. Als iemand het prototype van de Amerikaanse macho was, dan was het Mitch. Zijn haar was langer dan de laatste keer dat ik hem had gezien, en hij had zich kennelijk een tijdje niet geschoren, want zijn kin zat vol stoppels. Ik was het liefst op hem afgestoven om hem de kleren van het lijf te rukken.

'Hoe ben je binnengekomen?'

'De deur stond wagenwijd open,' zei hij schouderophalend. 'Je had hem niet goed dichtgedaan.'

'Jeetje, dat heb ik nou altijd. Ik word nog eens in mijn bed vermoord.'

'Ik mag hopen van niet.' Hij monsterde me van top tot teen en keek toen weg. 'Ik heb je duidelijk gestoord. Wil je niet even wat aantrekken?'

'Ik… O ja, natuurlijk. Ik stap net uit bad. De shoot liep uit.'

'Geeft niet, ik heb geen haast. Ga je gang.'

‘Oké,’ zei ik. Ik kon mezelf wel voor mijn kop slaan. Diep in mijn hart had ik gedacht dat hij mij maar halfnaakt in mijn baddoek hoefde te zien om me beet te pakken en die baddoek weg te trekken. Maar kennelijk moesten we eerst een ritueel elkaar-opnieuw-leren-kennen-dansje uitvoeren.

Omdat ik er niet over nagedacht had wat ik dan aan zou trekken, liet ik de baddoek op de grond vallen en bleef zonder enig benul van wat ik moest aantrekken voor de kast staan. Uiteindelijk werden het mijn favoriete jeans en een groen, mouwloos topje. Mitch was in zijn hart nog een echte zuiderling en had iets met strakke jeans.

Gejaagd ademend en mezelf lucht toewuivend – ik transpireerde nog steeds van de zenuwen – ging ik terug naar de woonkamer. Mitch zat op de bank mijn foto’s te bekijken.

‘Elke keer als ik je zie, ben je mooier, en dat meen ik. En dan heb ik het niet hierover, maar over de echte Electra,’ zei hij met een glimlach.

‘Dank je. Wil je iets drinken?’

‘Heb je toevallig cola in huis?’

‘Ik dacht dat je alleen kruidenthee dronk?’

‘Ik heb een stressvolle dag gehad, en soms heeft een mens gewoon een shot cafeïne nodig.’

‘Ik zal eens kijken.’ Ik liep naar de keuken en ontdekte in de deur van de koelkast een paar blikjes cola.

‘Op je gezondheid,’ zei ik, en ik reikte hem het blikje aan. Mitch dronk nooit uit een glas; veel te meisjesachtig.

‘Zo,’ zei ik, en ik ging op een afstandje van hem op de bank zitten en pakte mijn ‘flesje water’. ‘Hoe gaat het met je?’

‘Druk met de tournee. Ik heb zitten uitrekenen dat ik morgenavond mijn honderdste concert geef.’

‘Zó, wauw.’ Ik zoog hard aan mijn rietje en vulde mijn mond met pure wodka. Ik slikte het door en knikte naar hem. ‘Nou, het is bijna achter de rug.’

‘Ja, zeker, en ik kan niet wachten om naar mijn huis in Malibu te gaan om uit te rusten. En jij, Electra? Hoe gaat het met jou?’

‘Goed. Druk, net als jij, maar goed, ja.’

‘Goed om te horen, en zoals ik al zei, je ziet er fantastisch uit.’

‘Jij ook.’

'Nou, dank je, maar ik geloof er niks van. Maandenlang niet in je eigen bed slapen eist echt zijn tol. Na morgenavond doe ik een paar maanden een stapje terug, ik word te oud voor deze shit,' zei hij met een lome glimlach, de glimlach waarvoor miljoenen vrouwen zich regelmatig op de knieën wierpen.

'Doe niet zo gek, Mitch. Ouwe rockers gaan niet dood, dat weet je toch? Kijk maar naar The Stones.'

'Oké, je hebt gelijk.' Hij rolde met zijn ogen. 'Hé, liefje, kom hier en geef Mitch eens een knuffel.'

Dat hoefde hij geen twee keer te zeggen. Ik liet me wegzinken in zijn open armen en wachtte op het moment dat hij mijn hoofd achterover zou buigen en me zou kussen. Maar hij streelde alleen mijn haar.

'Vergeleken met mij ben je nog een kind, hè?' zei hij.

'Helemáál niet. In mijn branche moest ik snel volwassen worden. Ik voel me oud, misschien wel ouder dan jij.' Ik keek naar hem op, mijn lippen al iets van elkaar, klaar voor de kus, maar hij keek me alleen maar aan, met een vreemde uitdrukking op zijn gezicht.

'Ben je niet meer boos?'

'Waarom zou ik boos zijn?'

'Omdat… ik je op een rotmanier heb laten stikken.'

'Ja, dat heb je gedaan, maar dat is verleden tijd. Je had er je redenen voor. Ik begrijp het.'

'Nou, je bent ontzettend edelmoedig, Electra, maar ik blijf me gewoon een klootzak voelen. Het zou niet goed zijn geweest om door te gaan terwijl ik wist dat het niets zou worden.'

Ik wachtte op de 'maar'. Die kwam niet. Er kwam iets anders.

'Ik ben heel blij dat je verder bent gegaan met je leven, ik heb je nooit pijn willen doen.'

'Het gaat prima, dat zei ik toch?'

Dit gesprek ging volledig de verkeerde kant op, dus ik maakte me los uit zijn omhelzing, reikte naar het waterflesje en nam nog een slok.

'Ja, en bovendien ben je clean, zo te zien.'

'Klopt,' zei ik, en ik nam nog een flinke slok. Tijd om op te houden met die flauwekul. 'Waarom kom je eigenlijk op bezoek?'

'Omdat… omdat ik je iets moet vertellen.'

'En dat is?'

'Nou, ik wilde dat jij het wist voordat het officieel wordt bekendgemaakt. Ik vond dat ik dat min of meer aan jou verplicht ben.'

Zwijgend staarde ik hem aan. Ik had geen idee wat hij me ging vertellen, maar het werd beslist geen onvoorwaardelijke liefdesverklaring.

'Ik ga trouwen,' kondigde hij aan, 'met een geweldige vrouw die ik tijdens de tournee heb ontmoet. Ze is achtergrondzangeres en komt net als ik uit het zuiden. We passen gewoon bij elkaar, snap je?'

Ik had uitdrukkingen als 'bloedstollend' weleens gehoord, maar tot dat moment niet geweten hoe dat voelde.

'Gefeliciteerd,' bracht ik met veel moeite uit, maar ik stikte er bijna in toen ik het zei.

'Dank je. Maar ik voel me wel erg stom dat ik het je persoonlijk kom vertellen, terwijl het duidelijk zo goed met je gaat.'

'O ja, prima hoor,' zei ik, en ik had elk grammetje zelfbeheersing nodig om niet het bronzen beeldje van de glazen koffietafel te pakken en ermee op dat knappe, arrogante hoofd te rammen.

'Nou, dat was het eigenlijk wel. Ik vertel het mijn fans morgenavond vanaf het podium, ik haal Sharon naar voren en dan maak ik het bekend.'

Hij zag het helemaal voor zich en knikte goedkeurend. Ik zei niets, zoog fanatiek aan mijn rietje, maar er viel niets meer te zuigen.

'Als je wilt, kan ik vipkaartjes voor morgen regelen.'

'Sorry, ik heb al andere plannen,' zei ik, nonchalant mijn schouders ophalend.

Hij stond op. 'Nou, dan zal ik je niet langer storen. Ik moet nog wat slaap zien te krijgen vannacht, het wordt morgen een belangrijke dag.'

'Zo te horen wel, ja,' zei ik met een knikje, en ik bleef roerloos zitten.

Hij keek me aan, en misschien zag hij aan mijn gezicht dat er iets mis was.

'Heb ik er verkeerd aan gedaan om langs te komen? Ik wilde alleen...'

'Mitch?'

'Ja?'

'Wil je alsjeblieft oprotten? Nu!'

Ik stond op en ging vlak voor hem staan.

'Tuurlijk, ik ga al, het spijt me echt, Electra,' zei hij, terwijl hij naar de deur liep. 'Het laatste wat ik zou willen is jou van streek maken.'

'Raad eens? Je hebt me van streek gemaakt! En behoorlijk ook!'

Ik beende hem voorbij en trok de deur open.

'Dag, Mitch. Fijn leven gewenst met je nieuwe vrouw,' gooide ik eruit.

Hij bofte dat hij verder zijn mond hield, anders was ik misschien de bak in gedraaid voor moord. Toen hij in de hal stond, sloeg ik de deur zo hard achter hem dicht dat de glazen in de keukenkastjes rammelden. Ik liet me langs de muur naar beneden glijden en barstte in diepe snikken van woede en pijn uit.

6

'Kan ik iets voor u inschenken, Miss D'Aplièse?' vroeg de steward.

'Ja, een glas tonic met ijs.'

'Wilt u er citroen in?'

'Nee, dank u.'

'Iets te eten?'

Ik keek om me heen of ik de menukaart zag.

'Geen zorgen, ik heb er hier een voor u.' Hij overhandigde me het menu. Mijn hoofd tolde zo vreselijk dat ik nauwelijks kon lezen.

'De roerbaknoedels graag, met wat salade.'

'Perfect. Een glaasje wijn erbij?'

'Nee, alleen tonic.'

De steward knikte en zweefde geruisloos verder door de eersteklascabine. Ik opende de plastic zak waarin ik mijn handtas en belastingvrije spullen had gestopt, controleerde of niemand keek, draaide de dop van de fles Grey Goose die ik net had gekocht en nam een slok. Als de steward terugkwam met mijn tonic zou ik het glas half leegdrinken en met mijn eigen voorraadje wodka vullen. Ik leunde achterover in mijn stoel en sloot mijn ogen, maar achter mijn oogleden verschenen vreemde, felle lichten. Ik wist dat ik de vorige avond te veel coke had gebruikt, en ik kon niet goed tegen ecstasy. Ik was pas tegen zeven uur 's ochtends enigszins nuchter, maar toen had ik inmiddels een paar slaappillen genomen. Het volgende wat ik hoorde was dat iemand me riep, en toen ik met veel moeite mijn ogen open had gekregen, zag ik Mariam naar me staren, die zei dat het tijd was om naar JFK te gaan.

'Hoi.'

Als je het over de duivel hebt, dacht ik, toen Mariam haar plek in de businessclass had verlaten en naast me kwam zitten.

'Hoi,' zei ik, naar haar opkijkend.

'Hoe voel je je?'

'O, goed, dank je. Het is een latertje geworden gisteren, verder niks aan de hand.'

'Nou, de vlucht naar São Paulo duurt acht uur, dus hopelijk kun je nog wat slapen voordat we in de privéjet naar Rio stappen. Je hebt morgen een volle dag met de commercialshoot.'

'Weet ik. Het komt goed, heus,' verzekerde ik haar.

'Heb je nog contact opgenomen met je zus?'

'Nee, nog niet.'

'Nou, morgenavond kun je haar zéker zien, of donderdag, voordat we met de nachtvlucht teruggaan.'

'Yep, ik neem contact op nadat we geland zijn.'

'Fijn. Oké, als je iets nodig hebt, vraag dan of de steward me komt halen,' zei Mariam glimlachend.

'Zal ik doen,' zei ik met een knikje, en op dat moment arriveerde mijn tonic vergezeld van een bakje cashewnootjes.

'Dank u.' Zodra de twee zich hadden teruggetrokken, dronk ik de helft van de tonic in één keer op en vulde het glas volgens plan bij met wodka.

Terwijl ik een paar fikse slokken nam, bedacht ik dat ik de ergste weken van mijn leven achter de rug had. Overal waar ik kwam zag ik foto's van Mitch met zijn Vreselijk Lelijke Verloofde. Ze besloegen de cover van tijdschriften en de voorpagina's van kranten; alle tv-zenders herhaalden eindeloos het moment waarop hij vanaf het podium van Madison Square Garden zijn huwelijk aankondigde. Bij shoots was het nieuws het gesprek van de dag, en zodra ik verscheen veranderde het gesprek in gefluister.

Net als de nieuwsbeelden van CNN speelde het nachtmerrieachtige tafereel zich steeds maar weer af in mijn hoofd. Ik moest doen alsof het me geen moer interesseerde, want voor de media was het natuurlijk smullen geblazen als ze ook maar iets zagen van wat op een treurende ex leek. Dus ging ik feesten. Je kon me avond aan avond aantreffen bij een filmpremière, de opening van een hippe galerie of in een nachtclub. Ieder vriendje dat ook maar iets betekende, werd als begeleider opgetrommeld. Zed kwam daar goed bij van pas, er verschenen foto's van ons samen, de pers besprak uitgebreid of we 'iets hadden'. Ik deed dat allemaal omdat niemand, maar dan ook niemand me mocht zien huilen.

'Niemand,' prevelde ik voor me uit, en ik dronk mijn glas leeg.

'Uw noedels en salade, Miss D'Aplièse,' zei de steward, die als Tinkelbel naast me verscheen. Hij trok mijn tafeltje uit, een andere steward spreidde een tafellakentje uit en legde bestek neer, en mijn maaltijd werd geserveerd.

'Kan ik u verder nog iets brengen?'

'Misschien een glas champagne,' zei ik, naar hem glimlachend.

'Waarom niet?' zei hij, terwijl hij mijn bijna lege tonicglas wilde pakken.

'En ik zou ook graag nog een glas tonic willen, kan dat?'

'Maar natúúrlijk, Miss D'Aplièse.'

Jezus, dacht ik, wat is het toch vermoeiend om mij te zijn. Zelfs tien kilometer boven de aarde deed ik me anders voor dan ik was, als een persoon die clean en nuchter was, iemand die alles onder controle had.

Na de noedels nam ik nog een wodka-tonic en neusde ik door de filmcollectie. Halverwege de nieuwste *Harry Potter* (romcoms stonden nu zeker niet op het menu) viel ik in slaap. Toen ik wakker werd, hadden alle passagiers het licht uitgedaan en lagen in hun deken gewikkeld, met hun gordel eroverheen gegespt. Toen ik terugkwam van het toilet, deed het vliegtuig me in het spookachtige blauwe licht aan een vliegend ruimtelab denken. Wat zijn slapende mensen kwetsbaar, peinsde ik, toen ik terugliep naar mijn eigen plek, die tijdens mijn afwezigheid in een opgemaakt bed was omgetoverd. En kwetsbaarheid was het enige wat ik nooit mocht laten zien. De media hoefden maar iets van mogelijke problemen te bespeuren of ze zouden de meest smeuïge roddels de wereld in sturen. Van Tallahassee tot Tokio zouden inwoners elkaar over de eettafel bevestigend toeknikken: ja, ze hadden het zien aankomen, en ze waren blij dát het was gebeurd, want, zouden ze zeggen, dat is de prijs van succes.

Misschien was dat ook zo, dacht ik, terwijl ik uit het raampje keek naar de lichten van wat Zuid-Amerika moest zijn. Ik had nooit om succes gevraagd. Heel veel 'beroemdheden' die ik had ontmoet, vertelden me dat ze al sinds hun jeugd ervan droomden om rijk en beroemd te worden. Ik droomde alleen maar van een wereld waarin ik me geen buitenstaander voelde, een wereld waar ik thuishoorde. Want dat was het enige wat ik echt wilde.

'Jeetje, wat is het heet! Kunnen we even pauzeren?' vroeg ik de regisseur. Het was drie uur 's middags en ik viel bijna flauw van de hitte.

'Nog één take, Electra, en dan kunnen we voor vandaag inpakken. Je doet het geweldig, liefje!'

Hard op mijn tong bijtend liep ik over het zachte zand van het strand van Ipanema terug naar de plek waar ik moest beginnen. Ik had nog nooit mijn gouden regel geschonden om tijdens een shoot niet te klagen, hoogstens een voorzichtige klacht te uiten. De dame van de make-up stond al klaar om met een nieuwe laag poeder het zweet op mijn gezicht weg te werken.

'Ze is klaar!' riep ze boven de harde, hete wind uit.

'Oké, Electra!' brulde de regisseur door zijn megafoon. 'Drie stappen naar voren, en dan je armen in de lucht gestoken houden tot ik cut zeg.'

Ik stak mijn duimen op.

'En... actie!'

En daar ging ik, voor de twintigste en naar ik vurig hoopte laatste keer. Dan kon ik eindelijk de lange jurk van wit chiffon van me afstropen, met zijn capuchon die als een parachute achter mijn hoofd opbolde en een onderjurk die tegen mijn lichaam geplakt zat, en zou ik me in de huizenhoge, bulderende golven achter me storten.

'Oké, cut!'

Ik bleef staan waar ik stond, wachtend tot de regisseur het frame had gecontroleerd.

'Oké, luitjes, het is mooi geweest voor vandaag.'

Ik scheurde de jurk bijna van mijn lijf en strompelde door het zand naar de kledingtent.

'Iemand zin om te zwemmen?' vroeg ik, toen Ken, de regisseur, en Mariam hun hoofd om de hoek staken.

'Ik weet niet of de verzekering het dekt als jij bij die sterke golfslag gaat zwemmen, Electra,' waarschuwde Ken.

'Kom op, Ken. Verderop zwemmen kleine kinderen.'

'Zullen we het morgenmiddag doen, als we klaar zijn? Dan mag je van mij gerust verdrinken,' grapte hij. 'Joaquim is net gearriveerd, dus het ziet er allemaal goed uit.'

'Oké. Dan ga ik straks in het hotel wel een duik in het zwembad nemen. Neem me niet kwalijk, maar ik moet me nu omkleden.'

‘Tuurlijk, liefje.’ Ken vertrok, Mariam bleef en gaf me een flesje water.

‘Mooi werk,’ zei ze, en ze glimlachte naar me. ‘Het zag er door de camera fantastisch uit.’

‘Fijn. En nou maken dat we wegkomen,’ mompelde ik. Ik wendde me naar de kleedster en lachte haar liefjes toe. ‘Bedankt voor je hulp.’

‘Heel graag gedaan, Electra. Ik zie je morgenochtend om zeven uur,’ antwoordde ze in het Engels met een zwaar accent.

Toen ik bij het Copacabana Palace Hotel arriveerde, stond er een groepje handtekeningenjagers bij de ingang. Ze schreeuwden naar me toen ik uit de limo stapte, en ik glimlachte naar hun camera’s en signeerde hun foto’s en handtekeningenalbums.

Ik verlangde zo hevig naar mijn suite dat ik, eenmaal in de lobby, bijna naar de lift rénde.

‘Wil je dat ik met je meega?’ vroeg Mariam.

‘Nee, ik neem een koude douche en ga even liggen. Het is een lange dag geweest.’

‘Ga je dan niet zwemmen?’ vroeg ze toen de liftdeuren opengingen.

‘Later misschien,’ zei ik, en ik drukte op de knop voor de bovenste verdieping. ‘Ik bel je nog,’ zei ik, en de deuren sloten zich achter me.

In de suite stevende ik direct op mijn reistas af en schonk mezelf een glas wodka in. Mijn handen trilden zichtbaar toen ik het glas naar mijn mond bracht. Ik had op mijn lijnvlucht geen chemisch spul durven meenemen en erop vertrouwd dat er bij de shoot een bekende zou zijn die wat uit zijn voorraadje wilde delen. Maar voor zover ik wist, was dit team clean, bovendien kende ik niemand goed genoeg om te vertrouwen. Ik bedacht dat ik me in Zuid-Amerika bevond, waar de handel in drugs waarschijnlijk meer geld binnenbracht dan welke branche ook. Als de nood aan de man kwam, kon ik altijd nog bij de conciërge langsgaan. Dit was tenslotte Brazilië, hier konden ze me vast wel helpen.

Ik stapte net onder de douche toen de hoteltelefoon ging. Er was geen mens op de aardbol met wie ik op dat moment wilde praten, dus ik liet hem overgaan. Terwijl ik onder de douche stond, stroomde er een reeks krachttermen uit mijn mond die Ma – die er bij ons had ingestampt dat we nooit mochten vloeken – zou doen huiveren. Maar Mitch verdiende ze, stuk voor stuk. Ik greep een baddoek en trippelde terug naar het zitgedeelte. Ik zag het rode lichtje flikkeren, een teken dat er een bericht was ingesproken. Ik drukte op de knop waarmee ik de boodschap kon afluisteren. Iemand van de huishoudelijke dienst natuurlijk, die wilde weten wanneer ze het dekbed kon komen omslaan.

Maar het was de troostende klank van mijn zus Maia.

Hoi, Electra, jammer dat je er niet bent. Floriano zag vanochtend een foto in de krant, waarop je bij het Copacabana Palace aankomt. Ik weet niet hoe lang je hier blijft, maar ik zou je natuurlijk dolgraag zien. Ik woon net om de hoek van het hotel, en mijn nummer is…

Ik greep het potlood dat naast de telefoon lag en noteerde het nummer op het notitieblokje ernaast. Daarna dacht ik na over de plannen voor die avond. We zouden met het hele team van filmers en staf in een of ander chic restaurant gaan dineren. Ik had gezegd dat ik erbij zou zijn, maar ik kon er makkelijk onderuit komen met het smoesje dat ik moe was. Als Maia vlakbij woonde, kon ik het etentje afzeggen, mijn oudste zus bellen en kennismaken met haar nieuwe gezinnetje.

Maar eigenlijk wilde ik geen van beide. Het enige wat ik écht wilde, was totaal van de wereld zijn en nauwelijks beseffen dat ik ademde.

'Jezus, ik moet coke hebben,' riep ik. Het enige minpunt van mijn nieuwe, briljante assistente was dat ze brandschoon was. Het voordeel van Amy was dat ik haar achter de hand had als ik wilde scoren, omdat ze het spul zelf ook gebruikte. Mariam zou in katzwijm vallen als ik haar zelfs maar zou vragen een wodka-tonic te bestellen.

De deurbel van mijn suite ging, maar ik negeerde hem. Een halve minuut later ging hij weer.

'Wie is daar?' riep ik.

'Ik ben het, Joaquim,' antwoordde een lage, sonore stem.

'Joaquim?' *Kende ik een Joaquim?*

Toen viel het kwartje, zoals Pa zou zeggen. Joaquim was het nieuwe sexy en sophisticated topmodel dat samen met mij in de commercial zou verschijnen. De regisseur had inderdaad gezegd dat hij al was gearriveerd voor de opnames van de volgende dag.

'Moment, ik kom eraan.'

Ik trok snel mijn badjas aan en liep naar de deur.

'*Olá,* Electra.'

Hij keek me met een lome glimlach aan. Zijn gezicht, al bijna even beroemd om zijn schoonheid als dat van mij, werd omringd door dikke zwarte krullen. Ik monsterde de rest en schonk hem een glimlach.

'Zo, hallo!' begroette ik hem.

'Het is een eer je eindelijk te ontmoeten. Stoor ik?'

'Nee, kom binnen.' Ik deed de deur verder open.

'Ik zei tegen mezelf: als we morgen elkaar op de set een kus moeten geven, kan ik me beter eerst persoonlijk voorstellen.'

'Natuurlijk.' Ik gebaarde naar de bank. 'Ga zitten.' Ik keek hem na toen hij voor me uit liep. Ja, hij was écht sexy. 'Iets drinken?'

'Wat heb je?'

'De inhoud van een minibar of roomservice,' zei ik, mijn schouders ophalend.

'Dan nemen we champagne, *sim*?'

'Tuurlijk, als je daar zin in hebt.' Ik belde roomservice en bestelde een fles Taittinger op ijs.

'Dit is crazy, weet je!' Hij glimlachte en toonde nadrukkelijk zijn witte, regelmatige gebit.

'Wat bedoel je?'

'Omdat ik tot een jaar geleden hier in Rio woonde. Ik veegde het strand, precies aan de overkant.' Hij wees naar buiten, waar het strand van Copacabana in een perfecte witte streep beneden ons lag. 'Toen komt een Amerikaanse dame naar me toe en zegt ze wil me een ster maken. En nu zit ik in beste suite van Copacabana Palace met een van de meest beroemde vrouwen van de wereld.'

'Ja, zoiets is mij ook overkomen. Gekke overgang, hè?'

'Sim, heel gek. En morgen staan wij op dat strand waar ik altijd veegde, en ik verdien met jou kussen meer dan ik vroeger in vijf jaar verdiende!'

Ik bestudeerde hem eens wat beter en schatte hem niet ouder dan negentien, twintig jaar, een jongen nog. Bij hem vergeleken voelde ik me een oma.

'Electra, mag ik je iets vertellen?'

'Wat je maar wilt.'

'Ik heb nog foto's van jou in mijn slaapkamer, die ik heb samen met mijn kleine broertjes. Jij bent mijn – hoe zeg je dat? – pin-upgirl!'

'Wat lief, dank je,' zei ik.

De bel ging, de champagne arriveerde.

Toen roomservice weg was, toostte ik met Joaquim. 'Nou, op je succes. Ik zie overal in New York je gezicht op billboards. Je bent beroemd.'

'Niet zo beroemd als jij – nog niet.' Hij grinnikte jongensachtig en nam een slokje champagne.

'Nou, je komt in een krankzinnige achtbaan terecht, dus als je ooit advies wilt, help ik je graag. Ik ben een oude rot in het vak,' zei ik begripvol.

'Maar jij bent er nog steeds! Mijn agent, hij vertelt steeds dat mijn kaars net zo snel kan uitgaan als hij is aangestoken. Dus ik zal heel erg mijn best doen om te zorgen dat hij blijft branden, want ik wil niet meer daarnaartoe.' Hij wees naar de overkant. 'Ik moet me goed gedragen, toch?'

'Nou en of, je bent er waarschijnlijk al achter wat voor deal je hebt gesloten als je beroemd bent.'

'Dat weet ik. Het is moeilijk. Als de mensen me op straat zien of in bar, ze willen foto en ik moet veel handtekeningen geven. En het schema, wauw!' Hij haalde een hand door zijn haar. 'Ik tel op dat ik vorige maand in drie werelddelen ben geweest. Ik word wakker en weet niet waar ik ben. Maar ik zal niet klagen, omdat ik weet dat ik zo veel geluk heb.'

'Dat is de juiste instelling.' Ik dronk mijn glas leeg en schonk ons allebei nog eens in.

'En ik neem dit vaker dan goed is.' Hij stak een hand in de zak van zijn jeans en haalde er een zakje wit poeder uit. 'Vind je het erg als ik...' Hij wees naar het zakje.

Op slag geloofde ik in God, de Kerstman én de Paashaas.

'En als ik nou eens zeg dat ik het erg vind?' merkte ik glimlachend op, toen hij wat poeder op de tafel tikte.

Verbijsterd keek hij me aan. 'Dan zou ik natuurlijk niet doen, Electra, maar in onze industrie ze zeggen dat jij... het niet erg vindt.'

Nu was het mijn beurt om verbijsterd te zijn, hoewel ik mijn best deed het niet te laten merken. 'Nee, maar ik was niet van plan er een gewoonte van te maken.'

'Maar we zitten in Copacabana Palace en ik ontmoet jou voor het eerst. Doe je mee?'

Of ik meedeed? Ik probeerde rustig over te komen. 'Waarom niet?'

'Hier, jij mag eerst. Het is heel goed spul. Van een vriend in Rio.'

En terwijl die o zo welkome sensatie mijn zintuigen overspoelde, moest ik hardop lachen.

'Dit is écht goed. Kun je me het telefoonnummer van die vriend geven voor het geval ik nog wat wil hebben?'

'Maak je geen zorgen, Electra. Ik heb genoeg voor ons alle twee.'

Joaquim ontdekte de muziekinstallatie en zette hem aan. We installeerden ons op het terras en keken uit over het strand van Copacabana. Het leven was ineens fantastisch en mijn nieuwe vriendje werd met de minuut aantrekkelijker.

'Ga je vanavond naar het diner?' vroeg hij.

'Dat zou eigenlijk wel moeten, maar ik heb er niet veel zin in.'

'Ik ook niet. Ik ben in mijn geboortestad en wil feestvieren. Ik kan je meenemen naar plekken die alleen de inwoners kennen.'

'Dolgraag, echt waar. Ik krijg maar zelden de kans om iets van de steden waar ik kom te zien.'

Ik stond op om Mariam te bellen, maar hij stond al achter me en sloeg zijn armen om mijn middel.

'Of we kunnen hier een feestje hebben, met zijn tweeën.'

Zijn soepele heupen swingden op het ritme van de muziek. Hij draaide me om zodat hij me kon aankijken, en voor ik het wist had hij me gekust.

Drie kwartier later ging de deurbel, die ik negeerde, en even later ging mijn mobieltje.

'Wacht hier,' zei ik. Ik gaf Joaquim een kus en gleed uit bed, trok snel mijn badjas aan en haastte me naar de zitkamer om mijn mobieltje op te nemen.

'Electra, met Mariam. Ik sta voor de deur.'

'Jezus,' mompelde ik. Ik liep naar de deur, deed hem open en raapte de envelop op die onder de deur door was geschoven.

'Hoi,' zei ik, en ik probeerde een slaperig gezicht te trekken, hoewel ik totaal opgefokt was.

'Je bent niet aangekleed, Electra, en we moeten over een kwartier naar het diner.'

'Sorry, maar ik voel me niet goed. Wil jij namens mij sorry zeggen? Zeg maar dat ik er vanavond vroeg in kruip.'

'Oké...'

Ze keek me doordringend aan. Ik gaf haar de envelop.

'Wil je dit alsjeblieft afhandelen, wat het ook is? Dan zie ik je morgenvroeg, fris en fruitig.'

'Oké, maar vergeet niet door te geven dat je om half zeven gewekt wilt worden.'

'Doe ik.'

'Beterschap.'

'Dank je. Welterusten.'

Ik sloot de deur en deed voor de zekerheid de veiligheidsketting erop. Relaxed liep ik naar de koffietafel, nam nog een lijntje en ging terug naar de slaapkamer en Joaquims gretige armen.

7

Misschien kwam het doordat we elkaar de vorige avond al zo goed hadden leren kennen, in elk geval verliep de shoot als een droom en konden we tegen vieren onze spullen pakken.

'De brief die de conciërge onder je deur door schoof, die was van je zus Maia, weet je nog?' zei Mariam, toen ik me in de kledingtent stond om te kleden.

'Ja, ik heb geen zaagsel in mijn hoofd,' snauwde ik, terwijl ik mijn shorts dichtritste.

'Wil je haar vanavond bellen als je terug bent in het hotel? Ze schreef dat ze vanavond vrij is en we vertrekken pas om tien uur naar het vliegveld.'

'Natuurlijk doe ik dat,' antwoordde ik geïrriteerd. Mariam ging zich steeds meer als een overbezorgde en bazige ouder gedragen. Toch belde ik bij terugkomst in mijn suite het nummer dat ik had genoteerd.

'*Ói!*' klonk Maia's vriendelijke stem onmiddellijk.

'Hoi, met mij, Electra.'

'Electra! Ik kan gewoon niet geloven dat je hier in Rio bent! Hoe lang blijf je nog?'

'Ik vlieg vanavond om middernacht terug.'

'Heb je nog tijd om een paar uurtjes langs te komen en Floriano en Valentina te ontmoeten?'

'Dat gaat denk ik niet lukken,' loog ik, want ik had over twintig minuten een afspraak met Joaquim. 'Maar ik zou je hier om een uur of acht kunnen ontmoeten voor een drankje, voordat ik naar het vliegveld vertrek.'

'O, oké, dan zie je me wel verschijnen.'

'Vraag de conciërge of hij je naar mijn suite stuurt, oké? Ik zal hem laten weten dat je komt.'

'Oké. Ik verheug me er ontzettend op je weer te zien, Electra!'

'Oké, tot straks.'

Ik legde mijn mobieltje neer en nam een lijntje uit de voorraad die Joaquim de vorige avond voordat hij ging douchen voor me had achtergelaten. Daarna belde ik roomservice voor een fles wodka en nog een fles champagne op ijs. Tien minuten later was Joaquim in mijn suite en nog iets later in mijn bed.

'Wat ben je toch verrukkelijk,' murmelde hij in mijn oor. 'Ik krijg niet genoeg van jou.'

We vielen in slaap, en toen we wakker werden, namen we allebei nog een paar lijntjes en gingen we nog een keer vrijen. Toen ik klaagde dat ik nog steeds moeite had om wakker te blijven, haalde hij een paar pilletjes uit zijn portefeuille.

'Probeer deze, Electra, zo'n goede pil om wakker te worden heb jij nog nooit gehad.'

We spoelden een pilletje weg met een slok champagne. Tien minuten later lagen we alweer te vrijen, vervolgens gingen we samen onder de douche, en toen we daarna naakt op het terras stonden en Joaquim me de samba wilde leren, konden we maar niet ophouden met giechelen.

'Misschien kunnen ze ons zien,' fluisterde ik, toen ik over de balustrade naar het zwembad keek.

'En dat wordt heel mooie foto,' zei hij glimlachend, en hij kuste me.

'Nee!'

Ondanks mijn door alcohol en drugs benevelde brein besefte ik dat we heel gevaarlijk bezig waren, dus trok ik hem mee naar binnen.

Daar stonden Mariam en mijn zus Maia.

'Oeps!' zei ik, en ik hield mijn handen zo veel mogelijk voor mijn intieme delen. Joaquim greep een kussen om zijn edele delen te beschermen. Bij de aanblik van de gezichten van mijn personal assistant en mijn zus barstte ik in hysterisch gelach uit.

'Sorry, luitjes, jullie hadden moeten kloppen.'

'Dat hebben we gedaan, en we hebben naar je suite gebeld. We waren ongerust, dus uiteindelijk heeft de manager ons binnengelaten,' zei Mariam, en op dat moment had ik haar het liefst een klap in haar ongetwijfeld maagdelijke en non-alcoholische gezicht gegeven. 'Ik zal je badjas pakken, Electra.'

'En ik kan beter weggaan,' zei Joaquim, die achter Mariam langs de slaapkamer in sloop.

'Ga zitten, Maia,' zei ik.

Mariam kwam terug met mijn badjas. 'We moeten over veertig minuten naar het vliegveld, ik zal alvast voor je inpakken,' zei ze rustig.

'Dank je.'

Joaquim kwam aangekleed en wel weer tevoorschijn. Ik gaf hem een dikke knuffel. 'Zie ik je op het vliegveld?'

'Nee, ik blijf nog even en dan vlieg ik naar Mexico, voor GQ.'

'Oké, laat iets van je horen, ja?'

'Ik bel je als ik terug ben in New York. *Tchau*, Electra.' Hij wendde zich naar Maia. '*Adeus, senhora.*'

'Wil je champagne?' vroeg ik haar. 'Oeps, die is op, ik zal nog wat bestellen.'

'Nee, dank je, Electra.'

'Zal ik iets anders voor je bestellen?' vroeg ik, terwijl ik mezelf een glas pure wodka inschonk.

'Nee, het is prima zo. En hoe gaat het met jou?'

'O, heel goed. En ik ben wég van Rio! Wat een stad!'

Maia sloeg me zwijgend gade terwijl ik mijn wodka opdronk. Ik zette mijn glas neer en keek haar eens goed aan.

'Weet je, eigenlijk ben jíj de schoonheid van de familie. Je zou mijn baan moeten overnemen.'

'Dank je voor het compliment.'

'Nee, serieus,' ging ik door, en ik nam haar prachtige gezicht, omlijst door donker, glanzend haar, in me op, haar egale huid en de grote, donkere ogen, die me aan die van Joaquim deden denken. 'Je bent echt heel mooi, ik bedoel mooier dan de laatste keer dat ik je zag,' zei ik, heftig knikkend.

'Nou,' antwoordde Maia op die rustige, vriendelijke toon van haar, 'misschien is dat wel omdat ik gelukkig ben. Ben jij gelukkig, Electra?'

'O,' zei ik, en ik spreidde mijn armen wijd uit. 'Extatisch gelukkig! Is Joaquim geen schatje? Hij is Braziliaan van geboorte, weet je. Zijn alle Brazilianen net zo mooi als jullie? Als dat zo is, verhuis ik misschien wel hierheen!'

Inmiddels stond Mariam achter me. 'Het is tijd om je klaar te maken voor de rit naar het vliegveld. Ik heb je gebruikelijke reiskleding op bed gelegd.'

'Dank je,' zei ik, en lichtelijk slingerend pakte ik mijn wodkaglas. 'Heb je wel aan mijn ondergoed gedacht?' giechelde ik. 'Ben zo terug,' vervolgde ik, met een korte zwaai naar Maia, en ik verdween naar de slaapkamer om Mariams instructies op te volgen.

Terwijl ik me aankleedde, hoorde ik mijn zus en mijn personal assistant zachtjes met elkaar praten.

'Hé, Mariam! Ik heb vréselijke trek! Wil je roomservice vragen een clubsandwich voor onderweg boven te brengen?'

'Natuurlijk,' antwoordde ze vanuit de zitkamer.

Ik ging op bed zitten en probeerde de veters van mijn sneakers te strikken, tot ik ontdekte dat ik mijn schoenen verkeerd had aangetrokken, wat tot een nieuwe giechelbui leidde. Maia en Mariam leken op elkaar, bedacht ik. Allebei een en al zelfbeheersing, en wat ze dachten, daar kwam je gewoon niet achter, én...

'Moeten jullie horen! Ik heb net bedacht dat je van de naam "Mariam" "Maia" kunt maken,' verkondigde ik, toen ik terugkwam en op de bank neerplofte. 'Grappig, hè?'

Ze reageerden met een merkwaardig glimlachje.

Even later verscheen er een man in uniform in de deuropening. 'Kom je me meenemen?' zei ik tegen hem, en weer begon ik te giechelen.

Mariam ging even met hem praten, waarna hij snel verdween.

'Grapje! Die man moet mijn bagage meenemen.'

'Electra, we zaten net even met elkaar te praten, en we vroegen ons af of je zin had een paar dagen bij mij hier in Rio te blijven,' zei Maia. 'Vooral omdat je zei dat je Rio zo fijn vond.'

'Ja, dat is ook zo, maar dat is omdat ik me zo heb vermaakt met Joaquim, snap je? We konden uitstekend met elkaar opschieten.'

'Dat zag ik,' beaamde Maia. 'Jullie leken een behoorlijk hechte band te hebben.'

'Die hadden we, nou en of.'

Het bleef een tijdje stil. 'Nou,' zei Maia, 'wat dacht je ervan om hier vannacht te blijven? Dan kun je nog wat slapen en bekijken we morgen of je nog wat langer blijft.'

'Je agenda is tot na het weekend leeg,' vulde Mariam aan.

'Ik... ik weet niet,' zei ik, uitgebreid gapend en mijn schouders ophalend. Het leek me eigenlijk heel aanlokkelijk om me in dat grote, comfortabele bed te laten wegzinken in plaats van me naar het vliegveld te slepen en aan boord te stappen van een vliegtuig dat me terug zou brengen naar... Ja, naar wat, naar mijn lege appartement?

'Joaquim is hier morgen ook nog,' schoot me ineens te binnen. 'Dat zei hij.'

'Dat klopt,' zei Mariam. Ze kwam vlak voor me staan. 'Dus... zullen we dan maar hier blijven? Een korte vakantie houden?'

'Oké.' Ik knikte bevestigend.

'Goed, dan ga ik nu naar beneden om de hotelboeking te verlengen en de vluchten om te boeken, oké?'

'Oké.'

Toen ze weg was, kwam Maia naast me zitten en pakte mijn handen.

'Wat een geweldige vrouw, hè, die Mariam?'

'Yep, echt een engel. Wat soms behoorlijk irritant kan zijn,' vervolgde ik met gefronste wenkbrauwen.

Ik voelde Maia's indringende blik op me gericht.

'Wat is er?'

'O, ik zat te denken hoeveel ik van je hou, zusje van me.'

'Ik hou ook van jou, grote zus van me.'

Er stonden tranen in Maia's ogen.

'Hé, waarom huil je nou? Ben je niet blij me te zien?'

'Ontzettend blij, Electra, heus,' zei ze, toen ik weer zat te gapen. 'Maar zullen we naar de slaapkamer gaan? Dan stop ik je in, net als vroeger, toen je klein was en ik je een verhaaltje vertelde.'

Er kwam een herinnering bovendrijven: Maia, een jaar of dertien, die op de rand van mijn bed zat en sprookjes voorlas. Ze had me ooit verteld dat haar naam 'moeder' in het Grieks betekent, en ik had op dat moment besloten dat als ik ooit een moeder zou hebben, ze net als Maia zou zijn.

'Is goed,' zei ik, en ik kwam op wankele benen overeind en samen met Maia liep ik naar de slaapkamer.

'Hé,' zei ik, terwijl ik in bed kroop, en ik gaf een klopje op het dekbed, dat er nog rommelig bij lag na mijn middag met Joaquim. 'Je kunt hier naast me komen liggen, ruimte zat.'

Maia streek het beddengoed aan haar kant glad en ging liggen. Ze reikte me opnieuw haar hand en ik kneep er hard in. Langzaam maar zeker voelde ik de effecten van de ecstasy en de coke verdwijnen.

'Weet je, jij was altijd mijn lievelingszus,' zei ik, en ik draaide me naar haar toe.

'Is dat zo? Wat lief dat je dat zegt, Electra. Nou, ik kan je zeggen dat jij beslist de schattigste baby was, ook al kon je behoorlijk krijsen.'

'Ik weet heus wel hoe Ally en jij me altijd noemden.'

'Dat wéét je?' Er trok langzaam een blos omhoog vanaf Maia's sierlijke hals.

'Ja, jullie noemden me altijd Tricky, en ik weet wel wat het betekent, maar hoe kwamen jullie daarop?'

'Omdat jij Electra was, zo elektrisch, tricky, snap je? Sorry, lieverd, we meenden het niet serieus.'

'Het deed me destijds pijn, maar misschien hadden jullie wel gelijk. En ik ben denk ik niet erg veranderd.' Ik voelde tranen in mijn ogen prikken.

'Nou, je had af en toe wel driftbuien, maar in veel opzichten was jij de slimste van al mijn jongere zusjes. Weet je nog dat we 's zomers op Pa's boot spelletjes hoofdrekenen deden? Jij won altijd.'

'Echt waar? Hoe kan het dan dat ik daarna alleen maar dommer in plaats van slimmer ben geworden? Je weet toch dat ik altijd zakte voor mijn examens.'

'Volgens mij interesseerde het je gewoon niet, daarom maakte je je huiswerk nooit.'

'Klopt,' zei ik. 'Kan ik wat koffie krijgen? Ik voel me heel draaierig.'

'Natuurlijk. Met of zonder cafeïne?'

'Mét, absoluut.' Maia reikte naar de telefoon. 'Die gezonde troep die je vorige keer zag, was alleen voor Mitch. Zijn lichaam was een tempel.'

'Echt waar?' vroeg Maia, terwijl ze op verbinding wachtte. 'Ik zag laatst een foto van hem in een tijdschrift, hij leek eerder een oud wrak.'

Terwijl Maia koffie aan het bestellen was, zat ik te grinniken, maar dat gegrinnik ging over in gekreun, en het gekreun ging over in gesnik.

'Hé,' zei ze zachtjes, 'wat is er?'

'O... van alles,' zei ik schouderophalend, terwijl de tranen over mijn wangen stroomden. 'Vooral Mitch, denk ik. Ik zit gewoon niet lekker in mijn vel.'

'Dat kan ik me voorstellen, lieverd. En je mag het nooit laten zien, hè?'

'Nee, nooit. De media zouden een feestje bouwen, bovendien wil ik geen medelijden.'

'Nou, ik ben geen krant, ik ben je zus, die van je houdt. Kom eens hier.'

Maia nam me in haar armen en ik ademde de heerlijke, zuivere geur van haar huid in.

'Dit voelt als thuis.' Ik moest glimlachen.

'Dat is aardig van je.'

'Weet je, ik ben een paar weken geleden naar Atlantis gegaan, en dat voelde niet als thuis,' zei ik, heftig met mijn hoofd schuddend. 'Het voelde helemáál niet als thuis.'

'Ik weet het, Electra. Dat komt omdat Pa er niet meer is.'

'Dat niet alleen, het komt ook omdat jullie allemaal weg zijn. Het is een treurige bedoening om daar met alleen Ma en Claudia te zijn.'

'Maar Ally zei dat je haar en Bear daar hebt ontmoet.'

'Ja, wat een schatje. Ze boft maar dat ze iemand heeft om van te houden en die van haar houdt. Ik... ik heb niemand.'

Inmiddels zat ik heel hard te huilen, tegen Maia's witte blouse, die net als Maia zelf fris en rustgevend rook.

'Sorry, ik laat me gaan. Dat komt door dat spul.'

Het was de eerste keer dat ik dat woord hardop tegen een van mijn naasten had uitgesproken.

'Ik weet het.'

'En ik wilde je ook nog steeds...' Ik veegde mijn snotterige neus af. '... mijn excuses aanbieden omdat ik zo gemeen tegen je deed toen ik na Pa's overlijden naar Atlantis kwam.'

'Deed jij gemeen? Dat kan ik me niet herinneren.'

'O ja, heel vals. Ik zei dat het niet uitmaakte hoe je eruitzag omdat je soms maandenlang geen mens zag. Ik meende het niet, Maia, echt niet. Je bent zo lief en goed en volmaakt, en ik ben dat allemaal niet.'

De deurbel ging en Maia liep erheen om de koffie aan te nemen.

'Kijk eens,' zei ze, en ze reikte me de koffie aan. Toen ik overeind kwam, begon mijn hoofd te bonzen en werd ik misselijk, dus ik ging direct weer liggen.

'Nog heel even.'

'Oké. Electra, lieverd?'

'Ja?'

'Zou het misschien een goed idee zijn om er een tijdje tussenuit te gaan en hulp te zoeken?'

'Ik krijg al hulp genoeg,' verzuchtte ik. 'Ik heb in de afgelopen paar maanden vijf therapeuten ontslagen.'

'Dat klinkt niet goed, maar ik bedoelde eerder... professionele hulp.'

'Zoals?'

'Ik weet een heel goede plek in Arizona. Een vriend van Floriano is er geweest en hij kwam als een ander mens terug. Ik...'

Ondanks mijn bonzende hoofd kwam ik overeind. Ik staarde haar verontwaardigd aan. 'Wil je suggereren dat ik naar een afkickkliniek moet?'

'Nou ja, Mariam zei dat het...' Maia zuchtte, duidelijk zoekend naar de juiste woorden. '... de laatste tijd niet zo goed met je gaat.'

'Vind je het gek? De liefde van mijn leven kondigt aan dat hij met iemand anders gaat trouwen en de hele mediawereld stort zich erop. Wat had ik dan moeten doen? Een gat in de lucht springen?'

'Je hield echt van hem, hè?'

'Ja, ik hield van hem, maar ik kom er wel overheen. Het zijn gewoon een paar rotweken geweest, meer niet. Waarom zat Mariam trouwens over me te roddelen?'

'Dat deed ze niet, Electra, ze geeft om je...'

'Ze geeft om die verrekte baan van haar! Dáár geeft ze om!'

'Electra, lieverd, rustig nou...'

'Wauw!' Ik ontplofte. 'Ik háát die zin! Man, man, hoe vaak heb ik dat niet van jou en Pa en Ma moeten horen!'

'Sorry, ik probeer je alleen maar te helpen...'

'Nou, doe maar niet. Het komt helemaal goed met mij,' zei ik, hevig knikkend. 'Ja hoor, helemaal goed. Kunnen we het nu over iets anders hebben?'

'Dat kan, Electra, maar...'

'Nee! Ik wil dat je me net als vroeger een verhaal vertelt.'

'Oké.' Maia keek me aan. 'Wat voor verhaal wil je horen?'

'Ik wil jouw verhaal horen. Ik wil horen hoe jij die man van je in Rio hebt ontmoet en verliefd op hem werd.'

'Oké... Wil je eerst nog koffie?'

'Nee, ik ben vreselijk misselijk. Vertel maar over jou en Floriano – coole naam, trouwens – dan hoef ik niet aan mijn eigen shit te denken.' Ik gaf een klopje op de plek naast me, en Maia ging weer op bed liggen. Ik nestelde mijn hoofd tegen haar borst. Zodra ik mijn ogen dichtdeed, werd ik draaierig in mijn hoofd, maar ze streelde me over mijn haar en dat was een heel rustgevend gevoel.

'Nou, ik heb Floriano ontmoet toen ik Christus de Verlosser, het Christusbeeld op de berg hier, ging bekijken. Als het maar even lukt, zou jij dat ook moeten doen voordat je weggaat, het is echt fantastisch. Hij was namelijk de gids, zie je, en...'

Ik lag naar haar romantische verhaal te luisteren, het was net een sprookje.

'En toen leefden jullie nog lang en gelukkig.'

'Ja, althans, dat hoop ik, want hij is geen prins en we hebben niet veel geld, maar we zijn gelukkig.'

'En dat familielid dat Floriano heeft helpen zoeken? Heb je haar ontmoet?'

'Ja, maar ze was heel erg ziek en is niet lang na onze ontmoeting gestorven. Maar ik ben blij dat ik in elk geval een beetje tijd met haar heb kunnen doorbrengen.'

'Ga door, Maia,' drong ik aan, want ik probeerde uit alle macht niet te denken aan de coke die zo akelig dichtbij in de la van mijn nachtkastje lag. Ik moest slapen, maar als ik coke nam, deed ik geen oog dicht, terwijl ik toen ik met Mitch omging uitstekend sliep.

Dus vertelde Maia me het sprookje over de man die Christus de Verlosser bouwde, en over de jonge beeldhouwer op wie haar overgrootmoeder zo hevig verliefd werd en...

Ik werd wakker toen Maia me een kus op mijn voorhoofd gaf en het licht uitdeed.

'Waar ga je naartoe?' Ik pakte haar arm in het donker.

'Naar huis, Electra. Je moet slapen.'

'Maia, ga alsjeblieft niet weg. Blijf nog even, alsjeblieft. En doe het licht weer aan, ik ben bang in het donker.'

‘Dat was je vroeger nooit,’ zei ze, maar ze knipte het licht weer aan.

‘Nou, tegenwoordig wel. Ik ben op zoek naar liefde, zoals tussen jou en Floriano, en tussen Izabela en Laurent,’ zei ik, glimlachend naar haar opkijkend.

‘Chérie, je bent pas zesentwintig. Vergeet niet dat ik al bijna vierendertig ben, bijna acht jaar ouder dan jij. Je hebt nog ruimschoots de tijd, dat verzeker ik je.’

‘Nou, ik hoop niet dat ik nog acht jaar moet wachten,’ zei ik schouderophalend, ‘ik voel me zo oud, Maia.’

‘Je bént niet oud, Electra, geloof me.’ Ze legde een hand op mijn voorhoofd, en ik liet de prettige koelte van haar handpalm op me inwerken. ‘Je moest ook wel érg snel volwassen worden, hè?’

‘Misschien wel, ja.’

‘Je bent zo sterk en dapper, Electra.’

‘Nee, dat ben ik niet.’ Ik schudde mijn hoofd. ‘Wil je een geheimpje horen?’

‘Vast wel,’ antwoordde ze grinnikend.

‘Weet je waarom ik waarschijnlijk altijd zo schreeuwde als kind?’

‘Nee, waarom was dat?’

‘Omdat ik het vreselijk vond om alleen te zijn, en dat is nog steeds zo.’

‘Je zou een flatgenoot kunnen zoeken.’

‘Wie wil er nou met mij samenwonen?’

‘Electra, wat heb je toch een laag zelfbeeld! Je bent voor miljoenen vrouwen over de hele wereld een rolmodel. Ik zou je dolgraag een keer meenemen naar de heuvels achter Rio, daar ligt mijn *fazenda*, dat is het Portugese woord voor boerderij. Ik heb hem van mijn grootmoeder geërfd en er een centrum voor achterstandskinderen uit de favela’s opgericht. Als ik daar met jou verschijn, denken die kinderen echt dat ze dromen. Begrijp je niet dat je hen inspireert?’

‘Ja, maar ze kennen me niet echt, snap je? Kijk nou naar jou, jij hebt met je erfenis iets gedaan waarmee je andere mensen helpt. Ik doe alleen maar dingen voor mezelf.’

Maia slaakte een lichte zucht, maar ik was inmiddels zo down dat ik niet meer terug kon, dus ik deed mijn ogen dicht en smeekte om slaap.

De volgende ochtend werd ik met een loodzware kater wakker. Ik spoelde een paar pijnstillers met een flesje water weg. Ik keek op de klok, het was iets over zessen. Ik bestelde koffie en een mandje van die zalige kaasbroodjes, die rechtstreeks uit de oven kwamen. Wachtend op de roomservice liet ik mijn gedachten over de gebeurtenissen van de vorige dag gaan. Ik kon alsnog door de grond zakken van schaamte toen ik – vaag – voor me zag hoe Joaquim en ik in ons blootje op het terras stonden te dansen. En dan die gezichten van Mariam en Maia toen we de kamer in kwamen…

'Jezus, Electra,' kreunde ik, toen ik mijn bed uit strompelde om de deur open te doen voor de roomservice. Bij een kop hete koffie schoot me bovendien te binnen dat ik tegenover mijn oudste zus had bekend drugs te gebruiken. Na de aanblik van een spiernaakte zus, duidelijk high en in het gezelschap van de eerste de beste kerel, moest dat geen verrassing zijn geweest. En dan dat voorstel om hier een paar dagen te blijven, en haar suggestie om naar een afkickkliniek te gaan…

Shit! Dit beviel me niks. En wat nog erger was, Mariam had me achter mijn rug om zitten zwartmaken. Nou, ik ging echt niet naar zo'n gekkenhuis midden in de rimboe. Echt niet! Ik had gewoon een slechte dag gehad, meer niet. En ik was absoluut niet van plan om me door de Heilige Maia de les te laten lezen. Ik pakte de telefoon en belde Mariam.

'Goedemorgen, Electra, hoe voel je je?'

'Prima, echt prima,' loog ik, me afvragend of ik ooit zou meemaken dat ik een half slapende Mariam wakker belde. 'Ik wil dat je zo snel mogelijk een vlucht voor ons boekt naar New York.'

Het bleef even stil. 'O. Ik dacht dat je van plan was hier een paar dagen met je zus door te brengen?'

'Dat was geen plan, Mariam, dat was een idee, en ik vind dat ik maar eens terug moet naar de Big Apple.'

'Zoals ik al zei, je agenda is leeg, dus je kunt nog…'

'En ík zeg dat je een vlucht voor ons moet boeken naar New York, oké? Mijn bagage is al gepakt en ik ben klaar om te vertrekken.'

De boodschap dat ik niet in de stemming was voor een discussie was overgekomen, dus een uur later waren we op weg naar het vliegveld. Ik stuurde Maia een sms'je waarin ik haar bedankte voor de vorige avond en zei dat we elkaar in juni zouden zien, bij Pa's herdenking.

Toen het vliegtuig opsteeg, overviel me een gevoel van opluchting. Ik was ontsnapt, en ik zou me door niemand laten opsluiten. Waar dan ook, wanneer dan ook.

8

Na mijn losgeslagen gedrag in Rio zat de schrik er goed in, dus ik was vastbesloten het weekend clean te blijven. Ik dronk liters water en bestelde een compleet assortiment aan smoothies boordevol vitamine C. De eerste dag na mijn thuiskomst redde ik het tot aan de lunch, toen nam ik een minuscuul glas wodka. Als ik nu niet voor afleiding zorgde, zou ik er geheid nog eentje nemen, dus ging ik een rondje hardlopen in Central Park.

'Alles oké, Electra?' vroeg Tommy toen ik op de terugweg zijn kant uit jogde.

'Ja hoor, met jou ook?'

'Ook goed, fijn dat je het vraagt. Weet je, toen je in Rio was, is hier een vrouw langs geweest die sprekend op jou leek.'

'Echt waar?' Ik bleef staan en keek hem verbaasd aan. 'Nou, zeg maar dat ik niet thuis ben als ze weer langskomt, ook al weet je dat ik er wél ben. Dit is de zoveelste maffe figuur die zegt dat ze familie van me is.'

'Ja, maar ze zag er echt uit alsof ze familie kon zijn. Nou, tot morgen, Electra.'

Terug in mijn appartement had ik mijn bezwete hardloopkleren van me afgestroopt en was ik op weg naar de douche toen de conciërge belde.

'Hallo.'

'Hallo, Miss D'Aplièse. Er zijn hier een paar dozen voor u bezorgd. Is het goed als we die naar boven brengen?'

'Ja hoor, als jullie ze maar eerst op explosieven checken,' zei ik half schertsend.

Vijf minuten later stonden de portier en zijn assistent voor de deur, met een trolley met twee grote kartonnen dozen, die ze op de vloer van mijn woonkamer dumpten.

'Wie heeft die dozen bezorgd? Het lijken wel verhuisdozen.'

‘Een man in een bestelbus, hij ging er meteen vandoor. O, en hij gaf me deze envelop nog. Hebt u hulp nodig bij het uitpakken, ma’am?’

‘Nee, maar bedankt.’

Brandend van nieuwsgierigheid, als een kind dat een cadeautje heeft gekregen, opende ik een van de dozen. Die zat vol kleren, míjn kleren. Boven op de stapel kleren lag een schoenendoos, met mijn zijden slaapmasker, lippenbalsem, oordopjes, een zonnebril... en onder die rommel zag ik een glimp van het dikke roomkleurige papier van Pa Salts brief.

Ik viste de envelop eruit en wist onmiddellijk wat er in de dozen zat: de spullen die ik in Mitch’ huis in Malibu had achtergelaten. De schoenendoos bevatte de inhoud van het nachtkastje naast het bed dat ik ooit met hem had gedeeld, het bed waarin ik voor altijd zou slapen. Dacht ik.

‘Nee, Electra! Jij. Laat. Jezelf. Verdomme. Nooit. Meer. Door. Hem. Kwetsen.’

Ik belde de conciërge en vroeg hem weer boven te komen met de trolley en de dozen op te halen.

‘Als er iets bij is voor jullie vrouw of vriendin dan mogen ze het hebben, stuur de rest maar naar de kringloop,’ instrueerde ik de portier toen het hele zaakje weer op de trolley was geladen.

‘Oké, Miss D’Aplièse, gaan we doen, bedankt.’

Ik pakte een luciferdoosje en de envelop van Mitch en stapte het balkon op. Zonder de envelop te openen stak ik hem in brand. Vervolgens ging ik naar mijn drankkastje en maakte ik een wodka-tonic met ijs voor mezelf klaar. Die had ik na zoiets wel verdiend. Maar hoe ik ook mijn best deed om mijn gedachten te stoppen en me op het goede nieuws te concentreren – dat Pa’s brief was opgedoken – het lukte me niet. Ik zag steeds voor me hoe Mitch thuiskwam van zijn tournee en in de wetenschap dat zijn verloofde daar een dezer dagen haar intrek zou nemen al mijn spullen uit zijn huis verwijderde en mij uit zijn leven wiste.

Ik nam nog een flinke slok en vulde mijn glas bij. Zolang ik maar van de coke afbleef, was er niks aan de hand, toch? Ik staarde naar Pa’s brief, die als een tikkende tijdbom voor me op het koffietafeltje lag.

‘Ga ik je openmaken?’ vroeg ik de brief.

Ik bedacht dat iedere zus met Pa's brief een lot met garantie op toekomstig geluk had gekregen, dus ik nam een grote slok wodka, pakte de envelop en scheurde hem open.

Atlantis
Meer van Genève
Zwitserland

Mijn lieve Electra...

'O, god!' Ik snakte naar adem. Ik had nog geen woord gelezen, maar de tranen sprongen me in de ogen.

Diep in mijn hart vraag ik me af of je dit ooit zult lezen; misschien leg je deze brief wel weg met het plan hem ooit een keer te lezen; misschien verbrand je hem zelfs. Ik zou het werkelijk niet weten, want van al mijn dochters ben jij de meest onvoorspelbare en ironisch genoeg ook de meest kwetsbare.

Electra, ik weet dat we een niet al te gemakkelijke verhouding hadden; twee sterke en vastberaden persoonlijkheden krijgen het vaak met elkaar aan de stok. Maar als ze liefhebben, doen ze dat heel intens, en dat is nóg een eigenschap die we delen.

Laat ik beginnen met me te verontschuldigen voor de laatste keer dat we elkaar in New York ontmoetten. Ik denk te kunnen volstaan met te zeggen dat we allebei niet op ons best waren. Van mijn kant deed het me veel pijn te moeten zien dat mijn bijzondere jongste dochter haar toevlucht moest nemen tot een overmaat aan verdovende middelen om een etentje met haar vader door te komen. Je weet maar al te goed hoe ik over drugs denk en ik bid dat je inmiddels hebt besloten – of nog zult besluiten – de nodige stappen te ondernemen om er voorgoed vanaf te komen. Iedere ouder die moet toezien hoe een geliefd kind zichzelf de vernieling in helpt, zal daar natuurlijk enorm verdrietig om zijn. Er is echter maar één persoon die jou kan helpen, Electra, en dat ben jij zelf.

Genoeg daarover. Ik wil je ook uitleggen waarom ik wellicht de indruk heb gewekt dat ik minder trots op je was dan ik volgens jou had moeten zijn. Allereerst wil ik je zeggen dat, steeds als ik je foto in een tijdschrift zag, mijn hart zich vulde met trots vanwege je schoonheid en elegantie. En uiteraard vanwege je talent, want naar ik begrijp is het een gave om te weten hoe je de camera van jou laat houden. En dat geldt ook voor het soort geduld waarvan ik niet weet of ik het ooit zou kunnen opbrengen, maar waarover jij tot mijn verrassing wel beschikt! Maar je hebt het jezelf aangeleerd en daarvoor spreek ik mijn oprechte bewondering uit.

De reden waarom ik zo gefrustreerd over jou raakte toen je nog op school zat, is dat ik zag hoe slim je was. Misschien beschikte jij van alle zussen wel het meest over natuurlijke intelligentie. Ik hoop alleen maar dat je op een dag in staat zult zijn je welverdiende roem te combineren met het stel hersens waarmee je bent geboren. Als dat gebeurt, zul jij een kracht vormen waar men niet omheen kan.

Jouw mogelijkheden zijn onbegrensd: je kunt een stem worden voor hen die niet voor zichzelf kunnen spreken. Je bent in staat tot grootsheid, prachtige dochter van me.

Ik hoop dat je nu begrijpt waarom ik het vaak zo moeilijk vond om je vader te zijn: het kan heel frustrerend zijn om te zien dat een kind met zo veel potentie niet beseft wat haar mogelijkheden zijn. Ik vraag me af of ik als vader heb gefaald; je hebt nooit echt antwoord gegeven op de vraag waarom je de kostschool haatte. Als je me had vertrouwd, had ik je misschien kunnen helpen, maar ik weet ook hoe trots je bent.

Tot mijn verdriet moet ik het nu aan jou zelf overlaten om te ontdekken wie je bent en wat voor fantastisch iemand je kunt worden. Ik laat je echter niet achter zonder je hulp te bieden. Zoals je zult weten hebben al je zusters een brief ontvangen, en daarin heb ik ieder van mijn dochters voldoende aanwijzingen gegeven om op zoek te gaan naar haar biologische ouders, als ze dat zou willen. Het enige wat ik jou kan geven, is de naam en het telefoonnummer van je grootmoeder, die niet ver bij je vandaan woont. Ze is een van de meest inspirerende vrouwen die ik ooit heb mogen ontmoeten, en ik wilde dat ik haar eerder had leren kennen. Ik voeg de informatie apart bij, met een foto. De gelijkenis is onmiskenbaar, en ik heb het volste vertrouwen dat ze er zal zijn om jou te helpen als ik dat niet meer kan.

Mijn lieve Electra, onthoud alsjeblieft dat je vader intens veel van je houdt en altijd van je zal blijven houden.

Je liefhebbende vader,

Pa Salt x

Ik nam nog een slok wodka en zat wezenloos naar de brief te staren. Misschien was mijn brein niet helder genoeg om de inhoud te bevatten, of misschien wilde ik dat wel niet. Zuchtend pakte ik nog iets uit de envelop. Een foto, zwart-wit, en…

'O, mijn god! Jezus…'

Opnieuw bestudeerde ik de foto, maar ik wist het al: het was de foto die ik een paar weken terug had gekregen van de vrouw die schreef dat ze mijn grootmoeder was. Ik bekeek hem van dichtbij en inderdaad, de vrouw op de foto leek sprekend op mij, of misschien leek ik sprekend op haar. Mariam had gezegd dat ze de brief van mijn 'grootmoeder' in mijn kluis had opgeborgen. Ik liep naar de kluis, maakte aarzelend de envelop open en legde de foto naast de foto die Pa had meegestuurd. Ze waren identiek.

Op de achterkant van Pa's foto stond een adres en een mobiel nummer. Ik keek naar het adres bovenaan de verkreukelde brief die Mariam per se had willen gladstrijken. Het was hetzelfde adres.

Ik ging zitten en begon de brief te lezen. Hij was op kostbaar papier geschreven, in hetzelfde fraaie handschrift als het adres op de envelop.

Appartement 1
28 Sidney Place
Brooklyn 11201

Lieve Miss D'Aplièse, of mag ik je Electra noemen?

Mijn naam is Stella Jackson en ik ben je biologische grootmoeder. Je krijgt ongetwijfeld veel brieven, en ik veronderstel dat daar ook bedelbrieven tussen zitten. Laat me je verzekeren dat dit geen bedelbrief is. Ik heb simpelweg besloten dat het tijd wordt mezelf voor te stellen.

Ik weet dat je een drukbezette vrouw bent, maar ik denk dat het voor jou en mij goed zou zijn elkaar te ontmoeten. Je adoptievader heeft me als 'levende aanwijzing' omschreven. Ik weet niet of ik blij moet zijn met die omschrijving, maar voor nu volsta ik met het toesturen van een foto van mij en je moeder. Je kunt me op bovengenoemd adres bezoeken en mijn mobiele telefoon staat dag en nacht aan.
Ik verheug me erop van je te horen.

Met vriendelijke groeten,
Stella Jackson

Wie die 'Stella' ook mocht zijn, ze had in elk geval een goede opleiding genoten. Ik had niet geweten hoe ik zo'n brief zou moeten beginnen. Maar was dit nu een brief waarin een grootmoeder – als ze dat al was – zich voorstelt aan haar verloren gewaande kleindochter? Het leek eerder op een uitnodiging aan een onbekende buurman om de renovatie van gemeenschappelijke gedeeltes van een appartementengebouw te bespreken. Het gaf me een ongemakkelijk gevoel.

Maar zelfs ik, de koningin van het cynisme, kon er niet onderuit dat deze vrouw was wie ze zei dat ze was.

'O, mijn god, ik heb een bloedverwant!' riep ik door de kamer, en ik stond op en begon te ijsberen. 'Zo, Electra,' zei ik op het nasale toontje van psycholoog Theresa, met wie ik een denkbeeldig gesprek begon, 'hoe voelt het om te ontdekken dat je een nog in leven zijnde bloedverwant hebt, die bovendien vlakbij woont?'

'Tja, Theresa, ik weet het niet precies. Ik heb haar nog niet ontmoet.'

'En ben je dat wel van plan?'

'Daar heb ik nog geen besluit over genomen.'

'Wel, het is nogal wat, dus neem vooral de tijd. En als je haar wilt ontmoeten, moet je je goed voorbereiden.'

'Wat bedoel je daarmee, Theresa? Dat ik haar misschien niet mag of zo?'

'Nee, ik bedoel alleen dat het riskant is om te veel gewicht te hechten aan zo'n gebeurtenis, je zou teleurgesteld kunnen worden.'

'Maak je geen zorgen, ik zal me echt goed voorbereiden. Ik maak van tevoren een halve fles wodka soldaat en neem een paar lijntjes, dat beloof ik.'

'Een heel goed idee, Electra. Je moet wel ontspannen zijn als je haar ontmoet.'

Ik giechelde en ging naar het speciale potje waarin ik mijn White Heaven bewaarde. Je kwam tenslotte niet elke dag tot de ontdekking dat je een heuse oma had.

En wat zijn je plannen voor de rest van de dag, Electra? Je hebt de komende vierentwintig uur niet bepaald een volle agenda, of wel soms?

Kan zijn, maar ik hoef niet echt iemand te zien.

Wat dacht je van Joaquim?

Die zit in Mexico, weet je nog? En hij is een hele stoute jongen. Ik stak een afkeurend vingertje op naar mijn drammerige alter ego.

Ik keek nog eens naar de twee foto's van mijn grootmoeder en vroeg me af of het kind op haar arm echt mijn moeder was, haalde een keer diep adem en pakte mijn mobieltje. Ik draaide het mobiele nummer op de achterkant van de foto die Pa had gestuurd en wachtte tot er werd opgenomen.

'Stella Jackson.'

'O, eh, hallo, ik ben Electra D'Aplièse en...'

'Electra! Wel, wel...' Het klonk griezelig vertrouwd, tot ik me realiseerde dat haar stem dezelfde intonatie had als de mijne.

'Ja, ik heb uw bericht ontvangen. Het leek me beter om maar direct contact op te nemen.'

'Daar ben ik heel blij om. Wanneer kan ik je komen opzoeken?'

'Ik eh... morgen misschien?'

'Morgen gaat niet lukken, dan is het zondag. Hoe zit je vanavond? Want hoe zou ik een dag langer kunnen wachten met het ontmoeten van mijn bloedeigen kleindochter?'

'Oké.' Ik haalde mijn schouders op. 'Komt u dan vanavond maar. Schikt zeven uur?'

'Dat is goed. Ik heb je adres. Nou, dan zie ik je om zeven uur. Tot vanavond, Electra.'

'Eh, ja, tot straks.' Ik hing op en realiseerde me dat ze over iets minder dan een uur al zou komen.

'Oké.' Ik knikte terwijl ik in een waas weer begon te ijsberen. 'Zo, vanavond krijg ik mijn grootmoeder, mijn biologische grootmoeder, zeg maar, op bezoek. Ik ben heel rustig, het gaat allemaal heel rustig... Jeetje, hoe is het zo gekomen?'

Het goede nieuws, dacht ik, terwijl ik driftig de woonkamer begon op te ruimen en elk spoortje wit poeder van de koffietafel wegblies, is dat ik niet totaal ingestort ben vanwege Mitch en zijn dozen. Mijn therapeute zou dat een echte doorbraak hebben genoemd. Nadat ik de kamer netjes op orde had gebracht, ging ik voor mijn inloopkast staan. Wat was passende kleding voor een kleindochter die voor het eerst haar oma ontmoette? Ik trok een tweedjasje van Chanel uit de kast, dat ik kon combineren met een jeans, dan leek het minder chic.

Maar je blijft in je appartement, Electra, en met die zon die naar binnen schijnt is het hier minstens vijfentwintig graden.

Uiteindelijk bleef het bij de jeans, met een effen wit T-shirt en voor de nodige klasse flatjes van Chanel. Daarna was de keuken aan de beurt. Oude mensen dronken thee, toch? Ik ploos alle kastjes uit, maar in een superchic penthouse in New York hoefde je geen theepot op de inventarislijst te verwachten.

'Luister eens, Electra, ze moet je maar nemen zoals je bent,' zei ik stoer. 'Dat houdt in dat ze water of een wodka-tonic aangeboden krijgt,' giechelde ik.

Ik speelde nog even met de gedachte om Mariam te bellen voor het regelen van thee met gebak, maar om een of andere reden wilde ik niet dat ze wist van mijn ontmoeting met Stella Jackson. Ik wilde een geheim hebben, een positief geheim dit keer.

Meer tijd om na te denken werd me niet gegund, want de conciërge belde om te zeggen dat Miss Jackson beneden stond en of hij haar naar boven mocht sturen.

'Ja hoor,' zei ik, en in de minuut die volgde, liep ik met bonzend hart door mijn appartement. De bel ging. Ik haalde een keer diep adem en probeerde niet na te denken over wat deze ontmoeting voor me betekende. Stel dat ik het een naar mens vond? Dat zou echt iets voor mij zijn, in tegenstelling tot mijn zussen, die niet alleen hun familie ontmoetten maar daar bovendien een happy end aan te danken hadden, bedacht ik op weg naar de voordeur.

'Hoi,' zei ik, met een glimlach, simpelweg omdat ik nou eenmaal automatisch glimlachte of de uitdrukking toonde die de situatie vereiste.

'Hallo, Electra, ik ben Stella Jackson, je grootmoeder.'

'Komt u verder.'

'Graag, dank je wel.'

Ze liep voor me uit naar de bank, en ik had nooit eerder zo'n intens déjà vu gehad. Tommy had het echt gemeend toen hij zei dat deze vrouw op me leek. Het was of ik in de spiegel keek en een oudere versie van mezelf zag.

'Wat ziet u er jong uit!' flapte ik eruit.

'O, dank je wel. Ik ben bijna achtenzestig, om precies te zijn.'

'Wauw! Ik had u hoogstens vijfenveertig gegeven. Gaat u zitten.'

'Dank je.' Ze keek om zich heen. 'Je woont hier prachtig in dit luxe appartement.'

'Ja, het is erg comfortabel.'

'Ik heb ooit aan de andere kant van het park gewoond; een goede buurt, en het is er veilig, heel veilig.'

'U hebt aan de Upper East Side gewoond?' Ik keek haar verbaasd aan.

Nu we tegenover elkaar stonden, zag ik dat ze een shirt van goede kwaliteit en een duidelijk op maat gemaakte lange broek droeg. Ze had een Hermès-sjaaltje elegant om haar slanke hals geslagen, haar haar was in een korte afrocoupe geknipt. Al met al straalde ze een natuurlijke elegantie en schoonheid uit, én ik kreeg de indruk dat ze rijk was.

'Ja, een tijdje.'

Het drong tot me door dat zij mij even indringend aanstaarde als ik haar.

'Hoe lang ben je?' vroeg ze.

'Net over de een meter tachtig.'

'Dan versla ik je,' zei ze, duidelijk vergenoegd. 'Ik ben een meter zevenentachtig.'

'Wilt u iets drinken?'

'Nee, dank je.'

'Oké. Ik neem zelf wel iets.' Ik liep naar de bar, deed alsof ik de wodka niet zo gauw kon vinden en schonk er toen een voor mezelf in, aangevuld met tonic.

'Je houdt van wodka?' vroeg ze.

'Zo af en toe, ja. En u?' antwoordde ik, en ik nam een slok.

'Nee, ik heb nooit van alcohol gehouden.'

'O.' Het kwam er met moeite uit. 'U schreef dat u me wilde ontmoeten?'

'Dat wilde ik, ja.'

'Waarom?'

Ze bleef me een tijdje aanstaren en gaf me vervolgens een zuinig glimlachje. 'Je vraagt je waarschijnlijk af wat ik wil, nietwaar? Je denkt dat ik hier ben om van jouw rijkdom en roem te profiteren?'

Ik voelde de warmte naar mijn wangen stijgen. Deze dame nam geen blad voor de mond.

Aan wie doet je dat denken, Electra?

Ik besloot vuur met vuur te bestrijden. 'Eigenlijk wel.'

'Wel, ik kan je verzekeren dat ik hier niet ben om je om geld te vragen. Daar heb ik zelf genoeg van.'

'Oké, ik begrijp het,' zei ik, luisterend naar haar beschaafde Amerikaanse accent. Hier stond, kortom, een dame met klasse.

'Zullen we gaan zitten?' zei ik, en ik gebaarde naar de bank. Maar Stella Jackson stevende op een hoge stoel af en ging zitten.

'Ga je me nu de grote vraag stellen?'

'Welke vraag zou dat moeten zijn?' Ik haalde mijn schouders op. 'Er zijn er zo veel.'

'Waar je vandaan komt bijvoorbeeld?' Ze keek me nadrukkelijk aan.

'Dat zou een goed begin zijn,' beaamde ik. Mijn poging een beschaafd slokje te nemen mislukte en resulteerde in een flinke teug.

'Je stamt af van een lange lijn van prinsessen, althans het equivalent daarvan, in Kenia.'

'Ligt dat niet in Afrika, Kenia?'

'Heel goed, Electra, dat klopt.'

'En bent u daar zelf ook geboren?'

'Dat ben ik, ja.'

'Maar hoe bent u – of mijn moeder – hier terechtgekomen?'

'Dat is een lang verhaal.'

'Ik zou het graag horen, als u het tenminste wilt vertellen.'

'Ja, dat wil ik, natuurlijk wil ik dat, daar kom ik voor. Maar ik zou voordat ik begin graag een glas water hebben.'

‘Ik zal het voor u pakken.’ Ik stond op en liep naar de keuken om een glas gekoeld water in te schenken. Mijn hoofd tolde, maar dat was niet van de wodka. De dame in mijn woonkamer was een totaal ander type dan ik me had voorgesteld. Hoe was het mogelijk dat ze zo’n welgestelde indruk maakte terwijl ik geadopteerd was? En wie en waar was mijn moeder?

Ik reikte Stella het glas aan. ‘Dank je,’ zei ze, en ze nam een slokje. ‘Waarom ga je niet zitten?’

Dat deed ik, aarzelend.

‘Je lijkt wat angstig, Electra. Ben je dat ook?’

‘Misschien wel,’ gaf ik toe.

‘Dat begrijp ik. Nou, het is alweer een tijd geleden dat ik dit verhaal heb verteld. Zul je een beetje geduld met me hebben?’

‘Natuurlijk zal ik dat.’

‘Zo, en waar zal ik beginnen?’ Mijn grootmoeder tikte met haar vingers op haar dij. Het was zo’n vertrouwd gebaar – ik deed het altijd als ik zat na te denken – dat het laatste spoortje twijfel over wat deze vrouw beweerde, verdween.

‘Pa zei altijd dat je bij het begin moet beginnen.’

Stella glimlachte. ‘Dan heeft die lieve pa van jou volkomen gelijk, dus dat zal ik doen...’

CECILY

NEW YORK
OUDEJAARSAVOND 1938

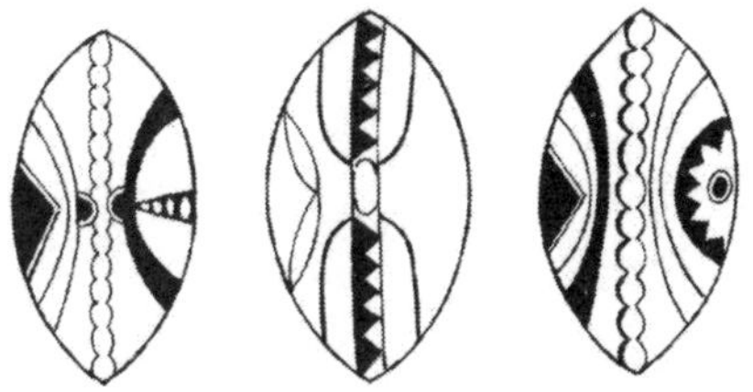

Keniaanse Masai-oorlogsschilden van buffelleer

9

'Cecily, liefje, waarom lig je in vredesnaam op je bed? We moeten over een half uur naar het feestje.'

'Ik wil niet mee, mama. Dat heb ik u al tijdens de lunch laten weten.'

'En ik zei dat daar geen sprake van was. Wil je vanavond bij *tout* Manhattan over de tong omdat je verstek liet gaan?'

'Wat kunnen mij die roddels schelen, mama? Bovendien weet ik zeker dat ze wel spannender dingen te bespreken hebben dan mijn persoontje en mijn verbroken verloving.' Cecily Huntley-Morgan dook weer in *The Great Gatsby* en las verder.

'Welnu, misschien dat het jou niets kan schelen, maar het is ver beneden mijn waardigheid als iedereen zou denken dat mijn dochter zich uit hartzeer op oudejaarsavond in haar huis verschanst.'

'Maar, mama, ik verscháns me ook op oudejaarsavond en mijn hart ís ook gebroken.'

'Hier, drink dit maar op.'

Dorothea Huntley-Morgan reikte haar dochter een glas champagne aan. De flûte was tot aan de rand gevuld. 'Laten we samen proosten op het nieuwe jaar, maar je moet wel het glas in één keer leegdrinken.'

'Ik ben er niet voor in de stemming, mama.'

'Daar gaat het niet om, schatje. Iedereen drinkt champagne op oudejaarsavond, of ze er nu wel of niet voor in de stemming zijn. Klaar?' Dorothea hief bemoedigend haar glas.

'Als u belooft dat u me daarna met rust laat.'

'Op 1939 en een nieuw begin!'

Dorothea liet hun glazen klinken.

Onwillig dronk Cecily haar glas tot op de bodem leeg, zoals haar moeder had gevraagd. Ze werd onpasselijk van de bruisende drank – misschien omdat ze in de afgelopen dagen niet veel meer dan een paar lepels soep had gegeten.

Toen ze zich tegen haar moeders boezem liet drukken, rook ze aan haar adem dat de champagne niet haar eerste glas alcohol was die middag. En dat kwam allemaal door haar. Jack Hamblin had hun korte verloving twee dagen voor Kerstmis verbroken, net toen ze met haar familie voor de feestdagen naar hun huis in de Hamptons wilde gaan. Ze kende Jack al sinds hun kindertijd, zijn familie bezat een van de landhuizen in Westhampton, vlak bij dat van hen. Ze brachten de zomers altijd samen door en Cecily kon zich geen dag herinneren waarop ze niet verliefd op Jack was geweest. Zelfs niet toen hij haar op haar zesde op het strand vertelde dat hij een cadeautje voor haar had, en haar een krab in haar handen duwde die meteen zijn schaar in haar vinger zette. Het bloed spatte op haar badpak, maar ze wilde niet huilen waar hij bij was, en nu, bijna zeventien jaar later, had ze ook haar tranen weggeslikt toen hij vertelde dat hij niet met haar kon trouwen omdat hij verliefd was op een ander.

Net als iedereen in de New Yorkse societykringen had ook zij de geruchten over Patricia Ogden-Forbes opgevangen. Een erfgename uit Chicago, de enige dochter van een puissant rijke familie, en sinds haar intrede in Manhattan, vlak voor de kerstdagen, kon men maar niet uit over haar schoonheid. Jack, verre familie van de Vanderbilts, zoals haar moeder haar en iedereen die het horen wilde tot in den treure vertelde, had kennelijk zijn oog op Miss Ogden-Forbes laten vallen en hij was als een blok voor haar gevallen. Zijn aanstaande huwelijk met Cecily was meteen van de baan.

'Weet dat Patricia niet van hoge komaf is, liefje,' fluisterde haar moeder in haar oor. 'Als het erop aankomt, is ze niets meer dan de dochter van een omhooggevallen slager.'

En u bent de dochter van een tandpastafabrikant, dacht Cecily, maar ze hield wijselijk haar mond.

Ze had er vaker over nagedacht dat de zogenaamde high society in Amerika uit kooplui en bankiers bestond. Adeldom werd eerder de allerrijkste families toegedicht dan degenen met het blauwste bloed. Niet dat daar iets mis mee was, maar in tegenstelling tot Europa had je in het 'land van de vrijheid' geen graaf, hertog of prins.

'Ga nou mee naar het feestje, Cecily. Al is het maar voor een uurtje, als je het echt niet langer uithoudt,' smeekte Dorothea.

‘Misschien. Maar zíj is er dan ook, mama. Met hem.’

‘Ik weet het, liefje, maar je bent een Morgan en wij Morgans zijn sterk en dapper en we lopen niet weg voor onze tegenstanders.’ Dorothea tilde haar dochters kin op om haar recht in de ogen te kunnen kijken. ‘Jij kunt dit, ik weet dat je het kunt. Ik heb Evelyn opgedragen je groene satijnen japon te stomen en je mag mijn moeders collier om. Een echte Cartier. Je zult een sensatie zijn. En wie weet wie er daar nog meer in de balzaal zal zijn. Misschien wel iemand die speciaal op jou staat te wachten.’

Cecily wist wat haar te wachten stond: diepe vernedering terwijl haar voormalige verloofde met zijn steenrijke schoonheid uit Chicago aan zijn arm in de balzaal van het Waldorf Astoria tussen de crème de la crème van de New Yorkse society paradeerde. Toch had haar moeder gelijk: ze was een heleboel dingen, maar ze was beslist geen lafaard. Ze gaf zich gewonnen.

‘Oké, mama, ik ga wel mee,’ zuchtte ze.

‘Zo ken ik je weer! Ik zal Evelyn opdragen je japon klaar te leggen, je haar te doen en een bad voor je klaar te maken. Je kunt wel een opfrisbeurt gebruiken, meisje.’

‘Goh, dank u, mama.’ Cecily haalde haar schouders op. ‘Ik zal meer champagne nodig hebben,’ riep ze Dorothea na, die de kamer wilde verlaten. ‘Liters!’ Ze trok een gezicht toen ze haar boekenlegger tussen de bladzijden van *The Great Gatsby* stak, hoofdschuddend bij de absurde gedachte dat liefde – en een kast van een huis – alles kon overwinnen.

Het goede nieuws was dat de balzaal van het Waldorf Astoria zo kolossaal groot was, dat je het idee had dat je de Oregon Trail moest lopen om aan de andere kant te komen. Er hing een luisterrijke kroonluchter aan het hoge plafond, die een flonkerend licht wierp over de hele zaal met balkons aan alle kanten. Het geroezemoes en het gelach werden gedempt door het rode pluche tapijt, musici stemden hun instrumenten op een podium in de hoek van de zaal, waar een glanzende dansvloer zich uitstrekte. De dinertafels aan de andere kant waren onberispelijk gedekt met het fijnste damast, porseleinen servies, schitterend kristal en prachtige bloemstukken. Een bediende dook naast haar op met een dienblad vol champagne en Cecily pakte met haar klamme hand snel een glas.

Iedere New Yorker van naam was natuurlijk aanwezig. Met de juwelen die de vrouwen droegen kon je een hele staat kopen waar je de honderdduizenden arme mensen in dit land onderdak kon bieden, dacht Cecily bij zichzelf terwijl ze haar naamkaartje in de tafelschikking vond en op haar stoel ging zitten. Ze was blij dat ze met haar gezicht naar de muur zat in plaats van in de afgrond vol rijkdom en vernedering achter haar te moeten staren. Tegen beter weten in probeerde ze toch een glimp op te vangen van Jack en Patricia...

'Kijk eens wie we daar hebben, lieveling!'

Cecily schrok op en keek recht in de stralende ogen van een van de beroemdste schoonheden van de New Yorkse society: Kiki Preston. Ze omhelsden elkaar en Cecily merkte op dat de pupillen van haar peettante verwijd leken, als grote, donkere gaten omcirkeld door de halo van haar irissen.

'Lief meisje, toch! Je mama heeft me op de hoogte gebracht van je *travails*... Geen zorgen, er lopen er genoeg rond die uit dezelfde mal komen.' Kiki gaf Cecily een knipoogje. Ze hield zich aan de rugleuning van Cecily's stoel vast en wankelde licht toen ze zich op de stoel naast haar liet zakken. Ze haalde een ivoren sigarettenkoker tevoorschijn en stak een sigaret op.

Cecily had haar peettante in geen jaren gezien – waarschijnlijk op haar twaalfde of dertiende voor het laatst – en ze keek vol bewondering naar de vrouw die een liaison met een Britse troonopvolger had gehad, zoals haar moeder haar ooit had toevertrouwd. Ze wist dat Kiki al jarenlang in Afrika woonde, maar desondanks was haar huid roomblank en glanzend als het parelsnoer om haar ranke hals, dat de vloeiende lijnen van haar Chanel-japon met blote rug benadrukte. Haar donkere haar was hoog opgestoken en liet haar gezicht vrij zodat het hoge voorhoofd, de geciseleerde jukbeenderen en de magnetiserende, groene ogen nog meer opvielen.

'Wat geweldig om je peettante na zo veel tijd weer terug te zien, niet-waar?' koerde Dorothea. 'Kiki, je had me beslist moeten laten weten dat je weer terug was in Manhattan, dan had ik een feestje voor je gegeven.'

‘Eerder een wake,’ mompelde Kiki en ze blies een dunne rookpluim uit. ‘Er zijn me zo veel mensen ontvallen… Ik ben hier om alle advocaten te spreken…’

‘Ik weet het, lieve.’ Dorothea ging aan de andere kant van Kiki zitten en nam haar hand in de hare. ‘Je hebt het in de afgelopen jaren vreselijk te verduren gehad.’

Terwijl Cecily toekeek hoe haar moeder het exotische schepsel naast haar troostte, voelde ze ironisch genoeg voor het eerst sinds dagen een sprankje hoop voor zichzelf opflakkeren. Ze wist dat Kiki door allerlei tragische omstandigheden veel dierbaren was verloren, onder wie haar echtgenoot Jerome. Alhoewel Kiki al rond de veertig was, vond Cecily haar de mooiste vrouw die ze ooit had gezien, en haar peettante was het levende bewijs dat schoonheid niet per se geluk met zich meebracht.

‘Naast wie zit je tijdens het diner?’ hoorde ze Dorothea aan Kiki vragen.

‘Ik heb geen idee, maar ze zijn ongetwijfeld oersaai, dus ik blijf liever hier bij jullie zitten.’

‘Dat vinden we geweldig, lieve. Ik zal even de bediening inseinen dat ze de schikking moeten aanpassen.’

Terwijl haar moeder snel wegliep, draaide Kiki zich om naar Cecily en stak haar hand naar haar uit. Cecily nam hem aan en voelde dat de lange vingers met spitse toppen ondanks de warmte in de zaal ijskoud waren.

‘Je hebt er goed aan gedaan vanavond te komen. Dapper van je,’ zei Kiki. Ze drukte haar sigaret in de asbak uit. ‘De mensen hier interesseren me werkelijk niets. Niemand is echt, weet je?’ Ze reikte zuchtend naar de champagne die Dorothea op de tafel had laten staan en leegde het glas. ‘Zoals mijn goede vriendin Alice zegt, we zullen allen tot stof vergaan, hoeveel diamanten we ook bezitten.’ Kiki keek recht voor zich uit, alsof ze met haar blik de muren van het Waldorf Astoria wilde doorboren.

‘Hoe is het in Afrika?’ vroeg Cecily na een poosje. Kennelijk zat haar peettante elders met haar gedachten en moest zij het gesprek gaande houden.

‘Majesteitelijk, angstaanjagend, mysterieus en… volkomen onverklaarbaar. Mijn huis staat aan de oever van het Naivashameer in Kenia. Als ik 's morgens wakker word, zie ik nijlpaarden zwemmen en giraffen die hun kop in het loof van de bomen steken alsof ze zelf een tak zijn...' Kiki lachte haar hese lach. 'Je moet me beslist een keer komen opzoeken, dan kun je aan dit claustrofobische getto ontsnappen en meemaken hoe de echte wereld eruitziet.'

Cecily knikte instemmend. 'Dat zou ik dolgraag een keer doen. Ooit.'

'Liefje, er bestaat geen ooit. De enige tijd die we hebben is nu, deze minuut, of misschien wel milliseconde...' Haar stem stierf weg toen ze haar avondtasje pakte, dat versierd was met honderden glinsterende diamantjes. 'Wel, mag ik mij even excuseren? Ik moet naar het toilet, ik ben zo terug.'

Met een knikje van haar gracieuze hoofd stond Kiki op en liep tussen de tafels door. Ze deed Cecily aan Daisy Buchanan uit *The Great Gatsby* denken, het ultieme vrouwelijke symbool van de wervelende jaren twintig, die door Jay Gatsby werd geadoreerd. Maar de tijden waren veranderd. De roaring twenties waren inmiddels voorbij, al deden haar moeder en haar vriendenkring alsof de glorieuze periode na het eind van de oorlog nog steeds in volle gang was. Buiten de geheiligde muren van deze balzaal ging een groot deel van Amerika gebukt onder de naweeën van de Grote Depressie. Het enige wat Cecily van de krach op Wall Street had meegekregen, was de dag waarop ze haar vader, Walter, had zien uithuilen op de schouder van haar moeder omdat er een dierbare vriend van hem uit het raam was gesprongen. Ze was toen dertien. Later had ze haar vaders krant uit de handen van hun huishoudster Mary gegrist vlak voor die in de prullenbak zou belanden, en sindsdien had ze haar best gedaan om het nieuws bij te houden. Verrassend genoeg kwamen dat soort onderwerpen nooit ter sprake op Spence, het particuliere meisjesinternaat waar ze naartoe was gegaan, alhoewel ze haar leerkrachten herhaaldelijk vragen had gesteld. Na haar eindexamen had ze aan haar vader gevraagd of ze economie mocht studeren aan Vassar en ze had haar pleidooi versterkt door hem erop te wijzen dat twee vriendinnen van haar, allebei met ruimdenkende ouders, naar Brown mochten. Tot haar verbazing had Walter toegestemd, maar hij had wel vraagtekens bij haar studiekeuze gezet.

'Economie?' had hij met gefronste wenkbrauwen gevraagd en hij had een flinke slok van zijn lievelingsbourbon genomen. 'Mijn lieve Cecily toch, die studierichting is uitsluitend voor mannen weggelegd. Waarom kies je niet voor geschiedenis? Dat is minder zwaar en dan heb je straks tenminste gespreksstof wanneer je de vrienden en collega's van je toekomstige man ontvangt.'

Cecily had net als hij water bij de wijn gedaan en economie als bijvak genomen. Ze had genoten van de colleges algebra, statistiek en van de lessen van haar fameuze lerares, Miss Newcomer, die Economie 105 gaf. In de collegezalen met de houten lambrisering en te midden van andere intelligente jonge vrouwen had ze zich als een vis in het water gevoeld.

Hoe bestond het dat ze nu weer in haar oude meisjeskamer woonde, in dat statige herenhuis aan Fifth Avenue, zonder enig perspectief op een toekomst? Cecily zat in haar eentje aan de tafel en keek over haar schouder of ze haar moeder ergens zag. Ze nam een slokje champagne om de mistroostige gedachten te verdrijven die door haar hoofd maalden.

Na Vassar had ze de zomervakantie bij haar ouders in de Hamptons doorgebracht. Toen Jack haar daar het hof begon te maken, moest Cecily zichzelf regelmatig in haar arm knijpen. Hij nam haar telkens terzijde op feestjes, hij wilde haar per se als partner op de tennisbaan en overlaadde haar met cadeautjes en complimenten. Ze was zowel verbaasd als verrukt geweest. Haar ouders keken uiteraard heel tevreden vanaf de zijlijn toe en smoesden ongetwijfeld over hun aankomende verloving. Uiteindelijk had Jack haar officieel een aanzoek gedaan in september, dat, o zoete ironie, samenviel met de verschrikkelijke orkaan die Long Island vrijwel zonder enige waarschuwing vooraf belaagde. Ze herinnerde zich die bloedstollende middag dat Jack met zijn familie en hun voltallige huishoudelijke staf wit weggetrokken op de stoep had gestaan bij de Huntley-Morgans om te schuilen voor de razende storm. Huizenhoge golven beukten tegen de villa van de Hamblins aan Westhampton Beach en een overstroming dreigde, maar gelukkig woonden de Huntley-Morgans een stuk verder landinwaarts op een heuvel, en bovendien hadden ze een grote kelder. Terwijl ze met zijn allen beneden schuilden en de wind rondom het huis gierde, dakpannen losrukte en bomen ontwortelde, had Jack haar tegen zich aangetrokken en stevig vastgehouden.

'Cecily, mijn liefje,' had hij gefluisterd toen ze bevend in zijn armen was weggedoken. 'Op momenten als dit realiseren we ons hoe kort het leven kan zijn... Wil je met me trouwen?'

Ze had hem perplex aangekeken. 'Echt waar, Jack?'

'Ik ben bloedserieus. Zeg alsjeblieft ja, lieveling.'

En natuurlijk had ze ja gezegd. Diep in haar hart had ze moeten weten dat het allemaal te mooi was om waar te zijn, maar ze was zo verbaasd geweest dat hij haar had gekozen en ze was al zo lang verliefd op hem, dat ze niet helemaal helder kon denken en zich had laten overrompelen. Nog geen drie maanden later had hij de verloving verbroken en nu zat ze hier, tot haar schande, alleen aan een tafel op oudejaarsavond in New York.

'Cecily! Je bent er! Wie had dat ooit gedacht.'

Cecily werd uit haar dagdromerij getrokken. Voor haar stond haar jongste zusje Priscilla, in een schitterende japon van roze zijde. Haar blonde haar viel in perfect gedraaide krullen over haar schouders. Ze leek op Carole Lombard – haar heldin – en ze deed ook haar uiterste best Miss Lombards stijl te kopiëren. Helaas leek Priscilla's man Robert totaal niet op Clark Gable. Op haar hoge hakken torende zijn vrouw boven hem uit. Robert gaf haar een slap, zweterig handje.

'Liefste schoonzus, mijn oprechte medeleven met je verlies...' Cecily beet op haar tong om niet te zeggen dat Jack niet dood was. '... maar toch een gelukkig nieuwjaar gewenst.'

Cecily liet toe dat hij zijn handen op haar schouders legde en haar een vochtig kusje op beide wangen gaf. Ze kon zich met de beste wil van de wereld niet voorstellen hoe Priscilla elke avond het bed wilde delen met deze magere, lelijke man met een huid als ongerezen deeg.

Misschien ligt ze alleen maar de dollars op zijn bankrekening te tellen, dacht ze wreed.

Achter Priscilla zag ze hun middelste zus Mamie staan, met wie Cecily dertien maanden scheelde. Ze had altijd een platte boezem en een jongensachtig figuur gehad, maar nu ze zeven maanden zwanger was, had ze een gedaanteverwisseling ondergaan. De blauwe satijnen jurk legde subtiel de nadruk op haar inmiddels gezwollen borsten en de zachte bolling van haar buik. De baby zou over een paar maanden ter wereld komen.

'Dag, schat,' zei Mamie en ze kuste haar op beide wangen. 'Je ziet er best goed uit, zeker gezien de omstandigheden.'

Cecily wist niet zeker of het een compliment of een belediging was.

'Toch, Hunter?' Mamie draaide zich om naar haar man, die in tegenstelling tot Robert met kop en schouders boven iedereen uitstak.

'Ze ziet er prachtig uit.' Hunter sloeg liefdevol zijn armen om Cecily heen, maar zijn omhelzing voelde eerder als een stevige tackle.

Cecily mocht Hunter erg graag, sterker nog, toen Mamie hem mee naar huis nam om hem aan haar familie voor te stellen, was ze zelfs een beetje gek op hem geworden. Blond haar, hazelnootbruine ogen, prachtige witte tanden en summa cum laude afgestudeerd aan Yale. Hij was in de voetsporen van zijn vader getreden en het bankwezen in gegaan. Hunter was schrander, hartelijk en hij werkte voor zijn eigen boterham, ook al zei Mamie dat hij met zijn cliënten erg vaak lange lunches had op de Union Club. Cecily hoopte dat ze tijdens het eten naast hem zat, dan kon ze hem uithoren over Hitlers annexatie van Sudetenland en welk effect zoiets op de Amerikaanse economie zou hebben.

'Dames en heren, gelieve uw plaatsen op te zoeken voor het diner,' bulderde iemand aan de andere kant van de zaal.

'Net op tijd, papa,' zei Cecily toen Walter Huntley-Morgan II op hun tafel af liep.

'Ik werd in de lobby opgehouden door Jeremiah Swift – waarschijnlijk de saaiste man van Manhattan.' Hij glimlachte haar beminnelijk toe. 'En, welke stoel is voor mij?' vroeg hij aan niemand in het bijzonder.

'Aan de andere kant, naast Edith Wilberforce,' zei Cecily.

'Zij is waarschijnlijk de saaiste vrouw van Manhattan. Je moeder houdt vol dat ze erg op haar gesteld is, geloof het of niet. Trouwens, je ziet er beeldig uit,' zei hij met een goedkeurende blik op zijn oudste dochter. 'Moedig van je om te komen, Cecily. Ik hou van moedige mensen.'

Cecily glimlachte zwakjes toen hij wegliep om zijn plaats in te nemen. Voor een oudere man zag hij er goed uit, vond ze. Zijn blonde haar was amper met grijs doorschoten en hij was met de jaren slechts ietsje ronder om zijn middel geworden. De Huntley-Morgans stonden bekend als een 'gezin van mooie mensen', al vond Cecily dat zij daarbij enigszins uit de toon viel. Priscilla was met haar blonde haar en blauwe ogen het evenbeeld van haar vader en Mamie leek juist weer op haar moeder. Ze voelde zich soms een vondelingetje, met haar weerbarstige bruine krullen, ogen die lichtblauw waren op een goede dag en grijs op een mindere, en een neus vol sproeten die zich ijverig vermenigvuldigden in de zon. Met haar lengte van nog geen een meter zestig en uiterst tengere postuur – Cecily vond zichzelf vaak te mager – voelde ze zich tussen haar rijzige, sierlijke zussen soms een dwerg.

Dorothea kwam terug en liet de stoel tussen haar en haar dochter vrij. 'Heb je Kiki gezien, Cecily?' vroeg ze.

'Nee, ze is naar de toiletruimte gegaan, sindsdien heb ik haar niet meer gezien, mama,' zei Cecily toen de garnaalamuse werd geserveerd. De stoel die speciaal voor Kiki was neergezet, bleef leeg.

Net wat ik nodig had, een lege stoel naast me, dacht Cecily.

Hunter boog zich naar haar toe. 'Als ze niet meer komt opdagen, ga ik wel naast je zitten,' fluisterde hij.

'Dank je,' zei Cecily en ze nam een slokje van de wijn die een van de obers net had ingeschonken. Het zou een lange avond worden, besefte ze.

Toen Kiki na een uur nog niet terug was, hield Hunter zich aan zijn woord en hij nam de stoel naast haar. Ze begonnen een uitvoerig gesprek over de situatie in Europa; Hunter geloofde niet dat er oorlog zou uitbreken, omdat de Britse premier eerder dat jaar een verdrag met Hitler had afgesloten.

'Maar Hitler is wel een onvoorspelbare man, en daar reageert de geldmarkt onrustig op, terwijl de beurs zich juist net begon te herstellen.' Hij leunde opzij. 'Ik ken wel een paar mensen die zich in de handen zouden wrijven als het in Europa oorlog wordt.'

'Echt waar?' Cecily fronste haar wenkbrauwen. 'Hoe dat zo?'

'Voor een oorlog zijn geweren en munitie nodig en Amerika is goed in de productie van wapens. Vooral als we zelf geen militaire confrontatie aan hoeven te gaan.'

'Weet je zeker dat Amerika overal buiten blijft?'

'Ja, daar ben ik vrij zeker van. Zelfs Hitler zou het niet in zijn hoofd halen Amerika aan te vallen.'

'Ik kan me niet voorstellen dat er echt mensen zijn die oorlog willen.'

'Een oorlog kan mensen – en dus ook landen – veel geld opleveren, Cecily. Kijk maar wat er in Amerika is gebeurd na de Eerste Wereldoorlog. Er zijn een heleboel miljardairs bij gekomen. Het is een vicieuze cirkel. Om het boud te stellen, om omhoog te kunnen gaan, moet je eerst diep vallen.'

'Is dat niet eigenlijk heel deprimerend?'

'Misschien wel, alhoewel ik blijf hopen dat mensen van hun fouten in het verleden leren en te zijner tijd vooruitgang boeken. Toch lijkt Europa weer op een oorlog af te stevenen.' Hunter zuchtte. 'Enfin. We moeten vertrouwen hebben in de mens.' De band begon te spelen en een paar mensen zochten de dansvloer op. 'Misschien is oudejaarsavond de enige avond waarop we onze zorgen moeten vergeten en feestvieren. Zullen we dansen?' Hij stond op en stak zijn hand naar Cecily uit.

Ze lachte naar hem. 'Ja, heel graag.'

Tien minuten later zat ze weer alleen aan een lege tafel. Iedereen stond met zijn of haar partner op de dansvloer en als klap op de vuurpijl had Cecily vanuit haar ooghoek een glimp opgevangen van een jonge vrouw met een paar fraaie lange benen in een schitterende zilverkleurige jurk die in de armen van haar voormalige verloofde langs zwierde.

Ze rookte normaal gesproken niet, maar om iets omhanden te hebben pakte ze een van de sigaretten die op tafel lagen en stak er een op. Ze vroeg zich af hoe eenzaam iemand zich kon voelen in een zaal met honderden mensen, maar net toen ze overwoog om een taxi naar huis te nemen, dook Kiki voor haar op, met een aantrekkelijke man in haar kielzog.

'Cecily, wat zit je hier ongezellig in je eentje. Hier, ik wilde je voorstellen aan kapitein Tarquin Price. Hij is een goede vriend van mij uit Kenia.'

'Aangenaam kennis te maken,' zei de man met een formele buiging voor Cecily.

'Ik laat jullie alleen, ik moet beslist even naar het toilet.'

Toen Tarquin plaatsnam en haar nog een sigaret aanbood, die ze beleefd weigerde, bedacht Cecily dat haar peettante een zwakke blaas moest hebben.

'Je bent het petekind van Kiki, heb ik me laten vertellen.'

'Ja, dat klopt. En jullie zijn goed bevriend?'

'Zo zou ik het niet willen stellen. We hebben elkaar een paar keer ontmoet in de Muthaiga Club in Nairobi. Ik was met verlof en Kiki vroeg of ik de kerstdagen bij haar in Manhattan wilde doorbrengen. Je peettante is iemand die heel makkelijk vrienden maakt. Ze is echt bijzonder, vind je ook niet?'

'Jazeker.' Cecily wilde het liefst haar ogen sluiten en de rest van de avond naar zijn fraai gearticuleerde Britse accent luisteren. 'Woon je in Kenia?'

'Momenteel wel. Ik ben kapitein in het Britse leger en toen de relatie met Hitler totaal begon te ontsporen, ben ik er een paar maanden geleden naartoe gestuurd.'

'Vind je het fijn daar?'

'Het is beslist een van de mooiste landen die ik ooit heb gezien. Een heel verschil met Groot-Brittannië.' Zijn knappe gelaat met de gebronsde huid, die goed bij zijn bruine ogen en dikke donkere haar paste, vertrok in een glimlach.

'Heb je er al leeuwen en tijgers gezien in de tijd dat je daar zit?'

'Ik doe het niet graag, maar ik moet je terechtwijzen, Miss...'

'O, noem me maar gewoon Cecily.'

'Cecily, bijna iedereen denkt dat er tijgers in Afrika zitten. Maar die zijn daar niet. Ik heb inderdaad wel een paar leeuwen gezien. Ik heb er een paar weken geleden nog een geschoten in de rimboe.'

'Echt waar?'

'Ja.' Tarquin knikte. 'Dat stomme beest kwam rondsnuffelen in ons legerkamp, toen die verdraaide zwarten allemaal lagen te slapen en zich lieten verrassen. Maar goed dat ik de commotie hoorde, want ik greep meteen mijn geweer en schoot het dier dood voor hij ons kon verslinden. Er waren ook dames bij.'

'Zitten er dames in een legerkamp?'

'Jawel, en soms kunnen ze zelfs beter schieten dan de mannen. Als je in Afrika woont, moet je met een geweer om kunnen gaan, of je nou een man of een vrouw bent.'

'Ik heb nog nooit een geweer vastgehouden, laat staan ermee geschoten.'

'Je leert het snel genoeg, dat geldt voor de meeste mensen. Zeg eens, Cecily, wat doe je zoal in New York?'

'Voornamelijk mijn moeder bijstaan bij haar liefdadigheidswerk. Ik zit in een aantal comités...'

Haar stem stokte. Vergeleken met een Britse officier die net een leeuw had geschoten, klonk haar verhaal over liefdadigheidsetentjes vreselijk tam.

'Ik zou graag een stuk meer willen doen, maar...'

Kom op, Cecily, doe je best niet als een muizig muurbloempje over te komen, dacht ze.

'Mijn belangstelling gaat eigenlijk uit naar economie.'

'Is het heus? Waarom maken we geen rondje op de dansvloer, dan kun je me alles vertellen over de manier waarop ik het best mijn armetierige soldij kan investeren.'

'Ik... Goed.' Ze stemde toe, in de veronderstelling dat haar dansstijl ongetwijfeld beter zou zijn dan haar gespreksstof. Op de daverende muziek van Benny Goodman en zijn band zou Tarquin haar toch niet kunnen horen, al zou ze nog zo amusant of boeiend uit de hoek komen. Tot haar genoegen ontpopte hij zich als een veel betere danser dan Jack, en ze kreeg een rilling van plezier toen ze bijna tegen hem en zijn in zilver gehulde, goddelijke verloofde aan botste. Het werd middernacht en boven de hoofden van de gasten werd een hele zwerm ballonnen in een net losgelaten.

'Gelukkig nieuwjaar, Cecily.' Tarquin boog zich naar voren om haar op haar wang te kussen. 'Op oude vriendschappen en ook op nieuwe.'

Na de klassieker 'Auld Lang Syne' zette de muziekband een nieuw nummer in en Tarquin leek niet van plan van haar zijde te wijken, tot de beeldschone Kiki weer in beeld kwam, die hem aan zijn arm trok.

'Zou je zo lief willen zijn om me naar mijn suite te begeleiden? Ik heb de hele avond gedanst en mijn arme voeten doen pijn, ze moeten zo snel mogelijk uit deze schoenen worden bevrijd. Ik heb een paar mensen uitgenodigd om het feestje boven voort te zetten. Je bent natuurlijk van harte welkom, lieve Cecily.'

'Dank je, Kiki, maar ik denk dat onze chauffeur buiten op ons wacht.'

'Dan zeg je dat hij nog wat langer moet wachten,' lachte Kiki.

'Dat gaat helaas niet, ik moet nu echt naar huis.' Na een aantal doorwaakte nachten voelde Cecily zich alsof ze in Tarquins armen in slaap zou kunnen vallen.

'Zoals je wilt. Maar laten we elkaar zien voor ik terugga naar Kenia. Ik zei net tegen Cecily dat ze me daar moet komen opzoeken.'

'Goed idee,' zei Tarquin en hij keek Cecily vertederd aan. 'Het was erg leuk met je te praten.' Hij pakte haar hand en bracht die naar zijn lippen. 'Ik wil je met alle plezier een rondleiding geven als je komt. Ik hoop tot weerziens. Goedenavond.'

'Goedenavond.'

Cecily keek hem even na toen hij Kiki door de zaal leidde en zocht toen in de menigte naar haar ouders. Zelfs al zou ze kapitein Tarquin Price nooit meer terugzien, dan zou ze zich hem altijd herinneren als haar reddende engel op deze avond.

10

Net als alle andere New Yorkers hield Cecily niet van de maand januari, maar dit jaar vond ze het vervelender dan ooit. Normaal gesproken kikkerde ze op van het uitzicht op een besneeuwd Central Park vanuit haar slaapkamer, maar nu miezerde het ook nog eens, en de trottoirs waren bedekt met een grauwe blubber die dezelfde kleur had als de betrokken lucht.

Voordat Jack abrupt uit haar leven verdween, had ze haar dagen gevuld met plannetjes voor hun bruiloft en de talloze liefdadigheidsevenementen die haar onvermoeibare moeder met haar vriendinnen organiseerde. Voor Cecily betekende dat urenlang bezig zijn met zoeken naar een geschikte locatie voor de nieuwste fondsenwerving, om vervolgens nog meer uren te steken in de samenstelling van het menu. Daarna was de gastenlijst aan de beurt, en die was geheel in overeenstemming met de hoogte van het bedrag dat de genodigde zou willen doneren. Dorothea liet zich door haar oudste dochter op de hoogte brengen van de huwelijksplannen van vriendinnen; als de verloofde of de bruidegom rijk genoeg was, zou Cecily hen ook uitnodigen.

Alhoewel ze wist dat haar moeder en haar coterie veel werk verzetten voor de goede zaak, had ze nog nooit meegemaakt dat de dames zelf hun smetteloze zijden handschoentjes vuil maakten door een bezoek te brengen aan de instellingen waarvoor ze geld inzamelden. Toen Cecily een keer opperde naar het weeshuis in Harlem te gaan, waarvoor ze meer dan duizend dollar hadden binnengehaald tijdens een liefdadigheidsdiner, had Dorothea haar aangekeken alsof ze haar verstand was verloren.

‘Kindje toch, haal je niet van die malle dingen in je hoofdje. Je wordt door die negers beroofd al voor je uit je auto bent gestapt. Het enige wat je voor liefdadigheid moet doen is fondsen werven voor die arme gekleurde kindjes. Dat moet genoeg voor je zijn.’

In 1935, toen ze in haar tweede jaar zat op Vassar, brak er in Harlem een opstand uit en Cecily hoorde van de schermutselingen. Ze had hun zwarte dienstmeisje Evelyn, die al twintig jaar bij hen werkte, graag een paar vragen willen stellen over haar leven, maar het was in haar kringen een vuistregel dat je het personeel nooit naar hun privéomstandigheden vroeg. Evelyn woonde met de overige dienstmeisjes op de zolder en alleen op zondag verliet ze het huis om naar 'haar kerk' te gaan, zoals ze het noemde. Archer, de chauffeur, en Mary, de huishoudster, waren getrouwd en woonden in Harlem. Op Vassar waren er een paar jonge vrouwen geweest die zich voor maatschappelijke veranderingen hadden uitgesproken. Haar vriendin Theodora verliet in de weekenden vaak de campus om mee te lopen met protestmarsen in de 19th Ward, een beruchte wijk. Ze glipte dan op zondagavond vlak voor middernacht de slaapzaal weer in, ruikend naar sigaretten en ziedend van woede.

'Het is de hoogste tijd voor verandering,' siste ze nijdig terwijl ze haar nachtjapon aantrok. 'De slavernij mag dan voorbij zijn, maar we behandelen een hele etnische groep nog steeds alsof ze minder zijn. We houden ze op afstand, we houden ze klein. Ik heb er schoon genoeg van, Cecily...'

In januari stond de liefdadigheid op een laag pitje, dus Cecily bracht noodgedwongen veel dagen thuis door, alleen met haar gedachten. Zelfs de radio gaf geen verlichting, vanwege Hitler en zijn giftige toespraken over de 'oorlogszuchtige' Britten en Joden.

'Het is een sombere tijd, de winter van 1939,' mompelde Cecily tijdens een korte wandeling door het mistige Central Park, om even de deur uit te kunnen gaan.

Dorothea was op bezoek bij haar moeder in Chicago. Cecily zat 's avonds bij haar vader aan de immense tafel in de eetkamer, die op de besneeuwde tuin uitkeek. Ze vroeg zich af of ze ooit genoeg moed zou verzamelen om hem voor te stellen voor dit soort gelegenheden de kleinere, gezelligere ochtendkamer te gebruiken.

'Wat vind je van de nieuwe inrichting?' vroeg Walter haar, terwijl hij aan zijn wijn nipte en vaag naar de strakke, moderne meubels gebaarde. Hun herenhuis aan Fifth Avenue aan Central Park, met zijn imposante bakstenen gevel, was door Dorothea onlangs opnieuw ingericht in de modieuze art-decostijl – een stijl die Cecily danig in de war had gebracht toen ze haar ouderlijk huis na de renovatie terugzag. Het was alsof ze elke keer dat ze een hoek omsloeg zichzelf in de eindeloze spiegelende wanden zag en ze miste de zware mahoniehouten meubels uit haar kindertijd. Het enige in haar kamer wat hetzelfde was gebleven, was Horace, haar oude teddybeer.

'Ach, ik vond wat we hadden erg mooi, maar mama is kennelijk heel blij met deze nieuwe stijl,' zei ze.

'Juist, en daar gaat het om.'

Haar vader verviel in stilzwijgen, en Cecily besloot het onderwerp aan te snijden dat haar al een poos bezighield. 'Ik heb het nieuws bijgehouden, papa, en ik wilde er iets over vragen. Waarom stuurt Hitler per se op een oorlog aan? Hij heeft bij het Verdrag van München toch zijn zin gekregen?'

Haar vader ging rechtop zitten. 'Omdat hij een psychopaat is, liefje, in de ergste zin des woords. Oftewel, de man heeft geen scrupules, geen geweten, en het is niet waarschijnlijk dat hij zich ook maar aan welk verdrag dan ook zal houden.'

'Wordt het oorlog in Europa?'

'Wie zal het zeggen?' Walter haalde zijn schouders op. 'Het hangt volgens mij geheel af van de luimen van die psychopathische Hitler. Je zult wel hebben gehoord van de opleving in de Duitse economie. Hij heeft het tij weten te keren, dus hij kan zich een oorlog veroorloven als hij daar zijn zinnen op zet.'

'Het gaat altijd om geld, nietwaar?' Cecily schoof zuchtend het lamskoteletje op haar bord heen en weer.

'Vaak wel, ja, maar niet altijd. Enfin, wat heb je vandaag zoal gedaan?'

'Niets. Helemaal niets,' antwoordde ze.

'Waarom ben je niet met je vriendinnen gaan lunchen?'

'Papa, de meeste van mijn vriendinnen zijn getrouwd, zwanger of aan het moederen.'

'Ik weet zeker dat het jou binnenkort ook ten deel valt,' zei hij troostend.

'Daar ben ik niet zo zeker van. Zeg, papa...'

'Ja, Cecily?'

'Ik... ik vroeg me af, aangezien ik niet op korte termijn zal trouwen, of u misschien in overweging wilt nemen om...' Cecily slikte. '... mij in dienst te nemen. Misschien is er een vacature bij u op de bank?'

Walter depte zijn snor met zijn servet, vouwde het netjes op en legde het naast zijn bord.

'Dit is al vaker ter sprake gekomen, Cecily. Het antwoord is nog steeds nee.'

'Waarom niet? Overal in New York zijn vrouwen aan het werk! Ze zitten niet thuis te wachten tot een man hen komt halen! Ik heb ervoor gestudeerd, ik wil mijn diploma gebruiken. Is er helemaal niets wat ik bij u op de bank kan doen? Als ik u kom ophalen voor de lunch, zie ik altijd meisjes door de hoofdingang naar buiten komen, dus ze doen allicht iets binnen...'

'Dat klopt, ja. Ze werken in de typekamer, waar ze de hele dag brieven van de directie uittypen. Ze likken enveloppen dicht, plakken er een postzegel op en brengen ze naar de postafdeling. Is dat wat je wilt?'

'Ja! Dan doe ik tenminste iets nuttigs.'

'Cecily, je weet heel goed dat het geen pas geeft als mijn dochter in de typekamer van de bank werkt. Ze zullen mij uitlachen, en jou erbij. Dat zijn meisjes met een heel andere achtergrond...'

'Dat weet ik, papa, maar ik geef niets om achtergrond. Ik wil mijn tijd gewoon... nuttiger besteden.' Cecily voelde de tranen van frustratie achter haar ogen prikken.

'Lieve kind, ik begrijp dat het verraad van Jack je diep moet hebben getroffen en overstuur gemaakt, maar ik weet zeker dat er gauw een ander komt.'

'En als ik niet *wíl* trouwen?'

'Dan word je een oude vrijster met een heleboel neefjes en nichtjes.' Zijn ogen glinsterden geamuseerd. 'Klinkt dat aanlokkelijk?'

'Nee... Ja, ik bedoel, op dit moment kan het me niets schelen, papa. Maar waarom hebt u me die studie laten volgen als ik er toch niets mee mag doen?'

'Cecily, die studie heeft je horizon verbreed en je inzicht geboden in onderwerpen waar je nu zelfverzekerd over kunt spreken tijdens diners.'

'Jemig! U klinkt nu net als mama.' Cecily liet haar kin op haar handen steunen. 'Waarom mag ik mijn diploma niet op een zinnige manier inzetten?'

'Cecily, ik weet hoe het is om niet datgene te kunnen doen waar je hart naar uitgaat. Ik studeerde economie aan Harvard om de simpele reden dat mijn grootvader dat ook had gedaan en wie weet hoeveel grootvaders voor hem. Toen ik slaagde, wilde ik niets liever dan de wereld rondreizen en emplooi zoeken in een heel andere omgeving dan in die luidruchtige geldhandel. Ik had misschien wel een groot jager willen worden,' grinnikte hij mistroostig. 'Mijn vader keek me uiteraard aan alsof ik gek was geworden toen ik hem dat vertelde, en het antwoord was nee. Hij was bankier, ik moest hem opvolgen en mijn plek in de directie innemen.'

Cecily keek toe terwijl hij een flinke slok wijn uit zijn glas nam.

'Denk je dat ik het fijn vind om dit te doen?' vroeg hij haar.

'Ik dacht... ik dacht van wel, papa. En u hebt tenminste werk.'

'Als je het zo wilt noemen. In werkelijkheid moet ik de grote cliënten ontvangen en mee uit lunchen nemen, of 's avonds met ze eten, terwijl mijn grote broer Victor de echte deals sluit. Ik ben het charmante bijfiguur. En vergeet niet dat het sinds de krach erg lastig is geworden.'

'Maar de bank staat toch nog steeds overeind? We hebben toch genoeg geld?'

'Jawel, maar je moet wel begrijpen dat we dankzij het familiefortuin van je moeder op oude voet kunnen doorgaan. Ik begrijp je frustratie, maar het leven is nu eenmaal niet volmaakt. Het is een uitdaging die we moeten aangaan, we moeten er het beste van zien te maken. En als je straks getrouwd bent en zelf een huishouden bestiert, zul je precies weten welke van de bedienden een loopje met je probeert te nemen.' Hij glimlachte. 'Je bent voorbestemd om echtgenote te worden, en ik ben voorbestemd om aan Victors zijde te staan en toe te kijken hoe hij onze familiebank te gronde richt. Goed, als je klaar bent met je eten, zal ik Mary vragen of ze het dessert wil serveren.'

De grijze dagen regen zich aaneen. Cecily dacht vaak terug aan het ongebruikelijk eerlijke gesprek dat ze met haar vader had gevoerd. Ze had zich gerealiseerd dat hij zich minder man moest voelen met een echtgenote die veel rijker was dan hij. Hun statige huis aan Fifth

Avenue had Dorothea van haar vader geërfd, naar wie Cecily was vernoemd. Cecil H. Homer was een van de eerste fabrikanten geweest die tandpasta op industriële schaal had geproduceerd en hij had er een fortuin mee verdiend. Zijn vrouw Jacqueline was van hem gescheiden toen Dorothea nog een kind was. Ze had in de scheidingspapieren laten vastleggen dat hij haar had verlaten, wat, zoals Cecily's moeder grinnikend had opgemerkt, in werkelijkheid betekende dat Jacqueline eerder voor een smalle tube crème met pepermuntsmaak was verlaten dan voor een andere vrouw. De dertienjarige Dorothea was de enige erfgename geweest toen haar vader achter zijn bureau aan een hartaanval was bezweken en op haar eenentwintigste was ze de wettelijke eigenares van een herenhuis aan Fifth Avenue, een schitterend landhuis in de Hamptons, een reeks vette bankrekeningen en overzeese investeringen.

Kort daarop was ze in het huwelijk getreden met Walter Huntley-Morgan. Walter was van hoge komaf, maar zijn oudste broer beheerde de familiebank terwijl hij 'de tweede viool' speelde, zoals hij het zelf droefgeestig omschreef.

Cecily deed haar uiterste best om zich van haar vaders gelijk te overtuigen, dat het leven een uitdaging was die ze moest aangaan, alleen kon ze geen enkele uitdaging in haar leven ontdekken, soms dacht ze dat ze gek werd van verveling. Ze wist ook dat zelfs in die donkere maand januari overal in New York wel iets werd georganiseerd, maar er verscheen geen enkele uitnodiging voor een lunch of een diner op het zilveren dienblad in de hal. Toen ze de societycolumn in *The New York Times* las, begreep ze waarom: het was ondenkbaar dat de ex-verloofde en de huidige verloofde voor eenzelfde gelegenheid werden uitgenodigd, en Patricia Ogden-Forbes had kennelijk Cecily's plekje in de harten van de high society veroverd. Zelfs haar meest hechte vriendinnen lieten niets van zich horen.

Op een middag schonk Cecily zich eerst wat bourbon in uit de karaf op het buffet in de ontvangstkamer, nipte van het glas en belde toen naar haar oudste en dierbaarste vriendin, Charlotte Amery. Ze kreeg de huishoudster aan de telefoon en vroeg of die Charlotte wilde halen. Even later kwam de vrouw terug met de mededeling dat Charlotte 'niet beschikbaar' was.

'Maar het is dringend!' zei Cecily. 'Zeg haar dat ze me zo snel mogelijk moet terugbellen.'

Er verstreken twee uur, toen kwam Mary, de huishoudster, vertellen dat Charlotte aan de telefoon was.

'Hallo, Charlotte, hoe gaat het met je?'

'Prima, schat. En met jou?'

'Ach, je weet het, mijn knappe verloofde heeft me laten zitten en in Europa wordt het waarschijnlijk oorlog.' Ze grinnikte.

'Het is een ramp, Cecily. Ik vind het zo erg voor je.'

'Jemig, ik maakte maar een grapje. Het gaat goed met me, hoor, echt.'

'Gelukkig maar! Het moet toch niet makkelijk voor je zijn, dat gedoe met Jack en zo.'

'Het is geen ideale situatie, nee, maar ach wat, ik leef nog. Maar ik heb al een poosje niets van je gehoord. Heb je zin om morgen af te spreken? High tea in de Plaza? Ze hebben de lekkerste scones van de hele stad.'

'Helaas, ik ben verhinderd. Rosemary heeft een paar mensen uitgenodigd. Er schijnt een Engelse vriendin bij haar te logeren die ons bridge wil leren spelen.'

Cecily slikte de prop in haar keel weg. Rosemary Ellis was dé societykoningin van hun generatie en ze was altijd goed bevriend met haar geweest.

'Op die manier. Volgende week dan?'

'Ik heb mijn agenda niet voor me liggen, maar laten we afspreken dat ik je maandag bel, dan kijken we verder. Goed?'

'Ja, dat is een idee,' zei Cecily. Ze probeerde de trilling uit haar stem te houden. In de New Yorkse society deden mensen nooit dingen spontaan. Naar de kapper gaan, japonnen passen of een manicure, en al helemaal een afspraak met vrienden – dat soort dingen werden weken van tevoren gepland. Charlotte zou haar maandag niet terugbellen.

'Goed, tot ziens dan,' zei Cecily. Ze smeet de hoorn op de haak en barstte in snikken uit.

Een uur later lag ze op bed naar het plafond te staren, want ze kon het niet eens opbrengen een boek te lezen. Evelyn klopte op de deur.

'Pardon, Miss Cecily, Mary heeft me gestuurd omdat er een heer en een dame beneden in de hal staan te wachten. Toen ze aangaven dat ze uw moeder wilden spreken, heeft ze gezegd dat mevrouw Huntley-Morgan niet aanwezig was. De vrouw zei echter dat ze u ook wilde zien.'

Evelyn liep naar Cecily toe en gaf haar een visitekaartje.

Cecily keek ernaar en zuchtte. Haar peettante Kiki was dus beneden. Ze overwoog even om Evelyn door te laten geven dat ze ziek was, maar ze wist dat haar moeder het haar nooit zou vergeven als ze haar dierbare vriendin de deur zou wijzen.

'Breng hen naar de ontvangstkamer en zeg dat ik over tien minuten beneden ben. Ik wil me eerst opfrissen.'

'O, maar daar brandt de open haard niet, Miss Cecily.'

'Steek hem dan maar gauw aan, Evelyn.'

'Jawel, miss.'

Cecily liet zich van haar bed rollen en bekeek zichzelf in de spiegel. Ze haalde snel een borstel door haar ergerlijke bos krullen en bedacht dat ze meer op Shirley Temple dan op Greta Garbo leek. Ze streek haar blouse en rok glad, trok haar schoenen aan en stiftte nog even snel haar lippen voor ze naar beneden ging om Kiki te begroeten.

'Liefje,' kirde Kiki en ze omhelsde haar. 'Hoe gaat het met je?'

'Prima, dank je.'

'Nou, zo zie je er anders niet uit, snoes. Je bent net zo bleek en pips als de hemel boven Manhattan.'

Cecily verzon een leugentje om bestwil. 'O, dat. Ik heb een koutje opgelopen, maar dat is al bijna weg.'

'Dat verbaast me niets. Jemig, Manhattan is een koelkast in deze tijd van het jaar, en nog een lege ook!' Kiki lachte terwijl ze huiverend haar nertsjas dichter om zich heen trok en naar de zojuist aangestoken open haard liep. Ze pakte haar sigarettenkoker uit haar tasje en stak een sigaret op. 'Ik moet zeggen dat ik je moeders gedurfde smaak voor design bewonder. Art deco ligt niet iedereen.' Ze gebaarde om zich heen in de ontvangstkamer, waar een muur geheel uit spiegelglas was opgetrokken. 'Je kent Tarquin vast nog wel?' vroeg ze. Het was duidelijk dat ze zich opeens de aanwezigheid van de knappe man in haar gezelschap herinnerde, met wie Cecily twee weken geleden op oudejaarsavond had gedanst. Hij had zijn dikke tweedjas nog aan. Zelfs met de open haard aan naderde de temperatuur in de kamer het vriespunt.

'Jazeker.' Cecily glimlachte naar hem. 'Hoe gaat het met je, Tarquin?'

'Heel goed, dank je, Cecily.'

'Kan ik jullie een versnapering aanbieden? Thee? Koffie?'

'Ik denk dat we wel een brandy kunnen gebruiken om een beetje op te warmen. Tarquin, wil jij de honneurs waarnemen?' Kiki wees naar de karaffen op het buffet.

'Natuurlijk,' zei Tarquin. 'Jij ook een glaasje, Cecily?'

'Ik...'

'Ach, kom, brandy is medisch verantwoord, met name voor een koutje, zou je ook niet denken, Tarquin?'

'Daar ben ik het volledig mee eens.'

Maar misschien niet zo vroeg op de middag, dacht Cecily.

'Wel, waar is je moeder naartoe gefladderd? Naar warmer oorden, mag ik hopen?' vroeg Kiki.

'Nee, niet echt. Ze zit in Chicago bij haar moeder. Mijn grootmoeder, dus.'

'Ja, Jacqueline. Wat een vreselijk mens is dat,' zei Kiki, terwijl ze vlak voor het haardscherm met de lederen bovenkant ging staan. 'Zo rijk als Croesus, natuurlijk,' voegde ze eraan toe. Tarquin overhandigde haar en Cecily een glas brandy. 'Ze is verwant aan de Whitneys, wist je dat?'

'Nee, dat zegt me niets,' zei Tarquin. Hij liet Cecily plaatsnemen in de leunstoel vlak bij het knapperende vuur en ging tegenover haar zitten, terwijl Kiki voor het haardscherm bleef staan. 'Het spijt me,' vervolgde hij, 'maar ik ben niet op de hoogte van wie wie is in de Amerikaanse society.'

'Laat ik het zo stellen, als we in Engeland waren, zouden de Vanderbilts en de Rockefellers om de troon vechten, terwijl de Whitneys vanaf de zijlijn kibbelden wier zijde ze moesten kiezen.'

'Op die manier. Dus de grootmoeder van Cecily is een soort Amerikaanse vorstin?'

'O, absoluut. Maar het is allemaal schone schijn,' zei Kiki met een dramatische zucht, en ze wierp haar sigarettenpeuk in de vlammen. 'Cecily, het is echt doodzonde dat je moeder er niet is, want ik wilde haar voorstellen met mij terug te reizen naar Kenia als ik aan het eind van deze maand de Verenigde Staten verlaat. En natuurlijk moet jij ook mee. Je zou het daar heerlijk vinden. Altijd blauwe lucht, altijd warm, en de dieren zijn ronduit schattig.'

Tarquin onderbrak haar. 'Ik begrijp heel goed dat Kiki staat te popelen om weer terug te gaan, maar het is niet helemaal zoals ze het omschrijft, Cecily,' zei hij. 'Ja, de lucht is blauw, maar het kan er ook regenen, echt. Vreselijke plensbuien. En de dieren zijn minder schattig wanneer ze jou als hun middagmaal zien.'

'Ach, schatje, zoiets gebeurt toch niet in Mundui House! Liefste Cecily, jij en je moeder moeten beslist komen om het met eigen ogen te zien.'

'Het is heel aardig van je, maar ik vermoed dat mama liever hier blijft tot Mamie haar baby heeft gekregen.'

'Nee maar. Vrouwen baren al eeuwen- en eeuwenlang kinderen, zelfs ik heb er drie! Nog niet zo lang geleden liep ik in Mundui House de keuken in om de bediening instructies te geven voor de lunch die ik die middag had georganiseerd, en daar zag ik een van de meisjes gehurkt op de vloer zitten, met het hoofdje van een baby tussen haar benen. Ik riep natuurlijk om hulp, maar tegen de tijd dat die kwam, was het kind er al uit geglibberd en lag het luidkeels te schreeuwen op de grond. De navelstreng zat er nog aan.'

'Lieve help!' riep Cecily uit. 'Heeft de baby het overleefd?'

'Ja, natuurlijk. Een tante van haar heeft de navelstreng doorgesneden, de baby opgepakt en de kersverse moeder meegenomen voor een rustpauze, maar de volgende dag was het meisje alweer present in mijn keuken. Volgens mij doen ze er hier vandaag de dag veel te moeilijk over. Vind je ook niet, Tarquin?'

'Ik heb er nooit bij stilgestaan, eerlijk gezegd,' antwoordde Tarquin, maar hij zag enigszins wit om de neus en nam snel een slok van zijn brandy.

'Hoe dan ook, wat ik ermee wil zeggen, is dat jij en je moeder beslist met me mee moeten gaan naar Kenia. Ik vertrek eind januari, nadat ik de advocaten van mijn man zaliger heb gesproken in Denver, dus er is nog voldoende tijd om de reis voor te bereiden. Enfin. Waar is het toilet?'

'Aan het eind van de gang rechts.' Cecily stond op. 'Ik loop wel even mee.'

'Kind, ik vind zelfs mijn weg in de rimboe, dus ik denk dat ik me wel alleen kan redden,' zei Kiki, en ze schreed de kamer uit.

'Zeg eens, Cecily, wat heb je zoal gedaan sinds we elkaar voor het laatst hebben gezien?' vroeg Tarquin.

'O, niet veel. Ik heb een verkoudheid opgelopen, zoals ik al zei.'

'Je zult opknappen van een bezoek aan Kenia. Wat vind je van het idee?'

'Ik weet het niet. Ik ben uiteraard in Europa geweest, naar Londen, Schotland, Parijs en Rome, alleen hebben ze daar geen leeuwen. Maar al zou ik zin hebben om te gaan, ik weet pertinent zeker dat mama Mamie niet zal achterlaten, wat Kiki ook zegt. En die lokale bevolking daar… zijn ze vriendelijk?' vroeg Cecily.

'De meesten wel. Velen doen werk voor ons in het leger en Kiki's Kikuyu zijn aan haar verknocht.'

'Kikuyu?'

'Een lokale stam in Naivasha en omstreken.'

'Dus ze dragen geen speren? En ze hebben geen… lendendoeken om?' Cecily bloosde.

'De Masai wel, maar die wonen op de vlakte waar ze hun vee houden. Ze laten je met rust zolang je hen met rust laat.'

'En?' Kiki kwam de kamer weer binnen, zwaaiend met de ketting van haar tasje tussen haar ranke vingers. 'Heb je Cecily weten te overtuigen om met me mee te gaan?'

'Ik weet het niet. Zeg het maar, Cecily.' Tarquin keek haar met vrolijk twinkelende ogen aan.

'Ik geef toe dat Kenia een stuk interessanter klinkt dan New York, maar…'

'Liefje.' Kiki legde een hand op Tarquins arm. 'We moeten gaan, anders zijn we te laat voor de thee bij de Forbes. Je weet hoe punctueel ze zijn.'

'Ik ga morgen al naar Afrika,' zei Tarquin. Hij stond op. 'Ik moet me deze week bij de legerbasis melden, maar ik hoop dat je alsnog besluit om naar Kenia te komen, Cecily, dan zie ik je daar.'

'En ik kom beslist terug om de druk op te voeren!' zei Kiki lachend. Tarquin hield de deur voor haar open en ze verdwenen in de gang.

Na hun vertrek ging Cecily voor het haardscherm staan en ze dronk haar glas leeg, mijmerend over Kiki's aanbod. Op oudejaarsavond had ze het eerder als een beleefdheid opgevat dan als een serieuze uitnodiging.

'Afrika,' mompelde ze, terwijl ze een vinger over de rand van het glas liet gaan. Ze kreeg een plotselinge ingeving, liep naar de gang en pakte haar mantel en hoed van de kapstok. Ze ging naar buiten en liep regelrecht naar de bibliotheek, voordat het sluitingstijd zou zijn.

Die avond besprak ze Kiki's voorstel tijdens het diner met haar vader.

'Wat denkt u, papa? Zou mama me zonder chaperonne daarnaartoe laten reizen?'

'Wat ik ervan denk?' Walter zette zijn glas bourbon op tafel en drukte zijn vingertoppen tegen elkaar terwijl hij over de kwestie nadacht. 'Ik zou willen dat ik met je mee kon gaan in plaats van mama. Ik heb altijd graag naar Afrika gewild. Misschien is een reis naar Kiki precies wat je nodig hebt om het hoofdstuk Jack voorgoed af te sluiten. Je bent mijn bijzondere meisje,' zei Walter. Hij stond op en drukte een kus op haar kruin. 'Ik moet naar de club, ik heb een vergadering. Zeg tegen Mary dat ik rond tien uur thuis ben. Ik praat wel met je moeder als ze terugkomt uit Chicago. Welterusten, liefje.'

Nadat haar vader was weggegaan, liep Cecily de trap op naar boven en ging met de drie boeken uit de bibliotheek op bed liggen. Ze keek naar de ontelbare tekeningen, schilderijen en foto's van de zwarte inheemsen en blanke mannen die trots boven de afgeschoten kadavers van leeuwen stonden of ivoren slagtanden in hun handen hielden. Ze huiverde, maar het was een huivering van opwinding bij de gedachte dat ze misschien dat glorieuze, ongerepte land zou bezoeken. Een land waar niemand ooit van haar zou hebben gehoord, waar niemand van haar verbroken verloving met Jack Hamblin afwist.

'Cecily, kom je naar de ontvangstkamer als je klaar bent? Ik wacht daar op je met je moeder,' zei haar vader toen ze door de voordeur binnenkwam. Hij klopte wat sneeuwvlokjes van haar mantel. Ze was de hele dag buiten geweest. 's Morgens had ze haar haar laten doen en 's middags was ze bij Mamie op bezoek geweest.

‘Jazeker, ik kom zo, papa. Geef me een minuutje.’

Ze gaf haar mantel aan Mary en liep naar de badkamer om zich voor de spiegel te fatsoeneren. In de ontvangstkamer brandde een behaaglijk vuurtje. Ze zag haar moeder strak voor zich uit staren met een ondoorgrondelijke blik toen haar vader opstond om haar te begroeten.

‘Ga zitten, liefje.’

‘Waar wilden jullie met me over praten?’ vroeg Cecily, terwijl haar vader zelf een stoel vlak bij de haard nam.

‘Kiki kwam vandaag opnieuw langs met het verzoek mee naar Afrika te gaan. Ik heb gezegd dat ik zo kort voor de bevalling van Mamie niet weg wilde,’ zei Dorothea. ‘Maar je vader vindt dat je zonder mij moet gaan.’

‘Ja, zo zie ik het,’ zei Walter. ‘Ik heb je moeder uitgelegd dat het niet alleen een mooie kans voor jou is om iets van de wereld te zien. Het betekent ook dat de bruiloft achter de rug is tegen de tijd dat je terugkomt, en dan kun jij de draad weer oppakken.’

‘Hebben Jack en Patricia al een datum aangekondigd?’ vroeg Cecily zo kalm mogelijk.

‘Ja, ze gaan op 17 april trouwen. Het nieuws stond vanmorgen in alle societycolumns.’

‘Wat denkt u, mama?’

‘Tja, ik ben het weliswaar met je vader eens dat het huwelijk van Jack en Patricia de komende maanden heel Manhattan zal bezighouden, en dat zal akelig zijn voor jou. Maar is dat een reden om helemaal naar Afrika te vluchten? Het klinkt als een uiterst verwilderd oord. Halfnaakte inboorlingen die daar rondrennen, wilde dieren in je eigen tuin...’ Dorothea rilde van afgrijzen. ‘En natuurlijk het gevaar van de ziektes. Walter, Cecily kan toch ook naar mijn moeder als ze er even tussenuit moet?’

Cecily’s blik kruiste die van haar vader en nu was het hun beurt om te huiveren.

‘Wel, Kiki heeft er de afgelopen twintig jaar ook weten te overleven, en je weet net zo goed als ik dat er een aanzienlijke groep expats is neergestreken, die daar heel gerieflijk wonen,’ zei Walter.

‘Ja, dat weet ik. En ik maak me meer zorgen om hun reputatie dan om de leeuwen,’ zei Dorothea kortaf. ‘Afgaande op wat de kranten over hen hebben geschreven, zijn ze behoorlijk losgeslagen. Die ene vriendin van Kiki, hoe heette ze ook alweer?'

'Alice de Janzé,' zei Walter. 'Maar dat voorval is alweer jaren geleden.'

'Wat was er dan?' vroeg Cecily. Haar ouders wisselden een snelle blik.

'Ach ja...' Dorothea haalde haar schouders op. 'Het was nogal een schandaal. Alice en Kiki zaten bij een groep die bekendstond als de "Happy Valley" van Kenia. Er deden allerlei geruchten de ronde over wat ze wel niet uithaalden. Alice was getrouwd, maar ze ging een... onfortuinlijke liaison met iemand aan. Met ene...'

'Raymund de Trafford,' vulde Walter aan.

'Ja, die. Enfin, Alice werd smoorverliefd op hem en was dusdanig van de kaart toen hij niet met haar wilde trouwen, dat ze hem in de trein op het Gare du Nord in Parijs heeft neergeschoten toen hij afscheid van haar wilde nemen. Daarna richtte ze het wapen op zichzelf. Ze overleefden het allebei,' voegde Dorothea eraan toe.

'Jeminee!' Cecily was stomverbaasd. 'Is ze veroordeeld?'

'Nee. Er was natuurlijk wel een rechtszaak en ze heeft korte tijd in hechtenis gezeten, maar uiteindelijk is ze toch met die man getrouwd!'

'Het is niet waar!' Cecily was ondersteboven van zo veel romantisch drama. Afrika klonk haar steeds aanlokkelijker in de oren.

'Maar dat is allemaal lang geleden gebeurd. En ik weet zeker dat Kiki niet van dat soort caprices uithaalt,' zei Walter kordaat. 'Ze heeft gezegd dat ze over Cecily zou waken alsof het haar eigen dochter was. Wel, Cecily, de hamvraag is natuurlijk of je zelf wilt gaan?'

'Ja, eigenlijk wel, nu ik er goed over nadenk. En dan niet alleen vanwege Jacks huwelijk. Ik ben inmiddels volwassen genoeg om met dat soort dingen om te kunnen gaan. Het is eerder omdat Kenia me fantastisch lijkt. Ik wil er graag naartoe.'

'Ook al zul je de bevalling van Mamie moeten missen?' vroeg Dorothea.

'Ach, mama, u zult er voor haar zijn, en ik ga niet voor altijd weg, hoor. Een paar weken maar.'

Walter wendde zich tot zijn vrouw. 'Cecily kan natuurlijk in Engeland bij Audrey logeren als ze op doorreis is naar Afrika. Is dat geen goed idee?'

Audrey was Dorothea's 'trofeevriendin', omdat ze vijftien jaar geleden een Engelse lord aan de haak had geslagen. Als iets haar moeder over de streep kon trekken, dan was het de gedachte dat haar dochter bij Audrey zou verblijven en bij haar thuis kennis zou maken met een hele stoet Engelse vrijgezelle jongemannen.

'Dat is inderdaad een goed idee. Maar is het in Engeland nog wel veilig, Walter, gezien de strapatsen van Hitler?'

'Is het in Manhattan wel helemaal veilig?' Walter trok een wenkbrauw op. 'Als je echt elk risico wilt uitsluiten, kun je niet eens meer de deur uit. Enfin, we zijn er dus uit, neem ik aan?'

'Ik wil eerst contact opnemen met Audrey om zeker te weten dat ze in Engeland is als Cecily daar met de boot aankomt, en dat haar chauffeur haar ophaalt. Kiki kan met Cecily mee naar Audrey, denk ik, ze kennen elkaar nog van de tijd dat ze in Parijs woonden.' Dorothea was nu hardop aan het denken.

Walter wierp een zijdelingse blik op zijn dochter en gaf haar een knipoogje.

'Welnu,' zei Cecily, 'als jullie het er allebei mee eens zijn, dan ga ik graag. Ja, ik doe het.' Ze knikte en voor het eerst in weken plooiden haar lippen zich tot een oprechte glimlach.

Ze had amper twee weken de tijd om zich op haar reis voor te bereiden. Ze ging met Dorothea winkelen voor de benodigde reisgarderobe: chique japonnen voor de week dat ze bij Audrey verbleef, zomerjurken, rokken en blousejes van katoen en mousseline, die speciaal door een naaister gemaakt moesten worden, want het was hartje winter. Dorothea bestierf het bijna toen ze ook korte broeken paste.

'O, mijn god, waar sturen we je in vredesnaam naartoe?' zei ze met opgetrokken neus toen Cecily er een probeerde.

'Het is heel warm daar, mama. Net zo warm als de Hamptons in de zomer.'

Ondanks haar moeders aanhoudende commentaar, werd Cecily steeds enthousiaster toen Evelyn haar hutkoffer inpakte. De avond voor haar vertrek kwamen haar zussen met hun echtgenoten eten. Walter gaf zijn dochter een fotocamera cadeau, een echte Kodak Bantam Special, en van haar zussen kreeg ze een verrekijker. 'Om naar mannen te turen,' zei Priscilla.

'Pas goed op jezelf, lieverd,' zei haar zus Mamie toen ze na afloop van het diner afscheid namen bij de voordeur. 'Ik hoop je aan je nieuwe neefje of nichtje voor te kunnen stellen als je terugkomt.'

'Zorg dat je blij terugkomt,' zei Hunter en hij kuste haar gedag.

'En getrouwd,' riep Priscilla vanaf het bordes.

'Ik zal mijn best doen,' riep Cecily hun achterna, en ze zag hen in de donkere, besneeuwde nacht verdwijnen.

11

ENGELAND
FEBRUARI 1939

Toen de stoomboot de haven van Southampton naderde, zag Cecily tot haar teleurstelling dat het er even somber en grauw was als het Manhattan dat ze achter zich had gelaten. Ze zette haar nieuwe hoed op en trok haar bontstola stevig om haar schouders toen de steward haar bagage kwam ophalen.

'Wordt u door iemand opgehaald, miss?'

'Ja.' Cecily pakte een kaartje uit haar handtas met de naam van de chauffeur die (hopelijk) vanuit Woodhead Hall was gestuurd om haar op te vangen.

'Dank u, miss. Blijft u voorlopig maar in uw hut, het is ijskoud buiten. Ik kom u halen als de auto voorrijdt.'

'Dank u, Mr. Jones. U bent erg behulpzaam.'

Cecily gaf hem een fooi van vijf dollar, die de jongeman blozend en met een dankbaar knikje aannam.

'Het was een waar genoegen u bij te staan, Miss Cecily, dat meen ik. Misschien zie ik u weer op de terugreis.'

'Dat hoop ik zeker.'

De steward deed de deur dicht en Cecily ging op de stoel bij het patrijspoortje zitten. Ze moest direct haar ouders bellen zodra ze op Woodhead Hall was gearriveerd, om hun te laten weten dat ze in goede handen was. De dag voor haar vertrek uit New York, nu een week geleden, was chaotisch verlopen. Kiki's dienstmeisje had op de ochtend van haar vertrek gebeld dat haar meesteres bronchitis had. De arts had haar gewaarschuwd dat ze een longontsteking kon oplopen als ze niet een paar dagen het bed hield. Cecily wilde met alle plezier wachten tot

Kiki volledig was hersteld, maar Dorothea, die haar bezoek aan Woodhead Hall had geregeld, wilde dat niet.

'Kiki's arts liet weten dat ze over een week weer kan reizen, wat betekent dat ze op tijd in Engeland is om met jou naar Kenia te vliegen,' had Dorothea gezegd. 'Jij kunt ondertussen alvast naar Audrey gaan, Cecily. Ze heeft van alles geregeld voor jouw verblijf.'

En zo was Cecily alleen aan boord gegaan. In eerste instantie was ze huiverig geweest om in haar eentje te reizen, maar al snel vond ze het juist prettig. Ze had bovendien veel zelfvertrouwen opgedaan doordat ze gedwongen werd met onbekende mensen aan de dinertafel te converseren en ze was op uitnodigingen ingegaan mee te doen met kaartspelen (waar ze erg goed in bleek te zijn). Minstens drie jongemannen hadden haar het hof gemaakt. Het was alsof ze eindelijk weer zichzelf kon zijn, ver weg van Manhattan en op een boot waar niemand haar achtergrond kende.

Er werd op de deur geklopt. Het was Mr. Jones.

'Uw reisbescheiden zijn gecontroleerd en uw chauffeur staat te wachten,' zei hij en hij overhandigde Cecily haar paspoort. 'De hutkoffer staat al in de auto. Bent u klaar om te gaan?'

'Ja, dank u, Mr. Jones.'

Een snijdende windvlaag beet in haar wangen toen ze over de loopplank de kade betrad, waar een dichte mist het zicht vertroebelde. De chauffeur van de Bentley hielp haar met instappen en startte de motor.

'Zit u goed zo, miss?' vroeg hij toen ze zich op de grote lederen bank nestelde. 'Ik heb desgewenst extra dekens voor u.'

'Nee hoor, het is prima. Hoe lang zal de rit duren?'

'Het hangt van de mist af, maar ik denk dat we over twee à drie uur bij Woodhead Hall zijn, miss. Mocht u dorst hebben, dan heb ik hier een thermosfles warme thee.'

'Dank u,' zei Cecily opnieuw.

Uiteindelijk bleek de rit meer dan drie uur te beslaan en ze dommelde af en toe weg, omdat ze door het raampje niets anders kon zien dan mistbanken. De vorige keer dat ze in Engeland was, had ze met haar ouders bij Audrey in haar Londense huis aan Eaton Square gelogeerd, en vanaf daar waren ze naar Parijs gegaan. Ze hoopte van harte dat de mist zou optrekken, zodat ze iets van het befaamde Britse landschap mee zou krijgen. Dorothea had haar vriendin eerder bezocht op haar landgoed in een gebied dat West Sussex werd genoemd, en ze zei dat het er erg mooi was. Toen de chauffeur door een grote poort reed en zei dat ze op hun bestemming waren aangekomen, was het al bijna avond en Cecily kon alleen de omtrek van een enorm gotisch landhuis ontwaren, dat mysterieus tegen de schemering afstak. Van dichtbij zag ze een imposante portiek, maar het stelde haar een tikje teleur dat de gevel van doorsnee rode baksteen was. Het leek geenszins op de huizen waarover ze in de romans van Jane Austen had gelezen, die altijd uit lichtbruine stenen waren opgetrokken. Dit huis leek meer op een onderkomen uit de verhalen van Edgar Allan Poe.

De voordeur werd geopend door een rijzige man van wie ze aannam dat het Audreys echtgenoot was, Lord Woodhead, maar het bleek de butler te zijn. Cecily liep de grote entreehal in, waar een grote, ietwat grove trap van mahoniehout een prominente plek innam.

'Cecily! Schattebout!' Audrey, mooi en levendig als altijd, kwam op haar af om haar te verwelkomen. Ze kuste Cecily op beide wangen. 'Hoe was je reis? Ik hou er niet van om die oceaan over te steken, bah. Al die hoge golven, een mens zou er onpasselijk van worden. Kom, ik zal je je kamer laten zien, je bent vast doodop. Ik heb het dienstmeisje expres gevraagd de haard bij jou aan te steken, want Edgar kan soms zo zuinig zijn met de verwarming.'

In haar kamer nam Cecily plaats voor de haard om haar handen te warmen. Ze keek naar het hemelbed. Het was ijskoud in de kamer en ze was blij dat haar moeder haar had gewaarschuwd voor de kille Engelse landhuizen. Dorothea had erop toegezien dat er lange onderbroeken en onderhemden voor haar werden ingepakt om haar warm te houden.

Alhoewel Audrey volhield dat Cecily vermoeid moest zijn van de reis, was ze klaarwakker. Zodra het dienstmeisje haar 'Engelse' kleren had uitgepakt en haar japon voor de avondmaaltijd had meegenomen om te stomen, trok Cecily een wollen vest aan, deed de deur open en liep de gang op. Ze verkende de linkerkant en tegen de tijd dat ze het eind van de gang bereikte, had ze twaalf deuren geteld. Vervolgens deed ze hetzelfde in tegenovergestelde richting.

'Vierentwintig,' zuchtte ze ten slotte. Ze vroeg zich af hoe de dienstmeisjes konden onthouden wie in welke kamer verbleef, want de deuren waren niet genummerd, zoals in hotels. Ze liep haar kamer weer in en zag dat het dienstmeisje het vuur aan het oppoken was.

'Ik heb uw jurk voor vanavond in de garderobe gehangen, miss.'

'Pardon?'

'Die daar.' Het meisje wees naar de kledingkast. 'Ik heb ook een bad voor u gevuld, maar het is er nogal kil, dus u kunt beter voortmaken voor het water is afgekoeld. Dan kunt u zich erna weer warmen bij de open haard.'

'Goed, dank je.'

'Hebt u hulp nodig met uw haardracht, miss? Ik doe die voor mevrouw ook altijd. Ik ben er best goed in.'

'Dat is heel aardig, maar ik weet zeker dat ik het zelf ook kan. En je heet...'

'Mijn naam is Doris, miss. Als u in bad bent geweest, kom ik als de wiedeweerga weer terug.'

Cecily trok verwonderd haar kamerjas aan en liep naar de badkamer. Ze kon Doris door haar zware accent niet helemaal verstaan, maar het meisje had niet gelogen over de temperatuur in de badkamer of van het water zelf. Ze stapte zo snel mogelijk weer uit de badkuip en was al weer onderweg naar haar kamer, toen ze een jongeman van ongeveer haar leeftijd van de andere kant aan zag komen.

Met Jack nog vers in het geheugen was ze niet in de stemming om over romantiek te dromen, maar toen hij opkeek en haar toelachte, begon haar hart te bonzen. Zijn glanzende zwarte haar, dat iets te lang was voor een heer van stand, hing slordig over zijn voorhoofd en zijn grote bruine ogen, met meisjesachtig lange wimpers, keken haar nieuwsgierig aan.

'Hallo,' zei hij toen hij voor haar stond. 'Mag ik weten hoe u heet?'

'Ik ben Cecily Huntley-Morgan.'

'Aha. En wat doet u hier precies?'

'Mijn moeder en Lady Woodhead zijn al heel lang bevriend. Ik blijf hier een paar dagen logeren voor ik doorreis naar Kenia.' Cecily werd zich ongemakkelijk bewust van het ragfijne materiaal van haar kamerjas en ze legde een beschermende hand op haar decolleté.

'Afrika, kijk eens aan.' De jongeman lachte. 'Welnu, ik ben Julius

Woodhead.' Hij stak zijn hand uit. 'Aangenaam kennis te maken.'

'Insgelijks.' Cecily nam de uitgestoken hand aan en voelde even een aangename tinteling, als een elektrisch stroomstootje, door haar arm schieten.

'Ik zie u straks wel aan tafel,' zei hij en terwijl hij al doorliep, voegde hij eraan toe: 'Het is kennelijk weer fazant, pas op voor de hagel.'

'Ik... Goed, dat zal ik doen,' antwoordde ze, al had ze geen idee wat hij bedoelde.

Julius verdween in een van de kamers op de gang. Met bevende handen opende ze haar deur, trok hem achter zich dicht en ging voor de open haard zitten.

'Julius Woodhead...' fluisterde ze. 'Hij kan toch geen zoon van Audrey zijn?' Ze wist om te beginnen niet eens of Audrey kinderen had. Ten tweede zaten er gaten in zijn trui die zo groot waren als haar vaders zegelring.

'Hemeltje,' zei ze. Ze had het opeens erg warm en wuifde zichzelf koelte toe. Ze stond op, liep naar haar la met lingerie en besloot dat ze alsnog Doris zou verzoeken om haar kapsel te doen.

'Welkom, liefje,' zei Audrey toen Cecily de gigantische ontvangstkamer betrad, waarbij die van haar ouders thuis op een poppenhuiskamertje leek. 'Kom maar dicht bij het vuur staan.' Audrey troonde haar mee naar de haard, nam een cocktail van het dienblad dat door een bediende werd vastgehouden en gaf het glas aan haar. 'Goed dat je japon van fluweel is. Dat is veel warmer dan satijn of zijde. We laten volgende maand centrale verwarming aanleggen. Ik heb Edgar gewaarschuwd dat ik anders van de winter elders mijn heil zou zoeken.'

'Ik heb er geen last van, Audrey. En nogmaals bedankt dat ik hier mag logeren.'

'Ja, ach...' Audrey gebaarde naar de kamer met de gasten. 'Helaas is er hier begin februari niet veel te beleven. De meeste mensen zijn vertrokken naar warmer oorden of op skivakantie in St. Moritz. En mijn lieve Edgar is de hele week naar Londen, ik kon hem niet tegenhouden. Je zult hem niet zien. Maar ik zal je voorstellen aan een paar van mijn vrienden en buren.'

Cecily maakte de ronde aan de zijde van Audrey, knikkend en glimlachend naar de genodigden. Helaas was alleen de zoon van de predikant – ene Tristan huppeldepup – van haar leeftijd. Hij zei dat hij bij zijn ouders op bezoek was, die in het nabijgelegen dorp woonden, zelf zat hij in een kazerne in Sandhurst als officier in het Britse leger.

'Denk je dat het oorlog wordt?' vroeg Cecily aan hem.

'Dat mag ik toch hopen, Miss Huntley-Morgan. Anders heeft mijn legeropleiding weinig zin.'

'Maar je wilt toch niet echt dat er een oorlog uitbreekt?'

'Er is in Engeland geen sterveling te bekennen die niet vindt dat Hitler een flinke knauw moet krijgen. En ik mag daar graag aan bijdragen.'

Ze voelde zich wat licht in het hoofd. Ze wist niet of het door de twee cocktails kwam of door de lange reis. Uiteindelijk excuseerde ze zich bij Tristan en liep naar de haard.

'Goedenavond, Miss Huntley-Morgan. Gelukkig hebt u kleren aangetrokken voor het diner.'

Cecily draaide zich op haar hakken om en zag Julius staan, die er beslist goddelijk uitzag, en ongegeneerd grinnikte.

'Nou ja, zeg. Ik kwam net uit de badkamer!'

'Echt waar? Ik dacht even dat u de kamer van uw minnaar uit was geglipt.'

'Ik...' Cecily voelde een diepe blos vanuit haar hals omhoogkruipen.

'Ik plaag u maar.' Julius grijnsde. 'Ik moet zeggen dat u er bekoorlijk uitziet in die jurk. De kleur past goed bij uw ogen.'

'Maar mijn japon is paars!'

'Ach, wat zou het.' Julius haalde zijn schouders op. 'Een heer moet toch zulke dingen tegen een jongedame zeggen?'

'Wanneer het niet ongepast is, ja.'

'Dat ben ik ten voeten uit, ongepast. Het is mijn bijnaam. Vergeef me. Ik heb gehoord dat mijn lieve tante Audrey dit feestje te uwer ere heeft georganiseerd. Kennelijk bent u de eregast.'

'Wat aardig van haar. Dat had ze niet hoeven doen.'

'Aangezien u Amerikaanse bent, zult u uw blik door de kamer laten dwalen, speurend naar een geschikte kandidaat uit de Engelse adelstand. Toegegeven, die zijn er, maar ze zijn allen de vijftig gepasseerd. Behalve ik, natuurlijk,' voegde hij er met een lachje aan toe.

'U zei dat Audrey uw tante was?'

'Ja, maar we zijn geen bloedverwanten. Wijlen mijn vader was de broer van oom Edgar.'

'O. Gecondoleerd.'

'Dank u, maar mijn vader is twintig jaar geleden tijdens de Eerste Wereldoorlog gesneuveld. Ik was toen net anderhalf.'

'Op die manier. En uw moeder leeft nog?'

'Jawel. Gelukkig is ze er vanavond niet...' Julius boog zich vertrouwelijk naar haar toe. 'Mijn oom en tante kunnen haar niet uitstaan.'

'Waarom niet, als ik vragen mag?'

'In plaats van de rouwende weduwe uit te hangen toen mijn vader zijn laatste adem had uitgeblazen in Vlaanderen, vond ze een nog rijkere echtgenoot dan mijn lieve papaatje en zes maanden later was ze met hem getrouwd. Ze woont tegenwoordig in Italië.'

'Ik ben dol op Italië. U boft maar dat u daar bent opgegroeid.'

'Nou, nee, Miss Huntley-Morgan,' zei Julius en hij stak een sigaret op. 'Mama heeft me niet meegenomen toen ze een warmer klimaat opzocht. Ze heeft me op de drempel van dit mausoleum achtergelaten en ik ben door oom Edgars oude gouvernante opgevoed. Miss Naylor heette ze. Een draak van een mens.'

'Dus u woont uw hele leven al op Woodhead Hall?'

'Inderdaad. Ik probeer hier telkens weg te komen, maar ik stuiter elke keer terug als het spreekwoordelijke rubberen balletje.'

'En wat doet u? Waar leeft u van, bedoel ik?'

'Welnu, waar ik van "leef" is behoorlijk eufemistisch uitgedrukt, want ik verdien er amper een stuiver mee, eerder medelijden. Maar ik ben dus eigenlijk een dichter.'

'Allemachtig. Zou ik uw naam moeten kennen?'

'Nog niet, Miss Huntley-Morgan, tenzij u een fervent lezeres bent van de *Woodhead Village Gazette*, het lokale sufferdje dat zich uit medeleven soms verwaardigt een krabbel van me af te drukken.'

Ergens buiten de ontvangstkamer werd op een gong geslagen. De echo galmde een paar seconden na.

'Dat was het teken dat we aan tafel kunnen, Miss Huntley-Morgan.'

'Zeg maar Cecily, hoor,' zei ze. Samen liepen ze door de tochtige gang met de rest van de gasten naar een immense eetzaal, waar het ook al zo koud was.

'Goed, Cecily. Ik zal eens kijken welke stoel mijn tante je heeft toebedeeld.' Julius liep langs de tafel en keek op de kaartjes, waarop iemand met een schitterend handschrift de namen had gezet. 'Als ik het niet dacht.' Hij grinnikte. 'Je zit hier, vlak bij het vuur. Ik ben verbannen naar Siberië, aan de andere kant van de tafel. Vergeet de hagel niet,' zei hij, en met die woorden liep hij weg.

Cecily ging zitten. Ze was teleurgesteld dat haar tafelgenoot Tristan was in plaats van Julius. Tijdens het eten slaagde ze erin een praatje te maken met zowel Tristan als met de oudere majoor aan haar andere zijde, maar haar gedachten dwaalden telkens af naar Julius. Ze keek steeds in zijn richting en net op het moment dat ze een klein, zilverkleurig bolletje uit haar mond viste, kruisten hun blikken elkaar.

'Ik heb je gewaarschuwd,' zei hij woordeloos met een lachje, en toen richtte hij zijn aandacht weer op de rondborstige matrone naast hem, die kennelijk met de majoor was getrouwd.

'Nou, jij gaat naar Afrika, nietwaar?' bulderde de majoor opeens naast haar. 'Waar ergens? Ik ben er een paar jaar geleden nog geweest. Mijn jongste broer heeft een veehouderij in Kenia gekocht, ergens ten westen van het Aberdaregebergte.'

'Ach, daar ga ik ook naartoe. Naar Kenia, bedoel ik. Ik verblijf in een huis aan de oever van het Naivashameer. Hebt u ervan gehoord?'

'Of ik ervan heb gehoord? Nou en of, meisje. En, ga je je aansluiten bij de club van de Happy Valley?'

'Ik heb geen idee, eerlijk gezegd. Ik ben uitgenodigd door mijn peettante om een poosje bij haar te logeren.'

'En wie is je peettante, als ik zo vrij mag zijn?'

'Kiki Preston. Ze komt uit Amerika, net als ik.'

'Godallemachtig!' Cecily zag de rode wangen van de majoor nog roder worden terwijl hij haar aankeek. 'Wel, wel, wie had dat ooit gedacht. Zo'n lief meisje als jij...'

'Kent u haar soms?'

'Ik zou liegen als ik zou zeggen dat ik haar kende, want ik heb haar nooit in levenden lijve ontmoet. Maar ik heb wel over haar gehoord. Net als iedereen in Kenia.'

'Is ze daar een beroemdheid?'

'Jazeker. Zij en haar vriendin, Alice de Trafford, zijn wat je noemt alom bekend. In de Muthaiga Club in Nairobi raakten ze maar niet uitgepraat over hun capriolen, net zomin als over die beeldschone jonge vrouw, Idina Sackville. Als ik jonger was geweest en niet getrouwd, dan had Idina me beslist van het rechte pad af kunnen brengen – een heleboel jongere mannen hadden dat geluk wél. De feestjes die zij en Joss Erroll gaven waren legendarisch, moet je weten. En... ik ben er vrij zeker van dat het je peettante was, Kiki, die bekendstond als het meisje met de zilveren naald.'

'U bedoelt dat ze kleren naaide?' Cecily's hoofd begon nu echt te tollen.

'Ik weet dat ze genoeg negers had om dat soort dingen voor haar te doen, maar...' De majoor ving haar ongeruste blik op. 'Ach wat, meisje, ik weet zeker dat het gewoon achterklap was, en bovendien was het bijna twintig jaar geleden dat ik daar was. Ik ga ervan uit dat iedereen inmiddels is bijgedraaid en dat ze hun wilde haren zijn kwijtgeraakt.'

'Het klinkt alsof ze daar veel plezier hebben beleefd.'

'Dat kun je wel zeggen.' De majoor depte zijn mondhoeken met zijn servet. 'Jammer dat mijn broer niet tot hun kringen behoorde. Hij had meer belangstelling voor zijn veestapel dan voor die onstuimige jetsetters in de Muthaiga Club. Toch hebben we daar mooie avonden beleefd. Zeg, je moet mijn broer beslist opzoeken als je daar bent. Ik zal zijn naam en adres aan Audrey doorgeven. Hij is in elk geval makkelijk te vinden, je vraagt gewoon naar Bill en dan word je vanzelf de juiste richting op gestuurd.'

'Hij heeft een veehouderij, zegt u?'

'Inderdaad. Het is me er een, die broer van me,' mijmerde de majoor. 'Nooit getrouwd en niet bij de Masai weg te slaan. Hij was altijd al een eigenheimer, als kind al. Genoeg hierover. Vertel eens wat over jezelf, Miss Huntley-Morgan.'

Cecily viel bijna om van de slaap toen de laatste gast eindelijk was vertrokken. Ze wenste haar tante welterusten en liep vermoeid de eindeloze trap op. Net toen ze haar kamerdeur wilde openen, legde iemand een hand op haar schouder. Ze slaakte een gilletje, draaide zich om en zag Julius staan. Hij grijnsde naar haar.

'Ik kwam even kijken of al je tanden er nog in zaten na die vreselijke fazant.'

'Mijn hemel! Je liet me schrikken. Sluip je altijd zo rond?'

'Mijn excuus, Cecily. Maar voor je gaat slapen, wilde ik je vragen of je kunt paardrijden.'

'Jazeker. We hebben een stal met paarden bij ons huis in de Hamptons. Ik vind het heerlijk, al weet ik niet of mijn rijstijl wel zo beleefd is.'

'Geen idee wat je onder een beleefde rijstijl verstaat, maar dat geeft niet. Ik ga 's morgens altijd heel vroeg op pad voor een tochtje over de Downs om mijn hoofd helder te krijgen. Dan kan ik daarna aan het werk. Als je mee wilt gaan, kom dan om zeven uur naar de stallen. Als er geen mist is tenminste.'

'Ik zou graag willen, Julius, maar ik heb geen geschikte kleding bij me.'

'Ik vraag wel aan Doris of ze een rijbroek en een paar laarzen wil klaarleggen. We hebben een hele kast vol met spullen die onze gasten door de jaren heen hebben laten liggen. Ik weet zeker dat er kleren in jouw maat bij zitten.' Hij glimlachte. 'Misschien tot morgen,' zei hij.

'Goed. Welterusten, Julius.'

Hoe blij ze ook was om eindelijk horizontaal te liggen, na tien minuten was Cecily nog steeds klaarwakker. Het was alsof het matras met stijf paardenhaar was gevuld. En haar vermaledijde hart sloeg elke keer dat ze aan Julius dacht een slag over.

Ze begreep er niets van. Ze had altijd zeker geweten dat ze haar hele leven verliefd was geweest op Jack, maar nog nooit had ze zo op een man gereageerd – niet in haar hoofd, en ook niet met haar lichaam. Terwijl Julius niet eens haar type was. Ze viel meer op blonde mannen, en Julius was donker, met een bijna mediterraans uiterlijk. En dat was nog afgezien van zijn flirterigheid. Ze vond zijn zinspelingen ongepast, temeer daar ze elkaar nog maar net kenden. Het was alsof het hem niets kon schelen wat mensen van hem dachten...

Waarom zou hij ook, bedacht ze toen. En waarom zou zij zich iets van anderen aantrekken?

Uiteindelijk viel ze toch in slaap en ze droomde van vrouwen die met grote zilveren naalden zwaaiden naar inboorlingen die speren vasthielden, en van Julius die door een leeuw werd verslonden...

Cecily werd met een schok wakker en schoot overeind. Ze stapte direct uit bed, liep naar het raam en trok met een steen in haar maag de gordijnen open om te kijken of het mistig was. Gelukkig was het een schitterende, kraakheldere ochtend. De landerijen die zich zover het oog reikte uitstrekten, waren wit van de rijp, maar die zou snel genoeg verdwijnen in de volmaakte roze dageraad, die van achter het bosschage met de kastanjebomen aan de rand van de tuin verrees.

'Iemand moet een opera componeren over dit uitzicht,' mompelde ze. Achter haar werd op de deur geklopt en Doris kwam binnen met een dienblad.

'Hebt u goed geslapen, miss?'

'Jawel, prima, dank je, Doris.'

'Zal ik de thee voor u inschenken?'

'Nee hoor, dat doe ik zelf wel.'

'Zoals u wenst. Gaat u uit rijden? Ik heb een broek en laarzen die u zullen passen. U hebt een mooi tenger postuur, Miss Cecily.'

'Dank je. Ik... Ja, ik denk dat ik wel een stukje wil rijden.'

'Waarom niet? Het is een prachtige ochtend.' Doris glimlachte naar haar. 'Ik haal uw kleren. Ik ben zo terug.'

Cecily nipte van haar thee, die wateriger was dan ze gewend was, en opeens herinnerde ze zich dat ze haar ouders nog niet had gebeld om hun te laten weten dat ze veilig en wel in Engeland zat. Wat zou haar moeder wel niet zeggen als ze hoorde dat ze uit rijden ging met de neef van Audrey en Edgar...

'Ze begint vast al met het organiseren van mijn verlovingsfeestje voordat ik terug ben,' grinnikte Cecily in zichzelf.

'Pardon, wat zei u, miss?' vroeg Doris.

'O, niets. Ik herinnerde mezelf eraan dat ik mijn ouders moest bellen om ze te laten weten dat ik goed ben aangekomen.'

'Geen zorgen, miss. De butler heeft hen gisteren gebeld om het hun te laten weten. Goed, zullen we u maar rijklaar gaan maken?'

Julius had zijn magnifieke zwarte hengst al bestegen toen Cecily bij de stallen aankwam.

'Hallo, daar. Ik vroeg me al af of je nog zou komen.' Julius keek vanuit de hoogte op haar neer. 'Ga je gang,' zei hij en hij gebaarde naar een mooie, kastanjebruine merrie, die door een van de stalknechten naar buiten werd geleid.

Cecily liet zich door de knecht in het zadel helpen. De merrie hinnikte en bewoog zo hard haar hoofd dat ze bijna uit het zadel werd gegooid.

'Bonnie is erg levendig, Cecily. Gaat het lukken, denk je?'

Het was meer een uitdaging dan een vraag.

'Ik zal mijn best doen,' zei ze. Ze pakte de teugels over van de knecht en liet eerst de merrie tot bedaren komen.

'Prima, dan kunnen we op pad.'

Ze stapten van het terrein en Cecily volgde Julius over het smalle pad dat hen naar de open vlakte zou leiden. Hij wachtte even tot ze hem had ingehaald.

'Gaat het goed?' vroeg hij.

'Ja, ik denk het wel. Maar wellicht dat we rustig kunnen beginnen, als je het niet erg vindt.'

'Nee hoor. We nemen eerst de kalme route over de velden, dan zien we straks wel of je de weidsheid van de Downs aankunt.' Julius gebaarde naar de horizon. 'Vanaf daar heb je echt een schitterend uitzicht.'

Ze zetten een drafje in, zodat Cecily eerst haar zelfvertrouwen kon hervinden, en toen gaf Julius zijn paard de sporen. Ze bleef vlak achter hem galopperen. Bonnies hoeven stampten de rijke geur van verse aarde los, Cecily zag de rijp overal glanzen en smelten, en hier en daar liet een sneeuwklokje, de voorbode van de lente, zijn kopje boven de lange grashalmen onder de kastanjebomen uitsteken. Ondanks de kou hoorde ze vogels kwinkeleren en eindelijk kreeg Cecily het gevoel dat ze alsnog in een roman van Jane Austen was beland.

'Laat het maar weten als je langzamer wilt rijden,' riep Julius haar toe. De staart van zijn hengst zwiepte heen en weer. 'We moeten niet hebben dat de eregast van tante Audrey haar nek breekt terwijl ze met mij op pad is!'

Door de snijdende wind begonnen haar ogen te tranen en haar neus te lopen, maar ze bleef achter hem aan galopperen. Net toen ze Bonnie wilde intomen, omdat ze niet goed meer kon zien, hield Julius zijn hengst in en draaide zich naar haar om.

'Alles in orde?' riep hij.

'Bijna. Ik heb alleen dringend behoefte aan een zakdoek,' antwoordde Cecily hijgend.

'Natuurlijk.' Julius keerde zijn paard en liet hem naar haar toe draven. Hij haalde een schone, witte linnen zakdoek tevoorschijn uit de borstzak van zijn tweedjasje, leunde naar voren en wilde haar ogen deppen.

'Dat kan ik zelf ook wel,' zei ze en ze probeerde de zakdoek uit zijn handen te trekken.

'Kleine moeite, al zal ik niet aanbieden hem tegen je neus te houden,' grapte hij. Hij gaf haar de zakdoek en ze probeerde zo decent mogelijk haar neus te snuiten. 'Je hebt echt mooie ogen.'

'Bedankt voor het compliment, maar het lijkt me niet het juiste moment. Ze tranen vreselijk.'

'Misschien kunnen we beter morgen naar de Downs gaan. De wind kan pittig zijn rond deze tijd van het jaar. Ik neem aan dat je in Amerika zachter weer gewend bent.'

'Nee hoor, het is in New York veel kouder dan hier. Alleen... misschien heb ik een verkoudheid opgelopen.'

'Dat zou me niets verbazen. Mijn dierbare oom Edgar is nogal op de penning en je kunt je voorstellen dat het verwarmen van een huis als Woodhead Hall een kostbare aangelegenheid is. Belachelijk, als je bedenkt dat je in een hutje in de tropen bijna niets nodig hebt. Enfin, laten we teruggaan naar huis, dan kun je bij de open haard gaan zitten. Doris maakt warme thee.'

'Ga gerust naar de Downs. Ik kan echt wel alleen thuiskomen.'

'Geen sprake van. Ik kan er elk moment van de dag naartoe.' Hij glimlachte naar haar. 'En jij bent hier maar kort, dus ik ben liever bij jou.'

Cecily wendde haar hoofd af zodat hij de vurige blos op haar wangen niet zou zien. Ze greep de teugels stevig beet en op een drafje keerden ze zij aan zij terug naar het landhuis.

Ze schraapte haar keel. 'Wat doe je verder zoal als je thuis bent? Ben je de hele dag aan het dichten?'

'Was dat maar waar.' Julius zuchtte. 'Misschien neem ik op een dag de benen en ga ik in Parijs ergens op een zolder in Montmartre wonen. Helaas heeft mijn oom Edgar genoeg voor me te doen, dat slokt veel van mijn tijd op. Hij is me aan het kneden om het landgoed op een dag over te nemen, maar ik ben als een weerbarstig paard, ik vind het moeilijk me te laten mennen. Vooral de grootboeken, lieve help. Ik neem aan dat je weet wat ik bedoel?'

'Jazeker. Mijn vader zit ook altijd met zijn neus in de grootboeken.'

'Een leven zonder grootboeken is geweldig fijn, ach, kon dat maar mijn leven zijn,' rijmde Julius lachend. 'Ik denk dat mijn lieve oom heeft ontdekt dat ik geen neus heb voor rekenkunde of zaken, maar omdat ik de enige ben die kan doorgaan voor een erfgenaam, heeft hij geen andere keus dan te blijven hopen dat ik op een dag het licht zie. Het probleem is alleen dat het me allemaal volstrekt niet interesseert.'

'O nee? Ik vind rekenen juist leuk.' Cecily glimlachte.

'Wat buitengewoon! Allemachtig, Miss Huntley-Morgan, u wordt perfecter met elk woord dat van uw bekoorlijke lippen rolt. Ik ben nog nooit een vrouw tegengekomen die eerlijk toegeeft van rekenen te houden.'

'Misschien klinkt het raar, maar toch is het zo,' zei ze defensief.

'Toe, ik bedoelde het beslist niet als kritiek. Het was eerder een wens om ooit met een jonge vrouw als u te kunnen trouwen. Nog eerder dan haar eeuwige trouw te zweren, wat dat dan ook in moge houden, zou ik haar mijn grootboeken overhandigen. Kijk eens.' Hij wees naar het landhuis met de omliggende gebouwen waar ze inmiddels vlakbij waren. 'Je kunt beter meteen doorgaan naar het huis, in plaats van eerst nog met me mee te gaan naar de stallen.'

Cecily wilde protesteren, omdat ze de luttele extra seconden die ze met haar nieuwe gezel zou kunnen spenderen voor eeuwig wilde koesteren, maar Julius stond al op de grond en keek verwachtingsvol naar haar op. Hij legde zijn handen om haar middel toen hij haar uit het zadel hielp.

'Tengere dame ben je, nietwaar? Ik voel geen grammetje te veel op je heupen. Goed, haast je maar gauw naar het huis, dan kom ik straks kijken hoe het met je gaat.'

'Het gaat echt wel goed met...'

Maar hij was alweer in het zadel gesprongen en greep de teugels van de merrie. Hij salueerde naar Cecily en begaf zich met beide dieren in de richting van de stallen.

Ze was teleurgesteld toen ze Julius niet aan de lunchtafel zag verschijnen. Ze zat alleen met Audrey, die haar allerlei vragen stelde over Dorothea, haar zussen, en over vrienden en kennissen die Cecily vaag kende uit haar moeders kringen. Ze kreeg de groentesoep, die meer naar opgewarmd afwaswater smaakte, amper door haar keel.

'Liefje toch, je hebt je lamsboutje bijna niet aangeraakt,' zei Audrey toen het dienstmeisje de borden kwam afruimen na het hoofdgerecht. 'Misschien heb je kougevat.'

'Misschien wel,' zei Cecily, die een brokje vettig, oneetbaar vlees in haar wang verborg. 'Ik ga naar boven om een poosje te rusten. Ik snap niet hoe ik ziek kan zijn. Het is in Manhattan veel kouder dan hier.'

'Dat kan wel zo zijn, maar het is hier veel vochtiger, en dat kan je net de das omdoen,' zei Audrey met haar grappige mengeling van een Amerikaans en een Engels accent. 'Julius dacht dat je wellicht iets had opgepikt voor je hier aankwam. Ik zal Doris vragen of ze je een warme kruik en een paar aspirientjes brengt. Laat maar weten of je liever je eten op je kamer wilt vanavond, want dat is geen punt. Ik heb helaas een afspraak om zes uur. Ik zit in de parochieraad en hun vergaderingen kunnen oeverloos doorgaan. Zoals ik al eerder zei, is Edgar in Londen en ik heb geen idee waar Julius de avond doorbrengt...' Audrey trok haar wenkbrauwen op. 'Maar dat is niet ongebruikelijk. Hoe dan ook, je moet weer helemaal monter en opgeknapt zijn zondag, want dat is je laatste avond hier en ik heb een cocktailparty voor je georganiseerd. Dus ga maar gauw naar je bed.'

Boven in haar kamer kroop Cecily onder de dekens. Ze keek naar de dansende vlammen in de open haard. Ze was beslist niet ziek – ze had hooguit kougevat – maar er was een andere reden dat ze totaal geen trek had. Ze kneep haar ogen stijf dicht en probeerde te slapen, maar ze zag telkens het gezicht van Julius voor zich en hoe hij die ochtend zo teder haar ogen droog had gedept.

Ze drukte haar hand tegen haar neus met de zakdoek die ze stevig vasthield en snoof de geur op – zijn geur.

Toen sprak ze zichzelf streng toe. Cecily, je stelt je belachelijk aan. Ten eerste weet je niets over hem, en nog afgezien van je gebroken hart, waarvan je nog moet herstellen, ga je over vijf dagen naar Afrika en zul je hem nooit meer zien. Ze legde de zakdoek op het nachtkastje.

Vanavond krijg je je eten op een dienblad in je kamer en je denkt geen seconde meer aan hem.

Uiteindelijk zakte ze weg en ze werd pas weer wakker toen het al schemerde. De avond zou weldra vallen. Doris kwam binnen met thee en versnaperingen.

'Als u zich niet goed voelt, stel ik voor dat u beter geen bad neemt,' zei ze. 'Het vriest in de badkamer. Hoe laat wilt u uw eten? Zullen we zeggen om zeven uur? Tegen die tijd zult u wel weer trek hebben,' kwetterde Doris, terwijl ze het vuur oppookte.

'Ja, dat is allemaal goed, dank je.'

'Het is mijn vrije avond, dus Ellen, het dienstmeisje van beneden, zal straks voor u zorgen. Als u haar nodig hebt, kunt u de schel gebruiken.'

'Dat zal ik doen. Dus er zit vanavond niemand aan de dinertafel?' informeerde Cecily.

'Niet dat ik weet, miss. Mr. Julius komt en gaat naar believen, dus met hem weet je het maar nooit.' Doris zei hetzelfde over hem als Audrey tijdens het middagmaal.

'Is er hier nog iets te doen? Ik bedoel of er nog ergens een stad in de buurt is?'

'Jawel, Haslemere. Al zou ik het niet echt een stad willen noemen. Er zijn een paar winkels en een bioscoop, daar gaan Betty en ik vanavond naartoe. We gaan naar *The Adventures of Robin Hood* met Errol Flynn. Goed, kan ik nu nog iets voor u betekenen? Ik zal tegen Ellen zeggen dat ze u om zeven uur uw souper moet brengen.'

'Fijne avond, Doris.'

'Dank u, dat zal wel lukken. Ik hoop dat u snel beter wordt.'

Nadat Doris de kamer had verlaten, haalde Cecily *The Great Gatsby* tevoorschijn, dat ze een paar weken had laten liggen omdat ze andere dingen te doen had. Ze nam het boek mee naar de open haard om vlak bij het vuur te kunnen lezen. Ze zou beslist niet nadenken over Julius die zich ergens dicht bij haar bevond, ze zou niet...

Om klokslag zeven uur werd er op de deur geklopt en verscheen Ellen met het beloofde dienblad. Ze had alweer soep, een gekookt ei en dunne sneetjes beboterd brood. Zelfs als ze trek had gehad, had het er niet appetijtelijk uitgezien. Ze tikte argwanend op het ei. Het voelde zo hard als steen. Ze nam net een hap lauwe soep toen er opnieuw werd aangeklopt. Voor ze 'binnen' kon zeggen, ging de deur al open.

'Goedenavond, Cecily. Ik hoorde dat je op je kamer zou eten en omdat ik hetzelfde van plan was, dacht ik dat we ons beter samen konden beklagen over het schrikbarende gebrek aan talent van onze kok.'

Julius stond in de deuropening met een dienblad in zijn handen.

'Vind je het heel erg als ik bij je kom zitten?'

'Ik... Nee, natuurlijk niet.'

'Mooi zo,' zei hij en hij zette zijn dienblad op het kleine tafeltje voor het vuur. Hij ging tegenover haar zitten. 'Goed, aangezien ik heb gehoord over je verkoudheid en vanwege ons vrijwel zeker oneetbare souper, heb ik iets meegenomen om onze harten te verwarmen.'

Met die woorden toverde Julius een fles met iets wat op bourbon leek uit zijn ene jaszak, en een beker uit de andere.

'We zullen de beker moeten delen, maar in het leven draait alles om improvisatie, nietwaar?' Hij lachte naar haar terwijl hij een flinke hoeveelheid drank in de beker goot en die aan haar overhandigde. 'Dames gaan voor. Al is het uit medicinale noodzaak, natuurlijk.'

'Echt, ik...'

'Goed, dan ga ik wel eerst.' Hij nam een forse teug. 'Ah, dat is beter. Niets zo heerlijk als een scheutje whisky om de kou te verjagen.'

Cecily's hart ging als een razende tekeer. Ze had iets nodig om te kalmeren. 'Misschien kan het geen kwaad als ik een slokje neem.'

'Nee, zeker niet, en een flinke slok zal je zelfs goed doen,' spoorde Julius haar aan. Ze zette de beker behoedzaam tegen haar lippen.

'En dan nu het ei,' zei hij. Cecily zag dat hij een theelepel pakte, een tik op het ei gaf en toen met een mes het kapje eraf sneed. 'Hard als altijd,' zuchtte hij. 'Ik heb mijn tante gewezen op de voedselvoorziening in dit huis en de discutabele talenten van de vrouw die het klaarmaakt, maar het was aan dovemansoren gezegd.' Hij liet zich tegen de leuning van zijn stoel zakken. 'Niet te eten. Dus rest mij niets anders dan te drinken. Proost.' Hij pakte de beker en dronk hem leeg. 'Vertel me eens over je leven in New York,' zei hij terwijl hij de beker opnieuw volgoot en weer aan haar gaf. 'Ik ben er nog nooit geweest, maar iedereen zegt dat het een fabuleuze stad is.'

'Dat is ook zo. Wolkenkrabbers tot aan de hemel, en toch genoeg ruimte overal zodat je je nooit ingesloten voelt. Ons huis kijkt uit op

Central Park en je lijkt er uren te kunnen lopen zonder een mens tegen te komen. Zo heb je er van alles wat, en dat is erg fijn. Het is mijn thuis.' Ze haalde haar schouders op. 'Ik vind het een heerlijke stad.'

'Vind je het er zo geweldig? Dan moet je me toch uitleggen hoe het kan dat je je over een paar dagen terugtrekt in de Afrikaanse rimboe.'

'Omdat... mijn peettante me heeft uitgenodigd.'

'Is dat zo?' Julius keek haar doordringend aan met zijn bruine ogen. 'Terwijl het rommelt in Europa en Kenia best in de aankomende oorlog betrokken kan raken? Er zitten vast meer kanten aan dit verhaal.'

'Ik... zou gaan trouwen en dat liep anders.'

'Op die manier.' Julius nam nog een slok uit hun gezamenlijke beker. 'Kortom, je loopt weg.'

'Ik hoopte eigenlijk ergens naartóé te lopen. Het was een prima kans om ergens anders te zijn en ik heb hem met beide handen aangegrepen.'

'Goed besluit. Positieve instelling, daar hou ik van. Het moet overal beter toeven zijn dan in hartje winter op Woodhead Hall.' Hij zuchtte. 'Maar dat is mijn lot. Tenzij er oorlog uitbreekt, natuurlijk, want dan moet ik in een uniform naar het vasteland reizen om daar een gewisse dood tegemoet te zien. Dus moeten we maar het beste van het heden maken, nietwaar?' voegde hij eraan toe terwijl hij opnieuw de beker vulde. 'Misschien kan ik nog uitgroeien tot de Rupert Brooke van de nieuwe oorlog, al hoop ik niet mijn laatste adem uit te blazen op het slagveld van Gallipoli.'

'Het spijt me, maar ik weet niet over wie je het nu hebt.'

'Lieve help, Miss Huntley-Morgan, u hebt toch wel enig onderwijs genoten, mag ik hopen?'

'Jazeker, ik heb aan Vassar gestudeerd, een van de beste vrouwenopleidingen van Amerika!' riep ze uit. Ze voelde zich gekwetst.

'Dan heeft je docent Engels ernstig geblunderd, ben ik bang. Rupert Brooke was een genie en de bekendste oorlogsdichter aller tijden. Ik zal je een dichtbundel van hem geven.'

'Literatuur had voor mij geen prioriteit, al lees ik erg graag.' Cecily haalde haar schouders op. Ze voelde zich dankzij de whisky een stuk minder gespannen. 'Zoals ik al eerder zei, ben ik beter met cijfers.'

'Dan zit er meer logica dan esthetiek in je hoofd. Goed, we nemen de proef op de som. Even denken… Hoeveel is negenhonderdzeven minus tweehonderdveertien?'

'Zeshonderddrieënnegentig,' zei Cecily vrijwel direct.

'Honderdtweeënzeventig gedeeld door zes.'

'Achtentwintig komma zes, repeterende breuk.'

'Vijfhonderdzestig maal negenendertig.'

'Eenentwintigduizendachthonderdveertig.' Cecily giechelde. 'Dat was makkelijk. Vraag iets over algebra of logaritmes.'

'Aangezien ik geen van beide termen ken, denk ik niet dat ik de moeite zal nemen. Je bent wel een slim meisje, hè? Wat vind je er trouwens van dat je een studie hebt gevolgd, maar dat je als vrouw niet je hersens mag gebruiken om de kost te verdienen, los van een vluchtige, sporadische blik op de huishoudboekjes? Vind je dat vervelend?'

'Eerlijk gezegd wel, ja. Maar mijn vader staat niet toe dat zijn dochter een baan heeft. Zo gaat het nu eenmaal.'

'Wat een ironie. Ik wil alleen maar met rust gelaten worden opdat ik woorden aaneen kan rijgen tot dichtregels en mijmerend mijn dagen kan slijten in plaats van de kneepjes van het vak als landhuiseigenaar te leren – en te zwoegen op de grootboeken, uiteraard.' Hij grinnikte. 'Terwijl jij dat allemaal maar al te graag zou willen, maar het niet mag omdat je een vrouw bent.'

'Het leven is nu eenmaal niet eerlijk, we zullen het moeten aanvaarden. Niettemin zijn we bevoorrecht, Julius. Op een dag erf jij dit huis met de landerijen, en ik zal een gerieflijk leven leiden als echtgenote en moeder. We hoeven niet van armoe te creperen, geen van beiden.'

'Nee, zeker niet, maar de vraag, Miss Huntley-Morgan, is deze.' Hij keek haar aan. 'Maakt geld gelukkig? Ik bedoel, ben jij gelukkig? Ben ik gelukkig?'

Ik heb me nooit gelukkiger gevoeld dan nu, dacht Cecily bij zichzelf. 'Ik voel me goed zoals het nu gaat,' zei ze hardop.

'Maar hoe word je echt gelukkig, denk je?'

'Nou… door de liefde, denk ik,' zei Cecily. Ze bedacht dat als ze al bloosde, haar gezicht toch al roze was door de whisky.

'Dat is een schot in de roos.' Julius stompte op de armleuning van zijn stoel. 'Dus onder al die logica gaat toch een poëtisch zieltje schuil.'

'Iedereen weet dat de liefde gelukkig maakt.'

‘Maar liefde kan ook verschrikkelijk pijn doen, ben je dat met me eens?’

‘Ja, daar ben ik het mee eens.’ Het was haar beurt om de beker leeg te drinken. Ze voelde zich licht in het hoofd door al die alcohol op een lege maag, maar dat kon haar niet schelen. Ze had nog nooit zo’n geweldig oprecht gesprek met een man gevoerd.

‘Je bent een ontzettend interessante vrouw, maar omdat mijn tante elk moment kan terugkomen van een van haar langdradige vergaderingen, moet ik je helaas alleen laten.’ Julius stond op, Cecily ook. ‘Zullen we morgen weer gaan paardrijden?’ vroeg hij en hij deed een stap naar haar toe. ‘Vooropgesteld dat je bent opgeknapt, natuurlijk.’ Plotseling pakte hij haar hand en trok haar naar zich toe. Voor ze kon protesteren, had hij zijn lippen op de hare gedrukt en ze beantwoordde zijn kus, vuriger dan ze Jack ooit had gekust. Zelfs toen hij een hand over haar bovenlichaam liet glijden om haar borsten te strelen en haar met zijn andere hand zo dicht tegen zich aantrok dat ze zijn opwinding kon voelen, hield ze hem niet tegen.

‘Mijn god, wat ben je mooi,’ fluisterde hij in haar oor.

Pas toen hij onder haar blouse probeerde te komen, maakte ze zich – met moeite – uit hun omhelzing los.

‘Julius, we mogen niet…’

‘Ik weet het. Dit mogen we niet doen,’ zei hij, en hij bracht zijn vrijpostige hand nu naar haar wang om die te strelen. ‘Mijn excuus, Cecily. Je bent gewoon… onweerstaanbaar. En voor ik nog verder in de verleiding kom, kan ik beter gaan. Welterusten.’ Hij kuste haar nog eenmaal op haar lippen en toen was hij weg. Zijn dienblad met het amper aangeroerde eten had hij laten staan.

12

Cecily had zich de volgende dag beslist goed genoeg gevoeld om na 'de kus' met Julius te gaan rijden. Sterker nog, toen ze die ochtend in zijn armen had gelegen, op een sterk geurende paardendeken, had ze beseft dat ze zich nog nooit zo gezond had gevoeld. Nadat ze de zonsopkomst vanaf de Downs hadden bewonderd, had hij geopperd om de paarden vast te binden zodat hij haar een folly kon laten zien, een merkwaardig, vierkant gebouw dat midden in de natuur stond, ver weg van eventuele spiedende blikken vanuit het landhuis. Binnen rook het vochtig en bedompt, maar zodra hij de deur achter zich dicht had getrokken, had ze zich in zijn armen laten vallen. Ze had zonder er verder over na te denken toegestaan dat hij haar borsten voelde, en daags erna waren ze een stapje verder gegaan...

'Waar ben ik toch mee bezig?' mompelde ze toen ze uit haar slaapkamerraam naar buiten keek. Die ochtend had ze zich bijna helemaal aan hem gegeven. 'Ik ga over twee dagen naar Kenia. Maar ik wil helemaal niet meer naar Kenia,' fluisterde ze. Tranen welden in haar ogen op. 'Ik wil hier blijven, bij Julius...'

Ze werd somber en ging languit, met gesloten ogen, op haar bed liggen. Ze was doodmoe door de vele doorwaakte nachten, van het bonzen van haar hart elke keer als ze aan hem dacht. Tegelijk gaf het haar ook een euforisch gevoel en ze had meer energie dan ze in tijden had gehad – mits die op hem gericht was.

'Ik heb me nooit zo bij Jack gevoeld, nooit,' zei ze tegen haar hemelbed, toen ze terugdacht aan Jacks onhandige liefkozingen als hij haar welterusten kuste. 'Lieve help, wat moet ik toch doen?'

Ze hadden het nog niet echt over hun toekomst gehad. In feite praatten ze niet zo veel, omdat Julius haar bijna voortdurend smoorde met zijn kussen als ze samen waren. Maar hij zei wel tegen haar dat hij haar het mooiste meisje ter wereld vond, dat hij nog nooit zo iemand had ontmoet, en dat hij misschien wel verliefd op haar was…

'Nou, ik ben anders zeker verliefd op hem,' zei ze en bij de gedachte dat ze hem binnenkort moest verlaten, sprongen de tranen haar opnieuw in de ogen. Maar ze had nog twee dagen over, twee dagen waarin hij haar zou kunnen vragen om te blijven…

Die avond, toen ze na het diner met Audrey aan tafel zat, wendde ze een lichte migraine voor om zich terug te kunnen trekken. Het zou te veel pijn doen om tegenover Julius te moeten zitten, luchtige gesprekken te voeren. Want elke minuut die ze niet in zijn armen zou kunnen doorbrengen, zou ze als verloren tijd zien. Ze kroop onder de dekens, deed het licht uit en deed een schietgebedje om haar stormachtige gedachten te verjagen, zodat ze kon slapen. Terwijl ze zo een poosje lag te sluimeren, hoorde ze een klopje op de deur.

'Cecily, liefje, slaap je al?'

Voor ze het wist, zat hij naast haar op het bed en nam haar in zijn armen.

'Julius, wat doe je? Je tante is thuis. Ik…'

'Ze is al naar haar kamer. Bovendien slaapt ze aan het andere eind van de gang. Toe, stil nu, laat me je kussen.'

Eerst trok hij de dekens van haar af, toen deed hij langzaam haar nachtjapon uit.

'Nee! Dit moeten we niet doen! Ik ga straks naar Kenia…'

'Maar voelt het niet fantastisch, lieveling? We zijn voor het eerst naakt, jouw huid tegen de mijne…' Hij pakte haar hand en leidde die naar de satijnzachte huid van zijn hals, toen verder naar beneden, langs zijn licht behaarde borst, zijn gespierde buik, en toen…

'Nee! Toe, niet doen. We hebben nog niet eens officieel een relatie!'

'O, reken maar dat we een relatie hebben. We zijn zelfs verwikkeld geraakt in een hartstochtelijke liefdesrelatie. Ik hou echt van je, Cecily. Ik hou zo veel van je…'

'En ik hou van jou,' murmelde ze. Hij had haar hand losgelaten zodat hij eerst vrijelijk haar borsten kon strelen, vervolgens ging hij verder langs haar lichaam naar beneden.

'Wacht je tot ik terugkom?' hijgde ze.

'Waarop moet ik wachten?' zei hij. Hij boog zich over haar heen en ze voelde zijn hardheid tegen haar aan drukken.

‘Op mij, natuurlijk,’ fluisterde ze. Haar gedachten werden volledig in beslag genomen door de heerlijke tintelingen die ze door haar hele lichaam kon voelen.

‘Natuurlijk, liefste, natuurlijk.’

Pas toen hij bij haar binnen probeerde te komen, nam haar verstand het van haar lichaam over.

‘Nee, Julius! Straks word ik nog zwanger. Toe, niet doen.’

‘Maak je geen zorgen, lieveling, dat laat ik niet gebeuren, ik beloof het. Voor die tijd trek ik me terug. Ontspan je maar en vertrouw me.’

‘Maar Julius, we zijn niet eens verloofd!’

‘Dan verloven we ons toch?’ zei hij en hij drong voorzichtig bij haar naar binnen. ‘Dit moest zo zijn, nietwaar, mijn liefste Cecily?’

Heel even schoot de gedachte door haar hoofd hoe verrukt Dorothea zou zijn als zij op een dag de vrouw des huizes zou worden in Woodhead Hall. Zelfs haar vader zou haar deze avond vergeven als dat de beloning was.

‘Ja,’ zei ze.

Cecily werd de volgende ochtend laat wakker. Ze keek naar de reiswekker op het nachtkastje en zag dat het al over negenen was. Ze bleef stil liggen, nog steeds slaperig door alle opwinding van de afgelopen nacht, en ze peinsde over de misstap die ze had begaan. Ze stelde zichzelf meteen gerust met de gedachte dat er op Vassar een aantal meisjes had gezeten dat hun maagdelijkheid al tijdens hun studie was kwijtgeraakt. Vervolgens dacht ze aan hun verloving, hoe en wanneer ze die bekend zouden maken. Julius had niet letterlijk gezegd dat hij met haar zou trouwen, of wanneer – misschien als ze uit Afrika terugkwam. Maar de dreiging van de oorlog hing ook nog steeds in de lucht…

Uiteindelijk ging ze rechtop zitten en zwaaide haar benen over de rand van het bed. Ze had overal pijn, zelfs op plekken waarvan ze niet eens wist dat ze daar pijn zou kunnen voelen. Toen ze naar de schel reikte om het dienstmeisje te roepen, werd haar aandacht getrokken door een veegje bloed op het onderlaken. ‘Het is toch niet die tijd van de maand?’ mompelde ze beduusd. Opeens herinnerde ze zich de gefluisterde gesprekken in de gemeenschappelijke zitkamer van Vassar en ze realiseerde zich wat dit bloed betekende. Ze bloosde bij de gedachte dat Doris het zou opmerken en trok snel de lakens en de donsdeken eroverheen voor ze belde. Tegelijkertijd viel haar oog op de envelop die onder haar deur door was geschoven. Haastig pakte ze hem op voor Doris de thee zou brengen en ze ging op de rand van haar bed zitten lezen.

Mijn liefste Cecily,
Ik moest in opdracht van mijn oom voor zaken naar Londen, maar ik hoop bijtijds terug te zijn om afscheid van je te nemen. We hebben wel een prachtige week gehad samen, nietwaar? Mocht ik niet op tijd terug zijn, dan wens ik je een behouden reis, liefste. En schrijf me zo snel mogelijk vanuit Kenia met je adres. We moeten contact houden.
Julius x

Cecily had geen tijd om over de onderliggende boodschap van zijn bericht na te denken, want Doris kwam binnen met een dienblad.

'Goedemorgen, Miss Cecily, en wat een schitterende morgen is het, hè?' Ze trok de gordijnen open. 'U hebt voor de verandering een keer uitgeslapen, maar dat kan geen kwaad, zeker niet gezien de cocktailparty vanavond, en morgen stapt u in Southampton in dat vliegtuig. U liever dan ik,' zei Doris huiverend terwijl ze Cecily een kopje thee inschonk. 'Ik zou me ongans bidden. Gaat het wel, miss? U lijkt wat van slag.'

Cecily, die uit het raam had gestaard, wendde zich met een glimlach tot Doris. 'Misschien ben ik een tikje nerveus vanwege de vlucht, dat is alles.'

'U moet morgenochtend wel heel vroeg op pad. Wat dacht u ervan als we uw hutkoffer vanmiddag al in gingen pakken? Dan kunt u daarna nog even rusten voor het feestje begint. Zal ik vanavond uw haar doen?'

'Waarom niet?' glimlachte Cecily. Ze wilde dat Doris zo snel mogelijk wegging, dan kon ze beter nadenken over het briefje dat Julius voor haar had achtergelaten. 'Dank je, Doris. Ik kom zo meteen naar beneden voor het ontbijt.'

'Prima, miss. Bel maar als u me nog nodig hebt.' Ze maakte een buiging en verliet de kamer.

Cecily pakte het briefje op zodra de deur in het slot was gevallen. Ze wist niet precies wat ze eruit op kon maken, en waarom Julius in vredesnaam niet tegen haar had gezegd dat hij de volgende ochtend naar Londen moest. Misschien had hij te veel haast gehad – ja, en dat zou ook meteen verklaren waarom er een relatieve kilheid uit het briefje sprak. Het stond in scherp contrast met wat hij gisteravond tegen haar had gezegd.

Hij schrijft dat hij op tijd terug hoopt te zijn om persoonlijk afscheid van me te kunnen nemen, dacht ze bij zichzelf terwijl ze van haar thee nipte. Misschien was dit briefje bedoeld voor het geval hij niet...

Cecily voelde zich opeens erg alleen, want Julius had haar het grootste deel van de tijd dat ze hier was gezelschap gehouden. Ze liep de tuin in om haar gedachten op een rijtje te zetten. Terwijl ze zijn bericht in haar hoofd nalas, begon ze een akelig gevoel in haar buik te krijgen. Mensen waren in hun brieven vaak afstandelijker dan wanneer je met hen sprak, maar Julius was wel een dichter...

Die middag ijsbeerde Cecily door haar kamer terwijl Doris haar kleding netjes opvouwde en in de koffer legde. Ondertussen kwetterde het dienstmeisje almaar door, zodat Cecily alleen met 'ja', 'nee' of 'is het heus?' hoefde te antwoorden. Uiteindelijk deed Doris het deksel op de hutkoffer.

'Zo, het zit erop, miss. Nu kunt u ontspannen en u verheugen op het feestje straks.'

'Weet je toevallig of Julius ook komt?'

'Dat zou ik niet durven zeggen, miss. Hij komt en gaat naar believen, die man.' Doris rolde met haar ogen. 'Hij blijft ook vaak in Londen logeren. Daar woont zijn verloofde, weet u?'

'Zijn verloofde?'

'Ja, ze heet Veronica. Een echte societydame. Ik lees altijd over haar in de columns van een of ander tijdschrift. Joost mag weten hoe ze zich straks zal handhaven als ze trouwen en ze hier in dit afgelegen oord moet zien te overleven.'

Cecily liet zich pardoes op bed zakken. Ze dacht even dat ze een flauwte zou krijgen door de schok.

'Op die manier. Hoe lang zijn ze al...' Cecily slikte. 'Hoe lang zijn ze al verloofd?'

'Ik denk sinds een maand of zes. Deze zomer gaan ze trouwen, alles is al geregeld voor het huwelijk.'

'Lady Woodhead heeft het nooit over haar gehad.'

'Dat verbaast me niets, want ik weet dat ze er niet achter staat. Ze vindt Veronica "te vluchtig" en ongeschikt om hier de vrouw des huizes te zijn. Maar ach, we zijn maar één keer jong, nietwaar? Ik weet zeker dat ze tot bedaren komt zodra ze getrouwd is. Bovendien zal ze als zijn echtgenote haar handen vol hebben aan hem, als u snapt wat ik bedoel.'

'Ik vrees van niet, Doris,' zei Cecily met schorre stem. 'Verklaar je nader.'

'Ik heb een sterk vermoeden, en ik ben niet de enige van de dienstmeisjes, dat hij andere vrouwen heeft. Zo heeft hij achter een meisje in het dorp aangezeten. Ellen en ik weten zeker dat we haar een paar maanden geleden voor dag en dauw het huis uit zagen rennen toen we net de haard aan het aansteken waren. Ach ja, mannen. Soms denk ik dat ik beter af ben om het zonder ze te doen dan ze te vertrouwen. Goed, ik ga nu. Dan kunt u even rusten. Ik zal zorgen dat uw bad om vijf uur klaarstaat.'

Doris verliet de kamer en Cecily bleef achter. Ze hield haar handen gevouwen in haar schoot en staarde uit het raam. Ze kon zijn aanwezigheid nog steeds in haar voelen, de lichte, schrale pijn in haar binnenste als een fysieke herinnering aan de wijze waarop ze was misleid. Ze had vrouwen vaak heimelijk veroordeeld als ze zo dom waren geweest in de zoete woordjes van een man te trappen als die zijn zin wilde krijgen, en nu bleek dat ze er zelf met open ogen in was gelopen.

Hij had nooit met een woord over Veronica gerept, noch over een huwelijk…

Tenzij hij natuurlijk van gedachten was veranderd en naar Londen was gegaan om er die avond een streep onder te zetten…

'Nee, Cecily,' fluisterde ze tegen zichzelf. Ze liet haar schouders hangen en schudde langzaam haar hoofd. 'Wees niet zo naïef, je weet heel goed dat hij dat nooit zal doen.'

Er gleed een traan over haar wang, die ze driftig wegveegde. Ze duldde geen zelfmedelijden. Dit had ze over zichzelf afgeroepen. Ze was eenvoudigweg dom geweest, hoe slim ze ook was. Ze was zo ontstellend dom geweest, dat ze geen greintje sympathie verdiende.

Na een poosje stond ze op, liep naar de hutkoffer, sloot het deksel met de koperen sleutel en ging erop zitten.

Het enige wat ze wist, was dat ze geen man ooit nog zou vertrouwen.

13

NAIVASHAMEER, KENIA

'Welkom in Mundui House, lieverd!' riep Kiki uit, toen Cecily uit de bijrijdersstoel van de witte Bugatti stapte. De rit vanuit Nairobi had drie uur geduurd en de auto was bedekt met een dikke, roodbruine stoflaag. Cecily had bijna de hele weg haar ogen stijf dichtgeknepen gehouden, deels vanwege het zand dat onder de wielen van hun voertuig opstoof en als de rook uit Aladdins wonderlamp om hen heen wervelde, maar ook omdat ze volledig uitgeput was door de reis en te moe om haar branderige ogen open te houden.

'Kijk nu toch!' Kiki hief haar armen ten hemel. 'Ik ben zo blij dat ik weer thuis ben. Kom, ik zal je meteen een rondleiding geven. Je moet alles bekijken en daarna drinken we champagne om te vieren dat je bent aangekomen, of misschien moeten we meteen een glaasje nemen. En ik zal mijn vrienden bellen dat ze moeten langskomen voor een cocktail straks, zodat ze met je kunnen kennismaken.'

'Kiki, ik... De reis was nogal vermoeiend, ik kan geen stap meer verzetten,' zei Cecily. Ze stond naast de auto met knipperende ogen tegen de felle zon, die zich wel door haar pupillen heen leek te willen boren. Ze sloot haar ogen tegen het stralingsgeweld, wankelde even en zocht houvast bij het portier.

'Natuurlijk. Ach, arm ding.' Kiki schoot haar te hulp en gaf haar een arm. 'Aleeki!' riep ze. 'Help jij Miss Cecily naar binnen, ze valt bijna om. Breng haar maar naar de Rozensuite aan de andere kant van de gang naar mijn kamer. Je weet wel, waar Winston heeft gelogeerd.'

'Ja, *memsahib*.'

Een sterke arm, compleet met stalen vingers, werd om haar schouders gelegd.

Cecily opende haar ogen in de verwachting een grote, donkere man voor zich te zien, maar staarde in plaats daarvan in de guitige bruine ogen van een oudere vogelachtige man.

'Leunt u maar op mij, memsahib.'

Cecily gehoorzaamde, maar ze schaamde zich diep, want de man moest minstens drie keer zo oud zijn als zij. Het enige wat ze voelde toen bij haar de trap op naar boven hielp, was de aangename koelte binnen in het huis na de drukkende hitte tijdens de autorit.

'Hier is uw kamer, memsahib.'

Cecily liep rechtstreeks naar een comfortabel uitziende stoel in de hoek en liet zich erop zakken voordat ze ter plekke zou omvallen. Aleeki sloeg de lakens en de donsdeken terug – vanwaar die donsdeken als het hier zo smoorheet was? – en zette de plafondventilatie aan door aan een touwtje te trekken. Het apparaat kwam snorrend tot leven.

'Wilt u de luiken dicht, memsahib?'

'Ja, alsjeblieft.'

Cecily slaakte een zucht van verlichting toen de zon, die door de vele hoge ramen genadeloos de kamer was binnengedrongen, werd buitengesloten.

'Wilt u misschien thee? Of koffie?'

'Nee, alleen water, dank je.'

'Water staat daar.' Hij wees op de fles naast het bed. 'Meer vindt u eronder.' Daarmee doelde hij op het kastje waar het water op stond. 'Hebt u hulp nodig voor kleding? Ik kan het dienstmeisje roepen.'

'Nee, dank je, ik wil alleen maar slapen.'

'Goed, memsahib. Als u iets nodig hebt, drukt u maar op de bel.' Hij wees op het knopje aan de wand naast het bed.

'Dat zal ik doen, dank je.'

Eindelijk ging de deur dicht. Cecily dacht even dat ze een traantje moest wegpinken van opluchting toen ze de paar stappen naar het bed deed en zich in het matras liet zinken. Ze kon zich natuurlijk eerst uitkleden, ze zat onder het stof door de reis, maar…

Haar ogen vielen dicht en met de milde bries van de plafondventilator op haar verhitte wangen, werd ze door de slaap overmand.

'Liefje, tijd om op te staan. Anders doe je vannacht geen oog dicht. Bovendien komen mijn vrienden over een uurtje en ze willen je allemaal zien.'

Cecily's droom werd onderbroken door de stem van haar peettante.

'Ik heb Muratha opgedragen een bad voor je klaar te maken en hier is een glaasje champagne om je op te kikkeren.'

'Ik... Hoe laat is het?' mompelde Cecily. Haar stem klonk hees en ze slikte moeizaam. Haar keel was droog en pijnlijk.

'Het is vijf uur in de namiddag, liefje. Je hebt de afgelopen zes uur als een blok liggen slapen.'

En ik zou nog zes weken kunnen doorslapen, dacht Cecily toen ze haar hoofd van het kussen tilde en haar peettante met omfloerste blik aankeek.

Kiki zag er fris en fruitig uit, perfect opgemaakt en met haar donkere haar in een wrong. Haar enkellange japon van groene zijde stond prachtig bij haar oorbellen en het collier van smaragden en diamanten. Oftewel, ze zag er beeldschoon uit, en beslist niet als iemand die hele continenten per vliegtuig, boot en auto was overgestoken. Cecily wist niet precies wat haar peettante in haar flonkerende handtasje verborg, maar ze zou er beslist een dosis van kunnen gebruiken.

'Drink dit maar op, liefje. Ik beloof je dat je er direct van opknapt.' Kiki bood haar het glas aan, maar Cecily schudde haar hoofd. Ze vroeg zich af waarom haar oudere familieleden telkens maar drank in haar wilden gieten.

'Ik krijg het niet weg, Kiki.'

'Goed, dan zet ik het glas hier naast je neer, mocht je van gedachten veranderen. Ik heb een geschikte outfit uit je hutkoffer gehaald en door Muratha laten strijken. Je vindt het daar.' Kiki wees naar een oriëntaalse kledingkast, liep door de kamer en begon de luiken te openen. 'Je moet een beetje opschieten met aankleden, liefje, anders mis je je eerste zonsondergang in Mundui. Hoe somber ik me ook voel, daar word ik altijd weer blij van.'

Cecily zag dat haar peettante voor het raam was blijven staan om naar buiten te kijken. Er ontsnapte haar een lichte zucht voor ze zich omdraaide en haar petekind toelachte.

'Ik vind het zo geweldig dat je hier bent, liefje. We gaan het heel leuk hebben samen, en voor je het weet, ben je over je gebroken hart heen. Ik zie je straks beneden, maar niet later dan zes uur, hoor.' Kiki verliet de kamer, die nu doortrokken was van haar geur, die net zo bijzonder en exotisch was als zijzelf.

Cecily was inmiddels klaarwakker en ze had een razende dorst. Ze pakte de waterfles, schroefde de dop eraf en nam een paar gulzige slokken van het lauwe vocht, dat een licht zurige bijsmaak had. Er werd op de deur geklopt en er kwam een jong donker meisje binnen. Ze had heel kort kroeshaar – het was alsof iemand het met een scheermes had bewerkt, zo dicht zat het op haar schedel. Ze droeg een eenvoudige jurk van beige katoen, die om haar tengere postuur hing. Ze leek niet ouder dan dertien of veertien... Een kind nog maar, dacht Cecily.

'*Bwana*, uw bad klaar.' Het meisje wees op de deur achter haar en wenkte Cecily.

Cecily kwam met tegenzin uit bed en volgde haar naar de belendende kamer, waar ze een badkuip, een toilet en een enorme houten stoel zag staan, die wel op een troon leek.

Muratha gebaarde naar de zeep, het washandje en de stapel keurig gevouwen katoenen handdoeken naast het bad. 'Goed, bwana?'

'Ja, dank je.' Cecily knikte glimlachend naar haar.

Voor het eerst voelde Cecily hoe weldadig luxe een bad kon zijn. Zo had ze het nooit eerder ervaren. Haar reis was begonnen in Southampton en die had drie, misschien wel vier dagen in beslag genomen. Het vliegtuig was een paar keer geland om bij te tanken, de laatste stop was ergens bij het Victoriameer geweest, nabij Kisumu, maar tegen die tijd was Cecily al elk gevoel van tijd en richting kwijt. Ze was uit het kleine vliegtuig gewankeld en Kiki had haar naar een metalen barak naast het vliegveld geloodst, waar ze slechts wat water over zich heen had kunnen spetteren voor ze alweer het volgende vliegtuig instapten met als bestemming Nairobi. Al die tijd, sinds ze Engeland achter zich had gelaten, had haar lichaam geen stuk zeep gevoeld en geen slaap gehad, laat staan een beetje gemoedsrust...

Ze zeepte zich van top tot teen in. Het badwater begon troebel te worden en langs de rand vormde zich een vochtig laagje gruis. Ze was het liefst in een ander bad gestapt om zich goed af te kunnen spoelen, maar er was geen tijd voor en wie weet hoeveel mensenhanden er al nodig waren geweest om deze ene badkuip met liters water te vullen – ze zag nergens een kraan.

Weer terug in haar kamer stelde ze zich gerust met de gedachte dat Kiki's huis niet in het minst op een plaggenhut leek, zoals ze had verwacht. Het had hoge ramen, gewelfde plafonds en houten vloeren, en het deed Cecily aan de oude koloniale huizen in Boston denken. Haar slaapkamer was wit geverfd en ingericht met oriëntaals meubilair. Het stevige houten bed stond in het midden, en erboven hing een soort voile van gaas. Cecily liep naar het raam en kon voor het eerst haar omgeving goed in zich opnemen.

Ze drukte een hand tegen haar mond om een kreet te onderdrukken. Kiki's woorden hadden het landschap amper recht gedaan. De zon stond laag aan een wolkeloze blauwe hemel en wierp een waaier van gouden licht over bijzondere bomen, die afgevlakte kruinen hadden. De groene grasperken in de tuinen van Mundui House helden sierlijk af tot aan de oevers van het grote meer, en het wateroppervlak weerspiegelde de schakeringen van het hemelgewelf terwijl bontgekleurde vogels tussen de bomen door vlogen. Het hele palet bij elkaar was levendiger dan ze ooit in haar leven had gezien.

'Wauw!' zei ze zacht tegen zichzelf. Het uitzicht was bijna 'Bijbels', zoals een van haar vriendinnen op Vassar (die uiteraard theologie studeerde) het altijd graag omschreef.

Voor het eerst sinds ze Engeland achter zich had gelaten, voelde ze haar hart enigszins tot bedaren komen. Het was al die tijd tekeergegaan doordat ze steeds aan haar nacht met Julius moest denken, en bovendien had ze een turbulente reis met auto's en vliegtuigen achter de rug. Ze deed het raam open en voelde de hitte van de buitenlucht op haar gezicht, ze hoorde de roep van onbekende vogels en dieren en ze bedacht dat zowel Engeland als Amerika op dit moment heel ver weg waren. Dit was een heel ander land – een heel andere wereld – en Cecily kreeg opeens het merkwaardige gevoel dat deze plek haar leven voor altijd zou tekenen.

'Bwana?' Ze hoorde een timide stem achter zich, die haar dagdromerij onderbrak.

'Ik… Ja, hallo.'

'Nee, nee, nee!' Muratha, het jonge dienstmeisje, liep vlug op haar af.

'Nooit, nooit,' zei ze en ze deed snel het raam dicht. 'Nooit in de avond,' voegde ze eraan toe en ze zwaaide met een vinger. '*Mbu*.'

'Pardon?'

Het meisje wapperde met haar handen, maakte een zoemend geluid en wees toen naar de voile boven haar bed.

'O! Bedoel je de muggen?'

'Ja! Bwana, heel slecht.' Muratha ging met een vinger langs haar keel en keek er heel paniekerig bij, toen controleerde ze of ze het raam wel stevig had gesloten – alsof muggen sloten konden openen. 'Niet in avond. U begrijpen?'

'Ja, ik snap het.' Cecily knikte ijverig en dacht aan de kinine, die haar moeder bij hun huisarts op recept had gehaald omdat ze die per se in haar medicijnkistje had willen stoppen. Kennelijk was het een probaat middel tegen malaria.

Het meisje liep naar de kledingkast en haalde haar japon voor die avond eruit.

'U helpen?'

'Nee hoor, ik kan het wel alleen.'

'*Hakuna matata*, bwana,' antwoordde Muratha, en ze verliet de kamer.

'Lieeeeeverd!' Kiki begroette Cecily, die door Aleeki naar buiten was begeleid, op het terras. 'Net op tijd.' Kiki gaf haar een arm, leidde haar over het terras naar de vreemd afgevlakte bomen en toen door naar de oever van het meer. 'Gelukkig is er nog niemand, nu kunnen we samen je eerste zonsondergang beleven. Een spectaculaire aanblik, vind je ook niet?'

'Ja,' zei Cecily ademloos. De zon zakte na een lange dag weer langzaam langs de hemel naar beneden in een brandschildering van oranje en rood. Een koor van cicaden zette schril in en vulde de zoele avondlucht met hun getsjirp. Het was een kakofonie die Cecily deed huiveren en ze kreeg kippenvel ondanks de warmte. Toen de zon eindelijk achter de horizon verdween en een schemerend waas van purper achterliet, nam het volume van hun klanken toe.

'Wees maar niet bang, liefje, het zijn de insecten, vogels en alle andere dieren die elkaar goedenacht wensen. Althans, dat maak ik er maar van, totdat we de brul van een leeuw op het terras horen, om drie uur in de nacht!' zei ze snel. 'Ik plaag je, hoor, het is maar één keer gebeurd. En het goede nieuws is dat niemand is opgepeuzeld. Als je bent bijgekomen van je reis, gaan we op safari in de jungle.'

Cecily's aandacht werd getrokken door een rimpeling in het wateroppervlak.

'Dat is maar een nijlpaard, dat altijd 's avonds komt zwemmen,' zei Kiki schouderophalend en ze stak een van haar ontelbare sigaretten uit de langwerpige ivoren koker aan. 'Ik vind het een spuuglelijk bakbeest, het verbaast me dat ze niet zinken, maar verder zijn ze erg lief. Zolang wij ze met rust laten, laten ze ons met rust.' Kiki blies de rook door haar neusgaten uit. 'Dat is de sleutel voor het leven in Afrika: respect hebben voor wat er het eerst was. Dat geldt voor de mensen en ook voor de dieren.'

Er gonsde een mug bij Cecily's oor en ze mepte hem weg; ze vroeg zich af of ze ook respect voor die insecten moest hebben.

'En maak je over hen geen zorgen,' zei Kiki, die zag wat ze deed. 'Uiteindelijk word je gestoken – hopelijk overleef je de malaria – en dan ben je net zo immuun als alle mensen van hier. Aloë vera verzacht de beet in je huid. Champagne?' Kiki troonde haar mee naar het terras, waar een deel van haar huishoudelijke, in beigekleurig katoen gestoken personeel zich had verzameld en de dranktafel in orde maakte. Cecily herkende Aleeki, die haar eerder had geholpen. Zijn kleding week af van die van de rest. Hij droeg als enige een grijze blazer en een lap geruit textiel die hij om zijn middel had geknoopt, en die meer op een rok dan op een broek leek. Op zijn grijze haren stond een soort fez met een grappig patroon. Hij keek haar aan met zijn donkere, ernstige ogen en gebaarde naar de tafel.

'Heb je liever een martini dan champagne?' vroeg Kiki. 'Aleeki is er een meester in.'

'Ik denk dat ik vanavond beter niet kan drinken, Kiki. Ik ben nog steeds vermoeid door de reis en...'

'Twee martini's, graag, Aleeki,' zei Kiki. Ze gaf Cecily een arm. 'Neem maar van mij aan, lieverd, ik maak al jaren intercontinentale reizen en het beste wat je kunt doen is om de eerste dag zo in te delen als je de rest van de tijd wilt doorbrengen. Wie wil er per slot van rekening tachtig worden, ja toch? Alle levensgenieters die ik heb gekend zijn al dood.'

Kiki lachte schor toen Aleeki hun martini's bracht. Ze pakte meteen haar glas op en Cecily, die niet onbeleefd wilde zijn, volgde haar voorbeeld.

'Proost, snoes, en welkom in Kenia.'

Ze klonken en Kiki dronk haar glas in één keer leeg. Cecily nipte bescheiden en verslikte zich bijna in de sterke drank.

Kiki tikte op haar glas als teken voor Aleeki dat ze het hare leeg had, en hij verdween direct om haar bij te schenken. 'Welnu,' zei ze, 'vanavond zul je kennismaken met de meeste mensen die hier in de buurt wonen. En hou je vast, want het is een bijzonder stel mensen. Als je de hele wereld over hebt gereisd en uiteindelijk hier neerstrijkt, moet je ook wel bijzonder zijn. Het kan er hier behoorlijk wild aan toegaan. Dat was vroeger tenminste wel zo. Aleeki, lieverd, wind jij de grammofoon even op? We willen muziek horen.'

'Jawel, memsahib,' zei hij, nadat hij haar voorzien had van een nieuwe martini.

Cecily bestudeerde haar peettante naast haar, met haar volmaakte profiel dat tegen de amberkleurige schemering stond afgetekend, en kwam tot de slotsom dat Kiki de raadselachtigste vrouw moest zijn die ze ooit had ontmoet. Tijdens hun reis door Afrika was Kiki soms euforisch geweest, dan had ze in het gangpad van het vliegtuig luidkeels zingend gedanst op de muziek van Cole Porter terwijl ze hotsend en botsend door het wolkendek vlogen, of ze had buiten westen op haar stoel gelegen. Aan boord van de kist waarmee ze het laatste stukje naar hun bestemming zouden afleggen, had Kiki door het raampje naar het landschap beneden gekeken.

'Zo beeldschoon, en toch zo meedogenloos...' had haar peettante binnensmonds gemompeld, met tranen in haar ogen. Cecily wist dat Kiki een aantal dierbaren was verloren in de afgelopen jaren, maar toch sprak ze zelden direct over hen, hooguit een korte verwijzing in gezelschap. En alhoewel ze vier dagen dicht tegen elkaar aan in een krappe, vliegende metalen koker hadden doorgebracht, had Cecily het idee dat ze nog net zo weinig van deze vrouw wist als toen ze uit Southampton vertrokken. Kiki was ontegenzeglijk mooi, volgens haar moeder was ze schathemeltjerijk en in gezelschap spreidde ze een zelfvertrouwen ten toon waar Cecily slechts van kon dromen, maar toch vermoedde ze dat er onder het oppervlak een zekere kwetsbaarheid schuilging.

Daar was echter geen spoor van te bekennen toen Kiki's eerste gasten binnenkwamen, die door Aleeki naar het terras werden geleid.

'Schattebouten! Ik ben er weer!' Kiki stond op om het zojuist gearriveerde stel te omhelzen. 'Wat is er zoal gebeurd tijdens mijn afwezigheid? Ik wil alles horen. De Valley kennende zal het een roerige tijd zijn geweest. Nu ik in New York bijna aan een longontsteking ben bezweken, kan ik jullie zeggen hoe heerlijk het is om weer thuis te zijn. Kom kennismaken met mijn bloedmooie petekind. Cecily, liefje, dit is Idina, een van mijn beste vriendinnen op de hele wereld.'

Cecily groette de vrouw, die gekleed was in een lang, ragfijn gewaad, waarvan haar moeder direct zou hebben gezegd dat het van het fijnste chiffon was gemaakt. Idina rook naar een peperduur parfum, haar korte haar was in een bob geknipt en haar wenkbrauwen waren twee volmaakt gepenseelde bogen.

'En wie mag dit dan zijn?' vroeg Kiki, die glimlachend naar de rijzige man naast Idina keek.

'Lynx, natuurlijk!' zei Idina met haar sterk Britse accent. 'Weet je nog? Ik heb je over hem geschreven. We zijn verloofd en zullen binnenkort trouwen.'

'Hallo, Cecily.' Lynx maakte een diepe buiging voor haar en gaf haar een handkus. Cecily zag dat hij buitengewoon regelmatige gelaatstrekken had en de ogen die haar opnamen waren scherp en intelligent, net als het dier waar hij naar vernoemd was.

'Wat enig om kennis met je te maken, lieverd,' zei Idina. 'Ik hoop dat Kiki je uitvoerig heeft ingelicht over alle schandalen die ik in Kenia heb veroorzaakt.'

'Wel, ze is eigenlijk heel erg discreet geweest.'

'Zo ken ik haar niet. Hoe dan ook, ik ben inmiddels gekalmeerd en getemd, nietwaar, Lynx?'

'Dat mag ik toch hopen, lieve,' zei hij. Op dat moment verscheen Aleeki met een dienblad vol martini's en glazen champagne. 'Maar door alles wat Idina me heeft verteld, heb ik toch het idee gekregen dat ik de meeste pret heb gemist.'

‘Het is hier niet meer zoals voorheen, maar we doen ons best om de schandalige reputatie die we in de loop der jaren hebben opgebouwd, in ere te houden,’ zei Idina met een knipoogje naar Kiki.

Voor Cecily volstond het voorlopig om naar hen te luisteren in plaats van deel te nemen aan het gesprek. Bovendien was ze nog steeds moe en ze ging rechtop in haar stoel zitten om niet onverhoopt in te dommelen. Idina en Kiki vervolgden hun roddelgesprek over gemeenschappelijke vrienden, terwijl Lynx geduldig naast zijn verloofde zat.

Cecily zag dat Aleeki een gouden samowar op tafel zette. Kiki lichtte de deksel en onthulde een bergje wit poeder met een aantal smalle rietjes van papier ernaast. Terwijl ze doorpraatte met Idina pakte ze een rietje en legde wat van het poeder opzij. Ze stak het rietje in haar neus, boog zich naar voren en snoof hard. Ze haalde het rietje uit haar neus, veegde wat verdwaald poeder van haar neusgat en schoof de samowar door naar Idina, die hetzelfde deed.

‘Wil je ook een snuifje, liefje? Het zal je helpen vanavond iets langer wakker te blijven,’ zei Kiki.

‘Ik… eh… Nee, dank je.’ Cecily had geen idee wat het poeder moest voorstellen en waarom ze het opsnoven in plaats van dat ze het in hun mond stopten, dus ze besloot het zekere voor het onzekere te nemen.

‘Alice! Lieverd!’ Kiki stond opnieuw op om een andere vrouw te verwelkomen die het terras op kwam. Ze was gekleed in een donkerblauwe satijnen jurk die strak om haar tengere lichaam zat. Ze had grote bruine ogen en kort donker haar dat haar elegante kaaklijn benadrukte. ‘Het is onze eigen ondeugende Madonna!’ Kiki begroette de nieuwaangekomene met een warme omhelzing. ‘Fijn dat je niet in je boerenkiel bent gekomen, liefje. En kijk eens wie je hebt meegesleept.’

‘Ik denk dat hij mij eerder heeft meegesleept,’ zei Alice.

Cecily herkende de man onmiddellijk, al zag hij er anders uit dan op die ene avond in New York. Kapitein Tarquin Price was in vol ornaat, ondanks de warmte die avond.

‘Pardon, ik had geen tijd om me te verkleden. Ik kom regelrecht uit Nairobi en het was nogal een omweg om Alice bij haar ranch op te halen.’

‘Ik vind je er echt heel stoer uitzien, schat,’ zei Kiki tegen Tarquin en ze leidde hem en Alice naar de tafel. 'Kijk eens wie ik helemaal vanuit Manhattan heb weten mee te slepen?' Ze wees naar Cecily.

'Allemachtig! We zien elkaar terug, Miss Huntley-Morgan. Blij dat je de reis hebt kunnen maken,' zei Tarquin. Hij moest eens weten, dacht Cecily, en ze stond op om zich op beide wangen te laten kussen. 'Hoe was de reis?' vroeg hij.

'Lang,' zei Cecily en ze nam een slokje van haar martini. 'Lang en stoffig.'

'Ben je wel blij dat je er bent? Je peettante woont echt uitzonderlijk hier, nietwaar?'

'Ik kan er nog niet veel over zeggen, want ik heb sinds mijn aankomst voornamelijk liggen slapen. Maar de zonsondergang was sensationeel en het meer is werkelijk prachtig. Kun je erin zwemmen?'

'Zolang je maar oppast voor de nijlpaarden. En voor de krokodillen natuurlijk...'

'Krokodillen?'

'Ik plaag je maar, Cecily. Je kunt hier echt prima zwemmen, het water is heerlijk om een verkoelende duik in te nemen. Ik heb het zelf ook een paar keer gedaan. Hoe dan ook, welkom in Kenia. Ik geef toe dat het me verbaast je hier te zien. Er is moed voor nodig, zeker voor een vrouw, om hiernaartoe te komen.'

'Ik hoop dat ik snel zal wennen, want ik zie er niet naar uit om op korte termijn de terugreis te moeten maken.'

'Gun jezelf de tijd om hier te aarden. Het verschil met New York is hemelsbreed – het lijkt wel een andere planeet, zou je bijna zeggen. Maar nu je hier bent, moet je je er volledig aan overgeven. Laat de Cecily uit Manhattan varen, met al haar aannames, en geniet van elke seconde dat je hier bent.'

'Dat ben ik ook van plan, zodra ik me niet meer zo slaperig voel.' Cecily onderdrukte opnieuw een geeuw. 'Kiki raadde me aan daar iets van te nemen.' Ze wees naar de samowar. 'Ze zei dat ik er wakker van zou worden, maar om je de waarheid te zeggen, heb ik geen idee wat het is.'

'Dat, mijn lieve Cecily...' Tarquin boog zich naar haar toe. '... is een zeer verslavende en illegale substantie genaamd cocaïne.'

'Cocaïne? O, mijn god! Ik bedoel, ik heb er natuurlijk wel van gehoord, maar ik heb het nog nooit gezien. Maar als het illegaal is, komt de politie dan niet hierheen om Kiki te arresteren?'

'Lieve schat, wíj zijn de politie,' grinnikte Tarquin. 'Je zult gauw genoeg ontdekken dat hier in de Valley alles is toegestaan,' voegde hij eraan toe, en ze keken allebei naar Kiki, die nog een snuifje uit de samowar nam.

'Heb jij het ooit geprobeerd?' vroeg ze aan hem.

'Een heer mag nooit liegen, en ik zou liegen als ik zou ontkennen. Dus ja, ik heb het weleens gebruikt en het geeft je een extatisch gevoel. Maar ik zou het een jongedame als jij niet aanraden. Ik weet zeker dat je ervan op de hoogte bent dat je peettante een paar zware jaren achter de rug heeft. En alles om haar erdoorheen te slepen is toegestaan, zoals ze zeggen. Wij verkeren geen van beiden in een positie om haar erop aan te kijken.'

'Nee, uiteraard niet. Maar ik zou ook niet willen dat ze er ziek van zou worden of iets dergelijks.'

'Ik snap wat je bedoelt, Cecily, maar zoals ik al zei gelden de gangbare regels hier niet voor Kiki of Kenia, en dat is het beste advies dat ik je kan geven.'

Tarquin liet haar na een paar minuten achter, waarschijnlijk op zoek naar iemand die iets interessanters te melden had. Cecily was allang blij dat ze aan Kiki's oudere vrienden werd voorgesteld en verder niets anders hoefde te doen dan het gezelschap een beetje te bekijken. Aleeki en zijn bedienden bleven ijverig bezig, hielden de glazen van de gasten gevuld en liepen rond met dienbladen vol hapjes. Cecily besefte dat ze de hele dag niet had gegeten en toen ze een pittig gevuld ei van een schaal pakte, merkte ze dat het exact hetzelfde smaakte als thuis. Ergens had ze verwacht dat ze op een kampvuur geroosterde antilopebout zou eten in plaats van klassieke Amerikaanse lekkernijen. Nadat ze twee stuks had genomen van elk dienblad dat haar werd voorgehouden, kwam Aleeki naar haar toe en boog zich discreet over haar heen.

'Wenst memsahib misschien een sandwich? Er is ook soep in de keuken.'

'Nee hoor, die hapjes zijn juist verrukkelijk,' antwoordde ze. Het ontroerde haar dat hij had opgemerkt hoeveel trek ze had.

'Helemaal alleen en nu al verwaarloosd door je peettante, lieverd?'

Alice, de vrouw in de blauwe zijden jurk die met Tarquin was gekomen, ging naast haar zitten. 'Trek het je maar niet aan, ze zal zelfs haar eigen naam zijn vergeten aan het eind van de avond,' lispelde ze. 'Volgens mij heb ik je moeder ooit een keer ontmoet in New York. Ze woont toch in dat mooie herenhuis tussen de appartementencomplexen aan Fifth Avenue?'

'Ja, ze... Daar wonen we,' zei Cecily. Ze keek Alice recht aan. Ze had mooie ogen, maar haar blik was enigszins glazig. 'Ik... Woon je hier dichtbij?' vroeg ze toen maar, omdat ze niet goed wist waarover ze het moest hebben.

'Ik weet niet wat je precies verstaat onder "dichtbij". Het zou niet ver weg zijn voor een kraai, maar een kraai kan vliegen en wij zijn maar mensen, met armen en benen, en geen vleugels. Je moet een keer langskomen bij mij op de ranch, dan laat ik je al mijn dieren zien.'

'Wat voor dieren heb je?'

'O, van alles. Ik had een tijdje een leeuw als huisdier, maar ik heb hem helaas moeten afstaan toen hij te groot werd.'

'Een leeuw?'

'Ja. Je houdt zeker niet van wapens?'

'Dat weet ik niet, want ik heb er nog nooit een vastgehouden of ermee geschoten.'

'Goed zo, meis, houden zo. Dieren hebben ook een hart en een geest, weet je? Ze kunnen voelen, net als wij.'

Op dat moment kwam Idina voorbij met Lynx, de man die met haar was meegekomen. Ze liepen samen in de richting van het meer en werden door de duisternis verzwolgen.

'Idina was ooit getrouwd met de liefde van mijn leven,' zuchtte Alice. 'We deelden hem, zogezegd. Het is een hele poos geleden...'

'O ja?' Cecily verslikte zich bijna in haar drankje. 'Komt hij vanavond ook?'

'Nee, alhoewel hij hier vroeger vlakbij woonde, in Djinn Palace, aan het meer. Zorg dat je je niet laat verleiden door Joss Erroll, beloof je dat? Ik vind het een fijn idee als ten minste één meisje in zijn buurt erin slaagt haar maagdelijkheid te behouden.'

Cecily bloosde diep bij Alice' woorden. Niet dat ze haar echt van haar stuk brachten – ze leerde snel dat de wildheid van Afrika ook een zekere wildheid bij de menselijke bewoners teweegbracht – maar omdat het haar eraan herinnerde dat ze geen maagdelijkheid meer te bewaken had.

'Denken ze in Amerika dat het oorlog wordt?' vroeg Alice, terwijl ze om zich heen keek naar de andere gasten.

'Ik denk dat ze het daar net zomin weten,' zei Cecily. Het gesprek ging van de hak op de tak en ze had moeite het te volgen. Toch mocht ze Alice ergens wel, hoe maf ze ook overkwam.

'Ik hoop van niet, anders zou het weleens het einde kunnen betekenen van alles wat we hier kennen. Joss zou ook opgeroepen worden, en de gedachte dat hij kan sneuvelen, is gewoonweg ondraaglijk. Snap je?' Alice stond op. 'Het was leuk je gesproken te hebben, lieverd. Kom maar gauw bij me langs.'

Cecily zag haar wegzweven tussen de gasten op het terras. Een paar maakten een dansje op de muziek van de kleine grammofoon en een vrouw kuste openlijk haar danspartner, die zijn handen over de rug van haar jurk liet glijden.

'Tijd om naar bed te gaan,' zuchtte ze en ze stond op. Ze hoorde mensen schaterlachen bij het meer, draaide zich om en zag de ruggen van twee geheel ontklede mensen in het water. Ze zuchtte opnieuw en vond haar weg naar het heiligdom van haar slaapkamer.

Cecily werd wakker door het ochtendconcert van het gekwetter, het gekraai en de lokroepen van onbekende vogels en andere dieren. Ze bleef liggen en hoopte van harte dat ze weer in slaap zou vallen. Ze had de avond ervoor uren wakker gelegen door de luidruchtige gasten en de grammofoon. Ze hadden tot minstens vier uur in de ochtend pal onder haar raam platen gedraaid. En daarna klonken er door het hele huis gesmoorde kreten en gegiechel. Ze had het nooit gedacht, maar het was dus mogelijk om uitgeput wakker te worden. Als ze haar ogen dichtdeed, was het net alsof de geluiden buiten in volume toenamen.

'Verdorie!' Ze vloekte, want ze besefte dat het haar niet zou helpen om in gedachten schaapjes – of leeuwen – te tellen, dus van lieverlee stond ze op. Het duurde even voor ze zich uit de klamboe had bevrijd, toen liep ze naar het raam en deed de luiken open.

'O, mijn god!' Ademloos bleef ze staan, haar blik was vastgezogen aan het gazon dat naar het meer afliep en waar een giraf aan de blaadjes van de bomen met de afgevlakte toppen stond te knabbelen.

Ondanks haar vermoeidheid en het akelige gevoel dat haar bekroop als ze dacht aan alles wat er de vorige avond was gebeurd, moest Cecily toch glimlachen. Ze zocht in haar kamer naar het fototoestel dat haar vader haar als afscheidscadeau had gegeven, maar ze had geen idee waar Muratha het had neergelegd toen ze haar hutkoffer had uitgepakt. Tegen de tijd dat ze het had gevonden, was de giraf al verdwenen. Toch was het uitzicht nog steeds spectaculair, ook zonder giraf.

Het was nog geen zeven uur, maar de hemel gloorde al in zijn turquoisekleurige pracht en wierp glinsteringen over het wateroppervlak. Cecily liep naar de kledingkast en zocht naar een katoenen jurk, die Kiki had aangeraden mee te nemen uit New York. Ze trok hem snel aan en haalde een borstel door haar haar, dat met dit warme weer nog weerbarstiger was dan normaal. Ze deed de deur open, glipte de stille gang op en liep op haar tenen naar beneden.

'Goedemorgen, memsahib.'

Haar hart maakte een sprongetje en ze draaide zich om. Aleeki stond achter haar.

'Hebt u goed geslapen?'

'Eh... ja, dank je wel.'

'Wilt u ontbijten?'

'Heel vriendelijk, maar ik maak eerst een wandelingetje naar het meer.'

'Dan zal ik zorgen dat uw ontbijt voor u klaarstaat op de veranda. Thee of koffie, memsahib?'

'Koffie, alsjeblieft. Dank je, Aleeki.'

Ze wilde naar de deur lopen, maar Aleeki was haar voor en maakte hem voor haar open. Hij maakte een lichte buiging toen ze langs hem naar buiten liep. Op het terras was geen spoor te bekennen van het feest van de vorige avond. De bediening had klaarblijkelijk alles netjes opgeruimd. Terwijl ze haar zonnebril opzette om haar ogen af te schermen van de zon, die kilometers dichterbij leek te zijn gekomen, bewonderde ze Kiki's 'huisman', zoals ze haar peettante hem had horen noemen. Hij zag er volkomen fris uit, alhoewel hij waarschijnlijk een nog kortere nachtrust had gehad dan zij. Bij het water aangekomen keek Cecily naar links, waar ze een kudde nijlpaarden zag zonnebaden op de tientallen meters lange oever.

'Het is gewoon surreëel,' mompelde ze in zichzelf. 'Ben ik hier echt?'

Ze liep naar het bankje dat heel attent aan de waterlijn was geplaatst en merkte de witte brassière op die over de rugleuning hing. Ze dacht aan Idina en haar verloofde die naakt waren gaan zwemmen en vroeg zich grinnikend af of ze Aleeki erop moest wijzen. Hij was zo onverstoorbaar dat hij geen krimp zou geven, zelfs niet als ze hem de brassière aan de ontbijttafel zou overhandigen.

'Het feestje om te vieren dat ze terug is gekomen, is ietwat uit de hand gelopen,' zei Cecily hardop tegen de vogel met het glanzende blauw met groene verenpak die in een boom aan de waterkant zat. Ze was er vrij zeker van dat het een ijsvogel was. Haar vermoeden werd even later bevestigd toen het vogeltje opeens een duikvlucht maakte en razendsnel een vis uit het water hapte.

Cecily bleef even zitten en voelde dat haar schouders zich langzaam ontspanden terwijl de natuurlijke orde rondom haar zijn gang ging. Wat de mensen – die in het huis verderop lagen te slapen – ook wensten te doen, dit landschap en alles wat het inhield, had zijn eigen hartslag, ze moest proberen dat ritme te vinden en zich erop aanpassen.

Uiteindelijk werd ze door de zon gedwongen om de schaduw op de veranda op te zoeken. Ze moest er de volgende keer beslist aan denken een hoed op te zetten, zelfs op dit vroege uur, anders zou ze een sproetendeken als een luipaardvel kweken. Ze liep door de tuin die aan het terras grensde. Het stond er vol zoet geurende bloemen en exotische planten waarvan ze de namen niet kende. De zon had het gras onder haar voeten al verwarmd en de lucht gonsde van de insecten, die met hun kopje in de kelken van de nectarrijke bloemen doken.

'Alles staat gereed voor u, memsahib.' Aleeki schoof haar stoel naar achteren op het moment dat ze op de veranda stapte. De ontbijttafel was gedekt met een keur aan lekkernijen in mandjes en op zilveren schalen.

'Dank je,' zei Cecily. Ze was een tikje duizelig door de zon.

'Alstublieft.' Hij gaf haar een glas water en een waaier. 'Deze kan van pas komen met deze hitte. Zal ik uw koffie inschenken?'

'Ja, graag.' Cecily dronk het glas water leeg en wuifde zich ijverig koelte toe. 'Hemeltje, wat is het warm vandaag.'

'Het is hier elke dag warm, memsahib, maar u zult er snel genoeg aan wennen.' Hij knipte met zijn vingers en direct verscheen er een bediende met een gigantische uitvoering van haar waaier. Hij begon ermee te wapperen en Cecily voelde haar duizeligheid langzaam wegtrekken.

'Memsahib kan beter een hoed opzetten, dat is erg belangrijk,' zei Aleeki. 'Wilt u melk in de koffie?'

'Ik drink hem zwart, dank je. Zeg maar tegen hem dat hij kan ophouden met waaieren. Hoe laat staat mijn peettante meestal op?'

'O, zelden voor het middaguur. Er staan fruit, ontbijtgranen en vers brood met eigengemaakte jam en honing op de tafel. We kunnen het brood voor u roosteren, als u dat wilt. En hebt u trek in spiegeleieren?'

'Nee hoor, er is voldoende, dank je.' Cecily gebaarde naar de rijkelijk gevulde tafel.

Aleeki maakte zijn gebruikelijke buiging en verdween over de veranda. Ze nipte van haar koffie. Het was alsof ze aan een ontbijtje in het Waldorf Astoria zat, maar dan de tropische variant ervan. Het eten hier was lekkerder dan wat hun kok in Manhattan bereidde. En de bediening was veel voorkomender.

Toen Aleeki een tweede kopje koffie voor haar inschonk en ze van een met honing doordrenkt, verrukkelijk versgebakken broodje smulde, wendde ze zich tot hem.

'Hoe lang werk je al voor mijn peettante?'

'Sinds ze hier aankwam en dit huis heeft laten bouwen. Al vele jaren, memsahib.'

'Ik zou dolgraag willen zien wat zich achter de bomen bevindt,' zei ze, en ze gebaarde naar de bomenrijen die rondom de tuinen en het huis waren geplant. 'Weet je dat?'

'Aan de ene kant is een veehouderij, en aan de andere kant houdt de memsahib haar paarden. Als u na uw ontbijt wilt rijden, kan ik een goed paard voor u laten zadelen.'

Opeens moest Cecily denken aan haar paardrijtochten met Julius op de bevroren velden van Engeland, waarna ze een vuurtje stookten in de folly en zich samen opwarmden bij de vlammen.

'Misschien een andere keer, Aleeki. Ik ben vandaag een beetje moe.'

‘Zoals u wilt, memsahib. Wilt u nu misschien eieren?’

‘Nee, dank je,’ mompelde ze. De herinnering aan Julius had de schoonheid en de kalmte van haar eerste ochtend in Kenia verdrongen.

Het was al twee uur ’s middags toen Cecily haar peettante op de veranda zag verschijnen. Ze had een paar uur alleen in haar kamer doorgebracht om de moordende middagzon te vermijden en zo goed en zo kwaad als het ging foto’s vanuit haar slaapkamerraam gemaakt. Hopelijk was er ergens een plek waar ze die kon laten ontwikkelen, zodat ze er een paar naar haar familie kon sturen. Ze had hun al een lange brief geschreven op de mooie witte vellen die Aleeki haar had gegeven en ze had (de meeste van) haar avonturen tot dusver op papier gezet. Soms had ze er een traantje bij moeten laten; haar thuis had nog nooit zo ver weg gevoeld als op deze dag.

‘Cecily, liefje! Slaap je nog?’ hoorde ze haar peettante luid onder haar raam roepen.

Zo ja, dan was ik nu wakker geschrokken, dacht ze bij zichzelf.

Ze stak haar hoofd uit het raam. ‘Nee, ik heb mijn ouders een brief geschreven.’

‘Kom dan maar gauw naar beneden.’

‘Natuurlijk.’ Met een zucht pakte ze haar brief op en liep de trap af.

‘Champagne?’ vroeg Kiki toen Cecily op de veranda verscheen. Haar peettante zat alleen aan de tafel, met een fles in een bak ijsklontjes en een pakje Lucky Strikes als haar enige hulpmiddel.

‘Nee, dank je. Ik zit nog vol van de lunch.’

‘Ik wilde je graag mijn excuus aanbieden, liefje.’ Kiki zette het glas champagne tegen haar lippen en nam daarna een flinke hijs van haar sigaret. ‘Het feestje duurde tot diep in de nacht.’

Cecily kon echter geen spoor van wroeging bij Kiki ontdekken.

‘Wat vond je van mijn vrienden? Ik hoop dat ze aardig tegen je zijn geweest. Dat heb ik hun in elk geval opgedragen.’

‘Ja hoor, ze waren allemaal erg vriendelijk. Dank je.’

‘Alice is helemaal weg van je. Ze heeft ons uitgenodigd voor de thee morgen bij haar op de Wanjohi Farm. Mocht je haar graag?’

‘Ze was in elk geval wel interessant.’

‘Dat is ze zeker. Weet je dat Alice jaren geleden terecht heeft gestaan omdat ze in Parijs haar geliefde heeft neergeschoten?'

'Lieve help! Was zij dat?' Cecily herinnerde zich het verhaal dat haar moeder had verteld.

'Ja, dat was zij. Gelukkig heeft ze hem neergeschoten in Parijs, een stad waar ze tenminste begrijpen wat liefde inhoudt, daardoor hoefde ze niet wegens poging tot moord de gevangenis in. Er zit beslist een steekje bij haar los en ik ben verzot op haar.'

'Ze vertelde me dat ze ooit een leeuwenwelpje als huisdier heeft gehad.'

'Ach ja, die kleine Samson... Ze heeft hem losgelaten toen hij twee zebra's per week begon te verschalken.' Kiki nam nog een slok champagne. 'Zeg eens, heeft Aleeki goed voor je gezorgd?'

'Zeker. Hij is geweldig.' Cecily knikte. 'Zou het mogelijk zijn om deze brief aan mijn ouders op de post te doen?'

'Dat zal geen probleem zijn. Geef hem maar aan Aleeki, dan regelt hij de rest.'

'Oké. Wat is de dichtstbijzijnde stad?'

'Dat ligt eraan wat je wilt doen of wilt kopen. Gilgil is het dichtstbij, maar het is er een zootje door de spoorweg die er dwars doorheen loopt. En dan is er natuurlijk Nairobi, waar we gisteren zijn geland, en Nyeri, een stukje verder weg gelegen aan de andere kant van het Aberdaregebergte, maar de mensen uit de Wanjohivallei vinden het er geweldig.'

'De Wanjohivallei?'

'Daar wonen de meeste van de gasten die hier gisteravond waren, Alice ook. Je zult het morgen wel zien als we naar haar toe rijden. Ik ben vandaag niet echt op mijn best. Volgens mij heb ik net als jij nog een beetje last van de reis, en bovendien had ik die bronchitis. Aleeki kan je de bibliotheek laten zien als je graag een boek wilt lezen, en dan zien we elkaar om acht uur terug voor het avondeten, goed?'

'Goed.'

En als bij toverslag, want Cecily had Kiki geen enkel gebaar zien maken, verscheen Aleeki aan de zijde van zijn meesteres. Kiki stond op, gaf hem een arm en verdween in het huis.

Die avond, terwijl ze zich kleedde voor het diner, dacht ze aan de dingen die ze wist – of had opgevangen – over haar peettante: dat ze een erfgename was en, nog belangrijker, dat ze verwant was aan de Vanderbilts en de familie Whitney. Ze had zich van haar eerste man laten scheiden en was vervolgens met Jerome Preston getrouwd – Cecily herinnerde zich dat ze hem ooit had ontmoet toen ze nog een jong meisje was, en dat ze onder de indruk was geweest van zijn knappe uiterlijk en zijn jovialiteit. Haar hele familie was geschokt door zijn plotselinge en onverwachte overlijden, nu vijf jaar geleden. Daarna, zo had haar moeder haar verteld, was Kiki's zwager ook gestorven, en onlangs was haar geliefde neef William verlamd geraakt bij een auto-ongeluk.

En nu lag Kiki hier op een paar meter bij haar vandaan in haar bed, alleen.

'En heel droevig,' zuchtte Cecily. De gedachte overviel haar plotseling. 'Ze is echt heel droevig.'

14

'Ik vrees dat mijn meesteres opnieuw onwel is,' verkondigde Aleeki toen Cecily de volgende dag rond het middaguur op het terras verscheen, klaar voor het uitstapje naar Alice' ranch.

'O, lieve help. Het is toch niet ernstig, mag ik hopen?'

'Nee, ik weet zeker dat ze vanavond is opgeknapt, memsahib. Maar ze heeft laten weten dat u alleen kunt gaan. En of u dit als verontschuldiging wilt zien.'

Aleeki had twee rieten manden bij zich, de een gevuld met flessen champagne en de ander toegedekt met een linnen doek. Cecily vermoedde dat er etenswaren in zaten.

Ze volgde Aleeki naar de achterkant van het huis en hij opende het portier van de Bugatti, die was gewassen en glanzend gepoetst tot de witte lak het zonlicht weerkaatste. Het was smoorheet in de auto en Cecily ging op de crèmekleurige leren achterbank heel dicht bij het open raam zitten, waar ze zich verwoed koelte toewuifde.

'Dit is Makena, memsahib. Uw chauffeur die u naar Wanjohi Farm zal brengen.'

De in smetteloos wit gestoken man maakte een buiging voor haar. Ze kon hem zich nog vaag herinneren van haar autorit hiernaartoe.

'Ik zie u straks voor het diner, Miss Cecily,' zei Aleeki. Hij sloot het portier en Makena startte de motor.

Het werd een plezierige rit, maar pas toen ze door een kleine stad reden, die Cecily herkende als Gilgil vanwege het treinspoor dat dwars door het centrum liep, begon ze het echt interessant te vinden. Ze voelde de krachtige motor zwoegen op de hobbelige, onverharde weg (die in Amerika hooguit zou doorgaan voor een zandpad), en ze moest glimlachen bij de gedachte dat het typisch iets was voor Kiki om een elegante auto te nemen die totaal ongeschikt was voor dit ruige, Keniaanse terrein. In de verte begon het uitzicht steeds weelderiger en groener te worden en ze kon een bergketen onderscheiden, waarvan de toppen schuilgingen in de nevelige wolken. Ze wilde graag aan Makena vragen hoe dat gebergte heette, maar na een paar gestrande pogingen tot een praatje had ze zich gerealiseerd dat zijn Engels beperkt was tot enkele standaardtermen. Het werd langzaamaan aanzienlijk koeler en een fris windje speelde met haar krullen. De geuren waren hier anders dan bij Mundui House, ze kon de metaalachtige lucht van een aankomende regenbui ruiken en de rook van houtvuur die opsteeg bij de verschillende ranches waar ze voorbijreden.

'Lieve help!' liet ze zich ontvallen op het moment dat ze langs huizen reden die niet hadden misstaan in de Engelse dorpjes waar ze doorheen was gekomen op weg naar Southampton. Dat gold ook voor de onberispelijk onderhouden tuinen met bloembedden vol rozen, trompetlelies en jasmijn, die de lucht vulden met hun rijke, zoete geuren.

Na een rit van twee uur reed de Bugatti de oprijlaan van een U-vormige bungalow op, met een ver naar voren uitstekend dak dat Cecily onderweg ook bij andere huizen had gezien. Ze nam aan dat het als bescherming tegen de warmte moest dienen, maar zodra ze uitstapte, voelde ze de kille wind en ze rilde. Aan weerszijden van de oprijlaan stonden donkergroene struiken en Cecily zag een antilope aan het gras knabbelen. Het dier keek op, staarde haar aan met zijn grote bruine ogen, en graasde toen weer door.

'Liefje! Je bent er!'

Cecily draaide zich om en zag Alice op haar af komen lopen, gekleed in een ruimvallend katoenen overhemd en een kaki bermudabroek.

'Ja, ik bedoel, hallo, Alice. Sorry, ik was totaal overrompeld door het uitzicht. Het is echt... spectaculair,' zei Cecily, die over de groene vallei uitkeek, waar onderaan een rivier stroomde.

'Het is ongelooflijk, hè? Maar als je het elke dag ziet, valt het je op een gegeven moment niet meer op.'

'De laatste keer dat ik met mijn ouders naar Europa ben geweest, zijn we vanuit Londen een paar dagen naar de Schotse Hooglanden geweest. Dit landschap doet me er een beetje aan denken,' zei Cecily. Opeens zag ze het vreemde wezentje dat zich behaaglijk tegen Alice' hals had genesteld. Het was klein, met een zacht pelsje, een lange spitse neus en ronde oren. Ze dacht even dat het een mismaakt katje was.

'Wat is dat?' vroeg ze aan Alice, die haar voorging naar het huis. Een paar honden volgden haar op de hielen.

'Dat is een mangoeste, hij is nog maar een paar dagen geleden geboren. Ik vond hem onder een bosje, waar hij was achtergelaten. Ik heb hem uiteraard geen naam gegeven, anders moet ik hem adopteren, dan word ik er weer helemaal dol op en zal ik hem elke avond bij me in bed willen, en dan worden de honden weer jaloers. Enfin. Wil jij hem misschien hebben?'

Alice pakte de mangoeste van haar schouder en legde het wriemelende beestje in Cecily's handen. 'Het zijn lieve huisdieren en ze zijn ontzettend goed in het doden van ongedierte.'

'Ik heb nog nooit een huisdier gehad, Alice, en ik blijf hier niet zo lang. Het zou niet slim zijn om hem te nemen.'

'Jammer. Dan moet ik hem loslaten in de jungle en wordt hij opgegeten, dat staat vast. Ze vormen een goede bescherming, want ze zijn immuun voor slangengif. Ooit kwam een cobra mijn slaapkamer in en mijn schat van een Bertie, die ik al jaren had, sprong meteen van het bed en heeft de slang gedood. Houd hem een poosje om te kijken of jullie een band krijgen, dan kun je later nog besluiten wat je doet.' Ze leidde Cecily naar een groot terras waar een aantal mensen aan een lange tafel met versnaperingen zat.

'Ik... Goed.' Cecily probeerde het diertje in bedwang te houden, dat via haar schouder wanhopig aan haar greep probeerde te ontkomen. 'Ik vergat nog te zeggen dat mijn peettante vandaag niet kan komen. Ze verontschuldigt zich, ze voelde zich niet goed.'

'Aleeki heeft me al gebeld,' zei Alice luchtig. 'Des te meer champagne voor ons, wat jij? Trek maar open die flessen,' zei ze tegen haar gasten en ze wees naar de manden die achter hen door Makena werden meegedragen. 'Dit is...' Ze gebaarde afwezig naar Cecily.

'Cecily Huntley-Morgan.'

Cecily worstelde om de kleine mangoeste vast te kunnen houden en ondertussen maakte ze kennis met de mensen op het terras. Tot haar opluchting zag ze een stel van haar eigen leeftijd.

'Geef mij dat krengetje maar even.' Alice pakte de mangoeste op en legde hem op haar schouder, waar hij zich onmiddellijk opkrulde en zijn roze oogjes sloot. 'Ga jij maar bij Katherine zitten.'

Cecily nam plaats. Ze was buiten adem en voelde zich niet op haar gemak. Ze wilde graag naar het toilet, want het was een lange reis geweest, maar ze was te verlegen om ernaar te vragen.

'Hallo, ik ben Katherine Stewart,' zei de jonge vrouw naast haar. Ze had het soort uiterlijk dat haar moeder als 'genoeglijk' zou omschrijven. Een tikje mollig, maar volgens Cecily daarom niet minder aantrekkelijk, een prachtige bos koperrode krullen, die haar bleke gezichtje charmant omlijstten, en een paar ogen die net zo saffierblauw waren als het hemelgewelf.

'Ik ben Cecily Huntley-Morgan. Aangenaam kennis te maken.'

'Ben je onlangs gearriveerd?' vroeg Katherine. Ze had een licht Brits accent.

'Een paar dagen geleden, met het vliegtuig. Het was echt een lange reis, ik ben er nog steeds een beetje moe van.'

'Thee of champagne?' Katherine glimlachte naar haar toen Alice' evenknie van Aleeki bij hen kwam staan. Maar in tegenstelling tot Aleeki had deze man een slonzige witte tuniek aan waar vlekken op zaten, en zijn fez was gedeukt.

'Beslist thee, dank je.'

'Goede keus. Ik ben opgegroeid in de vallei, maar ik kan nog altijd niet geloven dat mensen hier 's middags al aan de alcohol zitten. Of 's morgens,' voegde ze er met gedempte stem aan toe.

Cecily kende Katherine niet goed genoeg om haar mening te geven, maar ze knikte haar wel even toe. 'Voor mij volstaat thee op dit uur van de dag.'

'Waar logeer je ergens, Cecily?'

'Bij mijn peettante, haar huis staat aan het Naivashameer. Het is er prachtig, maar wel veel warmer dan hier.'

'We zitten hier dan ook driehonderd meter boven de zeespiegel en 's avonds moeten we vaak een vuurtje maken. Misschien dat daarom zo weinig pioniers deze contreien hebben uitgekozen – het klimaat deed hen te veel aan Engeland denken.'

'Ik zei al tegen Alice dat het hier een beetje op de Schotse Hooglanden lijkt, vooral met die dieppaarse bergketen op de achtergrond.'

‘Kijk eens aan, mijn vader is een Schot en ik zat vlak bij Aberdeen op een internaat.’ Katherine glimlachte. ‘In een stadje aan de rand van de Hooglanden.’

‘Ben je nu op bezoek bij je familie?’ Cecily koos een komkommersandwich van de zilveren etagère die een bediende haar voorhield en nam een hapje.

‘Nee, ik ben voorgoed teruggekeerd. Mijn vader kwam hier ooit als missionaris naartoe met mijn moeder, al voor ik geboren was. Helaas is mijn moeder een paar jaar geleden overleden, maar mijn vader is nog springlevend en mijn verloofde, Bobby Sinclair, woont hier permanent. Als we straks getrouwd zijn, trek ik bij hem in op de ranch van zijn ouders, die zelf een paar jaar geleden naar Groot-Brittannië zijn vertrokken. We zijn van plan om samen de veestapel weer op te bouwen en ook dat oude huis op te knappen.’ Katherine lachte vol genegenheid naar iemand aan de andere kant van de tafel, een gedrongen man met een verweerd gezicht en donker haar dat met grijs was doorschoten.

‘Waar hebben jullie elkaar ontmoet?’

‘Ik ken Bobby al sinds mijn kindertijd hier. Hij is tien jaar ouder dan ik, maar ik was altijd al dol op hem. Ik was niet bij je weg te slaan als ik schoolvakantie had, weet je nog, liefje?’ vroeg ze aan de man.

‘Helemaal waar.’ Bobby glimlachte terug naar zijn verloofde. ‘Ze zat als een zoetwaterslakje aan me vastgezogen, dat meisje, en ze wilde altijd dat ik met haar in de rivier ging zwemmen. Wie had ooit gedacht dat we op een goede dag zouden trouwen?’

Ze waren overduidelijk dol op elkaar, en doordat zij hem sinds haar kindertijd kende, doemde het beeld van Jack onwillekeurig in haar hoofd op. Cecily dwong zich te denken aan de eed die ze zichzelf had gezworen terwijl ze over de savanne van Afrika uitkeek, terwijl het vliegtuig haar steeds verder wegbracht van de twee mannen die haar vertrouwen in de liefde hadden beschaamd. De liefde, met alle vreugde en pijn die erbij hoorde, zou ze niet snel meer opzoeken. Wat haar betrof tenminste niet.

‘En jij, hoe lang ben je van plan te blijven?’ hoorde ze Katherine vragen.

‘Ik weet het nog niet precies. Misschien een paar weken.’

'Als je er nog bent op onze huwelijksdag, ben je hierbij uitgenodigd. We zijn dringend op zoek naar gasten van onder de vijftig. Nietwaar, Bobby?'

'Jawel, en ik hoop dat je mij daar ook nog toe rekent, ondanks mijn grijze haren.'

'Ik zou dat heel leuk vinden, dank je. Ik hoop dat het lukt.' Cecily dempte haar stem. 'Weet jij misschien waar ik het... eh...?'

'Bedoel je het toilet? Ja hoor, dat weet ik wel. Kom maar mee.'

Cecily volgde Katherine naar het huis. De champagne vloeide rijkelijk en het gelach van het gezelschap werd navenant uitbundiger. Binnen was het heerlijk koel en ietwat chaotisch, met de honden die tussen hun benen door renden en het zo op het oog stoffige maar mooie antieke meubilair dat volgestapeld was met boeken en paperassen.

Nu ze naar het toilet was geweest en haar uiterlijk ook wat had kunnen fatsoeneren, liep ze opgelucht door de gang in de richting van de tuin. Ze hoorde ergens stemmen uit een gebouw aan de zijkant van het grote huis komen, en toen ze een kijkje ging nemen, bleek het de keuken te zijn. Katherine sprak een morsige negervrouw op ferme toon (en vloeiend) in een vreemde taal toe. De vrouw hoorde kennelijk bij het keukenpersoneel, omdat ze een schort droeg. Ze was driftig aan het gebaren, maar Katherine liet zich niet vermurwen.

Op dat moment zag Katherine haar staan. Ze zei nog een paar woorden tegen de vrouw en liep toen naar Cecily.

'Lieve help, heb je gezien hoe deze keuken eraan toe is? Wat een viezigheid. Geen wonder dat Alice buikpijn heeft gekregen.'

'Is ze ziek?'

'Ja, en dat is ze al een poosje. Ze is vorige week nog bij dokter Boyle geweest, maar dan alleen omdat ik haar hoogstpersoonlijk naar hem toe heb gebracht. Hij wil dat ze naar het ziekenhuis in Nairobi gaat voor verdere testen. En ja, als de kat van huis is...'

'Hoe bedoel je?'

'Alice had tijdelijk minder oog voor de huishoudelijke zaken, en sinds haar oude huishoudster Noel, die hier de boel aanstuurde, een poosje geleden is vertrokken, doen de bedienden hun werk niet meer naar behoren.' Katherine glimlachte naar Cecily en samen liepen ze terug naar het terras. 'Alice heeft me gevraagd om hier te verblijven als ze in Nairobi is, dus ik zal ze straks flink achter hun vodden zitten, reken maar.'

'Ken je Alice al lang?'

'Al vanaf mijn kindertijd. Mijn moeder was met haar bevriend, wat bij nader inzien best merkwaardig is, want die twee verschillen hemelsbreed van elkaar.'

'Op welke manier?'

'Alice is een rijke erfgename en heeft volop meegedaan aan het hedonistische leventje hier in de Valley. Mijn moeder was een vrouw zonder poespas en getrouwd met een berooide Schotse missionaris. Ik denk dat ze elkaar vonden in hun liefde voor dieren. Als Alice met haar eerste echtgenoot in het buitenland verbleef, zat mijn moeder hier om een centje bij te verdienen en op de menagerie te passen.' Ze hadden de tafel bereikt en gingen allebei zitten. 'Zeg, waarom kom je me niet opzoeken als Alice in het ziekenhuis ligt?' vroeg Katherine.

'Dat lijkt me geweldig,' antwoordde Cecily. Ze begon Katherine steeds leuker te vinden.

'Zo te zien vindt Minnie je lief,' riep Alice naar haar toen een kleine teckel bij Cecily op schoot sprong. 'Dieren weten altijd precies de goede mensen eruit te pikken,' zei ze, terwijl ze haar glas champagne bijvulde. Opnieuw bedankte Cecily beleefd voor de 'bubbeltjes', zoals Alice het noemde, en richtte haar blik op de wolken die zich aan het samenpakken waren boven de bergketen achter de ranch.

'Oeps!' zei Katherine terwijl ze opstond, want bijna gelijktijdig leek de saffierblauwe hemel te verduisteren en opeens vielen er dikke regendruppels naar beneden. 'Gauw, naar de veranda allemaal!' riep ze, en ze stopte snel zo veel mogelijk spullen van de tafel in een mand. De gasten begaven zich als een goed geoliede machine naar de overdekte tafel, terwijl het steeds harder begon te regenen. Al gauw kwam het met bakken uit de hemel.

'Het is maar een korte bui,' zei Katherine. 'Wacht maar tot het echte regenseizoen hier in april begint. Dan wordt de weg achter ons hier een grote rode modderstroom, die vanuit de heuvels naar beneden dendert.'

'Dat klinkt behoorlijk heftig,' zei Cecily. 'Maar ik denk dat ik dan al weg ben.'

'Over weggaan gesproken, meisje,' zei Bobby, die een beschermende arm om Katherines schouders sloeg. Hij was een boom van een kerel en een stuk langer dan zijn aanstaande bruid.

'Wonen jullie hier vlakbij?' vroeg Cecily.

'Ongeveer een kilometer of vijftien hiervandaan. Een klein eindje voor een kraai, maar wij moeten over de weg en dat duurt langer. Hou je van paardrijden, Cecily?'

'Jawel.' Cecily vroeg zich af hoe het kwam dat paarden, die voorheen nooit een hoofdrol in haar leven speelden, in de afgelopen paar weken opeens zo aanwezig waren.

'In deze contreien kun je afstanden het beste te paard afeggen, om eerlijk te zijn. Zo gaan wij in elk geval nu naar huis,' zei Bobby.

'Het was fijn om je te leren kennen, Cecily,' zei Katherine met een warme glimlach. 'Ik zal contact met je opnemen over je bezoek aan ons als Alice in het ziekenhuis is. De volgende keer moet je beslist blijven slapen, want het is een hele onderneming om uit Naivasha hier te komen.'

Ze bestegen allebei hun paard en Cecily keek hen na toen ze op een drafje de oprijlaan verlieten.

Na een uur hield het op met regenen en de gasten kwamen onder de veranda vandaan. Cecily hoopte dat ze het niet onbeleefd zouden vinden als ze nu wegging. Ze liep naar Alice toe, die nog steeds de mangoeste op haar schouder vasthield.

'Ik denk dat ik nu beter naar huis kan gaan,' zei Cecily. 'Mijn peettante verwacht me vanavond voor het diner.' Cecily wist dit niet zeker, maar er was een gerede kans dat het klopte wat ze zei.

'Natuurlijk, liefje. En wat enig dat je het zo goed kon vinden met Katherine. Ze is geweldig, en ze heeft veel meer gezond verstand dan ik. Doe de groeten aan Kiki en ik hoop dat je me snel weer komt opzoeken. Afgesproken?' Alice stak haar smalle blanke handje naar Cecily uit. 'Het is leuk om hier jonge mensen te ontvangen, in plaats van verwelkte oudjes die op vergane glorie teren.'

'Ik kom heel graag terug, dank je, Alice.'

Cecily nam niet de moeite om afscheid te nemen van de andere gasten. Ze hadden zich al helemaal ingesteld op dit avondje, ze dronken champagne alsof het water was en de echo van hun geschater galmde door de vallei terwijl ze over de oprijlaan naar de Bugatti liep. Makena hield het portier voor haar open, en omdat het flink was afgekoeld na de regen legde hij een dekentje over haar knieën toen ze had plaatsgenomen.

Alhoewel ze geen druppel champagne had gedronken, voelde ze zich toch licht in haar hoofd toen ze de modderige weg op keerden. De lucht was een stuk ijler op die hoogte, dat zou een verklaring kunnen zijn, dacht ze terwijl ze uit het raam keek naar de weidsheid van de Grote Slenk die zich beneden uitstrekte. Het contrast met de weelderige groene vegetatie boven haar kon niet groter zijn en het uitzicht was zonder meer indrukwekkend. Ze wist uit de literatuur over Afrika die ze had bestudeerd dat de slenk duizenden kilometers lang was en miljoenen jaren geleden uit natuurkrachten was ontstaan. Maar geen enkel boek had haar kunnen voorbereiden op de adembenemende werkelijkheid van de omvang, vooral nu ze er van bovenaf op uitkeek. De zakkende zon zette de vlakke, grotendeels onbegroeide vallei in een abrikooskleurige gloed en als ze haar ogen toekneep, kon ze ver beneden kleine stipjes ontwaren, dieren of mensen – of misschien wel allebei, dat was niet met het blote oog waar te nemen – die zich over het magnifieke terrein voortbewogen.

'Wat een ongelooflijk land is dit,' mompelde ze. Ze leunde met haar hoofd tegen het raam. 'Het is bijna te veel om te bevatten.' Ze zuchtte even. Was haar familie maar hier om dit alles met hen te delen. Het contrast tussen Manhattan en deze slenk was net zo groot als de majestueuze vallei zelf – het waren twee totaal verschillende werelden. Ze zou het graag beter willen leren kennen, zowel de mensen als het land zelf. Het was alsof ze een olifant probeerde op te eten – ronduit overweldigend – en ze zwoer dat het haar zou lukken voordat ze weer naar huis zou terugkeren.

Het volgende moment schudde Aleeki haar zachtjes wakker.

'Welkom thuis, memsahib. Ik zal u helpen uitstappen.'

Cecily pakte zijn arm en samen liepen ze over het terras het huis in.

'Hoe laat is het?' vroeg ze.

'Half negen.'

'O.' Cecily keek naar het lege terras en luisterde naar de stilte. 'Is mijn peettante de deur uit?'

'Nee, memsahib, ze voelt zich nog steeds onwel en ze ligt te slapen. U zult wel trek hebben. Ik kan de tafel voor u dekken op het terras of een dienblad in uw kamer laten bezorgen. Wat heeft uw voorkeur?'

'Ik hoef alleen een glaasje melk, dank je. Zou ik een bad kunnen nemen? Ik wil me graag opfrissen na de reis.'

'Natuurlijk, memsahib. Ik zal Muratha naar u toe sturen met wat melk en ze zal het bad met water vullen.'

'Dank je.' Cecily maakte aanstalten om de trap op te lopen, maar ze bleef nog even staan. 'Gaat het wel goed met mijn peettante? Ik bedoel… hoe ziek is ze?'

'Ze wordt snel beter. Maakt u zich maar niet ongerust. Ik zorg goed voor haar.'

'Wil je haar straks goedenacht wensen namens mij?'

'Natuurlijk,' zei Aleeki met een buiging. 'Welterusten, memsahib.'

15

De volgende dag was Kiki nog steeds niet opgeknapt, en Cecily besefte met enige gêne dat ze de rust die over het huis was neergedaald erg prettig vond. Voor het eerst sinds haar aankomst had ze het idee dat ze vrijuit kon ademhalen en de schoonheid van haar omgeving in zich op kon nemen. Aleeki had allerlei suggesties voor hoe ze zich kon vermaken en die middag stond er een uitstapje op het programma: ze zou een boottochtje maken over het meer met een Kikuyu-jongen, die haar in zijn gebrekkige Engels wist te vertellen dat hij hier was geboren. Hij leerde haar een paar zinnetjes van de regionale taal en liet haar zien hoe ze een hengel in het water moest houden tot ze een rukje voelde, dan hielp hij haar de spartelende vis binnen te halen, met schubben die als een regenboog glansden in het zonlicht. Dobberend in het midden van het immense meer met het spiegelgladde wateroppervlak, keek ze naar de zonnebadende nijlpaarden die af en toe loom opstonden, zich naar het water begaven en er sierlijk als zwanen in gleden.

De volgende dag, toen Kiki nog steeds niet was verschenen, ging ze samen met Aleeki naar Gilgil, deed een nieuwe brief voor haar ouders op de bus en nam haar camerarolletje mee naar een Duitser die Aleeki kende, hij zou een doka achter in zijn werkplaats hebben waar ze de foto's kon laten ontwikkelen. Cecily maakte een wandeling door de stad en bleef her en der bij de kraampjes langs de kant van de weg staan, waar een variëteit aan bekende en onbekende vruchten en groenten lag uitgestald.

'Zijn dat gewone bananen?' Cecily wees op de tros met langwerpig groen fruit. Aleeki was naar haar toe gekomen toen hij klaar was met zijn boodschappen.

'Nee, maar ze lijken er wel op. Alleen zijn dit bakbananen, ze zijn erg lekker bij stoofvlees. Hier heten ze *matoki*. Zal ik aan de kok vragen of hij ze voor u klaarmaakt?'

'Ja, graag. Ik wil beslist een paar gerechten uit de lokale keuken proeven voor ik wegga.'

'Daar is nog tijd genoeg voor, memsahib,' zei hij en hij begon met de kraamhouder te onderhandelen over de prijs. 'De Indiase keuken is hier ook geliefd. Erg pittig, daar hou ik van.'

'Ik heb nog nooit echt heet gegeten,' bekende Cecily toen ze door de warme, stoffige straat terugliepen naar de auto.

'Dan moet u beslist een curry proberen, samen met wat stoofvlees en *ugali* – erg populair bij de Kikuyu.'

'Ben jij Kikuyu?' vroeg Cecily, die haar nieuwsgierigheid niet meer kon bedwingen.

'Nee, memsahib, ik kom uit Somaliland,' antwoordde hij. 'Dat ligt vlak aan de grens met dit land.'

Voor ze kon doorvragen, schrok ze door een stem achter haar.

'Cecily?'

Ze draaide zich om en zag Katherine, die zich naar haar toe haastte.

'Jemig, ik dacht al dat ik je herkende. Ben je al een beetje gewend hier?'

'Ja, het gaat prima, dank je, Katherine.'

'Het duurt altijd even, maar zodra je eenmaal je draai hebt gevonden, is het moeilijk om weg te gaan, geloof me.'

'Aleeki, dit is Katherine Stewart. Ik heb haar ontmoet toen ik bij Alice op de thee was.'

'Aangenaam kennis te maken, memsahib,' zei Aleeki met een buiging.

'Hoe gaat het met Alice?' vroeg Cecily.

'Ze ligt nog steeds in het ziekenhuis in Nairobi, en het ziet ernaar uit dat ze daar een poosje moet blijven. Bobby brengt me straks naar haar toe.'

Cecily had een vaag idee dat wat Alice ook mankeerde, het beslist geen voedselvergiftiging was vanwege de te vieze keuken.

'Wens haar beterschap van me, wil je dat doen?'

'Uiteraard. En beloof me dat je me zo snel mogelijk komt opzoeken op Wanjohi Farm. Bobby is druk bezig met onze eigen ranch en met klussen in dat hopeloze huis dat over een maand ons echtelijke stulpje zal zijn.' Katherine glimlachte. 'Ik voel me eenzaam. Zou je vrijdag kunnen komen?'

Cecily keek automatisch naar Aleeki.
'Jazeker, memsahib. Hoe laat schikt het?'
'Als Miss Cecily voor de lunch komt en zaterdagochtend na het ontbijt weer weggaat, zou dat gaan?' stelde Katherine voor.
'Ik zal het regelen,' antwoordde Aleeki.
'Mooi. Ik ga nu naar Bobby, hij is bij de bank om een lening aan te vragen zodat we meer vee kunnen kopen voor onze ranch.' Katherine trok haar wenkbrauwen op. 'Maar ik zie jou aan het eind van de week. Tot gauw, Cecily.'
'Dag, Katherine. En bedankt voor de uitnodiging.'
'Is Katherine ooit op bezoek geweest in Mundui House?' vroeg Cecily toen Aleeki haar hielp met instappen. Het was zoals gewoonlijk weer bloedheet in de auto.
'Ik geloof het niet,' antwoordde Aleeki en hij deed het portier stevig dicht, waarna hij voorin naast Makena ging zitten.
Cecily deed het raampje naar beneden, pakte haar waaier tevoorschijn en wapperde er ijverig mee. Ze vroeg zich af waarom ze weer zo duizelig was en ook waarom Aleeki op niet mis te verstane wijze, ondanks zijn beleefdheid, duidelijk had gemaakt dat haar nieuwe vriendin niet welkom was in Mundui House.

Tegen de tijd dat het vrijdag was, smachtte Cecily naar gezelschap. In de vijf dagen die waren verstreken had haar peettante haar kamer geen seconde verlaten. Ze had Aleeki keer op keer gevraagd om haar bij Kiki toe te laten, maar zijn antwoord was telkens hetzelfde: 'Memsahib ligt te slapen.' Ze had zich een paar keer afgevraagd of haar peettante soms dood op bed lag en Aleeki te bang was om het haar te vertellen.
's Morgens aan de ontbijttafel had ze eigenlijk Aleeki dringend willen verzoeken haar bij Kiki toe te laten voordat ze naar Wanjohi Farm zou vertrekken, maar Aleeki overhandigde haar een envelop. Ze maakte hem open, haalde er een vel papier uit met Kiki's dure briefhoofd en herkende het elegante handschrift van haar peettante.

Lieveling,
Vergeef me dat ik geen tijd voor je heb, ik voel me helaas onwel. Rust zal een goede remedie voor me zijn, dat weet ik zeker, en als

ik weer beter ben, kan ik weer van alles voor je betekenen zolang je hier verblijft.
Ik hoop dat Aleeki al je wensen inwilligt. Hij zegt dat je Katherine gaat opzoeken op Wanjohi Farm. Veel plezier!
Dikke kus,
Kiki

Mijn peettante is tenminste nog in leven, dacht ze toen ze wegreed in de Bugatti en Aleeki haar uitzwaaide. Nu kon ze met een gerust geweten Mundui House en zijn vreemde, beklemmende sfeer achter zich laten.

'Cecily! Eindelijk! Ik ben zo blij dat je bent gekomen,' zei Katherine, toen Cecily op de oprijlaan van Wanjohi Farm uit de auto stapte.

'Ik vind het ook leuk om hier te zijn,' antwoordde ze. Ondertussen pakte Makena niet alleen haar kleine weekendtas, maar ook de grote manden met champagne en lekkernijen – met dank aan Kiki.

'Allemachtig, denkt je peettante dat we vanavond een feestje hebben?' Katherine gaf haar een arm en leidde haar naar het huis.

'Misschien is een bezoek niet compleet als de champagne niet rijkelijk vloeit.'

'Ik zie dat je al doorhebt hoe de dingen hier gaan,' zei Katherine. Ze stapten het huis in, waar binnen het tijdsbestek van een week een hele verandering had plaatsgevonden, constateerde Cecily. De stapels boeken en paperassen waren opgeruimd en de sterke lucht van de honden en andere geadopteerde dieren uit de jungle werd gecamoufleerd door de milde geur van boenwas en de boeketten met lelies en rozen die de glimmende mahoniehouten tafel sierden.

'Je hebt hier wonderen verricht, zeg,' zei Cecily, toen Katherine haar voorging naar haar logeerkamer.

'Dank je. Maar ik heb het meer voor mezelf gedaan dan voor Alice. Ik kan er beslist niet tegen als het zo'n rommel is,' zei ze. 'Ik heb zelfs een tijdelijk hok van kippengaas voor haar honden gemaakt. Al zullen de apen die dit als hun tweede huis beschouwen, zich niet zo makkelijk laten kooien. Vind je dat wreed van me?'

'Nee, helemaal niet,' antwoordde Cecily. Een dienstmeisje bracht haar reistas naar haar kamer. 'Zeg alsjeblieft tegen haar dat ze hem niet hoeft uit te pakken. Er zit niets anders in dan een nachtjapon, een tandenborstel, een stel schone kleren en wat ondergoed.'

'Ik vrees dat ik dat niet kan toestaan,' zei Katherine, en ze blafte een paar bevelen naar het meisje, dat een tikje angstig keek. 'Ze zijn allemaal vergeten dat Alice ze een flink salaris betaalt en ook goed voor hen zorgt. Daar zullen ze op hun beurt toch wat werk voor moeten verrichten. Enfin, ik weet zeker dat je uitgedroogd bent. Er staat een kan limonade klaar op het terras.'

'Geen champagne?' vroeg Cecily plagerig en Katherine grinnikte.

Ze namen plaats op het terras en Cecily tuurde naar de weelderig begroeide heuvels die zich voor haar uitstrekten en de rivier beneden. Antilopen, paarden en geiten liepen vrij rond en een licht briesje streek over haar gezicht.

'Hoe gaat het met Alice?' vroeg Cecily en ze nam een slokje van de verrukkelijke limonade.

'Niet zo heel goed, ben ik bang. Ze hebben een drain in haar maag ingebracht. William, dokter Boyle dus, denkt dat de pijn wordt veroorzaakt door de schotwonden van dat incident in Parijs van jaren geleden.'

'Komt ze erbovenop?'

'Ik hoop het. Maar ze zorgt niet zo goed voor zichzelf.'

'Wat een complex leven heeft Alice geleid, zeg. Ze moet zielsveel van die man hebben gehouden dat ze hem heeft neergeschoten en daarna zichzelf.'

'Ik heb een heleboel varianten op dit verhaal gehoord, maar kennelijk had Raymund tegen haar gezegd dat hij niet met haar kon trouwen omdat zijn familie hem anders dreigde te onterven. Wat een mens wel niet doet voor de liefde, hè?' Katherine zuchtte. 'Trouwens, ik zou Bobby waarschijnlijk ook neerschieten als hij me nu zou vertellen dat hij niet met me kon trouwen. Ik kan me een leven zonder hem niet voorstellen.'

'Wanneer vindt de bruiloft plaats? En waar?' vroeg Cecily.

'Voor wat het wanneer betreft: binnen een maand, misschien had ik al zoiets gezegd. Maar over de locatie zijn we het nog niet helemaal eens. Het is nogal complex.'

'O ja?'

'Mijn vader zit al jaren op een missiepost in Tumutumu, net aan de andere kant van het Aberdaregebergte. Hij spreekt de taal van die streek vloeiend, net als ik, zoals je vast al hebt gehoord. Hij zou het fijn vinden als ik daar zou trouwen, maar de kerk is niet meer dan een hutje, en ik kan me niet voorstellen dat Idina en consorten daar in hun chique feestkleding willen rondlopen, vooral niet als de regenbuien zijn begonnen.' Katherine gniffelde.

'Maar het is jouw bruiloft, dus jij bepaalt hoe en wat.'

'Van mij én Bobby, ja. Het maakt hem allemaal niets uit, zolang we maar trouwen. Alleen is het zo dat mijn ouders kort na hun aankomst in Kenia op een missiepost gingen wonen. Toen ik werd geboren en doordat mijn vader vaak de jungle in moest om het evangelie te verkondigen, wilde mijn moeder per se dat hij een huis in de vallei bouwde, zodat ik tenminste vriendjes en vriendinnetjes had.'

'Dat snap ik,' zei Cecily. 'Dus je bent tussen twee werelden opgegroeid?'

'Daar lijkt het op. Eerlijk gezegd hield ik van allebei evenveel. Ik werd naar kostschool gestuurd toen ik tien was, maar in de vakantie zat ik altijd bij mijn moeder en die klierige Bobby, en ik bracht twee weken op de missiepost bij mijn vader door. Daarom is onze trouwlocatie zo'n precair onderwerp. Ik denk dat we een compromis hebben gevonden: Bobby en ik zullen officieel in de echt worden verbonden op de missiepost in Tumutumu, zodat we papa blij maken, en dan houden we de receptie daags daarna op de Muthaiga Club. Alice, de schat, wil per se alles betalen bij wijze van huwelijksgeschenk, al opperde ik zelf dat een cheque ten behoeve van een paar meubels in ons nieuwe huis ook welkom was. Maar ze is door en door romantisch ingesteld, ondanks het debacle van haar eigen huwelijken. En natuurlijk is het weer een mooie smoes voor alweer een feestje,' voegde ze er wrang aan toe. 'Ik hoop dat ze bijtijds opknapt, zodat ze erbij kan zijn. En, wat vind je ervan?'

'Ik vind het een perfecte oplossing. Waar gaat jullie huwelijksreis naartoe?'

'Allemachtig, nee, we gaan nergens naartoe,' lachte Katherine. 'Ik trek met Bobby in de bouwval van zijn ouders, waar mijn arme schat zich een slag in de rondte werkt om het bewoonbaar te maken voor we trouwen. Dat worden onze wittebroodsweken, en bovendien is het houden van een veestapel niet zonder risico. Ik ga Bobby helpen met de dieren, zo kan ik tenminste mijn jaren bij Dick nog ergens voor gebruiken.'

'Pardon?'

'Dick, het opleidingsinstituut voor diergeneeskunde in Edinburgh. Ik ben afgestudeerd als dierenarts, Cecily, dat zal ons zeker helpen om onze veestapel gezond te houden. Bill Forsythe, Bobby's buurman, en binnenkort ook de mijne, leert ons van alles over de moderne veehouderij en de fijne kneepjes van vaccinatie, pesticidebaden, enzovoorts. Als je vee in zulke aantallen houdt, liggen er allerlei ziektekiemen op de loer, zoals miltvuur, runderpest of CBPP. En niet te vergeten de leeuwen die een maaltje willen,' zei Katherine. 'Ik heb Bill trouwens uitgenodigd om vanavond te komen eten. Maar hou je vast, want hij is nogal apart.'

'Dat is niet erg, ik begin al aan de mensen hier te wennen. Er zitten beslist interessante types tussen,' zei Cecily.

'Bill onderhoudt een bijzondere relatie met de Masai. Van die stam kunnen we ook voldoende leren. Ze hebben eeuwenoude natuurgeneeswijzen.'

'Zijn de bedienden hier Masai?' vroeg Cecily op het moment dat een vrouw met een bezem uit het keukengebouw kwam en de veranda, die aan de binnenplaats grensde, begon te vegen.

'Nee, Kikuyu. De Masai is een nomadische stam, ze zitten altijd met hun vee op de savanne. Huishoudelijk personeel hier is meestal Kikuyu, en Ada, zoals we haar noemen, werd door mijn moeder op de missiepost aanbevolen toen Alice op zoek was naar meer personeel.'

'Zijn ze goed in hun werk?'

'Jawel, zolang ze goed worden aangestuurd. Over het algemeen zijn ze erg trouw. Enfin, genoeg over dit onderwerp. Vertel eens wat je zoal doet in Manhattan?'

'Nou, niet veel, eigenlijk. Ik was verloofd, weet je, en tja, toen niet meer.'

'Ben je hier om over je gebroken hart heen te komen? Mag ik vragen hoe oud je bent?'

'Ik word dit jaar drieëntwintig. De jaren beginnen te tellen.'

'Welnee!' Katherine grinnikte. 'Ik ben al bijna zevenentwintig. Hield je veel van hem?'

'Ik dacht van wel, ja, maar echt, ik ben nu helemaal klaar met mannen.'

'Dat zullen we nog weleens zien.' Katherine stond glimlachend op. 'Goed, ik denk dat het tijd is voor onze lunch.'

Ze kregen een subliem gekruide visschotel geserveerd. Katherine vertelde dat de vis vanmorgen vroeg was gevangen.

'Ben je weleens naar Mundui House geweest?' vroeg Cecily behoedzaam, want ze herinnerde zich Aleeki's discrete koelheid jegens haar nieuwe vriendin.

'Nee, mijn ouders waren allebei faliekant tegen iedereen die bij de Happy Valley hoorde. Natuurlijk op Alice na, vanwege de dieren. Het is er wel erg mooi, heb ik gehoord, en Kiki is duidelijk heel erg gastvrij.'

'Ja, dat is zo. Maar... ik maak me wel zorgen om haar,' vertrouwde Cecily Katherine toe. 'Ze is al in geen dagen haar kamer uit geweest. Ik weet alleen dat ze nog leeft omdat ze me vanmorgen een brief heeft gegeven voor ik wegging. Weet jij misschien of ze een chronische aandoening heeft?'

'Goh, ik zou het echt niet weten. Enfin, zullen we naar de stallen gaan en een ritje maken? Ik wil je een paar mooie plekken laten zien.'

Cecily onderdrukte het gevoel dat Katherine meer wist dan ze kwijt wilde en bovendien had ze enorm veel zin om te paardrijden – ze wist dat ze hoe dan ook weer in het zadel moest als ze een poosje in Kenia zou blijven. Ze knikte.

'Ja, graag, dat zou ik geweldig vinden.'

Gelukkig was het terrein lastig, zodat ze al haar aandacht erbij moest houden en niet aan de keren hoefde te denken dat ze met Julius op pad was gegaan. Ze leidde haar merrie langs de oever van de rivier en snoof de koele, frisse lucht op, ze hoorde de vogels fluiten en zag het zonlicht glinsteren op de bedaard kabbelende rivier beneden haar.

'Het lijkt wel alsof ze het Engelse landschap hier midden in Kenia hebben geplaatst,' zei ze.

'Daar lijkt het wel op, hè? Enfin, we moeten terug, want Bobby en Bill zullen over niet al te lange tijd arriveren.'

Cecily waste zich zo goed en zo kwaad als het ging in de kom met warm water die op de ladekast stond. Ze trok een schone katoenen jurk aan, haalde een borstel door haar haar en liep naar buiten, waar ze zich bij Katherine voegde om samen de zonsondergang in de vallei te bekijken. Terwijl de zon achter de horizon verdween, huiverde Cecily in de kille bries die over het terras waaide. Ze trok haar stola strakker om haar schouders en genoot van het gevoel om het weer eens koud te hebben.

Even later hoorden ze een motorvoertuig naderen.

'Daar zijn de mannen,' zei Katherine en Cecily volgde haar naar de oprijlaan, waar twee oud ogende pick-ups net tot stilstand kwamen. Bobby klom uit de ene, even later stapte de andere man uit zijn auto. Cecily nam aan dat het Bill was.

'Ik had al eerder gezegd dat je je niet al te veel van Bill moet aantrekken, Cecily. Hij is een echte inboorling geworden en weet niet meer hoe hij zich in gezelschap moet gedragen,' fluisterde Katherine toen de twee mannen hen naderden.

Van een afstand kwam Bill met zijn slanke postuur heel jeugdig op haar over, maar van dichtbij zag ze dat hij wel dik blond haar had, maar ook een paar diepe lijnen in zijn gebruinde gezicht. Ze stelde haar inschatting bij en bedacht dat hij om en nabij de veertig moest zijn. Tevens kwam hij haar vaag bekend voor.

'Dag, schattebout,' zei Katherine en ze hief haar gezicht op naar Bobby voor een kus. 'Hoe gaat het met je, Bill?'

'Prima, dank je.' Zijn stem was laag en hees, met een wat afgemeten Brits accent.

'Dit is Cecily Huntley-Morgan, die onlangs uit New York is overgekomen,' zei Katherine tegen Bill toen ze gezamenlijk naar het terras liepen.

Cecily voelde dat Bill haar met zijn blauwe ogen opnam, waarna hij weer in de verte keek.

'Wat erg,' zei hij na een paar seconden. 'Wat erg dat je daar moet wonen.'

Cecily schoot in de verdediging. 'Ik vind Manhattan anders erg leuk. Het is een geweldige stad en bovendien is het mijn thuis,' zei ze.

'Zo veel absurd hoge gebouwen, om niet te spreken van een hele mensenmassa die boven op elkaar gepakt op een klein eilandje moet wonen.'

'Let maar niet op hem, Cecily. Bill woont al te lang in de jungle, toch?' zei Katherine. Ze vroeg de mannen of ze bier of champagne wilden.

'Godzijdank wel,' zei Bill. Hij nam een flesje bier. 'Zoals je weet ben ik niet bepaald dol op de medemens.'

Opnieuw liet Bill zijn vreemde, bijna hypnotiserende blik op Cecily rusten. 'En hoe lang blijf je, voor je weer vlug terugkrabbelt naar de claustrofobie van wat je "beschaving" zou willen noemen?'

Katherine kwam snel tussenbeide. 'Dat weet ze nog niet, Bill. Toch, Cecily?'

'Nee, dat klopt.' Cecily pakte een glas champagne. De lompe houding van de man bracht haar van haar stuk.

'Ben je al in de jungle geweest?'

'Nee.'

'Dan heb je het ware Afrika nog niet leren kennen.'

'Ik weet zeker dat daar nog ruimschoots de gelegenheid voor zal zijn, nietwaar, Bill?' zei Bobby.

Cecily zag dat Bill een zoekende blik onder de tafel wierp.

'Enfin,' zei hij. Hij keek haar weer aan en hief zijn glas. 'Je hebt in elk geval niet van die idioot hoge hakken die de meeste Amerikaanse vrouwen per se aan willen trekken, met name dat vreselijke wicht van een Preston.'

Cecily verslikte zich bijna in haar champagne. Ze zocht Katherines blik als een stille smeekbede.

'Het geval wil dat Kiki de peettante van Cecily is, Bill,' zei Katherine kalm. 'En hou nu op dat arme meisje op stang te jagen. Ze lijkt in niets op haar peettante. Je hoeft haar niet onder vuur te nemen omdat ze Amerikaanse is. Je moet niet iedereen over één kam scheren. Enfin, zijn jullie vandaag opgeschoten?'

Cecily luisterde met een half oor naar Bobby, die vertelde over de veemarkt waar ze die dag waren geweest en hoeveel 'stuks' hij had gekocht.

'Hij heeft het goed aangepakt,' zei Bill, en dat was het eerste positieve geluid dat ze van hem hoorde sinds zijn aankomst. 'Hij heeft een mooie prijs voor de Boran-koe bedongen.'

'Dankzij jou, Bill. Ze weten dat ze jou niet in de maling kunnen nemen. Bill staat hier wijd en zijd bekend om zijn kennis van vee,' zei Bobby tegen Cecily.

'En wat is jouw specialiteit, Miss Huntley-Morgan?' vroeg Bill.
'Bar weinig.' Cecily haalde haar schouders op. Ze was nog steeds gepikeerd over zijn onbehouwen gedrag jegens haar en haar peettante.
'Ach, kom, Cecily, laat je niet door Bill op je kop zitten.' Katherine wierp Bill een strenge blik toe. 'Hij doet dat bij iedereen die hij net heeft ontmoet, nietwaar, Bill?'
'Zoals je weet verkeer ik al een hele poos niet meer in beschaafde kringen.'
'Hij is onder de indruk, dat kan ik duidelijk zien.' Bobby rolde met zijn ogen en knipoogde naar Bill. 'Goed, we hebben razende honger. Wat staat er op het menu?'
Tijdens het eten was Cecily dankbaar dat Bill zijn aandacht uitsluitend richtte op het gesprek met de anderen. Ze bespraken hoe snel Bobby's veehouderij winstgevend zou kunnen zijn en hoe lang hij het terugbetalen van de lening aan de bank kon uitstellen.
'Het hangt er helemaal van af of je Bobby veel tijd met het vee wilt laten doorbrengen in de heuvels of op de savanne tijdens het regenseizoen, Katherine. Ik liet ze afgelopen november een week alleen omdat ik voor zaken naar Nairobi moest, en ik ben in die tijd minstens honderd stuks kwijtgeraakt.'
'Waaraan?' vroeg Cecily, wier interesse was gewekt.
'Aan de Masai natuurlijk.'
'Maar ik dacht dat ze voor je veestapel zorgden en dat ze voor jou werkten...'
'Een aantal doet dat ook, maar er zijn veel verschillende Masai-stammen in deze contreien. De Masai beschouwen alle runderen in Kenia als hun bezit. Ze zijn heilig voor hun stam, en al slachten ze een dier zelden zelf, ze ruilen ze wel tegen maïs of groenten van andere stammen.'
'Maar de runderen zijn van jou?'
'Wel volgens onze criteria, maar geld als ruilmiddel, zoals gebruikelijk bij de *mzungus*, betekent weinig voor hen.'
'Mzungu is de lokale term voor een blanke,' legde Katherine uit.
'Kun je hen niet wegsturen en andere mensen voor je vee laten zorgen?' vroeg Cecily.
Bill keek haar even aan. 'Nee, Miss Huntley-Morgan, dat gaat niet. Ik

heb een uitstekende relatie met hen en ik ben met veel van hen bevriend geraakt. En als ik daarvoor de prijs van een paar dozijn runderen per jaar moet betalen, dan is dat zo. De Masai waren hier eerst en ondanks diverse pogingen van de regering om ze te verplaatsen of af te zonderen, zetten ze hun nomadentradities voort. Ze hebben een symbiotische relatie met de runderen; ze tappen soms bloed van hen af en dat drinken ze op, omdat ze geloven dat het hun kracht en gezondheid geeft.'

'Dat klinkt afschuwelijk,' zei Cecily.

'Wel, de runderen houden in elk geval niet van mensenbloed, zoals de leeuwen,' pareerde Bill.

'Ik heb nog steeds geen leeuw gezien, en ook geen olifant.'

Bill keek haar een poosje zwijgend aan, alsof hij ergens aan dacht. Uiteindelijk zei hij: 'Ik ga morgen de jungle in, Miss Huntley-dinges. Heb je tijd om mee te gaan? Of haak je liever af omdat je het eng vindt?'

'Doen, Cecily! Wij gaan natuurlijk mee,' zei Katherine snel. 'Bill heeft me ooit een keer op mijn elfde meegenomen. Weet je nog, Bill? Je zei toen tegen me dat Masai-meisjes op die leeftijd vrouw werden.'

'Op hun elfde?' vroeg Cecily.

'De meeste van hen zijn getrouwd en zwanger als ze twaalf of dertien zijn, Miss Huntley-dinges,' zei Bill.

'Zeg maar Cecily, hoor,' zuchtte ze vermoeid. Ze besefte dat hij zijn best deed om haar op de kast te jagen.

'Moet dat? Ik vind het een vreselijke naam. Ik had een oudtante die in West Sussex woonde. Het was een secreet, maar toch werden mijn oudere broer en ik elke zomervakantie door mijn ouders naar haar toe gestuurd. Ze heette ook Cecily.'

'Het spijt me dat ik nare jeugdherinneringen bij je ophaal, maar daar kan ik weinig aan doen, wel?'

'Bill, genoeg,' zei Katherine kordaat. 'Laat dat meisje met rust.'

Maar Bill bleef naar haar staren. En het kwam door die blik, en het feit dat hij het over West Sussex had gehad, dat ze opeens wist wie hij was.

'En je naam is Bill? Bill Forsythe?'

'Jawel, ik heb een oer-Britse naam.'

'Jouw broer is majoor, toch? En woont hij niet in dezelfde streek als je oudtante, in West Sussex?'

'Dat klopt, daar woont hij. Hoe weet je dat?'

'Ik heb onlangs met hem kennisgemaakt in Engeland.' Cecily zag tot haar genoegen dat Bill warempel even van zijn à propos was.

'O ja? Is dat zo? Waar en wanneer?'

'Op Woodhead Hall in Sussex, ongeveer drie weken geleden. Ik was daar op uitnodiging van Lady Woodhead, en hij woont bij haar in de buurt.'

'Verdraaid nog aan toe, zoals de majoor zou zeggen. Mijn dierbare oudere broer heeft me bezocht toen ik net in Kenia was neergestreken en hij was de grootste rokkenjager van de Muthaiga Club, alhoewel hij een schat van een vrouw heeft. Ben jij getrouwd?'

'Nee.'

'En net als jij, Bill, heeft ze geen interesse in liefdesrelaties,' zei Katherine vanaf de andere kant van de tafel, en ze wierp Cecily een geruststellende blik toe.

'Nou, dat is nogal een uitspraak, als ik zo vrij mag zijn.' Bill trok zijn wenkbrauwen op. 'Vooral voor iemand van jouw leeftijd. Ik kwam er pas op mijn achtendertigste achter dat de liefde een mythe is. Enfin.' Bill stond op en wendde zich tot Bobby. 'We moeten morgen vroeg uit de veren, dus we kunnen beter gaan.'

'Prima.' Bobby knikte en stond op. Cecily kreeg vaag de indruk dat hij volkomen idolaat was van zijn vriend. 'En, Cecily, trek je de stoute schoenen aan voor je eerste safari?'

'Reken maar dat ze meegaat,' zei Katherine toen ze gezamenlijk naar de oprijlaan liepen. 'De bedienden kunnen de boel hier wel een etmaal in de gaten houden en ik ben zelf al in geen tijden meer in de jungle geweest.'

'Wil je je Amerikaanse vriendin wel waarschuwen dat het niet zo wuft is als de tochtjes waar haar peettante over heeft verteld?' Bill negeerde Cecily terwijl ze naar de pick-ups liepen. 'Geen lekkere hapjes, champagne of bediening, alleen een deken, een geïmproviseerde tent en een kampvuur onder een sterrenhemel.'

'We zullen haar voorbereiden, Bill. En, Cecily? Ga je mee?'

Drie paar ogen staarden haar aan.

'Ik... Goed. Ik wil heel graag mee.'

'Mooi zo,' zei Bill. 'Dan zie ik jullie allemaal morgenochtend om klokslag zeven uur bij mij thuis. Bedankt voor het eten, Katherine. Het gebeurt me niet vaak dat ik een zelf gekookte maaltijd geserveerd krijg.'

'Dag, schat.' Katherine kuste Bobby gedag, waarna hij in zijn pick-up stapte, die naast de auto van Bill geparkeerd stond. 'Tot morgenochtend.'

Cecily en Katherine zwaaiden de mannen uit en liepen terug naar het huis.

'We moeten je uitrusting bij elkaar zoeken voor morgen,' zei Katherine. 'Alice heeft een uitgebreide safarigarderobe en jullie hebben vrijwel dezelfde maat.'

'Dank je. Ik moet wel toegeven dat ik een beetje zenuwachtig ben, met name vanwege Bill. Hij heeft duidelijk laten merken dat hij me niet mag,' zei Cecily toen ze de hal binnenkwamen.

'Nee hoor, het is zeker niet zo dat hij je niet mag, Ik heb hem al een hele tijd niet zo veel aandacht aan een vrouw zien besteden.'

'Goh, als dat zijn manier is om een vrouw aandacht te schenken, dan verbaast het me niet dat hij niet getrouwd is. Wat een lomperik!'

'Wellicht interessant om te weten is dat hij uit liefdesverdriet naar Afrika is gegaan, net als jij. Dat is nu bijna twintig jaar geleden en sindsdien schijnt hij nooit meer in de buurt van een vrouw te zijn geweest. Hij is eenzelvig, als je snapt wat ik bedoel. Maar het is wel een aantrekkelijke man, hè?'

'Dat vind ik niet,' zei Cecily. Ze had twee glaasjes champagne gedronken om de avond door te komen en de alcohol had haar iets loslippiger gemaakt. 'Het enige wat hij heeft gedaan, was mij beledigen.'

'Zo is Bill nu eenmaal, maar voor je eerste safari in de jungle ben je nergens zo veilig als bij hem. Hij kent het gebied op zijn duimpje en weet beter dan welke blanke man ook welke gevaren er dreigen.' Katherine onderdrukte een geeuw. 'Enfin, ik moet de honden in hun hok doen en die schattige mangoeste vinden waar Alice zo dol op is. Ik heb hem vanmorgen eten gegeven en de rest van de dag heeft het beest zich niet meer laten zien. En ik moet voor ons allebei een toepasselijk stel kleren vinden. Welterusten, Cecily, ik zie je morgenochtend.'

Terwijl Katherine de koele nacht in stapte om de in het rond stuivende roedel honden bij elkaar te roepen, trok Cecily zich terug op haar slaapkamer en ging languit op haar bed liggen. Ze vroeg zich af wat Bill had meegemaakt dat hij nu nog maar zo weinig vertrouwen in de mensheid had. En al helemaal wat vrouwen aanging…

Ze schopte haar schoenen uit, knoopte haar jurk los en was blij met de donsdeken, want ze had het koud. Ze kroop eronder en voelde meteen iets warms en donzigs tegen haar hand. Ze slaakte een gilletje en keek onder de dekens. Het was de kleine mangoeste, die ze al bij haar vorige bezoek had gezien. Kennelijk was hij behaaglijk onder haar donsdeken gekropen om beschutting te zoeken. Ze voelde zijn kleine pootjes langs haar borst omhoog kruipen en toen nestelde hij zich in de ronding tussen haar hals en haar schouder.

Cecily glimlachte bij de gedachte aan wat haar moeder hiervan zou zeggen. Een wild beest – waarschijnlijk vergeven van de vlooien en luizen – dat bij haar in bed lag. Maar de ademhaling van het diertje klonk erg rustgevend en Cecily was heimelijk verrukt dat de kleine mangoeste uitgerekend haar slaapkamer had uitgekozen als toevluchtsoord. Ze was inmiddels te moe om nog langer over Bill en zijn moeilijke gedrag van die avond na te denken.

Maar als ik ooit zou besluiten om hier te blijven, dan zou ik beslist voor de Wanjohivallei kiezen, dacht ze bij zichzelf, en toen viel ze in een diepe slaap.

ELECTRA

NEW YORK
APRIL 2008

16

Ik staarde naar mijn grootmoeder. Ze had haar ogen dicht, haar handen lagen sierlijk gevouwen in haar schoot. Ik vermoedde dat ze met haar gedachten nog in een andere wereld was. Een wereld zo totaal anders dan de onze dat het bijna niet te bevatten was. Eindelijk opende ze haar ogen, licht huiverend om zichzelf naar het hier en nu terug te voeren.

'Wauw, Afrika,' zei ik, en ik stond op om mezelf het volgende glas Goose in te schenken. 'Ik zou graag nog eens horen hoe ik in het verhaal pas en waarom mijn ouders me lieten adopteren.'

'Dat weet ik, maar voordat we daar zijn valt er nog heel wat meer te vertellen. Wil je het goed kunnen begrijpen, dan moet ik je eerst vertellen wie Cecily was en wat er met haar is gebeurd. Geduld, Electra,' zei ze met een zucht.

'Ja, dat is niet een van mijn sterkste eigenschappen. Nou, zo te horen heeft die Cecily wel een rottijd meegemaakt. Het lijkt me een vreselijke klootzak, die Engelsman.'

'Electra, is het nu echt nodig om dat soort grove termen te gebruiken? De mooie Engelse taal bevat genoeg woorden om het karakter van die man heel wat adequater te beschrijven.'

'Sorry.'

Ze keek me met die priemende blik aan.

'Wilt u ook?' vroeg ik.

'Ik gebruik geen sterkedrank, zoals ik al zei. En dat zou jij ook niet moeten doen. Dit is je vierde forse wodka sinds ik hier ben.'

'Nou en?' zei ik, en ik nam een slok. 'Trouwens, wie denkt u wel dat u bent om hier binnen te komen wandelen en me te vertellen wat ik moet doen en laten en wat ik wel of niet moet drinken? Waarom komt u sowieso zomaar ineens mijn leven binnen? Waar was ú eigenlijk toen ik werd geadopteerd?'

Stella stond op.

'Gaat u weg?'

'Ik ga weg, Electra, want je bent alle controle over jezelf kwijt, zoals je Pa al tegen me zei. Je hebt niet alleen sterkedrank gebruikt, toen je terugkwam van de wc zag ik aan je ogen dat je een paar lijntjes cocaïne had genomen. Het is waarschijnlijk zonde van mijn tijd en moeite geweest dat ik je dit allemaal heb verteld, want je bent het morgen weer vergeten. Ik ben hier omdat jij mijn vlees en bloed bent en omdat je Pa me hierheen heeft gestuurd. En net als hij smeek ik je om hulp te zoeken voordat het te laat is en je je jonge leven hebt verwoest. Ik betwijfel of je me hierna nog wilt zien, want je bent boos omdat ik dit tegen je zeg. Je zit nog in de ontkenningsfase, maar het zal niet lang duren of je hebt de bodem geraakt. Bel me als het zover is, en ik zal er voor je zijn. Oké? Tot ziens.' En na die woorden beende ze de kamer door, opende de voordeur en liet hem met een klap dichtvallen.

'Wauw,' zei ik grinnikend. 'Echt, wáúw!' Ik liep naar de bar voor de volgende wodka en zag dat de fles leeg was. Ik pakte een nieuwe fles uit het kastje eronder, schonk mezelf een flink glas in en sloeg het achterover. 'Jezus! Dat mens is echt krankjorum! Dat komt hier zomaar binnenlopen terwijl ze me nog nooit heeft ontmoet en begint me meteen van van alles te beschuldigen. Wie denkt ze verdomme wel dat ze is? Zo heeft nog nooit iemand tegen me gepraat...'

Ze is je grootmoeder, jouw vlees en bloed...

'En wat was dat voor shit over Pa die haar "hierheen gestuurd" had?' vroeg ik de lege kamer. 'Pa is dood, of niet soms?'

Ik voelde de woede in me opstijgen en nam nog een lijntje om in een betere stemming te komen. Woede was gevaarlijk, het maakte dat ik de stomste dingen ging doen en uitkramen. Mitch bellen bijvoorbeeld, en hem vertellen wat ik van hem dacht.

'Nee, ik kan beter zijn verloofde bellen en haar eens flink de waarheid zeggen.' Starend over de skyline van New York spuugde ik de woorden er bijna uit. Mijn hart bonkte en mijn hoofd leek elk moment te kunnen ontploffen.

'Jezus! Waarom krijgen mijn zussen lieve, knuffelige familieleden en krijg ik een duivelse oma op mijn dak?'

Ik liet me op mijn knieën zakken en barstte in snikken uit.

Waarom houdt niemand van me? En waarom gaat iedereen bij me weg... Ik wil alleen maar slapen. Ik moet écht slapen.

Ja, dát was de oplossing. Ik moest zorgen dat ik in slaap viel. Ik hees mezelf overeind en met mijn glas wodka in de hand strompelde ik de slaapkamer binnen. Uit de la van mijn nachtkastje pakte ik het potje slaappillen dat een arts me onlangs vanwege een forse jetlag had voorgeschreven. Ik draaide de dop eraf en strooide de inhoud over mijn dekbed. Ik werkte een paar pillen met een slok wodka weg, want aan één pil had ik niet meer genoeg. Ik legde mijn hoofd op het kussen en sloot mijn ogen. Maar mijn hoofd tolde, dus moest ik ze weer opendoen. Ik wilde dat Maia hier was om me verhalen te vertellen, zoals ze in Rio had gedaan.

'Zij houdt van me, ik weet dat ze van me houdt,' kreunde ik. Ik probeerde opnieuw mijn ogen dicht te doen, maar er stroomden tranen uit. Bovendien bleef de kamer maar draaien, dus kwam ik overeind en nam nog een paar pillen.

'Ik wil Maia spreken,' zei ik, en ik klauterde uit bed om mijn mobieltje te zoeken.

'Waar ben je? Ik moet mijn zus bellen,' snikte ik, terwijl ik mijn hele appartement afzocht. Eindelijk vond ik het ding, op de bar naast de wodkafles. Ik greep ze allebei beet en liet me op de grond zakken, want ik voelde me licht in mijn hoofd. Ondanks mijn wazige blikveld slaagde ik erin Maia's nummer te vinden. Ik drukte op de gespreksknop. De telefoon ging een paar keer over en schakelde toen door naar de voicemail.

'Maia, met Electra,' zei ik, tussen mijn snikken door. 'Je moet me écht terugbellen. Bel me alsjeblieft.'

Ik keek indringend naar mijn mobieltje, het móést overgaan, en toen dat niet gebeurde, smeet ik het de kamer door.

Maar toen werd er wél gebeld en moest ik over de vloer kruipen om het ding te pakken.

'Hallo?'

'Electra, met Maia. Wat is er, chérie?'

'Alles!' riep ik, en bij het horen van de lieve stem van mijn zus kwamen de tranen los. 'Mitch heeft m'n spullen teruggestuurd, want hij gaat met iemand anders trouwen,' zei ik met dubbele tong, 'en ik heb net mijn oma ontmoet en dat is een heks en…' Ik schudde mijn hoofd en veegde mijn neus met mijn mouw af. 'Ik wil gewoon heel lang slapen, weet je?'

'O, Electra, was ik maar bij je. Wat kan ik doen?'

'Ik weet het niet,' antwoordde ik schouderophalend. 'Niks, niemand kan iets doen.'

En bij het uitspreken van die woorden realiseerde ik me hoe waar ze waren.

'Sorry dat ik je stoorde, het komt wel goed… Paar pilletjes genomen en hoop nu snel in slaap te vallen. Dag.'

Ik hing op en nam de fles wodka mee naar bed. Het mobieltje liet ik achter. Ik nam nog twee tabletten, want ik móést gewoon slapen. Ik ging liggen, rolde mezelf in een foetushouding en wenste dat ik nooit was geboren.

'Ze wilden me toch al niet hebben, niemand wil me hebben,' zei ik half snikkend.

Eindelijk zakten mijn oogleden dicht en viel ik in slaap.

'Electra? Eléctra! Zeg iets! Gaat het?'

De stem kwam van heel ver weg, alsof het geluid werd gesmoord door een grote zwarte wolk die boven me hing.

'Mmmm,' wist ik uit te brengen. De zwarte wolk kwam omlaag, maar ineens kreeg ik een harde klap in mijn gezicht.

'Weet je hoeveel ze er heeft ingenomen?' vroeg een mannenstem die ik herkende maar niet kon plaatsen.

'Ik heb geen idee. Zal ik het alarmnummer bellen?'

Iemand greep mijn pols en drukte er met zijn vingers op.

'Haar polsslag is traag, maar hij ís er wel. Haal water uit de keuken en neem zout mee. We moeten haar aan het braken krijgen.'

'Oké.'

'Electra, hoeveel pillen heb je ingenomen?' bulderde de mannenstem in mijn oor. 'Electra!'

'Een paar…' mimede ik.

'Hoeveel is een paar?'

'Vier… Zes…' zei ik met dubbele tong. 'Konnie slapen, snap je.'

'Moeten we geen ambulance bellen, Tommy?'

'Ze is bij bewustzijn en ze praat. Als we haar aan het braken krijgen, moet het weer in orde komen. Oké, gooi dat zout in het water en dan roeren. Oké, Electra, we gaan je overeind hijsen. En als je niet wilt dat iedereen ziet dat je op een brancard bij de spoedeisende hulp naar binnen wordt geduwd, ga je precies doen wat ik zeg. Oké, daar gaan we.'

Een paar sterke armen trok me overeind, en weer draaide alles om me heen.

'Ik moet overgeven! Shit!' Ik braakte mezelf en de vloer onder.

'Pak een kom!' schreeuwde de mannenstem toen ik weer overgaf. 'Hé, je doet het geweldig, liefje. Je had dat zoute water niet eens nodig,' zei de stem toen ik weer moest braken. En weer moest braken.

'Ik wil gaan liggen, laat me alsjeblieft liggen!'

'Nog niet. Je gaat op mij leunen, dan kom je rechtop staan, en dan gaan we lopen, oké?'

'Nee, laat me alsjeblieft liggen.'

'Mariam, maak jij ondertussen sterke zwarte koffie. Je doet het geweldig, Electra,' zei de man, die me overeind hees tot ik rechtop stond. Ik boog voorover en moest weer overgeven.

'Wie ben jij?' vroeg ik, met een lijf als een lappenpop en een hoofd dat slap voorover hing.

'Ik ben Tommy, die man die buiten voor je appartement staat, weet je nog? Ik ben je vriend en ik weet wat ik doe, dus vertrouw maar op mij. En nu gaan we even lopen, ja? De ene voet voor de andere... Dat gaat heel goed, liefje, ga zo door. Is die koffie al klaar, Mariam?'

'Komt eraan.'

'Mooi. Dan gaan we nu het terras op en halen we een paar keer diep adem om frisse lucht binnen te krijgen, oké? Daar gaan we. Denk om het drempeltje... Mooi zo! Je bent buiten.'

'Mag ik nu gaan zitten? Ik ben zo duizelig...'

'We gaan eerst nog een stukje lopen, en dan mag je zitten en krijg je een lekker warm drankje.'

Tommy liet me op en neer over het terras lopen, en de koele buitenlucht deed zijn werk. Licht slingerend opende ik mijn ogen, terwijl Tommy onze in- en uitademingen telde.

'Je doet het fantastisch! Voel je je al beter?'

'Een beetje,' knikte ik.
'Oké, mooi. Zo, en dan gaan we je nu hier laten zitten.'
Heel rustig zette hij me op een stoel, maar een paar tellen later kwam de sterke geur van koffie mijn neusgaten binnen, waardoor ik weer begon te kokhalzen.
'Volgens mij heb je niks meer om uit te spugen,' merkte Tommy op. 'Hier is je koffie, liefje.'
Voor het eerst focuste ik me op zijn gezicht, en ik greep de mok vast die hij aanreikte.
'Ik ga de slaapkamer schoonmaken,' hoorde ik een vrouwenstem zeggen, die ik inmiddels als de stem van Mariam herkende.
'Nee, alsjeblieft niet! Het is er zo ontzettend smerig!'
'Maak je geen zorgen, Electra. Vergeet niet dat ik thuis vijf broers en zussen heb. Ik ben gewend aan braaksel,' zei ze opgewekt en ze ging de slaapkamer binnen.
'Drink een paar slokjes koffie, Electra, dat helpt,' zei Tommy.
Ik nam een slokje, maar presteerde het er een knoeiboel van te maken doordat mijn handen vreselijk trilden.
'Wacht, ik zal je helpen, kom maar.'
Tommy bracht de mok naar mijn lippen en terwijl ik slokje na slokje nam, trok de mist in mijn hoofd langzaam maar zeker op.
'Hoe kom jíj hier?' vroeg ik.
'Mariam kwam bij je kijken, want je zus had haar in paniek gebeld. Ik stond buiten en Mariam kwam naar me toe en zei dat je zus bang was dat je een overdosis had genomen. Ze wilde het alarmnummer bellen, maar ik zei dat ik eerst naar je wilde kijken, want ik heb behoorlijk wat medische training gehad in het leger, en ik wist dat jij niet naar het ziekenhuis zou willen, toch?'
'Nee, en dank je wel, Tommy. Ik schaam me dood. Zó walgelijk.'
'Hé, ik ben legerveteraan en ik heb heel wat lui gezien die terug in het burgerleven aan de drank en drugs raakten. Ik heb er zelf ook een tijdje aan meegedaan.'
'Oké, nou, nogmaals bedankt.' Mijn maag draaide zich om, niet alleen door de naweeën van de troep die ik erin had gedumpt, maar ook doordat ik besefte wat Tommy van me zou denken. 'Nou, niet echt een godin vanavond, hè?'

'Hé, Electra, je bent een mens van vlees en bloed, net als wij allemaal. Een menselijk wezen, weet je?'

Ik keek omlaag naar mijn jeans, die onder het braaksel zat, en voelde intense walging omdat ik zo diep gezonken was.

'Als je het niet erg vindt, ga ik een douche nemen.'

'Tuurlijk niet, heb je hulp nodig bij het lopen?'

'Nee, dank je, het lukt wel.' Ik stond op, voelde me nog wat wiebelig, maar was in staat om zonder hulp naar binnen te gaan.

'Bijna klaar hier,' zei Mariam, die uit de slaapkamer kwam. 'Maar misschien wil je vannacht in je logeerkamer slapen, het ruikt hier nog sterk naar desinfecterende middelen.'

'Oké, dank je.'

Onder de douche schrobde ik mijn huid rood, alsof de chemische troep niet alleen mijn maag maar ook mijn huid had aangetast. Ik stapte onder de douche vandaan, sloeg een baddoek om me heen en liet me op het deksel van de wc zakken. Het liefst was ik daar blijven zitten, zodat ik de puinhoop die ik van mijn leven had gemaakt en de behulpzame mensen die dit hadden gezien niet onder ogen hoefde te komen.

'Wat ben je toch een idioot, Electra,' fluisterde ik, terwijl ik nerveus mijn handen over mijn dijen wreef. 'Ze hebben gelijk, je hebt hulp nodig. Je. Hebt. Hulp. Nodig.'

Bij het hardop uitspreken van die woorden voelde ik een enorme opluchting, een gevoel van bevrijding zelfs, ik voelde me zowaar beter dan de afgelopen weken. 'Wees eerlijk, Electra, in het afgelopen jaar...'

Het was Tommy's opmerking geweest die me had getriggerd.

Je bent een mens van vlees en bloed, net als wij allemaal. Een menselijk wezen, weet je?

Er werd geklopt. 'Gaat het, Electra?' vroeg Mariam door de dichte deur.

'Ja hoor, het gaat.'

'Ik heb Maia aan de lijn. Wil je haar spreken?'

'Ja.' Ik kwam de badkamer uit en liep met het mobieltje dat Mariam me aanreikte de slaapkamer in. 'Dank je, Mariam. Maia?'

'O, Electra! Het gaat goddank goed met je!' klonk Maia's zachte stem. 'Ik was zo bezorgd toen je zei dat je alleen maar wilde slapen. Ik...'

'Ik wilde geen zelfmoord plegen, Maia. Ik wilde écht alleen maar slapen. Verder niets, echt niet.'

'Volgens Mariam gaat het nu goed met je, maar je was er slecht aan toe toen ze je vond.'

'Ja, dat klopt. Ik had per ongeluk te veel slaappillen genomen, meer niet.'

'Je klonk zo verschrikkelijk, dus ik heb direct nadat je had opgehangen Mariam gebeld en gevraagd of ze even bij je wilde gaan kijken.'

'Ja, ik weet het. Fijn dat je dat hebt gedaan.'

'Electra, ik...'

'Voordat je me gaat vertellen dat ik hulp nodig heb, ja, dat weet ik. Dus...' Nu moest ik heel hard slikken. '... als je de informatie over die kliniek waar je het over had aan Mariam wilt doorgeven, kan ze kijken hoe snel ik daar terechtkan.'

Het bleef even stil aan de andere kant van de lijn. Toen ik Maia een paar keer hard hoorde slikken, drong het tot me door dat ze huilde.

'O, mijn god, dat is fantastisch! Ik heb me zo'n zorgen om je gemaakt, wij allemaal trouwens. Het is heel dapper van je om dit te doen en toe te geven dat je hulp nodig hebt. Ik ben enorm trots op je, Electra, echt waar.'

'Nou ja, ik wil niet beweren dat het zal helpen, maar ik kan het in elk geval proberen, toch?'

'Ja, dat kun je.' Maia snoot zo te horen haar neus. 'Vind je het goed dat ik het Ma en Ally vertel? Die waren ook zo bezorgd om je.'

'Dat is goed, maar alléén Ma en Ally. En sorry als ik iedereen ongerust heb gemaakt.'

'Nou, we waren niet zo ongerust geweest als we niet van je hadden gehouden, zusjelief. En we houden heel veel van je.'

'Oké, maar ik ga nu ophangen, anders begin ik ook te janken. Ik geef je aan Mariam. Dag, Maia, en nogmaals bedankt.'

'Maia wil de gegevens van een afkickkliniek aan je doorgeven,' zei ik luchtig toen ik haar het mobieltje gaf. 'Ik ga zodra ik er terechtkan.'

Ik wilde haar reactie niet zien, dus ik trok mijn badjas aan en ging de slaapkamer uit, waar het nog stonk naar alle redenen waarom ik de volgende dag naar Arizona moest vliegen. Ik ging het terras op om met Tommy te praten, die over de glazen terrasrand geleund stond.

'Ha, Electra,' zei hij, en hij draaide zich naar me toe. 'Magnifiek uitzicht heb je hier.'

'Ja, dat is het zeker. Zou je wat water voor me willen halen? Ik heb dorst.'

'Tuurlijk wil ik dat.'

Even later kwam hij met twee glazen water terug. 'Proost.' Ik klonk mijn glas tegen het zijne en we namen allebei een slok. 'Ik wil je nogmaals bedanken voor je hulp vanavond.'

'Hé, je bent mijn koningin! Ik ben blij dat ik je kon helpen, en dat zal altijd zo blijven.'

'Ik heb nagedacht over wat je tegen me zei, dat ik ook een mens van vlees en bloed ben. Het heeft een hoop dingen in een ander perspectief geplaatst. Het is oké om zwakte toe te geven, hè?'

'Dat is zeker oké, nou en of.'

'Ik heb net tegen mijn zus gezegd dat ik zo snel mogelijk naar het afkickcentrum ga dat ze me aanraadde. Ik ben het zat om er constant een zootje van te maken.'

'Dat is geweldig nieuws, Electra, al zal ik je wel missen.'

'Hopelijk gaat het niet lang duren, maar in elk geval was je fantastisch, Tommy,' zei ik snel, want ik wilde mijn kersverse besluit nog niet tot me laten doordringen.

'Het zal niet makkelijk zijn, ik kan erover meepraten, maar het moeilijkste stuk heb je achter de rug: toegeven dat je hulp nodig hebt. Als ík de klok zou kunnen terugdraaien...' Hij haalde zijn schouders op. 'Jij hebt nog niets verloren, en ik kan je verzekeren dat je leven er alleen maar beter op wordt als je clean bent. Nou, ik moet er maar eens vandoor.'

'Oké, Tommy. Nou, tot ziens dan maar.'

'Succes, Electra. Ik zal de hele tijd in gedachten bij je zijn, dat beloof ik.'

Tommy gaf me een laatste glimlach en ging naar binnen.

Een paar minuten later kwam Mariam het terras op.

'Hoi, Electra.'

'Hoi.'

'Nou, ik heb Maia gesproken en de kliniek gebeld – de receptie is dag en nacht geopend – en ja, er is plaats, dus je kunt er morgen al terecht, dat is fijn voor je. Ik heb ook gebeld met het privéjetbedrijf en die kunnen morgenochtend om tien uur een vliegtuig op Teterboro Airport regelen.'

'Oké. En hebben ze ook gezegd hoelang ik daar blijf?'

'Volgens de vrouw die ik aan de lijn had, is de gemiddelde verblijfsduur een maand, dus heb ik je voor die periode geboekt.'

'Een máánd! Jeetje, Mariam, wat moeten we tegen iedereen zeggen? Ze mogen echt niet weten wat er aan de hand is.'

'Susie weet het, ik heb haar ook gebeld. Je bent niet bepaald het eerste fotomodel dat... ziek is. Ze doet je de hartelijke groeten en zegt dat ze ook blij is met je besluit. Ze is gewend om met dit soort situaties om te gaan. Ze zegt gewoon tegen de klanten dat je uitgeput bent en een tijdje rust moet hebben.'

'En dat geloven ze natuurlijk,' mompelde ik somber.

'Wat maakt het uit wat ze geloven? Het belangrijkste is dat je bij terugkomst weer net zo'n volle agenda hebt als nu. Je behoort tot de beste modellen in jouw branche, als je al niet de beste bent. Ik hoor van iedereen dat het heerlijk is om met jou te werken, Electra.'

'Echt waar?' vroeg ik, haar kritisch aankijkend.

'Ja! Je komt nooit te laat bij een shoot, je gedraagt je altijd beleefd op de set, je behandelt iedereen om je heen met respect, en dat is bij een aantal modellen die ik met naam en toenaam zou kunnen noemen wel anders.'

'Waarom denk ik zelf dan dat ik een nachtmerrie ben?'

'Misschien omdat je je vanbinnen zo voelt?' suggereerde Mariam zachtjes. 'Het goede nieuws is dat je die nachtmerrie nooit in het openbaar hebt laten zien. Maar je bent ook heel creatief. Die shoot voor *Marie Claire*, weet je nog? Ze konden maar niet de juiste look vinden, en jij stond op, pakte dat tafelkleed van het cateringteam, met die Afrikaanse print, en wikkelde het om je heen. Het zag er grandioos uit, en je had de shoot gered!'

De deurbel ging, Mariam sprong op om open te doen. Ze had een vreemde blik in haar ogen, het zag er bijna uit alsof ze zich schuldig voelde.

Ik hoorde haar in de woonkamer met iemand praten, en ik stond op om te kijken wie de bezoeker was.

'Hallo, Electra,' zei mijn grootmoeder. 'Hoe voel je je?'

'Ik... Oké,' zei ik fronsend. Ik voelde ineens diezelfde woede opkomen. 'Wat komt ú hier doen?'

'Ik heb nadat ik bij je wegging je assistente gebeld. Herinner je je nog dat je me haar nummer hebt gegeven?'

'Ja, maar...'

'Ik heb tegen haar gezegd dat ik me zorgen maakte om je, en dat je door mijn bezoek misschien nog erger van slag was geraakt. Ik heb haar gevraagd om me te informeren hoe het met je ging. En om me te bellen als het niet goed met je ging.'

'En toen het níét goed met je ging, toen we jou bewusteloos aantroffen, heb ik haar gebeld.' Langzaam steeg er een blos van Mariams hals omhoog toen ze de uitdrukking op mijn gezicht zag. 'Stella is je grootmoeder, Electra, ze wil je helpen.'

'Electra, alsjeblieft.' Stella kwam met uitgestrekte handen naar me toe. 'Ik ben hier alleen maar om je te steunen, niet om een preek te houden. Mariam vertelde me dat je hebt besloten om hulp te zoeken. Ik ben heel trots op je.'

Ik kreeg langzamerhand eerder het gevoel dat ik een schoolcompetitie had gewonnen dan dat ik had aanvaard dat ik verslaafd was.

Stella had haar koele handen stevig over de mijne gelegd.

'Dank u,' zei ik met een knikje, 'maar het is al laat, en we zouden eigenlijk allemaal al in bed moeten liggen.'

'Nou, wat zou je ervan denken als we Mariam naar huis laten gaan en ik hier blijf voor het geval je behoefte hebt aan gezelschap?'

Ik zag Mariam en mijn grootmoeder een blik uitwisselen, en ik zat er direct bovenop. 'U bent hier om te voorkomen dat ik op mijn besluit terugkom en nog vóór morgenochtend in het vliegtuig naar Timboektoe zit, klopt dat?'

'Misschien wel,' antwoordde Stella, met een glimlachje dat haar ogen – zo sprekend de mijne – deed glimmen. 'Dat gebeurt wel vaker. Maar wat belangrijker is, ik wil dat je hier vannacht veilig bent.'

'U bedoelt dat ik niet weer alcohol of drugs ga gebruiken?'

'Ook dat. Mariam, jij hebt al genoeg gedaan, ga jij nu maar naar huis. Ik weet zeker dat Electra je heel dankbaar is, nietwaar, Electra?'

'Uiteraard, maar dat weet Mariam.'

'Oké,' zei Mariam glimlachend. 'Nou, dan zie ik je hier om acht uur. Ik heb de belangrijkste spullen al in je koffer gestopt, dat is trouwens niet veel. Je bent klaar voor vertrek. Welterusten.'

Toen ze weg was, bleven Stella en ik even zwijgend staan.

'Wat een juweeltje is dat, Electra.'

'Ik weet het, ze is heel efficiënt.'

'Ze is een juweeltje omdat ze echt om je geeft. En daar gaat het om.'

'Hoor eens, u hoeft echt niet te blijven. Ik beloof u dat ik me zal gedragen. Ik ga als een braaf meisje naar bed en morgenvroeg sta ik fris en vrolijk op, klaar voor vertrek.'

'Ik weet dat ik niet hoef te blijven, maar ik wil het graag. In elk geval een tijdje.'

'Nou, dan ga ik maar naar de wc en stap ik mijn bed in,' zei ik, haar strak aankijkend. 'En nee, ik ga op de wc geen lijntje coke nemen.'

Een paar minuten later lag ik in mijn logeerbed en besefte ik hoe moe ik was. Ik knipte net het licht uit toen er werd geklopt.

'Binnen.'

'Ik... ik wilde voor het eerst in zesentwintig jaar mijn kleindochter welterusten wensen. Is dat goed?'

'Natuurlijk.'

Ze liep naar me toe en plantte een lichte kus op mijn voorhoofd. Ik keek omhoog, naar haar silhouet dat afstak tegen de deuropening.

'Waarom hebt u niet eerder contact opgenomen?'

'Omdat ik tot voor kort niet van je bestaan af wist.'

'O? Hoe kan dat?'

'Dat, lieve Electra, is een lang verhaal, en niet iets om op dit uur van de dag te vertellen.'

'Zei u... Zei u nou dat Pa had geschreven dat u me moest opzoeken?'

'Dat zei ik, ja.'

'Maar hij is dood.'

'Ja, hij is dood, God hebbe zijn ziel.'

'Hoe kan dat dan?'

'Weet je nog dat je hem in New York hebt ontmoet? Dat zal een jaar geleden geweest zijn.'

'Ja, we zijn uit eten gegaan, maar het was een ramp.'

'Dat weet ik, hij heeft het me verteld. Hij was hierheen gevlogen om niet alleen jou maar ook mij te ontmoeten; hij was er na al die jaren eindelijk in geslaagd mij op te sporen en hij wilde persoonlijk kennismaken. Ik denk dat hij toen al wist dat hij ernstig ziek was. Hij zei dat hij erg ongerust over je was en verzocht me om contact met jou op te nemen als hij er niet meer zou zijn. In juli heeft zijn advocaat, Mr. Hoffman, me per brief op de hoogte gesteld van zijn overlijden, maar ik verbleef een aantal maanden in het buitenland en kreeg die brief pas onder ogen toen ik in maart terugkwam. Ik heb toen direct contact opgenomen met je agent.'

'O, oké.' Ik kon mijn ogen niet openhouden van vermoeidheid.

'Hoe dan ook, het is een zware avond voor je geweest, lieverd, en er zullen er meer volgen. Ik wil dat je nog wat slaapt. Wil je dat ik wegga?'

Het gekke was dat ik niet meer wilde dat ze wegging, nu ik wist dat Pa haar oprecht had vertrouwd. Hij had deze vrouw, van wie ik totaal geen hoogte kreeg, naar mij gestuurd om over me te waken. En dat voelde heel troostend.

'Straks misschien?'

'Oké,' zei ze, en ze ging in de makkelijke stoel in de hoek zitten. 'Zal ik je in slaap zingen, zoals mijn *Yeyo* dat vroeger deed? Doe je ogen dicht en stel je de wijde, met sterren bezaaide hemel boven de vlaktes van Afrika voor.'

Er doken onmiddellijk beelden bij me op van *De Leeuwenkoning*, mijn favoriete Disneyfilm, vooral toen 'oma' (zou ik haar ooit zo aanspreken?) begon te neuriën en vervolgens onbegrijpelijke woorden zong. Maar ze had zo'n volle, warme en verrukkelijke stem dat ik mijn ogen dichtdeed en die uitgestrekte sterrenhemel zag. Ik glimlachte. Zo rustig had ik me heel, heel lang niet meer gevoeld. En luisterend naar haar stem die me sussend wiegde, viel ik in slaap.

'Electra, tijd om op te staan. Mariam is er.'

Gefrustreerd opende ik mijn ogen, want ik had in tijden niet zo diep geslapen, en nu werd ik verdorie gewekt. Ik draaide me om en schudde mijn hoofd.

'Electra, je moet opstaan, liefje. De auto staat beneden te wachten om je naar het vliegveld te brengen.'

Toen ik eindelijk zwichtte en langzaam bij bewustzijn kwam, wist ik weer waarom ik was gewekt.

Neeee…

'Ik wil niet… Laat me hier blijven, alsjeblieft. Ik voel me al veel beter…' kreunde ik.

Het dekbed werd van me af getrokken en ik werd door sterke armen overeind getrokken.

'Je móét gaan, Electra. Zo, en nu deze aantrekken.'

Ik staarde mijn grootmoeder aan, die mijn kasjmieren trainingsbroek voor zich uit hield, en sloeg met mijn vuist op het bed.

'Wat verbeeldt u zich wel dat u me hier even komt vertellen wat ik moet doen!' ging ik tekeer. 'Zesentwintig jaar lang hoor ik niks van u, weet ik niet eens dat u bestaat, en dan komt u plotseling hier binnenwandelen en de baas over me spelen!'

'Wel, iemand moet het doen. Kijk eens naar de puinhoop die je ervan maakt als het niet gebeurt.'

'Ga weg, ga weg!' krijste ik.

'Oké, oké, ik ga al. Ik weet dat ik het recht niet heb om jou de les te lezen, maar ik smeek je, als jij je situatie niet onder ogen wilt zien, dan zal dit nóg een keer gebeuren, en nóg een keer. En zal ik je eens wat vertellen? Ik ben mijn geliefde kind aan verslaving kwijtgeraakt. Dus lig daar niet zielig te doen, juffie! Je hebt geen idee wat tegenspoed is, en het zal me verdomme niét overkomen dat ik jou ook kwijtraak! Dus licht dat magere kontje van je bed en ga je wassen!'

Na die woorden maakte mijn grootmoeder rechtsomkeert, verliet de kamer en sloeg met een klap de deur achter zich dicht, mij hevig trillend achterlatend. Niemand – zelfs Pa Salt niet – was ooit zo tegen me uitgevaren. Misschien was het de schrik, maar ik stond op en kleedde me aan. Een beetje timide opende ik de deur, en daar zat Mariam op de bank op me te wachten.

'Klaar voor vertrek?' informeerde ze.

'Ja. Is ze weg?'

'Je bedoelt je grootmoeder? Ja. Oké, je reistas ligt al in de kofferbak. We moeten nu echt weg.'

Ik volgde Mariam het appartement uit, en ik voelde me net als vroeger, als ik bij de start van een nieuw schooljaar weg moest van Atlantis.

Ik zou zo kunnen omkeren, naar binnen gaan, een wodkaatje inschenken, een lijntje nemen…

Maar de woorden van mijn grootmoeder klonken na in mijn oren, en als een lam dat naar de slachtbank wordt geleid, volgde ik Mariam naar de lift.

17

THE RANCH, ARIZONA
MEI

‘Electra, dit is dag tweeëntwintig van je programma bij ons op The Ranch. Hoe voel je je?’

Met een bedrieglijk lieve glimlach nam Fi me op. Aan het begin van onze therapiesessies had ik gedacht dat het niet uitmaakte wat voor shit ik over haar uitgoot, want met haar zachte stem met een licht Europees accent en haar half geloken blauwe ogen leek het alsof ze half in slaap was. Wat had ik me vergist! Vanaf mijn allereerste therapiesessie bleef dat zinnetje me achtervolgen.

Ja, hoe voelde ik me eigenlijk?

In de eerste week, tijdens de eerste achtenveertig uur in het detoxcentrum, had ik geantwoord: ‘Een spuitje met wodka graag, met een dubbele shot ecstasy, en twintig lijntjes coke. Daarna steel ik een revolver en schiet ik me een weg naar buiten.’

Vanwege mijn ‘overdosis’ was ik onder zelfmoordpreventiebewaking gesteld. Ik werd volgepompt met medicijnen die het effect van het stoppen met drugs moesten verzachten. Ik ben mijn hele leven niet zo woedend en wanhopig geweest als in die twee dagen. Het leek alsof niemand wilde geloven dat ik geen zelfmoordpoging had gedaan en dat ik mezelf niet nog eens zoiets zou aandoen.

Toen ik uit de detox en in de ‘slaapzaal’ kwam, ontdekte ik tot mijn afgrijzen dat ik terug was op kostschool, met twee kamergenoten die snurkten, in hun slaap schreeuwden, scheten lieten of in hun kussen lagen te snikken, of een combinatie daarvan, en dat in één nacht. Waarom had een plek die me meer kostte dan het meest luxueuze vijfsterrenhotel verdomme geen privékamers?

De tweede week bracht ik door in woede, omdat de Twaalf Stappen van het AA-programma onder andere inhielden dat ik hulp moest vragen aan een god waarin ik niet geloofde. Wat het nog erger maakte, was dat ik me aan de macht en glorie van deze mythische figuur moest onderwerpen, wilde ik clean worden. En ik haatte Fi omdat ze in mijn leven zat te wroeten en wilde weten hoe ik me daarbij voelde, terwijl dat haar godsamme geen moer aanging. De pluspunten waren dat ik een van mijn kamergenoten, Lizzie, echt graag mocht, en dat er lui in mijn therapiegroep zaten die er een nog grotere puinhoop van hadden gemaakt.

In de derde week begon ik me voorzichtig opgelucht te voelen omdat de Twaalf Stappen toch nuttig bleken te zijn. Een van de lui in mijn therapiegroep zei namelijk dat hij ook niet in God geloofde, maar zich in plaats daarvan een hogere macht voorstelde, iets wat veel sterker was dan wij aardse wezens ooit konden zijn. En daar had ik heel veel aan. Verder ontdekte ik dat ik genoot van de equitherapie. Ik wilde niet alleen de paarden verzorgen, maar was ook het liefst op de rug van zo'n paard gesprongen en in volle vaart weggespurt, de Sonorawoestijn in. Nog een pluspunt was dat ik een steeds sterkere band met Lizzie ontwikkelde, vooral na het vertrek van kamergenoot nummer drie, die ernstig te kampen had met lichaamsgeurtjes en met een knuffelkonijn sliep dat ze Bobo noemde.

'En, Electra, hoe voel je je nu echt?' klonk de eeuwige vraag van Fi.

Nu ik erover nadacht, voelde ik me trots, ja, tróts, omdat ik tweeëntwintig dagen lang geen druppel drank had aangeraakt, geen enkel pilletje had geslikt, niet één lijntje coke had genomen.

Dus dat zei ik ook, want ik wist dat Fi graag positieve feedback kreeg.

'Dat is fantastisch, Electra. En je mág ook trots zijn, daar heb je alle reden toe. Je bent net als iedereen hier aan een zware reis begonnen, maar je hebt doorgezet. Je mag écht trots op jezelf zijn, ik ben ook trots op je,' zei ze glimlachend.

'Dank je,' zei ik, mijn schouders ophalend.

'Ik weet dat het moeilijk voor je is geweest om te praten over de gebeurtenissen die tot je opname hebben geleid,' begon Fi.

Ik wist precies waar ze heen wilde, en weer voelde ik die steek van woede en irritatie.

'Heb je nog nagedacht over je overdosis, die avond in New York?' vroeg ze.

'Nee,' viel ik uit. 'Ik probeer jullie maar steeds aan je verstand te brengen dat het een ongeluk was. Ik wilde alleen maar slapen! Echt alleen maar slapen! Ik had een klotetijd omdat mijn hersens maar bleven malen, en ik wilde alleen maar rust in mijn...'

'Electra, het is niet zo dat ik je niet wil geloven, maar als er ook maar enige aanwijzing is dat jij jezelf iets wilt aandoen, is het simpelweg mijn plicht als therapeut om je te beschermen. Ik ben blij dat je nu anders tegen dingen aankijkt, maar ik wil toch met je praten over wat je eerder hebt gezegd, dat je het moeilijk vindt om tegenover anderen je gevoelens te uiten. Je hebt hier geleerd dat hoe we ons voelen invloed heeft op alles wat we doen, dus ook op het vermogen om na je vertrek uit The Ranch clean te blijven.'

'Ik heb je al verteld dat ik graag op mezelf ben. Ik los mijn problemen liever zelf op.'

'Dat begrijp ik, Electra, heus, maar toen je ermee instemde bij ons te komen, heb je in feite aanvaard dat je hulp van anderen nodig had. En ik maak me zorgen dat als je weer in de "echte" wereld terugkomt, je geen hulp vraagt wanneer je die nodig hebt.'

'Ik heb problemen met vertrouwen, daar hebben we het al eens over gehad. Dat zal het wel zijn.'

'Ja, en ik begrijp heel goed dat dat voor iedere beroemdheid een probleem is. Tegelijkertijd leek je vooral terughoudend als we over je jeugd spraken.'

'Ik heb je verteld dat ik net als mijn vijf zussen ben geadopteerd. En dat we een bevoorrecht leventje leidden... Veel meer valt er niet over te zeggen. Bovendien heeft Pa me altijd geleerd om niet om te kijken, ook al lijkt het erop dat je bij therapie niets anders doet.'

'Bij therapie gaat het er vooral om dat je met het verleden kunt omgaan, zodat je niet langer hoeft om te kijken, Electra. En je jeugd heeft tot nu toe twee derde van je leven in beslag genomen.'

Ik haalde gewoontegetrouw mijn schouders op, inspecteerde mijn ongelakte nagels en constateerde hoe goed die groeiden sinds ik was gestopt met nagelbijten. Vervolgens voerden we wat ik een 'stilteoorlog' was gaan noemen. Zo'n oorlog ging ik geheid winnen, dat wist ik, en dat gebeurde ook regelmatig.

'En zou je zeggen dat je vader de krachtigste invloed in je leven was?' begon Fi eindelijk.

'Misschien. Dat zijn alle ouders toch?'

'Vaak wel, ja, maar soms vervult een ander familielid of een broer of zus die rol. Je hebt me verteld dat je vader tijdens je jeugd vaak afwezig was?'

'Ja, dat klopt. Maar al mijn zussen aanbaden hem, en aangezien ik de jongste was deed ik dat ook maar.'

'Ik wil wedden dat het een pittige klus was om onderaan een rij van zes zussen te hangen,' zei Fi. 'Ik ben een van vier zussen, maar ik was de oudste.'

'Bof jij even.'

'Waarom zeg je dat?'

'Omdat... Ik weet het niet. Mijn twee oudste zussen waren altijd de baas en de rest deed mee. Behalve ik.'

'Jij was de rebel?'

'Ik denk het. Maar niet expres,' antwoordde ik, op mijn hoede, want Fi trok me een gebied binnen waar ik absoluut niet over wilde praten.

'Was dat toen je een tiener was?'

'Nee, volgens mij ben ik als rebel geboren. Ik kreeg van iedereen te horen dat ik als baby het hele huis bij elkaar krijste. Ze noemden me altijd Tricky, daar kwam ik achter toen ik Ally en Maia een keer over me hoorde praten, ik zal een jaar of vier, vijf zijn geweest. Ik verstopte me in de tuin en huilde tranen met tuiten.'

'Dat kan ik me voorstellen.'

'Ik ben er wel overheen gekomen, zo erg was het nou ook weer niet. Dat doen broers en zussen toch altijd, elkaar uitschelden?'

'Ja, dat doen ze. En wat was de bijnaam van je zussen?'

'Ik... Dat kan ik me niet herinneren.' Ik keek op de wandklok. 'Ik moet gaan, ik heb om drie uur equitherapie.'

'Oké, dan stoppen we voor vandaag,' zei Fi, hoewel ik nog een paar minuten sessietijd overhad. 'Maar je opdracht voor vanavond is om door te gaan met je stemmingsdagboek en je te focussen op wat jou triggerde bij de zucht naar verdovende middelen. En misschien kun je proberen je de bijnamen van je zussen te herinneren?'

'Zal ik doen. Tot morgen.'

Ik verliet de kamer, geïrriteerd omdat we allebei wisten dat ik me geen bijnamen zou herinneren, want die waren er nooit geweest. Ik liep de gang met therapieruimtes uit, kwam bij de hoofdreceptie en liep naar buiten, het verblindende licht van de zon van Arizona in. Deze ronde is voor Fi, dacht ik. O, wat was die goed, ze liet me in mijn eigen val lopen. Ik had nog een paar minuten over, dus zette ik koers naar mijn nieuwe lievelingsplek, de Worry Maze. Een doolhof in de vorm van een cirkelvormig bakstenen pad met een aantal afslagen, en elke afslag stuurde je een andere kant op. Ik zag het als een metafoor voor het leven; we hadden het er tijdens de groepstherapie over gehad dat elke beslissing die je neemt invloed heeft op de koers van je leven. Dat kan een heel geringe invloed zijn, maar ook een enorm grote. Die dag dacht ik na over de beslissing die ik zonder het te weten kennelijk had genomen…

'Waarom vertrouw je eigenlijk niemand?' vroeg ik mezelf.

Het was te gemakkelijk om mijn status als beroemdheid de schuld te geven. Er speelde een treurig glimlachje om mijn lippen toen ik aan die miljoenen mensen dacht die beroemd wilden worden, en hoe mij de roem al heel jong onverwacht en letterlijk van de ene dag op de andere was komen aanwaaien.

Maar dat was het niet, dat wist ik. En het lag ook niet aan het feit dat mijn zussen me een lastpak vonden, en ook niet aan Pa, ook al was hij deels verantwoordelijk omdat hij me in die situatie had gebracht…

Dus waarom zou je het Fi niet vertellen en met haar bespreken, vroeg ik mezelf. Omdat je bang bent, Electra, bang om het opnieuw te beleven…

Bovendien was het nogal zielig, vond ik, om je totale gebrek aan vertrouwen op één kleine gebeurtenis uit je jeugd te baseren. Maar het laatste wat ik wilde, was slachtoffer zijn, en dat zou ik nooit van mijn leven worden ook. Tjongejonge, wat was ik hier een hoop slachtoffers tegengekomen!

Ik was hier trouwens niet voor de therapie, maar om clean te worden, en clean wás ik.

'Voorlopig,' zei ik hardop, denkend aan de Twaalf Stappen. Eén dag tegelijk, luidde het mantra. Het waren drie zware weken geweest, ik had nog nooit in mijn leven iets gedaan wat zo moeilijk was. Het was vandaag trouwens ook geen geweldige dag. Clean zijn betekende namelijk dat je je hersens terug had, en dat betekende weer dat je geconfronteerd werd met jezelf en wie je bent... Kortom, dat soort shit. Daar stond tegenover dat het heerlijk was om na een volle nacht slaap 's ochtends wakker te worden en te kunnen dénken. Dus mocht ik hier die vertrouwenskwestie niet hebben opgelost, dan had ik in elk geval mijn verslavingen overwonnen. En daar ging het uiteindelijk toch om?

Ik verliet de doolhof en liep naar de stallen, waar de paarden op het terrein liepen te grazen, klaar voor de ontvangst van sukkels als ik, die hun klopjes kwamen geven.

'Hoe gaat het, Electra?' vroeg Marissa, de jonge stalknecht.

'Goed hoor, dank je,' was mijn standaardreactie. 'En met jou?'

'O, goed,' zei ze. Ze nam me mee naar de stal en wees naar een berg smerig stro. 'Jouw beurt vandaag om poep te scheppen,' grijnsde ze, en ze overhandigde me een paar rubberen handschoenen en een hooivork.

'Dank je.'

Toen ze de stal uit liep, vroeg ik me af wat ze echt dacht bij het zien van een van 's werelds topmodellen die hier tot haar knieën in de paardenstront stond. Wat ze ook dacht, ik wist dat alle medewerkers geheimhouding hadden moeten zweren – of wat daarvoor doorging – en alleen onder doodsbedreiging zouden onthullen wat er binnen de muren van The Ranch gebeurde.

Tijdens die walgelijke maar rustgevende opdracht dacht ik terug aan het gesprek met Fi over mijn jeugd en ineens kwam er een fijne herinnering boven. Toen ik een jaar of zes, zeven was, vierden we als gewoonlijk vakantie op de Middellandse Zee, op de Titan. Op een dag had Pa me in de speedboot meegenomen naar de stallen van een vriend van hem, in de buurt van Nice.

'Ik dacht dat je het wel leuk zou vinden om de paarden te zien,' zei hij. 'Misschien mag je er wel een berijden, als je wilt.'

In het begin was ik bang, want ik was klein en die paarden gigantisch groot, maar de stalknecht had de kleinste pony van de manege voor me gehaald. Op de rug van het dier voelde ik me duizend keer zo groot als anders. Ik werd de wei rond geleid, en in het begin hotste ik op en neer, maar op een gegeven moment paste mijn lichaam zich aan het natuurlijke ritme van het dier aan, en tegen het eind van de rit was ik in staat om de pony tot een rustige galop aan te moedigen.

'Je hebt een natuurlijk talent voor paarden,' had Pa gezegd toen hij, gezeten op een prachtige bruine hengst, naast me kwam rijden. 'Zou je het leuk vinden om echt te leren paardrijden?'

'Dat zou ik heel leuk vinden, Pa.'

En dus had Pa paardrijlessen voor me geregeld, in Genève, maar ook later, toen ik op kostschool zat. Ze vormden het hoogtepunt van de week, omdat ik wist dat ik mijn paard al mijn geheimen kon vertellen en van hem kon houden zo veel ik maar wilde, en dat hij me nóóit, echt nóóit zou verraden.

'Zo, klaar is kees,' zei ik tegen Marissa, terwijl ik mijn handschoenen uittrok nadat ik het stro uit een baal op het erf had ververst.

Marissa gebaarde naar de wei, waar drie gasten hangend over het hek toekeken hoe een andere gast een zachtaardige bruine merrie, Philomena, stond te aaien. Ik ging een eindje verderop ook over het hek leunen en gaf de anderen een knikje.

'Hoi, Electra!' riep Hank, de man die de stallen runde, en hij zwaaide naar me. 'Jij bent de volgende!'

'Dank je,' riep ik terug, mijn duimen opstekend. Ik bekeek Hank vanaf een afstandje, een aantrekkelijke vent, gespierde borstkas, niet dankzij bezoekjes aan de sportschool maar omdat hij elke dag ging paardrijden in de woestijn. Ik genoot ervan om te zien hoe hij met de paarden omging. Hij was in staat een diamantratelslang die in de wei opdook, dood te slaan met een spa, maar vertoonde in zijn omgang met paarden een tederheid die hem voor me innam. Ik moest toegeven dat ik hier net zo graag voor de paarden kwam als voor Hank...

'Oké, liefje, jouw beurt,' riep hij een paar minuten later, nadat ik hem net in gedachten het hemd van het lijf had gescheurd. Het voordeel van mijn donkere huid was dat je het niet kon zien als ik bloosde.

'Ze is er helemaal klaar voor,' zei hij, toen ik naar hem toe kwam.

'Hoi, Philly,' fluisterde ik, terwijl ik haar over haar neus aaide. Ik gaf haar een kus en snoof haar frisse paardenlucht op. 'Jeetje, bof jij even, meissie,' zei ik. 'Ten eerste omdat je een dier bent; ten tweede omdat je zo veel liefde krijgt maar niet het bijbehorende verdriet. Maar o wat zou ik graag op je rug klimmen en een ritje met je maken.' Toen ik me omdraaide en zag dat Hank naar me stond te kijken, wierp ik hem een snelle glimlach toe.

Bij het intakegesprek met een psycholoog was de vraag gerezen of ik misschien seksverslaafd was. Ik had geantwoord dat ik een vrouw van zesentwintig was die van seks genoot, vooral als ik high was. Maar verslaafd? Absoluut niet. In elk geval niet meer dan andere vrouwen van mijn leeftijd.

'Dat is het probleem als je hier zit,' fluisterde ik tegen Philly, 'je gaat hier met meer verslavingen de deur uit dan waar je mee binnenkomt.'

Toen mijn paardenknuffelsessie was afgelopen – want wat viel er verder te doen met zo'n passieve merrie – knikte ik naar Hank, die kwam aangeslenterd en me een lekkernij voor de pony gaf.

'Gaat het?' vroeg hij, terwijl ik Philly haar twintigste wortel van die dag voerde.

'Ja hoor, prima. Dit paard wordt trouwens wel dik als ze de hele dag niets anders doet dan staan en eten.'

'Geen zorgen, ik trakteer haar straks op een stevige rit.'

'Kon ík maar een tochtje met haar maken,' verzuchtte ik.

'Dat is in strijd met de regels, ben ik bang. Want dan...' Hij haalde zijn schouders op.

'Ik begrijp het.'

'Misschien kun je als je hier weg bent een keer naar mijn ranch komen en een ritje maken.'

'Dank je, ik zal wel zien,' zei ik. Ik voelde het zweet zich onder mijn oksels verzamelen. Misschien verbeeldde ik het me, maar toen ik wegliep, zag ik vanuit mijn ooghoek dat hij me nakeek. Was dit misschien meer dan een gewone uitnodiging? Wat het ook was, de gedachte dat ik zelfs in een afkickcentrum nog aantrekkelijk kon zijn voor een man vrolijkte me een beetje op.

Ik liep terug naar onze slaapkamer, een in pasteltinten geverfde ruimte met drie dubbele bedden, die maar net lang genoeg waren voor mij. Ik had een smalle kledingkast voor mijn hoody's en trainingsbroeken en een bureautje dat ik nog niet had gebruikt. Het idee dat ik een douche met anderen moest delen en dus mocht meegenieten van andermans lichaamsharen – van haren in afvoerputjes ging ik over mijn nek – had me in het begin zo tegengestaan dat ik liever zweterig en ongewassen rondliep. Maar ik had mijn bezwaren laten varen toen ik me realiseerde dat ik lichaamsluchtjes verspreidde, en inmiddels vond ik het geen punt meer.

Gelukkig was de douche blinkend schoon, kennelijk was de werkster net geweest. Ik ontdeed me razendsnel van mijn kleren en stapte onder de zalig koele douchestraal, met mijn blik omhooggericht en nadrukkelijk niet naar het wervelende water rond mijn voeten. Nadat ik me had aangekleed haalde ik het oude schetsboek tevoorschijn dat sinds mijn bezoek aan Atlantis in het voorvakje van mijn tas was blijven zitten, pakte een potlood en begon te tekenen. Ik had onlangs ontdekt dat het heel rustgevend werkte om ideeën voor aparte maar prettig zittende kleren te bedenken. Ik was veel te vaak in ondraagbare haute couture gestoken om imago's te creëren die voor de gewone vrouw onhaalbaar waren. Maar, zoals ik steeds weer van talloze modeontwerpers te horen kreeg, mode is een eigentijdse vorm van kunst. Het irriteerde me mateloos dat ze dat als hun eigen statement claimden, want mode was altíjd al een vorm van kunst geweest. Neem bijvoorbeeld de modeadviseurs aan het hof van Versailles, of bij de oude Egyptenaren.

Ik begon aan de schets van een jurk met een afneembare glitterkraag en soepele plooien tot aan de enkels. Van een simpele schoonheid en uitstekend draagbaar. Even later werd mijn aandacht getrokken door een nieuw gezicht dat om de hoek van de deur werd gestoken. Een meisje dat – zoals zo veel gasten hier – anorectisch mager was, liep naar het lege bed bij het raam. Ik schatte haar niet veel langer dan een meter vijftig. Ze had, net als Maia, die prachtige huidskleur die wees op een gemengde afkomst, en een hoofd vol uitbundige, glanzende krullen.

Ik legde mijn potlood neer. 'Hoi, ben je nieuw hier?' vroeg ik.

Ze knikte en ging op het bed zitten, met haar knieën tegen elkaar en tot vuisten gebalde handen. Ze keek me gelukkig niet aan, want onbekenden herkenden me na één blik en begonnen dan onmiddellijk de gebruikelijke vragen te stellen.

Ze ontspande haar handen, en toen ze een lok uit haar gezicht veegde, zag ik dat ze trilden.

'Net uit de detox?' informeerde ik.

Ze knikte.

'Het is zwaar, maar je komt er wel doorheen,' zei ik. Ik voelde me na drie weken al een oude rot in het vak.

Ze haalde haar schouders op.

'Hebben ze je aan de kalmerende middelen gezet? Dat heeft míj echt geholpen,' ging ik verder. Dit meisje maakte zo'n broze indruk, en pas toen haar haar niet meer voor haar ogen hing, zag ik hoe bang ze was. 'Was het coke?'

'Nee, heroïne.'

Toen ik naar haar armen keek op zoek naar de bekende sporen in de holte van haar arm, bedekte ze die in een reflex.

'Ik heb gehoord dat dat het zwaarst is,' zei ik.

'Ja.'

Ik sloeg het meisje gade toen ze haar armen om zichzelf heen sloeg en met haar rug naar me toe in foetushouding ging liggen. Ze lag te rillen, dus ik pakte de deken van het voeteneind en legde die over haar heen.

'Je kunt het,' zei ik, en ik gaf haar een klopje op de schouder. 'Ik ben Electra, trouwens.'

Vreemd genoeg kwam er geen reactie, terwijl dat steevast gebeurde als ik mijn naam noemde.

'Oké, ik ga maar eens lunchen. Tot straks.'

Ik liet haar in die houding achter, verbaasd over mijn zorgzame gedrag. De aanblik van dit meisje in de toestand waarin ook ik uit de klinische detox was gekomen, had kennelijk mijn empathie opgeroepen.

Het was druk in de eetzaal. Veel bewoners zaten rustig te babbelen aan de ronde tafels, er viel volop licht naar binnen door de hoge ramen, die een prachtig uitzicht boden op de Serenity Garden. Het buffet nam de hele lengte van de eetzaal in beslag en werd bediend door chefs met koksmutsen, die verrassend lekker eten serveerden. Ik verzamelde mijn dagelijkse portie koolhydraten, dit keer bestaand uit een gloeiend hete enchilada gevuld met vlees en overgoten met goudgele gesmolten kaas, en een portie frites. Ik zou na mijn vertrek absoluut op een crashdieet moeten, maar eten leek de zucht naar wodka te onderdrukken. Tijdens het eten dacht ik na over het woord 'empathie', dat op The Ranch vaak werd gebruikt. Kennelijk zorgde misbruik van alcohol en drugs ervoor dat je elk beetje medegevoel kwijtraakte, dat je goede kanten verdwenen en de nare dingen die je weg wilde stoppen werden verdoofd, wat de reden was waarom je sowieso aan de drank en de pillen was gegaan. Het leek erop dat ik medegevoel had betoond aan het nieuwe meisje op de slaapkamer. Dat zou ik Fi vertellen, dat zou ze mooi vinden.

'Hoi.'

Lizzie, mijn kamergenoot die het bed naast me bezette, kwam naast me zitten, met een kom soep en een bord rauwkost. Haar blonde haar, in een bob geknipt, met perfecte highlights, was even glad als altijd. Ze deed me denken aan een porseleinen pop, met het verschil dat ze zo veel aan haar gezicht had laten verbouwen dat het leek of het in elkaar was gezet door een geestelijk gestoorde beeldhouwer die bij Picasso in de leer was geweest. Lizzie was hier in verband met een eetverslaving, dus ik was stomverbaasd dat ze naar de eetzaal kwam, dat zou voor mij gelijkstaan aan het bezoeken van een café waar lijntjes coke op de bar lagen uitgespreid.

'Hoe gaat het vandaag met je?' vroeg ze, met haar Britse accent.

'O, goed, dank je, Lizzie,' antwoordde ik, en ik vroeg me af of ze nog wist dat ik haar de afgelopen nacht op haar zij had gerold, omdat ze met haar gesnurk elke coyote in de omgeving had kunnen wekken.

'Je ziet er al een stuk beter uit, je ogen staan helderder. Niet dat ze ooit dof waren,' vervolgde ze haastig. 'Je hebt mooie ogen, Electra.'

'Dank je.' Ik voelde me schuldig omdat ik mijn enchilada zat op te peuzelen. Ze staarde er zo intens naar dat ze in staat leek een moord te plegen voor een hapje. 'En met jou?'

'O, het gaat goed. Ik ben sinds mijn komst vijfenhalve kilo kwijtgeraakt. Nóg drie weken en Christopher herkent me niet meer!'

Christopher was Lizzies man, een producer uit LA die, naar ze me uitgebreid had toevertrouwd, het wandelende cliché was van de getrouwde man die vreemdgaat. Lizzie was ervan overtuigd dat hij zou stoppen met zijn overspelige gedrag als zij tien kilo zou afvallen. Alleen was ze niet eens dik, en ik vroeg me ook af wat er nou precies echt was aan Lizzie. Er was zoveel bij haar weggesneden, opgetrokken of opzijgeduwd dat het leek of een paar onzichtbare handen permanent de huid van haar gezicht omhooghield. Ik had er persoonlijk weinig vertrouwen in dat Christopher weer de trouwe echtgenoot zou worden. Naar mijn bescheiden mening was Lizzie niet verslaafd aan eten, maar aan het behagen van haar man.

‘Hoe lang moet jij hier nog blijven?’ vroeg ze.

‘Een week, dan ben ik weg.’

‘Je hebt het geweldig gedaan, Electra. Weet je, ik heb hier zo veel lui zien binnenkomen die er niets van terechtbrachten. En jij bent veel te mooi en te slim om dat spul nodig te hebben,’ vervolgde ze, terwijl ze een blaadje rucola aan haar vork prikte en er nadrukkelijk op begon te kauwen alsof ze een groot stuk vlees moest wegwerken. ‘Ik ben trots op je.’

‘Hé, dank je wel,’ zei ik glimlachend, want ik had het gevoel dat dit mijn eerste echt goede dag was, en het was heerlijk om dat soort complimenten te krijgen.

‘Er is trouwens een nieuw meisje bij ons op de kamer,’ zei ik, terwijl ik me afvroeg of ik het wel kon maken om een stuk chocoladekwarktaart te halen en dat vlak onder haar neus op te eten.

‘O ja, Vanessa,’ zei Lizzie, met opgetrokken wenkbrauwen. Geen nieuwtje of Lizzie was als eerste op de hoogte, en ik smulde van haar roddels. ‘Arme schat. Zo jong nog, net achttien, hoor ik. Een van de verpleegsters bij de detox vertelde me dat ze in New York door een of andere rijke figuur uit de goot is geraapt, en die betaalt om haar hier echt clean te laten worden. Je hebt dan wel van die overheidsprogramma’s voor jongeren, en als zo’n kind daar binnenkomt, is ze na de detox technisch gezien clean, maar als ze daar weg zijn, vallen ze binnen de kortste keren weer terug in hun oude gewoontes en zijn ze na een paar weken weer aan de drugs.’ Lizzie zuchtte. ‘En als je officieel volwassen bent, zoals Vanessa, dan kun je het vergeten.’

Nu mijn brein weer normaal begon te functioneren, was het pas de laatste dagen bij me opgekomen dat we hier tot een kleine, bevoorrechte groep behoorden. Ik had niet hoeven na te denken over wat het kostte om hier te komen en clean te worden, alleen maar over de vraag of ik het wilde. Er waren duizenden Amerikaanse kinderen die net als ik verslaafd waren, maar er niet op hoefden te hopen dat ze de behandeling kregen die ze nodig hadden.

‘Volgens die verpleegster was Vanessa een van de zwaarste gevallen die ze hier had meegemaakt. Ze heeft vier dagen op de detoxafdeling gezeten, het arme kind.’ Ondanks het feit dat ze wanhopig graag mooi wilde zijn en ondanks de verwoesting die ze aan haar gezicht had aangericht, had Lizzie duidelijk moederlijke eigenschappen. 'Wij zullen wel voor haar zorgen, hè, Electra?'

'Dat gaan we proberen, Lizzie.'

Om de calorieën weg te werken liep ik na de lunch een rondje over het hardlooppad dat zich als een wijde lus rond The Ranch slingerde. Tijdens het lopen dacht ik terug aan mijn klimpartij in de bergen achter Atlantis, ruim een maand geleden, en ik herinnerde me hoeveel beter ik me na afloop had gevoeld. De droge, hete lucht van Arizona deed pijn aan mijn neusgaten en brandde in mijn longen, maar ik bleef lopen.

Ik pauzeerde bij de waterkoeler. Ik had dorst en het eerste bekertje water dronk ik in één keer leeg. Ik tapte nog een bekertje en goot de inhoud over me heen. Ik plofte op een bankje neer en genoot van het gevoel dat ik… nou ja, vóélde. Van de spirituele benadering van The Ranch moest ik niet veel hebben, maar het was wel rustgevend om hier te zitten, met achter me de bergen, en boven me de strakblauwe lucht, in fel contrast met de rode aarde. De natuur was rustgevend. De lucht droeg de geuren aan van de struiken die in de zon tot leven kwamen. Verspreid over de wondermooie, droge woestijn stonden de meest fantastische planten en cactussen, sommige waren meer dan drie meter hoog. Ze hadden in hun stekelige, groene stammen genoeg water opgeslagen om tot de volgende regenbui te overleven.

Voor het eerst stelde ik mezelf voor in mijn appartement in New York, en ik voelde me ineens een dier in de val, gekooid. Op een of andere manier voelde dit landschap veel meer als mijn natuurlijke omgeving, alsof het bij me paste. Anders dan Lizzie had ik geen last van de hitte, en in die open vlaktes kwam ik tot leven.

Er kwam een glimlach op mijn lippen. Ik vroeg me af waarom.

Dáárom, Electra…

Ik stond op, want de groepstherapie zou zo beginnen, en op dat moment realiseerde ik me dat ik de afgelopen twee uur niet één keer aan een drankje of lijntje had gedacht. Die gedachte bracht een nog bredere glimlach op mijn gezicht.

Toen ik later die middag snakkend naar een douche de slaapkamer binnenkwam, lag Vanessa nog steeds opgekruld op haar bed. Ze lag nu hevig te trillen, en Lizzie, wiens bed naast dat van Vanessa stond, zat bij haar.

'Het gaat niet goed met haar, Electra,' zuchtte ze. 'Ik heb de verpleegster gebeld en die heeft haar een spuitje gegeven, maar...'

'Nee, het gaat zo te zien niet goed,' beaamde ik, en ik pakte mijn baddoek en liep door naar de douche. Na het douchen trok ik een schone trainingsbroek en een hoody aan. 'Ga je mee eten?'

'Nee, ik blijf hier, ik maak me zorgen om Vanessa en wil haar een tijdje in de gaten houden.'

'Oké, tot straks dan.'

In een neerslachtige stemming vertrok ik naar de eetzaal, want ik wilde absoluut geen ooggetuige zijn van wat Vanessa moest doormaken en wat ik ook had doorgemaakt. Ik vermeed het psychologische gebabbel van andere bewoners die zich de spirituele beginselen van The Ranch hadden toegeëigend en als een stel wandelende en pratende zelfhulpboeken uitsluitend in citaten met elkaar praatten, en verzamelde een biefstuk met wat bijgerechten op mijn bord. Omdat ik na het eten niet terug wilde naar de slaapkamer, pakte ik pen en papier van een tafeltje tegen de muur en dacht ik na over wat we die ochtend in de AA-bijeenkomst hadden besproken. Ik was nu bij stap negen, wat inhield dat ik een excuusbrief moest schrijven aan iedereen die ik had gekwetst toen mijn drugsgebruik uit de hand liep.

Oké, en aan wie moet ik nu mijn excuses aanbieden, dacht ik. Ma?

Ja. Ik was als kind een ettertje, maar zij had eindeloos veel geduld met me gehad. Ma ging ik beslist een briefje schrijven. Anderzijds, dacht ik, terwijl ik nog een stuk kwarktaart naar binnen werkte, moest je je excuses aanbieden omdat je zo'n slecht mens was, of omdat je als gevolg van je gebruik een slecht mens was? Ik had Ma in de afgelopen jaren nauwelijks gezien en maar zelden gebeld.

Dan verdient ze een excuus omdat je niets van je hebt laten horen, bedacht ik, en ik zette een vinkje bij haar naam.

Maia? Nou, die verdiende absoluut een excuus voor mijn klotegedrag toen we na Pa's overlijden op Atlantis waren, en ook voor mijn gedrag in Rio. Als zij Mariam niet had gebeld, was ik nu misschien dood geweest. Ze was fantastisch geweest, en ik hield veel, heel veel van haar. Maia kreeg een extra groot vinkje.

Ally, die moest er ook een krijgen. Starend uit het raam dacht ik terug aan mijn bezoek aan Atlantis vorige maand, toen we daar met zijn tweeën waren, en hoe onbeschoft ik me tegenover haar had gedragen. Vervolgens zat ik me af te vragen waarom ik me altijd aan Ally ergerde, terwijl ze zo'n goed mens was. Misschien was het juist het feit dát ze een goed mens was. En dat ze, zelfs nu ze de liefde van haar leven had verloren en een baby had, haar zaakjes onder controle bleef houden. Het benadrukte altijd mijn gebrek aan controle.

Star, mijn muizige zusje, dat nog geen vlieg kwaad deed. Ik had geen idee of ik haar mocht of niet, want ze zei altijd zo weinig. Star vormde de stilte tegenover mijn lawaai. Volgens Ally had ze in Engeland een man ontmoet, met wie ze daar samenwoonde. Misschien moest ik haar als ik hier weg was gewoon maar een keer opzoeken. Ik had altijd medelijden met Star omdat ze in elk opzicht werd overvleugeld door mijn zus CeCe, mijn sterkere tegenstander binnen de familie. Ik zou Star sowieso schrijven, gewoon om iets van me te laten horen, want ik kon niets bedenken waarmee ik haar zou hebben gekwetst.

CeCe. Ik drukte de punt van mijn pen hard in het papier. We hadden nooit goed met elkaar kunnen opschieten. Ma zei altijd dat we te veel op elkaar leken, maar dat wist ik nog zo net niet. De manier waarop ze Star domineerde, beviel me niet, en toen we klein waren hadden we af en toe ruzie en vlogen we elkaar in de haren, en dan moest Ally ingrijpen. Ik was blij toen ik hoorde dat ze naar Australië was verhuisd.

'Het komt er dus op neer dat Star haar heeft gedumpt voor een man,' mompelde ik vals. Mijn therapieclubje zou zo'n negatieve houding veroordelen, maar ja, je kon nou eenmaal niet iedereen aardig vinden, toch? Maar je kon kennelijk wél iemand zover krijgen dat hij of zij je vergaf.

Voorlopig zette ik een vraagteken bij CeCe.

Door naar Tiggy.

Als volwassene was Tiggy beslist het type geworden dat hier naar een baan kon solliciteren. Ik sloeg mezelf figuurlijk om de oren om zo'n gemene gedachte, want zoiets verdiende ze niet. Ze was lief en zachtaardig en wilde iedereen gelukkig maken. We waren elkaars tegenpool, en toch wilde ik graag net als Tiggy zijn, omdat zij van alles en iedereen de positieve kanten zag, terwijl het bij mij precies andersom was. Ik herinnerde me vaag dat Ally op Atlantis iets had gezegd over problemen met haar gezondheid, maar ik had tot mijn schande nog geen mailtje gestuurd om te vragen hoe het met haar ging. Tiggy kwam absoluut op mijn excuuslijst te staan.

Ik leunde achterover en vroeg me af of ik Pa, als hij nog leefde, ook een excuusbrief had willen sturen. Nee. Ik vond eerder dat hij míj zo'n brief moest schrijven, met excuses omdat hij was doodgegaan terwijl ik nog zo jong was en in mijn eentje mijn problemen, waaronder Stella, mijn grootmoeder, moest zien te overwinnen. Maar ik had even geen zin om daarover na te denken, dus ging ik verder met het lijstje personen in New York.

Mariam, ENORME EXCUSES, noteerde ik. Ze was verreweg de beste personal assistant die ik ooit had gehad, al vroeg ik me af of ze mijn personal assistant nog wel was. Dat moest ik Maia vragen als ik haar mailtje van een paar dagen geleden ging beantwoorden. We mochten een uur per dag onze laptop en mobiele telefoon gebruiken, maar alles wat we schreven werd gecontroleerd, dus ik had tot dusver nog niemand geschreven.

Stella, oftewel 'oma'. Ik stopte en kauwend op mijn pen keek ik terug op de wazige weken voor mijn komst hier. Ik kon me van onze gesprekken eerlijk gezegd niet veel herinneren, maar wat me nog wel bijstond, was dat ze toen ik wakker werd in de makkelijke stoel bij mijn bed zat. En dat ze aan het zingen was, maar misschien had ik dat gedroomd. Maar wat ik me ondanks mijn nevelige toestand tijdens die paar ontmoetingen absoluut herinnerde, was dat ik maar zelden zo'n eng persoon had ontmoet.

Ik zat nog te dubben of ik haar zou schrijven toen mijn aandacht werd afgeleid door een boomlange donkere man die met een gevuld dienblad langs mijn tafeltje liep. Anders dan de meeste bewoners was hij niet in trainingsbroek en hoody gekleed, maar droeg hij een kraakhelder overhemd en een kakibroek. Ik boog mijn hoofd tot vlak boven mijn papier toen hij aan het tafeltje tegenover me kwam zitten. Normaal gesproken interesseerde het me geen moer wie me hier in mijn simpele kloffie zag zitten, maar toen ik een blik naar links wierp, zag ik dat hij waanzinnig knap was en een elegante manier van doen had. Ik wilde niet dat hij me zag, dus zette ik snel mijn capuchon op, pakte mijn dienblad, pen en papier, en vertrok.

Terug op de slaapkamer zag ik dat Vanessa's bed leeg was. Lizzie was druk in de weer met haar avondlijke schoonheidsbehandeling, een ritueel waarbij haar bureautje werd getransformeerd in de toonbank van een dure parfumeriezaak.

'Waar is Vanessa?' informeerde ik, terwijl ik toekeek hoe ze haar gezicht met een schuimende crème insmeerde, met een pipet druppels met goudvlokken – aldus Lizzie – op haar hals aanbracht, en een batterij pillen slikte waarvoor haar arts zijn zegen had gegeven en die dus een hoeveelheid waardeloos spul bevatten.

'Het arme kind kreeg een epileptische aanval, dus ik heb de verpleegster gebeld en toen is ze weer teruggebracht naar de detox.' Lizzie zuchtte. 'Ik hoop maar dat het niet te laat is.'

'Hoe bedoel je?'

'Electra, jij moet toch weten wat voor effect heroïne en al die andere troep die ze gebruikte op je vitale organen heeft? Als je die lang hebt gebruikt en er dan mee stopt, kan dat epileptische aanvallen veroorzaken. Kennelijk was het vriendje dat haar die drugs leverde tevens haar pooier, en god mag weten wat voor troep daar allemaal in zat.'

'Dus ze was prostituee?'

'Dat hoorde ik een verpleegster zeggen. En ze is ook nog hiv-positief,' ging Lizzie verder, terwijl ze haar winkelvoorraad in een Louis Vuitton-koffertje opborg. 'In- en intriest, want zij is nog maar het topje van de ijsberg. Mijn man heeft ooit een documentaire gemaakt over de drugsbendes in Harlem, nou, dat zijn pas de echte criminelen in het hele verhaal.'

'Klopt,' zei ik, en ik trok mijn nachtkleding aan en stapte in bed. 'Het is gewoon idioot als je bedenkt dat Harlem een paar blokken bij mij vandaan ligt.' Ik pakte mijn schetsboek en potlood van mijn nachtkastje en sloeg een nieuw blad open. Nu ik de inspiratie om te ontwerpen terug had, maakte ik elke avond voor het slapengaan een paar snelle schetsjes.

'Dat is het zeker,' vond Lizzie, die ook in bed stapte. 'We hebben in LA natuurlijk ook drugsbendes, die heb je tegenwoordig overal, helaas.

We beseffen niet dat we enorm boffen, vind je ook niet? We leiden zo'n beschermd leventje.'

'Ja, dat is zo,' beaamde ik, terwijl ik bedacht dat ik hier, in het isolement van The Ranch, midden in de woestijn, meer had geleerd over wat er in de wereld te koop was dan tijdens mijn periode in New York en mijn reizen over de aardbol. En ik bedacht hoe naïef ik was geweest om te denken dat ik boven dat gedoe stond. Want waar haalden die dealers van me hun cocaïne eigenlijk vandaan? Of je nou je lijntje in een chic hotel of op de hoek van de straat snoof, het kwam allemaal van dezelfde plek, een plek van geweld en dood en geldzucht. Ik huiverde bij die gedachte.

'En wat zijn je plannen voor morgen?' vroeg Lizzie.

'O, de vaste prik. Rondje hardlopen voor het ontbijt, een AA-bijeenkomst, therapie met Fi...'

'Fi is de beste therapeut die ik ooit heb gehad. En ik heb er heel wat versleten,' antwoordde Lizzie.

'Ik ook,' kon ik van harte beamen. 'Maar eigenlijk is het niks voor mij, therapie.'

'Wat bedoel je daarmee?'

'Ik hou er gewoon niet van om over mezelf te praten.'

'Je bedoelt dat je niet graag oog in oog staat met jezelf,' was haar slimme reactie. 'En zolang we dat niet doen, lieverd, komen we hier met zijn allen geen stap verder.'

'In de goeie ouwe tijd konden ze het anders prima af zonder therapie. Ik heb in films over de Eerste of Tweede Wereldoorlog nog nooit een therapeut gezien.'

'Nee,' zei Lizzie met een dankzij de lipfillers scheve glimlach, 'maar vergeet niet, Electra, dat een hoop mannen destijds thuiskwamen met een posttraumatisch stresssyndroom, ofwel PTSS, zoals ze het tegenwoordig noemen, en die hadden dringend hulp nodig. Net als die soldaten die terugkwamen uit Vietnam trouwens, maar die roep om hulp werd totaal genegeerd. Dus het is maar goed dat we nu in een cultuur leven waarin het oké is om toe te geven dat je hulp nodig hebt. Ik weet zeker dat daarmee veel levens worden gered.'

'Yep, je hebt gelijk.'

'Wat ik ook zo jammer vind, is dat we ons gemeenschapsgevoel zijn kwijtgeraakt. Ik ben opgegroeid in een dorpje in Engeland waar iedereen elkaar kende. Toen mijn vader overleed, vormden de bewoners een beschermende en behulpzame kring rond mijn moeder. Ze waren er voor haar en voor mij, allemaal, maar zoiets schijnt niet meer voor te komen. We zijn ontworteld. We hebben niet meer het gevoel dat we ergens thuishoren of bij iemand horen. Het zal wel een van de nadelen van globalisering zijn. Hoeveel vrienden die je echt kunt vertrouwen heb jij bijvoorbeeld?'

Daar moest ik even over nadenken. 'Geen een.' Ik haalde mijn schouders op. 'Maar dat ligt misschien aan mijn karakter.'

'Ja, dat zal voor een deel zo zijn, maar voor andere mensen is dat waarschijnlijk niet heel anders. Ontzettend jammer, want er zijn tegenwoordig zo veel mensen die het gevoel hebben er alleen voor te staan met hun problemen.'

Ik keek naar Lizzie, met haar griezelhoofd, haar belachelijke schoonheidsregime en haar ontrouwe hond van een echtgenoot, en vroeg me af waar het was misgegaan. Lizzie was zo'n attent en welbespraakt mens.

'Wat deed je voordat je met Christopher trouwde?'

'O, ik volgde een opleiding tot advocaat, ik was gedetacheerd bij de New Yorkse vestiging van het kantoor. Ik had me willen specialiseren in familierecht, maar toen ik hem ontmoette werd ik totaal van mijn sokken geblazen. We zijn uiteindelijk naar LA verhuisd. En toen kwamen de kinderen, en die gingen het huis uit en...' Ze haalde haar schouders op. 'Zo is het gelopen.'

'Dus je bent afgestudeerd als jurist?'

'Dat klopt, maar ik heb het nooit in praktijk gebracht.'

'Misschien moet je daar maar eens over nadenken. Zoals je zelf zegt, de kinderen zijn het huis uit.'

'O, Electra, ik loop tegen de vijftig! Daar is het nu te laat voor.'

'Maar je bent zo slim, Lizzie. Je mag je talenten niet verspillen. Dat zei mijn vader altijd.'

'Zei hij dat?'

'Ja. Ik weet dat hij eigenlijk vond dat ik mezelf tekortdeed toen ik model werd.'

'Electra, je was pas zestien! Uit wat je me hebt verteld, maak ik op dat jij niet voor modellenwerk hebt gekozen, maar dat het jou heeft gekozen, en voordat je het wist, zat je in een achtbaan waar je niet uit kon. Goeie hemel, je bent pas zesentwintig, net een jaar ouder dan mijn oudste, en die studeert nog medicijnen.'

'Hij wist tenminste wat hij wilde doen, maar ik heb dat nooit geweten.'

'Nou, wat dat ook mag zijn, je hebt een luxeprobleem. En iemand met jouw profiel kan echt het verschil maken.'

'Hoe bedoel je?'

'Ambassadeur zijn voor de mensen die geen stem hebben. Zoals Vanessa bijvoorbeeld. Je weet uit eigen ervaring wat drugs met je kunnen doen. Jij zou kunnen helpen.'

'Misschien.' Ik haalde mijn schouders op. 'Maar modellen hebben toch geen stem en geen brein?'

'Nu laat je jezelf gaan, en als je Rosie, mijn dochter, was, zou ik je eens even goed de les lezen. Ik zie net als je pa duidelijk dat je echt heel slim bent. Je hebt zo veel in huis, gebruik het dan ook. Ik bedoel, kijk nou wat je tijdens ons gesprek hebt zitten tekenen,' zei ze, naar mijn schetsboek wijzend. 'Je hebt zo veel talent, Electra. Ik zou zo'n jasje onmiddellijk kopen.'

Ik keek naar mijn tekening van een model in een kort, leren jack en een asymmetrische jurk.

'Ja, het zal wel,' zei ik. 'Ik moet nu echt gaan slapen, Lizzie, welterusten.' Ik deed mijn lamp uit.

'Welterusten,' zei Lizzie, en ze sloeg haar boek over dikmakende dieten open.

Ik trok de deken over me heen en draaide me om.

'O ja, nog één ding,' zei ze even later.

'Yep?'

'Je moet sterk zijn om te kunnen toegeven dat je een probleem hebt, Electra. Het is geen teken van zwakte, maar het tegenovergestelde. Welterusten.'

18

Ik werd de volgende dag bij zonsopgang op een natuurlijke manier wakker. Dat was een nieuwe gewaarwording. Jarenlang had ik me uit bed moeten slepen, waarna ik een handvol pijnstillers en peppillen nodig had om mijn hoofdpijn te bedwingen en wakker te worden. In mijn therapiegroep had ik verslag gedaan van die nieuwe sensatie, want met dat onschuldige verhaaltje gaf ik de indruk dat ik meedeed zonder dat ik iets van mezelf liet zien. De reactie van een aantal mensen uit de groep was dat mijn lichaam zijn natuurlijke ritme had hervat nadat het jarenlang door drank en drugs was onderdrukt. En nu ik erover nadacht, kwam weer bij me boven dat ik als kind op Atlantis altijd als eerste wakker was. Terwijl mijn zussen nog sliepen, was ik niet te stuiten van energie, dan sloop ik naar beneden, naar de keuken, waar ik steevast Claudia aantrof, de enige andere sterveling in huis die dan al op was. Dan kreeg ik van haar een stuk vers brood, nog warm van de oven en druipend van de boter en de honing, en wachtte ik vol ongeduld tot mijn zussen wakker werden.

Ik trok een short aan, strikte de veters van mijn sneakers en vertrok voor een rondje hardlopen. Op een groepje boeddhisten in de Serenity Garden na, die met gesloten ogen en in kleermakerszit de nieuwe dag verwelkomden, was er geen mens te bekennen. Ik nam hetzelfde hardlooppad als de andere dagen, en terwijl mijn voeten contact maakten met de rode aarde dacht ik na over Lizzie en ons gesprek van de vorige avond, en dat het geen teken van zwakte was om toe te geven dat je hulp nodig hebt.

Nou, dat punt had ik al bereikt. Ik was hier en ik kreeg de hulp die ik nodig had, toch? Ironisch genoeg was het stoppen met die rotzooi nog het relatief makkelijke stuk geweest. De arts en Fi hadden uitgelegd dat ik, anders dan veel anderen, er net op tijd bij was geweest en dat mijn misbruik, anders dan bij Vanessa, geen blijvende lichamelijke gevolgen zou hebben.

Het moeilijkste stuk moest nog komen, de confrontatie met mezelf, want die zou de reden voor mijn drugsgebruik verklaren. Ik kon niet volstaan met te zeggen dat ik zou stoppen met alcohol en drugs. Ik was godsamme net drie weken nuchter, en ik wist dat de euforie over het feit dat ik clean was en mijn verblijf in deze veilige omgeving als sneeuw voor de zon zou verdwijnen als ik terug was in de tredmolen van mijn 'echte' leven. Dan zou ik af en toe een drankje nemen, of een 'sociaal' lijntje, en het gevolg zou zijn dat ik hier weer belandde of, erger nog, er net zo slecht aan toe zou zijn als Vanessa. Zolang ik mijn angst niet onder ogen zag en naar buiten liet komen, wist ik dat ik in de gevarenzone bleef.

Terwijl ik dat tijdens mijn hardlooprondje liep te bedenken, zei mijn intuïtie me dat ik werd gevolgd. Gelukkig maakte het pad een bocht naar rechts, zodat ik beter achterom kon kijken. Een kleine honderd meter achter me liep die knappe vent van de vorige dag in de eetzaal, en de afstand tussen ons werd steeds kleiner. Straks zou hij me nog inhalen, maar om allerlei onduidelijke redenen wilde ik dat niet, dus ik versnelde mijn pas. Ik liep zo snel als ik kon, maar hij kwam steeds dichterbij. Een paar honderd meter verderop eindigde het pad, dus ik zette mijn topsnelheid in en koerste in hoog tempo naar het eindpunt. Daar aangekomen liep ik zwaar hijgend en met een dorst als een paard naar de waterkoeler.

'Zo, die tank van jou zat goed vol,' klonk een warme, melodieuze stem achter me. 'Sorry,' vervolgde de stem, terwijl een grote hand met lange, elegante vingers en een universiteitsring aan de pink naar een bekertje reikte en ik een stap opzij deed. 'Ik heb voor mijn universiteit de vijfduizend meter gelopen, en ik ben nog nooit door iemand geklopt. Heb jij voor die van jou gelopen?'

'Ik heb niet gestudeerd,' zei ik, en ik keek omhoog om hem te kunnen aankijken, wat op zichzelf al een hele ervaring was.

'Hé, dat is geen zuiver Amerikaans wat ik hoor, klopt dat?' vroeg hij, terwijl ik een bekertje water over me heen goot. Ondanks het vroege uur brandde de zon al fel.

'Nee, dat is een Frans accent, ik ben in Zwitserland opgegroeid.'

'Echt waar?' Hij bekeek me eens goed. 'Ken ik jou niet ergens van? Op een of andere manier kom je me bekend voor.'

'Nee, we hebben elkaar nooit ontmoet.'

'Dat zal ik dan maar geloven.' Hij glimlachte. 'Maar ik heb echt het gevoel dat ik je ken. Ik ben Miles, trouwens. En jij?'

'Electra,' zei ik met een zucht, terwijl ik wachtte tot het kwartje bij hem viel. En dat deed het.

'Wauw... Oké,' zei hij. Hij gooide zijn bekertje in de afvalbak en stopte zijn handen in de zakken van zijn short. 'Vorige week zag ik op weg hierheen een zes meter hoog billboard met jou erop langs de weg.'

'O,' zei ik. 'Nou, ik moet weer terug.'

'Tuurlijk, ik ook.'

Zwijgend liepen we terug naar The Ranch. Deze man had iets waardoor ik me verlegen en kinderlijk voelde. Door zijn zelfverzekerde houding in combinatie met het grijs dat door zijn kortgeknipte krullen schemerde, schatte ik hem eind dertig.

'Mag ik vragen waarvoor je hier bent?' vroeg hij.

'Ja, we hebben hier geen geheimen voor elkaar, toch? Alcohol- en drugsmisbruik.'

'Ik ook.'

'Echt waar? Ik zag je gisteravond in de eetzaal, en je zag er niet bepaald uit als iemand die net uit de detox komt.'

'Dat kwam ik ook niet. Ik ben inmiddels vijf jaar clean, maar ik kom hier elk jaar om uit te rusten en mezelf eraan te herinneren wat er op het spel staat. Het is makkelijk om te denken dat je het wel aankunt als je hier zit en van alle kanten wordt gesteund, maar terug in de grote boze wereld zit je voor je het weet weer tegen een terugval aan.'

'Wat doe je voor werk?'

'Ik ben advocaat. De druk in mijn werk neemt almaar toe... en ik wil voorkomen dat ik explodeer en weer hier beland, terug bij af. Maar hé, daar moet jij alles van weten.'

'Yep,' beaamde ik. Inmiddels waren we bij de ingang van The Ranch.

'Het enige wat ik je kan zeggen is, haast je niet, neem de tijd. Het is een ziekte waarvan we niet kunnen genezen, het enige antwoord erop is leren er goed mee om te gaan. Luister naar wat de mensen hier zeggen, Electra, zij kunnen je leven redden. Ik zie je nog wel.'

Hij zwaaide even naar me en beende de gang door op een stel gespierde benen dat nog langer was dan het mijne.

‘Zo,’ fluisterde ik, terwijl ik beduusd achterbleef. Die serieuze opstelling van Miles deed me denken aan mijn grootmoeder. Die man zou ik aan mijn kant willen hebben, bij wat voor rechtszaak dan ook, dacht ik, terwijl ik naar binnen liep om te ontbijten. Ik had het warm en was een tikje van slag. Het kwam niet alleen door het hardlopen.

‘God, geef mij de kalmte om te aanvaarden wat ik niet kan veranderen, de moed om te veranderen wat ik kan veranderen, en de wijsheid om tussen deze twee onderscheid te maken.’

Samen met de vijf andere mensen in het kleine AA-kringetje sprak ik hardop het sereniteitsgebed uit dat het einde van de bijeenkomst markeerde. Aan de ene kant hield ik de hand vast van Ben, basgitarist in een band waarvan ik nooit had gehoord, aan de andere kant de hand van Sabrina, een nieuwkomer, die er met een betraand gezicht bij stond omdat ze tijdens de bijeenkomst haar verhaal met ons had gedeeld.

‘Ik had alles, een man, een gezin, een baan, en ik heb het allemaal door de hals van een fles weg laten lopen,’ had ze met samengeknepen handen gezegd. Sabrina was een kleine, frêle vrouw van Aziatische afkomst, met zwart haar dat als een glanzend gordijn rond haar smalle gezichtje hing. ‘Ik heb van iedereen die ik kende gestolen, zelfs uit de spaarvarkens van mijn kinderen, alleen maar om nog meer sterkedrank te kopen. Pas toen ik bijkwam op de spoedeisende hulp, nadat ik op mijn werk was flauwgevallen op de wc, besloot ik hierheen te gaan.’ Ze beet op haar lip. ‘Ik kan niet langer een zootje van mijn leven maken of doorgaan omdat het nou eenmaal zo is.’

Na afloop overviel me de gedachte dat ook ik was doorgegaan omdat het nou eenmaal zo was. Ik had zo wanhopig gezocht naar een mogelijkheid om te ontsnappen dat ook ík bijna alles had laten weglopen…

‘En, Electra, hoe waren de afgelopen vierentwintig uur voor jou?’ vroeg Fi me later die ochtend.

‘Interessant,’ antwoordde ik, terwijl ik over mijn neus wreef.

‘Mooi, mooi,’ reageerde ze met een glimlach. ‘Kun je ook vertellen waarom?’

‘Ik… Nou ja, ik weet het niet precies, maar ik heb de indruk dat ik een aantal dingen wat scherper zie. Ik heb het gevoel dat ik het afgelopen jaar in een droom heb geleefd.'

'Dat heb je ook, in zekere zin. Dat wordt veroorzaakt door het gebruik van middelen, behalve dat zo'n droom zoals je weet in een nachtmerrie eindigt. En wat doet dat met je, dat je een scherper besef van de realiteit hebt?'

Daar gaan we weer...

'Nou, eh, ik voel me euforisch omdat ik clean ben, maar ik besef ook hoeveel schade ik de mensen in mijn omgeving heb toegebracht en hoe onbeschoft ik tegen ze ben geweest, en daar schaam ik me voor. En ik ben bang dat ik in hetzelfde patroon verval als ik hier wegga.'

'Geweldig, dat is echt geweldig, Electra!' Weer kreeg ik een glimlach van Fi. 'Je maakt duidelijk vorderingen, en alle emoties die je in deze fase ondergaat zijn volkomen natuurlijk. Je neemt de verantwoordelijkheid voor jezelf en je gedrag, en dat is een enorme stap vooruit. Je bent niet langer slachtoffer.'

'Slachtoffer? Goeie help, nee, ik ben nooit slachtoffer geweest.'

'Dat was je wél, Electra, slachtoffer van het misbruik dat je jezelf aandeed,' pareerde Fi. 'Maar nu pak je het aan en vecht je ertegen in plaats van er slachtoffer van te worden, begrijp je?'

'O ja, dat doe ik ook, maar ik dronk en gebruikte al die troep juist om me te kunnen handhaven, zodat niemand me als slachtoffer zou zien.'

'Is het voor jou een schrikwekkende gedachte om als slachtoffer, als zwak, te worden gezien?'

'Ja, zeker weten,' antwoordde ik, heftig knikkend. 'Maar na een opmerking van mijn kamergenoot gisteravond voelde ik me beter.'

'En wat zei ze?'

'Dat ik niet langer zwak was als ik om hulp vroeg.'

'Denk je dat ze gelijk heeft?'

'Ja, maar ik wil niet afhankelijk van hulp worden of zo. Ik kan prima voor mezelf zorgen.'

'Misschien was het punt juist dat je dat niet kon en niet deed. Vind je dat eigenlijk zelf ook niet?'

'Ja, nou, dat zal dan wel,' zei ik.

'Geen mens is een eiland, zoals de uitdrukking luidt,' zei Fi glimlachend. 'Geen enkele man, geen enkele vrouw. Maar je bent niet de enige. Er lopen heel wat mensen op deze aardbol rond die geen hulp durven te vragen of zich ervoor schamen.'

'Of te trots zijn,' vulde ik aan. 'Ik ben heel trots.'

'Dat zie ik. Vind je dat een goede eigenschap?'

'Ik weet niet of het een goede of slechte eigenschap is, zo bén ik gewoon. Misschien is het van allebei een beetje.'

Fi knikte en krabbelde iets op haar notitieblok. 'Weet je wat, Electra? Ik denk dat jij misschien wel klaar bent om bezoek te ontvangen. Wat vind je daar zelf van?'

'Ik... ik weet het niet.'

'Zou je iemand van je familie willen zien, of een vriendin?'

'Mag ik daarover nadenken?'

'Natuurlijk mag dat. Het kan wat beangstigend zijn om je nieuwe ik te tonen en via iemand met wie je een band hebt weer met de buitenwereld in aanraking te komen. Schrikt die gedachte je af?'

'Dat klopt. Want zoals je weet wilde ik hier absoluut niet naartoe, maar ik heb hier fantastische mensen ontmoet en ik voel me hier best veilig, weet je.'

'We hebben het er nog niet over gehad of je hier misschien weg zou willen, omdat we allebei weten dat je daar nog niet aan toe bent. Je hebt nog zeven dagen te gaan voordat je dertigdagenprogramma is afgelopen. In de afgelopen dagen ben je met sprongen vooruitgegaan, maar ben je het met me eens dat er nog dingen zijn die je verder moet uitzoeken?'

'Ik denk het wel,' zei ik.

'Hoe gaat het nu met de zucht naar middelen?'

'Veel beter als ik actief bezig ben, tijdens het hardlopen bijvoorbeeld, dan denk ik er totaal niet aan.'

'Dat is dan een van de gereedschappen die je straks mee naar huis neemt, de wetenschap dat fysieke activiteit daarbij helpt. En hoe staat het met je stemmingswisselingen? Vorige week zei je dat je gevoelens van woede en "duisternis", zoals je het noemde, ervoer. Heb je die nog steeds?'

'Nee...' Ik moest slikken. 'Die negatieve gedachten komen steeds minder vaak voor, ja, dat gaat beter.'

'Wat denk je van bezoek?' herhaalde Fi.

'Volgende week misschien?'

‘Oké. En wie zou dat volgens jou kunnen zijn?’

Daar zit ’m nou net de kneep. Pa’s favoriete Shakespeare-citaat kwam mijn brein binnenvallen. Helaas stond de lengte van de lijst van potentiële bezoekers symbool voor het dieptepunt dat ik had bereikt. De lijst bestond alleen uit Ma, mijn soort van moeder, Maia en Stella, de grootmoeder die ik maar een paar keer had ontmoet, nota bene op momenten waarop ik volkomen aan de grond zat.

‘Mag ik daar nog even over nadenken?’ vroeg ik.

‘Natuurlijk mag dat. Is het een korte lijst?’

‘Heel kort.’

‘Hoe kort?’

‘Drie.’

‘Nou, dat mag jij misschien niet veel vinden, Electra, maar ik kan je verzekeren dat de meeste mensen die hier tegenover me zitten en aan wie ik die vraag stel, al zover heen zijn dat ze met moeite iemand kunnen noemen. Ze hebben zichzelf in een isolement geplaatst en de mensen van wie ze houden en die van hen houden van zich verwijderd, hun enige vrienden zijn alcohol en drugs. Zie jij dat ook zo?’

‘Yep,’ zei ik, en ik hoorde de angst in mijn stem. ‘Ja, dat zie ik ook zo. Maar er is eigenlijk nog een vierde persoon.’

‘Nóg beter,’ zei Fi. ‘En wie is dat?’

‘Mariam. Dat is mijn personal assistant, maar ik mag haar heel graag en ik heb bewondering voor haar.’

‘Mag ze jou ook, denk je?’

‘Ik… ik heb haar echt vreselijk behandeld, maar misschien wel, ja.’

‘Het kan soms goed zijn om als eerste iemand te kiezen met wie je geen emotionele band hebt. Hoe dan ook, denk erover na, Electra, en laat het me morgen weten.’

‘Oké.’

‘Mooi, nou, ga zo door,’ zei ze toen ik opstond.

‘Dank je. Dag, Fi.’

Toen ik haar kamer verliet, voelde ik me bijna high, als een kind dat net een gouden ster heeft gekregen van de juffrouw.

‘Nog nieuws over Vanessa?’ vroeg ik Lizzie later die dag.

‘Nee, het is zelfs míj niet gelukt om informatie los te peuteren van de verpleegster. Wat zie je er stralend uit vandaag, Electra,' merkte ze op, toen ik mijn baddoek van de haak pakte en wilde gaan douchen. 'Vertel eens!'

'O, niks bijzonders,' antwoordde ik, terwijl ik me uitkleedde en mijn baddoek om me heen sloeg.

'Jeetje, van alle vrouwen die hier komen afkicken moet ík nou net opgescheept zitten met een van de mooiste vrouwen op de wereld. Je hebt echt een bloedmooi lijf. En je eet als een wolf en komt geen grammetje aan. Ik zou je moeten haten,' zei ze grinnikend toen ik de doucheruimte binnenging en de deur achter me dichttrok.

Onder de douche dacht ik na over Lizzies opmerking. Het was niet de eerste keer dat ik te horen kreeg dat ik een fantastisch lijf had. Dus als dat echt zo was, waarom deed ik dan zo mijn best om het de vernieling in te helpen?

Misschien deed ik het omdat ik zélf een hekel aan mijn lichaam had, omdat het de reden was dat anderen míj haatten. De meeste vrouwen vertrouwden me niet, en als ze in gezelschap van een man waren, kon ik bijna voelen hoe ze met die gelakte nagels hun greep op manlief verstevigden als ik in de buurt kwam. Bovendien vond ik zelf helemaal niet dat ik zo'n mooi gezicht of lijf had. Het kwam gewoon goed tot zijn recht bij de huidige modetrends. Ik was opgegroeid met een zus die als de schoonheid van de familie werd beschouwd, en als je me zou vragen een volmaakte vrouw te beschrijven, dan was dat steevast Maia, met haar rondingen, haar volle borsten, haar glanzende donkere haar en haar ongelooflijk mooie gezicht.

Tijdens het tandenpoetsen bekeek ik mezelf in de spiegel. Ja, ik had beslist mooie ogen, geweldige jukbeenderen en een stel lippen dat nooit fillers nodig zou hebben. De kleur van mijn huid zou niet meer veranderen. En dat was een van de factoren die een succesvol model van me hadden gemaakt. Ik hoopte alleen dat het niet lang zou duren voordat er meer modellen met een donkere huid zouden zijn. Als klein meisje had ik maar zelden stilgestaan bij het feit dat ik zwart was. De rest van mijn zussen varieerden in huidskleur van bruin in verschillende nuances (Maia en CeCe) tot wit (Star, Tiggy en Ally). Iedere zus had weer een andere tint, dus ik beschouwde mijn huidskleur als normaal. Pas toen ik naar kostschool ging, waar ik het enige zwarte meisje was, er goed uitzag én anderhalve kop groter was dan mijn medeleerlingen, werd ik me bewust van mijn uiterlijk.

'Electra, ben je klaar? Ik moet heel nodig plassen.'

'Ik kom eraan,' zei ik, en ik deed de deur open voor Lizzie. Ze was kennelijk op zo'n sapdieet waarmee je jezelf vol vloeistof goot met als gevolg dat je de hele dag moest plassen.

Toen ze weer tevoorschijn kwam, zat ik op mijn bed, in mijn trainingsbroek en hoody. Ze keek naar me, sloeg haar armen over elkaar en zei: 'Je weet toch dat het dinsdagavond uitgaansavond is? We gaan vanavond allemaal naar de stad om te bowlen.'

'Ja, weet ik, maar dat is niet echt mijn ding.'

'Dat dacht ik ook toen ik hier kwam, maar het is echt leuk. Na afloop gaan we pizza eten, nou ja, iedereen behalve ik, en volgens mij zou je het echt heel leuk vinden. Het is een goede gelegenheid om de andere bewoners te leren kennen en het eens over iets anders te hebben, als je begrijpt wat ik bedoel.'

'Bedankt, maar nee, dank je,' zei ik schouderophalend. 'Ik moet een paar brieven schrijven.'

'Oké. Trouwens...' zei ze terwijl ze haar beautycase pakte om haar Operatiebasis Make-up op te zetten voor het uitje van die avond, '... heb je dat stuk gezien dat hier gisteren is gearriveerd?'

'Eh... moet ik die gezien hebben?'

'Je kon hem gewoon niet missen, hij is minstens zo lang als jij, spieren als kabels, en ik heb nog nooit zulke verleidelijke bruine ogen gezien.'

'O, je bedoelt Miles.'

Lizzie keek me aan, haar mascaraborsteltje bleef in de lucht hangen. 'Je hebt hem al gesproken?'

'O ja, vanochtend tijdens het hardlopen, hij rende op hetzelfde hardlooppad als ik.'

'Nou, met die man zou zelfs ík weleens allerlei woeste dingen willen doen,' giechelde Lizzie. 'Hij lijkt wel een filmster.'

'Nee, hij is advocaat.'

'Wauw, dus jullie hebben elkaar al beter leren kennen! Toen ik tijdens lunchtijd de eetzaal binnenkwam, zat hij daar in zijn eentje. Dus ging ik, gastvrij en hartelijk als ik ben, aan zijn tafeltje zitten. Twee minuten later pakte hij zijn dienblad, stond op en liep weg,' zei

Lizzie fronsend. 'Geweldige verleidingsstrategie, hè?'

'Ik dacht dat jij een toegewijde echtgenote was,' merkte ik op.

'Dat ben ik ook, dat weet je, maar het kan geen kwaad om af en toe etalages te kijken, ook al kun je het product niet kopen! Hij ziet er trouwens veel te fit uit om hier te zitten. Waarvoor is hij hier eigenlijk?'

'Hij komt hier elk jaar om te voorkomen dat hij terugvalt.'

'Dit is mijn zesde keer hier, dus dat begrijp ik helemaal. Ik ben hier graag omdat iedereen zo aardig is en je altijd wel iemand hebt om mee te praten. Anders dan thuis.'

'Mist je man je dan niet?'

'O, die is ook bijna nooit thuis. En nu de kinderen de deur uit zijn, tja... Hoe dan ook, als je zeker weet dat je niet meegaat, moet ik er nu vandoor. Hoe zie ik eruit in deze jeans?' Ze draaide een pirouette. 'Toen ik hier een paar weken geleden kwam, kreeg ik hem niet eens dicht. En niet liegen, alsjeblieft, gewoon zeggen hoe hij staat.'

Ik keek naar haar slanke figuurtje, met een slanke taille en een strak kontje waar iedere vijfentwintigjarige trots op zou zijn, dus een vrouw van achtenveertig al helemaal.

'Je ziet er fantastisch uit, Lizzie, serieus.'

'Weet je het zeker? Mijn man ziet me niet graag in jeans, volgens hem heb ik een puddingbuik.'

'Dat heb je niet, ik zweer het je. En nou wegwezen, en maak er een mooie avond van, oké?'

'Dank je, Electra, tot vanavond.'

Nadat Lizzie in een wolk duur parfum was vertrokken, drong het plotseling tot me door dat ze hier niet was om af te slanken, maar omdat ze eenzaam was.

Ik trok de stoel achter mijn bureau vandaan, pakte papier, enveloppen en pennen uit de la en begon aan mijn excuusbrieven.

Lieve Maia,

Het gaat hier goed met me. Ik ben al drie weken van de troep af en ga elke dag naar AA*-bijeenkomsten. Nu ik hier ben, heb ik tijd om na te denken over mijn slechte gedrag tegenover jou in...*

De afgelopen maand, het afgelopen jaar, vroeg ik me af.

> *... het afgelopen jaar. Vooral in Rio. Ik zie nu in dat je me alleen maar wilde helpen. Als jij die avond Mariam niet had gebeld, was ik er letterlijk niet meer geweest. Ik hoop dat je me kunt vergeven en ik verheug me erop je in juni te zien.*
> *Nogmaals bedankt.*
>
> *Liefs,*
> *Electra*

Ik vouwde de brief op en stopte hem in een envelop. Kon ik haar maar gewoon een e-mail sturen, want god weet hoe lang het zou duren voordat de brief in Rio aankwam. Maar Margot, de voorzitter van de AA-bijeenkomst, had gezegd dat het beter was om hem met de hand te schrijven, want een brief sprak meer aan. Misschien zou ik Maia sowieso een mailtje sturen om te zeggen dat er een brief onderweg was. Of stel dat ze volgende week op bezoek kwam, dan kon ik hem persoonlijk overhandigen. Ik adresseerde de envelop en legde hem in mijn la.

Daarna schreef ik Ma, in bijna dezelfde bewoordingen, met wat kleine aanpassingen. Ik had een plotselinge impuls om onderaan 'ik hou van je' te schrijven. Ik kon me niet eens herinneren of ik dat ooit tegen haar had gezegd. Nou, ik hield wel degelijk van haar, heel veel zelfs, realiseerde ik me. Ik had nog nooit iemand ontmoet die zo aardig was, en ze had heel lang heel wat met mij en mijn gedrag te stellen gehad, dus ik eindigde de brief met woorden waarin ik mijn liefde voor haar uitte.

Plotseling voelde ik tranen opkomen. Ik dacht aan Atlantis en hoe veilig ik me daar had gevoeld, en hoe dolgraag ik altijd terug wilde nadat ik een tijdlang op kostschool had gezeten, want Atlantis was mijn thuis.

'Nu moet ik nog mijn eigen thuis vinden...' mompelde ik, terwijl er een traan op de envelop drupte toen ik Ma's naam en adres erop schreef.

Ik voelde me gedeprimeerd, en dat was niet goed, dus ik legde de pen en het papier weg, rekte me uit en besloot een frisse neus te halen. In de kitchenette met koffie, thee en koekjes verderop in de gang maakte ik een kop gemberthee voor mezelf – een slok van dat spul kwam nog het dichtst bij de opkikker die je kreeg van een slok alcohol – en liep op mijn gemak naar buiten. Het was duidelijk koeler geworden. Ik rook de bloemen van de reuzencactus. Boven me was de hemel ongelooflijk mooi, weids en inktzwart. Altijd als ik naar de sterren keek, zocht ik de Zeven Zusters, en ja hoor, daar waren ze, twinkelend en wel. Als gewoonlijk telde ik er maar zes, nummer zeven kon ik maar zelden ontdekken. Pa had me eens verteld dat Electra – ik dus – in sommige culturen de zoekgeraakte zuster van de Pleiaden was. Hij had me een keer een oude zwart-witfoto gegeven van een scène uit een ballet, *Electra of de Verloren Pleiade,* dat in Londen was opgevoerd.

Ik liep naar het bankje in het midden van de mooie Serenity Garden, waar de combinatie van de talloze kruiden en felgekleurde bloemen een delicate geur afgaf. Een kleine, ruisende fontein zorgde voor een rustgevend achtergrondgeluid. Ik deed mijn ogen dicht en liet mijn gedachten gaan over het feit dat ik me van ons zessen altijd de verloren zus had gevoeld, terwijl Pa de zevende nooit had gevonden.

'Hallo,' klonk een stem aan de andere kant van de fontein.

Toen mijn ogen aan de gedempte verlichting gewend waren, zag ik dat het Miles was, die een sigaret zat te roken.

'Hoi. Stoor ik je?' vroeg ik.

'Nee, eerlijk gezegd heb ik juist behoefte aan wat gezelschap.' Hij stond op en liep naar mijn bankje. 'Als je tenminste geen bezwaar hebt?'

Omdat ik zat en hij nog stond, torende hij zo ver boven me uit dat ik mijn nek moest uitstrekken om oogcontact te maken.

'Tuurlijk niet, ga zitten.'

Hij kwam naast me zitten en haalde een pakje sigaretten uit zijn borstzak. 'Sigaret?'

'Nee, dank je. Aan die verslaving ben ik nooit begonnen, en ik voel er niets voor om hier met een nieuwe de deur uit te gaan.'

'Dit was de eerste van een reeks verslavingen, en de enige waarop ik hier kan terugvallen, aangezien de rest niet voorhanden is,' zei hij. Hij nam een laatste trek en drukte de sigaret met zijn schoen uit. 'Een aantal jaren geleden zou ik op deze tijd van de dag in een bar in New York hebben gezeten, bij het getinkel van ijsblokjes in een glas en een scheut Grey Goose die zich er als een bergstroompje langs kronkelt.'

'Klinkt heel poëtisch,' zei ik grinnikend. 'Ik was ook dikke maatjes met de Goose. Tegenwoordig ben ik bevriend met gedroogde gember in heet water.'

'Ik ben al vijf jaar niet in die bar geweest,' zei hij, terwijl hij nog een sigaret opstak. 'Ik vermoed dat mijn oude dealer er nog wel rondhangt.'

'Hoe lang ben je aan dat spul geweest?'

'Mijn eerste lijntje deed ik negentien jaar geleden, op Harvard.'

'Wauw, jij hebt op Harvard gezeten? Dan moet je wel heel slim zijn.'

'Misschien was ik dat, ooit.' Hij haalde zijn schouders op. 'Ik was een echte nerd, je weet wel, debatclubs, dat soort dingen. Ik had een studiebeurs, en ik was lang en zwart, maar van basketbal bracht ik geen moer terecht. De blanke studenten daar konden er met hun verstand niet bij. Ik voelde me net een alien, snap je? Maar ik heb mijn bul gehaald en ben bij een van de grootste advocatenkantoren begonnen. En daar werd ik pas echt afhankelijk van drank en drugs.'

'Interessant dat jij je op de universiteit een buitenbeentje voelde. Ik ben in een multicultureel gezin opgegroeid. We zijn ieder uit een ander land geadopteerd, dus omdat we zo van elkaar verschillen, dacht ik daar gewoon niet bij na. Maar toen ging ik naar een kostschool en dat veranderde de zaak. Ik ben daar de laatste tijd veel mee bezig. Zoals je weet nemen ze je hier graag mee naar je verleden.'

'Ik weet het, Electra. Het afval dat in je geest is achtergebleven opruimen is net zo belangrijk als de troep uit je lichaam wegwerken. Sorry, ik onderbrak je, ga door.'

'Nou, waarom ik daar zo over loop te piekeren, is omdat ik me niet anders voelde dan mijn zussen, ik was me er niet van bewust dat ik "zwart" was, dus toen ik naar kostschool ging en er allerlei nare dingen gebeurden, bracht ik dat nooit in verband met mijn huidskleur. Ik zat net als jij op een voornamelijk witte school, en ja, er gebeurde van alles, maar of dat nou dáárdoor kwam of doordat ik niet bepaald een lieverdje was, ik weet het niet.'

'Misschien was dat gewoon omdat jij anders was. Kinderen kunnen wreed zijn.'

'Ja, dat kunnen ze, en dat waren ze ook, maar wat heeft het voor zin om daar nu nog over te praten? Het is verleden tijd.'

'Meen je dat nou?' Miles grinnikte. 'Nou, als je er zo over denkt, zit je hier nog niet lang. Het lijkt erop dat ik anders in elkaar zit dan jij. Ik heb altijd last gehad van de fysieke onthoudingsverschijnselen, maar het gaat erom dat je de psychologische factoren ontdekt, om te weten waarom je verslaafd bent geraakt.'

Het bleef een tijdje stil.

'Heb je iemand?' vroeg hij even later. 'Een betekenisvolle relatie?'

'Niemand, ook geen betekenisloze trouwens,' grapte ik, en ik nam een slokje thee. 'Een tijdje terug dacht ik dat ik er een had, een betekenisvolle, bedoel ik, maar die heeft me gedumpt.'

'Ja, ik heb er geloof ik iets over gelezen. Sorry.' Miles leek enigszins opgelaten. 'Was dat de reden dat je bent ingestort?'

'Zeker weten! Kun je je voorstellen hoe vernederend het is als de hele wereld weet dat jij de bons hebt gekregen en dat de liefde van je leven zich met iemand anders verlooft?'

'De liefde van je leven tot nu toe, Electra,' corrigeerde Miles me. 'Je zult niet veel ouder zijn dan de meeste studenten. Maar om je vraag te beantwoorden, nee, dat kan ik me niet voorstellen. Ik heb in de rechtszaal bij zaken voor bekende cliënten een paar keer ruzie met de media gehad, maar verder dan een lichte aanvaring met de paparazzi is het niet gekomen.'

'En, heb je gewonnen?'

'Nee,' grinnikte hij.

'Ben je ooit high geweest in de rechtszaal?'

'Waarschijnlijk wel. Was jij weleens high tijdens je werk als model?'

'Waarschijnlijk wel.' Ik keek hem aan, we deelden een wrange glimlach.

'Nou, ik ken heel wat advocaten die nog snel een lijntje snuiven voordat ze de rechtszaal binnengaan om hun slotpleidooi te voeren. Maar dat heb je niet van mij gehoord.'

'O, dat is in mijn branche net zo. We zijn net acteurs, we voeren allebei een toneelstukje op.'

'Het probleem is alleen dat je niet weet wanneer je moet stoppen als je denkt dat de wereld aan je voeten ligt. Daar heb ik waarschijnlijk een paar rechtszaken mee verloren. En aangezien ik in een wereld met voornamelijk blanke mannen verkeer, kan ik me dat niet permitteren.'

'Je weet maar nooit, misschien krijgen we straks onze eerste zwarte president,' zei ik. Ik had eerder op de dag in de eetzaal een snelle blik op het tv-journaal geworpen. 'Obama doet het goed in de voorverkiezingen.'

'Zou dat niet geweldig zijn?' Miles glimlachte. 'We hebben nog een lange weg te gaan, maar er is op deze wereld in elk geval iets aan het veranderen.'

'Ik heb het getroffen omdat ik ben opgevoed door een vader die geen enkel verschil maakte tussen ons. We waren allemaal zíjn meisjes. En als hij ooit reden had om een uitbrander te geven, was dat vanwege ons gedrag, niet vanwege onze huidskleur. En ik kreeg heel vaak een uitbrander.'

'Dat kan ik me voorstellen, je lijkt me een pittige tante. Waar kom je oorspronkelijk vandaan?'

'Dat… dat weet ik niet precies,' zei ik, en ik moest denken aan wat Stella had gezegd.

'Jammer dat je geen ouders en grootouders en overgrootouders hebt die je over vroeger kunnen vertellen. Die van mij doen niets liever.'

'Ik zei toch dat ik geadopteerd ben.'

'En je hebt je vader nooit gevraagd naar je biologische familie?'

'Nee.'

Miles begon me te irriteren met al die vragen waar ik geen antwoord op had. Het leek verdorie wel een speeddatetherapiesessie. Mijn hoofd tolde. Ik stond op.

'Weet je, ik ben best wel moe. Tot ziens…'

Toen ik in de veilige omgeving van mijn kamer in bed stapte, had ik er spijt van dat ik op dat bankje was gaan zitten. Het was een grote warboel in mijn hoofd, en ineens begreep ik waarom iemand in therapie ging. Je zat er op een veilige plek bij iemand die niet zijn eigen mening ventileerde maar alleen maar vriendelijk en rustig naar die van jou informeerde.

Voor het eerst sinds mijn komst op The Ranch was ik echt dankbaar dat ik de volgende dag met Fi kon praten.

19

De volgende ochtend was ik nog eerder wakker dan de vorige dag. Ik had er behoefte aan om te aarden, ik wilde voelen hoe mijn voeten over de rode aarde stampten en koos hetzelfde hardlooppad. Ik was al aan mijn tweede rondje bezig toen ik een glimp opving van Miles, die aan zijn eerste begon. Het goede nieuws was dat er een ruime afstand tussen ons was, zodat hij me onmogelijk kon inhalen. Voor alle zekerheid gooide ik er een schepje bovenop en concentreerde ik me op het leegmaken van mijn hoofd en het opnemen van de natuur om me heen. Een paar minuten later zag ik ineens dat hij niet achter me maar vóór me liep en realiseerde ik me tot mijn afschuw dat ik hém aan het inhalen was.

Ik minderde onmiddellijk vaart, maar anders dan de vorige dag voerde hij het tempo van de senioren die ik in Central Park altijd inhaalde.

'Fuckwit!' mompelde ik, een van Lizzies favoriete uitdrukkingen. Ik schakelde terug naar wandeltempo, maar als ik nu niet van het pad af stapte, zouden we onvermijdelijk naast elkaar komen te lopen.

'Oké, jij wint,' zei ik binnensmonds, en via de bakstenen markering verliet ik het pad en koerste joggend naar de ingang van The Ranch.

'Hé!'

Toen ik omkeek en zag dat hij mijn kant op kwam sprinten, ging ik van joggen over op hardlopen.

'Stop!'

Zachtjes vloekend rende ik richting de hoofdingang en net op het moment dat ik de veilige haven van de hal binnenstormde, landde er een sterke hand op mijn schouder.

'Blijf van me af!'

'Ho, Electra!'

Ik draaide me om en daar stond Miles, met zijn handen in de lucht alsof hij net was gearresteerd.

'Ik wilde je niet laten schrikken, ik wilde alleen maar mijn excuses aanbieden voor gisteravond. Het laatste wat ik wil is jou van streek maken met dingen die helemaal geen probleem zijn. Het spijt me vreselijk, ik besef dat ik mijn eigen sores op jou projecteerde.'

We stonden allebei te hijgen na die race naar de ingang. Ik stond voorovergebogen met mijn handen op mijn knieën.

'Het is oké, heus,' kon ik nog uitbrengen.

'Nee, dat is het niet.'

'Nou, hoe dan ook, ik moet nu ontbijten en daarna...'

'Het sereniteitsgebed, ik weet het.'

Ik duwde de deur open en ging naar binnen. Ik draaide me niet om om te kijken of hij me volgde. Het enige wat ik wilde was Fi zien en deze hele toestand met haar bespreken.

'Dus als ik het goed begrijp...' Fi keek in haar aantekeningen. '... wil je praten over iets wat je op kostschool is overkomen?'

'Yep.'

Ik wilde het niet, maar ik wist dat het moest.

'En wat is er gebeurd, Electra?'

Ik moest even goed slikken, haalde een paar keer diep adem en zette me schrap om het haar te vertellen. Want ik had dit nog nóóit, echt nóóit aan iemand verteld.

'Nou... ik zat nog maar net op die nieuwe school, en daar was een stel meisjes en die vormden zeg maar het populaire clubje. Het waren stuk voor stuk knappe meiden en ze hadden het er altijd over hoe rijk hun ouders waren. Ik wilde graag bevriend met ze raken, en erbij horen,' zei ik, en ik merkte dat ik net zo hard zat te hijgen als na dat rondje hardlopen.

'Neem de tijd, Electra, we hebben geen haast. En we kunnen elk moment stoppen, wanneer je maar wilt.'

'Nee.' Ik was nu op de startbaan en dit vliegtuig met zijn lading shit moest een keer van de grond, voordat het explodeerde en ik in de vlammen zou omkomen. 'Dus ik vertelde hun over het huis waarin ik woonde, Atlantis, en dat het aan een meer stond, en dat Pa ons zijn prinsesjes noemde en dat we alles kregen wat we maar wilden, wat helemaal niet zo was, want we kregen alleen met kerst en verjaardagen een cadeau, of een enkele keer als hij terugkwam van een reis. En dat we elke zomer met ons superjacht naar Zuid-Frankrijk voeren en...' Ik moest weer slikken en haalde diep adem. 'Ik deed alles wat ik maar kon om net als die meisjes te worden, met hun grote huizen en hun designerkleren en...'

'Hier, neem een slokje water.' Fi reikte me een plastic bekertje met water aan. Dat bekertje stond er altijd, maar voor het eerst had ik behoefte aan een slok water. Ik nam een flinke teug.

'Nou, ik had een paar weken met ze opgetrokken, en mijn oudere zussen, Tiggy, Star en CeCe, die in een hogere klas zaten, hadden dat gezien en waren blij dat ik mijn draai had gevonden. En toen...' Ik nam nog een slokje. 'Nou, ik vertelde Sylvie, dat was de leider van het groepje, dat ik een keer opgesloten had gezeten in het wc'tje in mijn hut aan boord van de Titan, mijn vaders boot. Al mijn zussen waren aan dek of aan het zwemmen en ik zat urenlang, zo voelde het tenminste, in dat piepkleine hokje opgesloten, en ik schreeuwde en schreeuwde, maar niemand hoorde me,' zei ik, naar adem snakkend. 'Uiteindelijk werd ik bevrijd door een dienstmeisje dat mijn hut binnenkwam en me hoorde, maar sindsdien heb ik een fobie voor kleine ruimtes.'

'Heel begrijpelijk, Electra. En wat gebeurde er nadat je het aan die schoolvriendin had verteld?'

'Nou, het was vlak voor een hockeywedstrijd, en ik was heel goed in hockey,' zei ik, met een bevestigend knikje, en ik voelde de tranen opkomen, 'en je had in de gymzaal een kastje waarin ze de sportspullen bewaarden. Sylvie zei dat ze haar hockeystick kwijt was en dat iemand die had meegenomen en of ik kon helpen zoeken. Dus ik liep naar dat kastje om daar te kijken en voordat ik het wist, werd ik naar binnen geduwd en deed iemand de deur achter me op slot. Ik heb daar uren gezeten, iedereen was op het hockeyveld, en daarna hadden ze hun *team tea* en... Uiteindelijk kwam Sylvie me bevrijden.'

'Hier, Electra...' Fi reikte me de doos tissues aan, en ik had nog zo gezworen dat ik daar geen hand naar zou uitsteken. Ik greep een handjevol tissues, de tranen stroomden over mijn wangen. Toen ik mezelf weer enigszins onder controle had, keek ik op, recht in Fi's lieve gezicht.

'Hoe voelde je je toen je in die kast werd opgesloten?'

'Ik dacht dat ik gek werd... Ik wilde het liefst doodgaan, ik was doodsbang... Ik kan het gewoon niet herbeleven, ik kán het gewoon niet.'

'Je bént het al aan het herbeleven, Electra, en daarna laat je het gaan. Want zal ik je eens wat zeggen? Je bent eruit gekomen. En niemand krijgt jou daar ooit weer in.'

'Zeker weten,' zei ik. 'Nooit van mijn leven.'

'En wat zei dat meisje, die Sylvie, toen ze je vrijliet?'

'Dat ik er niet bij hoorde, dat ik een opschepper was, en dat niemand van het clubje nog iets met me te maken wilde hebben. En als ik het aan iemand vertelde, zouden ze me opnieuw straffen. Dus vertelde ik het niet. Ik zei niets.'

'Zelfs niet tegen je zussen?'

'Ze hadden gezien dat ik het naar mijn zin had, ik had wekenlang met die meisjes opgetrokken. Ze zouden denken dat het weer zo'n verhaal was dat ik had verzonnen, omdat ik altijd met ze overhoop lag.'

'Ik ken je zussen niet, maar te oordelen naar wat je over ze hebt verteld – vooral over Tiggy – vraag ik me af of dat zo is.'

'Ik had thuis wel vaker leugens verteld, Fi. Heel veel leugens, als ik mezelf weer eens in de nesten had gewerkt.'

'En wat heb je toen gedaan?'

'Ik ben weggelopen. Met het zakgeld dat ik bij me had, kon ik naar de stad, en daar heb ik Christian, onze chauffeur, gebeld en gevraagd of hij me kwam ophalen.'

'En wat zeiden Ma en je vader toen je thuiskwam?'

'Die waren natuurlijk totaal in de war, omdat ik altijd had gezegd dat ik het fijn vond op school. Dus ik moest terug.'

'Aha. En toen?'

'Ach, je weet hoe dat gaat. Meer van hetzelfde. Mijn schoolblousejes onder de inkt – en de leraren waren heel streng als het om persoonlijke verzorging ging – veters uit mijn gympen, spinnen en andere enge beestjes in mijn schoolbank... Kinderachtig gedoe, dat zal wel, maar of ik raakte erdoor in de problemen of ik was doodsbang.'

'Met andere woorden, een klassiek geval van pesten.'

'Yep. Dus ik ben weer weggelopen, en toen ik weer werd teruggestuurd, concludeerde ik dat ik moest zorgen dat ik van school werd gestuurd, want dat was de enige manier om daar weg te komen. Vervolgens ging ik naar een andere school, en ja, toen werd ík de pestkop, om te voorkomen dat de meiden mij gingen pesten. Van mij moesten ze afblijven, snap je? Maar daar werd ik vanwege mijn slechte gedrag ook weggestuurd, en bovendien verknalde ik ook nog mijn examens. Dus toen ben ik naar Parijs gegaan, kreeg een baan als serveerster en werd binnen een paar weken ontdekt door een modellenagent. De rest is geschiedenis.' Ik haalde mijn schouders op.

Fi zat druk aantekeningen te maken, ze had meer te noteren dan in de drie voorgaande weken bij elkaar. Ze keek weer op en glimlachte.

'Dank je dat je zo veel vertrouwen in me hebt dat je me dit hebt verteld, Electra. Ik wist dat je nog ergens mee zat, en het is dapper van je dat je dit hebt gedaan. Hoe voel je je nu?'

'Sorry voor mijn woordkeus, maar ik heb op dit moment geen fucking idee.'

'Nee, uiteraard niet. Maar je bent een intelligente vrouw en ik hoef je waarschijnlijk niet te vertellen dat veel van je problemen met vertrouwen hun oorzaak vinden in deze incidenten. Een vriendenhand aangereikt krijgen om vervolgens te constateren dat je vriendschap zo wreed wordt misbruikt... Hoe dan ook, dit is meer dan genoeg voor vandaag. Je hebt het heel goed gedaan,' zei ze toen ik opstond. 'Puur uit belangstelling, wat heeft je er uiteindelijk toe gebracht om dit te vertellen?'

'Een gesprek met iemand hier. Tot morgen.'

Nadat ik een paar keer de Worry Maze rond had gelopen, ging ik naar binnen omdat ik naar de wc moest. Vanessa was terug op de kamer en zag er gezonder uit dan de vorige keer.

'Hoi, hoe voel je je?' vroeg ik.

'Klote, ze hebben me veel te snel weggestuurd,' antwoordde ze. 'Die *putas* weten gewoon niet waar ze mee bezig zijn, je moet ze niet vertrouwen, oké?'

Na het gesprek dat ik nog maar net had gevoerd, leek het me verstandig om even uit de buurt van Vanessa te blijven.

'Ik ben naar equitherapie. Tot straks.'

Na de vieze smaak van de giftige herinneringen die ik had uitgespuugd, was het een verademing om de frisse en natuurlijke geur van de paarden op te snuiven. Nu ik erover nadacht, schoot me te binnen dat een van mijn 'grote ontsnappingen', zoals Ally ze destijds noemde, op de rug van een paard had plaatsgevonden. Ik had een van de paarden uit de schoolstallen gehaald, was naar de dichtstbijzijnde boerderij gereden en had tegen de boer gezegd naar welk adres het paard moest worden teruggebracht. Vervolgens had ik de acht kilometer naar Zürich gelopen, of liever gerend, en was daar op de trein naar Genève gestapt.

Hank kwam met een wortel in zijn hand op me aflopen als teken dat mijn tijd erop zat.

'Mag ik nou echt niet een keer een ritje maken?' vroeg ik hem. 'Ik zou wel een goeie rit in galop kunnen gebruiken.'

'Niet bij mij, niet zolang je hier bent, ma'am. Zoals ik al zei, het is in strijd met de regels. Maar een buurman van me heeft hier in de buurt een ranch. Ga eens met de receptie praten en zeg maar dat je een ervaren amazone bent en dat het goed voor je geestelijke gezondheid is,' vervolgde hij met een knipoog.

'Bedankt, zal ik doen.' Voorzien van een missie verliet ik de stallen.

Na een hoop gesteggel bij de receptie bleek dat die regels voornamelijk te maken hadden met de verzekering. Als ik naar die stallen buiten The Ranch wilde, moest ik officieel de kliniek verlaten, voor het geval ik daar viel en mijn nek brak, en bij terugkomst opnieuw inchecken. Belachelijk, die juridische wereld in de vs, bedacht ik, toen ik, doodop van de spanning van die ochtend, ging lunchen. Ik ging bij Lizzie aan tafel zitten en keek zenuwachtig om me heen of ik Miles zag, want een gesprek met hem – wat voor gesprek dan ook – kon ik even niet aan.

'Hallo, Electra,' zei Lizzie. 'Je lijkt gespannen. Wat is er?'

'O, niks. Ik zou zelfs kunnen zeggen dat alles goed komt. En jij?'

'Niet echt goed, eigenlijk,' zei ze met een zucht, terwijl ze met een cherrytomaatje zat te spelen.

'Ik heb Fi net gesproken...' Lizzie slikte hoorbaar, ze kreeg tranen in haar ogen. '... en ze zei dat het tijd is om te vertrekken. We hebben het erover gehad dat ik vaak te veel eet om te compenseren wat ik in mijn leven mis, maar ze wil dat ik naar de echte wereld terugga.'

'Oké, maar dat is toch goed nieuws?'

'Niet echt, nee. Net als bij jou en iedereen hier gaat het een paar weken goed, maar er hoeft maar iets te gebeuren of ik sta bij de bakker in de buurt om voor mijn vreetbuien een voorraad donuts en chocolademuffins in te slaan.'

'O, Lizzie, het is niks voor jou om zo negatief te zijn,' zei ik om haar een beetje te kalmeren. 'Je kijkt er toch zeker naar uit om Chris je fantastische nieuwe uiterlijk te laten zien?'

'Electra,' antwoordde ze rustig, 'jij en ik weten allebei dat dat niet zo is. Met al die cosmetische chirurgie heb ik mijn gezicht geruïneerd, ik lijk net een griezelshow. En waarom ik dat heb gedaan? Alleen maar voor hém! En waar is mijn echtgenoot op dit moment? Die ligt waarschijnlijk in bed met een van zijn hoertjes!'

Lizzie was inmiddels gaan schreeuwen, en om ons heen was het muisstil geworden. Ze liet haar vork op haar bord kletteren, stond op en rende de eetzaal uit.

Ik zat in dubio. Moest ik achter haar aan gaan of wilde ze liever alleen zijn? Na een paar seconden besloot ik tot het eerste. Misschien stuurde ze me weg, maar dan wist ze in elk geval dat ik om haar gaf. Ik probeerde eerst de slaapkamer, maar daar lag alleen Vanessa lusteloos op bed, met haar oortjes in. Vervolgens ging ik op een drafje naar de tuin, want met die eeuwige stilettohakken van haar kon ze nooit ver zijn. Uiteindelijk trof ik haar in een verborgen hoekje van de Serenity Garden aan, waar ze achter een reusachtige cactus intens zat te huilen.

'Lizzie, ik ben het, Electra. Mag ik naast je komen zitten?'

Ze haalde haar schouders op, een gebaar dat ik als toestemming beschouwde. Ik had geen idee wat ik moest zeggen, als beginneling wist ik niet goed hoe dat moest, iemand troosten. Dat moest ik trouwens nog toevoegen aan het steeds langer wordende lijstje van met-Fi-te-bespreken-dingen. Dus pakte ik alleen maar haar hand en hield die vast tot haar gesnik overging in een enkel hikje. Haar zorgvuldig aangebrachte make-up had zich gemengd met haar tranen, zodat haar gezicht eruitzag alsof het elk moment kon instorten. Ik trok mijn hoody uit en reikte haar de mouw aan, zodat ze haar gezicht kon schoonvegen.

'Dank je, Electra,' snufte ze. 'Je bent een prachtmens.'

'Ik vind zelf van niet, maar fijn dat je het zegt.'

'Ja, dat ben je wél.' Ze snoot haar neus en keek me met een verdrietig glimlachje aan. 'Ik zal er wel verschrikkelijk uitzien.'

'Een beetje,' antwoordde ik naar waarheid, 'maar dat doen we allemaal als we hebben zitten janken.'

'Ik zie er zo verschrikkelijk tegenop om naar dat grote lege mausoleum van een huis terug te gaan. Koken voor Chris, om vervolgens om tien uur een telefoontje te krijgen dat het laat wordt en dat ik niet op hem moet wachten. 's Ochtends wakker worden en ontdekken dat hij er al vandoor is, we hebben namelijk gescheiden slaapkamers. Je kunt kennelijk met iemand onder één dak wonen en hem een week lang niet zien.'

Haar bekentenis kwam niet echt als een verrassing.

'Eh, Lizzie?'

'Ja?'

'Weleens aan scheiden gedacht?'

'Ja, natuurlijk. Om precies te zijn, hij heeft overwogen om van míj te scheiden, maar onder de Californische wetgeving krijg ik de helft van zijn hele vermogen, en hij is veel te gierig om daar ooit aan te beginnen. Dus zit ik gevangen in dit nephuwelijk, maar wat me nog het meeste pijn doet, Electra, is niet zijn eindeloze rits aan affaires, maar het feit dat hij zich voor me schaamt. Hij schaamt zich voor zijn eigen vrouw! En ik hou verdomme nog steeds van hem!'

'Weet je dat zeker? Ik ben geen deskundige op dat gebied, maar ik heb in New York therapie gevolgd nadat een relatie was geëindigd. De therapeut vroeg me of ik die vent eigenlijk wel aardig vond, en ik zei van niet, dat ik hem haatte, maar dat ik ook van hem hield. Toen wees die therapeut me erop dat ik in een afhankelijke relatie zat.'

'Ach, liefje, ik heb de afgelopen jaren de hele santenkraam aan therapieën gevolgd,' verzuchtte ze. 'Duizenden dollars en tientallen doosjes tissues. Maar de liefde voor hem is gebleven, ook al geven ze het een andere naam. Bovendien zijn er de kinderen. Die zouden ontzettend verdrietig zijn.'

'Maar je jongste is drieëntwintig, Lizzie, en ze wonen niet eens meer thuis. Bovendien denk ik dat geen enkel kind zijn ouders ongelukkig wil zien.'

'O, maar we voeren altijd een show op als de kinderen er zijn. We geven een Oscarwaardige voorstelling en spelen het gelukkige gezin tot in de perfectie. Ze zouden geschokt zijn als ze wisten hoe het er echt voor staat.'

'Dat weten ze nu toch zeker al? Waar denken ze dat je al die tijd uithangt als je hier bent?'

'Ze denken dat ik bij mijn beste vriendin Billie logeer, in de buurt van Tucson. Ik bel ze elke week met een uitgebreid verhaal over hoe leuk we het samen hebben. Zielig, hè?'

Ik vond het inderdaad nogal zielig, haar kinderen waren godsamme volwassen. Maar zo'n opmerking was duidelijk niet op zijn plaats.

'Ik neem aan dat je als ouder je kinderen wilt beschermen, hoe oud ze ook zijn,' zei ik. Kennelijk begon ik eindelijk wat tact te ontwikkelen. Pa zei ooit tegen me dat het me aan tact ontbrak, een volgens hem onmisbare eigenschap. Ik weet nog dat ik toen zei dat 'tactvol zijn' voelde alsof je loog.

'Dat klopt, Electra. Ze vormen het enige in mijn leven waar ik trots op ben.' Ze slaakte een diepe zucht. 'Nou ja, ik zou jou niet met al die ellende moeten lastigvallen. Je hebt zelf al genoeg op je bordje.'

'Hé, je bent mijn vriendin, Lizzie. En vriendinnen zijn er om elkaar te helpen, toch?'

'Ja, dat is zo. En ik heb eerlijk gezegd maar weinig vrienden. Althans vrienden die ik kan vertrouwen.'

'Ik ook.'

'Ik zou er trots op zijn jou mijn vriendin te mogen noemen.' Lizzie reikte me haar hand en ik pakte hem.

'Ik ook.'

Voor de tweede keer die dag kreeg ik een brok in mijn keel. Ik was geen huilebalk, nooit geweest, maar ik was duidelijk ontroerd. We stonden op en liepen samen terug naar The Ranch. In de verte zag ik Hank in de richting van de stallen lopen.

'Hé, Lizzie, rijd je eigenlijk paard?' zei ik spontaan.

'Jazeker! Ik zal je vertellen dat ik op mijn dertiende kampioen van de ponyclub van mijn county was.'

'En wanneer ga je hier weg?'

'Zaterdag.'

'Wat zou je ervan vinden als we voordat je teruggaat naar Californië samen een ritje maken door de woestijn?'

'Zal ik je eens wat zeggen?' Lizzies gezicht klaarde op. 'Ik zou het héérlijk vinden.'

Uitgeput als ik was van het verwerken van alle emoties, sliep ik als een os, zonder onderbreking. Toen ik de volgende ochtend al vroeg wakker werd, zat Lizzie in haar ochtendjas op bed een kop koffie te drinken.

'Goeiemorgen,' zei ik slaperig. 'Jij bent vroeg op!'

'Ja. Ik snap niet hoe jij met al die nachtmerries van ons kamergenootje...' Ze gebaarde naar Vanessa, die zachtjes lag te snurken. '... hebt kunnen doorslapen. Elke keer als ik net wegdommelde, werd ik wakker van haar geschreeuw. Ik heb het uiteindelijk maar opgegeven en ben opgestaan. Maar nu slaapt ze rustig. Het arme kind. Duidelijk zwaar getraumatiseerd.'

'Ik heb niks gehoord,' zei ik, en ik trok mijn vest, short en sneakers aan. 'Ik ga hardlopen. Zie je straks bij de gebeden.'

Ik jogde snel om bij The Ranch weg te komen, want ik wilde per se vóór Miles bij het pad zijn en mijn drie rondjes maken. Bij de start van het pad voelde ik irritatie opkomen omdat hij het serene gevoel tijdens mijn ochtendrondjes had verstoord. Ik stond bij de waterkoeler een bekertje water te drinken toen hij aan het beginpunt van het pad verscheen.

'Morgen, Electra,' zei hij, toen ik terugliep naar The Ranch.

'Morgen.'

Hij draaide zich om en kwam naast me lopen. 'Hé, Electra, vermijd je me soms?'

'Misschien.'

'Ik heb toch al gezegd dat het me spijt? Moet ik nog een keer mijn excuses aanbieden?'

'Nee, nee.' Ik bleef staan en keek hem aan. 'Ik zou je eigenlijk moeten bedanken.'

'Mij bedanken?'

'Ja, het was gedeeltelijk dankzij jou dat ik een hoop rotzooi kwijt ben die er nodig uit moest.'

'O, oké. Dus het is weer goed tussen ons?'

'Ja, het is weer goed.'

'Maar waarom vermijd je me dan?'

'Ik... ik ben nog wat dingen aan het uitzoeken.'

'Aha. En je wilt voorkomen dat ik iets zeg waarmee ik het nog ingewikkelder maak?'

'Zoiets, ja.'

'Dan trek ik me terug.' Hij draaide zich om en ging terug naar het pad. Ik keek hem na en vloekte binnensmonds. Dit was een van de ongemakkelijkste gesprekken die ik ooit had gevoerd, en ik had geen idee waarom ik me in zijn aanwezigheid zo opgelaten voelde.

Na het ontbijt en de gebeden haastte ik me naar Fi.

'Goedemorgen, Electra. Hoe voel je je vandaag?'

'Lichter.' Want zo voelde ik me.

'Dat is groot nieuws. Wil je daar verder over praten?'

'Ik... ik ben nogal in de war.'

'Waardoor?'

'Ik heb hier iemand ontmoet. Hij is zwart, en hij had het onlangs met me over vooroordelen. Ik denk nu dat die meisjes misschien zo wreed tegen me waren omdat ik het ook ben. Zwart, bedoel ik.'

'En dat is nooit eerder bij je opgekomen?'

'Nee, echt niet. Misschien vind je dat naïef, maar ik ben gewoon ik, Electra, het topmodel.'

'Precies. Denk je dat je huidskleur voor een deel je identiteit bepaalt?'

'Nee, maar toen ik vanochtend ging hardlopen, bedacht ik dat sommige mensen anderen beoordelen naar hun huidskleur.' Ik keek haar aan. 'Denk jij dat ze dat doen?'

'Even onder ons, natuurlijk doen ze dat. Cultureel gezien zijn we nu eenmaal tribale wezens. De meer verlichte geesten onder ons zijn in staat zich daaraan te onttrekken, maar...'

'Maar veel mensen kunnen dat niet,' verzuchtte ik. 'Maar ik heb toch niet echt geleden onder mijn zwart-zijn? Mijn gezicht en mijn lijf hebben me toch geen ellende bezorgd maar juist een vermogen opgeleverd?'

'Maar Electra, zie je dan niet dat je er wel degelijk onder hebt geleden?'

'Hoe dan?'

'Door wat er op school is gebeurd. Wat de reden voor hun gedrag ook is geweest – meestal is het een combinatie van factoren – die gebeurtenis heeft de loop van je verdere leven bepaald. Zie je niet hoe dat heeft doorgewerkt?'

'Ja, ik denk dat ik het nu begrijp. Daardoor kon ik niemand meer vertrouwen.'

'Ga door,' moedigde Fi me aan.

'En als je je vertrouwen in de mens verliest, ga je je erg alleen voelen. Ik heb me sindsdien altijd alleen gevoeld. Yep.' Ik knikte toen ik er verder over nadacht. 'Ja, altijd.'

'Een paar dagen geleden hadden we het erover dat geen enkele man en geen enkele vrouw een eiland is, weet je nog? En daar zat jij, op je eiland. Hoe voel je je nu?'

'Beter,' zei ik, mijn schouders ophalend. 'Ik ben denk ik bevriend geraakt met een van de vrouwen hier. Echt bevriend.'

'Dat is fantastisch nieuws, Electra. En voelt het prettig om haar bij je te hebben op je eiland?' vroeg Fi glimlachend.

'Als je het zo formuleert, ja, het voelt prettig,' zei ik, en ik dacht terug aan het moment waarop Lizzie haar hand naar me uitstak. 'Weet je, ik ben ook boos omdat ik door die meiden mijn diploma's niet heb kunnen halen. Pa had trots op me kunnen zijn.'

'Denk je niet dat hij trots op je was vanwege je prestaties als model?'

'Dat zei hij wel, ja, maar ik heb gewoon geboft, ik ben met dit lijf en dit gezicht geboren. Je hoeft niet veel hersens te hebben om in een advertentiecampagne te verschijnen, toch?'

'Ik heb verschillende bekende modellen tegenover me gehad, en de meesten zeiden precies hetzelfde. Maar uit het weinige wat ik ervan weet, maak ik op dat het een afmattende baan is, met als extra complicatie het feit dat je beroemd wordt en al heel jong over veel geld beschikt. Je hebt eens gezegd dat je je vader voor je gevoel bij een aantal gelegenheden hebt teleurgesteld. Was dat omdat je je in zekere zin schaamt voor wat je doet?'

'Misschien. Ik vind het vreselijk als iemand, vooral Pa, denkt dat ik dom ben. Ik deed het heel goed op school voordat ik naar kostschool ging en dat... met die meisjes gebeurde. En nu kan ik Pa niet meer vertellen dat alles is veranderd, want hij is dood.'

'Ben je daar boos over?'

'Je bedoelt of ik boos ben omdat hij dood is? Yep, ik denk het wel. We konden de laatste jaren eerlijk gezegd niet goed met elkaar opschieten. Ik kwam ook niet vaak thuis.'

'Vermeed je hem?'

'Ja, klopt. En toen ik hem de laatste keer zag, in New York, was ik...

nou ja, zwaar onder invloed. Ik kan me er niet veel meer van herinneren, behalve de uitdrukking op zijn gezicht toen we afscheid namen. Pure teleurstelling,' zei ik, naar adem snakkend. 'En een paar weken later was hij dood.'

'Je hebt me verteld dat hij vorig jaar zomer is overleden. In die periode is ook je misbruik van alcohol en drugs toegenomen. Denk je dat die twee dingen verband houden met elkaar?'

'Zeker weten. Ik wilde me niet verdrietig voelen, het voelde beter om boos te zijn. Maar...' Ik kreeg ineens geen adem meer omdat ik alweer een brok in mijn keel had. '... ik mis hem, ik mis hem zo verschrikkelijk! O, shit!'

En weer moesten er tissues aan te pas komen, heel veel tissues. 'Hij wás er voor me, snap je? Hij was de enige bij wie ik me echt geliefd voelde, en zelfs als we met elkaar overhoop lagen, kon ik bij hem terecht. En nu kan dat niet meer, nu is er alleen maar een grote leegte en kan ik nooit meer tegen hem zeggen dat ik van hem hou, of dat ik hier onder behandeling ben.'

'O, Electra, wat erg voor je,' zei Fi. Ook zij had tranen in haar ogen, wat bij mij opnieuw een stortvloed op gang bracht.

'En al mijn zussen rouwden natuurlijk ook om hem. Ze vonden dat ze meer recht op hem hadden dan ik, althans dat dacht ik. Want mijn zussen wisten dat we vaak aan het bekvechten waren én dat ik maar zelden thuiskwam, en daardoor voelde ik me voor de zoveelste keer buitengesloten.'

'Als je wilt, kunnen we de relatie met je zussen ook een keer bespreken.'

Ik knikte en snoot luidruchtig mijn neus. 'Ja, waarom niet? We gaan het hele terrein af, hè?'

'Ik wil ook dat je nadenkt over de vraag of er een verband bestaat tussen de relatie met je zussen en het feit dat je je aangetrokken voelde tot een gesetteld groepje meisjes toen je naar kostschool ging. Je had ook één meisje kunnen uitzoeken om vrienden mee te worden, maar misschien was je eraan gewend om in een soort groepsverband te leven?'

'Hé, zo heb ik het nog nooit bekeken, maar je zou weleens gelijk kunnen hebben.'

'En misschien had je door de natuurlijke relatie met je zussen tijdens je jeugd onrealistische verwachtingen over de groep waarbij je je aansloot.'

'Je bedoelt dat ik ervan uitging dat ze me aardig zouden vinden en zouden accepteren omdat mijn zussen dat ook deden? Dat ik niet doorhad hoe ze echt waren?'

'Het zou kunnen. Nou, denk er maar eens over na, dit is voor vandaag genoeg,' zei Fi met een blik op de klok. Tot mijn stomme verbazing zat mijn tijd er al drie minuten op. 'Ik zie je morgen, Electra, maar je maakt enorme vorderingen.' Ze stond ook op en stak haar armen uit voor een knuffel. 'Ik ben echt trots op je.'

'Dank je,' zei ik, en als een haas ging ik de deur uit, om op de gang in tranen uit te barsten.

20

'Ik zal je ontzettend missen, Electra,' zei Lizzie toen we zaterdag van The Ranch wegreden, voor het eerst sinds ik er vier weken geleden was aangekomen.

'Hé, we zijn nog maar net de poort uit en we hebben de hele dag voor ons samen, weet je nog?' zei ik. We reden de open woestijnweg op en mijn hoofd tolde.

'Ja, en ik moet ervan genieten,' zei Lizzie instemmend. 'We zijn net die twee vrouwen in die film, vind ik, hoe heette hij ook weer? *Thelma & Louise*. Dat was 'm! Heb je die weleens gezien?'

'Dat zou best kunnen. Over die twee vrouwen die dingen stalen en toen in hun auto die afgrond in reden, toch?'

'Die bedoel ik, ja.' Lizzie giechelde. 'Geen zorgen, ik hoop dat óns avontuurtje niet zo afloopt, hoewel het net leek alsof jij met de grote ontsnapping bezig was.'

'Het was idioot om vandaag te moeten uitchecken zodat ik ze niet kan aanklagen als ik van een paard val!' zei ik lachend.

'Maar je gaat toch wel terug?'

'Ja, natuurlijk, ik ben er nog niet klaar, maar het komt al aardig in de buurt.'

'Hopelijk weet je wanneer het erop zit en moet je er niet uit gegooid worden, net als ik. Dit soort instellingen kan verslavend worden, weet je, vooral voor verslaafden.'

'Voor mij is het niet alleen het op The Ranch zijn, maar ook dít!' zei ik, en ik spreidde mijn armen naar de mooie natuur om ons heen. 'Ik voel me zo vrij!'

'Ik ook! Joepie! Rijden maar!' Lizzie gaf gas en in de krachtige Mercedes met open dak stoven we door het schitterende landschap van Arizona. De lucht zinderde van de hitte en in de oranje aarde stonden hoge, stekelige cactussen die met hun armen naar de blauwe lucht reikten. Overal tussen de ruige groene struiken die zich vastgrepen aan het woestijnzand groeiden prachtige goudkleurige bloemen, en hier en daar zag ik een konijn naar een veilige plek rennen als onze auto eraan kwam. Ik had me woestijnen altijd voorgesteld als kaal en verlaten, maar deze was vol leven en kleur.

'Ik moet hier altijd aan Afrika denken, met al dat rode stof en die grote open vlaktes,' zei Lizzie. 'Ben je daar ooit geweest?'

'Nee.'

Terwijl Lizzie reed, dacht ik aan Stella en het verhaal dat ze me was begonnen te vertellen over de vrouw die Cecily heette en naar Kenia was gevlucht nadat haar verloofde haar had gedumpt. Ik wist niet of dat verhaal verband hield met dat van mij, maar ik moest ervan uitgaan dat het zo was. Dat betekende waarschijnlijk dat ik oorspronkelijk uit Afrika kwam. En als Lizzie zei dat Arizona op Afrika leek, was dat misschien de reden waarom ik het hier ook zo mooi vond.

'Electra? Waar moeten we heen?'

'Sorry, ik zat even te dromen.' Ik keek op het kaartje dat Hank voor me had getekend. 'We zijn net Tucson uit, dus nu moeten we rechtsaf bij de wegwijzer naar het bergreservaat.'

Een paar minuten later zagen we het bord voor ons en we sloegen van de hoofdweg af en reden de bergen tegemoet. Ten slotte zagen we een kleinere wegwijzer naar de Hacienda Orchídea en hotsend en botsend reden we een smal, stoffig pad op dat eruitzag alsof het nergens heen leidde.

'Goeie genade, deze auto is hier niet geschikt voor,' zei Lizzie lachend toen de wagen met de bodemplaat over de randen van de gaten in de weg schoof. 'Weet je zeker dat we zo goed gaan?'

'Ja, kijk maar.' Ik wees tussen een paar reusachtige cactussen door naar een paard dat op een omheind veld stond te grazen. Verderop zag ik een gebouw met een laag dak.

Lizzie parkeerde de Mercedes ervoor en we stapten uit.

'Ik hoop dat de paarden hier fit zijn, want ik weet niet of ik op deze banden nog terug kan naar LA. Misschien moet ik te paard terug naar huis,' zei ze giechelend.

Waar we heen moesten stond niet aangegeven, en dus beklommen we de stenen trap naar een brede veranda, die door een overhangend dak werd beschermd tegen de zon en waar overal enorme blauwgroene potten met oleanders waren neergezet. Er stond een lange tafel met stoelen van onbewerkt hout eromheen en terwijl ik over de woestijnvlakte uitkeek naar de bergen verderop, stelde ik me voor dat ik hier op milde avonden in volmaakte afzondering zat te eten.

'Hallo, daar!' Een man opende de deur voordat Lizzie haar hand had geheven om aan te kloppen. 'Zijn jullie twee de vriendinnen van Hank?'

Ik keek naar hem op en vroeg me af of alle mannen in Arizona zo lang en knap waren. Deze zag er met zijn donkere huid, bruine ogen en glanzende blauwzwarte haar uit als een Latino. 'Yep, dat zijn wij.'

'Welkom op de Hacienda Orchídea,' zei hij en hij stak zijn hand uit. 'Ik ben Manuel. Kan ik jullie wat kouds te drinken aanbieden voor ik jullie meeneem naar de stallen?' vroeg hij met een Spaans accent, waarna hij ons het huis binnenleidde. Dankzij de airconditioning was het hier een stuk koeler.

'Graag,' antwoordde Lizzie, terwijl ik om me heen keek.

Als ik een ranchschuurtje had verwacht waar het naar paarden en honden rook, dan had ik me toch echt vergist. Ik stond in een enorme, vierkante ruimte waarvan twee muren geheel uit glas bestonden en een schitterend uitzicht op de bergen achter het huis boden. Eromheen groeiden kleurige, in deze streek thuishorende planten en bloemen en op een omheind terrein verder weg stonden nog meer paarden te grazen.

De vloer was van glanzend rood hout en centraal in de ruimte rees een enorme schoorsteenmantel van natuursteen op met aan weerszijden comfortabele zitbanken. Er was ook een open keuken met gladde, glanzende apparaten, die me deden denken aan mijn appartement in New York.

'Wauw! Wat een geweldig huis heb je hier,' zei ik, terwijl hij twee glazen vulde met water en ijsblokjes uit de koelkast.

'Ik ben blij dat je het mooi vindt,' zei Manuel glimlachend. 'Mijn vrouw, zij heeft dit allemaal ontworpen. Ze heeft talent, *sí*?'

'Zeg dat wel,' zei Lizzie. Ze kwam bij ons staan en we keken door het achterraam naar de bergen. Achter de keuken was nog een grote veranda en Manuel opende de glazen deur en gaf aan dat we hem moesten volgen. Ook boven deze ruimte hing het dak over en toen we aan een houten tafel met gebogen randen waren gaan zitten, die eruitzag alsof hij in één stuk uit een oeroude boomstam was gehouwen, hoorde ik op de achtergrond water ruisen.

'Is hier een stroompje in de buurt?' vroeg ik hem.

'Nee, maar mijn vrouw, zij zegt dat het horen van water maakt dat je je koel voelt, dus we hebben het hierheen geleid vanuit het huis.' Manuel wees naar een rechthoekige vijver met een bodem en wanden van steen waarin grote koikarpers rondzwommen. Eromheen stonden bloeiende hibiscus- en oleanderstruiken, en ik vond het een van de mooiste dingen die ik ooit had gezien.

Toen ik het glas water aan mijn mond zette, begon ik door het getinkel van de ijsblokjes tot in het merg van mijn botten te snakken naar de scherpe smaak van alcohol. Maar ik zei tegen mezelf dat ik voor het eerst sinds ik in The Ranch was opgenomen weer normaal contact met iemand had en dat het gewoon lastig zou zijn.

Ik haalde diep adem en pakte een handvol van de chips die Manuel op tafel had gezet. Die hadden tenminste een pikante smaak – om een of andere reden hielp dat de hunkering de kop in te drukken – en ik slikte snel een mondvol door, in de hoop dat ik hier over een paar maanden niet zou terugkeren met een eetverslaving, net als Lizzie.

'Manuel, dit is het prachtigste huis dat ik ooit heb gezien,' zei Lizzie. 'Hoe ben je eraan gekomen?'

'Dit was de ranch van mijn vader, en daarvoor van zíjn vader. Hij is twee jaar geleden overleden, en toen heb ik het geërfd. Mijn vader, hij had veel land verkocht toen hij overleed, en wat ervan over is, was niet genoeg voor ranchbedrijf. Mijn vrouw Sammi en ik, wij besluiten dat we al ons spaargeld erin stoppen en het renoveren als woonhuis voor iemand die een paar paarden wil houden. Maar tot nu toe geen geluk.'

'Is het te koop?' vroeg ik.

'Sí, señorita. Sammi en ik, wij wonen in de stad. Zij is interieurontwerpster en ik werk in de bouw,' legde hij uit. 'Oké, zijn jullie klaar om paard te rijden?'

'Ja,' zei ik. Ik stond gretig op en hoopte dat ik niet regelrecht terug zou draven naar de slijterij die we in Tucson voorbijgereden waren, want mijn zucht naar drank was nu ontzettend sterk.

'Lieve hemel,' zei Lizzie, terwijl we Manuel van de veranda naar een nieuwgebouwde paardenstal volgden. 'Wat een prachtige plek, hè? Ik zou hier zo kunnen gaan wonen, jij ook?'

Het antwoord was een volmondig ja, maar ik kon alleen knikken, omdat ik me voorstelde dat ik een fles Grey Goose zag.

'Gaat het?' Lizzie keek me aan.

'Jawel.'

Ze pakte me bij de hand en kneep erin. 'Je moet bij de dag leven. Het eerste tochtje naar de buitenwereld is altijd het zwaarst. Je doet het echt heel goed,' fluisterde ze toen we bij de stal aankwamen en Manuel ons laarzen en een rijhelm gaf.

'Dus dit is geen echt paardenbedrijf?' vroeg ik.

'Nee, maar in het weekend ben ik graag weg uit stad, en dan ik kom hierheen om paard te rijden.'

'Maar als de boel hier verkocht is, gaat dat niet meer, toch?' zei Lizzie zakelijk.

'O, we zullen genoeg land houden voor een kleine paddock en we gaan de schuur daarachter opknappen,' zei Manuel. Hij wees over de rode vlakte naar een vervallen houten gebouw een paar honderd meter achter de stallen. 'We wachten tot we het grote huis verkocht hebben, dan hebben we geld ervoor,' zei hij met een schouderophalen en hij zette ook zijn rijhelm op. 'Toen Hank me belde om te vragen of ik wil met jullie gaan rijden, hij zegt jullie zijn allebei sterke ruiters.'

'Wat mij betreft is dat misschien een beetje overdreven,' zei Lizzie. Ze rolde met haar ogen. 'Het is al bijna dertig jaar geleden dat ik op een paard gezeten heb.'

'Dan geef ik jou Jenny. Is erg mak. En jij, Electra?'

'Net als Lizzie, maar bij mij is het niet zo lang geleden.'

'Ik ben zeer gecharmeerd.' Lizzie stak haar tong naar me uit, en toen kwam Manuel de stal uit met Jenny en hij gaf haar de teugels aan.

'Wat denk jij van Hector?' Manuel wenkte me naar een reusachtige zwarte hengst die rusteloos in zijn box stond te trappelen.

'Ik probeer 'm,' zei ik.

'Hij is prima als hij eenmaal weet wie de baas is. En jij bent volgens mij wel de baas.'

'O ja?'

‘Sí, zoals mijn Sammi baas is over mij,’ verklaarde Manuel. Hij pakte de teugels en trok Hector de stal uit. ‘En nu klim jij op zijn rug, oké?’

We reden met doffe hoefstappen achter hem aan de binnenplaats af. Hector hinnikte en schudde met zijn hoofd, en ik probeerde mijn zit te vinden.

‘Goed, dus we gaan eerst langzaam, en dan zien we wel,’ stelde Manuel voor terwijl hij naast ons kwam rijden.

Lizzie reed voor ons uit en ik vond dat ze er elegant uitzag op een paard.

‘Zij is Engelse, je vriendin?’

‘Ja.’

‘Ha! Dat zie ik aan hoe ze op het paard zit.’

‘Terwijl ik hopeloos ben, ik weet het,’ zei ik. Even later gooide Hector ongeduldig zijn hoofd in zijn nek.

‘Hij is rustig als we eenmaal rijden. Hij houdt gewoon van om snel te gaan.’

Het duurde ruim een kwartier voordat ik wist hoe ik met Hector moest omgaan, en toen ik zover was, gaf Manuel me een teken.

‘Zo, dan gaan we nu.’

Een paar uur later kwamen Manuel en ik terug bij het huis, bedekt met het rode stof, dat ik op mijn lippen kon proeven. Maar wauw, wat was ik opgetogen. Na in een kalm drafje te zijn vertrokken, had ik Hectors motoriek onder me tot leven voelen komen. Ik had Manuel even aangekeken en hij had geknikt. Hij had kennelijk vertrouwen in mijn rijkunst en liet Hector voorop gaan. We waren over de prachtige vlakte gestoven, en ik had me in lange tijd niet zo gelukkig gevoeld. Ik was vrij, maar had mezelf in de hand, en dat was ongelooflijk.

‘Heb je ervan genoten?’ vroeg Lizzie toen ik gevolgd door Manuel het erf weer op kwam klossen. Ze was twintig minuten voor ons teruggereden.

‘O, wauw, Lizzie, het was gewoon geweldig,’ zei ik en ik steeg af. ‘Sorry dat we te snel gingen.’

‘Geeft niet, het was fantastisch om jullie twee te zien rijden. In Engeland deed ik meer kalme ritjes. Je bent een natuurtalent, vind je ook niet, Manuel?’

'Zeker,' zei Manuel glimlachend. 'En nu tijd voor een koud biertje.'

Nadat Lizzie en ik in de grote, moderne badkamer het stof van ons gezicht hadden gewassen en hadden gegluurd in de ongelooflijke masterbedroom met uitzicht op de bergen en naar een dompelbad in een klein, afgesloten terras vlak achter de glazen muur, gingen we bij Manuel op de veranda zitten.

Hij had al een half blikje bier op en op de tafel stonden er nog twee, naast een kan water.

'Willen jullie?' vroeg hij en hij gebaarde naar het bier.

'Dank je,' zei Lizzie en ze pakte een blikje.

'Eh...' Ik slikte krampachtig. 'Nee, dank je. Ik hou het bij water.'

Lizzie draaide zich om en wierp me een goedkeurende blik toe, terwijl ik een glas water uit de kan inschonk. Terug in mijn oude leven zou ik eraan moeten wennen dat ik voortdurend drinkende mensen om me heen zou hebben. Het goede nieuws was dat deze eerste confrontatie gemakkelijk was, want ik hield niet van bier. Ik luisterde naar de stemmen van Lizzie en Manuel, ademde diep in en genoot van het uitzicht en het woestijnbriesje.

'Nou, dames, sorry dat ik jullie zeg, maar ik moet weg,' zei Manuel ten slotte. 'Sammi en ik, wij hebben vanavond een etentje in stad.'

'Natuurlijk, en dank je hartelijk voor deze dag,' zei Lizzie, en ze dronk haar bier op. 'Jullie huis is absoluut prachtig. Ik hoop dat jullie het snel kunnen verkopen,' voegde ze eraan toe, terwijl we door het huis terugliepen naar de voordeur.

'Dat hopen wij ook. We hebben geld ervoor geleend toen de dingen nog goed ervoor stonden, en nu... Nou ja,' zei hij, terwijl hij de voordeur opende en ons allebei een hand gaf. 'Het was leuk om jullie twee te leren kennen.'

'En wij vonden het leuk om jou te leren kennen,' zei Lizzie en ze daalde de stenen trap af.

'Kan ik nog eens langskomen?' vroeg ik, nadat Manuel de voordeur op slot had gedaan en we naar zijn jeep liepen, die naast Lizzies auto stond.

'Natuurlijk, ik ben hier altijd in het weekend.'

'Oké, heb je een mobiel nummer?'

'Vraag Hank maar, die heeft het wel. *Hasta luego*, Electra, Lizzie.'

We reden achter Manuels jeep aan terug naar de stad, en ik zag dat de woestijnhemel om ons heen verschillende tinten magenta en paars aannam toen de zon begon te zakken om plaats te maken voor het donker.

'Ik denk dat ik ook zo'n auto nodig zal hebben,' zei ik, op het moment dat Manuel een hand uit zijn portierraampje stak en naar ons zwaaide, waarop hij rechts afsloeg en wij rechtdoor reden.

'Waarvoor?' vroeg Lizzie.

'Om van en naar de stad te rijden, natuurlijk. Zodra ik terug ben op The Ranch, ga ik mijn zakenmanager bellen.'

'Waarom?'

Ik keek haar aan en glimlachte. 'Omdat ik dat huis ga kopen.'

Op zaterdag waren er geen therapeuten die dienst hadden en bovendien was er weer een groepsuitje naar de plaatselijke bioscoop, dus het was zalig rustig in The Ranch. Tot dusver waren de weekenden me het best bevallen, omdat er dan geen therapiesessies waren, maar vanavond had ik Fi, of in elk geval iemand, graag over mijn geweldige dag verteld. Na de avondmaaltijd in de bijna verlaten eetzaal ging ik terug naar mijn slaapkamer, want ik moest mijn excuusbrieven nog afmaken en meegeven voor de post. Ik had besloten er ook een aan Susie, mijn agente, te schrijven, en een aan mijn lieve Mariam.

Vanessa lag zoals gewoonlijk op haar bed met haar oortjes in naar het plafond te staren. Ik had haar met Miles in de Serenity Garden zien zitten nadat ik met tranen in mijn ogen afscheid had genomen van Lizzie en weer naar binnen was gelopen. Ik ging in de gemakkelijke stoel zitten en pakte een pen, papier en enveloppen uit de la van het bureau.

'Waar ben je vandaag geweest?' vroeg Vanessa. Ik schrok op omdat ze maar zelden iets zei.

'Ik was paardrijden.'

'Hebben ze je dan weg laten gaan? Alleen?'

'Ja, maar Lizzie was bij me. We zitten hier niet gevangen, weet je,' bracht ik haar in herinnering. 'We kunnen weg wanneer we willen.'

'Ja, ik zou ook wel weg willen, maar ik kan nergens naartoe.'

'Ben je dan thuisloos?'

'Nee, maar ik kan niet meer terug naar huis. Dan zou hij me vermoorden.'

'Wie is "hij"?'

'Mijn vriend Tyler. Hij is een rotvent. Ben jij ooit door een man in elkaar geslagen?'

'Nee, nog nooit.'

'Dan heb je geluk gehad, meid.'

'Dus wat ga je dan doen?'

Vanessa haalde haar schouders op. 'Miles zei dat hij me zou helpen een plek in de stad te vinden, en een baan. Maar ik heb de middelbare school niet afgemaakt en ik zal mijn diploma nooit halen.'

'Miles?'

'Ja, de man die me van de straat heeft gehaald en hiernaartoe heeft gebracht. Hij betaalt alles, maar dat maakt hem nog niet Jezus Christus, mijn Redder,' mompelde ze.

'Dat is zo,' antwoordde ik neutraal. Dit meisje stond ver van me af, concludeerde ik. 'Gaat het nu met de detox?'

'Ja, ze stoppen je vol met rotzooi om je van de rotzooi af te krijgen!' Er kwam een flauw glimlachje om Vanessa's lippen. 'Maar zodra ik terug ben in de stad, zit ik er zo weer aan.'

'Als Miles zegt dat hij werk en een dak boven je hoofd voor je kan regelen, moet je hem vertrouwen.'

Vanessa humde wat, rolde met haar ogen en deed haar oortjes weer in. Ik keek naar de pen en het papier, legde alles terug in de la en ging de kamer uit om een luchtje te scheppen. Ik heb me nog nooit meer een verwende prinses gevoeld dan op dit moment, dacht ik, terwijl ik de Serenity Garden in liep en op een bankje ging zitten. En wat het allemaal nog erger maakte, was dat ik wel degelijk had geweten van de drugs en de prostitutie die op de achtergrond van mijn dagelijks leven in New York aanwezig waren. Maar tot nu toe was ik er niet direct mee in aanraking gekomen.

'Hallo, daar,' zei een bekende stem vanaf het bankje achter de fontein. 'Als we elkaar steeds zo blijven ontmoeten, komen er nog praatjes van.'

'Ha, Miles,' antwoordde ik. Hij kwam naast me zitten en ik was blij dat hij er was.

'Een kaboutertje heeft me verteld dat je vandaag ontsnapt was.'
'Dat klopt, ja. Ik was paardrijden. Het was fantastisch.'
'Leuk voor je. We moeten allemaal de dingen zien te vinden die het leven de moeite waard maken.'
'Ik wist niet dat jij Vanessa's weldoener was.'
'Tja, nou, ik had zelf ook in de goot terecht kunnen komen, maar ík had mensen die me steunden, een familie. Zij heeft niemand.'
'Ze zegt dat ze niet terug kan naar waar ze woonde en dat jij werk en een dak boven haar hoofd voor haar gaat regelen.'
'Ik kan wel een dak boven haar hoofd voor haar gefinancierd krijgen, zeker, een tijdelijke opvang of een hostel, en dan misschien een of ander laagbetaald baantje. Maar dat is nog geen garantie dat ze niet terug zal rennen naar haar oude omgeving.' Miles zuchtte. 'Ze moet het zelf willen.'
'Misschien helpt therapie als alle rotzooi uit haar lichaam en hersenen is.'
'Misschien, maar nu ik haar hier mee naartoe heb genomen, realiseer ik me dat ze met luisteren naar een stel hoogopgeleide, bevoorrechte mensen die geen flauw benul hebben van hoe haar leven is, niet veel zal opschieten. Ik doe vrijwilligerswerk in een opvangcentrum in Manhattan, geef jongeren die in de problemen zitten juridisch advies en probeer ze als het even kan uit de gevangenis te houden. Er is een drugsepidemie aan het opkomen, en daar worden mensen uit alle lagen van de samenleving door getroffen, neem dat maar van me aan.'
'Maar ik kan je toch helpen?' Ik had het eruit geflapt voordat ik er erg in had. 'Ik wil iets doen. Ik zat net te denken dat ik dit allemaal weleens op tv heb gezien, maar...'
'Als je er zelf niet direct mee te maken hebt, zit je er niet mee,' maakte Miles mijn zin af.
'Je begrijpt het. Ik zat hier en voelde me ontzettend slecht, en egoïstisch en verwend en...'
'Maak jezelf geen verwijten, Electra, je bent niet zo veel ouder dan Vanessa en je hebt altijd in een andere wereld geleefd. Daar kun jij niks aan doen.'
'Maar nu ik haar wereld wél ken, wil ik helpen.' Ik wreef hard over mijn voorhoofd en zag Vanessa's gezicht en doffe ogen weer voor me.

‘Weet je, toen ik haar aankeek, was het net alsof ze vanbinnen dood was, alsof ze geen...’

‘Hoop had. Dat is het woord dat je zoekt. Tja, ik probeer de jongeren met wie ik werk weer hoop te geven. Het geloof dat het de moeite waard is om te blijven vechten, omdat het leven in de toekomst misschien beter zal zijn, in plaats van bij de pakken neer te zitten en het gevoel te hebben dat het niet uitmaakt of je leeft of dood bent. Dat is ontzettend moeilijk, maar hé, je moet het blijven proberen.’

‘Weet je, ik zat daarnet ook te denken aan de twaalfstappentherapie en het feit dat het daarbij draait om God en dat Hij ons zal helpen onze ziel te redden en zo. Maar waarom geeft Hij sommigen van ons dan een ellendig rotleven terwijl anderen alles krijgen?’

‘Omdat we hier op aarde moeten boeten voor onze zonden voordat we Zijn schitterende koninkrijk mogen betreden.’

‘Dus je zegt dat het daar boven beter is dan hier beneden?’

‘Ja, dat zeg ik,’ zei hij.

‘Waarom maak je er dan nu geen eind aan, zodat je erheen kunt?’

‘O, Electra,’ zei Miles grinnikend. ‘Omdat we hier ons werk te doen hebben, wat Hij ook van ons vraagt. En als je in je hart kijkt en om raad bidt, zul je ontdekken wat dat is. Ik heb het ontdekt.’

Ik draaide me helemaal naar hem toe en keek hem aan. ‘Ben je gelovig?’

‘Zeker. Jezus heeft me jaren geleden gered en nu ben ik hier om Zijn werk te doen. Of dat probeer ik, tenminste.’

‘O.’ Ik keek een paar tellen in het donker voor me uit en wist niet wat ik moest zeggen omdat ik zo onthutst was. Ik had nog nooit een gelovige christen gekend. Voor mij was de Bijbel iets als de sprookjes en de Griekse mythen.

‘Nou...’ Ik schraapte mijn keel. ‘Ik zou echt graag helpen als het kan. Ik moet toch mijn zakenmanager bellen. Hij zorgt voor al die dingen, dus ik zal hem spreken en zien wat ik kan doen. Ik moet steenrijk zijn.’

Nu was het Miles’ beurt om mij onthutst aan te kijken. ‘Bedoel je nou dat je niet weet hoeveel geld je hebt?’

‘Nee, dat weet ik niet. Ik woon in een heel aardig appartement en kan alles kopen wat ik nodig heb. En ik krijg bijna al mijn kleding gratis van ontwerpers. Veel andere dingen dan drugs en alcohol heb ik nooit gewild. Hoewel er nu wel iets is wat ik wil.' Ik begon te glimlachen nu ik eraan dacht.

'Neem me niet kwalijk dat ik het zeg, Electra, maar hoor je niet te weten hoeveel geld je hebt? Ik vertrouw alleen mezelf als het op mijn dollars aankomt.'

'O, ze laten me eens per jaar de boekhouding zien en dan vertellen ze me waarin ik geïnvesteerd heb, maar voor mij zijn dat alleen maar rijen getallen en... ik heb geen flauw idee wat ze eigenlijk betekenen,' bekende ik.

Opeens stak Miles zijn hand uit en hij streek zachtjes met zijn vingers over mijn wang. Hij zuchtte en keek me doordringend aan.

'Je doet alsof je een tijgerin bent, maar in wezen ben je een onschuldig welpje, hè? Je maakt dat ik me echt oud voel,' zei hij glimlachend. 'Hé, en nu ga ik naar bed, zoals het mensen van mijn leeftijd betaamt.'

Hij stond op en ik wilde hem vragen of hij bij me wilde blijven en opnieuw mijn gezicht wilde strelen. Maar ik deed het niet, omdat ik er, heel ongebruikelijk voor mij, te verlegen voor was.

'Welterusten, lieverd,' zei hij. Toen liep hij het donker in.

Die nacht sliep ik niet goed, hoewel ik fysiek doodmoe was van het paardrijden. Het kwam gedeeltelijk door Vanessa, die opnieuw een rusteloze nacht had, maar ook doordat ik steeds aan Miles moest denken. Ik had gedacht dat ik er goed in was om mannen te peilen, maar van hem kon ik echt geen hoogte krijgen. Een aan Harvard opgeleide jurist, ex-verslaafde, redder van junkies en christen...

Toen vroeg ik me af of hij getrouwd was, omdat hij het nooit over een vrouw had. Niet dat we elkaar nou zo vaak spraken. Trouwens, wat interesseerde mij dat? Hij was veel ouder dan ik en we leefden allebei in een andere wereld.

Toen ik wakker werd, voelde ik me wazig, alsof ik wat gebruikt had. Ik keek op het klokje bij mijn bed en zag dat het al over tienen was. Normaal gesproken werd om zeven uur de gong geluid, en dan hadden we een half uur voordat we in de keuken bijeen moesten komen voor het sereniteitsgebed, maar vandaag was het zondag, en dus was er geen gong en werd er om tien uur pas gebeden.

'Je hebt het ontbijt en het gebed gemist,' zei Vanessa toen ik rechtop was gaan zitten. 'Ik heb een kom havermout en een glaasje sap voor je meegenomen.' Ze wees naar mijn bureau.

'O,' zei ik, ontroerd omdat ze zo attent was geweest. 'Dank je wel.'

'Het is oké. Miles wilde me meenemen naar de kerk in de stad, maar ik heb tegen hem gezegd dat ik hier moest blijven om voor jou te zorgen.'

'Hé, ik sliep gewoon. Je had best met hem mee kunnen gaan.'

'Dacht je dat ik naar die tent toe wilde? Ze zijn er even slecht als de pushers, proberen je alleen maar aan dat Jezusgedoe te krijgen. Ik heb je gisteravond gegoogeld,' ging Vanessa verder. 'Je bent het beroemdste supermodel ter wereld en ik deel een kamer met je. Wat een gekke wereld is het toch!'

'Dat is het zeker,' zei ik instemmend. Ik stak mijn hand uit naar de havermout, die ik goor vond, maar ik wilde Vanessa niet kwetsen.

'Hoe ben je model geworden?'

'Een agent heeft me ontdekt, in Parijs, toen ik zestien was,' zei ik en ik haalde mijn schouders op. 'Ik had gewoon geluk.'

'Het komt doordat je zo lang bent als een giraffe,' zei ze giechelend, en hoewel ze me belachelijk maakte, was ik blij haar te zien glimlachen. 'Door jou zien die kleren er goed uit. En je bent ook mooi. Waar komt je familie vandaan?'

'Dat weet ik niet. Ik ben geadopteerd. En jij?'

'Mam was Porto Ricaanse en pap, hij was alleen maar een spermacel, weet je wel?' Vanessa keek me onderzoekend aan. 'Is je haar echt?'

'Nee. Het grootste deel in elk geval niet. Ik zou willen dat ik haar als dat van jou had, Vanessa. Zo lang en mooi.'

'Jij zou niks willen van wat ik heb,' zei ze, maar ik zag aan haar gezicht dat ze het leuk vond dat ik dat had gezegd. 'Vind je het leuk om model te zijn?'

'Het is oké. Ik bedoel, het betaalt goed, maar het kan ook vervelend zijn om elke dag als een levende pop te worden aangekleed, en al het gedoe met je haar en de make-up.'

'Alsof je lichaam niet van jou is?'

'Zo ongeveer, ja.'

'Hé, ik verkoop mijn lichaam elke dag aan iedereen die het wil. Dus we zijn eigenlijk hetzelfde, vind je niet?'

Na dat te hebben gezegd stond Vanessa op en liep de kamer uit.

'Wauw...' zei ik zachtjes in mezelf en ik voelde mijn hart in mijn keel kloppen. Toen schoten mijn ogen vol tranen, omdat een jonge junkie die in New York van de straat was gehaald me zo gekleineerd had.

In paniek, omdat die gevoelens van woede me aan de wodka konden krijgen, en dan onvermijdelijk aan de coke, trok ik mijn hardloopkleding aan en ik ging de deur uit. Buiten op het pad was het veel drukker dan ik het 's ochtends vroeg ooit had gezien, en ik rende langs de andere lopers en probeerde de verontwaardiging eruit te stampen met mijn voeten.

'Hoe durft ze, verdorie, die straatmeid! Om mij met haar te vergelijken... Jezus christus!'

Tegen de tijd dat ik het pad had verlaten en bij de waterkoeler was aangekomen, droop ik van het zweet, gedeeltelijk door de brandende zon, maar ook omdat ik vijf rondjes had gelopen. Ik dronk grote slokken water, voelde me duizelig en gedesoriënteerd en wilde dat Fi er was zodat ik met haar kon praten over hoe ik me voelde.

'Hallo,' zei Miles, die vanaf de parkeerplaats naar me toe kwam lopen toen ik me naar de ingang van The Ranch sleepte. In zijn colbert, overhemd en stropdas zag hij er nog knapper uit dan gewoonlijk.

'Je bent laat voor je hardlooprondje vandaag,' zei hij. We bleven staan bij de voordeur.

'Ja, dat ben ik zeker. Luister, kunnen we even praten?'

'Natuurlijk. In de eetzaal? Daar is airco. Het is echt bloedheet vandaag.'

We gingen naar binnen en ik pakte een flesje water terwijl Miles een kop koffie ging halen.

'Wat is er?' vroeg hij toen we zaten en hij zijn stropdas losser had gemaakt.

'Vanessa. Ze heeft daarnet tegen me gezegd dat ze vindt dat ik net als zij ben, dat ik ook mijn lichaam verkoop.'

'Dan zal ze wel een gevoelig punt bij je geraakt hebben.' Miles nipte van zijn koffie en keek me strak aan. 'En dus?'

'Wat bedoel je, "en dus"? Jezus, Miles, wil je alsjeblieft niet als een therapeut praten?'

'Dat probeer ik ook niet, eerlijk waar, maar als je je opwindt over iets, komt dat meestal omdat je ergens vindt dat het waar is.'

'Nou, dank je wel, hoor! Dus jij vindt dat modellenwerk hetzelfde is als prostitutie?'

'Dat zeg ik niet, Electra. Ik vroeg je wat je vindt.'

'Ik vind dat ik bakken geld betaald krijg voor die reclamecampagnes,' zei ik, een uitspraak van een ander beroemd model citerend toen haar mening over dit onderwerp was gevraagd. 'En weet je wat? Ik word doodziek van mensen die denken dat dit werk gemakkelijk is omdat ík het doe.' Plotseling stond ik op. 'Het is ontzettend zwaar, de werktijden zijn krankzinnig, ik slaap zelden meer dan een paar dagen in hetzelfde bed en voordat ik hierheen kwam, had ik in twee jaar nooit meer dan een paar dagen achter elkaar vrij gehad. En... ik zal je nóg iets vertellen.'

'Gooi het er maar uit.'

'Beroemd zijn is geen makkie. Ik bedoel, iedereen wil beroemd zijn, maar als ze dan op zondagochtend hun flat verlaten om te gaan hardlopen in het park, vinden ze het wel vanzelfsprekend dat niemand hen zal herkennen, dat er geen kranten getipt worden en geen foto's van hen worden genomen terwijl ze lopen te zweten als een paard. Elke week zijn er roddelberichten over mij met een andere man, of dat ik er weer eens een gedumpt heb, of dat niet heb gedaan maar tegelijkertijd met iemand anders lig te neuken... Jezus! Sorry,' voegde ik er snel aan toe.

'Niet erg. Maar dank je voor de verontschuldiging.'

'En weet je wat nog meer? Het klopt dat ik bakken geld verdiend heb, precies hoeveel weet ik niet, maar daar kom ik wel achter, en als ik het weet, ga ik een echt huis kopen en dan ga ik dingen doen die van belang zijn. Zoals jongeren als Vanessa helpen.'

'Halleluja!' zei Miles, en hij begon langzaam voor me te applaudisseren.

'Lach me alsjeblieft niet uit. Ik meen het serieus. Echt serieus.'

'Dat weet ik wel. En dat vind ik ook prachtig om te zien. Het lijkt wel alsof je een epifanie gehad hebt.'

'Misschien is dat ook zo,' zei ik. Opeens voelde ik me doodmoe, en ik plofte neer in mijn stoel. 'Ik heb geen controle meer over mijn leven sinds… misschien wel nooit. O, een paar dagen, in Parijs, ja, voordat ik werd ontdekt. Al die drank en drugs, niets van mijn financiën weten en alle beslissingen aan anderen overlaten, het was verkeerd en ik ga er iets aan doen, Miles, echt waar. Op je gezondheid.' Ik bracht een toost op hem uit en sloeg de rest van mijn flesje water achterover.

'Doe dat, meid!' zei hij. 'En weet jij wat?'

'Wat?'

'Al die dingen die je zojuist gezegd hebt over je harde werk en je beroemdheid?'

'Ja?'

'Die kun je ook omdraaien en van de zonnige kant zien, door je beroemdheid te gebruiken om goed te doen. Bijvoorbeeld door die verwenste camera's mee te nemen naar mijn opvangcentrum en het publiek bewust te maken van wat er op straat gebeurt.'

'Weet jij wat? Je hebt gelijk,' zei ik. 'En weet je wat nog meer?'

'Wat?'

'Ik vind dat ik klaar ben om naar huis te gaan.'

'Weet je dat zeker?'

'Ja. Ik bedoel, ik zal het met Fi bespreken om te zien wat zij ervan vindt, maar ik heb er zin in, weet je?'

'Dat begrijp ik, ja, maar wees voorzichtig, Electra. Voor je het weet, zit het weer tegen en…'

'Dat weet ik,' onderbrak ik hem. 'Dat weet ik.'

'Je doet het echt goed, Electra, en ik ben trots op je.'

'Dank je, Miles,' zei ik en ik stond op. 'En nu moet ik voor morgen die excuusbrieven nog afmaken.'

'Oké. En Electra?'

'Wat?'

'Je bent nog maar zesentwintig. Je moest te snel volwassen worden, net als Vanessa. Je hebt nog alle tijd om goeie dingen te doen, dus maak je niet te druk, wil je?'

'Tuurlijk niet. Dank je.' Ik maakte aanstalten om van de tafel vandaan te lopen. Toen bleef ik staan en draaide me om. 'Hé, hoe oud ben jij eigenlijk? Je praat echt alsof je al een oude man bent.'

'Zevenendertig, en binnenkort word ik achtendertig. Ik heb veel meegemaakt, net als jij. Dat zal me wel vroegoud gemaakt hebben.'

‘Misschien hebben we allebei een beetje lol nodig,’ zei ik en ik liep bij hem vandaan.

‘Misschien, ja,’ hoorde ik Miles achter me mompelen.

21

'Dus vind je dat ik er klaar voor ben om hier weg te gaan?' vroeg ik Fi de volgende ochtend, na haar te hebben verteld over wat ik in het weekend had gedaan en mijn 'epifanie', zoals Miles het had genoemd.

'Jij bent de enige die dat kan beoordelen. Vorige week rond deze tijd had ik nee gezegd, maar op een of andere manier is de kogel door de kerk en alle dingen die je jarenlang had opgekropt, zijn eruit gekomen.'

'Ja, dat heb je goed gezegd,' mompelde ik.

'Misschien moet je even aanzien hoe het de komende dagen gaat, omdat er vaak euforie is na een openbaring, en dan een domper. Je moet je evenwicht een beetje zien terug te krijgen, denk je ook niet?'

'Dat zal best. Wat vind je ervan als ik donderdag vertrek? Dan kom ik in het weekend thuis en heb ik even de tijd om te wennen voor het echte leven weer begint. En dan kan die vriendin die hier bij me op bezoek zou komen me in plaats daarvan mee naar huis nemen.'

'Dat lijkt me een goed plan. Welke vriendin zou je graag willen zien?'

'Mariam,' zei ik resoluut. 'Maia zit te ver weg in Rio en ik kan haar niet gaan vragen om helemaal hierheen te komen. Dat zou onredelijk zijn. Ze heeft een gezin.'

'Nou, dan is het aan jou. Toen Maia belde om te vragen hoe het met je ging, zei ze dat ze de reis met alle plezier wilde maken. Vergeet niet dat je ziek geweest bent, Electra, en wanneer mensen ziek zijn, krijgen ze hulp van hun dierbaren.'

'Nee, ik heb liever dat Mariam komt.'

'Juist, nou, dan zal ik je arts laten weten dat ik vind dat het goed genoeg met je gaat om hier donderdag weg te gaan, oké?'

'Oké,' stemde ik met haar in. 'Weet je, het was geweldig hier. De afgelopen week in elk geval, en soms hielpen de gesprekken met de anderen me echt. Toen ik hier aankwam, had ik er een hekel aan om een kamer te moeten delen, maar nu ben ik er blij om dat ik dat heb gedaan. En vanochtend heb ik zelfs een bijdrage geleverd aan de groepstherapie.'

'Dat is geweldig.' Fi wist hoe moeilijk ik het had gehad tijdens de gemeenschappelijke sessies. 'Wil je me vertellen wat je gezegd hebt?'

'O, er was een meisje, Miranda, en ze had het erover dat ze ontzettend was gepest op school. Dus zei ik dat ik ook gepest was, en naderhand zei ze dat het haar had geholpen om dat van me te horen.'

'Heel goed van je,' zei Fi glimlachend.

'En ik heb erover nagedacht of ik mijn verhaal wil vertellen aan, eh, de buitenwereld.'

'Bedoel je de media?'

'Ja, omdat je ervan uit kunt gaan dat er al volop gespeculeerd wordt over de reden waarom ik geen shoots meer doe en waar ik uithang.'

'Heeft je agente een persverklaring uitgebracht?'

'Waarschijnlijk heeft ze gezegd dat ik opgebrand was en op vakantie ben gegaan. Misschien heeft er al iets in de bladen gestaan, maar als ik iets ga doen voor het opvangcentrum waarover ik je verteld heb, zou het kunnen helpen als ik mijn verhaal vertel.'

'Die beslissing laat ik aan jou over, Electra, dat heb je zelf in de hand. Maar probeer er nu niet aan te denken. Eind deze week moet je de confrontatie met je leven weer aangaan, en dat is voorlopig wel genoeg. Je zou bij de dag leven, weet je nog?'

'Ja, natuurlijk.'

'Goed, dan zie ik je morgen weer. Pas goed op jezelf,' zei Fi, terwijl ik de kamer verliet.

Toen ik die avond mijn mobiel en laptop terugkreeg, ging ik naar de Serenity Garden en belde ik voor het eerst sinds een maand iemand in de buitenwereld op.

'Electra! Hoe is het toch met je?' Casey, mijn zakenmanager en accountant, nam op nadat zijn telefoon twee keer was overgegaan.

'Goed, Casey, heel goed.'

'Nou, ik ben blij dat te horen.'

Ik dacht dat hij opgelucht klonk, en wantrouwig vroeg ik me af of hij wist waar ik was.

'Wat kan ik voor je doen?' zei hij.

'Ik wil je spreken wanneer ik volgende week terug ben in de stad. Ik wil een huis gaan kopen.'

'Oké. Het is absoluut een goeie tijd om te kopen, nu de markt zo dood is als de spreekwoordelijke pier. Je kunt voor een spotprijs iets in de nieuwbouw in de binnenstad op de kop tikken waar het bouwbedrijf en de financier vanaf willen. Het slechte nieuws is dat de Dow Jones een enorme opdoffer heeft gehad.'

'Juist,' zei ik. Ik besloot dat ik erachter moest zien te komen wat woorden als 'Dow Jones' nou eigenlijk precies betekenden. 'Maar ik zit niet aan iets in New York te denken. Ik ben in Arizona en heb hier een ranch gezien.'

'Oké, kun je me wat cijfers geven?'

'Nu even niet, maar zodra ik terug ben, ga ik erachteraan.'

'Nou, het grootste deel van je vermogen is belegd in aandelen, die vanwege de markt in waarde zijn gedaald, maar we kunnen het bedrag dat je nodig hebt om dat pand te kopen zeker vrijmaken.'

'Hoeveel precies?'

'Dat zou ik even moeten nagaan, maar zoals je weet, ben je schatrijk.'

Ik wilde hem vragen hoe 'rijk' ik nu precies was, maar even later geneerde ik me omdat hij dan zou weten dat ik niets van wat hij me had toegestuurd gelezen had.

'Luister, kun je volgende week maandag? Dan kom ik naar je kantoor en kunnen we de boel doornemen, en ik wilde je ook nog iets anders vragen.'

'Tuurlijk, Electra, met genoegen. Om elf uur, schikt dat?'

'Prima, tot dan. Doei.'

Dat ging eigenlijk best goed, dacht ik, terwijl ik de verbinding verbrak en zag dat er zweet van mijn handen aan mijn mobieltje zat. Ik ging zitten dromen over de Hacienda Orchídea en nam me voor er alle vrije tijd door te brengen die ik uit de schema's die Susie me zou voorleggen kon vrijmaken. Ik zou er mijn eigen hardlooppad kunnen aanleggen, een hulp in de huishouding aannemen, en een ranchknecht om de paarden die ik wilde gaan kopen te verzorgen. Misschien zou Manuel me Hector wel willen verkopen…

Ik liep terug naar mijn kamer en ging op het bed zitten. Het was tijd om te gaan slapen, dacht ik, maar ik was te opgewonden. Ik keek rond in de kamer en zag dat Vanessa niet op haar bed lag. Ik snoof en rook een vreemde, metalige geur. Toen draaide ik me om en zag ik dat er een rode vloeistof onder de badkamerdeur door sijpelde.

'Shit!' riep ik uit. Ik drukte op de alarmknop en verzamelde moed om de deur open te duwen. Vanessa lag in een bloedplas op de vloer. Ze had haar ogen dicht en ik zag diepe snijwonden aan de binnenkant van haar uitgespreide armen.

'Help!' Ik rende de verlaten gang op. 'Is daar iemand? Help!' Ik kreeg geen antwoord. Toen schoot me te binnen dat ik mijn mobiel nog bij me had en ik liep de slaapkamer weer in om het alarmnummer te bellen.

Een telefoniste nam op en ik gaf het adres van The Ranch en probeerde de vragen te beantwoorden. Mercy, de zuster van de nachtdienst, kwam de kamer binnen en ze zette verschrikt grote ogen op toen ik naar de badkamer wees.

'Het is Vanessa,' bracht ik uit. 'Ze heeft zichzelf iets aangedaan… Ik weet niet of het wel goed met haar gaat… Ik weet niet…'

Mercy rende de badkamer in en ik zag dat ze Vanessa begon te reanimeren, maar alle leven leek uit Vanessa's tengere lichaam weggestroomd te zijn.

'Mevrouw?' klonk een stem uit mijn mobiel. 'Mevrouw, zo dadelijk komt er een ambulance bij u aan. Zorgt u er alstublieft voor dat er iemand bij de ingang is om de ambulancemedewerkers naar de patiënt te brengen.'

Ik liet mijn telefoon op het bed vallen en liep geschokt hijgend naar de badkamer. 'Er komt een ambulance aan. Redt ze het?' vroeg ik aan Mercy.

'Pak een paar handdoeken voor me, schatje,' zei ze kordaat. 'We moeten het bloeden stelpen. Zo dadelijk komt er een verpleegkundige van de klinische afdeling om te helpen.'

Krampachtig slikkend omdat ik misselijk werd van het bloed, namen we allebei een arm en ik volgde haar aanwijzingen op en wikkelde de handdoek zo strak mogelijk om de gapende wonden. Ik ging op de vloer zitten en de handdoek in mijn handen werd geleidelijk natter. Ik zag een klein keukenmes op de vloer naast Vanessa liggen en pakte het op.

'Hoe heeft ze dat in godsnaam te pakken kunnen krijgen?'

'Waar een wil is, is een weg,' zei Mercy met een zucht. 'Waarschijnlijk is ze de keuken binnengeglipt om het een of ander te vragen en heeft ze het meegepikt op een moment dat niemand keek.'

Een andere verpleegkundige kwam de badkamer binnen en ik slaakte een zucht van opluchting.

'Bedankt, Electra, Vicky neemt het van je over nu. Wil jij naar de receptie rennen en zeggen dat ze de beveiligers moeten vragen het hek open te doen voor de ambulance?'

'Natuurlijk.'

Ik holde naar de receptie en gaf de boodschap door. Daarop liep ik naar het dichtstbijzijnde toilet om het bloed van mijn handen te wassen. Toen ik eruit kwam, rolden twee ambulancemedewerkers al een brancard door de glazen deuren. Ik leidde hen naar onze kamer en keek als verdoofd toe terwijl zij zich over Vanessa ontfermden. Ze legden haar op de brancard en ik liep door het gebouw achter hen aan naar de parkeerplaats, waar de zwaailichten van de ambulance een blauwig licht in het donker verspreidden.

'Gaat ze het redden?' vroeg ik aan een van de ambulancemedewerkers terwijl ze de brancard in de wagen tilden en Mercy er ook in stapte.

'We doen ons best, ma'am,' zei hij. 'Maar nu moeten we gaan.' Hij wilde de achterdeuren van de ambulance sluiten, maar ik stak instinctief mijn arm uit om hem tegen te houden.

'Ik ga mee, Vanessa heeft me nodig,' zei ik tegen Mercy.

'Jij kunt beter hier blijven, Electra. Vanessa is in goede handen nu.'

'Néé! Ik ga mee.'

'Goed dan,' zei Mercy, 'dan rijden we allebei met Vanessa mee, lieverd.' Ze stak haar hand naar me uit om me te helpen in de ambulance te stappen.

'Oké, ma'am,' zei een van de ambulancemedewerkers. 'Ga maar zitten en doe de veiligheidsgordel om, dan zorgen wij voor je vriendin. Hou je goed vast.'

Ik had nog nooit eerder in een ambulance gezeten en had altijd gedacht dat de vering super zou zijn. Maar nee. We scheurden weg met de sirene aan, en ik moest me vastgrijpen aan de lus aan de zijwand terwijl we hotsend en botsend naar de stad reden. Met een mengeling van bewondering en afkeer zag ik dat de ambulancemedewerkers infuusbuisjes in Vanessa's magere, gewonde armen staken.

'In deze arm is de ader kapot, ik probeer de bovenkant van haar hand,' hoorde ik er een zeggen.

Ik huiverde en wendde mijn hoofd af toen ik de vele naaldprikken in de holte van haar arm zag.

'Bloeddruk daalt,' zei de andere ambulancemedewerker, terwijl een apparaat dringend begon te piepen. 'Hartslag vertraagt.'

'Blijf bij ons, Vanessa.' De man die probeerde de naald in haar hand te steken bleef tegen haar praten.

'Hoe ver is het nog?' vroeg ik.

'We zijn er zo, ma'am.'

'Hij daalt nog steeds! Steek die buis erin!'

'Ik doe wat ik kan!'

Vijf minuten later kwam de ambulance met gierende banden tot stilstand. De achterdeuren werden opengegooid en Vanessa's brancard werd in recordtempo naar binnen gereden.

Ik maakte mijn veiligheidsgordel los. Met mijn hart kloppend in mijn keel hielp Mercy me met uitstappen, en samen liepen we door het ziekenhuis naar de drukke eerstehulpafdeling. Tot mijn schaamte moest ik bekennen dat het enige waaraan ik op dat ogenblik dacht, was waar de dichtstbijzijnde slijterij zou zijn, want ik wist niet of ik tien shots Goose ooit harder nodig had gehad.

Terwijl Mercy door een verpleegkundige terzijde werd genomen en ze met zijn tweeën achter een paar openslaande deuren verdwenen, werd ik bij de receptioniste geroepen, die me de gegevens van Vanessa's zorgverzekering begon te vragen, waar ik niets van afwist. Uiteindelijk ondertekende ik een papier waarop stond dat ik de rekening zou betalen als bleek dat ze onverzekerd was (wat vast zo zou zijn, dacht ik), en toen vroeg ze me om mijn creditcard.

'Luister, ik ben gewoon in die ambulance gesprongen en had geen tijd om mijn tas mee te nemen. Mijn vriendin lag dood te bloeden, jezus!'

'Ja, ma'am, maar we hebben het nummer van uw creditcard nodig. Kunt u niemand bellen?'

Ik stond op het punt nee te zeggen, maar toen besefte ik dat ik mijn mobieltje nog steeds bij me had.

'Ja, even geduld.' Ik liep bij de balie vandaan, haalde mijn telefoon uit mijn zak en belde Mariam.

'Electra? Wat goed van je te horen! Hoe gaat het met je?'

Het geluid van Mariams warme, volle stem kalmeerde me weer een beetje.

'Goed, prima, maar eh, met een vriendin van me gaat het niet best. Een lang verhaal, maar we zijn op de eerstehulpafdeling van een ziekenhuis in Tucson en ze vragen om mijn creditcardgegevens. Kun jij even met ze praten?'

'Natuurlijk. O, Electra! Een vriendin van je, zeg je?'

'Ja, ik moet borg staan voor de betaling van haar behandeling,' zei ik. Ik liep terug naar de balie en gaf mijn mobieltje aan de receptioniste. Ik bleef in de buurt tijdens het gesprek en toen gaf de receptioniste me mijn telefoon terug.

'Ze wil u nog even spreken, juffrouw.'

'Oké. Hallo, Mariam, is het geregeld?'

'Ja, geen probleem. Maar ik moet wel de verzekeringsgegevens van je vriendin hebben, want haar behandeling zou weleens erg veel kunnen gaan kosten.'

'Dan is dat maar zo,' zei ik met een zucht. 'Ik betaal ervoor, punt uit.'

'Ik snap het. En weet je zeker dat het met jóú goed gaat?'

'Ja, echt waar. Ik moet ophangen nu, maar ik bel je later terug. Bedankt, Mariam. En tot ziens.'

Ik zag een toilet tegenover me, rende erheen, sloot mezelf op in een hokje en ging zwaar ademend op de wc-bril zitten. Met mijn hoofd tussen mijn knieën omdat ik duizelig was, keek ik omlaag naar mijn trainingsbroek en ik zag dat er bloedspetters op zaten. Ik kreunde en dacht aan alle mensen bij de receptiebalie die me wel of niet herkend konden hebben. Ik pakte mijn mobiel weer, want ik vond dat ik Miles een berichtje moest sturen om hem te vertellen wat er was gebeurd, maar toen besefte ik dat het al veel te laat was om contact met hem op te nemen en dat hij het waarschijnlijk toch niet zou ontvangen. In plaats daarvan belde ik The Ranch en bij de receptie liet ik het bericht achter dat ze het zo snel mogelijk aan hem moesten doorgeven. Toen ging ik naar de soaposter op de deur zitten kijken.

'Op een dag had ik het geweest kunnen zijn,' fluisterde ik tegen mezelf. 'Zover kun je het niet meer laten komen, Electra,' voegde ik eraan toe terwijl ik de fles Goose op het tv-scherm in mijn hoofd mentaal aan scherven smeet. Toen hoorde ik de deur van het toilet opengaan.

'Electra? Ben je daar?'

'Ja,' zei ik. Ik opende de deur van het hokje en zag Mercy staan. 'Hoe is het met haar?'

'Zullen we buiten praten?'

Ik liep achter haar aan het toilet uit, keek om me heen in de receptieafdeling en zag dat tien gezichten me stomverbaasd aanstaarden. Ik zuchtte. Mercy leidde me snel naar de zijkant van het ziekenhuis, een steeg vol stinkende afvalcontainers in.

'En?'

'Ze leeft nog, schatje. Ze zijn haar aan het stabiliseren nu. Ze waren er op tijd bij en het komt goed met haar.'

Ik blies mijn adem uit en voelde dat Mercy haar arm om mijn schouders sloeg.

'Je hebt geholpen haar leven te redden, Electra. Als jij haar niet gevonden had... Je hebt het goed gedaan, lieverd. Maar nu moet je zorgen dat je wat rust krijgt. Ik ga een taxi bellen om je terug te brengen naar The Ranch. Ik blijf hier. Ze kunnen een andere kamer voor je regelen, dan kun je daar vannacht slapen.'

'Nee! Ik moet hier blijven voor Vanessa. Ze heeft verder niemand, ze is helemaal alleen,' drong ik aan.

'Electra, je bent nog in behandeling en deze toestand is te veel voor je. Je moet terug en...'

'Ik denk er niet aan! Ik blijf hier en ga bij haar zitten zodra ze zeggen dat het kan. Als ik iets van jullie moet ondertekenen dat ik The Ranch niet zal aanklagen, dan doe ik dat, maar je kunt me niet dwingen om hier weg te gaan, oké?'

'Oké dan, Electra, oké,' zei Mercy kalm. 'Dan zal ik de receptie laten weten dat je hier blijft en iemand binnen zeggen dat ze je ergens waar je meer privacy hebt moeten laten wachten. Tot dat geregeld is, kun je beter buiten beeld blijven.'

'Ja,' zei ik met een zucht.

‘Wil je iets drinken?’

Wodka, dacht ik, maar ik zei: ‘Koffie, alsjeblieft.’

‘Wacht hier, ik ben zo bij je terug.’

Ik keek haar na. Op dat moment had ik er meer dan ooit de pest in dat ik beroemd was en het kon me niet schelen als ik door alle roddelkranten in Tucson gefotografeerd zou worden. Ik wilde alleen maar binnen bij Vanessa zijn.

Twintig minuten later had ze me weer het ziekenhuis in gesmokkeld door een achterdeur en naar een zijkamertje met een paar gemakkelijke stoelen en een tv gebracht. Een arts met vriendelijke blauwe ogen zat er op me te wachten.

‘Hallo, Miss D’Aplièse, ik ben dokter Cole.’

‘Hoe is het met haar?’ vroeg ik aan hem.

‘Haar waarden zijn nu stabiel, dus we hebben haar van de eerstehulpafdeling af gehaald en opgenomen voor de nacht. Ze is klein maar taai,’ zei hij glimlachend. ‘Wilt u haar zien?’

‘Ja, alstublieft.’ Ik stond op.

‘Electra,’ zei Mercy tegen me, ‘ik ga terug naar The Ranch nu, maar morgen komt hier iemand om te zien hoe het met Vanessa is en om jou op te halen. En vergeet niet dat jij vanavond Vanessa’s leven hebt gered.’ Ze stak haar armen uit, omhelsde me liefdevol en keek me glimlachend aan. Toen liep ze met ons de kamer uit.

‘Vanessa is bij bewustzijn, maar ze zegt nog niet veel. We hebben haar sterke pijnstillers gegeven, dus ze zal wel versuft zijn,’ zei dokter Cole, terwijl hij me een schemerig verlichte ziekenhuiskamer binnenleidde. ‘En nu laat ik het aan u over,’ zei hij en liep weg.

Ik stapte om het bed heen en ging op de stoel bij Vanessa zitten. Zoals ze daar lag, zag ze er heel jong en kwetsbaar uit. Ik zag dat ze haar ogen had geopend en dat haar armen van haar polsen tot haar armholten in verband waren gewikkeld en boven op de lakens lagen. Ze lag aan een infuus en een monitor die af en toe piepte.

‘Hallo, Vanessa, ik ben het, Electra,’ fluisterde ik en ik boog me naar haar toe. ‘Hoe voel je je?’

Ze reageerde niet en bleef naar het plafond staren.

‘De dokter zegt dat het goed met je komt en dat je sterk bent,’ zei ik, wanhopig zoekend naar iets positiefs om te zeggen. Ik hief mijn hand op, maar wist niet waar ik haar verbonden onderarmen zou kunnen aanraken, en dus legde ik hem boven op haar hoofd en streelde haar prachtige haar. 'Ik wilde je alleen maar zeggen dat ik er voor je ben.'

Ze zei nog steeds niets.

'Ik ben met je meegekomen in de ambulance. Ik had nog nooit in een ziekenwagen gezeten. Het was net alsof ik in een aflevering van *Grey's Anatomy* terechtgekomen was, maar de dokter zegt dat je er weer helemaal bovenop komt.'

Het bleef lange tijd stil en toen maakte Vanessa een geluid. 'Mijn...'

Het klonk in elk geval als 'mijn', dacht ik, en ik zag dat ze haar gesprongen lippen likte.

'Dat deed mijn moeder ook altijd,' fluisterde ze.

'Wat?'

'Mijn haar strelen. Dat is fijn,' zei ze.

'Dan ga ik ermee door. Zou je graag willen dat je moeder hiernaartoe komt?'

'Ja, maar ze is dood.'

Ik zag dat er twee tranen uit Vanessa's ogen druppelden.

'Wat verschrikkelijk voor je, lieverd,' zei ik zachtjes. Ik voelde ook tranen achter mijn eigen ogen prikken. 'Ik zal hier bij je blijven en je haar strelen tot je in slaap valt, goed?'

Ze knikte lichtjes en haar ogen begonnen langzaam dicht te vallen.

'Je bent veilig,' voegde ik eraan toe. Haar ademhaling werd rustig en gelijkmatig en ik installeerde me voor een lange nacht.

Een paar minuten later ging de deur open en tot mijn verbazing kwam Miles binnen.

'Hoe is het met haar?' vroeg hij.

'Ze slaapt,' fluisterde ik en ik legde een vinger op mijn lippen.

'Kun je de kamer even uit komen om te praten?'

Ik schudde mijn hoofd. 'Nee. Ik heb tegen haar gezegd dat ik bij haar zou blijven.'

'O, goed dan.' Miles kwam op zijn tenen lopend de kamer in, pakte een stoel op, liep ermee naar me toe en zette hem naast me neer.

'Hoe ben je hier gekomen?'

'Nadat ik je bericht van de receptie had gekregen, ben ik meteen in mijn huurauto gestapt, maar omdat ik geen briefje van de "autoriteiten" had dat ik weg mocht, wilden die verdomde beveiligers het hek niet opendoen! Dus moest ik over de afrastering klimmen, een taxi bellen en buiten het terrein van The Ranch wachten tot die kwam.'

We onderdrukten allebei een lachje.

'Dit lijkt wel een massale uitbraak van patiënten van The Ranch.'

'Zo ongeveer, ja,' was hij het met me eens. 'Hoe gaat het met jou?'

'O, goed, alleen doet mijn arm pijn.' Ik wees naar de hand waarmee ik nog steeds over Vanessa's haar streek. 'Ze zei dat haar moeder dit ook altijd deed. En dat haar moeder dood is.'

'Ja, dat klopt.'

'Wat is er met haar gebeurd?'

'Ik weet het niet,' zei Miles. 'Vanessa is besmet met hiv, dus misschien had ze aids.'

Vanessa bewoog en ik gaf aan dat Miles zijn mond moest houden. 'Ga jij nou maar. We praten later wel.'

'Hé, ik kan me wel koest houden. Ik blijf hier gewoon rustig zitten en houd je gezelschap.'

Dat deed hij en ik kreeg het vreemde gevoel dat we ouders waren die over ons kind waakten. Ondanks de omstandigheden was het troostrijk. Terwijl de klok aan de muur de kleine uurtjes wegtikte, kreeg ik een zwaar gevoel in mijn hoofd en toen doezelde ik weg. Ik voelde een arm om mijn schouders. Miles trok me tegen zich aan, zodat ik mijn hoofd tegen zijn warme borst kon leggen.

22

'Ik heb dorst,' zei een stem ergens ver weg.

Ik schrok wakker omdat mijn kussen van achter mijn hoofd werd weggetrokken en opende mijn ogen. Miles schonk water in een kopje en drukte op de knop om het hoofdeind van het bed omhoog te laten gaan, zodat Vanessa kon drinken.

'Kleine slokjes, lieverd, kalm aan,' zei hij en hij hield het rietje voor haar vast.

Nadat Vanessa had gedronken, ging hij weer op zijn stoel zitten, en zij keerde haar hoofd naar ons toe en keek ons aan.

'Wat doen jullie nou hier? Spelen jullie voor mijn pa en ma of zo?'

Ik glimlachte. Vanessa had precies verwoord hoe ik me de afgelopen nacht had gevoeld.

'Ik zie dat je je beter voelt, *missy*,' zei Miles glimlachend. 'We maakten ons zorgen om je.'

Vanessa haalde haar schouders op. 'Ik hoopte dat ik nooit meer 's ochtends wakker hoefde te worden, maar nu ben ik er toch weer.'

Misschien lag het aan mij, maar ik vond dat Vanessa levendiger overkwam.

'Electra hier wilde je niet de hele nacht alleen laten, omdat je bij zou kunnen komen,' zei Miles, en toen keek hij mij aan. 'Wat dacht je ervan om je op te gaan frissen en te kijken of er iemand is die voor koffie kan zorgen?'

Toevallig moest ik net ontzettend nodig naar de wc, en dus ging ik akkoord.

'Zwart of wit?' vroeg ik.

'Bedoelt u de koffie, ma'am?' zei hij en hij keek me grijnzend aan.

'Ha! Je doet het er maar mee.'

'Hé, hebben jullie soms iets met elkaar?' riep Vanessa vrolijk vanaf haar bed terwijl ik de kamer uit liep. In de wasruimte keek ik in de spiegel en ik geneerde me toen ik mezelf zag. Mijn haar was losgeraakt uit de vlecht en hing in vettige slierten links en rechts langs mijn gezicht en ik had grote kringen onder mijn ogen. Ik probeerde er wat aan te doen, maar zonder hulpmiddelen was het onbegonnen werk, en dus liep ik de gang in om op zoek te gaan naar koffie.

'De roomservice komt er zo aan,' zei ik toen ik de kamer weer binnenkwam.

Vanessa keek me aan. 'Je hebt wel een vreemd accent, hè, Miles?'

'Ik ben in Zwitserland opgegroeid, vandaar. Mijn moedertaal is Frans,' voegde ik eraan toe, terwijl ik ging zitten en Miles opstond.

'Excuses dat ik jullie samen achterlaat, meisjes, maar ik ga me ook even opfrissen.'

'Ik ben nog nooit uit Manhattan weg geweest, alleen toen ik hiernaartoe meegekomen ben, en dit lijkt niet op de eerstehulpafdelingen waar ik weleens geweest ben.' Vanessa rolde met haar ogen terwijl Miles de kamer uit liep. 'Moet ik iemand neuken om ervoor te betalen?'

'Nee, alles is betaald, Vanessa,' zei ik geruststellend. Ik zag dat ze knikkebolde en haar ogen neersloeg, als een jong hondje dat wakker is geworden om te spelen en opeens geen energie meer heeft. Ik kon bijna niet geloven dat de sombere jonge vrouw die in het afkickcentrum in het bed naast me had geslapen en de avond tevoren een zelfmoordpoging had gedaan nu ze vanochtend wakker was geworden zo gelukkig leek…

Misschien kwam het doordat Miles en ik er voor haar waren. Of – en bij die gedachte sloeg mijn hart even over – kwam het meer doordat ze waarschijnlijk onder invloed van een of andere pijnstiller was en reageerden haar hersenen simpelweg op die stimulans?

'Ze slaapt weer,' zei ik toen Miles binnenkwam, tegelijk met een verpleegkundige die de koffie kwam brengen. Ik deed suiker in mijn koffie om mijn ochtendkoolhydraten te vervangen en sloeg het hete vocht achterover. 'Wat gaat er nu gebeuren, denk je?'

'Toen ik de dokter gisteravond sprak, zei hij dat ze beoordeeld moet worden door het psychologenteam. Wat gisteravond is gebeurd was geen oefening, dat weten we allebei.'

'En daarna?'

'Dat weet ik niet, maar zoals ik gisteravond zei, is er meer nodig dan een sereniteitsgebed en knuffelen met een paar paarden om haar weer op de rails te krijgen. Misschien knapt ze op als ze hierna in een afkickcentrum voor een langetermijnbehandeling wordt opgenomen, zei de arts. Ze had wel een maatschappelijk werkster in Manhattan. Hoewel ze een paar maanden geleden achttien is geworden en strikt genomen niet langer minderjarig is, ga ik daar toch contact mee opnemen. In een bijzonder geval zoals dit kan een zorgteam verlenging van de supervisie aanvragen tot de patiënt eenentwintig is. Het komt erop neer dat de staat dan betaalt voor alle hulp die ze nodig heeft.'

'Hé, ik weet niet veel van die dingen af, hoor, maar ík denk dat ze liefde nodig heeft.'

'Dat is zo, Electra, dat heeft ze zeker nodig, en liefde kun je niet kopen.'

'Ik... Als ik haar nou eens mee terug neem naar New York en haar bij mij in huis laat wonen? Dan kan ík voor haar zorgen.'

Het bleef even stil. Miles keek me aan met een onthutste, ongelovige uitdrukking op zijn gezicht.

'Ben je nou helemáál? Jij bent topmodel en jouw leven is de wereld rondvliegen in privéjets! Je hebt geen tijd om haar te geven wat ze nodig heeft. En bovendien...' Hij dempte zijn stem omdat Vanessa bewoog. '... je kunt iemand niet met die manier van leven laten meedoen als er geen hoop is dat het zo kan blijven.'

'Jij weet niet wat ik wel of niet met mijn toekomst wil doen als ik hier weg ben,' siste ik terug.

'Ik... Hoor 's, zullen we hier later nog een keer over praten? Dit is geen sprookje, Electra, en Vanessa is Assepoester niet. Je kunt niet met haar aanrommelen alsof ze een project is dat je kunt vergeten als je er niet meer in geïnteresseerd bent.'

Ik werd boos en zette mijn koffiekopje kletterend op het schoteltje. 'Jezus, Miles! Ik probeer alleen te helpen! En trouwens,' voegde ik eraan toe, terwijl ik probeerde weer kalm te worden, 'je moet weten dat ik vandaag uit The Ranch vertrek.'

'O ja?'

'O ja. Ik ben voorlopig weer helemaal opgeknapt en heb dingen om verder mee te gaan. Een leven om te leiden,' zei ik, met mijn handen om het koffiekopje geklemd alsof ik er morele steun aan wilde ontlenen. Ik stond op en wrong me langs hem. 'Ik ga de dokter zoeken.'

'Oké.' Miles zuchtte. 'Doe wat je niet laten kunt.'

'Zeker,' zei ik en ik stapte vastberaden naar de deur.

'Nog één ding voor je gaat, Electra.'

'Wat?'

'Ik zou het ziekenhuis nu niet via de hoofdingang verlaten. Er staat een horde paparazzi te wachten om een glimp van je op te vangen.'

Omdat ik omwille van Vanessa stil probeerde te zijn, moest ik het genoegen om de deur achter me dicht te slaan aan me voorbij laten gaan. Ik liep naar de verpleegkundigenpost om te vragen of ik de dienstdoende arts kon spreken.

De vrouw pleegde een paar telefoontjes en knikte. 'Hij is zijn ronde aan het doen, lieverd. Zo dadelijk komt hij hierheen.'

Omdat ik nergens anders meer naartoe kon gaan, trok ik me terug op het toilet, waar ik ziedend op de betegelde vloer ging zitten. Ik kon geen hoogte van Miles krijgen. De avond tevoren had ik me heel verbonden met hem gevoeld. Het had me natuurlijk geleken om met mijn hoofd op zijn schouder en zijn arm om mijn schouders te zitten. Maar nu vanochtend... Gefrustreerd schreeuwde ik het uit.

Ik haalde een paar keer diep adem om weer kalm te worden en probeerde na te denken zonder het rode waas van woede van even tevoren. Ten slotte besefte ik dat hij me probeerde te zeggen dat Vanessa, als ik haar bij me in huis opnam, misschien haar hele leven zou blijven verlangen naar alles wat ik haar zou geven. Ze was geen nieuw speeltje dat ik kon oppakken en afdanken als ik er klaar mee was. Ze was een levend, ademend, zwaar beschadigd mens... En ik was óók een levend, ademend, beschadigd mens...

'Miss D'Aplièse?' zei iemand aan de andere kant van de deur.

'Ja?'

'Kan ik u even spreken?'

Ik herkende de rustige stem van dokter Cole.

'Zeker,' zei ik en ik opende de deur om het toilet uit te stappen.

'Hallo,' zei hij glimlachend. 'Alles goed?'

'Ja, prima. Hoe gaat het met Vanessa?'

'Heel goed. Fysiek, in elk geval. Ze kan hier over een paar dagen weg, en dan zou het het beste zijn, afhankelijk van wat het psychologenteam hier en haar maatschappelijk werkster zeggen, dat ze een tijdje wordt opgenomen in een gespecialiseerde inrichting waar ze haar echt kunnen helpen.'

'Denkt u dat Vanessa, eh... te redden is?'

Dokter Cole zuchtte. 'Waar leven is, is altijd hoop. U zult intussen wel weten dat verslaafden altijd ergens op een spectrum zitten. Sommigen hebben geluk en kunnen in een vroeg stadium geholpen worden. Anderen, zoals Vanessa, hebben een dieptepunt bereikt en kunnen er alleen nog met de grootste moeite bovenop komen. Het goede nieuws is dat The Ranch dat proces begonnen is, maar nu moet ze doorgaan met een midden- of langetermijnprogramma dat ze kan integreren in haar leven als ze daar weg is. Dat moet ze in Manhattan of ergens daar in de buurt doen. Temeer omdat haar financiering daarvandaan komt, als haar maatschappelijk werkster haar staatszorg tenminste kan verlengen.'

'Ik kan ook helpen als het nodig is, dokter Cole.'

'En dat is meer dan edelmoedig van u, ma'am, maar de staat heeft het geld dat nodig is om de hulp die ze nodig heeft te financieren. Het komt erop aan om de weg door de bureaucratie te vinden en een sterke arm aan je kant te hebben. Verduistering en corruptie komen veel voor bij de verschillende overheidsafdelingen, maar uw vriend Miles lijkt te weten wat hij doet. In elk geval,' zei hij glimlachend, 'is het mooi van u dat u geïnteresseerd bent in Vanessa en dat u haar wilt helpen.'

'Nou, nog niet zo lang geleden heb ik zelf ook hulp gehad,' zei ik. 'Houdt u haar alstublieft hier zolang als nodig is. U hebt mijn mobiele nummer toch?'

'Dat staat in het systeem, ja. En neem me niet kwalijk, maar nu moet ik naar mijn andere patiënten toe. Het beste.'

Hij knikte naar me en liep weg. Ik ging terug naar mijn 'kantoor' in het toilet en belde Mariam op.

'Hallo, Electra, hoe gaat het met je vriendin?' vroeg Mariam voor ik een woord had kunnen zeggen.

'O, ze is buiten levensgevaar nu, bedankt dat je het vraagt. Zeg, kun je voor me kijken of er vluchten terug naar New York gaan?'

'Wanneer?'

'Morgenochtend, als het kan. Ik zou donderdag terugkomen, zoals je weet, dus dat is maar een dag vroeger.'

Aan de andere kant van de lijn bleef het even stil.

'Oké. Dus je bedoelt per privéjet?'

'Waarschijnlijk.' Ik dacht aan de horde paparazzi die me nu waarschijnlijk voor het ziekenhuis stond op te wachten.

'Welke tijd komt je het best uit?'

'Geen idee, zo rond twee uur 's middags? Dan ben ik voor tien uur 's avonds thuis.'

'Geen probleem. Ik... Weet je zeker dat je niet wilt dat ik naar jou toe kom om samen met je naar huis te gaan, Electra?'

'Ik heb wel vaker alleen gevlogen, Mariam, en ik ben niet ziek of zo. En bovendien zou het voor jou een verre reis zijn.'

'Ik doe het met alle plezier als je me nodig hebt.'

'Dank je, dat is lief van je, maar dat komt wel goed.'

'Oké, dan ga ik alles checken en bel ik je tussen zeven en acht uur terug, wanneer je je mobiel hebt.'

'O, geen zorgen. Ik ga nu terug naar The Ranch om mijn therapeut te spreken en ik weet zeker dat ik mijn mobiel de rest van de dag van haar bij me mag houden. Tot ziens, Mariam.'

Terwijl ik terugliep naar Vanessa's kamer, vroeg ik me af of Mariam me zo graag naar huis wilde vergezellen omdat ze om me gaf of omdat ze erover inzat dat ik de bar aan boord leeggedronken zou kunnen hebben tegen de tijd dat ik landde in New York.

Ik vroeg me zelf ook af of ik me in zou kunnen houden, maar ik zou de verleiding een tijdje alleen moeten weerstaan.

Vanessa zat rechtop in bed en at met lange tanden haar ontbijt, een croissant en een glaasje vruchtensap. Ik was blij te zien dat het infuusbuisje niet meer in haar arm zat en dat ze alleen de bloeddrukmonitor nog aan haar vinger had. Ze zag er niet meer zo opgewekt uit als eerder, dus misschien begon de harde werkelijkheid tot haar door te dringen.

'Hoi,' zei ik. 'Hoe gaat het?'

'Wel oké, dank je.'

'Ze maakt zich zorgen over het psychologenteam dat haar gaat beoordelen,' zei Miles van de andere kant van het bed.

'Ja, ik ga niet naar het gekkenhuis. Ik mag verslaafd zijn, maar ik ben niet gek.' Vanessa huiverde. 'Je laat ze me toch niet zomaar opsluiten, hè, Lectra?'

'Ze proberen je alleen maar te helpen, Vanessa,' zei ik, 'en je moet ze vertrouwen, oké?'

'Ja, maar ze gaan me toch niet opsluiten in een gesticht of zo, hè?' vroeg ze nog een keer.

'Luister...' Ik zag dat Vanessa nerveus begon te worden. 'Ik heb zojuist die aardige dokter gesproken die je gisteravond heeft opgenomen. We hebben het erover gehad om een instelling dichter bij Manhattan voor je te zoeken, waar je de hulp kunt krijgen die je nodig hebt. Iets als The Ranch, maar dan zonder paarden,' grapte ik. 'Miles en ik zijn geschrokken gisteravond en we willen niet dat je nog eens zoiets overkomt.'

Vanessa keek me strak aan. 'En waarom zit jij erover in wat mij zou kunnen overkomen? Jij met al je dollars op de bank?'

'Omdat ik erover inzit. En Miles ook. En jij moet ons en de dokters vertrouwen. We willen je alleen maar helpen.'

'Waarom zou ik jou meer vertrouwen dan Tyler? Hij zei ook dat hij voor me zou zorgen, maar hij maakte me alleen maar verslaafd aan de drugs.'

'Omdat ik gisteravond gezegd heb dat ik je niet in de steek zou laten, en dat heb ik ook niet gedaan. Uiteindelijk heb je twee keuzes, je vertrouwt ons en de professionele mensen die je willen helpen, of je pakt je oude leven weer op.'

'Of ik maak er een eind aan en laat jullie allemaal achter,' mompelde Vanessa.

'Vergeet niet dat het goed met je gaat,' zei Miles. 'Je bent al bijna twee weken drugsvrij.'

'Ja, en dat beviel zo goed dat ik geprobeerd heb zelfmoord te plegen.' Vanessa rolde met haar ogen, duwde haar ontbijtblad weg en keek naar het plafond.

Vragend om raad keek ik Miles aan.

'Electra en ik gaan even buiten praten,' zei hij en hij stond op.

'Ja, jullie hebben zeker al genoeg van me? Zie je nou wel.'

Ik deed mijn mond open om iets terug te zeggen, maar Miles schudde zijn hoofd en ik liep achter hem aan de deur uit.

'Shit, wat is ze negatief!'

'De dokter zegt dat ze een ontwenningsdepressie heeft en dat een psychiater haar daar iets tegen moet voorschrijven.'

'Maar de dokter heeft ook gezegd dat Vanessa nu wél drugsvrij is en alleen de juiste hulp en ondersteuning nodig heeft om eraf te blíjven. Dus dat is positief.'

'Ja. Hoor eens, sorry dat ik zo-even mijn geduld verloor, Electra. Ik weet dat je haar alleen maar wilt helpen.'

'Ja, dat klopt, maar ik begrijp dat ze meer nodig heeft dan ik haar kan geven.' Ik was zo moe, zowel lichamelijk als geestelijk, dat ik stond te wankelen op mijn benen.

'Waarom ga je niet terug om wat slaap in te halen? Ik blijf wel bij haar. Er is een verpleegkundige van The Ranch gekomen om je mee terug te nemen in haar jeep. Hier kun je toch niks meer doen.'

'Ik ga met haar mee. Ik ben helemaal op, eerlijk gezegd. Maar eerst ga ik afscheid van Vanessa nemen.'

'Goed, dan ga ik even naar het toilet.' Hij keek me glimlachend aan en liep de gang in.

'Vanessa? Ben je nog wakker?' vroeg ik terwijl ik naar haar stond te kijken. Ik kreeg een schouderophalen als antwoord. 'Luister, ik wilde je alleen maar zeggen dat de dokter heeft gezegd dat je hier weg kunt zodra je je beter voelt.'

'En dan sturen ze me naar een gekkenhuis, hè?'

'Nee, Vanessa, ik zweer op mijn leven dat ik het niet zover met je zal laten komen. Ik ga morgen terug naar New York en...'

'Dus je gaat me toch in de steek laten?'

'Nee! Ik ga terug, om dingen uit te zoeken die jou kunnen hélpen. En andere jongeren zoals jij die in de problemen zijn geraakt. Vertrouw me alsjeblieft, Vanessa. Miles en ik gaan ervoor zorgen dat je de beste zorg krijgt die we kunnen vinden. Ik laat je niet in de steek, ik zweer het je.'

'Neem me dan mee. Ik wil hier nu weg,' zei Vanessa kreunend.

'Luister nou eens goed naar me,' zei ik, me plotseling de woorden van mijn grootmoeder herinnerend. 'Je hebt een rottijd gehad, maar je kreeg hulp toen je die het hardst nodig had. En die heb je nu, terwijl een heleboel jongeren zoals jij géén hulp hebben. Ik zeg niet dat ik je goede fee ben, en Miles ook niet...'

Ik zag een heel flauw glimlachje om Vanessa's lippen verschijnen.

'Maar,' ging ik verder, 'we zíjn hier en jij bent veilig en we gaan je beter maken, oké? En op een dag ga jij dan anderen helpen zoals je zelf geholpen bent.'

Ik wist niet hoe ik dat wist, maar op een of andere manier was het me gewoon duidelijk. Ik begon op Tiggy te lijken.

'Dus, missy, je doet wat de dokters zeggen en geeft toe dat je geluk hebt gehad, oké? Dan zie ik je weer in New York en als je beter bent, gaan we ergens chic uit eten. En dan zal iedereen, met inbegrip van Tyler, je met mij in de bladen zien staan en weten dat je een winnaar bent, en geen verliezer.'

'Dat zou leuk zijn,' zei Vanessa na een tijdje. 'Zweer je het?'

'Dat heb ik al gedaan. En weet je?'

'Wat?'

'Jouw haar zal er altijd beter uitzien dan dat van mij. Ik hou van je, Vanessa. Tot gauw.'

Ik kuste haar boven op haar hoofd en liep de kamer uit. Miles stond op de gang op me te wachten.

'Alles goed?'

'Yep. En nu ga ik. Hou me op de hoogte.'

'Doe ik.'

'Bedankt.'

'O, die jeep staat onopvallend aan de achterkant van het ziekenhuis op je te wachten,' riep hij me na. Toen ging hij Vanessa's kamer weer in.

Toen ik in de jeep van The Ranch stapte, was ik voor het eerst dankbaar voor mijn beroemdheid en wat ik ermee voor anderen kon bereiken. Ik had invloed. En nu was het tijd om er iets positiefs mee te doen.

'Dus weet je zeker dat je morgenochtend wilt vertrekken?' vroeg Fi later die middag, nadat ik wat slaap had ingehaald en we de gebeurtenissen van de avond tevoren hadden besproken. 'Waarom blijf je niet hier? Gisteravond is traumatisch voor je geweest, Electra.'

'Omdat ik moet gaan,' zei ik eenvoudig. 'Ik wil terug naar mijn leven en beginnen met het veranderen van dingen, in plaats van alleen maar hier te zitten en erover na te denken.'

'Wil je me vertellen wat je gaat veranderen?'

'Nou, op de eerste plaats ga ik mijn appartement drankvrij maken en het nummer van mijn dealer deleten,' zei ik opgewekt.

'Nou, dat is een begin. En wat nog meer?'

'Ik ga met mijn agent bespreken hoe ik meer vrije tijd kan nemen. Ik heb al een bijeenkomst met mijn zakenmanager gepland om mijn financiën te bespreken, want ik wil andere dingen gaan doen.'

'Zoals?'

'Jongeren zoals Vanessa helpen,' zei ik. 'En niet alleen door schenkingen te doen, maar door een soort woordvoerder voor hen te worden en me in te zetten voor de strijd tegen drugs.'

'Dat klinkt fantastisch, Electra.' Fi keek me oprecht glimlachend aan. 'Echt, die jongeren hebben iemand nodig die voor hen opkomt. Maar wees voorzichtig, vooral de eerste weken, dat je niet doodmoe wordt van het in praktijk brengen van al je nieuwe ideeën. Je moet ook tijd aan jezelf besteden, zoals je hier hebt gedaan, 's ochtends hardlopen, elke dag naar een AA-bijeenkomst gaan, in elk geval het komende half jaar, goed eten, vroeg naar bed... Jij bent ook aan het herstellen, Electra, en je kunt het je niet permitteren om dat te negeren. Als je weer aan de drank raakt, heeft niemand iets aan je. Had je nog vakantieplannen?'

'Yep, die heb ik,' zei ik. Daarop legde ik Fi uit dat ik samen met al mijn zussen van plan was op de Titan naar de Griekse eilanden te varen om een krans voor Pa in zee te werpen.

'Tijd doorbrengen met je familie is heel belangrijk,' zei Fi instemmend. 'En thuis in New York? Heb je daar mensen die je kunnen steunen?'

'Mariam, mijn personal assistant, over wie ik je verteld heb, en mijn grootmoeder Stella. Ik was er nog niet aan toegekomen om je veel over haar te vertellen, maar ik weet dat zij er voor me zal zijn.'

'Goed, nou, wees niet bang om een beroep op hen te doen, en op Maia, natuurlijk, die zich zo ongerust over je heeft gemaakt. Ik zal haar en je assistente een lijst van plaatselijke AA-bijeenkomsten mailen, plus de namen van een paar goede therapeuten die ik in New York ken. Vergeet niet dat je andere mensen nodig hebt, Electra, en dat je hen moet vertrouwen.'

'Ik zal eraan denken, maar ik wil er ook zijn voor Vanessa,' voegde ik eraan toe.

'Nou, dat is goed, maar hoe sterker jíj bent, hoe beter je haar kunt helpen.'

'Ze heeft me nodig,' zei ik. 'En trouwens, wat ik gisteravond heb gezien, was de beste realitycheck die ik maar had kunnen krijgen.'

'Dat is waar,' zei Fi instemmend. 'Geeft het feit dat je aanvoelt dat zij je nodig heeft je een goed gevoel?'

'Ja, ik denk het wel.' Ik zag dat Fi snel naar de klok keek en ik wist dat mijn tijd om was. 'Luister, Fi, voor ik ga, wilde ik je nog zeggen dat het me spijt dat ik in het begin moeilijk deed, maar ik dank je voor alles. Jij, alles hier, het is fantastisch geweest. Het heeft mijn leven veranderd.'

'Je hoeft mij niet te bedanken, hoor,' zei ze terwijl we allebei opstonden. 'Je hebt het allemaal zelf gedaan. Succes, Electra,' zei ze. Toen spreidde ze haar armen uit en omhelsde me. 'We houden contact, hè? Laat me weten hoe het met je gaat.'

'Dat zal ik doen, ja.' Ik liep naar de deur, maar draaide me halverwege om en keek haar glimlachend aan. 'Ik had nooit gedacht dat ik dit nog eens zou zeggen, Fi, maar ik weet zeker dat ik je zal missen. Het beste.'

Die avond zag ik Miles in de eetzaal. 'Hoe gaat het met haar?' vroeg ik en ik zette mijn dienblad tegenover hem neer.

'Bang, negatief... Ongeveer net als toen jij vanochtend bij haar wegging,' zei hij.

'Wat zei het psychologenteam?'

'De psycholoog zei dat hij een goed instituut op Long Island weet dat gespecialiseerd is in het behandelen van jongeren als Vanessa. Ik heb al contact met haar maatschappelijk werkster opgenomen en ik ga ook met Vanessa's reclasseringsambtenaar praten.'

'Heeft ze dan een reclasseringsambtenaar?'

'Ja. Haar maatschappelijk werkster had me al eerder verteld dat ze na het overlijden van haar moeder bij verschillende pleeggezinnen heeft gewoond, van de radar is verdwenen toen ze zestien was en toen wegens tippelen is gearresteerd in Harlem. Ze kwam ervanaf met een waarschuwing, maar werd wel geregistreerd als delinquent, wat betekent dat ze een "team" had dat haar in de gaten hield tot ze een paar maanden geleden achttien werd. Ida, haar maatschappelijk werkster, gaat er vaart achter zetten, en als de rechter zorgverlenging toekent tot Vanessa eenentwintig is, kan Ida de mensen bellen die haar op het programma kunnen krijgen dat de psycholoog heeft aanbevolen. Dan krijgt ze ook de uitkering waar ze recht op heeft en, uiteindelijk, een dak boven haar hoofd. Hopelijk niet in een van de *projects*.'

'Wat is een project?' vroeg ik.

'Wauw, Electra.' Miles rolde met zijn ogen. 'Jij komt echt uit een andere wereld, hè? Ik dacht dat alle Amerikanen daar weleens van gehoord hadden.'

'Strikt genomen ben ik Zwitserse.' Ik bloosde, maar ik wist dat het geen excuus was. 'Wat is het?'

'Sociale huisvesting gefinancierd door de overheid. Het probleem is alleen dat het er in sommige van die buurten erg ruig aan toe kan gaan. Maar goed, we moeten maar zien hoe het verdergaat.'

'Alsjeblieft, Miles, vergeet niet dat ik jullie allebei gezegd heb dat ik zo veel mogelijk zal helpen. Als ze een dak boven haar hoofd nodig heeft, kan ik dat betalen. Ik voel me schuldig dat ik haar achterlaat, maar ik moet hier gewoon weg nu.'

'Doe wat het beste voor jou is, Electra. Vanessa weet dat je er voor haar bent en dat je voor haar behandeling in het ziekenhuis betaald hebt.'

'Als ik je wat geld geef, wil jij dan een mobieltje voor haar kopen? Dan kan ik direct contact met haar houden.'

'Ja, natuurlijk, maar denk eraan dat ze op het ogenblik diep in de put zit en misschien geen zin heeft om te communiceren. En jij, jongedame, moet in de eerste plaats aan jezelf denken.' Hij zwaaide met zijn wijsvinger voor me heen en weer. 'Als je weer aan de Goose raakt, heeft Vanessa niks aan je.'

'Dat weet ik, Miles. En wat ga jij doen?'

'Ik blijf hier nog een tijdje rondhangen tot het beter gaat met Vanessa, en dan kan ik haar hopelijk mee terug nemen naar New York.'

'Goed. Nou, dan ga ik maar inpakken. Hier.' Ik gaf hem een envelop. 'Mijn mobiele nummer en dat van mijn personal assistant, voor het geval je me niet te pakken kunt krijgen. Laat me weten zodra er nieuws over Vanessa is, wil je? Tot ziens, Miles.'

'Doe ik, natuurlijk. Hé!' riep Miles me na, en ik draaide me om.

'Wat?'

'Je bent een goed mens, Electra. Ik vond het fijn om je te leren kennen.'

'Dank je,' zei ik, en ik liep verder voordat hij kon zien dat ik tranen in mijn ogen kreeg.

23

Een week later werd ik genietend wakker op de wolk van dons die werd gevormd door het matras in mijn penthouse in New York. Ik rekte me uit, draaide me op mijn zij om op mijn wekker te kijken en zag dat het zes uur in de ochtend was. Ik moest opstaan en gaan hardlopen voor het te druk werd in het park. Ik trok mijn trainingsbroek en hoody aan en zette ook de pruik, zonnebril en honkbalpet op die me tot dusver tegen de paparazzi hadden beschermd, liep mijn appartement uit, nam de lift naar beneden en draafde vanuit de hal de straat over en het park in. De magnoliabomen stonden vol in bloei en de zomerbloemen maakten de borders langs het pad nog veelkleuriger. Vandaag liet New York zich van zijn beste kant zien. De lucht was zo blauw als in Zuid-Frankrijk, en ik glimlachte omdat ik simpelweg gelukkig was.

Toen Mariam me op het vliegveld was komen ophalen, had ik gezien dat er een trilling over haar gezicht ging. Het eerste wat ik deed nadat ik de vliegtuigtrap was afgedaald was haar stormachtig omhelzen. Ze had meteen haar armen om me heen geslagen.

'Je ziet er geweldig uit, Electra!' zei ze, terwijl we naar de limo die op het asfalt klaarstond liepen.

'Ach, ga nou. Mijn kleding en nagels zijn een rommeltje en er groeit allerlei haar op allerlei plaatsen,' zei ik lachend. 'Je mag in The Ranch geen scheermesjes hebben.'

Onderweg naar de stad in de limo praatten we over mijn tijd in het afkickcentrum en Mariam bedankte me voor mijn brief, die ze voor altijd zou bewaren, zei ze.

'Je hoeft me niet te bedanken, hoor. Ik heb je honds behandeld en daar bied ik je mijn excuses voor aan. Je wilt toch nog wel voor me blijven werken, hè?' Ik wierp haar een verontruste blik toe.

'Natuurlijk, ik hou van mijn werk, en van jou, Electra,' voegde ze eraan toe, en ook al kon het geveinsd zijn, ik dacht dat ze het echt meende.

Aangekomen in mijn appartement zag ik dat Mariam het had versierd met een heleboel geurende bloemen en de koelkast had volgestouwd met cola, limonade en vruchtensap in allerlei smaken.

'Ik wist niet wat je zou willen drinken.'

'Cola en gemberthee vind ik lekker,' zei ik. Ik trok een blikje cola open en nam een slokje.

Vervolgens namen we door wat Susie tegen de klanten had gezegd over mijn plotselinge vertrek.

'Ze heeft hun verteld dat je een familiecrisis had en vrij moest nemen. Echt, ik heb niet het idee dat er veel over je geroddeld is. Ik heb in elk geval geen ongunstige berichten over je in de pers gezien,' zei Mariam troostend.

'Nou, ik heb geluk gehad dat niemand een foto van me heeft kunnen nemen toen ik helemaal onder het bloed zat op die eerstehulpafdeling in Tucson,' zei ik met een zucht. 'Ik zag eruit alsof ik iemand vermoord had.'

Omdat het al laat was, had ik tegen haar gezegd dat ze naar huis moest gaan, maar ze had haar hoofd geschud.

'Nee, nee, ik ga niet naar huis, sorry. Ik slaap vannacht in de logeerkamer.'

'Ik ben van alles af, Mariam, ik zweer het je,' zei ik. Ik was meteen op mijn teentjes getrapt.

'Dat weet ik, Electra, het is niet dat ik je niet vertrouw. Ik wil alleen horen wat er allemaal met je gebeurd is sinds je vertrek. We kunnen eten bestellen, en dan kun jij me alles over je vriendin die in het ziekenhuis terechtgekomen is vertellen.'

En dus hadden we gedoucht, onze kamerjas aangetrokken, een maaltijd van de afhaalchinees gegeten en had ik haar alles over Vanessa verteld.

'O, Electra, je bent echt een barmhartige samaritaan,' had Mariam gezegd, waardoor ik was gaan blozen. 'Ze heeft geluk gehad dat jij je om haar hebt bekommerd.'

En dus had ik haar verteld over mijn plannen om meer te doen, en daarna had ik gevoeld dat mijn ogen dichtvielen en was ik op mijn wolk van dons gaan liggen en had ik geslapen tot de volgende ochtend.

Sindsdien had ik niet stilgezeten. Ik was bij Susie geweest om haar te vertellen dat ik mijn werkschema drastisch ging inperken, en hoewel ze daar zo te zien niet blij om was, had ze het uiteindelijk goed gevonden, en we hadden besloten dat ik alleen de campagnes waarvoor ik al gecontracteerd was nog zou doen.

'Maar wat gaan we doen met al die herfstshows?' had ze me gevraagd.

'Niks,' had ik beslist gezegd. Als iets kon maken dat ik in mijn oude gewoonten zou terugvallen, wist ik, dan was het de waanzinnige wereld van de catwalk.

'O, en ik ben benaderd door een paar ontwerpers die over een samenwerking willen praten, op dezelfde manier als vorig jaar met Xavier.'

Ik had Susie aangehoord en een paar korte seconden had ik aan mijn schetsboek gedacht en hoe graag ik kleding ontwierp. Maar ik had mezelf nu eenmaal beloofd niet te veel werk aan te nemen.

'Misschien volgend jaar,' had ik tegen haar gezegd.

Het eindresultaat was dat ik precies genoeg werk had om me bezig te houden tot halverwege juni, waarna ik naar Atlantis zou gaan voor de zeiltocht met mijn zussen. Daarna hoopte ik naar de Hacienda Orchídea te vertrekken om de bouwwerkzaamheden die ik wilde laten uitvoeren te regelen.

Telkens wanneer ik aan mijn toekomstige nieuwe thuis dacht, borrelde de opwinding in me op. Casey, mijn zakenmanager, had bevestigd dat ik het me gemakkelijk kon veroorloven, en dus had ik Manuel gebeld om een bod te doen en hij had het aangenomen. Hij had ook toegezegd om Hector aan me te verkopen en dat hij een ranchknecht zou zoeken om hem en andere paarden die ik misschien aan mijn stal zou willen toevoegen te verzorgen.

'Maar u moet zelf komen om ze uit te kiezen, señorita. Paarden zijn een keuze van de ziel,' had hij gezegd.

Ik zou het huis volledig gemeubileerd kopen, voor wat zelfs Casey een goede prijs leek, had hij gezegd. Ik was ook van plan er een zwembad en een extra vleugel bij te laten bouwen om meer slaapruimte te hebben. Het was mijn droom om al mijn zussen bij me uit te nodigen om Kerstmis te komen vieren...

Wat Miles betreft, hij was vertrokken uit The Ranch en verbleef in een motel dicht bij het ziekenhuis, waar hij afwachtte tot Vanessa's team klaar was met de papierwinkel die nodig was om haar terug te laten komen naar New York en haar in het door de arts voorgestelde programma te krijgen. Er was niet veel nieuws over Vanessa zelf. Nadat ik was vertrokken, hadden ze haar op wat Miles omschreef als zware antidepressiva gezet, en ze had veel geslapen. Soms belde ik haar op haar mobiel, maar ze nam nooit op, en dus stuurde ik haar elke avond een berichtje, waarop ik soms een 'oké' of 'dank je' terugkreeg.

Met Miles praten over de telefoon was anders dan onder vier ogen. Misschien lag het aan zijn warme, volle stem en gevoel voor humor, maar ik was onze gesprekken gaan zien als het hoogtepunt van de dag. Gedeeltelijk kwam dat doordat hij precies wist wat ik had doorgemaakt en dat de overgang naar het leven van alledag een van de moeilijkste fases van het clean blijven was. Ik kon vrijuit met hem over mijn gevoelens praten. Die grotendeels positief waren geweest. Ja, het was nog steeds moeilijk om de koelkast open te doen en er een blikje cola of een sapje uit te pakken terwijl er nog maar een maand tevoren altijd een fles wodka in het vriesvak had gelegen. Wanneer ik 's avonds tv keek of in mijn schetsboek zat te tekenen – ik durfde het nog niet aan om naar feestjes te gaan, daar was ik gewoon nog niet sterk genoeg voor – wist ik dat ik maar een telefoontje hoefde te plegen, en mijn dealer zou voor de voordeur staan. Het nuchtere leven was zwaar. Ik miste de highs heel erg, maar in elk geval waren er ook geen dieptepunten.

Voordat ik was aangekomen had Mariam de lijst met therapeuten en plaatselijke AA-bijeenkomsten die Fi aan haar had doorgestuurd ontvangen. Ik had haar nodig gehad om me te dwingen naar de eerste AA-bijeenkomst te gaan. Ze had me er in de auto heen gebracht, me zachtjes in mijn hand geknepen en gezegd dat ze buiten op me zou wachten. Ze was zelfs met me naar de deur gelopen.

'Wat moet ik doen als mensen me herkennen?' had ik haar verlamd door angst gevraagd toen we ervoor stonden.

'Het is anoniem, weet je nog? Niemand mag iets over iemand anders vertellen. Ga nu maar, je redt het wel.'

Ik ging en het was goed gegaan. Tot mijn grote verbazing had ik bij de bijeenkomst andere bekende gezichten gezien en toen ik opstond en zei dat ik Electra heette en dat ik aan de drank was, had iedereen geapplaudisseerd en was ik in tranen uitgebarsten.

Daarop had de groepsleider me verwelkomd en gevraagd of ik iets wilde zeggen. Toen me dat voor de eerste keer was overkomen op The Ranch, had ik mijn hoofd geschud en was ik snel gaan zitten, maar tot mijn eigen stomme verbazing had ik dit keer geknikt.

'Ja, ik wilde alleen maar zeggen dat ik net terug ben uit een afkick-centrum, en eerst had ik er een hekel aan en begreep ik de Twaalf Stappen of hoe ze me zouden kunnen helpen niet. Maar... ik zette door en toen snapte ik het gewoon wel en daar wil ik de, eh, hogere macht, en verder iedereen die me gesteund heeft, voor danken, want mensen zoals jullie hier hebben mijn leven gered.'

Nog meer applaus en een paar toejuichingen waren gevolgd, en ik had me zo warm en welkom gevoeld dat ik zelfs naar de dagelijkse bijeenkomsten was gaan uitkijken.

Het is toch allemaal te mooi om waar te zijn, dacht ik terwijl ik over het pad rende. Dat had ik de vorige avond ook al tegen Miles gezegd.

'Allesbehalve,' had hij tegengeworpen. 'Je zit nu in de wittebroodsweken. Je denkt dat je het allemaal wel aankunt, maar je komt pas echt in de gevarenzone als je helemaal terug bent in het echte leven en je langere tijd clean geweest bent.'

Wanneer ik naar drank begon te hunkeren – en het leek alsof er een rood waas over me kwam en een duivelse stem in mijn oor zei dat één glaasje toch niet erg zou zijn? Want eerlijk gezegd had ik dat wel verdiend nadat ik het een dag zonder had gesteld en naar de AA-bijeenkomst was geweest of was gaan hardlopen – stelde ik me in plaats daarvan steevast voor hoe rood het bloed was geweest dat uit Vanessa's arm op de badkamervloer was gestroomd. Dat maakte dat ik wilde kokhalzen van afkeer en dat hielp om de hunkering weg te nemen.

Mariam was de perfecte huisgenote, dacht ik terwijl ik het park uit en over Central Park West terug naar huis rende. Sinds ik terug was, had ze erop gestaan om bij me te blijven en ze leek onbewust te weten wanneer ik al dan niet gezelschap nodig had. Ik vond het ook inspirerend dat ze nog nooit van haar leven alcohol had aangeraakt en een van de kalmste mensen was die ik kende. Ze had bewezen dat ze heel lekker kon koken, vooral curry's, waar ik dol op was omdat de kruiden hielpen tegen de zucht naar drank. Ik had tegen haar gezegd dat we net zo makkelijk afhaalmaaltijden konden bestellen, maar daar had ze niets van willen horen.

'Ik ben dol op koken, Electra, dus ik doe het graag voor je. Bovendien weet ik dan wat ik in het eten doe, en het maakt me blij dat we allebei goed eten.'

'Goeiemorgen, Tommy,' zei ik. Ik keek hem breed glimlachend aan en bleef even bij hem staan. Toen ik thuiskwam, had er een bosje bloemen op me staan wachten. Van Tommy, had Mariam gezegd. Illegaal geplukt in Central Park, had ze eraan toegevoegd.

'Goeiemorgen, Electra,' begroette hij me. 'Hoe gaat het vanochtend met je?'

'Goed,' zei ik. 'En met jou?'

'O, ook goed,' zei hij met een schouderophalen.

'Weet je het zeker, Tommy? Je komt een beetje down over.'

'Och, dat komt waarschijnlijk doordat ik tegenwoordig veel vroeger op moet staan om jou te zien,' grapte hij zwakjes.

'Hé, waarom ga je niet een keer met me mee hardlopen?' vroeg ik hem plotseling. 'Ik kan wel wat gezelschap gebruiken.'

'Nou, misschien doe ik dat. Dank je, Electra.' Hij tikte tegen zijn honkbalpet en ik rende naar binnen.

'Het ontbijt is om tien uur klaar,' riep Mariam vanuit de keuken.

'Oké, ik ga nog even douchen,' antwoordde ik en ik zwaaide naar haar terwijl ik voorbijliep. Mariam stond zelfs nog vroeger op dan ik, om haar ochtendgebeden te zeggen.

'Heerlijk,' zei ik, terwijl ik de rijkelijk met ahornsiroop overgoten bosbessenpannenkoeken naar binnen werkte. 'Lieve help, ik eet te veel!' voegde ik eraan toe, en ik wiegde mijn buik in mijn handen.

'Lieve help' was mijn nieuwe stopwoord. Ma en mijn zussen hadden me altijd gezegd dat ik 'grofgebekt' was, maar nu ik Miles (met zijn waarneembare huivering telkens wanneer ik de naam van Onze-Lieve-Heer ijdel gebruikte) en Mariam kende, had ik besloten dat het tijd was om daar iets aan te doen. Af en toe zei ik nog wel zonder erbij na te denken 'shit' of 'verdomme', maar ik was er trots op dat ik zelfs bij de koningin van Engeland over de vloer zou kunnen komen als ik zo doorging. Straks zou ik nog een bijbel kopen en naar de kerk gaan, dacht ik spottend.

'Dank je.' Mariam begon de tafel af te ruimen. 'Ik kook nog een keer een echt Iraans feestmaal,' zei ze, terwijl mijn mobieltje ging.

Ik zag dat het Miles was en mijn hart maakte een sprongetje.

'Hoi.'

'Hallo, Electra. Goed nieuws, Ida heeft zojuist gebeld om te zeggen dat Vanessa's zorgverlenging is toegekend en het is hun gelukt haar in het centrum dat dokter Cole heeft aanbevolen te krijgen. Dat is op Long Island, een half uurtje rijden van JFK vandaan. Ik ga nu meteen de terugreis regelen en ik hoop vanavond laat of anders morgenochtend vroeg een vlucht te kunnen boeken.'

'Fantastisch! Wat een geweldig nieuws!'

'Ja, dat is het zeker. Ik heb een vriendin gebeld met wie ik samenwerk in het opvangcentrum, en ze zegt dat het een goed adres is. Het is een echt afkickcentrum, wat betekent dat de cliënten er middellang tot lang verblijven, dus ze zal er niet na een paar weken al uit geschopt worden. Maar goed, je hoort er meer over wanneer ik je weer zie.'

'Geweldig. Als ik jullie nou eens op kom halen op JFK? Zodat ik Vanessa kan zien?'

En jou, dacht ik erbij.

'Als je daar de tijd voor hebt, zou het geweldig zijn.'

'Die heb ik. Luister, ik moet nu naar mijn AA-bijeenkomst, maar bel Mariam als je de vluchtgegevens hebt, oké?'

'Doe ik. Tot gauw, Electra. Tot ziens.'

'Je krijgt een telefoontje van Miles,' zei ik tegen Mariam terwijl ik naar de deur liep.

'Oké. Trouwens, je grootmoeder heeft vanochtend weer gebeld. Er staat dit weekend niks op de agenda, dus...'

'Ik zal het je later laten weten, oké?'

'Goed. Tot straks.'

Onderweg naar de bijeenkomst dacht ik erover na waarom ik geen zin had om Stella te zien, hoewel ze mij en Mariam herhaaldelijk op onze mobiele nummers had gebeld (telefoontjes die ik niet had beantwoord en Mariam wel). Terwijl ik uit de sedan stapte – limo's waren gewoonweg te opvallend en ik wilde mijn geld nu ook wat constructiever gebruiken – kwam ik tot de conclusie dat ik gewoon geen antwoord op die vraag had.

De AA-bijeenkomst werd gehouden in een kerkzaal dicht bij het Flatiron Building, op het kruispunt tussen Broadway en Fifth Avenue. Ik hield ervan omdat het kerkgebouw vlak bij een kruispunt stond, dat als een figuurlijke smeltkroes van de mensheid was. Niemand zat ermee waar de anderen vandaan kwamen, want we hadden allemaal dezelfde diagnose, ergens op het verslavingsspectrum.

Binnen rook het naar zweet en honden, en een heel klein beetje naar alcohol, waarschijnlijk omdat er jarenlang bijeenkomsten waren gehouden waarbij alcoholisten van de straat naar binnen werden gehaald om te zeggen dat ze weer aan de drank waren geraakt. Het was een goedbezochte bijeenkomst. Er waren al twintig mensen, en dus ging ik op een stoel achter in de zaal zitten.

We stonden allemaal op en zeiden het sereniteitsgebed op. Daarop vroeg de leider of er nog nieuwe mensen waren in de groep.

Ik zag dat iemand op de voorste rij zijn honkbalpet rechtzette en opstond. Hij kwam me heel bekend voor…

'Hallo. Mijn naam is Tommy en ik ben alcoholist.'

Iedereen begon automatisch voor hem te klappen.

'Welkom, Tommy. Is er iets wat je tegen de groep wilt zeggen?' vroeg de leider. Mijn verstand kwam eindelijk weer op gang en ik haalde diep adem.

'Ja, ik wilde zeggen dat ik dacht deze bijeenkomsten niet meer nodig te hebben, en dus kwam ik niet meer. Toen dronk ik twee dagen geleden wat.'

Tommy zweeg even en hij schraapte zijn keel terwijl iedereen – en ik met ingehouden adem – wachtte tot hij verder zou gaan.

'Ik heb een vrouw leren kennen, weten jullie, en… ik denk dat ik van haar hou, maar we zullen nooit samen kunnen zijn. Ze was een tijdje weg en ik heb haar echt gemist… En ik heb jullie nodig… en dit… om me erdoorheen te helpen.'

We klapten allemaal opnieuw, maar hij ging nog niet zitten, dus kennelijk kwam er nog meer.

'Sommigen van jullie hier weten misschien nog dat ik, toen ik terugkwam uit Afghanistan, ontdekte dat mijn vrouw me had verlaten en ons kind had meegenomen. Ik raakte aan de drank en zwoer dat ik nooit meer van iemand zou houden. Maar dat doe ik wel en… ze is een tijdje weg geweest, maar, yep, dat was alles wat ik te zeggen heb.'

'Shit!' mompelde ik onhoorbaar.

'We zullen allemaal aan je denken en voor je bidden, Tommy, en je weet dat wij er voor je zijn,' zei de groepsleider.

Ik zag dat een paar mensen die om Tommy heen stonden hem schouderklopjes gaven.

'Nou, is er nog iemand anders die wil opstaan en spreken?'

Een acteur die ik herkende stond op, maar ik kon mijn aandacht er niet meer bij houden. Tommy, míjn Tommy, die, had ik op Facebook gezien, een vrouw en een kind had om bij thuis te komen, had dat dus niet. En kennelijk was hij verliefd op iemand die onbereikbaar voor hem was, iemand die 'een tijdje weg geweest was' en die hij erg had gemist.

De rest van de bijeenkomst ging totaal aan me voorbij en toen de groepsleider aan de slotopmerkingen was toegekomen, glipte ik de zaal uit voor Tommy me kon zien. Ik wilde hem niet in verlegenheid brengen door hem te laten weten dat ik zijn intiemste gedachten kende. Ik stapte de auto weer in en controleerde mijn mobieltje. Mariam had een voicemailbericht achtergelaten, en dus belde ik haar, nog steeds zwaar ademend, terug.

'Hoi, met mij. Je had gebeld?'

'Ja. Wat is er, Electra? Alles goed?'

Wauw, dacht ik, wat kent Mariam me toch goed. Dit was de eerste keer dat ik ooit geconfronteerd was met het vertrouwelijkheidsprobleem, en ik popelde gewoon om mijn personal assistant in vertrouwen te nemen. Ik wist dat zij Tommy ook graag mocht en dat ze hem had gevraagd te helpen toen ik die avond stomdronken was geweest, maar ik dacht aan de AA-code en slikte mijn woorden in.

'O, er is niets, maar een man op de bijeenkomst vertelde een aangrijpend verhaal. Waarom bel je?'

'Alleen om je te vertellen dat ik pittige tomatensoep maak voor de lunch. Vind je dat goed?'

'Lijkt me perfect,' zei ik.

'En ook om te zeggen dat het Miles gelukt is om een vlucht uit Tucson te boeken voor hemzelf en Vanessa. Ze landen om tien uur vanavond op JFK.'

Toen we stopten voor mijn appartementengebouw, stapte ik uit en keek ik of Tommy niet van onder de markies tevoorschijn zou springen om hallo tegen me te zeggen. Hij was er niet, dus tenzij hij een tweelingbroer had, wist ik dat hij het was geweest bij de bijeenkomst. Maar in de hal wachtte me een verrassing. Op een van de leren stoelen zat Stella, mijn grootmoeder.

'Hallo, Electra,' zei ze en ze stond op om me te begroeten. 'Neem me alsjeblieft niet kwalijk dat ik zo kom aanzetten, maar als de berg niet naar Mohammed wil komen... Ik wilde zelf zien hoe het met je gaat.'

'Natuurlijk, kom alstublieft mee naar boven.' Ik leidde haar naar de lift en vroeg me verwonderd af hoe ze zo recht kon blijven staan in haar ouderwetse bouclejasje en -rok.

'Ik zal je niet te lang ophouden als je het druk hebt,' zei ze terwijl we het appartement binnenstapten.

'Geen enkel probleem, hoor,' antwoordde ik. Opeens kreeg ik een warm gevoel voor haar en ik vroeg me af waarom ik er zo bang voor was geweest om haar te zien. 'Kom binnen en ga zitten. Mariam is bezig met de lunch.'

'Ja,' zei Mariam, die de gang in kwam. 'Over vijf minuten is het eten klaar. Hallo, Stella,' voegde ze er glimlachend aan toe, waarop ze terugliep naar de keuken.

'Ze is een fijn mens, Electra,' zei Stella, en ze ging in een gemakkelijke stoel zitten. Ik kon me niet voorstellen dat ze zoals ik in een trainingsbroek en hoody op de bank zou hangen. 'Ze heeft me regelmatig het laatste nieuws doorgebeld toen je... weg was. Hoe voel je je nu?'

'Goed. Heel goed,' voegde ik eraan toe, voor het geval dat ze zou denken dat ik het zei zonder het te menen.

'En ben je nog steeds van de drank en de drugs af?'

'Helemaal, ja. Maar zoals u weet, leef ik bij de dag, dan kan ik me niet op mijn borst gaan slaan en denken dat ik nu uit de gevarenzone ben of zo.'

'Nee, dat moet je niet doen. Dat is het gevaarlijkste van alles. Dus vertel eens, hoe was het waar je geweest bent?'

Ik probeerde het kort voor haar samen te vatten. 'Ik was er bang voor, weet je, maar het was eigenlijk fantastisch.'

'Je mag van geluk spreken dat je in zo'n instelling terechtkon. Het komt op me over als een vakantieoord. Hoewel ik natuurlijk weet dat het dat niet was,' voegde ze er snel aan toe.

'De lunch is klaar,' riep Mariam vanuit de keuken, en mijn grootmoeder en ik liepen er samen heen om te eten aan de tafel die Mariam had gedekt met een paar bloemen uit de vazen in mijn appartement als middenstuk.

'Ik zei vanochtend nog tegen Mariam dat ik op mijn calorie-inname moet gaan letten,' merkte ik op nadat we alle drie hadden opgeschept. 'Anders ben ik binnenkort te dik om nog supermodel genoemd te kunnen worden.'

'Dat betwijfel ik. Kijk naar mij, ik ga richting de zeventig en ben nog nooit van mijn leven een kilo aangekomen. Je hebt goeie genen.'

'Jullie jukbeenderen zijn precies hetzelfde,' merkte Mariam op. 'Die van mij zitten ergens in mijn kaken!'

'Onzin! Je bent een heel aantrekkelijke jonge vrouw, als ik zo vrij mag zijn, vanbinnen én vanbuiten,' zei Stella. Mariam bloosde van het compliment.

'Trouwens, ik wil jullie mening,' zei ik, nadat ik mijn kom leeg had en we aan de salade van vers fruit zaten die Mariam had overgoten met een verrukkelijke saus van gepureerde vruchten. 'Want ik zit eraan te denken om van haarstijl te veranderen.'

'Oké...' zei Mariam. 'Heb je Susie erover gesproken?'

'Nee, het is toch míjn haar? Ik kan ermee doen en laten wat ik wil.'

'Goed gezegd, Electra. Je lichaam is van jou en jij beslist erover,' zei Stella. 'Van mij mag de schaar er wel in. Ik vind het veel te lang. En het moet een vreselijk gedoe zijn om het te onderhouden. Ik snap echt niet hoe jonge zwarte vrouwen zoals jij hun haar onder controle houden.'

'Ziet u deze punten?' Ik pakte een stuk van mijn paardenstaart vast. 'Dat is niet mijn echte haar, het zijn extensions.'

Mijn grootmoeder pakte de streng vast en haalde haar schouders op. 'Het voelt aan als echt haar.'

'Dat is het ook, alleen is het niet van mij. Ik bedacht net dat het eigenlijk smakeloos is, vooral omdat het meisje wiens haar ik nu draag dat misschien verkocht heeft om haar familie te eten te geven. Dus ik heb besloten mijn extensions eruit te laten halen en het kort te laten knippen, net zo kort als uw haar.' Ik wees naar Stella's korte afrokapsel, met haartjes van ongeveer een centimeter lang.

'Wow!' zei Mariam, en ik schoot bijna in de lach, omdat ze dat woord kennelijk van mij had opgepikt, maar zoals zij het uitsprak, klonk het erg vreemd.

'Nou, ík draag mijn haar zo omdat het praktisch is, maar zouden de kledingontwerpers en fotografen wel willen dat je er zo uitziet?'

'Geen idee. En het interesseert me ook geen reet, weet u.' Ik zag dat Stella een gezicht trok omdat ik grove taal gebruikte. 'Sorry,' excuseerde ik mezelf, 'maar zoals u zojuist hebt gezegd, het is míjn haar, en misschien wil ik wel letterlijk terug naar mijn roots! Bij de shoots kunnen ze me altijd nog een pruik opzetten als ze willen. En...'

'Ja?' polste Stella toen ik een paar tellen zweeg.

'Nou, het gaat ook om degene zijn die ik ben, hoewel ik nog niet weet wie dat is. Ik bedoel, Mariams hele familie is moslim en ze kennen hun geschiedenis tot honderden jaren terug. Ik ben opgegroeid in een gemengd gezin, als een zwart kind met een blanke vader en zussen overal daar tussenin.'

'En misschien ben je in de war over je identiteit,' zei Stella. 'Neem maar van mij aan, Electra, dat ik net als jij in twee werelden ben opgegroeid. Sommigen zouden zeggen dat we bevoorrecht waren, en in veel opzichten is dat ook zo, maar... uiteindelijk heb je het gevoel dat je niet bij het ene en ook niet bij het andere kamp hoort.'

'Yep,' zei ik en ik knikte. Opeens werd ik weer heel emotioneel, alsof ik eindelijk iemand in het echte leven had gevonden die mijn verwarring misschien begreep. 'Weet u nog dat u mij het verhaal over dat meisje dat naar Afrika ging aan het vertellen was voor ik naar het afkickcentrum ging?'

'Zeker. De vraag is, herinner jij het je nog?'

Ik zag haar ogen schitteren en wist dat ze me plaagde. In elk geval deels.

'Een deel ervan, ja, maar ik denk... ik denk dat ik meer moet horen.'

'Nou, dan nemen we een dag dat je er de tijd voor hebt en ga ik verder met het verhaal. Met jóúw verhaal.'

'Ik heb nu tijd, echt. Het vliegtuig met Miles en Vanessa landt vanavond om tien uur pas, toch, Mariam?'

'Ja,' bevestigde ze. 'Als u nog een tijdje blijft, ga ik een paar boodschappen doen. Willen jullie allebei koffie in de woonkamer?'

'Dat zou fijn zijn,' zei Stella en ze stond op. 'Kunnen we je helpen met afruimen?'

'Nee, maar bedankt dat u het vraagt. Gaan jullie twee maar, hoor.'

Beschaamd door het feit dat het nog nooit bij me was opgekomen Mariam te vragen of ik haar kon helpen in de keuken, volgde ik mijn grootmoeder naar de woonkamer en ik keek toe terwijl ze ging zitten.

'Toen ik weg was, realiseerde ik me dat ik nog steeds niets over mijn moeder en de rest van mijn familie weet. Of misschien hebt u toch over hen verteld en was ik zo ver heen dat ik het me niet herinner. Wie was ze?' vroeg ik, terwijl ik me op de bank nestelde.

'Nee, ik had je nog niet over haar verteld. Alles op zijn tijd, Electra, alles op zijn tijd. Er is een heleboel uit te leggen. Herinner je je nog dat ik je had verteld dat Cecily, de jonge Amerikaanse, was gedumpt door haar verloofde en dat ze besloot naar Afrika te gaan om haar gebroken hart te helen?'

'Ja, dat weet ik nog, en ook dat ze verliefd geworden was op een enorme klootz... eh, vreemdganger,' zei ik snel.

'Precies. Nou, ik dacht dat ik op het punt in het verhaal was aangekomen waar Cecily bij Katherine op Wanjohi Farm logeerde...'

CECILY

KENIA
FEBRUARI 1939

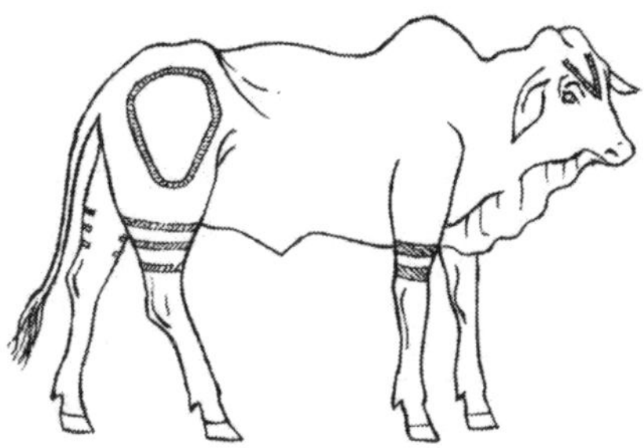

Een Keniaanse Boran-koe met Masai-clantekens

24

'Tijd om op te staan.' De volgende ochtend stond Katherine om vijf uur naast Cecily's bed om haar wakker te maken.

'Ik heb je safarikleding bij je op het voeteneinde gelegd. We rijden met Alice' DeSoto naar Bill, dus dan zie ik je straks buiten, goed? Ik vul nog wat manden met proviand en ik moet ook Aleeki nog bellen dat je morgen pas thuiskomt,' zei ze, terwijl ze de kamer verliet.

Cecily trok slaperig de kaki kleren aan die haar nagenoeg perfect pasten, en probeerde vervolgens de schoenen. Met minder succes, want ze had kleine voeten en ze waren haar minstens een paar maten te groot. Ze zou het ermee moeten doen.

'Stap maar in,' zei Katherine. Ze legde in allerijl nog een paar dekens op de achterbank, startte de motor en zette de koplampen aan, want het was aardedonker.

Cecily wierp een laatste blik op Wanjohi Farm, met zijn relatieve veiligheid en comfort, en toen waren ze op weg.

Ze dommelde regelmatig in tijdens de autorit, totdat ze na een uur wakker werd van het felle zonlicht. Toen ze haar ogen opende, zag ze dat ze van de hoofdweg af waren en hotsend en botsend over een smalle landweg reden die zich eindeloos voor hen uitstrekte, slingerend door kilometers savanne en bomen die zich aan de rode aarde vastklampten. Cecily deed het raampje open voor een verkoelend briesje, en werd prompt getroffen door de gronderige geur van dierlijke uitwerpselen. Ze zag een kudde runderen met hun herder, een lange man in een gewaad dat dezelfde oranje kleur had als de aarde. Ze keek bewonderend naar de dieren, die slechts een vage gelijkenis vertoonden met hun Amerikaanse neven. Ze hadden een hoge uitstulping op hun rug en de losse huid van hun magere hals hing bijna tot op de grond.

'We zijn er bijna, schat,' zei Katherine. 'Welkom op de ranch van Bill.'

Ze zag een soort houten barak midden op de savanne staan, met de zon blikkerend op het metalen dak.

'Ha, daar zijn jullie.' Bobby was naar buiten gekomen en liep naar hen toe. Katherine zette de motor uit.

'Goh,' zei Cecily toen ze uitstapte. Ze keek om zich heen. 'Is dit de jungle?' vroeg ze aan hem.

'Je zit nu aan de rand van de Loita Plains,' zei Bobby. Het zei Cecily niets. 'Gaan jullie maar vast naar binnen om wat verkoelends te drinken, meisjes. Bill en ik zetten de spullen in de auto.'

'Achter in Alice' DeSoto vind je dekens en manden proviand,' zei Katherine over haar schouder, terwijl ze met Cecily naar het houten bouwsel liep. Binnen schonk Katherine voor hen beiden een glas water in. Cecily liet haar blik over de eenvoudige inrichting dwalen.

'Woont Bill hier?'

'Ja. En zoals je ziet, mist het de hand van een vrouw.' Ze glimlachte. 'Hij brengt zo veel tijd in de jungle door, dat hij het vast niet de moeite waard vindt om hier de boel aan te kleden. Ik moet zeggen dat ik best opgewonden ben. Ik hoop voor jou dat we een paar olifanten tegenkomen. Van alle dieren die hier zitten, vind ik die beslist de indrukwekkendste.'

'Zijn ze gevaarlijk?'

'Ze kunnen gevaarlijk zijn, zoals alle wilde dieren, maar bij Bill ben je absoluut veilig. Als je het over de duvel hebt,' zei ze, omdat Bill op dat moment binnenkwam.

'Goedemorgen, Cecily. Goed dat je er bent. Klaar om te gaan?'

'Ja.' Cecily zag dat hij opnieuw naar haar voeten keek.

'Katherine, kun jij haar delicate enkeltjes omzwachtelen?' Hij gaf haar twee rollen met bindsels. 'We moeten niet hebben dat ze in haar slaap door een pofadder wordt gebeten, wel? Ik zie jullie zo buiten.'

'Kom maar hier met je benen, Cecily,' zei Katherine. Ze zwachtelde haar enkels goed in en wikkelde het bindsel ook om de zoom van haar broekspijpen, waarna ze er stevige strikken in legde. 'Zo, klaar. Het is niet echt charmant, maar wel effectief.'

'Ik heb het bloedheet in deze kleren, zeg,' mompelde Cecily. De hitte was moordend en ze voelde zich duizelig en misselijk.

'Je went er wel aan. Kom, we gaan.'

Ze gingen naar buiten en liepen naar de zijkant van de barak, waar Bill al achter het stuur van zijn pick-up zat. Bobby bevond zich in de auto ernaast. Cecily sperde haar ogen wijd open toen ze de Masai-krijger zag, die ze tot dusver alleen in de bibliotheekboeken had gezien. Hij leek wel een tot leven gekomen illustratie. De man zat achter in de laadbak tussen de spullen en hij knikte haar statig toe. Er lag een lange speer naast hem en zijn dieprode gewaad was rond zijn schouders vastgeknoopt. Over de hele lengte van zijn lange hals zaten kleurige kettingen en hij had grote ringen in zijn oren. Zijn gelaatstrekken waren hoekig, zijn huid was bijna rimpelloos en zijn haar, dat tot dicht bij zijn hoofdhuid was afgeschoren, was bestoven met een roodachtig poeder. Cecily kon zijn leeftijd moeilijk inschatten, ze dacht dat hij tussen de twintig en de veertig kon zijn.

'Dit is Nygasi, een vriend van me,' zei Bill. 'Stap maar in, dames.' Bill gebaarde dat Cecily naast hem kon komen zitten terwijl Katherine in de laadbak stapte, met Nygasi vlak achter haar. Ze kneep haar ogen toe voor de fel glimmende speer van Nygasi en vroeg zich af of hij ooit reden had gehad om hem te gebruiken.

'Iedereen klaar?' vroeg Bobby in de andere auto. Er zaten twee Masai-mannen bij hem in de laadbak, die ook speren bij zich hadden.

'Helemaal,' riep Katherine vrolijk, en ze gaf Cecily een veldfles met water.

'Drink alleen als je echt dorst hebt. Water is erg schaars in de jungle rond deze tijd van het jaar,' verduidelijkte ze, en Cecily, die toch al nerveus was, werd niet kalmer van die waarschuwing.

De pick-up begon te ronken en Cecily klampte zich aan haar stoel vast. Toen Bill de versnellingspook bediende en met een schok naar voren schoot, hoopte Cecily van harte dat ze niet ziek zou worden.

De rit door het stoffige grasland leek uren te duren, maar na verloop van tijd werd de omgeving anders en zag ze meer vegetatie. Het was een weids landschap, de immense blauwe hemel raakte de bovenkant van de acacia's, waar giraffen aan de blaadjes knabbelden door met hun tong de takken naar hun bek te trekken. Opeens week Bill uit met de pick-up, en Cecily zag dat hij rakelings twee hyena's had kunnen ontwijken die plotseling voor hun wielen waren gerend.

'Rotbeesten!' Bill vloekte boven het lawaai van de motor uit.

'Kijk, een gnoe, Cecily,' riep Katherine. 'Die beesten met die manen op hun rug. En daar is de *enkang* van Nygasi, het dorp waar hij met zijn vrouwen en kinderen woont.' Ze wees naar rechts.

Cecily zag een grijzige, uit twijgen vervaardigde omheining. Vrouwen in rode gewaden droegen takkenbossen en liepen rond met geiten in hun kielzog. Sommigen hadden een soort draagdoek om hun schouders met een baby erin. Bij het geluid van de motor keken de vrouwen op en zwaaiden glimlachend.

'Zei je nou "vrouwen"? Meervoud? Bedoel je dat Nygasi meer dan één vrouw heeft?'

'Dat is traditie bij de Masai,' antwoordde Bill. 'Hoe meer vee, vrouwen en kinderen je hebt, hoe hoger je in aanzien staat binnen de stam. En Nygasi staat in heel hoog aanzien.'

'Kijk daar!' riep Katherine een half uur later tegen haar en ze wees in de verte, waar Cecily een paar dieren aan de oever van een zilverachtig glinsterend meer zag staan. 'Zie je die beesten met die lange rechte hoorns? Dat zijn de thomsongazelles. Dapper van ze dat ze daar durven te drinken, want je weet nooit wanneer er een krokodil met klappende kaken uit het water springt! Zo is het leven hier op de savanne.'

Cecily was opgelucht toen Bill uiteindelijk de pick-up onder een paar acaciabomen stilzette. Bobby ging naast hem staan. De zon beukte ongenadig op het dak van de wagen en ze was de hele reis misselijk geweest.

'Stoppen we hier?' riep Bobby.

'Ja, volgens Nygasi is dit de beste plek voor vandaag.' Bobby knikte en stapte uit de auto.

'Tijd om ons kamp op te zetten,' zei Katherine vrolijk en ze laadde samen met Bobby de spullen uit. Cecily wilde haar helpen, maar Bill legde een hand op haar schouder en hield haar tegen.

'Ik wil ook iets doen,' protesteerde ze.

'Je kunt je beter afzijdig houden als we het kamp opzetten,' zei hij kordaat. 'Je ziet er verhit uit, Cecily. Zoek een plekje in de schaduw en drink een beetje water.'

Cecily ging op een rotsblok onder de acacia's zitten, dronk uit de veldfles en sloeg haar reisgenoten gade. Ze pakten grote rollen canvas, koelboxen en proviandmanden uit de laadbak van hun pick-ups en zetten de spullen naast haar in de schaduw neer. De drie Masaimannen rolden gezamenlijk de gronddoeken uit, spanden het canvas over bamboestokken bij wijze van tenten en wierpen er muskietengaas overheen. Daarna plukten ze hele armen vol gras en wierpen dat over de tenten tot ze helemaal gecamoufleerd waren. Nadat Katherine de inhoud van de manden had overgeheveld naar de koelboxen, ging ze naast Cecily zitten en bood haar een in papier verpakte sandwich aan.

'Je kunt maar beter wat eten, want we moeten nog veel lopen vandaag. Bill gaat nooit met de auto op de dieren af om ze vanuit het raam neer te schieten.'

'Is hij van plan om te jagen?' vroeg Cecily. Ze had de grote geweren die werden uitgeladen wel gezien, maar ze dacht dat ze voor bescherming waren.

'Wat moeten we anders eten vanavond?' Katherine grinnikte. 'Hier, neem nog een beetje thee, dat is goed tegen de warmte.'

Cecily nam een slokje uit de veldfles met hete, sterke zwarte thee met suiker en voelde dat haar maag tot rust begon te komen.

'O, en mocht je je zorgen maken om de… sanitaire voorzieningen,' voegde Katherine er op fluistertoon aan toe, 'dan kun je gewoon je behoefte achter een struik doen, niemand kijkt naar je. Je moet alleen geen stenen optillen, je weet maar nooit of er net een slang of schorpioen onder ligt te slapen.' Met een klopje op haar knie stond ze op om Bobby weer te gaan helpen. Cecily bleef verstijfd van schrik achter.

Nadat de tenten waren opgezet en iedereen had gegeten, leidden Bill en Nygasi hen de jungle in. De twee andere Masai liepen achter hen. Cecily bleef dicht bij Katherine en Bobby en luisterde naar hun glorieuze verhalen over vorige safari's.

'Ik heb gehoord dat Lord Delamere ooit een mannetjesolifant zeven dagen lang heeft achtervolgd,' zei Bobby. 'Hij moest en zou dat beest te pakken krijgen. De slagtanden hangen nog steeds in Soysambu, ik heb nog nooit zulke grote gezien…'

De twee Masai achter hen praatten op zachte toon met elkaar in hun eigen taal. Cecily vond hun aanwezigheid rustgevend. Het was twaalf uur en de zon stond loodrecht aan de hemel. Ze keek op en zag gieren boven hun hoofden cirkelen. Het gras ritselde door een licht windje, dat ook het gegons van de insecten en het sporadische gebrul van een wild dier meevoerde. Katherine wees naar rechts, waar een tiental zebra's de schaduw van een acacia hadden opgezocht. Cecily pakte haar camera en maakte zo veel mogelijk foto's. Ze hoopte dat de beelden deze ongelooflijke plek mettertijd recht zouden doen.

Net toen ze bedacht dat ze geen stap meer kon verzetten met die zware schoenen, gebaarde Bill dat de vrouwen in het hoge gras moesten duiken, omdat hij op ongeveer honderd meter afstand een grote plas had ontdekt. Samen met Bobby en Nygasi kroop hij naar voren. Nygasi hield losjes zijn speer vast, Bill en Bobby hadden allebei een geweer over hun schouder.

Het wemelde van de dieren bij het water, maar Cecily zag dat Bill naar de kudde grote gestreepte dieren wees, die schitterende lange hoorns hadden.

'Koedoes,' fluisterde Katherine.

Cecily zag Bill naar zijn geweer grijpen en door het vizier turen. Even later klonk het schot. Vogels fladderden geschrokken omhoog en de dieren bij de waterplas vluchtten weg. Cecily zag de getroffen koedoe op zijn zij liggen.

De vijf mannen liepen naar hun prooi en Nygasi stampte met zijn speer op de grond om de jakhalzen te verjagen, die al waren toegesneld en het kadaver besnuffelden. Cecily kon ondanks alles haar ogen niet afwenden toen ze het dier, dat zo groot was als een paard, methodisch vilden en de ingewanden eruit haalden. Vervolgens hakten ze het in vier stukken. De drie Masai tilden de zware stukken vlees op hun schouder, terwijl Bill en Bobby samen de hoorns droegen, die wel zo lang waren als een mannenbeen.

'Trefzeker schot in de kop,' zei Bobby vol bewondering toen ze weer bij Cecily en Katherine stonden. 'Bill is de beste jager die ik ken. Dit is een volwassen koedoe. Moet je die hoorns eens zien!'

Nu Cecily oog in oog met de met bloed bespatte mannen stond en ze de sterke lucht van de dood kon ruiken, draaide ze zich om en probeerde niet over te geven. Katherine hielp haar overeind en ze begonnen aan de lange terugtocht naar het kamp. Cecily zoog haar longen vol frisse lucht.

'Gaat het wel?' vroeg Katherine.

'Het komt goed,' kon ze stamelend uitbrengen. 'Ik heb nooit eerder iemand een dier zien doden.'

Katherine knikte vol medeleven. 'Het kan schokkend zijn, ik weet het. Ik vind het doden van dieren als jachttrofee verschrikkelijk, maar puur als voedselvoorziening is het een ander verhaal. De koedoe wordt helemaal verwerkt, Cecily. En kijk eens achterom?' Ze wees naar de plek waar de resten van de koedoe bij de waterlijn lagen. Gieren, jakhalzen en hyena's waren erom aan het vechten. 'Het is de levenscyclus. We nemen gewoon onze plek in de voedselketen in.'

Cecily wilde haar tegenspreken, maar toen besefte ze dat elke hap vlees die ze ooit had gegeten, dezelfde weg had gevolgd als het proces waarvan ze net getuige was geweest. Ze hield wijselijk haar mond en gaf zichzelf in gedachten een standje om haar naïveteit.

De terugweg verliep langzamer en het begon al te schemeren. Plotseling dook er een kudde olifanten op een paar honderd meter afstand bij hen vandaan aan de horizon op.

'Ik kan mijn ogen niet geloven!' Cecily hapte naar adem toen ze door haar verrekijker naar hen keek en ze voelde een brok in haar keel komen. 'Ze zijn... majesteitelijk!'

'Maar pas op, want ze hebben jonkies bij zich,' zei Katherine. 'Ze zijn heel beschermend tegenover hun jongen en ze zullen niet aarzelen om je aan te vallen.'

'Het zijn wijfjes,' hoorde Cecily Bill tegen Bobby zeggen. 'Geen mannetjes om te schieten. Maar die jachttrofee halen we echt nog een keer binnen.'

Cecily voelde een golf van verontwaardiging opkomen bij de gedachte dat Bill – of wie dan ook – deze prachtige schepsels kon doodschieten. Ze zag dat de dieren dichter bij elkaar gingen lopen, met de jonge olifantjes dribbelend tussen hun poten in, en ze kon bijna de grond voelen trillen onder het gewicht van hun krachtige lijven.

Ze voelde iemand op haar schouder tikken en ze wendde haar blik van de olifanten af. Nygasi wenkte haar, bukte zich en wees naar iets op de grond. Ze keek en hapte naar adem. In de oranje aarde zag ze de perfecte omtrek van een grote klauwafdruk.

'*Olgatuny*,' zei hij. 'Leeuw,' voegde hij er speciaal voor haar aan toe.

'Ja, een leeuw.' Ze hoorde Bill boven haar praten. 'En hij was hier nog maar net, gezien de scherpe omtrek van de afdruk. Nygasi kan alle dieren van elkaar onderscheiden, en hij heeft ooit een luipaard achtervolgd en gedood omdat het zijn enkang – dat is dus zijn dorp, Cecily – onveilig maakte.' Hij gaf de lange Masai een klap op zijn rug. 'Het beest zit mij te dicht bij ons tentenkamp. We moeten op onze hoede zijn.'

De twee mannen liepen weg, diep in gesprek, maar Cecily bleef zitten en staarde naar de pootafdruk. Ze raakte hem heel voorzichtig aan, gefascineerd door de gedachte hoe groot de leeuw moest zijn dat hij zo'n immense afdruk achterliet.

Tien minuten later hadden ze hun kamp bereikt. Cecily liet zich dankbaar op de grond zakken. Nippend van haar thee zag ze de zon traag achter de horizon verdwijnen. De acaciabomen stonden als zwarte silhouetten in het landschap afgetekend. Er brandde een flink kampvuur en zodra de temperatuur begon te zakken, verscheen Katherine naast haar om een deken om haar schouders te leggen. Cecily keek gebiologeerd naar de Masai die het vlees van de koedoe aan het spit regen en even later was hun kamp doortrokken van de heerlijke geur van geroosterd vlees. Doordat ze met eigen ogen had gezien hoe het dier was afgeschoten, schaamde ze zich voor haar rammelende maag.

De schemering ging over in de avond en Cecily keek op naar een hemel met meer sterren dan ze ooit in haar leven had gezien. Bobby en Bill dronken bier naast het kampvuur, bespraken de jacht van die dag en aten het resultaat ervan op.

'Hier, liefje.' Katherine reikte haar een stuk vlees aan in een broodje dat bij de vlammen was verwarmd.

'Dank je.' Cecily glimlachte haar dankbaar toe en probeerde voorzichtig een hapje. Het was verrukkelijk.

Na het eten bleef ze rustig zitten en luisterde naar de gesprekken rondom het kampvuur. Ze vond het er plezierig. De flakkerende vlammen en de rook die kringelend opsteeg in de fluwelen lucht gaven haar een veilig gevoel. Maar als ze af en toe de kreten en het geschreeuw van onbekende dieren in de duisternis om hen heen hoorde, was ze extra blij met het zware geweer dat bij de voeten van Bill lag. Bill stak een pijp op en wolken tabaksrook met hun kalmerende geur prikkelden haar neusvleugels.

'Ik ga naar bed,' zei Katherine met een geeuw. 'Ga je mee, Cecily?'

Alhoewel ze doodmoe was, wilde Cecily het gevoel liever nog even rekken. Het gebeurde niet elke dag dat ze onder een flonkerende sterrenhemel midden in de jungle van Afrika zat.

'Ik kom zo, ga maar vast.'

'Oké. Welterusten allemaal.' Ze stond op en Bobby ook.

'Ja, het was een lange dag,' beaamde hij. 'We zien jullie morgenochtend weer, zo fris als een hoentje.'

Bobby en Katherine gingen ieder naar hun eigen tent, Nygasi en de twee andere Masai liepen weg bij het vuur, de duisternis in. Cecily zag dat ze hun posities rondom het kamp innamen, en opeens besefte ze dat ze alleen was met Bill.

'Wat vond je van deze dag?' vroeg hij. Hij pookte het vuur op met een stok.

'Ik... Het was gewoon ongelooflijk. Ik voel me bevoorrecht, al was het soms eng. De adrenaline gierde de hele dag door mijn lijf.'

'Ben je een beetje avontuurlijk ingesteld, Cecily?' Bill staarde haar aan met zijn typische scherpe blik. 'Of speel je liever op safe?'

'Ik weet het niet, eerlijk gezegd. De reis naar Afrika heeft me al veranderd, bedoel ik. Misschien moet ik nog steeds mijn ware ik ontdekken.'

'Misschien dat we onszelf nooit echt goed leren kennen.'

'Maar jij bent wel een avonturier, hè?'

'Ik ben door het leven gevormd, het had ook anders kunnen lopen. Ik studeerde rechten in Engeland, maar toen kwam de oorlog ertussen en daarna ook de liefde. Beide hebben mijn leven onherroepelijk veranderd. Enfin, Miss Huntley-Morgan, wat is de ware reden dat je in Afrika bent?'

'Ik ben bij mijn peettante op bezoek.' Cecily haalde haar schouders op, maar ze durfde hem niet aan te kijken.

'Het is duidelijk dat je ergens voor op de vlucht bent. Ik zie het aan je ogen.'

'Hoe dan?'

'Omdat ik dezelfde blik had toen ik hier voor het eerst kwam. De vraag is, ren je weer terug?'

'Ik heb geen flauw idee. En nu moet ik echt naar bed.' Cecily stond op. 'Dank je dat je me hiervoor hebt uitgenodigd, Bill. Ik zweer je dat ik deze dag nooit zal vergeten. Goedenacht.' Ze knikte hem toe, liep naar de tent die ze met Katherine deelde en ging naar binnen. Katherine lag zachtjes te snurken op haar stretcher, dus Cecily trok haar schoenen uit, wiebelde opgelucht met haar bevrijde tenen en ging volledig gekleed op haar bed liggen. Het was een koele avond, dus ze trok een deken over zich heen en dacht na over Bill. Ondanks zijn onbehouwen gedrag en zijn plagerijen, was er iets aan hem dat haar mateloos boeide. Maar ze was te moe en nadat ze het uiteinde van de deken onder haar voeten had gemanoeuvreerd, zodat er 's nachts niets in kon kruipen of glibberen, viel ze in een diepe slaap.

Cecily werd bij het krieken van de dag wakker. Haar mond was droog van de dorst. Ze nam een slokje water uit de veldfles die naast haar op de grond stond en trok toen zo zacht mogelijk haar schoenen aan om Katherine niet te storen.

Ze kroop naar buiten, rekte zich uit en keek naar boven. De hemel was een massa van zachte tinten blauw, roze en violet. Het leek wel alsof ze midden in een impressionistisch schilderij stond. Vervolgens ging ze op zoek naar een stil plekje om haar behoefte te kunnen doen.

Ze vond er een in het gras dat tot aan haar middel reikte en daarna liep ze terug, de frisse geuren van de natuur opsnuivend. Opeens hoorde ze eén zacht geronk, als de motor van een auto. Maar er waren in de wijde omtrek geen rijdende voertuigen te bekennen.

Cecily bleef als door de bliksem getroffen staan toen ze op slechts enkele meters afstand een volwassen leeuw met een gekromde rug in het gras ontdekte, die zijn gouden ogen strak op haar gericht hield. Het dier kwam overeind en liep langzaam op haar af.

Ze stond als versteend, haar hart ging als een razende tekeer in haar ribbenkast. De leeuw maakte zich klaar voor de sprong.

'Cecily! Bukken!'

Instinctief dook ze naar beneden en tegelijkertijd hoorde ze een schot. De leeuw wankelde, maar bleef op haar afkomen. Er klonk nog een schot, en nog een. Eindelijk bleef de leeuw staan en hij viel op zijn zij.

'Godallemachtig, dat scheelde maar een haartje. Cecily! Hoe gaat het met je?'

Ze probeerde antwoord te geven, maar ze kon geen woord uitbrengen. Haar benen weigerden dienst en alles draaide om haar heen...

'Cecily, kun je me horen?'

'Au!' Iemand had haar een flinke klap tegen haar wang gegeven en toen ze haar ogen opende, zag ze Bill staan.

'Sorry, maar een klap is altijd de beste manier om iemand weer bij zijn positieven te brengen. Kom, ga overeind zitten en neem een slokje brandy.'

Cecily voelde sterke armen die haar overeind trokken en er werd wat vocht tussen haar lippen gedruppeld. Het was zo sterk dat ze ervan moest hoesten, maar de mist in haar hoofd trok gelukkig op. Ze keek Bill aan. Liever had ze dat niet gedaan, want ze schaamde zich vreselijk.

'Het spijt me echt,' zei ze blozend. 'Ik weet niet wat me bezielde.'

'Misschien kwam het doordat er een leeuw op je afsprong,' zei Bill. 'Ik heb volwassen mannen zien overgeven. Je komt er wel overheen. Ik zal je terugbrengen naar het kamp.'

Hij ondersteunde haar terwijl ze naar de tent liepen. Cecily zag dat Nygasi hen volgde en ze kon de kruitdamp ruiken die in de lucht hing.

'Hoe... hoe wist je het?' vroeg ze. Haar benen voelden nog steeds als van rubber.

'Dat je een dom meisje was dat zonder nadenken een eindje ging wandelen?' vroeg hij met een wenkbrauw opgetrokken. 'Ik niet. Nygasi had de sporen van de leeuw gezien en we hebben hem gevolgd. Net op het moment dat we hem in het oog kregen, zagen we jou staan. Je had geluk dat ik er was.'

Cecily bloosde tot in haar haarwortels. Ze hoopte dat hij haar niet in het gras had zien hurken toen ze haar behoefte deed.

Katherine kwam het kamp uit gerend en ondersteunde Cecily aan de andere kant.

'Wat waren dat voor schoten? Wat is er gebeurd?' vroeg ze.

'Een leeuw met honger, meer niet,' antwoordde Bill. 'We hebben met hem afgerekend, voorgoed.' Bill liet Cecily over aan de zorgen van Katherine en zei iets tegen Nygasi. De Masai knikte en liep terug in de richting van de leeuw.

'Is hij echt dood?' vroeg Cecily.

'Ja, geloof me maar. Ik heb al eerder een leeuw geschoten. Ga maar thee drinken.'

Katherine ontfermde zich over Cecily. Ze sloeg een deken om haar schouders, zette haar met een kopje thee bij het kampvuur en zei dat ze maar kleine slokjes mocht nemen.

Maar Cecily stond op. Haar trots won het van haar lichamelijke zwakte.

'Het gaat echt wel weer,' zei ze. 'Wat gebeurt er met de leeuw?'

'Die leggen ze in de laadbak van Bills pick-up en gaat mee terug. Er is vast wel een rijke Amerikaan die de kop en de huid als jachttrofee wil.'

'Zo'n Amerikaan ben ik in elk geval niet,' zei ze ademloos. 'Het is mijn schuld. Ik ben zomaar van het kamp weggelopen.'

'Nou, ik kan je verzekeren dat Bill het stiekem erg spannend vond. Bovendien gaf het hem een excuus om een jachttrofee binnen te halen. Kun je naar de auto lopen? Ik denk dat je inmiddels genoeg opwinding hebt gehad voor vandaag. Ik vraag of Bobby ons terug wil rijden. Hij is net onze veldflessen aan het vullen.'

Katherine ging hem zoeken. Cecily klemde haar handen om haar theebeker, liep naar de rand van het kamp en zag Bill en Nygasi, die de leeuw op een canvasdoek meezeulden. Ze volgde hen tot aan de pick-up, waar het dier met behulp van de twee andere Masai in de laadbak werd getild en vervolgens vastgesjord met touw.

Van dichtbij was het dier werkelijk enorm, en zijn dood had hem niets van zijn waardigheid ontnomen. Zijn manen glansden als donker goud in de zon en zijn geopende bek onthulde enorme gele tanden. Ze meende littekens op zijn kop te zien.

'Hij was oud,' zei Bill. 'Zo te zien heeft hij de nodige gevechten achter de rug. En hij had honger. Zie je zijn ribben? Waarschijnlijk was hij al gewond en was hij niet meer in staat om op een echte prooi te jagen. Gelukkig heeft hij je niet te pakken gekregen, Cecily.'

Cecily knikte zwijgend. Ze liep terug naar het kamp, waar Bobby de tenten afbrak en Katherine de manden weer inpakte.

'Heb jij ooit een wild dier geschoten, Katherine?' vroeg Cecily.

'Ja, moge God het me vergeven. Maar wie hier opgroeit, leert al op jonge leeftijd schieten. Het is gewoon een vaardigheid die je moet beheersen om hier te overleven, zoals je vandaag hebt gezien. Ik heb het nooit voor de sport gedaan, alleen uit zelfbehoud. Het leven is hier echt heel anders, Cecily. Het gevaar is reëel.'

'Daar begin ik steeds meer achter te komen, ja.'

'Ben je klaar om te gaan?' vroeg Bobby, die achter het stuur plaatsnam.

'Ja,' zei Katherine. Ze ging naast hem zitten en Cecily nam plaats op de achterbank.

'Dag, Cecily. Jammer dat je eerste safari zo… turbulent is verlopen.' Bill verscheen naast de pick-up en keek haar aan.

'Nee, Bill, het spijt me dat ik je zo veel overlast heb bezorgd. Je hebt mijn leven gered. Bedankt,' zei Cecily.

'Graag gedaan. Wel thuis.'

'Rijd je niet met ons mee?'

'Nee, ik blijf hier met Nygasi en de anderen. We hebben hier nog werk te doen. Dag.'

Cecily keek achterom toen Bobby de koppeling indrukte en ze het kamp achter zich lieten. Ze zag dat Bill zich met Nygasi over zijn jachttrofee boog en ze besefte dat hij al in een andere wereld zat. Hij was haar alweer vergeten.

Op de ranch van Bill bleef Bobby achter terwijl Katherine en Cecily de pick-up verruilden voor de veel gerieflijker DeSoto van Alice om terug te gaan naar Wanjohi Farm. Toen ze daar aankwamen, zagen ze de glanzend witte Bugatti van Kiki voor het huis staan.

'Weet je zeker dat je al kunt doorreizen naar Naivasha?' vroeg Katherine, toen ze uit de pick-up stapten.

'Ja hoor. Bovendien staat de auto er al, ik moet echt met hem mee terug. Ik maak me zorgen over mijn peettante.'

'Dat weet ik.' Katherine legde troostend een arm om Cecily's schouders. 'Toch is ze niet jouw verantwoordelijkheid, vergeet dat niet.'

'Jawel, maar toch…' Cecily haalde haar schouders op. 'Bedankt voor alles.' Ze omhelsden elkaar. 'Het was een groots avontuur.'

'Je hebt je kranig gehouden, Cecily. Mocht je me nog nodig hebben, weet dat ik tot aan mijn trouwen in het huis van Alice zit. Ik kan bijna niet geloven dat het al over een maand is,' zei ze. Inmiddels had de zwijgzame Makena Cecily's weekendtas in de kofferbak gezet.

'Als ik je ergens mee kan helpen, dan hoor ik het graag,' zei Cecily.

'Dank je. Fijne reis.'

'Dag, Katherine, en nogmaals bedankt voor alles,' riep ze uit het raam toen de Bugatti over de weg vol kuilen reed.

Zwaaiend naar haar vriendin vroeg Cecily zich af of ze niet beter af was geweest als de leeuw haar had verslonden, want nu moest ze terug naar Mundui House, waar de benauwende sfeer als een grijze wolk overheen hing…

25

'Liefje, ben je het echt?'

'Ja, mama, met mij. Ik...'

Haar moeders stem aan de andere kant van de krakende lijn maakte onwillekeurig de tranen bij haar los.

'Hoe gaat het met u? En met papa? En met Mamie natuurlijk. Is ze al bevallen?'

'Eén vraag tegelijk, Cecily.' Haar moeder lachte zacht. 'Ik probeer je al dagen te bereiken om je te vertellen dat Mamie inderdaad is bevallen van een schattig dochtertje, ze heet Christabel. Papa is niet blij. Hij hoopte op een jongen om "voor zijn kant te vechten", zoals hij het noemt, maar ach, Cecily, het is zo'n zoet kindje.'

'Hoe gaat het met hen?'

'Prima, met allebei. De geboorte verliep voorspoedig, zei Mamie. Ze vraagt zich af waarom vrouwen er zo vaak over klagen.'

'Dat is vast dankzij de calisthenicslessen waar ze altijd zo ijverig aan meedoet,' meende Cecily. 'Geef haar alle liefs van mij en zeg maar dat ik niet kan wachten om mijn nieuwe nichtje te zien. Stuur je me een foto van haar, mama?'

'Dat zal ik doen. En hoe is het in Kenia?'

'O, prima hoor.'

En zo heet dat ik soms geen adem krijg. Het is hier raar en eenzaam in Mundui House, ik ben bijna verslonden door een leeuw en ik mis je enorm, wilde ze zeggen.

'Wanneer kom je weer naar huis? Volgens papa maken veel mensen zich zorgen over een oorlog. Ze zeggen dat die inmiddels onontkoombaar is.'

'Ik weet het, mama, ik heb hetzelfde gehoord, maar...'

'Ik vroeg me af of je misschien niet zo snel mogelijk naar Engeland moest vliegen, liefje. Als er iets gebeurt, dan kun je tenminste meteen met de stoomboot terug naar huis. Audrey heeft laten weten dat je met alle liefde op Woodhead Hall mag komen logeren tot…'

Cecily maakte haar zin af. 'Tot het huwelijk van Jack en Patricia voorbij is.' Ze huiverde even. Niet alleen omdat haar moeder haar schaamte over dat huwelijk boven de veiligheid van haar dochter stelde, maar ook bij de gedachte ooit weer een voet in Woodhead Hall te zetten.

'Welnee, mama. Ik zou dolgraag heel snel naar huis willen gaan, maar ik zit hier goed. Als de oorlog uitbreekt, dan ben ik in Kenia in elk geval veilig, heeft mijn vriend Tarquin gezegd. Zou u voor medio april een ticket voor me willen boeken?'

Ofwel, als de plechtigheid al is voltrokken.

'Weet je zeker dat je niet liever bij Audrey logeert?'

'Ja, heel zeker,' zei Cecily resoluut.

'Goed, ik zal papa doorgeven zich over de reservering te ontfermen. Ach, lieverd, ik mis je zo, en we zijn allemaal…'

Het gekraak werd luider en de stem van Dorothea verdween in de ether. Cecily legde de ouderwetse hoorn op de haak, sloeg haar armen over elkaar en liep het terras op om het uitzicht te bekijken.

Misschien moest ze gewoon volgende week al naar huis gaan. Jack kon de pot op met zijn bruiloft.

'Wat geeft het?' fluisterde ze tegen een baviaan die haar nieuwsgierig aanstaarde. Ze vroeg zich af of de aap het zou wagen om op de tafel te springen en haar ontbijt te stelen dat Chege, de bediende die net onder Aleeki kwam, had geserveerd.

'Boe!' zei ze en klappend met haar handen liep ze naar het dier toe. Hij bleef haar aankijken. 'Wegwezen!' riep ze en uiteindelijk haalde de baviaan bakzeil. Ze ging aan tafel zitten, dronk hete zwarte koffie en luisterde naar de inmiddels bekende kreten, het gekakel en de lokroepen die een nieuwe dag in Mundui House inluidden. Ze had hier de afgelopen drie weken bijna elke dag alleen ontbeten. Toen ze terugkwam van de safari, had Chege haar een brief gegeven.

'Voor de memsahib van de memsahib,' had hij gezegd.

In de brief had Kiki geschreven dat ze bij Alice in Nairobi zat om haar bij te staan tijdens haar ziekte, en dat ze Aleeki had meegenomen. Ze had de brief afgesloten met de zin dat ze 'in een oogwenk weer terug zou zijn', maar een paar dagen later was Aleeki teruggekomen om een nieuwe hutkoffer vol kleren van zijn meesteres op te halen. Hij liet haar weten dat Kiki langer dan verwacht in Nairobi zou blijven en was kort daarop weer vertrokken.

Cecily wist dat Aleeki had gelogen, want toen ze onlangs aan Chege had gevraagd om haar naar Gilgil te brengen, was ze daar Katherine tegengekomen.

'Sorry dat ik je niet eerder heb gebeld,' had Katherine gezegd. 'Maar de trouwerij slokt werkelijk al mijn tijd op, en ik heb veel te doen.'

Toen Cecily had gevraagd hoe het met Alice was en of ze het ziekenhuis al uit mocht, had Katherine verbaasd opgekeken.

'O, ze is al twee weken thuis. Ze hield het geen seconde langer uit in dat ziekenhuis, dus ik verzorg haar nu op Wanjohi Farm. Het gaat al veel beter met haar en ze maakt plannen voor een safari naar de Congo. Wel maakt ze zich net als iedereen zorgen om de situatie in Europa en welke weerslag dat op Afrika zal hebben. Goh, wat raar dat Kiki niet heeft verteld dat Alice al thuis is.'

'Ik heb Kiki in geen weken gezien,' had Cecily uitgelegd. 'Aleeki zei dat ze in Nairobi zat.'

'O, dan is ze waarschijnlijk in de Muthaiga Club, al moet ik zeggen dat het niet netjes van haar is dat ze haar petekind zomaar achterlaat. Enfin, als we eenmaal zijn getrouwd en hoog en droog in ons eigen huis zitten, ben je van harte welkom bij mij en Bobby. Je zult je wel eenzaam voelen in Mundui, zo helemaal in je eentje.'

'Ik vermaak me wel, Katherine. En ik weet zeker dat Kiki gauw thuiskomt.'

'Oké. Zeg, ik moet helaas weg. Ik wil naar de drukker voor de uitnodigingskaarten en ze gaan om twaalf uur dicht. Ik zie je volgende week op onze bruiloft, goed?'

'Jazeker, en veel succes met alles,' had Cecily haar achternageroepen.

Twee dagen na deze ontmoeting met Katherine had Cecily nog steeds niets van Kiki gehoord. Niemand van de bedienden sprak goed Engels, en bovendien zou het ook niet kies zijn om aan hen te vragen waar haar peettante uithing.

Tevens had ze een virusje opgelopen, want elke ochtend na het ontbijt voelde ze zich misselijk, en om twee uur 's middags kon ze al bijna de trap niet meer opkomen om een dutje te doen. Ze dacht dat het snel over zou zijn, maar dat was helaas niet zo, want toen ze een stukje brood pakte en haar maag zich bijna omdraaide, wist ze dat het juist erger was geworden.

Om niet op het dienblad met de koffie te braken, stond Cecily snel op en liep het terras over. Ze besefte dat ze het toilet niet meer zou halen, dus ze keerde zich snel om naar de bosjes en gaf over op een bloembed.

'O, lieve help,' zei ze en ze wreef in haar tranende ogen. 'Wat mankeer je toch, Cecily?' Langzaam liep ze het koele huis in, wankelde de trap op naar boven, dronk een beetje water en ging op bed liggen wachten tot de misselijkheid was weggetrokken.

'Ach, Cecily,' mompelde ze. 'Wat moet je nu toch doen?'

Toen Muratha even later binnenkwam om haar kamer op te ruimen, zag ze tot haar verbazing Cecily op het onopgemaakte bed liggen.

'U ziek, bwana?'

'Ik vrees van wel, ja.' Ze voelde zich te ziek om het te ontkennen.

'Misschien malaria.' Muratha legde het stapeltje schone lakens neer en liep naar Cecily toe. Ze voelde voorzichtig aan haar voorhoofd en trok direct haar hand terug.

'Niet heet, bwana, dus oké. We bellen dokter, ja?'

'Nee, nog niet. Misschien morgen, als ik me dan nog steeds niet beter voel.'

'Oké, u nu rusten.' Muratha knikte en verliet de kamer.

Cecily dommelde langzaam in en tegen het middaguur voelde ze zich weer goed genoeg om op te staan en beneden wat soep met brood te eten. Ze koos een nieuw boek uit de bibliotheek en nestelde zich buiten op het ligbed onder de plataan, blij dat ze haar lunch had kunnen binnenhouden. Na een paar minuten hoorde ze het parelende lachje van haar peettante, die plotseling op het terras verscheen, gevolgd door kapitein Tarquin Price. Aleeki volgde direct achter hen.

'Ik ben weer thuis, lieveling!' riep ze over het gazon toen ze Cecily in het oog kreeg. 'Het spijt me dat ik je zo lang alleen heb gelaten, maar nu zijn we er weer. Ja toch, Tarquin?'

'Ja, lieve, we zijn er,' zei Tarquin en hij keek haar vol genegenheid aan.

'Kom in mijn armen, Cecily,' zei Kiki en Cecily liet zich door haar omhelzen. 'Jemig, wat zie je pips. Voel je je wel goed?'

'Ik denk dat ik een virusje heb opgelopen, maar ik ben al een stuk opgeknapt.'

'Je had het echt aan een van de bedienden moeten doorgeven, dan was ik op een holletje naar huis gekomen en had ik dokter Boyle erbij gehaald. Aleeki, we willen champagne om te vieren dat we thuis zijn! Tarquin heeft nog een paar dagen verlof en we hebben de stad achter ons gelaten om hier wat frisse lucht te krijgen.'

Op dat moment viel bij Cecily het kwartje. Kiki wierp verliefde blikken op Tarquin, die toch een jaar of tien à vijftien jonger moest zijn dan zij.

Tien minuten later zaten ze aan de tafel op de veranda. Kiki rookte sigaretten en dronk champagne met Tarquin, Cecily hield het bij thee. Kiki diste allerlei malle verhalen op over de beruchte Muthaiga Club en hoeveel plezier ze hadden beleefd tijdens een polowedstrijd.

Cecily hoorde het aan en bedacht dat terwijl zij zich zorgen maakte over haar peettante, die ondertussen met een jonge Britse officier de bloemetjes buitenzette in Nairobi. Ze werd opeens weer misselijk. Ze wist niet of het door het stukje cake kwam dat ze had opgepeuzeld of door het egoïstische gedrag van haar tante.

'Het spijt me, Kiki en Tarquin, maar ik voel me niet goed. Ik ga liever naar mijn kamer om te rusten.'

'Natuurlijk,' zei Tarquin. 'Laat maar weten of we dokter Boyle moeten bellen, goed?'

Boven ging ze languit op bed liggen. Ze hoorde het geroezemoes beneden in de tuin. Het was natuurlijk Kiki's goed recht om vertroosting te zoeken in de armen van een andere man, per slot van rekening was ze een weduwe zonder enige binding, maar Cecily moest toch denken aan de manier waarop Kiki haar op oudejaarsavond aan Tarquin had voorgesteld. Ze had een paar minuten met hem op de dansvloer doorgebracht en zich afgevraagd of deze knappe, charmante Engelsman haar wellicht het hof maakte. Maar nee, het was vrijwel zeker dat Tarquin destijds al Kiki's minnaar was en dat haar peettante hem hooguit naar Cecily had gestuurd om haar nichtje de verlegenheid te besparen alleen aan tafel te zitten.

Jack, Julius en Tarquin. Binnen een paar weken tijd hadden ze haar zelfvertrouwen afgebroken tot er bijna niets meer van over was. New York, Engeland, Kenia. Allemachtig! Ze was wereldwijd mislukt als vrouw. En ze vond het helemaal gênant dat ze vlak voor haar vertrek uit Woodhead Hall Doris haar adres in Kenia had gegeven om door te spelen aan Julius…

'Je bent een sneue stakker, Cecily,' mompelde ze ellendig. En het was nog zieliger dat ze de bediening hier elke dag had gevraagd of er al post uit Engeland was.

Rusteloos liet Cecily zich uit bed rollen en liep naar het raam. Ze zag nog net op tijd dat Kiki, die inmiddels een gestreept badpak had aangetrokken, hand in hand met Tarquin naar het meer liep. Zijn kleine zwembroek liet niets van zijn gebronsde, gespierde lichaam aan de verbeelding over.

Vrolijk lachend spartelden ze in het water, Tarquin nam Kiki in zijn armen en kuste haar lang en vurig. Ze moest aan Bill Forsythe denken, die zich stellig had voorgenomen zijn medemens niet te mogen.

Ze vroeg zich af of ze er hetzelfde over dacht.

Gelukkig was de misselijkheid na een paar dagen voorbij. Cecily ontdekte op een ochtend dat ze naast haar gebruikelijke kopje sterke koffie ook een stukje brood en wat ontbijtgranen lustte. Maar Kiki leek geërgerd dat ze mordicus weigerde om ook maar een druppel alcohol te drinken.

'Lieve help, je bent tijdens mijn afwezigheid al je levenslust kwijtgeraakt. Waarom probeer je niet een slokje?' vroeg ze voor de zoveelste keer toen Aleeki haar martini mixte.

'Kiki, laat dat arme meisje toch,' zei Tarquin met een verontschuldigende blik naar Cecily. 'Ze is nog steeds aan het herstellen van haar ziekte.'

Cecily was hem weliswaar dankbaar dat hij Kiki een beetje in toom hield, maar toch bleef ze ver bij hen uit de buurt, en dat was niet moeilijk, want de twee stonden zelden voor het middaguur op. Ze zag hen alleen kort op de veranda en dan trok ze zich onmiddellijk terug in haar kamer voor een middagdutje. De stoel bij haar raam was haar favoriete plek in het huis geworden. Dan trok ze haar benen op, genoot van de verkoelende lucht van haar plafondventilator die de hitte van buiten tegenwicht gaf en tuurde door haar verrekijker naar de wilde dieren in en om het meer.

Vandaag lagen de nijlpaarden, die ze in gedachten allemaal een naam had gegeven, op hun zij een dutje te doen. Rondom hen knaagden antilopen met kleine hoorns aan het dichte kleed waterlelies bij de oever van het meer, onaangedaan door de enorme dieren die vlak bij hen lagen te snurken. Dieper in het meer staken de stammen van dode bomen hoog boven de waterspiegel uit en boden een rustplaats voor allerlei vogels, van kleine ijsvogels tot grote pelikanen.

'Hoe bestaat het dat ik hier zit en toch zo somber gestemd ben?' mijmerde Cecily. 'Als Mamie hier was geweest, was ze gaan zwemmen of had ze een roeiboot genomen. Ze had er volop van genoten en mij een bemoedigende por in mijn ribben gegeven...'

De gedachte aan haar zusje en de pasgeborene, die beiden zo ver bij haar vandaan waren, deed haar bescheiden poging tot positiviteit teniet en ze belandde in een neerwaartse spiraal.

Er werd op de deur geklopt. Muratha kwam binnen met de groene zijden jurk die ze over een paar dagen op de bruiloft van Katherine en Bobby zou dragen.

'Hij is prachtig, bwana,' zei Muratha en ze hing de japon voorzichtig in de kast. 'Morgen pakken we koffer, ja?'

'Ja, dank je, Muratha.'

'Nooit Nairobi gezien. Grote stad,' zei Muratha. 'U boft. Ik maak bad klaar, ja?'

Voor Cecily kon antwoorden, was Muratha alweer verdwenen, en ze gaf zichzelf direct een standje dat ze zwolg in haar zelfmedelijden. Ze wist dat meisjes als Muratha dolgraag met haar zouden willen ruilen.

Ze liep naar de spiegel en bekeek zichzelf.

'Jij gaat naar die bruiloft en je gaat het leuk hebben, hoor je me?' En met die woorden draaide ze zich om en liep naar de badkamer.

'Zorg ervoor dat je mijn vaste kamer krijgt in de Club, goed? Die heeft uitzicht op de tuin, niet op de weg,' zei Kiki toen Cecily op de achterbank van de Bugatti ging zitten. 'Je hebt ze al gebeld, hè?' vroeg Kiki aan Aleeki, die naast haar stond.

'Ja, memsahib.'

'Oké. Doe Alice de lieve groeten van mij en aan iedereen daar die geen hekel aan me heeft,' zei Kiki met een geforceerd lachje. Het was duidelijk dat ze gekwetst was dat ze geen uitnodiging had ontvangen. 'En zorg dat je een fijne tijd hebt daar, afgesproken?'

'Ja, ik beloof het,' zei Cecily.

'Ondertussen vieren wij hier ons eigen feestje, nietwaar, Tarquers?'

'Reken maar, liefste,' zei Tarquin. Hij liep naar haar toe en kuste haar op haar donkere haar. 'Dag, Cecily, en als je mensen in kaki uniform ziet, zeg dan maar tegen ze dat ik morgenochtend een appeltje met ze te schillen heb.'

'Doe ik. Dag.' Cecily zwaaide vrolijk naar ze en slaakte een zucht van opluchting toen de Bugatti soepel van de oprijlaan af reed.

Ze was lichtelijk nerveus om in haar eentje naar een bruiloft te gaan met zo veel mensen die ze niet kende, maar naarmate ze Nairobi naderden, begon ze steeds enthousiaster te worden. Ze had weken in haar eentje in Mundui House gezeten en de levendigheid van een stad zou haar vast goeddoen. Ook was ze nieuwsgierig naar die Muthaiga Club, waar ze al zo veel verhalen over had gehoord. Na nog een laatste blik in de spiegel te hebben geworpen, had ze geconcludeerd dat ze er met haar smaragdgroene japon en de bijpassende hoed met het witte lint, dat in een grote lus gesteven was, best presentabel uitzag. Ze trok haar lange witte zijden handschoenen uit en legde ze naast zich neer op de met leer beklede bank en na een poosje wilde ze het liefst ook haar jurk uittrekken, die een stuk strakker zat dan de laatste keer dat ze hem tijdens het diner in Woodhead Hall had gedragen.

'Wat dacht je dan, Cecily?' mompelde ze in zichzelf. 'Naast die safari heb je hele dagen op je kamer gezeten.' Ze nam zich voor om bij haar terugkeer in Mundui House elke ochtend een duik in het meer te nemen.

Toen de stad in zicht kwam, keek Cecily nieuwsgierig uit het raam. Maar ze kon alleen aan de linkerkant een glimp opvangen van de gebouwen in het centrum, met daartussen hele rijen in elkaar geflanste hutjes die langs de weg stonden.

'Nou, het is geen Manhattan,' grinnikte ze toen Makena op een gegeven moment op de stoffige weg een afslag nam. Hij zette de Bugatti stil voor een poort en opende het raam om een paar woorden te wisselen met de bewaker van de wachtpost. De poort werd geopend en ze reden langs onberispelijk onderhouden tuinen met eiken, kastanjes en acacia's, die Cecily aan een Engels park deden denken. Ze bleven stilstaan voor een zalmkleurig gebouw van twee verdiepingen met rode dakpannen en smetteloos witte luiken voor de ramen. Langs de muren stonden palmbomen en een geschoren heg, en op het bordes zag ze Dorische zuilen. Cecily had niet eerder een bouwwerk in Kenia gezien dat per se zo'n formele indruk wilde maken. Ze stapte uit en werd opgevangen door een man die op een jongere versie van Aleeki leek.

'Goedemiddag, memsahib. Mag ik uw naam vragen?'

'Ik ben Cecily Huntley-Morgan.'

'Bent u hier voor de bruiloft van Mr. en Mrs. Sinclair?'

'Jazeker,' zei ze. De man liet zijn vulpen langs een lijst met namen glijden.

'Mrs. Sinclair heeft u al ingecheckt. Ali!' De man liep de schaduwrijke hal in en knipte met zijn vingers. Er dook onmiddellijk een bediende naast hem op. 'Breng Miss Huntley-Morgan naar haar kamer, alsjeblieft.'

Ali pakte de koffers van Makena aan, die nog even naar haar wuifde en toen in de Bugatti stapte. Ze volgde Ali door de receptie met de houten vloer en daarna door een paar smalle gangen. Elders in het gebouw klonk het rumoer van stemmen.

'Alstublieft, memsahib. Kamer tien,' zei Ali.

Cecily betrad de sober ingerichte ruimte, met slechts een smal eenpersoonsbed, een dressoir met een waskom en een kast in de hoek, die veel weghad van een gekantelde doodskist.

'Goed, memsahib?'

'Perfect, dank je.'

Toen Ali de deur zachtjes achter zich had dichtgetrokken, schudde ze vol verbazing haar hoofd. Ze had beslist gedacht dat de Muthaiga Club de Keniaanse evenknie zou zijn van het Waldorf Astoria. Niet dat ze het erg vond – het was slechts een plek waar ze 's nachts haar hoofd op een kussen kon leggen – maar ze kon zich niet voorstellen dat Kiki genoegen zou nemen met zo'n spartaanse kamer.

Voor de spiegel schikte ze haar hoed, ze werkte haar lippenstift bij en keek naar de deur die haar naar het feest zou leiden. Ze haalde diep adem, deed de deur open zonder te weten wat haar op de gang te wachten stond, en begaf zich in de richting van de stemmen die ze had gehoord. Even later bevond ze zich in een feestzaal met gedekte tafels, crèmekleurige rozen en guirlandes en glimmend gepoetst tafelzilver. De tafels liepen door tot aan de veranda, waar zich een groot gezelschap bevond van gasten met glazen champagne in hun hand. Het was alsof ze een tuin in liep vol exotische paradijsvogels. Dat leek tenminste zo door de aanwezige vrouwen, die allen in kleurrijke zijde waren gehuld en behangen met juwelen die flonkerden in de middagzon. De heren leken door hun zwart met witte rokkostuums meer op een kolonie pinguïns. Ze liep tussen de gasten door tot ze Bobby en Katherine naast elkaar zag staan. Haar eenvoudige, smaakvolle kanten japon benadrukte haar weelderige vormen en liet haar romige blanke schouders vrij. Ze had ivoorkleurige rozen in haar prachtige rode haar gevlochten en ze leek het toonbeeld van geluk. Cecily moest onwillekeurig glimlachen.

'Champagne, *madam*?' vroeg een bediende.

'Heb je ook water?' Cecily wilde onder geen beding het risico lopen dat ze straks, ten overstaan van de fine fleur van de plaatselijke society, in de bosjes moest overgeven.

'Cecily, liefje!' Katherine zwaaide naar haar terwijl er vlak voor haar een camera flitste. 'Nog een paar foto's, dan kom ik naar je toe.'

'Prima!' riep Cecily terug. Ze vermaakte zich met het bekijken van de genodigden terwijl ze op Katherine wachtte. Ze zag Alice staan, in een lang, saffierblauw en met kraaltjes bestikt gewaad dat haar tengere lichaam strak omsloot. Idina, die ze voor het laatst had gezien toen ze naakt in het meer voor Mundui House dartelde, was nu gekleed in een jurk van paarse zijde en ze had een bijpassende tulband opgezet. Tussen de twee vrouwen in stond een lange, charismatische man met blond haar en blauwe ogen, die haar van een afstandje aan Jack deed denken. Voor een ouder heerschap was hij beslist erg aantrekkelijk en de twee vrouwen hingen duidelijk aan zijn lippen.

'Cecily! Wat fijn dat je er bent.' Katherine was naast haar verschenen en ze had Bobby bij zich.

'Wat zie je er beeldig uit, Katherine,' zei Cecily.

'Zeg dat wel,' beaamde Bobby. Hij sloeg een arm om de schouders van zijn kersverse bruid en kuste haar op haar hoofd.

Katherine stak haar linkerhand met de ringvinger uit. 'Kijk, Cecily, het is nu echt. Na al die jaren dat ik hem in stilte heb bemind, is mijn droom eindelijk uitgekomen.'

'Ik ben heel blij voor jullie allebei,' zei Cecily oprecht. Als dit geen ware liefde was, dan wist ze het ook niet meer. 'Hoe is de ceremonie gisteren verlopen?'

'Heel anders dan vandaag,' zei Katherine. 'Ik had een katoenen jurk aan en de Kikuyu van papa droegen hun folklore kledij. Ik heb nog nooit zo veel extravagante sieraden bij elkaar gezien. Het verliep allemaal perfect en aan het eind hebben ze hun traditionele huwelijkslied voor ons gezongen.'

'Dat ik veel mooier vond dan "Amazing Grace",' zei Bobby lachend.

'Is je vader er ook?'

'Nee, hij vond de reis te lang, en zoals je weet liggen dit soort evenementen hem niet. Enfin, kom maar met me mee, dan stel ik je voor aan alle mensen uit de Valley die je nog niet hebt ontmoet.' Katherine glimlachte.

Tegen de tijd dat ze minstens twintig mensen de hand had geschud, was Cecily het merendeel van de namen alweer vergeten. Ze had kennisgemaakt met lord die en die, graaf die en die, en de vrouwen hadden allemaal namen als Bubbles, Flossy en Tattie.

'En Alice ken je natuurlijk al. De schat is speciaal voor vandaag haar ziekbed uitgekropen,' zei Katherine, terwijl ze Cecily naar een nieuw groepje loodste. 'Je herinnert je Cecily nog wel, Alice?'

'Natuurlijk. Wat zie je er mooi uit, Cecily. Vind je ook niet, Joss?'

Cecily zag haar met dweepzieke ogen opkijken naar de knappe blonde man die haar al eerder was opgevallen. Zijn havikachtige ogen bestudeerden eerst haar gezicht, toen liet hij zijn blik over haar hele lichaam dwalen alsof hij haar keurde.

'Inderdaad,' zei hij met een sterk Engels accent. 'En wie mag jij wel zijn?'

'Het petekind van Kiki Preston natuurlijk!' zei Idina, die aan de andere zijde van Joss stond. 'Het verbaast me dat de tamtam van de jungle je niet heeft ingelicht over de nieuwste – en jongste – aanwinst in onze kringen,' lispelde Idina. 'Cecily, liefje, dit is Josslyn Hay, graaf van Erroll, mijn ex-man.'

'Aangenaam, Cecily. Dus jij logeert in Mundui House?'

'Dat klopt,' bracht Cecily ietwat stamelend uit. Want ondanks hun verschil in leeftijd was hij beslist een 'heerlijkheid', zoals Priscilla hem zou omschrijven.

'Het is verdraaid jammer dat ik niet langer in Djinn Palace aan het meer woon, anders had ik je kunnen uitnodigen voor een lunch of diner. Samen met je peettante, natuurlijk. Helaas is mijn vrouw Molly erg ziek en we moeten in de buurt van een ziekenhuis wonen.'

'Wat erg voor haar,' zei Cecily. Ze kon haar ogen niet van zijn indringende blik afhouden.

'Blijf je lang in Kenia?' vroeg hij.

'Nou, ik...'

'Kom mee, Cecily, ik wil je aan meer vrienden van ons voorstellen, voor Joss volledig beslag op je legt.' Katherine nam haar bij haar arm en trok haar met kracht weg. Cecily wierp onwillekeurig een blik over haar schouder en zag dat Joss haar nakeek.

'Cecily, ik dacht echt dat je immuun zou zijn voor de charme van Joss. Maar nee hoor, je bent helemaal van slag.' Katherine rolde met haar ogen. 'Ik weet niet wat het is, maar zodra vrouwen hem zien, vallen ze in katzwijm. Bovendien is hij echt te oud voor jou.' Katherine pakte een glas water aan dat de bediende voor Cecily had gehaald. 'Hier, dan kun je een beetje afkoelen. Die man is zevenendertig, godbetert!'

'Dat is net zo oud als Bobby,' zei Cecily toen ze haar stem had hervonden. 'Ik begrijp heel goed waarom iedereen met hem wegloopt. Hij is buitengewoon knap en erg charmant.'

Op dat moment kwam Alice tussenbeide. 'Liefje, mag ik je even storen? In de keuken willen ze weten hoeveel tijd er tussen de diverse gangen moet zitten.'

'Pardon, Cecily, ik ben zo weer terug. Gedraag je terwijl ik weg ben,' zei Katherine, en ze verdween met Alice in de menigte.

Cecily nam een slokje van haar glas water en omdat de zon erg warm op haar hoed voelde, zocht ze een plekje in de schaduw, vlak bij een grote struik met fantastische roze bloemen.

'Mooi, hè?' Ze hoorde een stem achter de groene bladeren. 'Dat is een hibiscus. Als ik tijd zou hebben om te tuinieren, zou ik deze overal bij mij thuis planten.'

Het was Bill. Ze herkende hem bijna niet in zijn rokkostuum.

'Sorry dat ik opeens voor je opduik. Ik was even in de bosjes gekropen om mijn behoefte te doen, eerlijk gezegd.'

'Aha, op die manier.' Cecily voelde een blos vanuit haar hals omhoogkruipen. Zou hij er soms plezier aan beleven om haar telkens te provoceren?

'Feestkleding staat je goed, als ik zo vrij mag zijn.' Bill knikte naar haar jurk.

'Jou ook,' pareerde ze.

'Ben je er al overheen dat je op een haar na bent ontsnapt aan een leeuw die op zoek was naar zijn ontbijt?'

'Ja hoor. En nogmaals bedankt dat je me hebt gered.'

'Graag gedaan, madam.'

Ze keken allebei even zwijgend naar het gezelschap.

'Ze doen me aan de flamingo's van het Nakurumeer denken. Ze zoeken elkaar op om een paar roddels uit te wisselen en als ze genoeg hebben gegeten en gedronken, keren ze terug naar hun roofvogelnesten in de heuvels,' zei Bill. 'Het is niet mijn favoriete scene, zoals je vast wel begrijpt, maar ik ben erg op Katherine en Bobby gesteld, dus ik heb mijn oude gewoonte tijdelijk aan de wilgen gehangen, naast mijn dedain, om hierheen te komen. Voor een uurtje dan.'

'Is Nygasi vandaag niet bij je?'

'Jawel. Hij staat paraat bij de pick-up om met spoed te kunnen vertrekken.'

'Heb je hem niet mee naar binnen gevraagd?'

'Kon ik dat maar, Miss Huntley-Morgan, kon ik dat maar. Zwarten worden onder geen beding lid van deze club. Vind je dat ook niet absurd? Ze mogen hier wel werken en er zijn er honderdduizenden meer van hen in dit land dan van ons. Maar zo gaat dat met het kolonialisme. Ik vraag me af waar we de arrogantie vandaan halen.'

'Jullie Engelse koningin Victoria schijnt er iets mee te maken te hebben.'

'Dat schijnt, ja.' Bill keek haar aan. 'Ik wist niet dat je zo veel van geschiedenis wist.'

'Ik heb geschiedenis gestudeerd aan Vassar,' zei Cecily. Ze was haar vader voor het eerst dankbaar dat hij haar per se iets anders dan economie had willen laten studeren.

'Is dat zo? Kijk eens aan.' Bill pakte een glas champagne van het dienblad van een passerende bediende. 'En wat wil je met die opleiding doen, als ik vragen mag?'

'Weinig.' Cecily haalde haar schouders op. 'Wat mogen vrouwen "doen" met hun opleiding?'

'Je hebt net zelf opgemerkt dat dit alles, het Britse koninkrijk, door een vrouw is gevestigd.'

'Ik ben de koningin niet. Dat zou ik ook niet willen zijn.'

'Er zijn momenteel anders genoeg koninginnetjes in dit gezelschap aanwezig. Dat zijn ze althans in hun hoofd. En er zijn ook een paar koningen. Maar het is makkelijk om een grote vis in een kleine vijver te zijn zolang er kleintjes – kleine vissen dus, madam – omheen zwemmen die tevreden zijn met een tweede plek. Kijk maar naar hen, bijvoorbeeld.' Bill knikte naar Joss, die geflankeerd werd door Idina en Alice. 'Zij moesten leren delen, als je begrijpt wat ik bedoel.'

'Ja, ik denk het wel.'

'Enfin. Ik zal je niet langer ophouden tijdens het grootste sociale evenement van het jaar. Alhoewel ik betwijfel of er nog meer zullen volgen. Ik heb net gehoord dat de Duitsers zijn opgerukt naar Praag. We staan aan de vooravond van een nieuwe wereldoorlog. Als ik jou was, zou ik zo snel mogelijk teruggaan naar Amerika.'

'O, mijn god!' Cecily keek Bill ontsteld aan. 'Wanneer heb je dat gehoord?'

'Ik ben bevriend met Joss Erroll. In feite is hij degene die me heeft overgehaald naar Kenia te komen. Hij heeft het me zojuist in vertrouwen verteld. Als vicedirecteur van de Central Manpower Committee is hij verantwoordelijk voor de inzet en planning van militairen en burgers. Ik moest het beslist voor me houden, dat spreekt voor zich. Hij wil niet dat het nieuws op deze heuglijke dag bekend wordt gemaakt, maar... ik vrees dat er geen houden meer aan is. Het vredesverdrag van Chamberlain is in snippers gescheurd. Goed, ik heb in elk geval even mijn gezicht laten zien, maar ik moet nu meteen terug naar mijn ranch om uit te vogelen hoeveel stuks vee het Britse leger mogelijk zal vorderen ten behoeve van de toekomstige strijd, want ik weet wel zeker dat de oorlog onvermijdelijk is. Goedenavond, Cecily.'

Bill maakte een korte buiging en verdween in de richting waar hij vandaan was gekomen, tussen de bosjes.

Een uur later, aan de dinertafel, kreeg Cecily bijna geen hap door haar keel. Ze was naast een man geplaatst, ene Percy, die aan het hoofd stond van oliemaatschappij Shell in Oost-Afrika. Aan haar andere kant zat ene Sir Joseph nog wat, die kennelijk tot een paar jaar geleden de gouverneur-generaal van Kenia was. Het was duidelijk dat het nieuws dat Bill haar had toevertrouwd inmiddels was uitgekomen, want een paar minuten nadat ze aan elkaar waren voorgesteld, praatten de mannen met gedempte stemmen over Cecily's hoofd met elkaar. Gelukkig zat Joss Erroll tegenover haar, dan had ze iets leuks om naar te kijken terwijl ze werd genegeerd, maar hij leek volkomen in beslag genomen door de dame aan zijn zijde, Phyllis, die aan haar was voorgesteld als de vrouw van Shell-topman Percy. In de regel was ze niet bot over het uiterlijk van anderen, maar Cecily kon zich niet voorstellen wat die hemelse Joss zo fascinerend aan die mollige vrouw vond. Het was alsof hij niet met zijn handen van haar af kon blijven, terwijl ze toch maar een alledaags voorkomen had.

'Vermaak je je een beetje, lieverd?'

Een jongere vrouw, dat wil zeggen, jonger dan de meeste aanwezigen, wendde zich tot haar toen de band begon te spelen en de helft van haar tafelgenoten opstond om de dansvloer op te gaan.

'Ja hoor, prima,' loog Cecily.

'Ik ben Ethnie Boyle, de vrouw van William Boyle. Misschien heb je van hem gehoord, hij is de dokter.'

'Jazeker. Hij heeft voor Alice gezorgd, nietwaar?'

'Dat heeft hij geprobeerd, maar zoals je weet laat ze zich niet makkelijk sturen. Mag ik?' Ethnie wees op de lege stoel waarvan de Shell-topman net was opgestaan.

'Natuurlijk.'

'Katherine heeft gevraagd of ik vanavond een beetje op je wilde letten. Dit is niet het makkelijkste gezelschap, zeker niet als je alleen bent.'

'Ik doe mijn best om ieders naam te onthouden, maar ja...'

‘O, het is erg verwarrend allemaal, temeer daar er onderling zo vaak wordt gescheiden en hertrouwd.’ Ze grinnikte. ‘Hoe gaat het met je peettante? Ik zag haar een paar dagen geleden hier en ze was opgewekt als altijd. Terwijl ze toch een zware tijd achter de rug heeft.’

‘Ja, zeg dat wel.’

Misschien kwam het door de drukkende hitte, door het kleine glaasje champagne dat ze had gedronken om op het bruidspaar te proosten, of door het vreselijke nieuws uit Tsjecho-Slowakije, maar ze voelde zich echt beroerd. Haar hoofd begon te tollen en ze zocht naar houvast.

‘Gaat het wel, liefje?’

‘Het is gewoon zo warm hier, en…’

‘Kom, we gaan even naar binnen, goed? William!’ Ze riep naar haar man aan de andere kant van de tafel. ‘Dit is het petekind van Kiki, Cecily, en de hitte wordt haar te machtig. Help me even een handje, alsjeblieft.’

Tot Cecily’s schaamte tilde het echtpaar haar van haar stoel en bracht haar naar de lounge, waar het een stuk koeler was. De plafondventilator zorgde voor een aangenaam briesje en terwijl ze in een leren armfauteuil werd gezet, ging dokter Boyle een glas water voor haar halen.

Ik heb waarschijnlijk te veel gedronken, dacht Cecily beschaamd, terwijl Ethnie haar koelte toewuifde en dokter Boyle haar kleine slokjes water liet drinken.

‘Voel je je al wat beter, kindje?’ vroeg hij.

‘Ja hoor. Het spijt me dat ik zo lastig ben.’

‘Ach wat, het is volstrekt begrijpelijk. Blijf je hier trouwens overnachten, of zullen we een chauffeur bellen om je naar huis te brengen?’

‘Ik slaap hier.’

‘Je hartslag is al beter,’ zei dokter Boyle en hij liet haar pols los. ‘Ik weet zeker dat je er met een goede nachtrust weer bovenop bent, voor zover dat mogelijk is met dit lawaai.’ Hij glimlachte toen de band ‘Ain’t She Sweet’ inzette. ‘Mijn vrouw brengt je wel naar je kamer, en ik kom morgenochtend nog even naar je kijken.’

‘Dat zal niet nodig zijn, echt niet,’ zei ze toen Ethnie naast haar verscheen met de sleutel van haar kamer. Ze hielp Cecily overeind en behoedzaam liepen ze de gang op, terwijl de muziek en het gelach in de eetzaal achter hen langzaam zachter werd.

'Heb je de laatste tijd vaker last gehad van misselijkheid?' vroeg Ethnie.

Cecily voelde zich te ziek en te ellendig om tegen haar te liegen.

'Ja, een paar keer, maar het komt vast door de hitte.'

'Mijn man komt morgenochtend in elk geval naar je toe, dan weten we tenminste zeker of er niets met je aan de hand is. Baat het niet, dan schaadt het niet. Welterusten, Cecily,' zei ze toen ze haar kamer hadden bereikt. Ethnie maakte de deur open.

'Bedankt voor al je hulp. Ik ben je zeer erkentelijk.'

Ze ging op bed zitten en maakte met een zucht van opluchting de rits aan de zijkant van haar jurk open. Eindelijk kon ze weer ademhalen. Ze trok snel haar nachtjapon aan, liet zich onder de lakens glijden en sloot haar ogen. Alhoewel de band tot diep in de nacht bleef spelen, viel Cecily in slaap.

Ze werd gewekt door een klopje op de deur. Het kostte haar de grootste moeite om de mist uit haar hoofd te verdrijven.

'Wie is daar?'

'Dokter Boyle. Mag ik binnenkomen?'

Voordat Cecily antwoord kon geven, stond hij al in haar kamer, met zijn dokterstas in de hand.

'Goedemorgen, Cecily. Gaat het al wat beter?'

'Ik heb in elk geval diep geslapen.'

'Mooi zo. Slaap geneest. Toch leek het me beter om je nog even na te kijken.'

'Dat hoeft niet hoor, ik voel me echt...'

'Ik zag kapitein Tarquin Price een paar minuten geleden. Vanwege het nieuws over Hitler gisteren, is er een vergadering belegd in de Gentlemen's Bar. Hij vroeg me of ik je gisteravond had gezien, en ik liet hem weten dat je onwel was geworden. Kapitein Price zei toen dat je er al eerder last van had gehad. Dus laat me maar een kijkje nemen, goed?'

Verlegen gaf ze zich over aan zijn onderzoekende handen en een eindeloze reeks vragen. Na een poosje haalde dokter Boyle zijn stethoscoop uit zijn oren en keek haar aan.

'Ben je getrouwd, liefje?'

'Nee, ik was verloofd, maar de verloving is een paar dagen voor de kerst verbroken.'

'Vóór de kerst, zei je?'

'Ja.'

'En wanneer heb je voor het laatst gemenstrueerd?'

'Ik...' Cecily voelde dat ze bloosde. Ze had deze kwestie nooit eerder met een man besproken. 'Dat weet ik niet precies.'

'Probeer eens terug te denken.'

Cecily, die daarin nooit 'regelmatig' was geweest, deed een poging.

'Ik denk kort voordat ik op reis ging.'

'En hoe lang is dat geleden?'

'Dat was in de laatste week van januari. Dus mijn... maandelijkse periode moet twee weken daarvoor zijn geweest.'

'En vandaag is het 16 maart. Cecily, meisje...' Dokter Boyle pakte haar hand vast. 'Gezien de symptomen en wat ik aan je buik heb gevoeld, zou ik zeggen dat je in verwachting bent.'

'In verwachting? Waarvan?' Cecily keek hem aan.

'Van een baby.' Dokter Boyle schonk haar een wrang glimlachje. 'Maar aangezien je verloving al voor de kerst is verbroken, ben ik nu enigszins in de war. Ik wil het zo voorzichtig mogelijk vragen, maar is het mogelijk dat je in verwachting bent?'

'O, lieve help...' Cecily drukte haar handen tegen haar gezicht toen het bericht met een schok tot haar doordrong. Ze vroeg zich af of ze ook kon flauwvallen als ze languit op bed lag.

'Cecily, het is niet aan mij om je te vragen naar het hoe en waar, maar ik durf er een eed op te doen dat je een paar maanden zwanger bent. Ik zie aan je dat je volkomen overdonderd bent door het nieuws.'

'Ja,' fluisterde Cecily, nog steeds met haar handen tegen haar gezicht gedrukt, te wanhopig en te beschaamd om de dokter aan te durven kijken.

'Het goede nieuws is dat je niet ziek bent. Kapitein Price was bang dat je misschien malaria had.'

'Ik had liever malaria gehad, dokter Boyle,' stamelde Cecily. 'Toe...' Ze greep zijn handen vast en keek hem aan. 'Wilt u het hier alstublieft met niemand over hebben? Belooft u dat?'

'Iedere arts heeft een vertrouwensrelatie met zijn patiënten, meisje.

Maar ik denk wel dat het belangrijk is om iemand in te lichten over… je huidige toestand.'

'Ik sterf nog liever!'

'Ik begrijp je heel goed, maar ik woon en werk hier, hier behandel ik mijn patiënten, en ik kan je verzekeren dat ik niet zo snel ergens van schrik. Dat geldt voor de meeste mensen die hier wonen. Ik raad je aan je peettante in vertrouwen te nemen. Je kunt veel over Mrs. Preston zeggen, maar ze is een vrouw van de wereld en ze heeft bovendien een goed hart.'

Cecily bleef zwijgend liggen. De paniek en de schaamte die ze voelde benamen haar bijna de adem.

'Hoe zit het met de vader? Is hij iemand van hier?'

'Nee, hij is… Ik heb hem in Engeland ontmoet. En nee, hij zou ook niet… bereid zijn om zijn verantwoordelijkheid te nemen. Hij is verloofd met een ander. Daar kwam ik naderhand pas achter…'

Cecily kon de medelevende blik in de ogen van de arts bijna niet verdragen.

'Ik begrijp dat je heel erg bent geschrokken,' zei hij na een poosje. 'Maar je bent niet de eerste en zeker niet de laatste jongedame die dit overkomt. Ik weet zeker dat je een oplossing vindt. Het gebeurt wel vaker.'

'Kan ik… Is het mogelijk om te voorkomen dat de baby ter wereld komt?'

'Als je me vraagt naar de mogelijkheden omtrent een abortus, dan kan ik je zeggen dat zoiets niet alleen onwettelijk is, maar ook zeer gevaarlijk. Ik denk dat je moet aanvaarden dat je over ongeveer zeven maanden zult bevallen. Het is beter als je je daarop instelt. Heb je familie?'

'Ja, in New York.'

'Misschien kun je beter zo snel mogelijk teruggaan naar Amerika, zeker gezien de situatie in Europa.'

Cecily zweeg. Door de schok kon ze niet meer nadenken, laat staan plannen maken voor de toekomst.

'Ik moet nu gaan, meisje, maar zoals ik al zei, ik zou zeker je peettante om raad vragen. Zij is per slot van rekening in loco parentis zolang je hier verblijft. En ik wil er nog aan toevoegen dat ze het over een paar weken zelf aan je zal kunnen zien. Hier heb je mijn visitekaartje. Mocht je hulp nodig hebben, medisch of persoonlijk, dan kun je contact met me opnemen.'

Hij legde het kaartje op het nachtkastje naast haar bed.

'Dank u. En ik ben u vast een bedrag schuldig voor dit… consult.'

'Nee hoor, ik zal je niets in rekening brengen. En als je besluit om hier te blijven, dan zal ik je tijdens je zwangerschap met plezier in alles bijstaan. Goedendag, lieve kind.'

Hij verliet de kamer. Cecily staarde naar de muur, waar een sinister schilderij hing van een Masai-krijger die over een dode leeuw gebogen stond. Zijn speer stak uit de flank van het dier.

Haar handen waren ijskoud, ondanks de warmte in de kamer. Ze sloeg de lakens terug, trok haar nachtjapon omhoog en legde haar handen op haar buik. Wat werd ze geacht te voelen? Ze wist het echt niet. Misschien kon ze het aan Mamie vragen…

Nee! Nee, nee…

'O, lieve god, o, mijn god…' Ze ging op haar zij liggen en rolde zich op tot een balletje, met haar rug naar de deur alsof ze wilde verhinderen dat er nog meer slecht nieuws doorheen zou kunnen komen. 'Wat heb ik gedaan?'

Er werd opnieuw aangeklopt en Cecily, die door haar tranen bijna niets meer kon zien, reageerde niet.

'Cecily, ik ben het, Kiki. Mag ik binnenkomen?'

'Nee,' fluisterde Cecily zachtjes. Ze schudde langzaam haar hoofd terwijl de deur achter haar open- en dichtging.

'Ach, mijn lieve engeltje… Wat scheelt eraan?'

'Kiki, toe, laat me alsjeblieft even met rust…'

'Wat heeft dokter Boyle gezegd? Is het terminaal? Ik kwam hem zojuist voor het ontbijt in de gang tegen. Anders ga ik naar hem toe en vraag ik het aan hem zelf.'

'Nee!' Cecily schoot overeind en wreef in haar ogen. 'Toe, Kiki, niet doen, dat is niet nodig. Wat ik heb is niet…' Cecily slikte moeizaam. '… terminaal of levensbedreigend.'

'Oké.' Kiki deed een stap naar haar toe. 'Je hebt dus geen malaria?'

'Nee.'

'Cholera?'

'Ook niet.'

'Een tumor?'

'Nee. Dokter Boyle heeft ontdekt dat ik niet ziek ben. Maak je geen zorgen over me, ik red me wel.'

'Natuurlijk maak ik me zorgen over je, honnepon, jij bent mijn lieve petekindje. En zolang je hier logeert, ben ik verantwoordelijk voor je. Ik heb de afgelopen tijd niet echt veel naar je omgekeken, hè?'

Cecily hield haar ogen stijf dichtgeknepen. Ze kon Kiki vlak boven haar horen ademhalen en ze rook haar parfum, waar ze prompt weer misselijk van werd.

'Wat heeft dokter Boyle tegen je gezegd dat je zo van streek bent?'

Opnieuw schudde Cecily met haar hoofd en zei niets. Haar peettante was even stil.

'Dus je symptomen zijn duizeligheid en je bent misselijk,' zei Kiki na een poosje. 'En je bent ook erg moe, toch?'

'Ik voel me al stukken beter, echt waar. Ik...'

Kiki legde zacht haar hand op Cecily's arm en Cecily voelde dat haar peettante bij haar op bed kwam zitten.

'Hij heeft je verteld dat je zwanger bent, hè?'

Cecily hield haar ogen stijf dicht om te voorkomen dat er tranen uit stroomden. Misschien zou Kiki weggaan als ze bleef zwijgen en zich niet bewoog.

'Liefje toch, wat zul je geschrokken zijn, maar weet je? Ik heb hetzelfde meegemaakt als jij. Misschien vind je het nu eng, maar we vinden er wat op. We slaan ons hier wel doorheen. Hoor je me, Cecily?'

Ze voelde Kiki zacht aan haar arm trekken en ze slaagde erin heel even te knikken.

'Goed, eerst zorgen we ervoor dat je hier wegkomt. Buiten staat Aleeki bij de auto te wachten. Na het vreselijke nieuws over Hitler is Tarquin opgeroepen om naar Nairobi te komen en hij moet hier dingen regelen die kapiteins in dergelijke gevallen geacht worden te regelen. Jij en ik gaan samen terug naar Mundui House, goed?'

Cecily knikte. Ze hoorde Kiki door de kamer lopen.

'Kom, schatje, ik leg je kleren klaar. Je moet je aankleden, dan kunnen we naar huis.'

'Ik schaam me zo, Kiki,' jammerde ze. 'Stel dat dokter Boyle het rondbazuint? Iedereen van naam is hier en wie weet zijn ze allemaal al op de hoogte.'

'Ik zweer je dat dokter Boyle de discretie zelve is. Hij had mensen ook bepaalde dingen over mij kunnen vertellen, maar dat heeft hij nooit gedaan. Kom, sta op. We gaan je aankleden.'

De daadkracht won het en met de hulp van Kiki trok Cecily een blouse en rok aan, pakte haar koffer en liet zich door Aleeki naar de auto begeleiden terwijl Kiki nog een paar woorden wisselde met Ali. Cecily nam plaats op de achterbank en zakte een stukje naar beneden voor het geval iemand door de raampjes zou gluren.

'Alles is in orde, we kunnen weg,' zei Kiki en ze ging naast Aleeki op de voorbank zitten.

Cecily dommelde in slaap tijdens de rit naar Mundui House. De schrik werkte als een soort drug die haar zintuigen tijdelijk had afgestompt. Eenmaal aangekomen haalde Aleeki Muratha erbij, die haar de trap op hielp en naar bed bracht. Het meisje deed de luiken dicht en liet haar toen alleen. Cecily sloot opnieuw haar ogen en viel in een diepe slaap.

26

Cecily werd met een schok wakker en gedurende enkele weldadige seconden herinnerde ze zich niet wat er eerder op de dag was gebeurd. Maar toen drong de werkelijkheid weer tot haar door en ze klom uit bed, liep naar het raam en deed de luiken open om te kijken naar het zachte zonlicht van de late namiddag, dat op de keurig onderhouden tuin tussen de acaciabomen viel. Ze keerde het uitzicht de rug toe en ging op de rand van haar bed zitten.

'Wat moet ik nu in vredesnaam doen?' fluisterde ze en instinctief legde ze haar handen opnieuw op haar buik. Was het mogelijk dat haar eenmalige gemeenschap met Julius had geleid tot dit fragiele, prille leven in haar schoot? Misschien had de dokter het mis. Per slot van rekening kon hij niet in haar kijken, hij kon niet bewijzen dat ze zwanger was, dacht ze opeens. Misschien was het een bepaalde vorm van malaria, iets wat ze op dit moment veel liever zou hebben, of een voedselvergiftiging – alles, zolang het maar niet zijn diagnose was.

Tegelijk herinnerde ze zich haar gesprekken met Mamie, die exact dezelfde symptomen had gehad. Ze had in de afgelopen week gemerkt dat haar borsten zwaarder waren geworden en een vreemde tinteling vertoonden. Ook was ze ronder geworden om haar middel, daarom had haar jurk zo krap gezeten. En bovendien was ze al sinds haar vertrek uit New York niet meer ongesteld geweest, en daarbovenop die misselijkheid...

Er werd zacht aangeklopt.

'Bwana, bent u wakker?' Muratha's glanzende ogen keken om de hoek van de deur.

'Ja, kom maar binnen.'

'Ik zal u helpen met aankleden. De meesteres wacht beneden op u met de thee.'

'Ik kan me zelf wel aankleden, dank je. Zeg maar tegen Kiki dat ik over een kwartier beneden ben.' Cecily was bang geworden dat de mensen in haar omgeving de verandering in haar lichaam zouden opmerken.

Kiki zat in de ontvangstkamer op haar te wachten. Het was een ruim vertrek met een glimmend geboende houten vloer, kunstobjecten en gerieflijke leunstoelen voor de open haard. Cecily kon zich niet voorstellen dat het ooit nodig zou zijn hier een vuurtje te stoken.

'Kom binnen, lieverd, en doe de deur achter je dicht.' Kiki zat in een van de leunstoelen. 'We kunnen vast wel zelf een kopje thee inschenken, want ik neem aan dat je er niemand bij wilt als we ons gesprekje voeren.'

'Ja, dank je,' zei Cecily. Ze keek naar de zilveren etagère met de verfijnde sandwiches, scones en cake. Ze voelde direct haar maag weer opspelen.

'Ik heb gemberthee voor je laten zetten. Dat is goed tegen de misselijkheid. Ga maar zitten.' Kiki wees naar de stoel tegenover haar en goot vervolgens een oranjekleurig vocht in een porseleinen kopje. 'Probeer maar. Het heeft mij door mijn zwangerschap gesleept.'

Hoe beroerd en beschaamd Cecily zich op dat moment ook voelde, ze vond het toch interessant om te horen hoe Kiki dit destijds zelf had beleefd. Ze wist dat haar peettante kinderen had, ze waren ongeveer van haar leeftijd, maar Kiki had het zelden over hen. Ze nipte van haar kopje, en ze verbrandde haar keel bijna aan de hete vloeistof, maar toch deed het haar goed.

'Zo, liefje, laten we eens bespreken wat je het beste kunt doen.' Kiki zette haar theekopje neer en stak een sigaret op. 'Mag ik vragen wie de vader is? Je ex-verloofde misschien?'

'Nee, hij...' Cecily slikte. 'Ik...'

'Luister naar me, Cecily. Luister goed. Ik heb in mijn leven al heel wat meegemaakt, en alles wat je me vertelt, blijft strikt tussen jou en mij. En ik schrik niet zo gauw. Ik heb meer meegemaakt dan de meeste mensen in Manhattan ooit zullen meemaken. Snap je wat ik bedoel?'

'Jawel.'

'Goed dan. Wie is de vader?'

'Hij heet Julius Woodhead. Hij is de neef van Audrey, Lady Woodhead. Ze is bevriend met mijn moeder.'

‘Ja, ik ken haar van vroeger. Ze zou alles op alles hebben gezet om een kroontje op haar hoofd te krijgen,’ zei Kiki nogal vals. ‘Natuurlijk had ze een hekel aan me omdat… Enfin, dat verhaal bewaar ik wel voor een andere keer. Dus je hebt deze Julius ontmoet toen je bij Audrey in Engeland logeerde?’

‘Ja. Ik dacht dat hij verliefd op me was. Ik was in elk geval heel erg verliefd op hem. Hij zei dat we ons zouden verloven en toen…’

‘En toen heeft hij jou verleid?’

‘Ja. Maar vertel het alsjeblieft tegen niemand, Kiki. Ik ben zo dom geweest… Dat besef ik nu. Maar hij was zo lief tegen me en doordat mijn ex-verloofde me in de steek had gelaten voor een andere vrouw, was ik misschien…’

‘Kwetsbaar,’ vulde Kiki aan. ‘Het is de beste overkomen, Cecily. Die Engelsmannen zijn verduiveld charmant en ze weten ons met dat verrukkelijke Britse accent moeiteloos het bed in te fluisteren.’ Kiki zuchtte. ‘Ik voel me op een bepaalde manier verantwoordelijk. Als ik ook op Woodhead Hall was geweest, had ik de tekens herkend en er een stokje voor kunnen steken. Maar enfin, het is nu eenmaal gebeurd. Nu ik van de hoed en de rand weet, en je verhaal lijkt heel veel op mijn… beproeving destijds, kunnen we nadenken over de manier waarop we er het best mee om kunnen gaan. Ik neem aan dat deze Julius niet aan zijn plicht zal voldoen?’

‘Ha!’ Cecily lachte bitter. ‘Ik heb vlak voor mijn vertrek ontdekt dat hij met een ander verloofd was.’

‘Goed, dan sta je er alleen voor. Dat wil zeggen, je hebt mij nog, en ik ben door de wol geverfd, zoals dat heet.’ Kiki schonk haar een wrang glimlachje en stond op. ‘Ik denk dat dit een goed moment is voor iets sterkers dan thee.’ Kiki liep naar het kabinet in de hoek, pakte een karaf bourbon en schonk een flink glas voor zichzelf in. ‘Ik neem aan dat jij niets hoeft?’

‘Nee, dank je.’

‘Klopt het dat je moeder geen idee heeft van je relatie met Julius?’

‘Nee, ze weet er niets van! Als het een echte relatie was geweest, had ze dat geweldig gevonden. Julius zal mettertijd van zijn oom een titel erven, en ook Woodhead Hall.’

‘Ze was in de zevende hemel geweest!’ beaamde Kiki grinnikend. Ze leegde haar glas. 'Je kunt hem natuurlijk een brief schrijven om hem op de hoogte te brengen van je situatie. Nog beter is als ik Audrey schrijf om het haar te vertellen.'

'Alsjeblieft niet! Ik ga nog liever dood dan met hangende pootjes naar hem terug te keren. Bovendien is het moeilijk te bewijzen dat hij de vader is.'

'Dat is zo, anders zou de helft van alle huwelijken op de wereld op een scheiding uitlopen.' Kiki grinnikte opnieuw, schonk haar glas bij en ging zitten. 'Je hebt natuurlijk gelijk. Hij zou het alleen maar ontkennen en dan word jij voor gek uitgemaakt. Wat je natuurlijk niet bent, wil ik eraan toevoegen. Cecily, liefje, ik zal je een geheimpje verklappen waarvan je beslist zult opknappen. Er was eens een jong meisje van ongeveer jouw leeftijd die een prins ontmoette – en dan een echte prins, een prins van Engeland, de vierde in de lijn van troonopvolging. Ze werd halsoverkop verliefd op hem en helaas bevond ze zich kort daarop in dezelfde positie als jij nu. Ze geloofde dat hij aan haar zijde zou staan, dat hij bij haar zou blijven en haar zou helpen. Misschien zou hij wel met haar trouwen en dan zou ze zijn prinses worden. Dus ze belde hem op om te vertellen dat ze hem moest spreken, want ze droeg zijn kind. Hij zei dat hij haar zou bijstaan, en dat was het laatste gesprek dat ze voerden. Kort daarop stond er een ordonnansofficier, zo wordt een koninklijke bediende genoemd, bij haar voor de deur. Het meisje kreeg te horen dat ze naar een kliniek in Zwitserland moest gaan om daar haar zwangerschap uit te zitten. Ze gehoorzaamde. Vlak na de bevalling werd de baby weggehaald. Ze had het kind niet eens kunnen vasthouden en ze heeft het ook nooit meer teruggezien.'

Cecily zag dat Kiki's ogen vochtig werden toen ze nog een slok bourbon nam.

'Ik denk dat we allebei wel weten wie dat jonge meisje was, nietwaar?' vroeg ze.

Cecily knikte.

'Dus als ik zeg dat ik je positie begrijp, dan is dat ook zo. Het goede nieuws is dat niemand ter wereld ervan op de hoogte is, behalve jij, dokter Boyle en ik. En als we het slim aanpakken, kunnen we het zo houden. Niemand hoeft dit ooit te weten.'

‘Hoe kunnen we dat doen, Kiki? Waar moet ik naartoe?’

‘Naar Zwitserland, net als ik. Wat er ook voor zorgelijke ontwikkelingen in Europa zullen plaatsvinden, Zwitserland is neutraal, dus daar ben je veilig. We schrijven je moeder dat je nog een poos in Kenia wilt blijven, en hier zal iedereen denken dat je naar Amerika bent vertrokken. Snap je? Het is een perfect plan!’ Kiki klapte in haar handen. Ze was duidelijk in haar nopjes met haar slimme plannetje.

‘Wat gebeurt er na de bevalling?’

‘Je laat het kind adopteren. De kliniek vindt wel een geschikt echtpaar, waarschijnlijk Amerikaans, dat je baby een fijn thuis en een mooi leven kan bieden. En dan ben jij weer vrij om te gaan en staan waar je wilt. Dat wil je toch?’

‘Ik… ik denk het wel, Kiki. Ik heb nog niet zo ver nagedacht, ik ben te zeer van slag.’

‘Dat weet ik, liefje. Maar het is belangrijk dat je zo snel mogelijk knopen doorhakt. We willen niet dat mensen ergens lucht van krijgen en dat de roddels Manhattan zullen bereiken, toch?’

‘Nee, zeker niet.’

‘Daarom. Ik zie geen alternatief. Jij wel?’

‘Nee.’ Cecily schudde haar hoofd. Ze voelde opnieuw de paniek opkomen. ‘Ik weet het ook niet.’

‘En natuurlijk ga ik met je mee naar die kliniek om ervoor te zorgen dat je daar goed zit. De berglucht zal mij ook goeddoen. Maar dan moeten we wel snel vertrekken. Op dit moment zijn de grenzen in Europa uiterst veranderlijk en we willen niet dat Hitler onze plannen dwarsboomt.’

‘Weet je zeker dat het in Zwitserland veilig is? Het ligt wel heel dicht bij Duitsland.’

‘Ja hoor, meisje, het is er veilig. Immers, het meeste kapitaal van de nazi’s staat op Zwitserse banken, dus ze zullen hun buren geen kwaad berokkenen,’ zei Kiki. ‘Goed. Zal ik je moeder bellen om te zeggen dat je langer blijft? Ze heeft al eerder op de dag gebeld, toen jij lag te rusten. Je ouders hadden het nieuws over de ontwikkelingen in Europa vernomen en ze maakten zich zorgen. Ze wilden eigenlijk een ticket voor je boeken zodat je zo snel mogelijk terug naar huis kon, dus we moeten voortmaken.’

'Maar welk excuus kan ik gebruiken?' Cecily beet op haar lip, wanhopig bij de gedachte dat ze nu nog zo veel maanden van haar ouders gescheiden zou zijn.

Net nu ik mijn familie het hardst nodig heb, dacht ze.

'Ach, ik verzin er wel iets op, maak je maar niet druk,' zei Kiki. 'Ik ben erg goed in dat soort dingen.'

Cecily bestudeerde haar peettante een poosje. Kiki was echt heel lief, maar toch leek het alsof het voor haar vooral een spelletje was.

'Mag ik een paar dagen respijt? Ik wil hier eerst goed over nadenken,' zei Cecily.

'Vooruit. Maar bedenk dat je op dit moment niet alle tijd van de wereld hebt. Bovendien, wat zijn je andere opties? Tenzij je morgen iemand vindt die bereid is met je te trouwen,' grinnikte Kiki een tikje schamper.

'Dank je dat je zo veel voor me wilt doen. Het is echt heel aardig van je, maar zoals ik al zei, ik moet hier eerst goed over nadenken.' Cecily stond op. 'Ik ga een stukje lopen, als je het niet erg vindt.'

'Ga je gang. Ik weet dat het allemaal rauw op je dak is gevallen, maar je rooit het wel. Geloof me, je bent veel sterker dan je denkt.'

'Ik hoop het. Tot straks.'

Cecily liep de kamer uit en begaf zich naar de voordeur.

'Uw hoed, memsahib!' Aleeki rende haar achterna. 'Te heet voor u buiten.'

De blik die hij op haar buik wierp duurde slechts een fractie van een seconde, maar het was voldoende voor Cecily om te beseffen dat hij het wist.

'Dank je, Aleeki.' Ze knikte naar hem en liep door de tuin in de richting van haar favoriete bankje bij het meer, en ondertussen probeerde ze alles wat er in de afgelopen uren was gebeurd op een rijtje te krijgen.

Dat lukte uiteraard niet, dus ze bleef maar gewoon wat zitten kijken naar de nijlpaarden die zich loom omdraaiden in de zon en het water in plonsden voor hun dagelijkse bad voor zonsondergang. Het gegeven dat ze dit elke dag rond dezelfde tijd deden, en altijd in dat kalme tempo, was bijna hypnotiserend. Het bracht haar getergde zenuwen langzaam tot bedaren. Ze had in haar stoutste dromen niet kunnen bedenken dat ze ooit een nijlpaard zou willen zijn, een van de lelijkste schepsels op Gods mooie aarde, en toch was het zo.

Na een poosje gaf ze haar poging om inzicht te krijgen in haar situatie op en ze liep terug naar huis. Muratha had een bad voor haar klaargemaakt en toen ze erin was gestapt, vroeg ze zich af of ze het zich soms inbeeldde dat haar buik een lichte zwelling vertoonde...

'Madam vraagt of u straks met haar eet.' Muratha was in haar kamer verschenen.

'Nee, vanavond niet. Zeg haar dat het me spijt, maar ik heb liever een dienblad in mijn kamer,' zei Cecily vastberaden. Ze voelde zich ietwat schuldig dat ze Kiki ontweek, terwijl die zo aardig voor haar was geweest, maar de luchthartige manier waarop Kiki met haar situatie omsprong stond haar tegen. Zoals Hitler Tsjecho-Slowakije had geannexeerd, was zij nu geannexeerd door een miniem wezentje, en haar situatie was ernstig, zonder meer ernstig.

Ze slaagde erin wat van de soep naar binnen te krijgen die Muratha haar had gebracht, en toen pakte ze de bijbel die haar moeder haar had gegeven voor ze op reis ging.

Ze had nooit vraagtekens gezet bij het geloof dat haar was bijgebracht – tot nu toe had het niets anders betekend dan op zondag haar mooie kleren aan te trekken en naar de kerk te gaan. Maar nu ze erdoorheen bladerde en de verzen las, begon ze toch te twijfelen.

Legden christenen hun baby's te vondeling als ze niet gelegen kwamen? Cecily dacht aan haar zus Mamie, een niet-moederlijk type, dat had ze zelf altijd gezegd, die zich tijdens haar zwangerschap als rasechte moederkloek had ontpopt.

'Hoe voel ik me als ik jou straks negen maanden in me heb gedragen?' fluisterde Cecily tegen haar buik. 'Ik bedoel, Maria werd zwanger van God voordat zij en Jozef getrouwd waren. Mijn hemel! Dat betekent dat het hele Nieuwe Testament is gebaseerd op een vrouw die haar aanstaande bruidegom ontrouw is geweest!'

Ontsteld door die gedachte liet Cecily zich terugzinken in de kussens. Had ze maar beter opgelet tijdens de preken van de priester in de kerk.

Later, toen ze eindelijk het licht uitdeed en onder de lakens kroop in de hoop dat haar geteisterde hoofd een paar uur rust zou krijgen, wist ze dat al die vragen nog steeds openstonden, maar dat ze hoe dan ook zelf een antwoord moest zien te vinden voor haar situatie.

Ze had weliswaar geslapen, maar toch voelde ze zich nog vermoeider dan de avond ervoor. Een golf van misselijkheid joeg haar uit bed en ze haastte zich naar de badkamer, waar ze slechts gal overgaf.

'Bwana weer ziek?' Muratha bracht Cecily terug naar bed en dekte haar toe. Ook de snelle blik van Muratha op haar buik ontging Cecily niet, en toen het meisje weg was, ging ze kreunend op haar zij liggen. Het was duidelijk dat de hele staf op de hoogte was van haar situatie.

Kiki heeft gelijk, bedacht ze. Ik moet snel actie ondernemen voordat iedereen doorheeft wat er met me aan de hand is.

Ze kleedde zich met moeite aan en liep naar beneden om te ontbijten. Er werd gemberthee voor haar neergezet in plaats van koffie en ze prikte lusteloos in de overvloed aan etenswaren op de tafel.

'Goedemorgen, liefje. Hoe heb je geslapen?'

'Wel goed, dank je.' Cecily verbaasde zich erover dat Kiki zo vroeg uit de veren was. Ze liep in een karmozijnrode kamerjas de veranda op.

'Mooi. Ik ga even zwemmen. Het is te warm om in bed te blijven liggen,' zei ze en ze liep door naar het meer. 'Kom mee. De modder in het water verricht wonderen voor je huid.'

Cecily bedacht dat ze niets beters te doen had en ze volgde haar peettante naar het meer. Kiki liet de kamerjas van haar schouders glijden en onthulde het gestreepte badpak dat ze eronder droeg. Voor een oudere vrouw die kinderen had gekregen, had ze een fantastisch figuur. Cecily liet zich op het bankje zakken. Hopelijk zou haar eigen lichaam niet al te zeer getekend worden door de zwangerschap.

Kiki poedelde een poosje in het water en pakte de handdoek van Aleeki aan toen ze eruit stapte.

'Ik blijf hier bij Cecily zitten, ik laat me in de zon opdrogen,' zei ze tegen hem. Aleeki knikte, gaf Kiki haar sigarettenkoker en liet de twee vrouwen alleen.

'Heb je er nog over nagedacht?' vroeg Kiki. Ze nam een trekje van haar sigaret en de rook maakte Cecily opnieuw misselijk.

'Ja, en je hebt gelijk. Ik zie geen alternatief, al kan ik de gedachte niet verdragen dat mijn kind zal worden geadopteerd. Dat zal me tot aan mijn laatste snik blijven achtervolgen.'

'Ik weet het, liefje. Maar vergeet niet dat je het ook doet voor het welzijn van de baby. Als ongehuwde moeder zullen jullie allebei verstoten worden, nog afgezien van de schande die je je familie zal aandoen. Je zult andere kinderen krijgen, dat beloof ik je. Als je de juiste man bent tegengekomen, zal deze episode niets anders zijn dan een nachtmerrie die je achter je hebt kunnen laten. Goed, ik kan wel een kopje koffie gebruiken na deze inspanning. Jij ook?'

'Ik blijf hier nog even zitten, dank je.'

Kiki trok haar kamerjas aan en liep terug naar het huis. Cecily keek haar na, stond op en slenterde langs de waterlijn van het meer tot Mundui House uit het zicht was verdwenen. Ze keek naar het kabbelende water en bedacht even hoe prettig het moest zijn om Kiki's fles bourbon leeg te drinken, het water in te lopen en te blijven lopen tot zij zelf en de puinhoop die ze van haar leven had gemaakt, ophielden te bestaan.

'Ach, mama, kon ik nu maar even met je praten. Maar dat gaat niet, dat gaat niet.'

Ze sloeg haar handen voor haar gezicht, haar schouders begonnen te schokken en ze liet zich langs de stam van de acaciaboom op de grond zakken. Ze moest zo hard huilen dat ze niet hoorde dat er iemand aan kwam. Ze merkte het pas toen diegene vlak voor haar stond.

'Cecily, liefje! Je peettante zei dat je bij het meer was. Wat is er aan de hand?'

Katherine boog zich met een bezorgd gezicht over haar heen.

'Ach, er is niets.' Cecily veegde driftig haar tranen weg. 'Wat kom je doen?'

'Bill was even in de Muthaiga Club en had van dokter Boyle gehoord dat je ziek was. Hij vertelde het vanmorgen tegen me, en ik maakte me zo ongerust dat hij me hiernaartoe heeft gereden.'

'Is Bill er ook?' Cecily gruwde bij de gedachte dat het nieuws over haar lichamelijke toestand zich zo snel had verspreid. 'Het is echt heel lief van jullie allebei, maar er is niets met me aan de hand.'

'Cecily.' Katherine ging op haar hurken naast haar zitten en pakte haar handen vast. 'Mensen met wie niets aan de hand is, gedragen zich niet zo. Wat is er toch? Je hoeft tegen mij niet te liegen. Ik heb tweeënhalf uur voor jou in de auto gezeten, dus ik verdien het op zijn minst de waarheid te horen.'

Er kwamen duizend verschillende antwoorden in haar hoofd op. Maar Cecily was te moe en te wanhopig om nog langer de schijn op te houden.

'Ik ben zwanger! Dat is er aan de hand, Katherine. Dokter Boyle zei dat ik over zeven maanden een kind krijg. Nu weet je het.'

Cecily stond op en liep met ferme passen langs de oever. Ze wilde zo ver mogelijk bij het huis en Katherine vandaan zijn. Misschien moesten ze het maar groots aankondigen in de regionale krant, dacht ze verbitterd. Dat leverde waarschijnlijk meer lezers op dan Hitlers invasie in Tsjecho-Slowakije.

'Cecily! Wacht!' Katherine rende achter haar aan, maar ze bleef stug doorlopen.

'Nee. En ik zal het je niet kwalijk nemen als je me nooit meer wilt zien. Ik ben een schande. Bovendien lijkt iedereen er al van op de hoogte te zijn.'

'Kalmeer toch in vredesnaam. Niemand weet iets en natuurlijk wil ik je blijven zien. Cecily, blijf nou gewoon staan, dan kunnen we erover praten.'

'Ik heb niets te bespreken...' Ze moest opnieuw huilen. 'Kiki regelt een kliniek in Zwitserland, waar ik kan blijven tot na de bevalling, wanneer het kind is afgestaan ter adoptie. Dan pak ik de draad weer op alsof er niets is gebeurd. Zie je? Het is allemaal voor me uitgestippeld.'

'Cecily, ik weet dat je nu overstuur bent, maar...'

Het pad langs het water hield op en Cecily bleef voor ondoordringbaar struikgewas staan. Ze draaide zich om naar Katherine en schudde haar hoofd.

'Toe, ik wil gewoon alleen zijn.'

'Zo te zien is dat het laatste wat je nu nodig hebt. Laten we gaan zitten, dan kunnen we rustig met elkaar praten.'

'Ik heb al gezegd dat er niets te bespreken valt!'

'Cecily, je gedraagt je als een hysterisch, verwend kind, niet als een aanstaande moeder. Als je niet meteen ophoudt met die fratsen, moet ik je een draai om je oren geven.'

Cecily haalde diep adem. Ze voelde zich duizelig. Ze wankelde op haar benen en Katherine hield haar vast.

'Lieve help, wat ben je er slecht aan toe. Kom, ik geef je een arm, dan breng ik je naar huis. Je moet nodig naar bed.'

'Ik wil niet naar huis. Ik wil nergens heen, Katherine. Ik wil dood!'

'Ik begrijp heel goed dat je je in een uiterst precaire situatie bevindt, maar komt tijd, komt raad,' zei Katherine rustig. Ze sloeg een arm om Cecily's middel en droeg haar praktisch terug naar Mundui House.

'Er is geen oplossing. Ik kan de baby niet houden, al zou ik het willen. Misschien wil ik dat ook wel, maar o... Ik denk dat ik...'

Katherine voelde dat Cecily met haar volle gewicht tegen haar aanviel. Ze wilde net om hulp roepen, toen Bill een paar meter verderop verscheen.

'Bill! Goddank. Cecily is flauwgevallen,' riep ze. Bill rende meteen naar haar toe en tilde Cecily met zijn sterke armen op. 'Hoe kwam jij hier zo snel terecht?' vroeg Katherine aan hem.

'Ik ben naar het meer gelopen om je te zoeken. Ik hield het geen seconde langer uit met dat mens daar binnen,' zei hij hijgend. Ze hadden de tuin inmiddels bereikt. 'Loop maar vast vooruit en ga water halen. Ze is buiten bewustzijn.'

'Oké,' zei Katherine. Bill legde Cecily voorzichtig op de bank in de schaduw van een acaciaboom.

'Voor je weggaat... Is Cecily zwanger? Ik ving het laatste deel van jullie gesprek op toen ik jullie aan het zoeken was.'

'Je moet zweren om het aan niemand te vertellen,' zei Katherine ferm. 'Cecily's reputatie hangt af van jouw discretie.'

Bill keek Katherine na en wierp toen een blik op de jonge vrouw die op de bank lag. Hij zette zijn hoed af en wuifde haar koelte toe.

'Gaat het weer een beetje?' vroeg Katherine een half uur later aan Cecily in haar slaapkamer.

'Ja, veel beter. Het spijt me echt enorm dat ik zo grof en ondankbaar tegen je was, terwijl je helemaal met Bill hiernaartoe bent komen rijden.'

'Ach, maak je daar maar geen zorgen over. Gezien de omstandigheden is het volkomen begrijpelijk. Een dergelijke schok kan rare dingen met een mens doen.'

'Ik ben tegen je tekeergegaan, dat verdien je niet. Vergeef me alsjeblieft, Katherine.'

'Vergeven en vergeten, beloofd.'

'En het komt echt wel goed met me. Kiki heeft gelijk, ik moet mijn situatie onder ogen zien. Ik heb dit volkomen aan mijn eigen domme zelf te wijten en aan niemand anders,' zei Cecily. Ze nam een slokje van haar gemberthee.

'Dus degene die het was... heeft je niet met geweld genomen?'

'Nee, maar soms zou ik bijna willen dat het wel zo was gegaan, dan hoefde ik me niet zo schuldig te voelen.'

'Zeg dat alsjeblieft niet.' Katherine huiverde. 'Mijn vader heeft zich om een heleboel meisjes moeten bekommeren die door hun zogenaamde echtgenoot op de leeftijd van elf of twaalf al overmeesterd werden. Er is niets erger dan dat.'

'Ja, je hebt natuurlijk gelijk,' beaamde Cecily. 'Ik zal niet langer medelijden met mezelf hebben. Ik ga doen wat ik moet doen, hoe akelig ik het ook vind om straks mijn baby te moeten afstaan.'

'Op dit moment kan ik je alleen maar aanraden om er niet meer aan te denken,' zei Katherine. 'Het belangrijkste is dat je goed voor jezelf en voor je kind zorgt. Zeg, Bill staat te popelen om te vertrekken. Je weet hoe hij over je peettante denkt.'

'Zeker. En zeg tegen hem dat ik hem heel dankbaar ben dat hij je heeft willen brengen.'

'Hij wilde zelf nog even gedag komen zeggen, dus vertel het hem zelf maar.' Katherine stond op van de rand van haar bed. 'Goed, beloof me dat je afscheid komt nemen voor je naar Zwitserland gaat, oké?'

'Natuurlijk. Zeg... Vind jij ook dat ik de juiste beslissing heb genomen?'

'Ik weet niet of het de "juiste" is, maar in de praktijk is het wel zo dat ongehuwde moeders een stigma hebben, en zolang men daar op deze wereld geen afstand van wil nemen en de vaders nooit een strobreed in de weg wordt gelegd, zie ik niet goed welke andere keus je hebt. Ik vind het vreselijk voor je.' Katherine kneep even in haar hand. 'We spreken elkaar gauw, afgesproken?'

'Afgesproken. En doe Bobby de hartelijke groeten.'

Katherine verliet de kamer en Cecily keek haar na. Ze zou haar vriendin het meest missen als ze naar Zwitserland ging.

Even later werd er opnieuw aangeklopt.

'Binnen.'

Bill verscheen in de deuropening. Hij zette zijn hoed af en bleef ongemakkelijk in de deuropening staan.

'Hallo, Bill. Ga maar zitten.' Cecily wees naar de stoel naast haar bed.

Bill negeerde haar, liep naar het voeteneinde en bleef daar naar haar staan kijken. 'Je hebt gelukkig weer een beetje kleur op je wangen.'

'Ja, dank je wel voor je hulp. Dat is al de tweede keer dat je me hebt gered.'

'Vandaag was het toeval dat ik er was. Of misschien ook niet.'

Cecily keek naar hem terwijl hij door de kamer begon te ijsberen.

'Alles goed, Bill?'

'Jawel, heel goed zelfs. Eigenlijk had ik je iets willen vragen, Cecily.'

'Vraag maar. Ik wil je graag van dienst zijn als dank voor alles wat je in Kenia voor me hebt gedaan.'

'Het geval wil...' Bill liet een paar losse muntjes in zijn broekzak rinkelen. 'Het geval wil dat ik erg op je gesteld ben geraakt.'

'O ja?' Cecily wachtte op de belediging die ongetwijfeld op dit compliment zou volgen, want ze kende Bill niet anders.

'Ja, echt. Dus ik vroeg me af of je misschien in overweging wilt nemen met me te trouwen.'

'Ik...' Cecily staarde hem verbijsterd aan. 'Toe, Bill, dit is niet het juiste moment om me te plagen. Wat wilde je me echt vragen?'

'Nou, dat. Ik vind dat het tijd wordt dat een vrouw bij mij het huishouden gaat bestieren, en volgens mij kunnen jij en ik goed met elkaar overweg. Ja toch?'

'Eh... ja, ik denk het wel.'

'Ik hoorde zojuist van je... probleempje toen ik op zoek naar jou langs het meer liep. En terwijl jij daar bewusteloos op de bank lag, bedacht ik dat we misschien tot een overeenkomst konden komen die ons allebei tot voordeel zou strekken. Als je begrijpt wat ik bedoel.'

Cecily kon hem alleen maar vol ontzetting aanstaren. Het feit dat hij van haar zwangerschap op de hoogte was en haar toch om haar hand vroeg, ging haar begrip te boven. Bovendien was Bill in haar ogen de eeuwige vrijgezel.

'Ik weet dat ik wat ouder ben dan jij, ik word achtendertig in het najaar, en dat mijn huis vrij… eenvoudig is. Als je ja zegt, dan beloof ik dat ik een veel groter huis voor jou en het kind zal bouwen. En het wordt ons kind, dat spreekt voor zich. Niemand zal ooit iets anders te horen krijgen.'

'Ik snap het. Denk ik.'

'En we kunnen meer kinderen krijgen als we willen. Ik zie niet in waarom dat niet zou kunnen.'

'Ja, maar…'

'Ik weet zeker dat je een heleboel mitsen en maren hebt, en ik kan me voorstellen dat dit niet het soort aanzoek is waar jonge vrouwen meestal van dromen.' Bill zuchtte. 'Maar zo staan de zaken ervoor, en ik denk dat ik je best ga missen als je naar Zwitserland vertrekt en daarna naar Amerika. Dit is geen echte liefdesverklaring, maar het komt wel dicht in de buurt en het is al een hele tijd geleden dat ik dit soort dingen heb gezegd. We zijn allebei gehavend door ons verleden en we zouden met… open ogen deze overeenkomst aangaan. Vooropgesteld dat je ermee instemt, natuurlijk. Ik zal je nu alleen laten zodat je erover na kunt denken, maar mocht je tot de conclusie komen dat het een oplossing is voor je penibele situatie, dan zou ik willen voorstellen om onze verloving zo spoedig mogelijk kenbaar te maken, voordat boze tongen je reputatie zouden kunnen schaden. Ik kom morgen langs om te kijken hoe het met je gaat, en dan hoop ik dat je je antwoord klaar hebt.' Bill liep naar haar toe, nam haar hand in de zijne en drukte er een kus op. 'Dan neem ik nu afscheid.'

Met die woorden draaide hij zich om en verliet de kamer.

Cecily hield voor zich wat Bill haar had voorgesteld. Ze wist inmiddels maar al te goed hoe impulsief Kiki kon zijn – als het in haar hoofd opkwam om een feestje te bouwen, dan aarzelde ze geen seconde en ze nam lukraak beslissingen. En Cecily wist dat ze nu echt tijd nodig had om na te denken. Het besluit dat ze nu zou nemen, zou de koers van haar leven voor altijd kunnen veranderen.

Maar ze had nu tenminste weer een keus. Dat maakte alles beter, en tegelijk ook gecompliceerder.

Toen ze Kiki's voetstappen op de gang voorbij had horen komen, waaruit ze kon opmaken dat haar peettante op weg was naar haar eigen kamer voor een 'siësta', zoals ze dat noemde, ging Cecily naar beneden en liep naar het meer om tegen haar nijlpaarden te praten.

'Zou ik hier voorgoed kunnen wonen?' vroeg ze en ze keek uit over het rimpelloze wateroppervlak. 'Het is hier wel heel erg mooi. Maar belangrijker is...' Ze zuchtte even. 'Zou ik wel met Bill kunnen leven?'

Ze dacht terug aan zijn bescheiden onderkomen en probeerde zich in te denken hoe het daar zou zijn. Hij had haar tenminste wel beloofd een nieuw huis te bouwen en het zou best fijn zijn om daar een mooie tuin omheen aan te leggen... De gedachte om een eigen tuin te hebben, waar zij heer en meester was, vond ze aanlokkelijk. En Katherine en Bobby zouden haar buren zijn...

Haar ouders zouden het geweldig vinden als ze een Engelsman van goeden huize zou huwen – per slot van rekening was de majoor bevriend met Audrey. Het belangrijkste van alles was echter dat ze haar kind niet hoefde af te staan, want Bill had gezegd dat hij het zou opvoeden alsof het van hemzelf was. Ze wist zeker dat er hoe dan ook geroddeld zou worden over hun plotselinge huwelijk en de vroegtijdige geboorte, maar dat was een peulenschil vergeleken bij het idee dat ze haar kind zou moeten afstaan.

'Hoe zit het eigenlijk met Bill?' vroeg ze aan de nijlpaarden. 'Hij heeft me duidelijk gemaakt dat het een verstandshuwelijk zou zijn...' Anderzijds, waren de meeste huwelijken niet zo? Een verbintenis volgens een contract?

Bovendien was je klaar met de liefde en zou je nooit meer een man vertrouwen, weet je nog, zei ze kordaat tegen zichzelf. Dus hou dan ook op daar steeds naar te blijven hunkeren.

Ze wist wel dat ze erop kon bouwen dat Bill voor haar zou zorgen, hij had immers haar leven gered. Bovendien was ze na die eerste paar merkwaardige ontmoetingen zijn gezelschap op prijs gaan stellen.

Kon ze hem maar vragen of hij hun huwelijk wilde consummeren, zodat ze echt man en vrouw zouden zijn, maar dat was natuurlijk geen optie. Cecily kneep haar ogen dicht en probeerde zich voor te stellen hoe het zou zijn als hij haar kuste. Het was geen nare gedachte. Hij was beslist niet onaantrekkelijk, al was hij vijftien jaar ouder dan zij.

Ze kon ook naar Zwitserland gaan om te bevallen, terugkeren naar Amerika en daar de draad van haar leven weer oppakken. Maar ze wist zeker dat ze haar ouders nooit meer recht in de ogen kon kijken als ze haar geheim de rest van haar leven voor hen zou moeten verzwijgen. Daar was ze beslist niet toe in staat.

Cecily stond op en liep naar het water.

'Zal ik jullie eens wat vertellen, nijlpaarden? Ik denk niet dat ik een andere keus heb.'

Die avond zat ze met Kiki op het terras. Kiki dronk een martini en Cecily had een kopje gemberthee.

'Je ziet er stukken beter uit, liefje.'

'Ik voel me ook beter,' antwoordde ze.

'Mooi. Je bent dapper, en ik hou van dappere mensen. Welnu, we moeten meteen je moeder bellen om haar te laten weten dat je niet naar huis komt. En vervolgens moeten we snel onze reis naar Zwitserland regelen. Tarquin zegt dat een oorlog nu onvermijdelijk is, het is een kwestie van wachten op de officiële bekendmaking. Maar maak je geen zorgen, liefje, jij zult hoog en droog in Zwitserland zitten, het mooiste land ter wereld.'

'Eigenlijk hoef ik niet meer naar Zwitserland, Kiki.'

'Waarom niet? We waren gisteren overeengekomen dat het de enige oplossing was.'

'Ja, maar in de tussentijd heeft zich een andere oplossing voorgedaan.'

'O ja? Wat bedoel je?'

'Bill Forsythe heeft me ten huwelijk gevraagd.'

Cecily moest heimelijk lachen om de uitdrukking op Kiki's gezicht. Haar peettante was compleet van slag.

'Wat? Bill Forsythe… wil met je trouwen?' papegaaide ze.

'Ja. Hij heeft me gevraagd en ik geef hem morgenochtend mijn antwoord.'

'Wel verdraaid nog aan toe!' Kiki wierp haar hoofd in haar nek en barstte in lachen uit. 'Jij kleine schelm. Hoe lang speelt dit al tussen jullie?'

'Ik...'

Cecily zag opeens in dat ze het spel moest meespelen en de ware aard van hun overeenkomst verborgen moest houden. Ze wist zelf heel goed hoe de vork in de steel zat, maar ze zou op zijn minst moeten doen alsof zij en Bill gevoelens voor elkaar koesterden. Kiki maakte deel uit van de plaatselijke gemeenschap en ze kon het niet riskeren dat ze een keer na een paar borreltjes haar mond voorbij zou praten.

'Sinds we een paar weken geleden op safari zijn geweest.'

'Waarom heb je er niets over gezegd, liefje?'

'Ik dacht dat Bill niets meer met me te maken zou willen hebben als hij zou ontdekken dat ik zwanger was. Welke man zou per slot van rekening willen blijven als hij wist dat zijn... vriendin in verwachting was van een ander?'

'Een heel speciaal soort man, dat is duidelijk. Bill moet wel erg veel van je houden dat hij hiertoe bereid is. Ik vond het al zo vreemd dat hij gisteren dat hele eind had gereden om te kijken hoe het met je ging. Ik neem aan dat jullie straks zeggen dat het kind van hem is?'

'Ja.'

'En Bill is het daarmee eens?' Kiki wierp haar een zijdelingse blik toe.

'Jazeker, anders had hij me niet ten huwelijk gevraagd.'

'Dat is waar. Enfin, ik kan niet zeggen dat hij mijn grootste vriend is. Maar chapeau voor hem dat hij zo... ruimdenkend blijkt te zijn. Ik hoop dat je beseft hoeveel geluk je hebt gehad, Cecily. De spreekwoordelijke prins op het witte paard heeft je gered.'

'Ja, ik weet het. Vind je dat ik op zijn aanzoek moet ingaan? Ik heb gezegd dat ik het eerst met jou wilde bespreken.'

'Als ik jou was, zou ik de kans met beide handen aangrijpen. Echt, liefje, ik ben ontzettend blij voor je. Bovendien betekent het dat je in Kenia zult blijven. Zullen we je moeder meteen bellen? Ze zal in haar sas zijn dat je een Engelsman aan de haak hebt geslagen, en dan nog een aristocraat ook. Bills moeder is een "Hon", moet je weten.'

'Wat is dat?'

'Dat betekent dat ze een lady was voor ze trouwde. Enfin, zullen we je moeder bellen?'

'Als je het niet erg vindt, wil ik eerst morgen met Bill praten en hem vertellen dat ik op zijn aanzoek inga.'

'Natuurlijk, en laten we hopen dat hij in de tussentijd niet van gedachten is veranderd. En dit moment roept om champagne!'

Een uur later, toen Cecily erin was geslaagd te ontsnappen met het smoesje dat ze moe was, liep ze naar boven. Ze bleef op de overloop staan en keek uit het raam naar de naderende avondschemering.

'Hallo, Afrika,' fluisterde ze. 'Zo te zien blijf ik hier.'

27

'En, Cecily?'

Ze stond met Bill bij het meer. Ze was ontroerd dat hij zich voor de gelegenheid een beetje had opgedoft. Met zijn smetteloos witte overhemd en gestreken kaki broek vond ze dat hij er aantrekkelijk uitzag. En ietwat nerveus.

'Heb je over mijn voorstel nagedacht?'

'Ik heb erover nagedacht. En het antwoord is ja. Ik ga graag op je voorstel in.'

'Wel heb ik ooit. Prachtig.' Hij lachte. 'Misschien moet ik je nu kussen. Ik weet zeker dat ze ons vanuit het huis in de gaten houden.'

'Reken maar,' zei Cecily.

Bill boog zich naar voren en kuste haar voorzichtig op haar lippen. Tot haar verbazing vond Cecily het niet vervelend. Ze wilde zelfs dat de kus langer had geduurd.

'Dank je,' zei ze verlegen.

'Je hoeft me nergens voor te bedanken, meisje. Dit is een overeenkomst waar we allebei achter staan, en ik weet zeker dat het goed zal uitpakken.'

'Hallo!'

Ze draaiden zich allebei om en zagen Kiki naar hen zwaaien. Ze had een fles champagne in haar hand.

'Mag ik jullie feliciteren?'

'Ja hoor, Kiki, dat mag.'

Bill rolde met zijn ogen en trok een gezicht naar Cecily.

'Goed.' Hij bood haar zijn arm en Cecily nam hem aan. 'Het toneelstuk gaat beginnen.'

'Wat ga je doen? Wat?'

'Ik ga trouwen, mama,' riep Cecily in het mondstuk van de hoorn.

Het gekraak was erger dan ooit en ze konden elkaar amper verstaan. 'Ik ga trouwen.'

'O, hemeltje. Hoor ik dat goed? Ga je trouwen?' herhaalde Dorothea.

'Ja.' Cecily moest giechelen omdat het zo absurd klonk. 'Dat klopt.'

'Met wie dan?'

'Ik schrijf u het hele verhaal in een brief, maar zijn naam is Bill en hij is een Engelsman. Zijn familie kent Audrey heel goed. Ik heb zijn broer ontmoet tijdens een diner in Woodhead Hall.' Het gekraak op de lijn werd harder. 'Kun je me nog horen, mama?'

Er kwam geen antwoord en met een zucht hing Cecily op. Ze kon maar beter naar Gilgil gaan om haar ouders per telegram in te lichten. Eerder die middag hadden zij en Bill met Kiki, die een fles champagne had ontkurkt, besproken waar en wanneer de bruiloft zou plaatsvinden.

'Jullie trouwen natuurlijk hier, dat ligt voor de hand. En ook zo snel mogelijk, vinden jullie ook niet?' had Kiki aangedrongen.

'Ik voeg me naar Cecily, zij mag het zeggen,' had Bill met een schuine blik naar haar geantwoord.

Cecily kon niet geloven hoeveel geduld hij betrachtte. Ze vond het vertederend dat hij het haar zo makkelijk mogelijk probeerde te maken, ondanks zijn aversie jegens haar peettante.

'Goh, daar heb ik nog niet over nagedacht. Wat vind jij, Bill?'

'Ik denk dat we geen van beiden een enorm feest willen, toch?'

'Wat mij betreft niet. Ik hou het liever klein.'

'Ik weet niet of "klein" in het woordenboek van de Valley staat,' had Kiki lachend gezegd. 'We zijn hier veel te dol op feestjes, niet dan, Bill?'

'Ja, sommigen wel,' had Bill gezegd en toen was hij opgestaan. 'Goed, ik moet terug naar mijn veestapel. Ik laat het aan de dames over om de details van het trouwfeest uit te werken, maar wat mij betreft vindt het voor het regenseizoen plaats.'

'Wacht even!' had Kiki gezegd met een blik op Cecily's hand. 'Zeg, Bill, ik zie geen verlovingsring om haar vinger.'

'Ach ja, natuurlijk,' had Bill geantwoord. 'Ik heb de afgelopen paar dagen in de Muthaiga Club gelogeerd en zodoende heb ik er geen tijd voor gehad. Maar reken erop dat ik het direct zal regelen.' Bill had Cecily bij het afscheid een handkus gegeven en Kiki toegeknikt.

Ze had hem nu een paar dagen niet gezien, omdat hij voor zijn vee moest zorgen. Ze hadden contact gehad via de krakende telefoon en Cecily had in telegramstijl aan hem doorgegeven dat Kiki de derde vrijdag in april had voorgesteld – toevallig dezelfde trouwdatum als die van haar ex-verloofde, had ze tot haar genoegen vastgesteld. Zo was er voldoende tijd om al het nodige te organiseren voor de bruiloft. Haar peettante wilde de receptie bij haar thuis houden, maar Cecily wilde ook rekening houden met Bills gevoelens jegens Kiki.

Ze liep de trap op om zich boven te fatsoeneren. Bill zou over een uur arriveren voor het souper. Gelukkig was Kiki naar Nairobi vertrokken om Tarquin op te zoeken, dus ze kon rustig alles met haar aanstaande echtgenoot bespreken. Terwijl ze voor haar kledingkast stond te piekeren welke jurk ze nog aankon met haar uitgedijde taille, bedacht ze hoe jammer het was dat haar familie niet kon komen voor de bruiloft, maar ze zou een goede fotograaf regelen die de hele plechtigheid vast zou leggen. Misschien kwam het door het aanstekelijke enthousiasme van haar peettante, maar inmiddels voelde Cecily zich ook opgewonden bij de gedachte dat haar verloofde zou komen eten om de plannen door te nemen.

'Mijn verloofde.'

Ze lachte hardop omdat het zo dwaas klonk, maar toen ze haar jurk dicht probeerde te ritsen, verdwenen alle romantische gedachten die ze heel even had toegelaten.

Vergeet niet dat dit maar gewoon een overeenkomst is, Cecily, zei ze tegen zichzelf. Bill houdt niet van je. Hoe kan hij ook, nu je zwanger bent van een ander?

Uiteindelijk koos ze voor een crèmekleurige blouse van mousseline en een rok met een rekbare tailleband. Ze liep naar de bibliotheek beneden om de notities van haar gesprek met Kiki te pakken.

'*Sahib* is al gearriveerd. Gemberthee, memsahib?' vroeg Aleeki.

'Ik houd het bij water, dank je,' zei ze toen ze het terras betrad.

'Goedenavond, Cecily. Ben ik te laat? In dat geval sorry.'

'Nee hoor.' Cecily glimlachte toen Bill naar haar toe kwam.

'En waarschijnlijk stink ik naar mijn vee. Het ging bijna goed mis. Ik had zes gevallen van slaapziekte, dus ik moest de rest in de afgelopen drie dagen nauwlettend in de gaten houden.'

'Ik snap het.'

'Waarschijnlijk snap je het niet en je zult het ook nooit snappen, denk ik,' zuchtte Bill. Hij liep naar de tafel op de veranda die voor twee was gedekt, pakte de champagne en schonk een glas voor zichzelf in voor Aleeki hem te vlug af zou zijn. 'Die verdraaide beesten houden me dag en nacht bezig. Als het regenseizoen begint, moeten ze van de berg naar beneden komen, en we willen dat ze in goede conditie zijn voor de afdaling. En hoe was jouw week?'

'Prima, dank je. Ik heb uiteraard een paar vragen voor je,' zei Cecily. Ze ging tegenover hem zitten.

'Uiteraard.' Hij nam nog een flinke slok van zijn glas. 'En ik heb er ook een paar voor jou.' Hij legde een kartonnen koker op de tafel en haalde er een paar vellen papier uit. 'Dit zijn de oorspronkelijke tekeningen voor het huis dat ik wilde bouwen toen ik me net in Kenia had gevestigd. Tot dusver is er niets van gekomen, want die keet van golfplaten voldeed. Ik had graag dat je er een blik op werpt en aangeeft welke wijzigingen je zou willen doorvoeren. Dan kan ik een bouwploeg samenstellen en kunnen we aan de slag.'

'Dat zou ik erg leuk vinden, ja, met alle plezier.'

'Jij zult er meer tijd doorbrengen dan ik, dus je hebt een flinke vinger in de pap.' Hij schonk nog een glas champagne in. 'Bah, wat een bocht. Hebben jullie geen bier, Aleeki?'

'Jazeker, sahib,' zei Aleeki en hij haastte zich om het te gaan halen. Cecily zag aan Bills gezicht dat hij gespannen was.

'Welnu,' zei Bill toen Aleeki terug was met het bier. 'Hebben jij en Kiki al besloten wanneer we het huwelijk aankondigen?'

'Zodra de trouwdatum vaststaat. Kiki opperde de derde vrijdag in april.'

'Dat lijkt me prima.' Bill knikte. 'Hopelijk is het dan nog niet gaan regenen. En hoe zit het met de ceremonie zelf?'

'Kiki wil die hier houden.'

'Het gaat erom wat jij wilt, Cecily, ik volg jou hierin. Als jij je met dergelijke details bezighoudt, dan kom ik op het gewenste tijdstip opdagen.'

'Ik wil graag dat een geestelijke het huwelijk voltrekt. Voor de ogen van God, zogezegd,' zei Cecily behoedzaam. 'Uitsluitend trouwen voor de wet vind ik niet prettig. Kiki zei dat ze een priester kent in Nairobi die het zou kunnen doen.'

'Prima. Als jij dat belangrijk vindt, dan moet je het doen,' zei Bill plompverloren.

'Geloof je soms niet in God?' vroeg Cecily.

'Niet in de traditionele zin, nee. Is het je al opgevallen dat elk godsbeeld cultureel bepaald is? Jezus was een Jood uit Israël, met donker haar en een donkere huid, maar op elk schilderij is hij zo blank als het christelijke begrip van een sneeuwdeken. Ik geloof daarentegen wel in een, zoals ik het noem, magnifieke maker. Met andere woorden, in iets wat alles wat we zien, heeft geschapen.' Bill maakte een armgebaar naar de omgeving. 'Het is toch beslist een wonder dat we te midden van al dit moois kunnen leven?'

'Magnifieke maker.' Cecily herhaalde Bills woorden. Zijn ongebruikelijke welsprekendheid verbaasde haar enigszins. 'Mooi gezegd.'

'Dank je. Ik ben maar een simpele boer, maar ik heb mijn momenten,' antwoordde Bill.

'Ik vroeg me af waar… je hebt gestudeerd?'

'Ik neem aan dat je ouders naar mijn geloofsbrieven hebben gevraagd.' Hij wierp haar een wrange blik toe. Op dat moment kwam Aleeki hun eten serveren.

'Nee, er zijn gewoon een heleboel dingen die ik niet van je weet en die ik zou moeten weten.'

'Welnu, ik heb op Eton gezeten. Zoals je weet is dat een onderwijsinstituut waar de Britse aristocraten tot gehoorzame jongetjes worden gekneed die uiteindelijk het imperium moeten besturen. Een helleoord.' Bill huiverde. 'Ik heb avond aan avond als een klein kind liggen huilen. Gek genoeg ben ik door Joss Erroll gered. Hij zat in hetzelfde jaar als ik, en ook in hetzelfde onderkomen. Op het eerste oog was hij niet mijn type, maar op de een of andere manier klikte het tussen ons en sindsdien zijn we bevriend. Helaas werd Joss geschorst – je kunt je vast wel voorstellen dat hij toen al weigerde zich aan de regels te houden. Ik ging naar Oxford om rechten te studeren, maar aan het eind van de oorlog werd ik opgeroepen voor militaire dienst. Ik was toen achttien en had geluk dat de oorlog toen al bijna voorbij was, met de alom bekende uitkomst. Daarna bleef ik nog een paar jaar in het leger en ik had nog geen idee wat ik met mijn leven aan moest. Toen liet mijn verloofde me in de steek en…' Bill nam een slok van zijn bier. 'Die breuk heeft me erg aangegrepen.'

'Wat moet dat een akelige tijd zijn geweest, Bill.'

'Ach ja. Maar jij hebt hetzelfde meegemaakt en voor mij pakte het achteraf juist heel goed uit. Ik had de gedachte laten varen om mijn studie weer op te pakken en net op dat moment gaf Joss me de tip dat de Britse overheid op zoek was naar jonge mensen om zich in Kenia te vestigen en een Britse gemeenschap te vormen, tegelijk met het min of meer beschaven van de inheemse bevolking, uiteraard. Ze boden land als lokmiddel. Noem het omkoperij. Ik zette mijn handtekening, kreeg mijn vierhonderd hectaren en even later was ik vertrokken. Dat is nu bijna twintig jaar geleden. Het is niet te geloven dat ik hier al zo lang zit.' Hij zuchtte. 'Welnu, genoeg over mij. Hoe zit het met jou? Misschien kun je me op zijn minst vertellen wie de vader is,' voegde hij er met gedempte stem aan toe. 'Dan weet ik wat me te wachten staat. Ik neem aan dat het iemand van hier is?'

'Nee.'

'Was het je verloofde?' Hij trok zijn wenkbrauwen op en zette ondertussen zijn vork in de geitencurry met rijst.

'Nee, hij niet.'

'Wie was het dan? Als het iemand uit Engeland of Amerika is, ken ik hem toch niet.'

'Ik vrees dat je hem misschien wel kent. Het gebeurde toen ik op Woodhead Hall logeerde, waar ik je broer ook heb ontmoet. Lord en Lady Woodhead hebben een neef genaamd Julius…'

'Mijn hemel.' Bill keek verbaasd op. 'Dat is dichter bij huis dan ik dacht. Hopelijk heeft mijn broer er geen lucht van gekregen.'

'Nee, Julius was al met iemand anders verloofd. Ik was gewoon een…' Cecily slikte en bloosde diep. '… tussendoortje.'

'En heeft hij je hart gebroken?' vroeg Bill nu op zachte toon.

'Ja, eigenlijk wel. Ik dacht dat zijn bedoelingen zuiver waren.'

'Vertrouw nooit een Engelsman, hè? Nou, het enige wat ik je kan beloven is een paar duizend stuks vee, maar voor de rest ben ik een betrouwbare man. Goh, we zijn me een stel samen, niet dan?'

'Ja, zeg dat wel.'

'Enfin.' Bill stak zijn hand in zijn zak en haalde een klein fluwelen doosje tevoorschijn. 'Hier is je ring. Probeer hem maar. Ik heb hem speciaal voor jou laten maken, maar ik vrees dat hij je toch te groot zal zijn.'

Cecily maakte het doosje open en zag een mooie diamanten ring met een rozerode steen in het midden.

'O, wat prachtig!'

'Het is een sterrobijn. Mijn overgrootvader heeft de steen in Birma voor mijn grootmoeder gekocht. En nu is hij hier in Kenia, om aan een Amerikaanse vinger te worden geschoven. Vind je hem mooi? Als het licht erop schijnt, zie je er een perfecte ster bovenop.'

'Ik vind hem… magisch,' zei Cecily. Ze hield het sieraad onder de lamp die op tafel stond en zag inderdaad de omtrek van een flonkerende ster. 'Dank je, Bill.'

Omdat hij geen aanstalten maakte de ring zelf om haar vinger te schuiven, pakte Cecily hem uit zijn fluwelen bedje en deed hem om de ringvinger van haar linkerhand.

'Zoals ik al dacht. Hij is je iets te groot, maar daar weet de juwelier in Gilgil wel raad mee. Nu we officieel verloofd zijn, zal ik mijn broer een telegram sturen en hem opdragen via *The Times* aan te kondigen dat we gaan trouwen.'

'En hier?'

'Laat dat maar aan de geruchtenmachine over,' zei Bill. 'Het zou overigens beter zijn als je voorlopig nog niets over je… toestand vertelt. Als het bekend wordt, en dat zal snel genoeg gebeuren, neem ik uiteraard alle verantwoording op me.'

'Dank je.'

'Graag gedaan. En maak je geen zorgen, Cecily. Als we getrouwd zijn, zul je me niet vaak zien. Die veestapel eist verdorie al mijn aandacht op.'

'Heb je geen waarnemer?'

'Jawel, en ik heb veel aan de Masai, maar het vergt veel energie om het werk naar behoren te doen. Eerlijk gezegd zou ik liever een nomade zijn. Bovendien had ik nooit veel aanleiding om naar huis te gaan. Enfin.' Hij zweeg terwijl Aleeki de tafel afruimde. 'Zullen we naar de tekeningen kijken? Dan kunnen we snel beginnen met de bouw.'

Een uur later hadden ze bepaald welke wijzigingen ze wilden doorvoeren. Cecily had een extra slaapkamer gewild voor het geval haar familie zou komen logeren. Ze liep met hem mee naar zijn pick-up. Nygasi, de Masai, zat geduldig op hem te wachten. Bill gaf haar een kuise kus op haar wang en wenste haar goedenacht.

'De komende tien dagen zit ik op de savanne, maar voel je vrij om meer wijzigingen aan te brengen in de bouwtekeningen. En je kunt de bruiloft naar believen organiseren,' zei hij en hij klom in zijn auto. 'Tot ziens, Cecily.'

'Dag, Bill.'

Mijmerend over Bill liep ze terug naar het huis. Ze begon hem steeds aardiger te vinden. Hij mocht dan op het botte af eerlijk zijn, maar hij had geen enkele pretentie, en dat was ontwapenend. Boven in haar kamer trok ze haar kleren uit. Ze besefte dat ze al over drie weken het bed met haar nieuwe echtgenoot zou delen. Althans, ze nam aan dat hij dat zou willen. Tot haar verrassing vond ze de gedachte eerder opwindend dan afstotelijk.

Ze sprak zichzelf ernstig toe terwijl ze zich onder de lakens liet glijden. Houd op, Cecily. Vergeet niet dat dit een verstandshuwelijk is, er komt geen liefde aan te pas.

Toch voelde ze zich op dat moment kalmer en gelukkiger dan ze in tijden was geweest.

28

Cecily zou op de middag van 17 april officieel Mrs. William Forsythe gaan heten. Kiki had zich aan haar belofte gehouden en een geestelijke van de kerk in Nairobi gevraagd het huwelijk in te zegenen. Haar peettante had werkelijk alles uit de kast getrokken om het feest prachtig aan te kleden: op het gazon stonden met witte zijde beklede stoelen en aan de rand van het meer was een boog van witte rozen neergezet, waar Cecily en Bill onder zouden staan als ze hun huwelijksgeloften uitspraken.

Ze stond in haar kamer voor het raam en keek neer op de tuin waar Kiki de genodigden opving. Cecily ontdekte veel vreemde gezichten. Ze zag Bill op 'haar' bankje aan de oever van het meer zitten, naast Joss Erroll, zijn getuige.

'Ben je nerveus?' vroeg Katherine, die Cecily's sluier vastspeldde en haar het bruidsboeket van roze rozen aangaf. 'Want dat is heel normaal, hoor. In de week voor mijn huwelijk met Bobby kreeg ik geen hap door mijn keel.'

'Ik ben inderdaad nerveus, denk ik.' Cecily haalde diep adem. 'Het is allemaal in een stroomversnelling gegaan.'

'Als het voorbestemd was, maakt dat niet uit,' zei Katherine zacht. 'Je bent een plaatje. Kom eens kijken.' Ze leidde Cecily naar de staande spiegel.

Er was een kleermaker bijgehaald om een trouwjurk in een neoclassicistische stijl te naaien. De stof viel vlak onder haar borsten in golvende plooien naar beneden om elk spoor van een beginnend buikje te verhullen. Haar haar was gebleekt door de zon en Katherine had boven haar oren een roos in haar blonde lokken gevlochten. Ze had wat lichte make-up aangebracht, maar ook zonder foundation vond Cecily dat ze er nooit beter had uitgezien. Haar huid glansde en haar ogen straalden.

'Op naar de echt,' zei Katherine.

Haar hele leven lang had Cecily allerlei fantasieën gehad over haar trouwdag, en hoe die eruit zou zien. Maar ze had nooit bedacht dat ze in de broeierige hitte van Kenia, zonder haar familie en met een kudde nijlpaarden op een steenworp afstand, haar jawoord zou geven.

Bobby wachtte op haar aan de voet van de trap. Omdat haar vader er niet was, zou Bobby de bruid weggeven.

'Je ziet er beeldschoon uit,' zei Bobby en hij bood haar zijn arm. Cecily stak de hare erdoorheen en op dat moment begon de band de bruidsmars te spelen.

'Klaar?'

'Klaar,' glimlachte ze. Ze haalde nogmaals diep adem, stapte met Bobby het terras op en liep aan zijn arm over het gazon met de verzamelde gasten.

Bill stond onder de rozenboog. Zijn enige eis voor deze ceremonie was dat zowel hij als de gasten geen jacquet hoefden aan te trekken, maar een smoking. Cecily vond dat hij er erg knap uitzag. Zijn normaal zo weerbarstige blonde haar was gekamd, zijn kin was gladgeschoren en zijn gelaat was gebronsd. Alhoewel de veel zwieriger Joss naast hem stond, had Cecily alleen oog voor haar aanstaande echtgenoot.

Bobby legde haar hand in die van Bill, die boven haar uittorende, en toen de pastoor het woord nam, zag Cecily niets anders dan Bills ogen, waar de blauwe lucht in werd weerspiegeld. Ze hoorde het geluid van vogels die over het meer naar elkaar riepen, alsof ze deze dag met haar wilden vieren.

'Dan verklaar ik u nu man en vrouw. U mag de bruid kussen,' zei de geestelijke. Alice, die op de voorste rij naast Kiki zat – en duidelijk al de nodige glazen champagne had gedronken – begon te jubelen en iedereen applaudisseerde.

Bill boog zich naar haar toe.

'Hallo, Mrs. Forsythe,' fluisterde hij in haar oor.

'Hallo,' zei ze verlegen en ze keek naar hem op. Samen wandelden ze tussen de rijen met gasten door.

Cecily had zich van tevoren druk gemaakt over het huwelijksdiner, maar tot haar opluchting had ze die dag geen last van ochtendmisselijkheid, en ze kon op haar gemak alle gerechten bewonderen die Kiki had laten aanrukken. Katherine, die als haar bruidsmeisje naast haar zou zitten aan een van de ronde tafels, sloeg haar armen om haar heen.

'Ik ben zo blij voor je, Cecily. Je straalt helemaal, net als je man.' Ze fluisterde, want Bill zat aan de andere kant van haar.

Cecily realiseerde zich dat ze zich ook stralend voelde. Haar huwelijk mocht dan een noodgreep zijn geweest, toch genoot ze volop van deze dag. Een paar minuten later stond Joss op en hij gaf als getuige een uiterst geestige toespraak over de manier waarop Cecily uit het niets was opgedoken en het hart had gestolen van de 'eeuwige vrijgezel van de Happy Valley'.

'Cecily, lieverd, ik meen het,' zei Joss. 'Je moet mij bedanken voor dit geluk, want ik was degene die Bill overhaalde naar Kenia te komen. Dus ik hoop dat je me in de komende jaren op gepaste wijze enige dankbaarheid zult betuigen.' Hij knipoogde naar haar en ze hoorde Idina giechelen om zijn grap.

Zijn toon werd serieuzer toen hij de telegrammen voorlas van haar familie in New York. Cecily voelde de tranen achter haar ogen prikken, maar ze wist dat ze de juiste beslissing had genomen en hen op deze manier voor een grote schande had weten te behoeden.

Ze had geen tijd om heimwee te krijgen, want de band zette 'Begin the Beguine' in en Bill nam haar mee naar de dansvloer bij het meer. Tot haar verbazing was hij een begenadigd danser en tegen de tijd dat de avond begon te vallen, had ze inderdaad het gevoel dat ze met een felbegeerde vrijgezel was getrouwd.

Om middernacht zag ze Katherine dansend voorbijkomen met Lord John Carberry, ook een knappe man van ongeveer dezelfde leeftijd als Bill, en kennelijk had haar vriendin de grootste moeite om zijn gretige handen in toom te houden.

'Het is tijd om onze kamers in het Norfolk Hotel op te zoeken, schat,' zei Katherine, die zich bijna uit de greep van haar danspartner los moest worstelen. Boven in haar kamer hielp Katherine haar uit haar trouwjurk en Cecily trok een pistachekleurig zijden ensemble aan met bijpassend dophoedje.

'Klaar? Dan kunnen we gaan,' zei Katherine.

'Lieve help, ik ben echt heel zenuwachtig voor straks. Ik bedoel… Ik weet niet precies wat Bill van me verwacht.'

'Dat is nergens voor nodig, liefje. Bill is bovenal een heer. En zo zal hij je ook behandelen, dat beloof ik je.'

'Weet je zeker dat het geen punt is als we bij jullie wonen zolang ons huis nog niet klaar is?' Cecily stond op van haar kaptafel en draaide zich om naar haar vriendin.

'Natuurlijk niet, lieverd,' zei Katherine. 'Daar zijn logeerkamers toch voor? Bill en jij zijn van harte welkom, al lijkt het bij ons in de verste verte niet op Mundui House. Maar je eigen huis zal sneller klaar zijn dan je denkt. Hopelijk ook op tijd voor de kleine.'

'Ja, dat zou fijn zijn. En vergeet niet...'

'Ik weet het, Cecily. We zeggen het tegen niemand.'

'Denk je dat sommige mensen al op de hoogte zijn?'

'Mocht dat zo zijn, dan houden ze hun mond. Ik heb niet het geringste gerucht opgevangen.'

'Goddank.' Cecily trok haar jakje aan en had een beetje moeite het dicht te knopen over haar zwellende buik. 'We kunnen gaan.'

'Op naar buiten, Mrs. Forsythe.'

Beneden hadden de gasten zich bij de voordeur verzameld. Toen ze Cecily in het oog kregen, begonnen ze juichend te klappen.

'U moet het boeket nog gooien, Mrs. Forsythe,' riep Alice. 'Ik heb een nieuwe echtgenoot nodig. Ja toch, Joss?' Ze glimlachte naar hem.

Cecily wierp het boeket, maar Joss was degene die het opving.

'Spelbreker,' zei Alice mokkend, terwijl de rest van het gezelschap onzeker giechelde. Waarschijnlijk had Joss' echtgenote Molly niet lang meer te leven.

'We gaan, meisje,' zei Bill.

Bills pick-up was door Joss en zijn vrienden versierd. Nygasi zat majesteitelijk rechtop achterin, omringd door ballonnen, en aan de achterbumper hadden ze slierten met blikjes vastgebonden.

'Nygasi gaat toch niet mee tot in je kamer in het Norfolk Hotel, hè?' riep een grapjas naar Bill.

'Leuk hoor,' antwoordde Bill terwijl hij achter het stuur plaatsnam.

'Nogmaals proficiat, liefje,' zei Kiki, die haar petekind nog eenmaal omhelsde. 'Je moeder zou vandaag heel trots op je zijn geweest. Welkom in de Happy Valley, nu hoor je er echt bij.'

Toen Cecily naast Bill in de auto stapte, voelde ze eerst een druppel op haar hoofd, en toen op haar kleding.

'Lieve help, de slagregens zijn gearriveerd!' riep iemand in het gezelschap.

'Vlug, iedereen naar binnen!' riep een ander.

De wolkbreuk kwam terwijl de mensen zich naar binnen haastten. Cecily dacht even dat er een warm bad over haar werd uitgestort en Nygasi trok snel de canvas luifel over de laadbak.

Nygasi mompelde nog iets toen Bill de motor startte.

'Wat zei hij?' vroeg Cecily.

'Dat regen op je trouwdag een speciale betekenis heeft.'

'Goed of slecht?'

'O, heel goed, reken maar,' lachte Bill en hij reed weg.

Cecily lag tijdens de rit naar Nairobi te slapen. Ze was niet alleen moe van de dag, maar ook van alles wat eraan vooraf was gegaan. Voor ze het wist, schudde Bill haar zachtjes wakker. 'We zijn er, honnepon. Heb je de energie om naar binnen te gaan of blijf je liever in de auto slapen?'

'Nee, het lukt wel, dank je.'

Er was niemand in de hotellobby om twee uur 's nachts en er moest een nachtportier worden opgeroepen om hen naar hun kamer te brengen. Toen de deur achter hen dicht was, keek Cecily naar het bed en toen naar Bill. Het bed scheen haar wel erg klein toe voor twee mensen.

'Mijn god, dat hele circus is vermoeiender dan een jachtpartij in de rimboe,' zei Bill, terwijl hij zijn jasje, overhemd en pantalon uittrok.

Cecily ging aan de andere kant van het bed zitten met haar rug naar hem toe, zette behoedzaam haar hoedje af en trok haar jakje uit.

Er werd een hand op haar schouder gelegd.

'Luister, als dit moeilijk voor je is, kan ik ook in de pick-up slapen.'

'Nee hoor, dat hoeft niet.'

Cecily stond op om haar nachtjapon uit haar koffer te pakken. Ze hoorde het bed kraken toen Bill onder de lakens kroop.

'Ik zal niet kijken, ik beloof het je,' zei hij.

Blozend trok Cecily haar jurk, slipje en beha uit en liet snel de nachtjapon over haar hoofd glijden.

'Lieve help, je lijkt wel een personage uit een Jane Austen-roman,' zei hij toen ze naast hem lag. Het bed was zo smal dat ze de warmte van zijn lichaam kon voelen.

Hij pakte haar kin en draaide haar hoofd naar hem toe. 'Luister,' zei hij, 'gezien je... huidige toestand denk ik niet dat het toepasselijk is om te doen wat men meestal op de huwelijksnacht doet. Dus ik wens je goedenacht, Mrs. Forsythe, en slaap lekker.'

Bill gaf haar een kus op haar voorhoofd en ging op zijn zij liggen met zijn rug naar haar toe. Na een paar seconden hoorde ze hem al licht snurken. Ze lag naast hem, luisterend naar de regen die op het dak van het hotel kletterde en tegen de ramen striemde.

Ze wilde dat ze had kúnnen doen wat mensen op een huwelijksnacht deden...

Cecily verroerde zich even toen iemand de volgende ochtend een hand op haar schouder legde. Ze knipperde met haar ogen tegen het felle licht en alle herinneringen van de dag ervoor kwamen tegelijk op haar af. Bill stond naast het bed. Ze zag de roze sluier van de dageraad door de spleet in de gordijnen.

'Goedemorgen,' zei hij met zijn diepe stem. 'Ik heb roomservice besteld. Heb je trek in je ontbijt?'

Cecily ging rechtop zitten en Bill zette het dienblad op haar schoot.

'Ik weet dat je je koffie zwart drinkt,' zei hij, en hij wees naar het dampende kopje tussen driehoekige sneetjes toast en potjes jam. 'Eet eerst wat voor je je aankleedt, dan gaan we naar buiten.'

'O ja?' vroeg ze en ze pakte haar koffie op. 'Wat gaan we doen?'

'Dat is een verrassing,' zei hij. Hij verdween in de badkamer. Cecily hoorde de kraan lopen. Ze nam een hapje van haar toast en merkte opeens hoeveel trek ze had.

Zodra ze was aangekleed, nam Bill, die weer zijn gebruikelijke kaki droeg, haar mee naar de pick-up, die buiten voor de deur stond, met Nygasi weer in de laadbak. Ze vroeg zich af waar hij had geslapen en tegelijk bedacht ze dat ze maar beter aan zijn gezelschap kon wennen, want hij verkeerde vrijwel altijd in de nabijheid van Bill.

Bill opende het portier, hielp haar op haar stoel en kroop zelf achter het stuur. Toen hij de motor startte, had hij nog altijd niet verteld wat ze die dag gingen doen, maar Cecily was allang tevreden met het briesje op haar gezicht terwijl ze door het drukke Nairobi reden. Gelukkig regende het niet zoals gisteravond en was de hemel helder. Na een uur zette hij de auto stil bij een klein vliegveld. Cecily keek haar man vragend aan.

'Een huwelijksreis zit er niet in, want het regenseizoen is begonnen en het vee moet naar een andere plek. Maar ik vond dat je een huwelijksgeschenk verdiende. Ik heb zitten piekeren wat ik je kon geven. Ik ben zo lang vrijgezel geweest, en eigenlijk zijn Kenia en zijn natuurschoon het enige wat ik goed ken. Daarom wilde ik je iets laten zien. Ik hoop niet dat je hoogtevrees hebt,' voegde hij eraan toe.

Hij hielp haar bij het uitstappen en leidde haar naar een kleine tweedekker die op de startbaan stond, met een man in een overall ernaast.

'Alles goed, Bill?' zei de man opgewekt toen ze voor hem stonden. 'En dit zal je nieuwe vrouw zijn. Aangenaam kennis te maken, Mrs. Forsythe.'

'Insgelijks,' antwoordde ze werktuiglijk.

'Tank is vol en ze is nagekeken,' zei de man. 'Ik had het over de tweedekker, niet over u, Mrs. Forsythe,' grapte hij.

'Hier, trek deze maar aan.' Bill gaf haar een stevig leren vliegeniersjack en ook een bril, die hij voor haar vastmaakte. Hij sprong op de lagere vleugel van de kist en stak een hand naar Cecily uit. 'Kom maar aan boord.'

Ze pakte zijn hand, stapte eerst op de vleugel en liet zich toen in de voorste van de twee ovale kuipjes in de romp zakken. Bill gespte haar gordel vast en nam plaats in het kuipje achter haar.

'Weet je hoe je met dit ding moet vliegen?' vroeg ze.

'Je zou een zware pijp roken als ik het niet wist,' zei hij droogjes. 'Maak je geen zorgen, er zit een schietstoel in voor het geval er iets misgaat.'

'Meen je dat?' Ze draaide zich met een ruk naar hem om. Hij grijnsde.

'Cecily, je bent hier volmaakt veilig. Vertrouw maar op mij en geniet van het uitzicht.'

Met die woorden kwam de tweedekker ronkend tot leven en de propeller begon te draaien. Bill leidde het vliegtuig over de startbaan en een minuut later waren ze opgestegen. Cecily's maag begon capriolen te maken.

Nadat ze een poosje in de lucht waren, begon ze zich te ontspannen en ze keek gefascineerd naar beneden. Ze kon eerst nog de hoekige grijze gebouwen van Nairobi onderscheiden, de straten met de auto's en de krioelende mensen, maar even later was er slechts het glooiende heuvellandschap onder hen, grasland met hele stukken oranje aarde ertussen en her en der een traag stromende rivier.

Na een half uur tikte hij haar even op haar schouder en wees naar een plek beneden. Cecily hield haar adem in toen ze Mundui House ontwaarde, dat als een volmaakt poppenhuisje aan de oever van een glinsterend meer lag.

Bill vloog vervolgens in noordelijke richting. Cecily herkende het treinspoor dat Gilgil doorsneed en het Aberdaregebergte aan haar rechterhand. In de verte verscheen een glinstering van roze en blauwe tinten en Cecily tuurde door haar bril om te kijken wat het was.

'Het Nakurumeer,' bulderde Bill, wiens stem amper boven het kabaal van de motor uit kwam.

De plotselinge scherpe duik naar beneden benam haar bijna de adem en de roze met blauwe streep die ze had gezien, veranderde vlak voor haar ogen in een gigantische zwerm flamingo's, die dicht bij elkaar rustig in het water stonden. Toen de tweedekker over hen heen vloog, sloegen ze hun vleugels uit en ze stegen gelijktijdig op, hun kleurige verenpak reflecterend in het blauwe wateroppervlak, waardoor ze één groot beweeglijk en organisch geheel leken te vormen.

Nadat ze weer in zuidelijke richting waren gekeerd, keek Cecily naar het schitterende Kenia dat zich in al zijn pracht onder haar uitstrekte en ze genoot van het nieuwe perspectief dat haar echtgenoot haar had geschonken. Daar had hij echt goed over nagedacht. Haar thuis was voortaan hier, en momenteel kon ze zich geen mooiere plek op de wereld voorstellen.

Toen ze waren geland, hielp Bill haar met uitstappen. Haar knieën knikten. Ze maakte de vliegeniersbril los, streek haar verwaaide haar uit haar ogen en keek naar hem op. Ze kon niet onder woorden brengen wat ze zojuist had beleefd.

'Dank je,' stamelde ze uiteindelijk. 'Ik zal nooit vergeten wat ik net heb gezien.'

'Blij dat je ervan hebt genoten. Na het regenseizoen doen we het nog wel een keer,' zei hij kortaf, terwijl ze in de pick-up stapten. 'Maar nu ben ik bang dat de plicht roept.'

Ze lieten Nairobi achter zich en reden in de richting van het Aberdaregebergte naar hun tijdelijke onderkomen in het huis van Katherine en Bobby (Bill had categorisch geweigerd zolang bij Kiki te wonen tot hun eigen huis klaar zou zijn). Cecily wierp hem een steelse blik toe. Wat de basis voor hun huwelijk ook was, ze voelde zich veilig en beschermd bij hem, en zijn onafhankelijke geest fascineerde haar. Ze zou een man als hij met zo'n manier van leven niet direct uit eigen beweging hebben gekozen, maar terwijl ze over de hobbelige weg naar het erf van Katherine en Bobby reden, te midden van de rode savannes waar weldra het vee zou staan als het terug was gekeerd uit de bergen, kreeg ze sterk de neiging dit alles met liefde te omarmen. Ze zou haar best doen om een goede vrouw te zijn voor de man die niet alleen haar leven, maar ook haar reputatie had gered.

Mijn echtgenoot is een bijzondere man, bedacht ze. En plotseling voelde ze een intens verlangen in haar binnenste oplaaien.

'Hallo!' Katherine zwaaide naar hen toen ze over het modderige pad naar de onlangs gerenoveerde cottage reden. 'Hoe was je vlucht?' Ze gaf Cecily een arm en nam haar mee naar de veranda.

'De mooiste ervaring van mijn leven,' zei Cecily, die zich op een stoel liet zakken.

'Dat is mooi om te horen.' Katherine glimlachte en nam naast haar plaats. 'Bill had me van tevoren gevraagd of je dat leuk zou vinden, en daar heb ik met een volmondig ja op geantwoord. Het is de beste manier om de magie van Kenia mee te krijgen,' zei ze. 'Hij heeft mij ook een keer meegenomen en trakteerde me meteen op een paar nieuwe vliegtrucjes. Ik heb de hele cockpit onder gebraakt.' Ze grinnikte.

Bill kwam met Cecily's koffer naar hen toe. 'Zal ik deze in de logeerkamer zetten, Katherine?' vroeg hij.

'Ja, graag, Bill.'

'Aleeki zou morgen een chauffeur sturen met de rest van mijn spullen die bij Kiki staan,' zei Cecily. Ze keek Bill na, die in de cottage verdween.

'Jammer dat je eigen huis nog niet klaar is, maar we hopen dat je je hier in de tussentijd op je gemak voelt.'

'Ja hoor, maak je geen zorgen. Ik ben je reuzedankbaar dat ik niet langer in Mundui House hoef te verblijven. Er hangt daar zo'n rare sfeer. En bovendien woon je erg mooi, Katherine.' Cecily gebaarde naar de veranda met de prachtige, glanzend gepolijste tafel die Bobby zelf had getimmerd van afgedankt hout. Katherine had overal langs de randen hibiscusstruiken en dieporanje en -blauwe strelitzia geplant. De cottage zag er gezellig en uitnodigend uit, met gebloemde gordijnen die Katherine zelf had gemaakt en witte luiken voor de ramen. 'Het is hier echt huiselijk.'

'Tja, Inverness Cottage is niet groot, maar het is wel helemaal van ons, en dat is het enige wat telt.' Op dat moment kwam Bill weer naar buiten. 'Willen jullie iets drinken?' vroeg Katherine.

'Ik niet, dank je,' zei Bill. 'Ik moet meteen terug naar mijn ranch.'

'Ja, Bobby is er vanmorgen ook naartoe gegaan.'

'Dan zie ik hem daar wel. Het werk roept, want ik moet die dieren veilig naar de savanne zien te krijgen.'

Cecily probeerde dapper haar teleurstelling te verbergen. 'Wanneer kom je weer terug?'

'Eerlijk gezegd weet ik dat nog niet. Misschien ergens volgende week.'

'O.' Cecily slikte de brok in haar keel weg. 'Enfin, ik vermaak me hier best met Katherine.'

Katherine zag Cecily's ontzetting en schoot haar te hulp. 'Reken maar,' zei ze. Ze keek Bill veelbetekenend aan. 'Heb je niet nog een cadeautje voor je vrouw? Ik ga nu even weg, goed? Dan kun je afscheid van Cecily nemen.'

Bill knikte en Katherine verdween naar de zijkant van het huis. Cecily stond op.

'Nogmaals bedankt, Bill. Ik vond het geweldig.'

'Zoals ik al zei, jij en ik rooien het wel samen. Ik zou het op prijs stellen als je een oogje in het zeil wilt houden bij de verbouwing. Als de kat van huis is en zo.'

'Natuurlijk doe ik dat. Met plezier.'

'En hier is je vervoermiddel!' riep Katherine. Ze was teruggekomen en leidde een kastanjebruine merrie naar hen toe. 'Kom maar kennismaken.'

'Wat? Is dat paard voor mij?'

'Ja,' zei Bill. 'Het is de makkelijkste manier om je buren op te zoeken.'

Cecily aaide de merrie over haar bles. Het was alsof iemand een flinke druppel witte verf op haar neus had gemorst. 'Kijk nou, wat een schoonheid.'

'Ze heeft precies de goede afmetingen voor jou en ze laat zich makkelijk berijden,' voegde Bill eraan toe.

'Ik vind haar geweldig. Is ze echt van mij?'

'Ja. Maar je moet de komende maanden wel goed voor jezelf zorgen,' zei Bill terwijl hij naar haar buik wees. 'We willen niet dat er iets misgaat.'

'Nee, beslist niet,' zei Cecily blozend. Ook al wist Katherine dat ze zwanger was, het was de eerste keer dat Bill er openlijk in haar bijzijn over sprak.

'Het paard heeft nog geen naam.' Katherine schoot haar opnieuw te hulp. 'Die mag jij voor haar bedenken, Cecily.'

'Dat is een goed idee. Enfin, ik moet er nu vandoor,' zei Bill.

'Ik loop wel met je mee naar de pick-up,' bood Cecily aan.

'Nee, blijf jij maar bij Katherine. De afgelopen dagen waren vermoeiend genoeg voor je. Dag, Cecily.' Hij wuifde nog even naar haar en toen haastte hij zich naar de auto, waar Nygasi, geduldig als altijd, op hem zat te wachten.

Hij heeft me niet eens gedag gekust, dacht Cecily. Ze liep mismoedig achter Katherine aan naar de veranda. Ze had moed geput uit Bills perfecte huwelijksgeschenk en dat hij haar zo hartelijk had toegelachen voor ze opstegen, maar nu…

'Gaat het wel, liefje?' vroeg Katherine.

'Ja hoor. Ik ben gewoon een beetje moe.'

'Dat begrijp ik. Het is jammer dat Bill meteen weg moest, maar ik weet zeker dat hij zo snel mogelijk naar je terugkomt.'

'Ik moet het me niet aantrekken en hem ook niet met een vervelend gevoel opzadelen, want ik weet onder welke voorwaarden we zijn getrouwd.'

'Lieverd toch, je geeft echt om hem, hè?'

'Ik denk het wel. Ik weet alleen niet hoe hij over mij denkt.'

'Ik heb altijd geweten dat Bill gevoelens voor je had, Cecily. Dat was duidelijk toen we op safari gingen. Ik was alleen niet zeker over de jouwe.'

'Volgens mij zie je het verkeerd. Hij is gewoon met me getrouwd omdat hij een goed hart heeft.' Cecily voelde de tranen achter haar ogen prikken toen ze Bills pick-up in de verte zag verdwijnen.

'Tot voor kort wist ik niet eens of Bill wel een hart had, laat staat een goed hart.' Katherine glimlachte. 'Jij hebt hem veranderd, Cecily, dat is echt waar. Alleen al het feit dat hij bereid is om jouw... situatie volledig te accepteren, zegt toch al genoeg over zijn gevoelens voor jou?'

'Ik... ik weet het niet.'

'Als jullie straks je eigen nestje betrekken, wordt het vast anders. Hopelijk duurt dat niet te lang, maar in de tussentijd gaan we hier een leuke tijd beleven. Kom mee naar de keuken, ik moet de groenten snijden. Vergeet niet dat Bobby ook weg is, dus ik vind het heel fijn dat jij nu bij me bent.'

Cecily volgde haar het huis in. Binnen in de huiskamer zag ze links van haar een smalle gang met een kleine ruimte die Bobby als werkkamer gebruikte. Daarachter bevond zich de keuken, waar een tafel van dennenhout en twee stoelen in stonden. Het was er uiteraard brandschoon, zoals alles bij Katherine.

'Het verbaast me dat bij jou de keuken niet in een apart gebouwtje zit, zoals bij de overige huizen hier,' zei Cecily. Ze keek toe terwijl Katherine de aardappels schilde.

'Ik heb geen personeel om voor me te koken, dus dan heeft het ook geen zin. Het fijnste moment van de dag vind ik als Bobby hier bij me aanschuift en we tijdens het eten de dag doornemen.'

'Ik vrees dat ik nooit heb leren koken,' bekende Cecily. 'Zou je het me willen leren?'

'Jazeker. Maar ik denk dat Bill iemand in dienst neemt om die taak van je over te nemen.'

'Toch zou ik er graag meer van willen weten, zodat ik de bedienden beter kan instrueren.'

'Daar heb je een punt. Ik betwijfel of Kiki en Idina ooit zelf jam op hun toast hebben gesmeerd, laat staan dat ze een braadstuk hebben bereid,' zei Katherine.

‘Het kan geen kwaad om het te leren, toch? En ik heb er zin in.’
‘Prima.’ Katherine gaf Cecily een paar wortels en een mes. ‘Les één,’ grinnikte ze.

29

925 Fifth Avenue
Manhattan, New York 10021
30 april 1939

Liefste Cecily,

Je vader, je zussen en ik waren buiten onszelf van vreugde toen we de foto's van je huwelijk ontvingen. Je zag er beeldschoon uit, meisje, en ik moet bekennen dat Bill echt heel knap is. Papa reageerde een tikje verbaasd toen hij hoorde hoe oud Bill was, maar ik heb hem verzekerd dat het juist goed was dat je voor een rijpere echtgenoot hebt gekozen.
Zoals je wellicht weet, zijn Jack en Patricia op huwelijksreis in Cape Cod. Junie DuPont was erbij en ze zei dat Patricia bijlange na niet zo'n mooie bruid was als jij en haar kapsel was bijzonder slecht uitgevallen. Ook zei ze dat de receptie op Mardi Gras leek – het was een nogal volkse bedoening. (Er gaat ook een gerucht dat de bank van Jacks familie op het punt van omvallen staat. Volgens Mamie ben je mooi de dans ontsprongen!)
Baby Christabel is een dotje en moeder Mamie is de serene perfectie zelve. Ik heb nog meer groot nieuws: Priscilla is ook in verwachting! Papa en ik zijn in de wolken dat al onze drie dochters getrouwd zijn, en misschien horen we binnenkort ook babynieuws van jou.
Cecily, je zegt wel dat de ontwikkelingen in Europa jou niet zullen raken, maar toch maken we ons zorgen over je. We zagen graag dat jij en Bill naar Amerika kwamen om te wachten tot de situatie zich heeft gestabiliseerd, maar we begrijpen dat zijn leven en werk in Kenia zijn.

Schrijf me alsjeblieft snel terug en doe de hartelijke groeten aan Kiki en je nieuwe echtgenoot.

Veel liefs,
Mama xx

Cecily zuchtte diep toen ze haar moeders brief had gelezen en probeerde blij te zijn over het nieuws van Priscilla, maar het enige wat ze voelde was een koude klomp van wanhoop toen ze haar moeder terugschreef over haar eigen zwangerschap.

'... en dus komt het kind in december,' schreef ze, terwijl ze heel goed wist dat ze hun mettertijd een telegram zou sturen met de mededeling dat het kind eerder was geboren.

'Komt tijd, komt raad,' mompelde ze toen ze het vel papier opvouwde en in een envelop stopte.

Gelukkig leken de dagen in Inverness Cottage een stuk sneller te gaan dan in Mundui House. Ze hielp Katherine met de aanleg van de moestuin achter het huis, ze leerde eten koken en taarten bakken (na een aantal mislukkingen was Cecily ervan overtuigd dat gebak nooit haar forte zou worden). Als ze vroeg wakker werd, reed ze met Belle, haar schitterende kastanjebruine merrie, naar Bills ranch, die acht kilometer verderop lag, om erop toe te zien dat de bouwlui hun werkzaamheden naar behoren verrichtten.

Het gevolg was dat ze elke avond uitgeput naar bed ging. Ze ontleende een zekere troost aan het gekletter van de regen op het dak, maar tegelijkertijd maakte ze zich zorgen over Bill, die zich in een gebied bevond waar de rivieren buiten hun oevers dreigden te treden en modderstromen uit de bergen kwamen. Als het te hard regende om buiten te zitten, stak Bobby de houtkachel in de kleine huiskamer aan en speelden ze een potje kaarten of luisterden ze naar de krakende BBC World Service op de radio. Dat laatste was nooit een pretje, want het nieuws ging altijd over de politieke situatie in Europa. Volgens de commentatoren was een oorlog onvermijdelijk, ondanks de verdragen en allianties die gevormd waren.

Terwijl de spanningen in Europa bijna onophoudelijk in Cecily's gedachten waren, deed Katherine van alles om haar zich thuis te laten voelen. Bobby was ook vaak weg omdat hij voor hun veestapel moest zorgen, maar op de een of andere manier slaagde hij er toch in om zijn vrouw om de paar dagen op te zoeken.

Op een dag nam Cecily een bad in de tinnen kuip in een van de bijgebouwen met de latrines. Bill zou de volgende dag thuiskomen. Het was ongelooflijk hoezeer ze uitkeek naar de komst van haar nieuwe echtgenoot. De volgende ochtend reed ze met Katherine naar Gilgil om een bezoek te brengen aan een 'kapsalon', die in een bijkamertje ergens achter in een schuur gevestigd was. Cecily schuifelde nerveus heen en weer op haar stoel terwijl de Kikuyu-vrouw haar krullen met een schaar toetakelde.

'Klaar, bwana. Goed zo?'

Cecily probeerde zichzelf te bekijken in het doffe, gebroken spiegeltje dat de vrouw haar voorhield.

'Eh... ja, het zal wel goed zijn.'

'Hoe zie ik eruit? Is het heel erg?' vroeg ze aan Katherine, die haar de kapster had aanbevolen.

'Nee hoor,' zei Katherine geruststellend.

'Het voelt zo kort.'

'Het goede nieuws is dat het binnen een mum van tijd is aangegroeid. Kom, we moeten naar huis en eten koken voor onze mannen.'

Thuis in de cottage liep Cecily naar een spiegel waarin ze zichzelf beter kon bekijken. Ze sloeg haar handen voor haar gezicht en slaakte een kreet. Al haar lokken waren gesnoeid en wat ervan over was, zat in dichte krulletjes plat tegen haar hoofd.

'O nee! Wat afschuwelijk!' riep Cecily. De tranen sprongen haar in de ogen.

'Ik vind het je wel goed staan.'

'Ik lijk wel een jongetje, Katherine! Bill zal het vreselijk vinden, dat weet ik zeker.'

'Welnee, het zal hem niet eens opvallen,' zei Katherine, terwijl ze haar een paar haarspeldjes gaf. 'Bobby ziet dat soort dingen nooit. Hier, probeer deze spelden maar.'

Bobby kwam die avond om zeven uur thuis en het viel hem inderdaad niet op dat de vrouwen hun haar hadden laten knippen.

'Ik zag Bill gisteren even op de savanne, Cecily. Het spijt hem heel erg, maar hij kan pas over een paar dagen komen, vrees ik. Door de regen kost het langer dan verwacht om het vee voor de vaccinaties bijeen te drijven.'

'O.' Cecily wist even niet of ze teleurgesteld moest zijn of juist opgelucht dat hij haar verschrikkelijke kapsel nu niet hoefde te zien. De teleurstelling was sterker.

'Zullen we een borrel nemen?' vroeg Katherine. Ze schonk voor hen allen een klein glaasje in van de fles gin die Cecily in Gilgil had gekocht om Bills terugkeer te vieren. 'Laten we proosten op de spoedige terugkeer van je man. Proost!'

Het duurde een volle week voor Bill op een dag onaangekondigd in Inverness Cottage opdook.

'Hallo, Cecily,' zei hij. Ze sprong op en wierp het breiwerkje waar ze mee bezig was in de mand naast haar stoel.

Hij stak afwerend zijn handen uit.

'Kom alsjeblieft niet te dicht bij me in de buurt, Cecily. Ik stink naar koeien en modder. Ik loop eerst naar de achterkant van het huis en vraag of Nygasi een paar emmers waters over me heen wil gieten. Ik moet me nodig wassen.'

'Er staat hier anders een badkuip,' riep Cecily hem na.

'Badderen is voor meisjes,' zei hij met een knipoogje. Nygasi stond hem al op te wachten met een emmer water.

Cecily liep naar de keuken, waar Katherine bezig was met koken.

'Bill is terug,' zei ze.

'Mooi. Zet de gin maar vast klaar.'

Cecily haalde de fles tevoorschijn en rende snel naar haar kamer om een kam door haar verschrikkelijke kapsel te halen en wat lippenstift op te doen. Een kwartier later was Bill gereed. Hij had schone kleren aangetrokken en zag er in een linnen overhemd en broek weer uit als zichzelf.

'Gin?' Ze bood hem een glas aan.

'Dank je. *Tchin-tchin*,' zei hij en hij sloeg de helft van de inhoud van het delicate kristallen glas in één keer achterover. 'Terug in de beschaving,' zei hij. Hij keek haar aan. 'Je hebt je haar laten knippen.'

'Een miskleun van jewelste. Die kapster in Gilgil was eerder een slager.'

'Ik vind het wel mooi. En nu hoef je tenminste voorlopig niet meer terug.'

'Als ik had geweten dat je zou komen, had ik wel iets speciaals voor je georganiseerd.'

'Beste Cecily, er heeft nog nooit iemand iets "speciaals" voor me georganiseerd. Je hoeft echt niet elke keer dat ik terugkom iets bijzonders te doen.'

'Hallo, Bill.' Katherine liep de veranda op. 'Heb je nog gin over, Cecily?'

Tijdens het eten waren Bill en Bobby druk in gesprek verwikkeld over de veestapel. Cecily hoopte vurig dat ze straks alleen zou zijn met Bill. Zij had hem ook een heleboel te vertellen.

'Goed, ik ga naar bed. Vinden jullie het erg als ik van tafel ga?' Bill stond geeuwend op en klopte Cecily op haar schouder. 'Welterusten, meisje.'

Cecily ging tien minuten later naar de logeerkamer, maar toen lag Bill al licht te snurken in zijn bed. Alhoewel ze in de afgelopen dagen steeds naakt had geslapen omdat ze dat fijner vond, trok ze nu een nachtjapon aan en kroop in haar eigen bed. Ze deed het licht uit, legde haar hoofd op het kussen en probeerde in slaap te vallen.

Toen ze de volgende ochtend wakker werd, was Bill al weg.

'Waar is hij naartoe?' vroeg ze aan Katherine, die altijd eerder opstond dan zij.

'Geen idee, eerlijk gezegd. Hij is een half uur geleden met Nygasi in de pick-up vertrokken.'

'Heeft hij gezegd wanneer hij terug zou komen?'

'Ik ben bang van niet. Maar ik denk dat je je erbij neer moet leggen dat Bill zijn hele volwassen leven op zichzelf heeft gewoond. Hij is gewend om te gaan en staan waar hij wil en daarbij geen rekening te houden met een ander. Dat moet je geweten hebben toen je met hem trouwde.'

'Ja, dat is zo. Je hebt natuurlijk gelijk,' zei Cecily. 'Ik moet het aanvaarden.'

'Het zegt niets over zijn gevoelens voor jou, dat weet ik zeker. Hij is het gewoon niet gewend om een vrouw te hebben, dat is alles. Bovendien zitten we in het regenseizoen, dat is altijd een drukke tijd voor veehouders.'

'Maar hij was zo lief voor me toen we trouwden.' Cecily zuchtte. 'Ik zou hem gewoon vaker willen zien.'

'Het leven is nu eenmaal niet perfect, Cecily, en geduld is een schone zaak, zoals mijn vader me tot in den treure heeft verteld. Hij is met je getrouwd, lieverd, en daar was iedereen verbaasd over. En dat ondanks je situatie. Als je bekijkt hoe je er een paar weken geleden voor stond, zou ik me in mijn handjes knijpen en niet al te veeleisend zijn. Enfin, ik ga gauw een paar kolen planten voor er weer een plensbui aankomt.'

Katherine verliet de keuken en Cecily ging verslagen aan tafel zitten. Haar vriendin had haar onomwonden de waarheid verteld en ze had helemaal gelijk: Bill was een onafhankelijke geest en daar moest ze mee leren leven.

Dat bleek nog niet zo eenvoudig toen Bill drie dagen later tijdens een hevige regenbui weer opdook. Er lag een dood luipaard op zijn pick-up, met zijn enorme klauwen vastgebonden aan de laadbak. Cecily wendde haar blik af. Ze vond het een akelig gezicht om dat majesteitelijke schepsel zo levenloos voor haar te zien liggen.

'Sorry dat ik van de radar was, Cecily,' zei Bill toen hij nat van de regen de huiskamer binnenkwam. 'Ik had even tijd nodig om stoom af te blazen. Ik wil nu eerst droge kleren aantrekken.'

Juist ja, stoom afblazen door wilde dieren dood te schieten, dacht Cecily, maar ze durfde het niet hardop te zeggen.

'En, hoe gaat het met de bouw van het huis?' vroeg hij haar een uur later tijdens het eten.

'Wel goed, denk ik. De voorman is erg aardig...'

'Dat mag ook wel, want hij is een vriend van me,' zei Bobby. 'Hij moet zorgen dat alles in orde komt, anders krijgt hij het met mij aan de stok.'

'Zullen we anders morgen zelf een kijkje nemen, Bill?' vroeg Cecily.

'Ja, goed idee,' antwoordde hij. 'Ik moet eerst een paar dingen in de stad regelen, maar we kunnen er 's middags naartoe.'

'In elk geval is het dak inmiddels gedekt, dus we weten zeker dat we droog blijven,' zei Cecily hoopvol.

'Wat spannend!' riep Katherine uit. 'Cecily heeft veel goede ideeën, dus de ranch zal er vast erg mooi uitzien straks.'

'Laten we het hopen. Met het budget dat ik tot mijn beschikking heb, zal het bepaald niet het Ritz worden.'

Toen Bill aankondigde dat hij naar bed ging, stond Cecily meteen op en zei dat ze meeging. Hij deed de slaapkamerdeur achter hen dicht, trok zijn kleren uit en ging in bed liggen.

'Je begint al een aardige buik te krijgen,' zei Bill. Hij bekeek haar in haar nachtjapon.

'Volgens mij ook. Zeg, Bill,' zei ze toen ze zag dat hij aanstalten maakte het licht uit te doen.

'Ja?'

'Ik wilde je nog zeggen dat mijn ouders geld hebben getelegrafeerd bij wijze van huwelijksgeschenk. Het is voor ons allebei. Ik wil graag bijdragen aan de inrichting van het huis en eventuele bijkomende kosten.'

'Bedoel je dat ze je een bruidsschat hebben gegeven?' Bill glimlachte naar haar. 'Wat genereus. Nou, ik zal niet zeggen dat het niet welkom is, want dat is het zeker. Soms vraag ik me af waarom ik voor de veehouderij heb gekozen om mijn brood te verdienen. Het is ontzettend veel werk en je verdient er weinig mee, zeker als je kijkt naar het aantal uren dat ik erin steek.'

'Misschien houd je gewoon van dit beroep.'

'Misschien,' beaamde hij. 'Een kantoorbaan van negen tot vijf is voor mij geen optie, dat staat vast. Joss zei dat ze zo veel mogelijk mannen oproepen als de oorlog uitbreekt. Hij is zelf van plan zich bij het Keniaregiment aan te sluiten. Volgens mij moet ik dat ook doen als het eenmaal zover is.'

'Ben je eigenlijk niet te oud om te vechten?' vroeg Cecily ontsteld.

'Zo oud ben ik niet, jongedame,' zei Bill berispend.

'Maar moet je dat echt doen?'

'Ik denk het wel. Ik kan moeilijk met de oude mannetjes van hier een beetje gaan zitten mummelen op de savanne terwijl mijn landgenoten de kastanjes voor ons uit het vuur halen. Enfin, het is nog niet zover, dus tegen die tijd zien we wel weer.' Hij liet zich op zijn zij rollen. 'Welterusten, Cecily.'

30

Cecily en Bill konden uiteindelijk eind juni hun nieuwe huis betrekken. Misschien werd ze gedreven door een soort nesteldrang, maar Cecily was in de voorafgaande weken voornamelijk bezig geweest met het kiezen van de juiste kleur verf voor op de muur en stof voor de gordijnen (alhoewel er in de bescheiden textielwinkel in Nairobi niet heel veel te kiezen viel). Ze was buiten zichzelf van vreugde toen Bill begin juni thuiskwam met het bericht dat in Mombasa een vracht meubels uit Amerika was aangekomen. De week daarop zou alles door een vrachtwagen bij hen thuis worden afgeleverd.

Cecily was zo druk bezig geweest met het huis, dat Bills afwezigheid haar niet eens echt had gestoord. Hij was altijd op pad om zijn vee in de gaten te houden en terug te drijven naar de bergen nu het regenseizoen voorbij was, hij was aan het jagen of spoorloos verdwenen met zijn Masai-vrienden.

'Ik zal er eens een paar meenemen, dan kunnen jullie kennismaken, Cecily,' zei hij een keer toen hij thuis was. 'Hun manier van leven is echt fascinerend. Ze gaan daar waar hun vee naartoe gaat en waar ze halt houden, bouwen ze een huis.'

'Dan zullen ze Paradise Farm wel een vreemde plek vinden,' had Cecily gezegd.

De naam voor hun ranch, Paradise Farm, was ontstaan op een avond dat Bill onverwacht thuis was gekomen en ze naar hun toen nog onafgemaakte huis waren gereden. Cecily had vanaf de trap naar de veranda over de uitgestrekte vallei uitgekeken.

'Het is een paradijs, echt,' had ze gezegd.

'Net als *Paradise Lost* van John Milton,' had Bill geantwoord en hij was naast haar gaan zitten. 'Dat is mijn favoriete gedicht. Ken je het?'

'Nee, Engelse literatuur is niet mijn sterkste kant, vrees ik.'

'Eigenlijk bestaat het gedicht uit twaalf boeken met in totaal tienduizend versregels.'

'Dat is geen gedicht meer, dat is een heel verhaal!'

'Het is in feite een Bijbels epos, naar een interpretatie van Milton. Het gaat over Satan, die vastbesloten is om Gods nieuwe en favoriete creatie, de mensheid, te vernietigen. Misschien moeten we onze ranch Paradise noemen. Het kan voor ons beiden diverse betekenissen hebben.'

'Hmm, oké. Ik hoop wel dat je niet het gevoel hebt dat je een paradijs hebt verloren als we hier intrekken,' had Cecily gezegd.

'Nee hoor, maak je geen zorgen. In het gedicht dat erna kwam, *Paradise Regained*, is het weer herwonnen.' Bill had geglimlacht en zijn hand naar haar uitgestoken. 'Kom, we laten het paradijs even voor wat het is. We moeten terug naar ons huidige logeeradres.'

Cecily had een timmerman benaderd om een bord te maken met de tekst 'Paradise Farm' voor op het toegangshek. Als mensen hen wilden opzoeken, konden ze hen makkelijker vinden.

'En daar blijf ik optimistisch over,' zei Cecily tegen Katherine, die haar was komen helpen met het ophangen van de gordijnen in de huiskamer.

'Natuurlijk komen er mensen bij jullie op bezoek, schattebout. Ze zijn veel te nieuwsgierig om weg te blijven.'

'Dan zal het ze ook opvallen dat ik behoorlijk dik ben voor iemand die nog maar drie maanden zwanger is.' Cecily rolde met haar ogen.

'Misschien. Maar ze zullen eerder denken dat jullie niet van elkaar af konden blijven voor jullie getrouwd waren.' Katherine haalde haar schouders op. 'Ik meen het, Cecily. Als je hier in de Valley wilt wonen, of aan de rand ervan, dan moet je je niets aantrekken van wat mensen over je zeggen. Bovendien rept nu tenminste niemand meer over Bills vermeende geaardheid.'

'Hoe bedoel je?'

'Ach, je weet wel.' Katherine dempte haar stem. 'Dat hij homoseksueel zou zijn.'

'Nee! Echt? Alleen omdat hij nooit getrouwd is?'

'Cecily, vooral de vrouwen hier hebben veel te veel tijd om van alles te bedenken. Zo, de huiskamer is klaar.' Katherine klom van de trap om haar inspanning te bekijken. 'Het begint hier echt prachtig te worden.'

De gordijnen bewogen lichtjes in het verkoelende windje van de ventilator die in het midden van het hoge plafond was bevestigd, en Cecily keek om zich heen naar de verrassend plezierige mengeling van Kenia en New York die ze zelf had gecreëerd. Ze had haar ouders gevraagd of ze hun oude meubilair wilden verschepen, omdat het toch alleen maar stof stond te vergaren in de kelder van hun huis aan Fifth Avenue, en de zware mahoniehouten meubelstukken gaven de kamer een statige aanblik. De chaise longue en de leren fauteuils stonden bij de open haard en ze had er een groot Perzisch tapijt tussen gelegd. Ze had Bills boeken in de boekenkasten gezet die tegen de muren stonden en er hing een geur van boenwas in het vertrek.

Ze probeerde niet naar het luipaardvel in de hal te kijken – Bills bijdrage aan het geheel – van het dier dat hij een paar weken geleden mee naar huis had genomen.

Ze schoof een van de stoelen dichter naar de haard en stelde zich voor hoe het moest zijn om hier samen met Bill voor het vuur te zitten, terwijl ze met een glaasje gin hun dag bespraken.

'Cecily!' Katherine legde een hand op haar arm. 'In jouw toestand kun je maar beter geen dingen verschuiven, laat staan zware stoelen.'

'Het is goed voor zwangere vrouwen om te blijven bewegen, en tot dusver is alles goed gegaan,' protesteerde Cecily. 'Ik hoop dat het bij Bill in de smaak zal vallen. Misschien vindt hij het iets te deftig.'

'Ik weet zeker dat hij het prachtig vindt. Ik in elk geval wel, en ik ben jaloers dat je een badkamer ín je huis hebt. Bobby heeft me beloofd dat we volgend jaar genoeg geld hebben om er ook een bij ons binnen aan te leggen.'

'Voel je vrij om de mijne te gebruiken wanneer je wilt.'

'Dat is heel aardig, maar als ik daarna te paard terugga naar huis, zit ik weer onder het stof!'

Een paar dagen later kwam Bill thuis. Cecily en Katherine hadden bedacht dat hij in eerste instantie nietsvermoedend naar Inverness Cottage zou gaan. Katherine zou hem daar laten weten dat zijn vrouw naar Paradise Farm was gegaan om de zending uit Amerika in ontvangst te nemen. Cecily gluurde door de gordijnen. Ze zag dat Bill inmiddels was gearriveerd en zijn pick-up voor het huis neerzette. Ze pakte twee glazen champagne en liep naar de voordeur.

'Hallo?' riep hij toen hij naar binnen kwam.

'Ik ben hier, Bill!'

'Goddank.' Bill trok bezorgde rimpels in zijn voorhoofd. 'Ik begreep niet waarom je zo laat op de dag nog hier op de ranch was.'

'Er is niets aan de hand, hoor,' zei ze en ze gaf hem een glas champagne. 'Welkom op Paradise Farm.'

'Wat?' Bill keek om zich heen naar de pas ingerichte hal. 'Bedoel je dat je hier al woont?'

'Wíj wonen hier! Kom, je moet echt de huiskamer zien.'

Bill nam de champagne aan en liet zich door Cecily rondleiden. In alle vier de slaapkamers had ze vazen met verse bloemen gezet en overal hingen foto's en schilderijen, zodat het er echt huiselijk oogde.

'Hier kunnen mijn ouders en mijn zussen logeren,' zei ze toen ze de logeerkamers met de opgemaakte bedden betrad. De grote badkamer was spic en span en er stond een badkuip op pootjes met een koperen kraan. De keuken aan de andere kant van het huis was rijkelijk gevuld met etenswaren.

'Lieve help, het is een echt huis geworden.' Bill liep verbijsterd achter haar aan. 'Ik moet bekennen dat je een ware prestatie hebt geleverd. Het nadeel is nu wel dat ik me opgelaten voel om hier in mijn smerige kloffie rond te banjeren. Straks zit dit mooie gepoetste huisje onder het stof.'

'Dat geeft niet,' zei Cecily glimlachend. Ze ging hem voor naar de huiskamer en schonk hem nog een keer bij. 'Het is allemaal antiek meubilair. Mijn moeder wilde het eigenlijk wegdoen, maar ik heb gevraagd of ze het naar mij wilden verschepen. Enfin, heb je trek?'

'Ik heb altijd trek, dat weet je.' Bill bewonderde ondertussen de kunst aan de muur. 'Wie is dat?' vroeg hij en hij wees naar een olieverfschilderij van een jong meisje.

'Dat ben ik! Volgens mij was ik toen een jaar of vier. Mama had een kunstenaar gevraagd om al haar dochters op canvas te vereeuwigen.'

'Je lijkt er niet op, je bent in het echt veel mooier. Enfin, gaan we naar Katherine en Bobby om te eten?'

'Nee, natuurlijk niet! We wonen nu hier en ik heb voor ons gekookt.

Als jij een bad neemt, zal ik in de tussentijd de tafel dekken.'

'Goed idee,' zei Bill. Cecily liep opgewekt naar de keuken. Bill leek nogal onder de indruk te zijn en ze hoopte dat dit een goed teken was.

'Zo te zien kan ik thuis beter niet meer in mijn lange onderbroek rondlopen,' zei Bill toen ze het braadstuk aansneed. Ze zaten aan de gladgepolijste eettafel, die ze in de erker in de huiskamer had neergezet. 'Ik zal naar de stad moeten om me een paar kostuums te laten aanmeten. Enige formele kledij zal me niet misstaan als we hier regelmatig de maaltijd gebruiken. Het eten ziet er fantastisch uit, Cecily. Ik wist niet dat je kon koken.'

'Er zijn zo veel dingen die je nog niet van me weet, Bill,' antwoordde ze met een koket lachje. In haar euforie dat ze eindelijk haar eigen huis had, voelde ze zich een stuk moediger, mede dankzij de champagne.

'Daar heb je volkomen gelijk in,' beaamde hij. 'En dit smaakt verrukkelijk. Op je gezondheid.' Bill hief zijn glas. 'Je hebt er echt een prachtig stulpje van gemaakt. Ik zou nog in de verleiding komen veel vaker thuis te zijn.'

'Dat zou ik fijn vinden,' zei ze. 'O, en ik heb je nog niet eens de werkkamer laten zien, die zit aan het eind van de gang. Het is geen groot vertrek, maar ik heb papa's oude bureau er neergezet, dan heb je een plek om je rustig terug te kunnen trekken als je wilt werken.'

'Je hebt werkelijk overal aan gedacht,' zei Bill. 'Waar is de kinderkamer eigenlijk?'

Cecily bloosde. Dat deed ze altijd als Bill de baby ter sprake bracht. De kleine kinderkamer zat vlak naast hun slaapkamer en ze had hem tijdens de rondleiding expres overgeslagen.

'Je hoeft niet verlegen te worden, Cecily. Ik wist waar ik aan begon toen ik je ten huwelijk vroeg.'

'Ik weet het, maar... Je gaat er zo goed mee om, terwijl het toch vreselijk voor je moet zijn...'

'Nee hoor, helemaal niet. Ik zie het als een bonus. Op die manier heb je tenminste gezelschap als ik er niet ben. Toe, niet huilen, Cecily.' Bill legde zijn bestek neer toen hij zag dat haar ogen zich vulden met tranen.

'Pardon, ik ben gewoon een beetje moe van alle inspanningen.'

'En ik schaam me diep dat ik niet bij je was om een handje te helpen.'

Bill viste een witte zakdoek uit zijn broekzak. 'Hier. Om je tranen te drogen.'

Cecily moest meteen terugdenken aan Julius, die een keer precies hetzelfde gebaar had gemaakt, en daar werd ze nog droeviger van.

'Cecily, je zou toch niet moeten huilen op je eerste avond op Paradise Farm?' zei Bill op vriendelijke toon.

'Nee, maar...' Ze snoot haar neus en schudde haar hoofd. 'Let maar niet op mij, het gaat alweer. Vertel maar over de afgelopen paar dagen. Wat heb je zoal gedaan?'

Na het eten hielp Bill met afruimen. Ze zetten de borden in de gootsteen en hij opperde om een Kikuyu-vrouw te zoeken als hulp in de huishouding. Cecily liep door het huis en deed overal de lichten uit. Ze bleef even in de verduisterde ontvangstkamer staan en keek uit het raam naar de savanne in het maanlicht.

'Ik hoop dat we hier samen gelukkig zullen worden,' fluisterde ze. Het klonk als een smeekbede.

Tijdens de zoele julimaand voelde Cecily dat de baby zich in haar buik begon te roeren, met stevige schoppen die ze door haar hele onderlichaam voelde. Ondanks de enorme kentering die het kind in haar leven teweeg had gebracht, keek ze er met de dag meer naar uit om het in haar armen te houden. Moeder te worden. Het zou eveneens betekenen dat ze nooit meer alleen zou zijn, het kind behoorde haar toe en zij behoorde haar kind toe. Ze had veel liefde te geven en voor het eerst in haar volwassen leven voelde ze dat ze die liefde vrijuit kon schenken, zonder bang te zijn.

Kiki had haar onlangs gebeld of ze mee wilde op safari. 'De gnoes zullen met duizenden tegelijk de Mararivier oversteken en de krokodillen wachten onder water hun maaltje af. Het wordt een heel spektakel,' zei ze.

Cecily herinnerde haar er voorzichtig aan dat ze inmiddels zes maanden zwanger was.

'Ach ja, zwangerschap kan een echte spelbreker zijn,' had Kiki meesmuilend gezegd en toen had ze opgehangen.

Bill deed zijn best om vaker thuis te zijn, maar nog steeds verstreken er hele dagen waarop ze hem niet zag. Hij had het drukker dan ooit, omdat hij in zijn vrije tijd naar Nairobi moest om vergaderingen met Joss en een aantal legerofficieren bij te wonen. De geruchten over de onrust in Europa waren aangezwollen tot een lawaai dat ze helemaal tot in de Wanjohivallei konden horen, en ze begon zich zorgen te maken over Bills voornemen om zich in navolging van Joss aan te melden bij het Keniaregiment als de oorlog zou uitbreken.

Om haar tijd door te komen, poetste ze haar toch al zo schone huis, ze breide vestjes, sokjes en mutsjes voor de kleine, en probeerde zich erbij neer te leggen dat Bill haar vooral beschouwde als een levensgezel, en niet als een echtgenote of als zijn geliefde. Sinds ze zich hadden gevestigd op Paradise Farm, sliep hij altijd in de logeerkamer in plaats van bij haar in hun slaapkamer. Cecily had zich willen troosten met de gedachte dat hij rekening wilde houden met haar zwangerschap, maar ze wist zichzelf er niet van te overtuigen dat zijn beweegredenen geheel uit ridderlijkheid voortkwamen.

We zijn gewoon twee kennissen die een huis delen, dacht ze op een avond toen ze het licht uitdeed en in bed kroop.

Per slot van rekening had hij haar nooit echt omhelsd, behalve een kus op haar hand of de keer dat hij haar lippen lichtjes met de zijne had beroerd op hun trouwdag. Cecily stopte haar volkomen menselijke behoefte om aangeraakt te worden diep weg en prentte zich in dat ze dankbaar moest zijn dat ze goed met elkaar konden opschieten. Ze hadden altijd gespreksstof en ze stelde hem vaak vragen, want hij wist een heleboel over een keur aan onderwerpen, met name over haar nieuwe thuisland, en over de oorlog...

'Mijn ouders willen heel graag op bezoek komen als de baby er is,' zei Cecily op een avond tijdens het eten.

'Dat zal niet meevallen, bereid je erop voor. Volgens de Britse inlichtingendienst zoeken de Duitsers aansluiting bij de Russen. Er is daar van alles gaande. Waarschijnlijk zijn ze aan het bekokstoven hoe ze Europa straks onderling zullen verdelen.'

'Heb je enig idee wanneer het echt gaat gebeuren?' vroeg ze.

'Wie zal het zeggen?' Hij zuchtte. 'Elke regering in Europa doet haar best om een oorlog te voorkomen, maar kennelijk heeft Duitsland al een aanzienlijke troepenmacht aan de grens met Polen geïnstalleerd.'

'Ik mis papa en mama,' zuchtte ze. Tegelijkertijd besefte ze dat ze Bill nooit naar zijn ouders had gevraagd. 'Hoe zit het met jouw ouders?'

'Die zitten veilig en ver weg op het Engelse platteland van Gloucestershire. Voor nu, althans.'

'Stel dat er oorlog komt en Duitsland valt Engeland binnen, wat dan?'

'Laten we hopen dat het zover niet komt, meis, maar aangezien mijn vader de vorige keer kolonel was in het leger, weet ik zeker dat hij zich maar al te graag weer wil laten gelden.'

'Ik snap niet waarom mannen zo tuk zijn op oorlog.'

'Dat zijn de meeste mannen ook niet als het op de gruwelijke werkelijkheid aankomt, maar het idee haalt de patriot in hen naar boven. Ik heb mijn ouders gevraagd of ze misschien willen overkomen en zolang bij ons logeren. Wij zitten hier betrekkelijk goed, alhoewel ook wij troepen aan de Abessijnse grens plaatsen. Het punt is dat we geen idee hebben wat het volgende doelwit van de moffen is. Kennelijk is Hitler al jaren bezig een legermacht op te bouwen terwijl wij achter de feiten aan hobbelen.'

'Zo lijkt het net alsof we de oorlog al hebben verloren voordat hij is begonnen!'

'Is dat zo? Sorry dat ik zo pessimistisch overkom, maar op basis van wat we op het hoofdkwartier in Nairobi te horen krijgen van de inlichtingendienst, staat Hitler op het punt zijn masterplan uit te voeren. Hij wil de hele wereld veroveren.'

'We kunnen ook naar mijn familie in New York gaan,' opperde Cecily. 'En dan nu vertrekken, zolang het nog kan.'

'Cecily, je weet best dat ik niet op stel en sprong alles kan achterlaten,' zei Bill. 'Hoe voel je je trouwens?'

'Ik voel me goed,' antwoordde ze naar waarheid, al had ze in de afgelopen dagen een paar keer flinke hoofdpijn gehad en haar enkels leken wel op die van een olifant. 'Wil je een nagerecht?'

De maand augustus bracht een zinderende hitte met zich mee die Cecily vol verlangen deed uitzien naar een flinke regenbui. Bewegen werd steeds moeilijker, en dat betekende dat ze het grootste deel van de dag binnenshuis doorbracht.

Op een middag kwam Bill onverwacht thuis, net op het moment dat ze lag te slapen. Ze had de luiken dichtgedaan om het felle zonlicht buiten te houden.

'Ben je daar? Ik probeerde je te bellen, maar ik denk dat je de telefoon niet hebt horen rinkelen. Ik heb gasten meegenomen,' zei hij zonder verdere toelichting en hij liep de slaapkamer weer uit. Ze schudde haar hoofd om de slaap te verdrijven.

Toen ze de ontvangstkamer binnenkwam, schrok ze even van wat ze aantrof. Drie ongelooflijk lange en majesteitelijke Masai zaten met kaarsrechte rug op haar sofa.

'Cecily, dit is Leshan.' Bill wees naar de man die bedekt was met zilverkleurige kraaltjes. Zijn oorlellen waren uitgerekt door iets wat op lange slagtanden leek. 'Hij is de leider van de Ilmoleanstam en een dierbare vriend,' vervolgde Bill. 'En de twee anderen zijn zijn trouwe *morans*.' Hij gebaarde naar de twee andere mannen die op de bank zaten. Hun speren hadden ze rechtop tegen de muur gezet. 'Ze zijn de beroemdste krijgers van Kenia. Heb je misschien iets te eten? Ik zal gin voor ons allen inschenken.'

'Ja hoor,' zei Cecily. Ze liep de kamer uit en Bill kwam achter haar aan. In de keuken draaide ze zich naar hem om. 'Bill, ik zou graag zien dat je het me van tevoren liet weten als we gasten krijgen.'

'Ik heb je gebeld, dat zei ik toch? Maar je lag te slapen. Je hoeft je echt geen zorgen te maken. Leshan en zijn mannen zijn niet kieskeurig. Het is een hele eer dat ze ons in ons nieuwe huis een bezoek wilden brengen.'

'Uiteraard,' zuchtte ze en ze begon broodjes te smeren voor de zonderlinge gasten, terwijl Bill, gewapend met een fles gin en hun mooiste kristallen glazen, terugliep naar de ontvangstkamer.

Vijf dagen later klopte Katherine bij Paradise Farm aan, maar ze kreeg geen gehoor.

'Cecily?' Ze deed de deur open en liep de hal in.

'Ik ben hier...' hoorde ze Cecily zwakjes vanuit de slaapkamer roepen.

Katherine liep snel de gang in, klopte voor de vorm nog even aan maar betrad toen snel de kamer. De luiken waren gesloten en het was compleet donker binnen. Ze wilde een luik openen.

‘Niet doen, alsjeblieft. Ik heb vreselijke hoofdpijn.’

‘Arme schat. Sinds vandaag?’

‘Ik heb er al de hele week bij vlagen last van, maar het wordt steeds erger. O Katherine, ik voel me zo ziek.’

‘Waar is Bill?’

‘Ik weet het niet. Hij is gisteren weggegaan, of was het vanmorgen? Ik zou willen dat mijn hoofd niet zo bonkte.’

‘Luister eens, ik bel nu dokter Boyle. Hij moet meteen komen om je te onderzoeken.’

‘Ach, al die moeite. Ik heb net een aspirientje genomen, dan gaat het vast snel over.’

Katherine negeerde haar en liep naar de hal om dokter Boyle te bellen. Zijn vrouw Ethnie nam na een paar keer rinkelen op. Katherine legde de situatie uit en ze hoorde Ethnie aan de andere kant van de lijn een diepe zucht slaken.

‘Denk je dat het ernstig is?’ vroeg Katherine.

‘Zware hoofdpijn kan wijzen op een hoge bloeddruk, en voor een vrouw die over een paar weken moet bevallen is dat een slecht teken. Zijn haar enkels gezwollen, weet je dat?’

‘Ja. De laatste keer dat ik haar zag zat ze met haar voeten in een bak koud water.’

‘Ik kan William naar haar toe sturen, maar als je het mij vraagt, is het beter als je haar direct naar Nairobi brengt. Het kan zomaar zijn dat ze met spoed in het ziekenhuis behandeld moet worden.’

‘Dat kan lastig worden.’ Katherine beet op haar onderlip. ‘Ik ben te paard gekomen en Bill heeft de pick-up mee.’

‘Probeer ergens een auto te lenen. Houd me op de hoogte, goed? Ik zal William inlichten, zodat hij jullie daar in het ziekenhuis kan treffen.’

‘Dank je, Ethnie.’

Katherine nam direct weer de hoorn van de haak om Alice te bellen, die pas teruggekeerd was van een safari naar de Congo.

‘Alice, goddank,’ zei Katherine hijgend. ‘Dokter Boyle wil dat Cecily zo snel mogelijk naar het ziekenhuis in Nairobi wordt gebracht, maar we hebben geen auto. Staat de DeSoto bij jou thuis?’

‘Ja. Ik zal mijn chauffeur, Arap, meteen sturen. En bel me als ik je ergens anders mee kan helpen.’

'Dank je, Alice.'

'Dat arme kind. Wens haar sterkte van me.'

'Dat zal ik doen.'

Katherine ging terug naar de slaapkamer. Ze hoorde Cecily's raspende ademhaling en deed een luik open zodat ze de zieke tenminste kon zien. Ze liep op haar tenen naar het bed. Cecily's ogen waren gesloten. Behoedzaam pakte ze een punt van het laken bij het voeteneinde en tilde het op. Het leed geen enkele twijfel: Cecily's enkels waren abnormaal gezwollen. Ze probeerde kalm te blijven en haar paniek in bedwang te houden. Snel liep ze naar de kledingkast om een paar van Cecily's katoenen positiejurken en schoenen in te pakken, waarna ze in de ladekast op zoek ging naar ondergoed..

De bovenste lade bleek vol te liggen met gebreide mutsjes, vestjes en sokjes, stuk voor stuk verpakt in zacht papier. En allemaal door Cecily zelf gebreid. Katherine kreeg er een brok van in haar keel toen ze in de la eronder het ondergoed vond en ze wierp een steelse blik op haar vriendin, die rusteloos met haar hoofd over het kussen schoof.

'O, mijn god,' fluisterde Katherine terwijl ze een reistas onder het bed vandaan haalde. 'Laat haar en haar kleine in vredesnaam niets overkomen.'

31

'Ik vrees dat ze er ernstig aan toe is,' zei dokter Boyle drie lange uren later tegen Katherine, die in de wachtkamer van het Native Civil Hospital zat. 'Zullen we een plek opzoeken waar we rustig kunnen praten?'

Dokter Boyle leidde haar door een smalle gang. Het was overal drukkend heet en ze was opgelucht toen hij de deur naar een kantoor opende waar een ventilator op volle sterkte koelte door de kamer blies.

'O, mijn god,' stamelde Katherine. Ze kreeg tranen in haar ogen. Niet dat zijn mededeling als een donderslag bij heldere hemel kwam, want Cecily had gekermd van de pijn toen Katherine haar thuis probeerde op te laten staan en in Alice' DeSoto te krijgen. Uiteindelijk had ze aan de chauffeur gevraagd om Cecily in haar nachtjapon uit bed te tillen en haar voorzichtig in de auto op de achterbank neer te leggen. Katherine had er een kussen in gelegd en haar met een deken toegedekt.

'Mijn ogen... Au... Het licht is veel te fel,' had Cecily gekreund, en ze had haar arm zwakjes voor haar gezicht gehouden. 'Waar zijn we? Wat is er toch? Waar is Bill?' had ze gevraagd toen de auto over het hobbelige zandpad naar de hoofdweg richting Nairobi was gereden.

Katherine was nog nooit zo opgelucht geweest om op haar bestemming aan te komen. Cecily had bijna de hele weg door gekreund dat haar hoofd uit elkaar dreigde te barsten, dat ze niet goed kon zien en dat de krampen in haar buik ondraaglijk waren.

'Wat heeft ze?' vroeg ze.

'We denken dat ze een complicatie heeft die we pre-eclampsie noemen. Heb je Bill al kunnen bereiken?' vroeg dokter Boyle.

'Ik heb de Muthaiga Club en het Britse hoofdkwartier gebeld voor we van huis gingen, maar ze hebben hem vandaag op geen van beide adressen gezien. Hij kan overal op de savanne zitten, dokter Boyle. Misschien blijft hij dagen weg.'

'Op die manier. Dan vrees ik dat jij een beslissing voor je vriendin moet nemen. Om Cecily te redden, moeten we onmiddellijk de baby halen.' Hij dempte zijn stem. 'Zoals je weet zou Cecily over acht weken pas bevallen, dus de ingreep gaat gepaard met een enorm risico voor het kind. Maar als we niets doen...'

'Ik begrijp het.' Katherine legde haar handen op haar hoofd alsof ze het zwaard van Damocles erboven voelde hangen. 'En als u haar niet opereert om het kind te halen, hoe groot is dan de kans dat ze het overleven?'

'Zowel de moeder als het kind zullen vrijwel zeker sterven. Nu hebben we tenminste nog de mogelijkheid om een van beiden te redden. Maar ik kan niets met zekerheid zeggen en het is belangrijk dat je weet wat de risico's zijn.'

'In dat geval... kunt u maar beter opereren.'

Katherine keek op toen een andere man de kamer binnenkwam. Aan zijn groene kleding kon ze zien dat hij een chirurg was.

'Goed. Dit is dokter Stevens. Hij is onlangs overgekomen van het Guy's Hospital in Londen en heeft ervaring met deze ingreep.'

'Aangenaam kennis te maken,' zei dokter Stevens en hij gaf Katherine een hand. 'Ik zal voor hen allebei mijn best doen.'

'Dank u.'

'Enfin, ik moet direct aan de slag.' Hij glimlachte vluchtig en verliet de kamer.

'Mijn hemel,' zei Katherine. 'Wat een moeilijke beslissing is dit.'

'Ik weet het, lieve. Tijd om je vertrouwen te stellen in de God op wie je vader zo gesteld is. Ik zou Bobby bellen als ik jou was. Het kan even duren voor je weer iets hoort.'

En daar had hij gelijk in. Katherine ijsbeerde al urenlang door de claustrofobische wachtkamer toen Bobby eindelijk arriveerde. Ze rende op hem af en hij sloeg zijn armen om haar heen.

'Mijn hemel,' zei ze. 'Ik ben zo blij dat je bent gekomen.'

'Rustig maar. Ik heb me gehaast. Hoe gaat het met haar?'

'Ik weet nog niets,' zei Katherine. 'Ik heb al uren niets meer gehoord.'

'Kom, ga even zitten.'

Bobby leidde zijn vrouw naar een stoel en ze snikte op zijn schouder.

'Ze was er zo slecht aan toe, Bobby, je hebt geen idee. En waar is Bill toch? Hoe heeft hij haar in die toestand alleen kunnen laten? Ze kon geen kant op.'

'Misschien wist hij niet dat ze ziek was. Ik heb haar een paar dagen geleden zelf nog gezien en toen was er niets met haar aan de hand.'

'Toch moet Bill weten dat ze binnenkort is uitgerekend. Hij had op zijn minst een briefje kunnen achterlaten om haar te laten weten waar hij is.'

'Jij weet net zo goed als ik dat Bill het niet is gewend om wie dan ook te laten weten waar hij is. Bovendien is het kind niet van…'

'Is het leven van dat kindje minder waard omdat het onwettig is? Daar denk ik toch anders over, Bobby.'

'Kom op, Katherine, je weet best dat ik dat niet zo bedoel. Cecily heeft haar man op dit moment hard nodig.'

'Vergeef me, Bobby, ik ben gewoon overstuur. Cecily ligt al uren op de operatietafel en niemand vertelt me iets.'

Er verstreek nog een uur voor dokter Stevens in de deuropening verscheen. Hij zag er vermoeid uit.

'En, dokter?' Katherine sprong van haar stoel. Haar hart bonsde in haar keel. Bobby stond ook op en hield de hand van zijn vrouw stevig vast.

'Het was ernstig, maar gelukkig heb ik een van de twee kunnen redden.'

'Welke van de twee, dokter?' Katherine was op van de zenuwen.

'De moeder verkeert nog altijd in kritieke toestand. Ze heeft veel bloed verloren, maar ze heeft het gered. De baby daarentegen…' Dokter Stevens sloeg zijn ogen neer. 'We hebben haar kunnen halen en we deden ons best, maar ik vrees dat ze slechts een half uur heeft geleefd, toen is ze zachtjes gegaan.'

'Het was dus een meisje.' Katherine slikte haar tranen weg. 'God hebbe haar ziel, het kleintje.'

'Ja, een meisje. En de komende vierentwintig uur zal het erom spannen voor Mrs. Forsythe, maar als het een beetje meezit, redt ze het.'

'Ik begrijp het. Zou ik haar misschien mogen zien?'

'Nee, vanavond niet. We houden haar tot morgen onder narcose.

Het spijt me echt heel erg, we hebben gedaan wat we konden voor de kleine,' zei dokter Stevens met een zucht.

'Daar twijfel ik niet aan. Hartelijk dank, dokter.'

'Het is wellicht beter als jullie nu naar huis gaan. Hier kunnen jullie toch niets meer doen.' Hij knikte hen even droevig toe. 'Een goedenavond.'

Toen hij de deur achter zich dicht had getrokken, liet Katherine zich verdrietig in Bobby's armen vallen.

'Hoe moet ik dit tegen haar vertellen, Bobby? Ze zal totaal ontredderd zijn. Ze heeft van alles gedaan om haar kleine te kunnen beschermen, en nu dit...'

'Ik weet het, liefje, ik weet het.'

Cecily droomde dat ze in een bassin met drijfzand zat, en elke keer dat ze erin was geslaagd om boven te komen en adem te halen, werd ze onmiddellijk teruggezogen in die duistere, angstaanjagende wereld.

'Nee!' schreeuwde ze. 'Laat me los!'

'Rustig maar, meisje, je bent veilig, wij zijn bij je.'

Het was een stem die Cecily niet herkende, dus ze dwong zich haar ogen te openen om te kijken wie er stond. Een vaag silhouet verscheen in haar blikveld, van iemand die in een heleboel wit was gehuld en met een kapje op haar gouden krullen...

Misschien was het wel een engel, misschien ben ik dood en in de hemel, dacht Cecily.

'Waar ben ik?' Haar stem was schor en praten kostte haar de grootste moeite.

'U bent in een ziekenhuis in Nairobi, Mrs. Forsythe. Ik ben uw verpleegster, Miss Syssons, en ik zorg nu voor u. Ik ben blij dat u weer bij uw positieven bent.'

Cecily sloot haar ogen en probeerde zich te herinneren wat er was gebeurd. O ja! Ze had verschrikkelijke hoofdpijn gehad, die werd alsmaar erger en erger... Ze herinnerde zich vaag dat Katherine was gekomen en dat ze haar in een auto had gelegd. Daarna wist ze niets meer.

'U hoeft niet bang te zijn. Het komt allemaal goed en u bent binnen de kortste keren weer op de been,' vervolgde de zoetgevooisde engel.

'Ik...' Cecily ging met haar tong langs haar lippen, die ruw en gevoelloos aanvoelden, alsof ze niet van haar waren. 'Wat is er gebeurd?'

'U was er erg slecht aan toe toen u hier aankwam. Dokter Stevens heeft u geopereerd,' antwoordde de engel. 'Hier, drinkt u dit maar op. Dan voelt u zich meteen een stuk beter.'

Er werd een rietje tussen haar gesprongen lippen gestoken. Ze had ontzettende dorst en dronk gulzig.

'Wat mankeerde ik dan? Ik kan me herinneren dat ik hoofdpijn had, maar...'

'Nu u bij kennis bent, kan ik beter dokter Stevens gaan halen. Hij kan u meer vertellen. Rust u maar uit, dan ga ik hem zoeken.'

'Maar... mijn baby? Is alles goed met de kleine?'

Haar smeekbede bleef onbeantwoord. Misschien droomde ze nog steeds, misschien zou de volgende droom beter zijn. Haar ogen vielen dicht en ze liet zich in het drijfzand van de bewusteloosheid wegzakken.

Toen ze weer wakker werd, deed ze bijna direct haar ogen open. Haar hoofd was een stuk helderder. Zodra ze de witgepleisterde muren en de plafondventilator zag, wist ze weer dat ze in het ziekenhuis lag. Ze keek omlaag en zag dat ze onder een laken lag. Met de arm waar geen slangetje uit stak, tastte ze onder het laken naar de bekende omtrek van haar bolle buik, maar die voelde nu als een leeggelopen ballon. Ze was daar opeens veel platter geworden...

'O, mijn god, alsjeblieft niet...' kreunde ze. Ze keek naar links en zag een paar vage gestalten die zich over haar heen bogen.

'Goedemiddag, Mrs. Forsythe, mijn naam is dokter Stevens, ik heb u gisteren geopereerd,' zei een onbekende man in een witte jas. 'U was er slecht aan toe, maar dankzij uw vriendin Katherine was u bijtijds hier zodat we u hebben kunnen redden.'

'Hallo, Cecily,' zei Katherine, die naast de arts stond. 'Hoe voel je je?'

'Dat is nu niet belangrijk. Waar is mijn kind?'

'Het spijt me vreselijk, Mrs. Forsythe, maar ik ben bang dat we niets meer konden doen. Ik heb haar nog kunnen halen, maar ze is kort daarop overleden.'

'Ik... Maar... Wat was er mis? En waarom ben ik hier en is zij... Is het een zij? O, mijn god, ik wilde zo graag een dochtertje...'

'U, en dus ook uw dochter, leed aan een complicatie genaamd pre-eclampsie. Als we u niet hadden geopereerd, had u het geen van beiden overleefd. Het spijt me dat ik u dit tragische nieuws moet overbrengen, maar er is geen verzachtende manier. Goed, ik laat u nu alleen met uw vrienden.'

Dokter Stevens knikte haar toe met een blik vol medeleven en verliet de kamer.

'Katherine?' Cecily greep haar hand. 'Wat bedoelde hij precies? Het kan toch niet waar zijn?'

'Ik vind het echt heel erg voor je, lieverd, maar het is zo. De baby was te klein en te zwak, weet je, en...'

'Maar waarom hebben ze haar niet gered in plaats van mij?'

'Volgens mij werkt dat niet zo,' klonk een diepe stem naast Katherine. Cecily keek op en zag de bezorgde blik van haar echtgenoot.

'Bill... Je bent er.'

'Natuurlijk ben ik er. Je bent mijn vrouw. Zodra ik hoorde wat er was gebeurd, ben ik gekomen.'

'Wat bedoel je met dat het niet zo werkt? Ik had graag voor haar willen sterven... Echt, dat meen ik...'

'Lieverd, de baby moest gehaald worden zodat jullie allebei nog een kans zouden hebben,' zei Katherine. 'Ze kon niet goed in je groeien vanwege de pre-eclampsie. Ze had meer kans als ze eerder ter wereld zou komen, maar nu was het simpelweg té vroeg voor haar, Cecily. Je moet begrijpen dat ze jou niet ten koste van het kind hebben gered. Als ze niets hadden gedaan, hadden jullie het geen van beiden overleefd,' herhaalde Katherine. 'Ik denk dat ik jullie beter even alleen kan laten.'

Vlak voor ze wegging, legde ze een vinger tegen haar lippen als teken voor Bill dat hij beter niets meer kon zeggen.

'Ik zou willen... ik zou willen dat ik met haar was gestorven.' Cecily rolde met haar hoofd over het kussen. 'Ik had ook liever dood willen gaan, echt... O, mijn god...'

'Nou, ik ben in elk geval dolblij dat je nog leeft,' zei Bill. Hij ging naast haar bed zitten en nam haar hand in de zijne.

'Dat meen je niet. Je bent vast blij dat de baby er niet meer is, en dat neem ik je niet eens kwalijk!'

'Cecily... Ze hebben gevraagd of jij... of wij afscheid willen nemen van de baby.'

'Afscheid? Ik heb niet eens hallo tegen haar kunnen zeggen...' Cecily veegde met haar onderarm haar vochtige neus af.

'Misschien moet je er even over nadenken.'

'Voordat ze haar begraven?'

De tranen stroomden over haar wangen en voor ze haar ogen stijf dichtkneep, zag ze dat Bill zijn hoofd boog.

Het duurde een poosje voor hij weer iets zei.

'Cecily, geloof me, toe, ik ben niet alleen met je getrouwd om je reputatie te redden. Toen ik van je... toestand hoorde, drong het alleen tot me door dat ik echt om je was gaan geven. Ik vind het echt heel erg voor je dat de baby het niet heeft gered. Ik vind het vreselijk voor je. Als ik er eerder bij was geweest...' fluisterde Bill met verstikte stem. 'Ik had bij je moeten zijn. Ik... ik hou van je.'

Cecily voelde een lichte aanraking op haar voorhoofd. Ze opende haar ogen en zag dat Bill zich over haar heen had gebogen om haar te kussen.

'Misschien is het beter als Mrs. Forsythe wat rust krijgt.' De verpleegster met de blonde krullen, die voor de deur had staan wachten, kwam binnen en nam de leiding. 'U kunt later terugkomen om haar te bezoeken.'

'Ze heeft gelijk. Je hebt nu rust nodig,' zei Bill zacht tegen Cecily. 'Ik kom vanavond terug,' voegde hij eraan toe en hij kneep nog even in haar hand voor hij opstond en de kamer verliet.

'Ik geef u nu iets tegen de pijn,' zei de verpleegster tegen Cecily. 'Het is een spuitje. Dan zult u zich beter kunnen ontspannen.'

Cecily sloot opnieuw haar ogen. Het kon haar niet schelen, al zouden ze haar met cyanide injecteren, dacht ze, toen ze het prikje in haar armholte voelde. Haar dierbare kleintje was dood en wat Bill ook tegen haar had gezegd, ze kon de gedachte niet van zich afzetten dat hij blij was dat het kind niet meer leefde.

ELECTRA

NEW YORK
JUNI 2008

32

Ik zag dat mijn grootmoeder haar ogen had gesloten en vroeg me af of ze in slaap gevallen was. Het was interessant geweest om naar het verhaal van Cecily in Kenia te luisteren en ik vond het erg voor haar dat ze haar kind verloren had... Maar eerlijk gezegd had ik nu niet het gevoel dat ik aan het ontdekken was wat dit allemaal met mij te maken had.

'Dat is... echt triest,' zei ik, tamelijk luid om te zien of ik haar kon wekken.

'Ja,' zei Stella instemmend, en meteen daarna opende ze haar ogen weer. 'Het verlies van dat kind veranderde haar levensloop... En die van mij ook.'

'Maar hoe dan? Wanneer komt u in het verhaal voor? En waar ben ik geboren en...'

Er werd zachtjes op de deur van de woonkamer geklopt en Mariam stak haar hoofd eromheen. 'Sorry dat ik stoor, dames, maar beneden staat je auto naar het vliegveld te wachten, Electra.'

'Oké, bedankt.' Ik richtte mijn aandacht weer op Stella. 'Nou?'

'Je zult nog even geduld moeten hebben,' zei ze en ze stond op. 'En bovendien ben ik moe. Over het verleden vertellen is altijd traumatisch, en als het je eigen verleden is al helemaal.'

'Hoezo uw eigen verleden?' drong ik aan terwijl ik achter haar aan de gang in liep. 'U komt toch nog niet in het verhaal voor?'

'Dit is geen film, Electra, maar een waargebeurd verhaal, en je moet begrijpen wat er eerst gebeurd is om je te kunnen verzoenen met wat nog komt. Maar goed, jij moet weg nu, en ik ook.'

'Wanneer kom je weer om me de rest te vertellen?'

'Komend weekend ben ik in Washington D.C., maar maandag ben ik terug, dus zullen we dan 's avonds afspreken? Om een uur of acht?'

'Goed,' zei ik, en we stapten de lift in. Ik was geïrriteerd omdat ik nog vier dagen zou moeten wachten tot ik wist wie ik was.

'Ik ben heel trots op je, Electra, dat je in zo'n korte tijd zo veel bereikt hebt. Ga zo door, hè, lieverd?' We waren aangekomen in de hal, en ze draaide zich om en zoende me op beide wangen.

'Ik zal het proberen,' zei ik en ik voegde er met tegenzin een 'bedankt' aan toe, want ik herinnerde me nog net op tijd dat ik de 'nieuwe ik' was. We stapten het appartementengebouw uit en de chauffeur opende de deur van de limo die ervoor stond te wachten. Ik ging op de achterbank zitten.

'En misschien kun je me de volgende keer dat ik je zie vertellen wie die Miles is. Tot ziens,' zei Stella, waarop ze me met een ondeugende grijns aankeek.

'Hallo! Hoe was jullie reis?' vroeg ik met mijn hoofd uit het portierraampje terwijl Miles en Vanessa vanuit de aankomsthal van JFK naar de limo kwamen lopen. Ik had de wagen speciaal voor Vanessa besteld, omdat ik hoopte dat ze het cool zou vinden.

'Het liep allemaal op rolletjes,' riep Miles. Hij hielp de chauffeur hun bagage in de kofferbak te laden.

'Hé, Vanessa, kom jij naast mij zitten, dan kan Miles voorin, oké?' zei ik.

Vanessa kwam naast me zitten en de chauffeur sloot het portier achter haar. Ik keek naar haar magere gezicht en dacht dat ze nog meer gewicht verloren moest hebben sinds ik haar voor het laatst had gezien.

'Hoe gaat het met je?' vroeg ik, terwijl ze met haar lange, benige vingers over de met leer beklede achterbank streek.

'Wat een coole auto, Lectra,' zei ze, mijn vraag negerend. 'Op een keer kwam een klant me in zo'n wagen oppikken. Hij reed met me naar de stad en neukte me op de parkeerplaats onder het appartementengebouw waar hij woonde. Toen kwam zijn vrouw eraan en moest hij mij verstoppen in de kofferbak. Het duurde drie uur voor hij terugkwam. Ik dacht dat ik zou stikken.'

'Dat moet eng geweest zijn,' zei ik meelevend. 'Ik ben vroeger door een paar rotmeiden opgesloten in een kast op school en ik kan nog steeds niet tegen krappe ruimtes.'

'Ja, hè? Het was kut, echt ontzettend kut, man,' zei Vanessa knikkend.

Ik probeerde iets positiefs te bedenken om tegen haar te zeggen, maar faalde jammerlijk, en we zwegen allebei.

'Hé, is dat een minibar daar?' Vanessa wees naar de box tussen de twee voorstoelen.

'Ja. Wil je een frisdrankje?'

Vanessa wierp me een blik toe alsof ze wilde zeggen: 'We weten allebei toch wat ik echt wil?'

'Doe maar een cola.'

Ik opende het koelkastje en pakte er snel een blikje uit, voordat ik de miniflesjes drank kon zien die keurig op een rij in een rekje aan het deurtje stonden, en gaf het haar aan.

'Miles heeft me verteld dat je naar een geweldig tehuis gaat,' zei ik.

Vanessa keek uit het portierraam en ik kon het haar niet kwalijk nemen. Voor haar moest het zijn alsof ze alleen maar naar een ander soort gevangenis ging. Maar ze leek me in elk geval kalmer en wat ontvankelijker dan in het ziekenhuis.

'Hoe ver is het, Miles?' vroeg ik.

'Ongeveer een half uur rijden. Het is bij een plaatsje dat Dix Hills heet.'

'Ik heb tegen Miles gezegd dat dat adres prima bij me paste,' zei Vanessa gniffelend.

Een half uur later, na een rit door wat me prettige, rustige buitenwijken leken, kwamen we aan voor een poort. Terwijl Miles met de bewaker sprak, zag ik achter de hoge heggen die het terrein omgaven een hoog prikkeldraadhek en nog verder weg het felle schijnsel van de beveiligingsverlichting. Zelfs Miles zou niet bij de bovenkant van het hek kunnen als hij zijn handen boven zijn hoofd uitstak.

We reden langs de goed onderhouden tuinen en ten slotte zag ik een groot, indrukwekkend, wit landhuis.

'Jezus,' zei Vanessa en ze keek uit het raampje. 'Het ziet eruit alsof de president hier zou kunnen wonen.'

'Landsdowne House en het terrein eromheen zijn door de vrouw die hier vroeger woonde geschonken aan de liefdadigheidsinstelling die het afkickcentrum runt,' zei Miles. 'Ze had haar enige zoon verloren aan een verslaving en leidde een teruggetrokken leven tot ze tien jaar geleden overleed. Het is echt mooi,' vond hij, met zijn ogen gericht op de Dorische zuilen aan weerszijden van de imposante voordeur met een stenen trap ervoor.

'Ik zou mijn avondjapon aangetrokken hebben als ik het geweten had,' zei Vanessa grijnzend. Op dat moment zag ik een vrouw uit een auto stappen en naar ons toe komen lopen.

'Shit! Daar heb je Ida!' zei Vanessa en ze kromp bijna naast me in elkaar toen de vrouw op het achterraam tikte. Ze had ongeveer dezelfde huidskleur als ik en droeg een prachtige, lichtpaarse tie-dye kaftan die ik meteen graag zelf wilde hebben.

'Vanessa's maatschappelijk werkster,' legde Miles uit. Hij stapte de limo uit om haar te begroeten. Eerder had hij me al gewaarschuwd dat ik uit het zicht moest blijven wanneer we aangekomen waren en de opname aan Ida moest overlaten. Komen opdagen in gezelschap van een beroemd supermodel zou geen goed begin van Vanessa's contact met de andere patiënten zijn.

'Ze ziet er geweldig uit,' zei ik tegen Vanessa, die nu zichtbaar beefde. Ze greep me bij mijn onderarm.

'Je kent haar niet. Ze is een heks! Als ik geweten had dat Ida er ook zou zijn, was ik in het ziekenhuis gebleven,' grapte Vanessa somber. 'Ik ga niet uitstappen, en jullie kunnen me niet dwingen.'

Ik keek weer naar haar en zag dat ze haar hand in de zak van haar hoody stak, een aansteker en een pakje sigaretten tevoorschijn haalde en er een opstak.

'Ik weet dat dit erg zwaar voor je zal zijn, maar...' Ik had de grootste moeite om woorden te vinden die haar zouden raken. 'Weet je, Vanessa? Ik ben er voor jou, net als Miles en Ida, die er alles aan hebben gedaan om een plaats in het beste tehuis dat ze kennen voor je te regelen. We geven alle drie om je. En dus moet je je laten opnemen en beter worden. Ik kom bij je op bezoek zodra ik kan, oké? En als je beter bent, gaan jij en ik samen lol maken!'

'Dat zeg je maar. Als ik hier opgesloten word, denk je niet meer aan me en ga je gewoon door met rijk en beroemd zijn.'

'Tot nu toe heb ik toch aan je gedacht? Hier.' Ik zocht in mijn tas en haalde er een Burberry-pet uit die een styliste me een paar maanden geleden had toegestuurd. Ik wilde hem zelf niet hebben, maar had gedacht dat Vanessa hem leuk zou vinden.

Ze bekeek hem en streek over de stof. 'Is het een echte?'

'Tuurlijk.'

'Cool.' Ze zette hem achterstevoren op, en heel even zag ik een flits van kinderlijk genoegen in haar ogen. 'Mag ik hem hebben?'

'Yep.'

'Ze zullen toch niet geloven dat hij echt is. En anders zullen ze denken dat ik hem gestolen heb,' zei ze schouderophalend en ze drukte haar sigaret uit.

'Nou, maar jij weet het wel, en daar gaat het om. En nou is het tijd om te gaan.'

'Ik...' Ze keek me aan en ik zag dat ze tranen in haar ogen had. 'Oké dan.'

'Ik zal elke stap van de weg bij je zijn, dat beloof ik je.' Toen spreidde ik mijn armen en omhelsde haar zo warm mogelijk.

Ze opende het portier en ik zag dat ze bij Miles en Ida ging staan, die haar ook gelijk omhelsden, waardoor ik me weer wat beter voelde. Miles trok mijn aandacht en deed alsof hij een telefoon bij zijn oor hield.

'We bellen,' zeiden zijn lippen, en met zijn drieën beklommen ze de stenen trap voor de voordeur.

'Klaar om te vertrekken, ma'am?' vroeg de chauffeur.

'Ja,' zei ik en ik knikte. De limo reed achteruit en ik opende het portierraampje om de verschaalde sigarettenrook naar buiten te laten. Op dat moment draaide Vanessa zich naar me om met een uitdrukking van pure angst op haar magere gezicht.

'Ik hou van je,' mimede ik naar haar terwijl de auto snel de oprijlaan af reed. Ik slikte om mijn tranen in te houden en voelde me net een moeder die haar kind voor de eerste dag op school achterlaat. Toen realiseerde ik me dat ik meende wat ik zei.

Ik was dankbaar dat ik de volgende dag een fotoshoot had, want door de hele ervaring in Dix Hills van de avond daarvoor had ik een déjà vu gekregen en was ik in paniek geraakt. Maar in alle rapporten die ik op internet had gelezen, kreeg het tehuis alleen maar lof, en alle professionals vonden het de beste instelling in de staat New York voor 'jonge, kansarme verslaafden', zoals ze in *The New York Times* werden genoemd. Miles had gebeld om te zeggen dat Vanessa kalm leek toen ze aan de andere jonge vrouwen van haar afdeling was voorgesteld.

'Het goede nieuws is,' voegde hij eraan toe, 'dat ze haar in het ziekenhuis in Tucson hadden gestabiliseerd, en dus mocht ze meteen door naar de middellangetermijninrichting.'

In lekentermen betekende dat dat ze niet eerst op de detoxafdeling was opgenomen, die, had ik online gelezen, ook van isoleercellen was voorzien.

Ironisch genoeg genoot ik van de shoot, ook al was het ruim een jaar geleden dat ik er een had gedaan zonder eerst een of ander stemmingsverbeterend middel tot me te hebben genomen.

Xavier, ook wel bekend als 'xx', een ontwerper met wie ik bij verschillende gelegenheden had samengewerkt – waaronder de keer dat we een proefassortiment sportkleding hadden ontworpen met een goudkleurige bliksemflits op het voorpand van de hoody, die in een week was uitverkocht – was ook op de shoot aanwezig.

'Ben je in voor een nieuwe samenwerking binnenkort?' vroeg hij aan me.

'Misschien,' zei ik en ik liep de set op.

Terwijl ik automatisch de gebruikelijke serie poses doorliep, dacht ik aan mijn schetsboek. In het afkickcentrum had ik graag aan mijn ontwerpen gewerkt, en het gaf me veel meer voldoening dan mijn leven doorbrengen met het trekken van gezichten…

'Wauw, Electra, die vakantie heeft je goed gedaan, zeker weten! Je was vandaag vol vuur voor de lens!' zei Miguel, de fotograaf, die gewoon als 'Mike' geboren was, dat wist ik zeker, enthousiast.

'Je was fantastisch, Electra,' zei Mariam toen ze later bij me in de kleedkamer kwam. 'Ik heb je nog nooit zo stralend gezien.'

'Ach, ga nou toch weg, Mariam,' zei ik glimlachend tegen haar. 'Miguel en xx hebben me gevraagd of ik met hen wilde gaan lunchen in Dell'anima omdat we zo vroeg klaar waren…'

'Electra, ik wil het niet voor je bederven of zo, hoor, maar…'

'Het is goed, ik heb al laten weten dat ik verhinderd ben. Ik begrijp wel dat ik niet te hard van stapel moet lopen. Ik heb tegen ze gezegd dat ik naar een bijeenkomst moest, en dat is ook zo, later. Maar eerst wil ik nog ergens anders naartoe.'

Toen we voor de salon op de hoek van Fifth Avenue en East 57th Street stilhielden, keek ik Mariam aan. 'Wil jij gaan kijken of Stefano me kan inplannen?'

'O, maar... ook al ben jij het, Electra, ik betwijfel het. Je weet dat hij altijd maanden van tevoren al is volgeboekt, en het zal uren duren voordat hij jouw haar ontkruld heeft.'

'Mariam,' zei ik en rolde met mijn ogen. 'Herinner je je het gesprek met Stella nog, gister bij de lunch?'

'Natuurlijk, maar dat meende je toch niet?'

'Ik meende het toevallig wél. Laat maar, ik ga naar binnen om hem te spreken.'

Ik was de auto uit voordat Mariam me kon tegenhouden. Ik sprak de receptioniste aan, die me vertelde dat Stefano aan het lunchen was, maar omdat ik het was, zou hij me misschien toch even willen spreken.

Stefano en ik hadden elkaar leren kennen toen ik nog maar pas in New York was en Susie me naar hem toe had gestuurd voor mijn eerste fotoshoot. Omdat hij zelf gemengd Afro-Amerikaans en Italiaans bloed had, was hij het gewend om met mijn haartype te werken. Ik beschouwde onze sessies als een noodzakelijke kwelling, maar mocht hem heel graag.

'Is hij achter?' vroeg ik haar.

'Ja, maar...'

Ik liep vastberaden de kapsalon door en duwde de deur met het bordje 'privé' open, waarachter Stefano en ik stiekem talloze lijntjes hadden gesnoven gedurende het ontzettend langdurige en vervelende proces van het ontkrullen van mijn weerbarstige haar.

En daar zat hij nu ook zijn 'neus te poederen'.

'Electra! *Cara*, wat doe jij nou hier?' zei hij, waarop hij opstond en me op beide wangen kuste. 'We hadden toch geen afspraak vandaag?'

'Nee, dat niet, maar ik vroeg me af of je nog een haartrimmer hebt...'

Een half uur later liep ik de achterdeur uit met, ruim geschat, nog een centimeter haar op mijn hoofd. Eerst had Stefano geweigerd te doen wat ik wilde, maar nadat ik had gedreigd het zelf te doen, had hij me fantastisch gemillimeterd. Hij had geprobeerd mijn nieuwe kapsel te bewerken met crèmes en een speciale kam, maar dat had ik afgeslagen – ik wilde het puur natuur.

‘O jee!’ zei Mariam toen ik weer naast haar achter in de auto zat, en ze hield haar hand voor haar mond. Ze was een waardeloze actrice – alle emoties waren op haar gezicht te lezen.

‘Dus wat vind je van mijn nieuwe ik, behalve dat het schokkend is?’

‘Ik... Serieus?’

‘Serieus.’

Mariam nam me kritisch en opmerkzaam op. Toen knikte ze en keek me breed glimlachend aan. ‘Ik vind dat het je geweldig staat!’

We gaven elkaar een high five.

‘Kun je je voorstellen hoeveel uren van mijn leven ik ga uitsparen met dit kapsel? Verloren uren, Mariam. We zeggen gewoon tegen Susie dat ik van nu af aan met pruiken op werk als het moet. Nou, over een half uur is er een AA-bijeenkomst in Chelsea, dus laten we daarnaartoe gaan en even stoppen bij een deli, dan lunchen we onderweg.’

Toen we na de bijeenkomst in de auto op weg naar huis waren, keek Mariam me aan. ‘Electra, vind je het goed als ik vanavond naar huis ga? Ik... moet bij mijn familie zijn.’

‘Natuurlijk! Daar wil ik je niet van weghouden.’

‘Je weet dat ik mobiel bereikbaar ben als je me nodig hebt, en ik ben zo bij je. Het is alleen voor het weekend.’

Ik knikte en voelde me schuldig omdat ik haar bij haar familie vandaan gehouden had. Aangekomen bij mijn appartementengebouw was ik blij te zien dat Tommy zijn gebruikelijke post weer ingenomen had. Mariam liep met niet meer dan een ‘hallo’ naar binnen, maar ik bleef staan om een praatje te maken.

‘Hallo, Tommy, ik had nog niet de kans gehad om je nog eens te zeggen hoe dankbaar ik je ben dat je mij en Mariam toen die avond dat ik zo... ziek was hebt geholpen.’

‘Electra, je weet dat ik alles voor je overheb.’ Tommy’s lippen plooiden zich tot een glimlach, maar ik zag aan zijn ogen dat hij verdrietig was.

‘Luister, als ik ooit iets voor jou kan doen, Tommy, maakt niet uit wat, zeg het dan alsjeblieft, wil je?’

‘Oké, dank je. En trouwens, je nieuwe kapsel staat je goed, echt waar.’

‘Dank je, Tommy.’

Terwijl de lift omhooggging, besloot ik dat ik van nu af aan altijd naar de AA-bijeenkomsten in Chelsea zou gaan. Het laatste wat ik wilde was Tommy's vriendschap verliezen, en ik wist dat hij zich zou schamen als hij ooit te weten kwam dat ik zijn bekentenis had gehoord.

Toen ik op de bank in de woonkamer zat, zag ik op mijn mobieltje dat ik een oproep van Miles had gemist, en dus belde ik hem terug.

'Hallo, alles goed met Vanessa?' vroeg ik.

'Ida heeft vandaag gebeld. Vanessa past zich goed aan.'

'Geweldig. En hoe gaat het met jou?'

'Ook goed. Het is een beetje vreemd om weer aan het werk te zijn en niet met wie dan ook te kunnen praten over alle gekke dingen die ik... die wij, bedoel ik, de laatste tijd meegemaakt hebben.'

'Dat gevoel heb ik ook. Ik heb vandaag mijn eerste fotoshoot gedaan en het was raar om zo... aanwezig te zijn, zonder al het spul dat ik gebruikte om het te maskeren.'

'Ja... Luister, ik moet ophangen. Ik heb een cliënt die elk moment kan bellen en ik ben de boel hier op kantoor aan het inhalen.'

Miles verbrak de verbinding en ik stond op en liep op mijn gemak het dakterras op. Ik boog me over de glazen balustrade en zag New York onder me. Voor de eerste keer sinds ik thuisgekomen was, voelde ik me depri. Misschien omdat het weekend als een gapende afgrond voor me lag. Normaal gesproken zou ik ergens onderweg zijn, en dat paste bij me, want in het weekend verlieten succesvolle mensen de stad om in hun buitenhuis qualitytime door te brengen met hun vrienden en familie.

'Hallo, Electra,' zei Mariam achter me. 'Er is nog een restje linzensoep en er staat een salade in de koelkast voor het avondeten.'

'Dank je.'

'O, en heb je die therapeute die Fi had aanbevolen nog gebeld?'

'Ja.'

'En?'

'Na Fi klonk ze gewoon niet goed.'

'Dat begrijp ik, Electra, maar je moet hier in Manhattan iemand zien te vinden. Dit is de derde met wie je contact hebt opgenomen die je hebt afgewezen. Zou je niet gewoon met een van hen gaan kennismaken? Om te zien wat voor mens het is?'

'Misschien, ja, maar ik wil het gewoon niet riskeren om de verkeerde te kiezen en dan mijn hoofd te laten verzieken, weet je? Het gaat nu goed met me, Mariam. En ik heb genoeg mensen om mee te praten als ik daar behoefte aan heb.'

'Goed. Ik wil niet zeuren, maar ik zeg dit omdat ik om je geef, Electra.'

'Dat weet ik, en je bent geweldig geweest, Mariam.'

'Had je nog iets nodig voor ik wegga?'

'Nee. Ga jij nou maar naar huis en naar je familie.'

'Als je het zeker weet, want anders...'

'Ik weet het zeker. En ik moet toch een keer leren om zonder babysitter te leven?'

'Als je me nodig hebt, bel maar, dag of nacht, maakt niet uit. Afgesproken?'

'Afgesproken. En ga nou alsjeblieft naar huis, Mariam!'

'Ik ga. Bedankt, Electra, en tot ziens.'

'Tot ziens.'

De deur viel achter Mariam dicht en voor het eerst in meer dan vijf weken was ik alleen.

'Je gaat naar de fitnessruimte om wat gewichten te heffen, dan eet je wat en ga je op bed liggen en een film kijken,' zei ik tegen mezelf, in een poging om de paniek de kop in te drukken. En dus ging ik naar de fitnessruimte, nam een douche, at wat Mariam bij wijze van avondmaaltijd voor me had achtergelaten, ging op bed liggen en zette de tv aan. Er leken alleen programma's over bendeoorlogen of ziekenhuizen te zijn, die ik geen van beide geschikt vond voor mijn eerste avond alleen. Ik deed mijn best om me te concentreren op een romcom en daarna een Franse film, die ik normaal gesproken goed gevonden zou hebben maar zo *noir* was dat ik de tv uitzette en mijn mails begon te checken op mijn laptop. Ik was blij te zien dat er een lang, interessant bericht van Tiggy bij was. Ze had in het Frans geschreven, en ik was blij dat ik kort tevoren veertig minuten van de film noir had bekeken als warming-up.

Chère Electra,

Wat fantastisch om een brief van jou te krijgen (of, tegenwoordig, een brief van wie dan ook), en dan ook nog eens hier, aan het eind van de bewoonde wereld. Door het onbetrouwbare internetsignaal hier voel ik me best geïsoleerd, en dat heeft zo zijn voor- en nadelen. Maar dat heeft alles in het leven, toch?

Vandaag is het signaal in elk geval goed, en dus zit ik buiten aan een picknicktafel met uitzicht over een dal (een 'glen' heet dat hier) dat op het ogenblik prachtig paars kleurt van de heidebloesem.

Het eerste wat ik je wil zeggen is dat ik je zus ben en dat het helemaal niet nodig was om je excuses aan te bieden, ook al was het lief van je. Van alles wat je ooit tegen me hebt gezegd of hebt gedaan, zou ik niets weten waarvoor je je zou moeten excuseren – en iedereen noemt mij een 'sneeuwvlokje', dus het is echt geen probleem! – maar het was echt ontzettend leuk om van je te horen.

Een tijdje geleden heeft Ma me verteld dat je had besloten hulp voor je problemen te zoeken en eerlijk waar, Electra, ik ben apetrots op je. Hulp vragen is ongelooflijk moeilijk, hè? Maar het is wel een heel belangrijke stap. Ik weet niet of je al uit die kliniek weg bent – ik heb Ma en Maia al een tijdje niet gesproken omdat ik het erg druk had – maar waar je ook bent, ik wil je alleen maar een heel warme omhelzing geven en je zeggen dat ik elke dag op mijn eigen 'Tiggymanier' aan je gedacht en voor je gebeden heb. Ik weet dat je niet bepaald het type bent voor 'woo-woo', zoals je het altijd noemde, maar ik kan alleen maar zeggen dat ik het gevoel heb dat je heel goed wordt beschermd en dat je beter, sterker en mooier uit wat een erg moeilijke ervaring voor je geweest moet zijn tevoorschijn zult komen.

Wat mij aangaat, ik denk niet dat ik ooit gelukkiger ben geweest! Misschien had Ma je verteld dat ik de laatste tijd wat gezondheidsproblemen heb gehad, en hoewel ik voorlopig niet het Meer van Genève zal overzwemmen, heb ik, zolang ik goed voor mezelf zorg en me niet te druk maak, nog heel wat jaartjes te leven.

Is het niet verbazingwekkend dat uit iets slechts zo vaak iets goeds lijkt voort te komen? Nou, door mijn problematische gezondheid (en een jachtongeluk, wat veel dramatischer klinkt dan het werkelijk was, maar dat vertel ik je later nog een keer) heb ik de liefde van mijn leven leren kennen. Het is een beetje een cliché, omdat hij arts is en gespecialiseerd in het hart, het deel van me waarmee ik die problemen had. Hij heet Charlie Kinnaird en ik schaam me een beetje te moeten vertellen dat hij op het ogenblik nog getrouwd is, met een vrouw van wie je zou zeggen dat ze uit de hel afkomstig is! Ze is in elk geval een moeilijk type, maar het goede nieuws is dat ze ook een dochter hebben, Zara, en die komt uit de hemel! Ze is zeventien en op het ogenblik studeert ze aan de landbouwuniversiteit, want op een dag wil ze dertigduizend hectare van het spectaculairste Schotse land overnemen dat je ooit hebt gezien (Charlie is dus een laird, *het Schotse woord voor lord, maar zijn titel laat hem koud). Hij is kort geleden naar een ander ziekenhuis overgeplaatst, zodat hij dichter bij mij en Zara kan zijn en het landgoed weer op poten kan zetten, waar hij echt veel tijd voor nodig heeft, en nog meer geld om erin te investeren. Het is dus een rommeltje op het ogenblik, hoe je het ook bekijkt, maar ironisch genoeg ben ik dolgelukkig terwijl ik hier zit en uitkijk over de glen, omdat ik weet dat ik de persoon gevonden heb met wie ik de rest van mijn leven samen wil zijn. En ik heb het geluk om dat te kunnen doen in de prachtigste omgeving die ik me ooit zou kunnen wensen.*

Ik weet niet of jij ooit je brief van Pa Salt geopend hebt? Nadat ik de mijne had geopend, ben ik in het doolhof van mijn verleden beland. En, nou ja, laat ik het zo zeggen, als je vindt dat ik een beetje 'woo-woo' ben, dan zou je Angelina, mijn nicht van zeventig, eens moeten leren kennen! Het bleek dat ik afstam van Romazigeuners in Andalusië, wat grotendeels verklaart wie ik ben en waarom ik altijd die rare dingen heb gezien en gevoeld. Als het hier allemaal wat rustiger is, wil ik die kant van me verder onderzoeken. Ik werk ook al bij de plaatselijke dierenarts en breng in praktijk wat Angelina me heeft geleerd over natuurlijke geneeswijzen en het omgaan met dieren. Uiteindelijk, heb ik besloten, wil ik ook graag mensen helpen met mijn gave, maar voorlopig doe ik het rustig aan.

In elk geval, lieve zus, hoop ik dat je niet vergeten bent dat we een zeiltocht op de Titan zouden maken om een krans te leggen op de dag dat het een jaar geleden zal zijn dat Pa is overleden. Alle anderen hebben gezegd dat ze kunnen komen, zelfs CeCe, die in Australië is gaan wonen, zoals je misschien wel hebt gehoord. Mijn intuïtie zegt me dat het ontzettend belangrijk is dat we allemaal bij elkaar zijn, veel belangrijker dan het leggen van de krans. Kun je mij/Ma/Maia laten weten of je definitief kunt komen? Het is echt ongelooflijk dat het deze maand al zal zijn!

Nou, dat is het wel voorlopig, hoewel ik dolgraag meer nieuws van je zou horen, als je gelegenheid hebt om me te mailen. Ik stuur je deze mail nu, voordat het signaal weer eens verdwijnt.

Ik hou heel veel van je, Electra, en ik sta te springen om je weer eens te zien als we op Atlantis zijn.

Tiggy xxx

Glimlachend herlas ik de mail, gewoon om er zeker van te zijn dat ik niets gemist had, en ik was oprecht blij voor Tiggy dat ze een leven had gevonden dat zo goed bij haar paste. Aangezien ik de hele week had om haar te antwoorden, besloot ik haar pas de volgende ochtend terug te schrijven, want dan zou mijn hoofd helderder zijn. Ik was al niet goed in het schrijven van kletsbrieven, of wat dan ook, als ik in mijn beste doen was, maar haar uitgebreide mail verdiende een behoorlijk antwoord.

Nu ik dacht aan de naderende sterfdag van Pa, herinnerde ik me het armillarium dat zo raadselachtig was verschenen in de tuin van Atlantis na Pa's dood. In de banden eromheen waren onze namen gegrift, wat getallen waarvan Ally had gezegd dat het de coördinaten van onze geboorteplaatsen waren, en voor ons allemaal was er ook een citaat in het Grieks. Ally had me een envelop met mijn gegevens gegeven, maar ik kon me met geen mogelijkheid herinneren waar ik die gelaten had.

Ik dacht er verder niet over na, maar besloot Ally te bellen. Net toen ik me realiseerde dat het in Europa rond twee uur in de nacht moest zijn, nam ze op.

'Electra? Hoe gaat het met jou?'

'Ha, Ally. Het gaat goed, prima zelfs. Ik wilde net de verbinding verbreken, want het schoot me te binnen hoe laat het in Noorwegen is.'

'O, zit daar maar niet over in. Voor mij is er geen verschil meer tussen dag en nacht, de laatste tijd. Bear krijgt het ene tandje na het andere en zelfs míjn legendarische energie is aan het opraken.'

'Wat rot voor je, Ally. Het moet zwaar zijn om helemaal alleen een kind groot te brengen.'

'Ja, dat is het ook,' gaf Ally toe. 'En eenzaam, vooral rond deze tijd 's nachts.'

Wauw, dacht ik, en ik trok een wenkbrauw op zonder dat zij het kon zien. Dit was een van de weinige keren dat ik Ally had horen toegeven dat ze niet bovenmenselijk was.

'Nou, hier ben ik dan, en ik hou je gezelschap en omhels jou en Bear in gedachten.'

'En daar ben ik nog nooit zo dankbaar voor geweest. Dank je, Electra. Ik zat net te denken dat ik misschien al terug ben op Atlantis voordat jullie daar allemaal aankomen. Maia heeft gebeld om te zeggen dat ze er al ruim van tevoren zal zijn, en ik heb ook wat Bear-hulp nodig van Ma, oftewel *grand-mère*. Echt, ik kan me niet meer herinneren wanneer ik voor het laatst meer dan een paar uur achter elkaar geslapen heb.'

'Dat lijkt me een goed idee, Ally.'

'Maar goed...' Ze schraapte haar keel. '... bel je gewoon om bij te kletsen?'

'Onder andere. Ik heb een mail gehad van Tiggy, en daardoor dacht ik eraan je te vragen of je mijn armillariumcoördinaten nog hebt?'

'Natuurlijk. Waarom?'

'Ik denk dat ik de envelop die je me gegeven hebt kwijtgeraakt ben en... nou ja, in het afkickcentrum had ik tijd om na te denken en...'

'Je hebt besloten dat je wilt weten waar je vandaan komt,' zei Ally heel zachtjes, terwijl aan de andere kant van de lijn een luid gekrijs klonk. 'Wacht even,' zei ze, en ik hoorde wat gedruis en een soort sabbelend geluid. 'Goed, ik loop nu naar mijn laptop.'

'Oké,' zei ik. Terwijl ik wachtte, voelde ik dat mijn hart sneller begon te kloppen.

'Zo... Nu open ik de map... Oké, daar gaan we. Kun je het opschrijven?'

'Ja, zeker.'

Ally las me de coördinaten voor en ik schreef ze op. Toen keek ik naar de reeks getallen.

'Bedankt. En wat moet ik nu doen?'

'Oké, ga naar Google Earth, daar zie je links aan de bovenkant van het scherm een zoekbalk. Voer de getallen daar in. Het zijn graden, minuten en seconden. En dan zoomt het programma in op de plek die met de coördinaten wordt aangegeven.'

'Geweldig,' zei ik. 'Dank je wel.'

'Electra, ga je die coördinaten nu meteen opzoeken?'

'Ja, waarom niet?'

'Het is gewoon... een heel belangrijk moment, toch, om erachter te komen waar je vandaan komt? Is er iemand bij je?'

'Nee, maar...' Toen kreeg ik een idee. 'Hé, Ally, weet jíj eigenlijk waar ik vandaan kom?'

'Nou, nadat we het armillarium voor de eerste keer hadden gezien, heb ik alle coördinaten even opgezocht om na te gaan of ze naar een plek die echt bestond verwezen, maar waar die van jou heen leiden weet ik alleen heel in het algemeen, eerlijk waar.'

'Oké, dus je maakt je geen zorgen dat het niet goed voor me zou zijn om het te weten of zo?'

'O, Electra, het is niet zo simpel als "goed" of "niet goed" voor je... Ik kan je wel vertellen dat mijn coördinaten me naar een museum in Oslo hebben geleid. Dat staat nu op de plek waar vroeger een theater stond waarin mijn voorouders optraden. Het bleek dat mijn broer Thom en ik geboren zijn in de stad Trondheim in Noorwegen. Niet lang daarna werd ik geadopteerd door Pa.'

'Goed. En niemand van ons weet waarom hij juist óns gekozen had? Hij zei altijd dat hij dat wel had gedaan. Ik bedoel dat hij óns speciaal gekozen had.'

'Nee, maar misschien was het gewoon nodig dat we geadopteerd werden en wilde hij ons een thuis bieden. Ben je bang om op te zoeken waar hij je gevonden heeft, Electra?'

'Yep.' Ik knikte, klapte mijn laptop open, ging naar Google Earth en volgde de instructies op die Ally me had gegeven.

'Ik denk dat het redelijk is om aan te nemen dat we geen van allen in een gelukkig gezinnetje geboren zijn,' zei Ally. 'Als dat wel zo was geweest, zouden we niet geadopteerd zijn.'

'Ja, dat is zo,' zei ik instemmend en ik typte de coördinaten in. 'Oké, daar gaan we...'

'Wil je dat ik aan de lijn blijf, of doe je dit liever alleen?'

'Blijf aan de lijn, als je het niet erg vindt,' zei ik. Ik wist dat dit niet het juiste moment was om dapper te zijn. Ik zag het ronddraaiende rad van de dood op mijn scherm en zuchtte. 'Sorry, maar om een of andere reden is het internet hier 's nachts trager... Goed! Daar gaan we... Oké, dus nou hebben we de aardbol, en het programma zoomt in en het lijkt erop dat we naar Noord-Amerika gaan...' Mijn stem stierf weg, en ik kreeg het bizarre gevoel dat ik net een NASA-ruimtevaartverslaggever was toen het beeld inzoomde op New York City en toen op Harlem. Met mijn hart kloppend in mijn keel zag ik dat de pixels op het scherm uitkristalliseerden tot een gebouwenblok aan een straat met veel bomen, en toen landde een rode speld op een ervan.

'O, mijn god!'

'Wat? Houd me niet in spanning.'

'Jezus!'

'Electra! Alsjeblieft, zie je het al?'

'Yep. Het blijkt dat ik geboren ben in New York City. Om precies te zijn, in Hale House, en volgens Google Earth is dat in Harlem en ongeveer...' Ik telde snel. '... vijftien straten van mijn eigen voordeur vandaan.'

'Dat méén je niet!'

'Nee, echt. Wacht even, dan googel ik Hale House.'

Ik las de paar woorden op het scherm en zuchtte diep.

'*Quelle surprise*! Ik ben geboren, of gevonden, tenminste, in een tehuis voor kinderen van moeders die verslaafd waren en aids hadden. Begrijp je?' zei ik en ik rolde met mijn ogen.

'O, Electra, wat erg voor je. Maar trek je er alsjeblieft niks van aan. Maia kwam ook uit een weeshuis, en ik uit een ziekenhuis en... zo heeft Pa ons gevonden, weet je nog?'

'Dat weet ik nog, maar... Nou ja, het is laat, Ally, en jij moet gaan rusten. Ik ga ophangen. Bedankt dat je er voor me geweest bent, en ik beloof je dat het absoluut goed met me gaat. Welterusten.'

Ik verbrak de verbinding voordat ze me kon tegenhouden en staarde naar de Wikipedia-pagina. Toen klapte ik de laptop dicht. Ik zat niet zozeer in over het moeder-en-kindgedeelte – Ally had gelijk met haar veronderstelling dat de meesten van ons zo'n afkomst hadden – maar meer over het feit dat ik redelijk zeker wist dat mijn grootmoeder tegen me had gezegd dat ik afkomstig was uit een geslacht van prinsessen. En dat idee had ik in mijn achterhoofd gehouden.

'Dat zult u dan wel mis gehad hebben, oma,' zei ik en ik haalde mijn schouders op. 'Ik heb alleen verslavingsgenen geërfd. O, en misschien een vleugje aids op de koop toe,' voegde ik er somber aan toe. Ik wist dat ik overdreef, maar vond dat ik op dit moment wel wat zelfmedelijden had verdiend. In elk geval was ik getest op hiv, en ik wist dat ik dat niet had. Maar daar ging het niet om, toch?

Omdat ik duidelijk van streek was, besloot ik de enige zus te bellen van wie ik wist dat ze in eenzelfde tijdzone als ik verbleef en me wijze, geruststellende woorden zou bieden. Ik toetste Maia's nummer en wachtte tot ze zou opnemen, maar in plaats daarvan kreeg ik haar voicemail.

'O, hallo, Maia, met Electra. Geen zorgen, het gaat goed met me en dit is geen paniektelefoontje of zo. Ik wilde alleen weten hoe het met je gaat en even kletsen, weet je wel? O, en heb je de vertaling van mijn citaat op het armillarium nog? Ik wil graag weten wat er stond. Oké, we spreken elkaar gauw. Dag.'

Ik bleef nog een tijdje naar de telefoon zitten kijken, in de hoop dat Maia terug zou bellen, maar dat gebeurde niet.

Ik pakte de afstandsbediening weer op en begon langs de zenders te zappen. Ik probeerde niet aan wat ik zojuist had ontdekt te denken, maar ik raakte in paniek toen ik me een wodkafles voorstelde, die binnen een paar minuten bij me zou kunnen zijn als ik simpelweg de telefoon pakte en de portier vroeg er een voor me te gaan halen. Het was me duidelijk geworden dat ik verslaafder was aan drank dan aan drugs – maar het een kon gemakkelijk tot het ander leiden...

'Shit!' zei ik toen ik uit bed stapte. Ik wist dat ik in de gevarenzone was en ging op zoek naar afleiding. Ik stond in de keuken een mok gemberthee te zetten toen ik in de slaapkamer mijn mobiel hoorde gaan.

Ik had juist op de toets om het gesprek aan te nemen gedrukt toen de beltoon ophield. Het was Miles. Ik luisterde het bericht af dat hij achtergelaten had en dat enkel bestond uit 'Bel me.' In paniek dat er iets met Vanessa gebeurd zou zijn, belde ik hem direct terug.

'Hallo,' zei hij, nadat zijn telefoon één keer was overgegaan.

'Is alles goed met Vanessa?'

'Ja, voor zover ik weet wel. Ik heb sinds vanochtend niks meer van haar gehoord.'

'Goddank,' zei ik, ademloos. 'Ik... Waarom had je dan gebeld?'

'Omdat Mariam me had verteld dat dit je eerste avond alleen was.'

'Dus je controleert me?'

'Als je het zo wilt noemen, ja, maar ik doe dit ook omdat ik weet dat de eerste avond alleen altijd zwaar is. Ik spreek uit ervaring, weet je nog?'

'Ja, nou ja, ik had vanavond een hoop kunnen gaan doen, maar ik besloot thuis te blijven,' antwoordde ik, plotseling defensief.

'En hoe is het?'

'O, het is... oké,' loog ik. 'Maar er is niet veel op tv.'

'Heb je niet het gevoel dat de muren op je afkomen?'

'Een beetje,' antwoordde ik, wat op dat ogenblik neerkwam op het understatement van de eeuw.

'Dat is normaal, Electra. En ik wilde je alleen maar zeggen dat ik er ben, maar een paar straten van je vandaan toevallig, dus als je iemand nodig hebt om mee te praten, hoef je maar te bellen.'

'Ja, dank je. Aardig van je dat je aan me denkt.'

'Op een of andere manier heb ik aan weinig anders gedacht,' zei hij grinnikend. 'We hebben een hoop meegemaakt de laatste weken, niet-waar?'

'Zeker.'

'Wat ik je ook nog wilde vragen, heb je het morgen druk?'

'Eh, nee. Waarom?'

'Omdat ik je graag mee wil nemen naar Harlem, om je rond te leiden in het opvangcentrum. Het is dan zaterdag, en vanwege het gebrek aan middelen moeten we de deuren in het weekend sluiten, maar dan kun je het in elk geval zien.'

'Wauw,' zei ik, getroffen door het toeval.

'Wat?'

'Nou... het is iets waar ik zojuist achter gekomen ben...' Mijn stem stierf weg, want ik wist eigenlijk niet of ik het hem wilde vertellen of niet.

'Ja.'

'Vanavond. Een paar minuten geleden.'

'En...'

Denk eraan dat je vertrouwen moet hebben, Electra...

'Ik heb zojuist ontdekt dat mijn adoptievader me gevonden heeft in een gebouw dat Hale House heet. Dat staat in Harlem.'

'Ik ken het. Iedereen in Harlem kent het. Jeetje, Electra, dat is heel belangrijk voor je! Van wie heb je dat gehoord?'

'Van mijn zus Ally. Mijn Pa had voor ons allemaal coördinaten achtergelaten, zodat we het konden opzoeken als we wilden weten waar hij ons gevonden had.'

'Oké. Dus je weet wat Hale House in die tijd was?'

'Ja, een tehuis waar een vrouw die Mother Hale heette baby's opnam wiens moeders verslaafd waren of aids hadden,' citeerde ik uit wat ik eerder had gelezen.

'En wat vind je daarvan?'

'Op het ogenblik weet ik het niet. En hou op met praten alsof je een therapeut bent!' zei ik, maar half grappend.

'Sorry. Ik maak me gewoon zorgen om je. Je hebt een heleboel te verwerken. Zal ik bij je langskomen? Dan kunnen we verder praten.'

'Nee, het gaat prima, maar bedankt dat je het aanbiedt.'

'Weet je het zeker, Electra?'

'Ik weet het zeker.'

'Zal ik je dan morgenochtend om elf uur op komen halen?'

'Goed,' zei ik. 'Heb je mijn adres?'

'Dat heeft je altijd efficiënte personal assistant me al gegeven, voor het geval dat ik...'

'Rond zou moeten rennen in de stad om me te redden als ik er zo erg aan toe was dat ik me niet zou kunnen herinneren waar ik woonde?' zei ik glimlachend.

'Zoiets zal het wel geweest zijn, ja. Maar je klinkt alsof het prima met je gaat, Electra. Echt heel goed. En zoals ik zei, ik ben er als je me nodig hebt, hoe vroeg of hoe laat het ook is. Ik hou mijn mobiel dag en nacht bij me.'

'Dank je, Miles. Tot morgen dan.'

'Je ziet me verschijnen. Probeer nu te gaan slapen. Doei.'

'Doei.'

De glimlach die zich om mijn lippen had gevormd, was er nog toen ik mijn mobiel uitzette. Ik had het gevoel dat Miles echt om me gaf, en dat gaf me een warm gevoel vanbinnen.

De vraag was, dacht ik, terwijl ik besloot dat ik geen gemberthee meer wilde, of ik morgen ook naar het huis zou gaan waar Pa me had gevonden.

Ik wist het gewoon nog niet.

33

Ik sliep aan één stuk door tot acht uur en liep toen waggelend en slaperig naar de badkamer. Ik slaakte een gilletje toen ik mijn spiegelbeeld zag, want ik had er niet meer aan gedacht dat ik een heel ander kapsel had.

'Christus, Electra.' Ik had besloten dat het niet erg was om af en toe in mezelf te vloeken, hoewel de puristen zouden zeggen dat Jezus altijd luistert... 'Wat zal Miles in godsnaam zeggen? Mijn haar is nog korter dan het zijne!'

Ik zette koffie, slofte door de woonkamer naar het dakterras om van de prachtige vroege juniochtend te genieten en vroeg me af waarom ik daarmee zat.

Na een overhaast hardlooprondje door het park jogde ik mijn gebouw weer in, nam een douche en droogde de harde haartjes van een centimeter op mijn hoofd. Toen liep ik naar mijn kledingkast, terwijl ik me afvroeg wat ik in hemelsnaam moest dragen voor mijn date, of nee, 'afspraak' met Miles. De keren dat ik in Harlem was geweest waren op de vingers van één hand te tellen, en toen was ik er alleen maar doorheen gereden, onderweg naar een fotoshoot in Washington Heights of Marble Hill.

Na alles wat me ook maar een klein beetje geschikt leek te hebben geprobeerd, kwam ik terug op mijn eerste keus: een spijkerbroek, sportschoenen en hoody met mijn handelsmerk, de goudkleurige zigzaggende bliksemflits, op het voorpand. Er was niet veel verbeeldingskracht voor nodig geweest om met een ontwerp voor xx te komen, maar altijd wanneer ik de hoody aanhad, en ik had hem in vier verschillende kleuren, voelde ik me sterk.

Ik bracht wat mascara aan en smeerde een likje vaseline op mijn lippen. Toen ging ik op de bank zitten wachten tot de telefoon zou gaan en de conciërge me zou zeggen dat er beneden iemand op me stond te wachten.

Mijn mobieltje ging en in een flits zag ik een 'M' terwijl ik het toestel naar mijn oor bracht. Ik kreeg een zinkend gevoel in mijn buik en bereidde me erop voor dat Miles zou afzeggen.

'Hallo.'

'Electra! Met Maia!'

'O.'

'Wat is er?'

'Ik dacht dat het iemand anders was. Ik heb jullie allebei onder de M staan, jij afgekort tot "Mi" en... Ach, laat ook maar,' kletste ik.

'Ah, op die manier. In elk geval sorry dat ik je telefoontje van gisteravond heb gemist. Hoe gaat het met je?'

'O, prima, dank je. En met jou?'

'Ik ben heel vroeg opgestaan om naar de fazenda te rijden. Weet je nog dat ik je had verteld over het project dat ik heb opgezet? We organiseren er weekenden voor kinderen uit de favela's die nog nooit de stad uit zijn geweest.'

'Natuurlijk weet ik dat nog.' Ik keek op de klok en zag dat het vijf over elf was. 'Hé, dat is ook toevallig, want ik ga zo naar Harlem met een vriend van me, om te gaan kijken in een opvangcentrum voor verslaafde tieners, die hij advies geeft. Ik wil iets gaan doen om ze te helpen.'

'Electra! Dat klinkt fantastisch. Ik ben echt ongelooflijk trots op je! En ja, natuurlijk heb ik het citaat op het armillarium dat ik voor je vertaald heb nog. Zal ik je zeggen wat er stond?'

'Ja, ga je gang.'

'Het is van een heel beroemde Deense filosoof, Søren Kierkegaard: "Het leven kan alleen achterwaarts begrepen worden, maar het moet voorwaarts worden geleefd." Ik vind het prachtig.'

Zwijgend liet ik de woorden op me inwerken. Iets wat beter bij me paste, had Pa niet kunnen bedenken, vond ik. Achter mijn ogen voelde ik tranen prikken.

In de woonkamer ging de telefoon. Onwillekeurig slaakte ik een zucht van opluchting.

'Luister, ik moet weg, maar het was heel fijn om even met je te praten.'

'Vind ik ook, Electra. Laten we elkaar volgende week op een rustiger moment spreken. Misschien kunnen we dan wat ideeën over onze verschillende projecten naast elkaar leggen.'

'Yep. Doei, Maia,' zei ik. Ik verbrak de verbinding en nam de telefoon op. 'Ik kom eraan.'

'Hallo.'

Miles zat in de wachtruimte en stond op toen ik de lift uit kwam.

'Hallo,' zei ik. Ik voelde me belachelijk verlegen.

'Je haar...'

'Ik weet het,' zei ik en ik hief mijn hand beschermend naar mijn hoofd.

'Ik vind het echt leuk zo,' zei hij en hij keek me breed glimlachend aan. 'Het staat je goed.'

'Ik voel me er heel kwetsbaar door,' zei ik terwijl we de entree uit liepen.

'Met jukbeenderen zoals die van jou zou ik me daar geen zorgen over maken.'

'Dank je. Waar staat je auto?'

'Ik heb geen auto. Wie wil er nou autorijden in deze stad?'

'Hoe kom je dan van A naar B? Met limo's?'

'Nee,' zei Miles. Hij stak zijn arm uit om een gele taxi aan te houden. Er stopte er een met gierende banden en hij opende het portier aan de passagierskant voor me. 'Uw rijtuig staat voor u klaar, milady,' zei hij, en ik stapte in en probeerde mijn benen in de krappe ruimte te vouwen. 'Welkom in mijn wereld.'

Miles schreeuwde een adres door de glazen scheidingswand en de taxi reed weg.

'Het zal wel een tijd geleden zijn dat je in zo'n taxi gezeten hebt, en het is een eer voor je, schat, want ik neem ze alleen bij speciale gelegenheden. Meestal ga ik met de metro.'

Ik wendde mijn hoofd van hem af en keek uit het portierraampje, zodat hij niet aan mijn gezicht kon zien dat ik me schaamde. Eerlijk gezegd was ik nog maar zestien geweest toen Susie me had meegenomen naar New York. Een van de voorwaarden die Pa meteen had gesteld, was dat ik altijd in een auto naar afspraken in de stad zou gaan. De jaren waren voorbijgegaan en soms had ik samen met de andere modellen met wie ik in een appartement in Chelsea woonde een gele taxi genomen. Maar de metro was nog steeds een ondergrondse wereld waarin ik nog nooit een voet had gezet.

'Weet je, Electra, ik heb jarenlang de metro gebruikt en ik kan het nog steeds navertellen,' merkte Miles op.

Ik had er een hekel aan dat hij al mijn gedachten leek te kunnen lezen. Maar ergens vond ik het ook leuk, dacht ik.

'Dus vertel me eens wat meer over het opvangcentrum,' zei ik, terwijl we vol gas richting Harlem reden.

'Veel van de vrijwilligers zijn ouders die kinderen hebben verloren aan een drugsverslaving, of ze zijn zelf aan de drugs geweest. Het probleem is alleen dat het centrum, sinds we vorig jaar onze financiering zijn kwijtgeraakt, de grootste moeite heeft om de rekeningen te betalen.'

'Is het wel, eh... veilig hier?' vroeg ik nerveus, nadat we twintig minuten later waren aangekomen in een straat vol brownstones en flatgebouwen zonder lift.

'Veiliger dan vroeger, ja,' zei Miles. 'Er zijn nog steeds een paar gevaarlijke buurten, maar een groot deel van Harlem is door Bloomberg gerenoveerd en erop vooruitgegaan. Tegenwoordig is het een coole, dure wijk. Er is een tijd geweest dat je hier voor een dollar een flat kon kopen. Had ik maar zo'n dollar gehad,' zei Miles grijnzend. 'Zo, we zijn er.'

We stapten uit de taxi en ik probeerde niet te letten op de geur van oude koffie en gefrituurd eten. Miles liep naar een gehavende blauwe deur die was ingeklemd tussen een bodega en een gebouw dat was dichtgetimmerd en volgeklad met graffiti. Boven de blauwe deur zag ik een met de hand beschilderd bordje waarop stond dat dit het 'Hands of Hope Drop-in Center' was.

Miles drukte op een paar toetsen van een codepaneel en duwde de deur open. Hij leidde me door een donkere gang en toen stapten we een lang, smal vertrek binnen waar het enige licht door de dakramen binnenviel. Verspreid over de ruimte stond een aantal gammele melaminetafels en plastic stoelen.

'Dit is het,' zei Miles. 'Een achterneef van me heeft ons deze aanbouw bij hem achter laten neerzetten, voor niet meer dan de prijs van het beton dat ervoor nodig was. Het is niks bijzonders, maar het heeft iets betekend. Wil je koffie?' Miles wees naar het apparaat van roestvrij staal dat op een werkblad achter in de kamer stond. 'De koelkast is kapot en we hebben geen geld meer om hem te laten repareren, dus het is koffie of lauwe frisdrank.'

'Nee, ik ben oké, dank je,' zei ik. Opeens voelde ik me zo bevoorrecht als het verwende rijke meisje dat ik was.

'Bovendien hebben we een paar maanden geleden een ontruimingsbevel gehad. Een of andere projectontwikkelaar heeft dit pand en nog vijf andere in de straat gekocht,' zei Miles met een zucht. 'Ik weet dat het er niet uitziet, maar het was een veilige plek waar de jongeren uit de wijk voor hulp, advies en een ronduit beroerde maar gratis kop koffie konden komen. Het is een piepklein projectje, maar zelfs als het maar één leven heeft gered, vind ik het toch de moeite waard geweest.'

'Hoeveel kost het om iets als dit te runnen?' vroeg ik.

'Dat hangt ervan af. Ik bied mijn diensten gratis aan, net als iedereen die hier werkt, maar in een ideale wereld zouden we hier goed opgeleide counselors hebben, en ook een telefonische hulpdienst die vierentwintig uur per dag bereikbaar is, voor jongeren die ons anoniem willen spreken, een zorgverlener, een jurist om ad-hocadvies te geven en genoeg ruimte om al die mensen onder te brengen.'

'Goed, nou, ik wil wel helpen als het kan,' zei ik, 'maar ik moet erover nadenken hoe we de financiering rond kunnen krijgen. Ik heb geld, maar ik denk dat het soort centrum dat jij in gedachten hebt weleens miljoenen dollars zou kunnen kosten.'

'Ik vraag je niet of jij ons wilt financieren, Electra, maar of we jouw naamsbekendheid mogen gebruiken om het van de grond te krijgen. Begrijp je wat ik bedoel?'

'Ik denk het wel. Het spijt me, Miles, ik heb geen enkele ervaring met dit soort dingen, dus je moet me wegwijs maken.'

'Ik hoopte dat je het centrum wat publiciteit zou kunnen geven,' zei hij. 'Ik zou een aantal van de jongeren die hier al jaren over de vloer komen kunnen vragen of ze zich naast jou willen laten interviewen om te vertellen hoeveel ze eraan hebben gehad.'

'Dat is een geweldig idee,' zei ik instemmend. 'Ik sta voor alles open.'

'Goed. Nou, kom mee, dan gaan we. Ik word hier tegenwoordig niet erg vrolijk meer van.'

Terwijl we naar buiten stapten, hoorde ik rapmuziek op een blikkerig klinkende radio in de bodega naast het centrum.

'Zo,' zei hij toen we op het trottoir stonden, en hij keek me aan, 'en wil je dan nu een kijkje nemen in het huis waar je pa je heeft gevonden? We kunnen er vanaf hier naartoe lopen.'

Ik bleef vertwijfeld en besluiteloos staan.

'Luister, laten we er op ons gemak heen wandelen. Het is een gebouw dat je toch moet zien, nu je hier in Harlem bent,' zei hij.

'Oké,' zei ik. Ik kreeg dat vreemde, zinkende gevoel weer in mijn buik en mijn hart begon sneller te kloppen bij de gedachte.

Tijdens het lopen probeerde ik kalm te blijven en de straten om me heen in me op te nemen. Hoewel sommige brownstones vervallen waren – ramen met hardboard ervoor en overvolle vuilnisemmers – bleek uit de hipstercafés waar we voorbijliepen en de steigers rond een aantal gebouwen waarin appartementen werden gecreëerd overduidelijk dat de wijk in opkomst was. We kwamen langs een groot gebouw van rode baksteen en moesten van het trottoir af en de weg op om langs een groep mensen die ervoor stond te komen. Ze waren allemaal piekfijn gekleed, in kleurrijke pakken en jurken met bijpassende hoeden, en terwijl ik het trottoir weer op stapte, zag ik een met bloemen versierde auto bij hen stilhouden.

'Dat zijn Sarah en Michael, die hun boterbriefje komen halen,' zei Miles. 'Zij is een van mijn succesverhalen. Ik heb haar geholpen bij het gevecht om een appartement te krijgen toen ze in een opvanghuis voor vrouwen woonde,' voegde hij eraan toe, terwijl een jonge vrouw in een enorme bruidsjurk van glanzend wit satijn zich van de achterbank van de ouderwetse auto werkte. De mensen die stonden te wachten voor wat een kerk was, realiseerde ik me nu, klapten en juichten voor haar en toen liepen ze achter elkaar naar binnen.

'Ik ga haar even omhelzen,' zei Miles en hij liep snel naar de bruid toe. De vrouw draaide zich om en glimlachte toen hij zijn armen om haar heen sloeg.

'Dus je kent hier mensen?' vroeg ik toen hij bij me terug was.

'Zeker. Ik ben hier vijf jaar geleden komen wonen, nadat ik clean geworden was. Dat is mijn kerk daar,' voegde hij eraan toe. We keken om en zagen een man die de vader van de bruid moest zijn zijn dochter bij de hand nemen en met haar het gebouw in lopen. 'Het is echt geweldig om een happy end te zien. Dat stimuleert me om te blijven vechten voor hulp aan deze jongeren,' ging Miles verder. Hij zette een stevig tempo in en ik moest dubbel zo hard lopen om hem bij te houden.

'Wat voor soort juridisch werk doe je eigenlijk?' vroeg ik.

'Na mijn rechtenstudie werd ik aangenomen op de procesafdeling van een topfirma – daar maken advocaten de meeste uren – en ik verdiende geld als water. En dan smeet ik het in minder dan geen tijd over de balk, stopte het in mijn neus en goot het door mijn keel. De werkdruk was ontzettend hoog. Toen stopte ik met de drank en de drugs en hoewel ik er in salaris enorm op achteruit zou gaan, besloot ik de overstap naar een kleinere firma te maken, waar ik veel meer gelegenheid zou krijgen om pro-Deozaken aan te nemen.'

'Wat zijn dat?'

'Zaken zoals die van Vanessa. Het komt erop neer dat mijn firma me gratis liefdadigheidswerk laat doen. En ja, ik zou willen dat ik dat nog meer kon doen, maar ik moet ook mijn rekeningen betalen.'

'Je bent een heel goed mens, Miles,' zei ik. De weg ging nu omhoog, en ik vermoedde dat we richting Marble Hill liepen.

'Het maakt me tot iemand die probéért een goed mens te zijn, maar daar faal ik meer in dan dat het me lukt,' zei Miles en hij haalde zijn schouders op. 'Maar daar zit ik niet mee. Sinds ik weer bij Jezus ben, begrijp ik dat het niet verkeerd is om te falen, zolang je maar blijft proberen.'

'Wat bedoel je met "weer bij Jezus ben"?' vroeg ik.

'Bij mijn hele familie, eigenlijk mijn hele gemeenschap in Philly, stond de kerk centraal. Het was één grote, gelukkige familie, en ik had een heleboel ooms, tantes en neven en nichten met wie ik niet via mijn bloed verwant was, maar via Jezus. Toen ging ik naar Harvard, en daarna kwam ik in de wereld van het grote geld terecht en ik voelde me zelf ook groot. Groter dan mijn familie, mijn kerk en God zelf. Ik besloot dat ik hen niet langer nodig had, dat de kerk een samenzwering was om werkende mensen klein en op hun plek te houden. Ik had wat werk van Karl Marx gelezen op Harvard.' Miles lachte diep in zijn keel.

‘Wat een lul was ik toen, Electra. Maar goed, je weet wat er daarna gebeurd is. Uiteindelijk vond ik de weg naar Jezus en mijn familie terug. Zing je weleens in een koor?’

‘Meen je dat nou? Ik heb nog nooit van mijn leven een noot gezongen.’

Miles bleef als aan de grond genageld staan. ‘Serieus?’

‘Echt waar. Als kind gebruikte ik mijn stembanden om te gillen, niet om te zingen. Dat hebben mijn zussen me verteld.’

‘Electra…’ Miles dempte zijn stem. ‘… een zwarte vrouw die niet zingt, ook al kun je geen toon houden, dat bestaat niet. Ik ken geen enkele man of vrouw die niet zingt. Zingen maakt gewoon deel uit van onze cultuur.’

Miles liep verder en toen maakte hij een zacht geluid met zijn mond. Hij neuriede, drie noten maar.

‘Nu jij.’

‘Wat? Ik denk er niet aan!’

Hij neuriede de drie noten opnieuw. ‘Kom op, Electra, iedereen kan zingen. Het geeft je een blij gevoel. ‘*Oh happy day*,’ begon Miles opeens uit volle borst en perfect zuiver te zingen. Ik keek naar de voorbijgangers, maar ze letten niet op ons. Miles ging verder met een melodie die zelfs ik kende.

‘Je geneert je voor me, hè?’ vroeg hij grijnzend.

‘Yep. Ik heb je al verteld dat ik ben opgegroeid in een huishouden met andere tradities dan die van jou.’

‘Het is nooit te laat om te leren, Electra. En op een dag neem ik je mee naar de kerk, dan zul je zien wat je al die jaren hebt gemist.’ Miles hield zijn lange benen abrupt stil voor een flatgebouw. ‘Maar goed, dit is Hale House, waar je pa je heeft gevonden.’

‘O, eh, ja.’

‘En dat daar,’ zei hij en hij wees naar het standbeeld van een vrouw met een heel vriendelijk gezicht die haar hand naar me uitstak, ‘is Moeder Clara Hale. Ze is legendarisch hier. Jij bent geboren in 1982, toch?’

‘Ja.’

‘Ik probeerde zo-even uit te rekenen of Moeder Hale hier was toen jij er was. En ja, toen was ze er.’

Ik wierp een blik op de vrouw die me wel of niet in haar armen had gehouden en toen las ik de woorden die in de plaquette naast het standbeeld gegrift waren. Clara Hale had eerst voor haar eigen drie kinderen gezorgd en daarna ook voor kinderen uit de buurt. Uiteindelijk had ze zich ontfermd over kinderen van verslaafde en met hiv besmette ouders. Kennelijk had president Ronald Reagan haar in 1985 'een ware Amerikaanse held' genoemd.

Ik keek Miles weer aan. 'Dus het feit dat ik hier gevonden ben... betekent dat dat mijn moeder verslaafd was of aan aids is overleden? Of nam ze ook normale baby's op?'

'Dat weet ik niet, maar ze stond erom bekend dat ze voor baby's van verslaafden zorgde, ja, vooral van heroïneverslaafden, die hun verslaving geërfd hadden. Dat gezegd hebbende, geen enkele baby werd ooit door haar geweigerd, en veel wanhopige nieuwe moeders, of ze nu verslaafd waren of niet, moeten de weg naar haar deur gevonden hebben.'

Ik keek Miles aan en vroeg me af of hij niet gewoon probeerde om me een beter gevoel te geven.

'Wauw, goed, nou... Moet ik een foto nemen of zo? En die op Facebook zetten, om mijn fans de plaats waar ik gevonden ben te laten zien?' Ik rolde met mijn ogen om de ironie, maar ineens voelde ik dat ik op het punt stond om in tranen uit te barsten.

'Hé, kom hier.' Miles trok me tegen zich aan en sloeg zijn armen om me heen. 'Je weet nu nog niks, dus houd op met aan jezelf te twijfelen. Misschien is het tijd dat je eens wat onderzoek gaat doen naar je verloren gewaande familie.'

'Misschien, ja,' zei ik. Ik luisterde niet echt naar hem omdat ik intens genoot van zijn omhelzing.

'Het goede nieuws is, lieverd, dat je, waar je verder ook vandaan komt, een doorslaand succes bleek te zijn. En dat is het belangrijkste van alles,' zei Miles. Hij liet me los en hij keek op zijn horloge. 'Nou, op het gevaar af lomp te zijn, wat dacht je ervan als ik je in een taxi zet? Ik heb nog een hoop werk in te halen na mijn afwezigheid van drie weken, en het heeft geen zin om met je mee terug te gaan en meteen daarna weer hiernaartoe te gaan.'

'Ik... Oké, goed dan,' zei ik en ik haalde mijn schouders op. Op dat moment kwam er een taxi langs en Miles hield hem aan.

‘Bedankt dat je mee gegaan bent, Electra,’ zei hij terwijl ik instapte. ‘Zodra ik iets hoor, laat ik je weten hoe het met Vanessa gaat. Houd je taai, en vergeet niet dat je me altijd kunt bellen als je me nodig hebt.’

Miles zwaaide nog even en toen reed de taxi weg. Hij stelde me diep teleur. Ik had me voorgesteld dat ik met hem zou gaan lunchen in een van de intieme hipstercafés, en bovendien was ik uitgehongerd.

Twintig minuten later liep ik onder de markies voor mijn appartementengebouw door en ik zag dat zelfs Tommy niet op zijn post was om me te begroeten. Ik liep naar binnen en nam de lift naar boven met tranen in mijn ogen. Omdat ik de schamele betonnen keet had gezien die stond voor de weinige hulp die jongeren als Vanessa konden verwachten en daarna geconfronteerd was met de naakte waarheid van mijn eigen treurige afkomst. En omdat ik me zo close had gevoeld met Miles toen we samen door Harlem waren gewandeld, waarna hij me keihard had laten vallen en me in een taxi had gezet, alsof hij niets om me gaf…

Ik probeerde er niet bij stil te staan, pakte een blikje cola en een restje linzensoep uit de koelkast en ging zitten om te eten. Maar ik voelde me gelijk schuldig en misselijk, alsof de designerbliksem op mijn borst me in mijn maag getroffen had. Hoe kon ik hier in mijn opzichtige appartement zitten, met kasten vol nog opzichtiger kleren, en medelijden met mezelf hebben terwijl er maar een paar kilometer van me vandaan zo veel meer geleden werd?

Ik dronk het blikje cola leeg en pakte er nog eentje. Ik voelde dat die angstaanjagende donkere wolk over me neer begon te dalen – de wolk die ik altijd ‘behandelde’ met alcohol of drugs. Ik keek op mijn mobiel en zag dat het iets over half twee was. Mijn AA-bijeenkomst was pas om vijf uur, en dus had ik drieënhalf uur om hier te zitten met wat er in mijn nu verwarde hoofd omging als enige gezelschap.

‘Shit,’ mompelde ik. Ik wist dat ik met iemand moest praten. Ik pakte mijn mobiel en zag dat ik een gemiste oproep had van Zed. Ik wilde hem zonder erbij na te denken terugbellen, maar toen hield ik mezelf nog net op tijd tegen. Zed was géén goed nieuws, want hij zou beladen met alle substanties die ik uit de weg moest gaan aankomen. Ik ging naar mijn adresboek en scrolde naar Mariams nummer. Hoewel ik haar beslist niet wilde lastigvallen op haar eerste vrije dag sinds ik terug was, was me door iedereen om me heen op het hart gedrukt dat ik om hulp moest bellen als ik het moeilijk had.

Ik toetste het nummer in en de telefoon ging over, maar toen kreeg ik de voicemail.

Ik drukte op oproep beëindigen. Waarschijnlijk had ze een geweldige dag en bracht ze de nodige tijd door met haar familie...

'Haar familie,' mompelde ik. 'En waar is míjn familie? Waar hoor ík thuis... Ja hoor! In een tehuis voor ongewenste kinderen!'

Ik wenste zelfs dat Stella in de stad zou zijn, zodat ik met haar kon praten en te weten kon komen hoe het kwam dat ze haar kleindochter in dat huis had laten eindigen. Ik werd steeds bozer en wist dat ik mijn aandacht dringend op iets anders moest richten. Ik stond op en liep door de woonkamer naar het dakterras, waar ik met mijn mobieltje in de hand wachtte tot Mariam me terug zou bellen. Ik ging zitten, keek naar de toppen van de vele bomen in Central Park en dacht aan Miles, die het vandaag zo duidelijk had gemaakt dat we alleen een zakelijke relatie hadden. Ik besloot een denkbeeldig gesprek met Fi over de situatie te voeren.

Fi: 'Dus welke gevoelens heb je voor Miles, Electra?'

Ik: 'Ik ben... in de war,' gaf ik toe.

Fi: 'En waarom denk je dat je in de war bent?'

Ik: 'Omdat ik, hoewel hij helemáál niet mijn type is,' zei ik nadrukkelijk, 'denk dat ik wat voor hem voel.'

Fi: 'Oké. En zijn dat vriendschappelijke gevoelens of is het meer een emotionele band, denk je?'

Ik zweeg even om over die vraag na te denken.

'Eerst dacht ik dat het alleen vriendschappelijke gevoelens waren. Hij is de eerste persoon die ik ooit ontmoet heb in wie ik mezelf herkende. Ik bedoel, hij is zwart, opgegroeid in een middenklassegezin, kreeg een beurs voor Harvard en heeft succesvol carrière gemaakt. O ja, en hij had natuurlijk ook een drugsprobleem.'

Fi: 'Ik kan me wel voorstellen dat dat een ervaring was die veel indruk op je heeft gemaakt. Voelde je je er minder eenzaam door?'

Ik: 'Ja, veel minder. Want, misschien omdat we in het afkickcentrum waren, ik hoefde me bij hem niet voor te doen als iemand anders dan mezelf. Ik voelde me...' Zoekend naar de juiste uitdrukking keek ik omhoog. '... op mijn gemak bij hem. Alsof ik niets aan hem hoefde uit te leggen.'

Fi: 'En wanneer ging dat gevoel van vriendschap over in iets romantisch?'

Ik trok een grimas toen ze, of beter gezegd ik, dat zei, maar het móést gezegd worden.

Ik: 'Op de avond dat Vanessa probeerde zelfmoord te plegen. Ik was in het ziekenhuis en toen kwam Miles er ook bij. Hij sloeg zijn arm om mijn schouder en ik viel in slaap tegen zijn borst aan. Het voelde als... thuis.'

Op dat moment zou Fi me de doos met tissues hebben aangegeven, maar die had ik niet op het dakterras, en dus streek ik met mijn hand over mijn ogen. Toen ging mijn mobieltje en ik omklemde het alsof het een reddingsboei was.

'Hallo, Mariam?'

'Electra? Met mij, Lizzie, uit het afkickcentrum, weet je nog?'

'Natuurlijk! Sorry, Lizzie, maar ik verwachtte dat mijn personal assistant me terug zou bellen. Leuk van je te horen. Hoe gaat het met je?'

'Om een eerlijk antwoord op die vraag te geven, niet zo best. Ik ben weg bij Christopher.'

'O, god! Maar hoezo dan? Waarom?'

'Luister, het is een lang verhaal, dus heb je het druk op het ogenblik?'

'Nee, helemaal niet. Vertel maar,' zei ik. Een gesprek over Lizzies hufterige echtgenoot zou de tijd voordat ik naar de AA-bijeenkomst moest aardig volmaken, dacht ik.

'Eigenlijk zou ik het je liever persoonlijk vertellen. Kan ik bij je langskomen?'

'Wat? Uit LA?'

'Ik ben niet in LA, Electra, maar in New York. En ik ben er zojuist achter gekomen dat die rotzak de bank heeft gebeld om al mijn creditcards te blokkeren. Ik ben op JFK en heb niet eens genoeg geld om een taxi te nemen, laat staan een hotelkamer. O, lieve hemel toch...'

Opeens hoorde ik een snik aan de andere kant van de lijn. 'O, nee, Lizzie. Wat erg voor je. Wat een wraakzuchtige lul!'

'Ik weet het. Hij zal wel bang geweest zijn dat ik al het geld dat op de creditcards stond op zou nemen. Ik moet er natuurlijk mee naar een advocaat, maar... Sorry dat ik jou bel, hoor, maar ik had niemand anders om mee te praten.'

'Stap maar in een taxi, Lizzie. Ik zal tegen de conciërge zeggen dat hij ervoor moet betalen als je hier aankomt. Heb je mijn adres?'

'Ja, dat heb ik van je gekregen op de dag dat ik wegging van The Ranch, weet je nog? Het spijt me, Electra, ik...'

'Houd alsjeblieft op met sorry zeggen, Lizzie. We praten verder als je hier bent, oké?'

'Oké. Tot zo.'

Ik stond op, boog me over de balustrade van het dakterras en schreeuwde namens Lizzie niet voor herhaling vatbare woorden de giftige lucht van Manhattan in. Toen ik halverwege een wel erg gepeperde krachtterm was, ging mijn mobieltje opnieuw.

'Electra? Met mij, Mariam,' zei ze licht hijgend. 'Gaat het een beetje?'

'Ja, prima, echt.'

'Het spijt me ontzettend dat ik je telefoontje niet meteen kon aannemen, maar ik ben in de buurt en kan over tien minuten bij je zijn.'

'Nee, nee, het gaat goed met me, Mariam, echt waar. Sorry dat ik je gestoord heb tijdens je vrije dag.'

'O, nou, goed dan. Oef,' zei ze grinnikend. 'Hé, maar als je me nodig hebt, ben ik er.'

'Goed. Dank je, Mariam. Tot maandag weer.' Ik beëindigde het gesprek, pakte mijn portemonnee en ging naar beneden om de conciërge het geld voor Lizzies taxi te geven. Ik voelde me stukken lichter. Eenvoudig omdat ik een vriendin, een echte vriendin had en het me goed deed te weten dat ze me om hulp had gevraagd.

Een uur later had ik me met Lizzie en een 'lekker kopje thee', zoals ze het altijd noemde, op het dakterras geïnstalleerd. Ze zag er zo sjofel uit dat ík nu moederlijke gevoelens voor haar had, in plaats van andersom.

'O, Electra, het is ook zo'n cliché,' zei ze met een zucht en ze nipte van haar thee. 'Chris heeft een affaire gehad met een van de actrices in zijn nieuwe film. Ze had zijn dochter kunnen zijn en ze is ongelooflijk mooi. Een Braziliaanse, een meter tachtig lang terwijl hij een meter vijfenzeventig is, en... Misschien heeft de tijd in het afkickcentrum me weer een beetje gevoel van eigenwaarde gegeven, maar ik… nou ja, ik ontplofte gewoon.'

'Hoe ben je erachter gekomen?'

'Behalve door de stank van exotisch parfum in mijn slaapkamer toen ik thuiskwam?' zei ze. 'En de knalrode lippenstift van een merk dat ik zelf nooit zou kopen die nog op mijn kaptafel lag? Op míjn kaptafel! Ongelooflijk hè?' Lizzie schudde haar hoofd. 'Het was alsof ze er haar territorium mee afgebakend had. Kennelijk wilde ze het me laten weten, en mijn arme, domme man had het niet eens gezien.'

'Dus je bent de confrontatie met hem aangegaan?'

'Ja, en neem me niet kwalijk dat ik het zeg, hoor, Electra, maar pas nadat ik een halve fles van zijn duurste wijn achterover had gekieperd. Ik bedoel, ik wist al jaren dat hij deed alsof hij op reis was, maar op een of andere manier was die lippenstift zo onbeschoft, alsof het haar niets kon schelen dat ze het deed met een getrouwde man met twee kinderen, dat ik me realiseerde wat een dwaas ik was geweest.'

'Was hij geschokt?' vroeg ik. Ik voelde me nu echt net Fi.

'Totaal, absoluut en compleet, ja.' Er speelde een flauw glimlachje om Lizzies vreemd gevormde lippen. 'Hij kwam met de gebruikelijke nonsens dat het niks voorstelde, dat ze samen op locatie waren geweest, dat ik nog weg was toen ze teruggekomen waren en dat van het een het ander was gekomen en… weet je? Ik vind het de moeite niet waard om zijn zielige smoesjes te herhalen. Hij zei dat hij het onmiddellijk uit zou maken, blablabla, maar ik pakte gewoon de reistas die ik had klaargezet voordat hij thuiskwam – te laat voor het eten, zoals gewoonlijk – en toen reed ik naar LAX. Ik stapte op het eerste het beste vliegtuig naar New York, eersteklas, moet ik eraan toevoegen,' zei ze met een knipoog, 'en nadat ik geland was, kwam ik erachter dat hij al mijn creditcards geblokkeerd had.'

'Heb je tegen hem gezegd dat je wilt scheiden? Ik bedoel, wíl je een scheiding?'

'Absoluut, ja. Die man heeft me jarenlang belazerd, me behandeld als een veredelde huishoudster terwijl hij een neukmarathon hield in LA!'

Ik moest giechelen om Lizzies ongewone uitspraken, die met haar Engelse accent toch nog altijd heel beschaafd klonken.

'En de kinderen?'

'Zoals je me zelf verteld hebt, Electra, die zijn nu alle twee groot en ze hebben een eigen leven. Het ergste is denk ik dat ze waarschijnlijk wisten hoe hun vader was,' zei Lizzie met een zucht. 'Ik heb Curtis, de oudste, gebeld vanaf het vliegveld. Ik zal toen nog wel een beetje dronken zijn geweest, omdat ik de andere helft van die fles wijn onderweg in de taxi had opgedronken, en toen vroeg hij me waarom ik er zo lang over had gedaan. Ik ben benieuwd of Rosie, de jongste, dat ook zal vinden. Ze was altijd de oogappel van haar vader en is door en door verwend, maar ik heb tenminste een van hen aan mijn kant staan.'

Ik sloeg Lizzie gade terwijl ze uitkeek over de skyline van Manhattan en werd overspoeld door een enorme golf van genegenheid voor haar.

'Weet je wat, Lizzie?'

'Wat?'

'Ik ben zo trots op je om wat je hebt gedaan. Je nieuwe leven is vandaag begonnen.'

'Nou, in elk geval niet als die lul het voor elkaar krijgt dat ik geen cent van hem zie.'

'Dat kan vast allemaal geregeld worden. Misschien kan Miles, die lange donkere man uit het afkickcentrum, je helpen, of misschien kent hij iemand die dat kan. Hij is advocaat. En je kunt zo lang je wilt hier bij mij blijven. Eerlijk gezegd kan ik wel wat gezelschap gebruiken.'

'Dat is ontzettend aardig van je, Electra. Misschien is het alleen voor het weekend. Ik heb nog wat geld op een lopende rekening staan die ik heb geopend toen ik voor het eerst in New York woonde, voordat ik Chris leerde kennen, dus ik heb maandag weer geld. Het is in elk geval genoeg voor een maand of twee, terwijl de boel wordt uitgezocht.'

'Maak je geen zorgen over geld, Lizzie, ik zal je geen honger laten lijden.'

'Hoewel mijn leven een puinhoop is, houd ik van New York,' zei ze en ze liet haar blik over Central Park gaan. 'Ik voel me hier thuis en daarom besloot ik hierheen te gaan. Ik dacht, misschien kan ik hier een baantje krijgen,' ging ze verder. 'Ik bedoel, ik weet dat ik nergens een diploma voor heb, maar ik kan met een computer overweg. En trouwens, of die schoft het nou leuk vindt of niet, ik krijg wél vijftig procent van alles wat hij heeft. Ik hoop alleen dat ik niet instort en naar hem terugren.'

'Dat zal ik niet laten gebeuren, Lizzie. Jij houdt me van de drugs en drank af, en ik zorg dat je veilig bent voor je man. Afgesproken?'

'Afgesproken,' zei Lizzie glimlachend. 'Electra, ik ben je ontzettend dankbaar dat ik bij je mag blijven. Je bent echt een geweldig mens.'

'Dat weet ik niet, hoor, maar toch bedankt,' zei ik. Ik zag dat Lizzie haar mond opensperde en geeuwde. Ik keek op mijn mobieltje hoe laat het was. 'Zal ik je je kamer laten zien? Dan kun je een dutje doen. Ik moet naar mijn AA-bijeenkomst.'

'Perfect,' zei Lizzie. We stonden allebei op. Ze pakte haar reistas uit de gang en volgde me naar de slaapkamer die zo kort geleden nog maar door Mariam ontruimd was. 'Dit is veel beter dan het hotel waar ik wilde inchecken,' zei ze toen ze bij de manshoge ramen stond.

Ik liet haar zien welke toetsjes van de afstandsbediening ze moest indrukken om de rolluiken neer te laten en liet haar achter zodat ze zich kon installeren. Op weg naar beneden in de lift dacht ik dat het fantastisch was dat ik nu iemand bij me had die mij even hard nodig had als ik haar.

34

'Ontzettend bedankt dat je gekomen bent, Miles,' zei ik toen ik hem maandagavond de woonkamer binnenliet.

'Het is me een genoegen, Electra,' zei hij. Ik probeerde niet in zwijm te vallen nu ik zag hoe knap hij eruitzag in zijn colbert en stropdas. Eerder op de dag had ik hem gebeld om te vragen of hij nog een plaatsje in zijn agenda had om Lizzie te spreken. Hij had gezegd van niet, maar dat hij wel na zijn werk naar mij toe kon komen.

'Hallo, Lizzie.'

'Hallo.' Lizzie stond op en gaf hem een hand. 'Dit is ontzettend aardig van je, Miles.'

'O, het is een kleine moeite. Een vriendin van Electra is een vriendin van mij.'

'Ik laat jullie twee alleen, oké? Wil je iets drinken, Miles?' bood ik aan.

We keken allebei naar het glas witte wijn dat Lizzie in haar handen wiegde. Ik had Mariam gevraagd wijn op de thuisbezorgingslijst van de supermarkt te zetten; ik moest accepteren dat ik in mijn dagelijks leven regelmatig met alcohol geconfronteerd zou worden.

'Doe maar een Coke, als je dat in huis hebt,' zei hij en hij keek me grijnzend aan.

'O, volop,' zei ik. Ik grijnsde terug en liep de kamer uit terwijl ik me afvroeg of die laatste opmerking van hem een flirt was.

Mariam zat aan de keukentafel te werken op haar laptop. Ik pakte een cola uit de koelkast en overlegde met mezelf of ik Miles een glas zou aanbieden of gewoon het blikje. Het glas won het, vanwege zijn mooie pak.

'Het is tijd om naar huis te gaan,' zei ik tegen haar terwijl ik de cola in een glas schonk.

'Ik had eigenlijk een paar minuutjes nodig om je agenda voor de komende dagen met je door te nemen. Het was hier net Grand Central Station vanmiddag.'

Ik ging met de cola voor Miles naar binnen, zette het glas op de tafel omdat hij al diep in gesprek met Lizzie was en omhelsde mezelf figuurlijk. Het was vandaag echt druk geweest in mijn appartement, maar dat had ik leuk gevonden. Susie was me komen opzoeken omdat ze had gehoord dat ik een nieuw kapsel had, en ze had het 'super' verklaard. Toen had ze de boel verknald door tegen me te zeggen dat ik nu een hoofd had dat op alle mogelijke manieren die de cliënt en de fotograaf wilden bedekt kon worden. Ik had tegen haar gezegd dat ik wilde dat Patrick, mijn favoriete fotograaf, een shoot speciaal met mij zou doen, helemaal au naturel, en nu was hij voor volgende week geboekt.

Susie, die Engelse was, en Lizzie konden het uitstekend met elkaar vinden en ze hadden naar hartenlust zitten afgeven op hun exen, terwijl ik me bezighield met een rek kleding dat van een ontwerper was aangekomen en de stukken eruit koos die ik later wilde passen en dragen wanneer ik in de schijnwerpers zou staan. Toen was Lizzie bij me gekomen en ze had 'o' en 'ah' geroepen over een jasje dat ik op mijn ja-stapel had gelegd. Aangezien haar reistas alleen haar voorraadje make-up, huidverzorgingsproducten en schoon ondergoed bevatte, kon haar garderobe wel wat uitbreiding gebruiken.

'Goed,' zei Mariam toen ik terug was in de keuken. 'Hopelijk worden we nu niet meer gestoord. Wat dacht je ervan om de week na volgende week naar Quebec te vliegen voor *Marie Claire*?'

'Stuur maar een bevestiging.'

'Mooi. O, en xx heeft gemaild om je opnieuw te vragen of je nog een proefcollectie voor hem kunt ontwerpen?'

'Ik...'

Ik zweeg even voor ik antwoord gaf. Mijn schetsboek stond vol ontwerpen die ik voor het project kon gebruiken, maar toen bedacht ik dat ik inmiddels toch wel genoeg naamsbekendheid had om dat zelf te kunnen doen en de winst niet met iemand anders te hoeven delen? En toen dacht ik aan ons bezoek van zaterdag aan het opvangcentrum, en in mijn gedachten begon zich een vaag idee te vormen...

'Zeg hem maar dat ik niet geïnteresseerd ben,' zei ik ferm.

'Goed. O, en denk eraan dat je grootmoeder hier vanavond om acht uur is.'

'Natuurlijk, dank je.'

Ik keek toe terwijl Mariam haar computer dichtklapte. Misschien kwam het doordat ik zo lang – in elk geval sinds ik Mariam kende – ongevoelig was geweest voor de gevoelens van anderen dat ik er nu overgevoelig voor was. Maar er was iets met haar waardoor ze er anders uitzag en me een ander gevoel gaf.

'Gaat het met je?' vroeg ik aan haar.

'Ja, natuurlijk, net als anders,' antwoordde ze, kennelijk onthutst door mijn vraag.

'Goed, ja, nou, ga maar naar huis. Lizzie heeft gezegd dat ze zal koken zolang ze hier is, dan hoef jij dat in elk geval niet te doen.'

'O, dat was echt geen probleem, hoor, Electra. Je weet dat ik dol op koken ben.'

Waarschijnlijk lag het aan mij, maar ik dacht dat ik een paar traantjes in haar ogen zag blinken toen ze haar laptop in haar leren tas stopte en opstond.

'Een goeie avond nog, Electra,' zei ze en ze liep de keuken uit.

'Doei, Mariam.'

Ik ging weer aan de tafel zitten en klapte mijn laptop open om mijn eigen mails te checken. Ik antwoordde de makelaar die de koop van de Hacienda Orchídea aan het regelen was en zag dat Tiggy een officiële mail aan mij en al mijn zussen had gestuurd om ons te herinneren aan de cruise. Toen zette ik het keuken-tv'tje aan om me gezelschap te houden en er niet aan te hoeven denken dat Stella Jackson hier over minder dan een uur zou zijn. En aan wat ik van haar vond nadat ik had ontdekt waar Pa me had gevonden. CNN bood de gebruikelijke afwisseling van nieuws en aandelenkoersen, en toen kreunde ik luid omdat er een gezicht dat ik maar al te goed kende op het scherm verscheen.

'Mitch Duggan maakte vandaag bekend dat hij zal meedoen aan het Concert voor Afrika dat aanstaande zaterdag in Madison Square Garden gegeven zal worden. Een groot aantal muzikanten en beroemdheden zal aanwezig zijn, onder wie, zo gaat het gerucht, ook senator Obama, de presidentskandidaat van de Democratische Partij.'

Er verscheen een foto van Obama op het scherm en toen kwam de nieuwslezer weer in beeld.

'Stella Jackson, de vooraanstaande burgerrechtenactiviste en juriste die werkt voor Amnesty International, is hier bij ons in de studio om uit te leggen waarom de aidscrisis in Afrika voortduurt en hoe het concert zal helpen bij de bewustwording van het probleem.'

En daar zat míjn grootmoeder, doodkalm in de stoel naast de nieuwslezer.

'Dank je, Cynthia. Ik kan je vertellen dat er op dit moment meer dan bewustwording nodig is. Directe actie en hulp van onze politici zijn vereist. Hiv en aids hebben grote verwoestingen in het zuiden en oosten van Afrika aangericht. Vorig jaar viel driekwart van alle aidsdoden wereldwijd in die regio's. Het meest te lijden hebben baby's en jonge kinderen, die...'

Ik was zo verbijsterd dat ik niet meer luisterde naar wat ze zei en alleen nog met open mond naar haar beeld kon gapen.

Ik liep de gang in om naar Lizzie en Miles te roepen dat mijn grootmoeder op tv was, maar de deur naar de woonkamer bleef dicht. Toen ik terug was in de keuken was het interview afgelopen.

'Verdomme,' mompelde ik. Toen liep ik naar mijn slaapkamer om de kleren die ik eerder van het rek had genomen te passen, want ik moest iets te doen hebben tot de twee klaar waren met hun gesprek. Maar ik bleef maar nadenken over de persoon Stella Jackson, mijn 'grootmoeder'.

'Juffrouw Superburgerrechtenactiviste, die het tussen de bedrijven door klaarspeelde om haar éigen kleindochter aan Hale House te verliezen,' gromde ik, terwijl ik me in een leren broek wurmde die perfect bij mijn stemming paste en me een gevoel gaf alsof ik een roofzuchtige panter was. 'Wat zou die interviewer dát verhaal graag gehoord hebben!'

'Electra! We zijn klaar! Je kunt nu binnenkomen,' hoorde ik Lizzie vanuit de gang zeggen.

'Ik kom eraan,' riep ik terug.

'Je ziet er geweldig uit,' zei Lizzie terwijl ze me de woonkamer binnenliet. 'Ga je uit?'

'Nee, ik was gewoon de kleding die vandaag is aangekomen aan het passen, om te zien wat me goed staat.'

'Nou, die leren broek zit als gegoten. Nietwaar, Miles?'

Ik draaide me om om Miles' gezichtsuitdrukking te zien, en hij keek gecharmeerd naar me, moest ik zeggen. Echt heel gecharmeerd. En daar werd ik een stuk vrolijker van.

Hij zag dat we hem allebei aankeken en wendde zijn ogen van me af. 'Ja, je ziet er geweldig uit, Electra.'

'Dank je. En jullie raden nooit wie ik zo-even op CNN heb gezien. Mijn grootmoeder! Ik wist niet dat ze beroemd was.'

Miles en Lizzie keken me verbijsterd aan.

'Wie is je grootmoeder dan?' vroeg hij.

'Ze heet Stella Jackson.'

'Dat klinkt bekend,' zei Lizzie.

'Wacht even! Zeg je nou dat dé Stella Jackson je grootmoeder is?' vroeg Miles.

'Eh, ja, zo heet ze. Ken je haar?'

'Ha!' Miles gaf een klets op zijn gespierde dij. 'In de burgerrechtenwereld is Stella Jackson een godin van de eerste rang! Op Harvard wordt haar naam met eerbied uitgesproken. Ze was erbij toen Malcolm X werd neergeschoten in de Audubon Ballroom, en ze was bij de betoging in Washington toen Martin Luther King Jr. zijn "*I have a dream*"-toespraak hield. Ze kwam een keer een lezing geven toen ik rechten studeerde aan Harvard en ik geef eerlijk toe dat ik er met tranen in mijn ogen bij gezeten heb. Dus zij is je grootmoeder?' vroeg hij opnieuw. 'Maar ik dacht dat jij geen familie had, Electra?'

'Ik heb haar nog maar kort geleden gevonden,' zei ik. Ik voelde me schuldig omdat ik het hem niet verteld had.

'Wel, verdomme,' vloekte Miles, zodat ik wist dat dit echt belangrijk voor hem was. 'Wauw, wauw, wauw! En je wist niet wie ze was?'

'Nee, dat heeft ze niet gezegd,' antwoordde ik. Miles' ogen hadden een uitdrukking die gelijkstond aan heldenverering, zag ik.

'Het gerucht gaat dat Obama haar zal aanwijzen in een adviseursrol als hij president wordt. Wat een genen heb jij geërfd, meid. En nu ik je zo eens bekijk, je lijkt sprekend op haar, vooral nu je dat nieuwe kapsel hebt,' voegde hij eraan toe.

'Nou, het is leuk te weten dat je grootmoeder een invloedrijke vrouw is, toch?' zei Lizzie, die op een of andere manier aanvoelde dat ik gespannen was. ‘Ik ga mijn neus even poederen, na dat lange, stressvolle gesprek,’ voegde ze eraan toe en ze liep naar de badkamer links van ons.

‘Was het een goed gesprek met Lizzie?’ vroeg ik aan Miles, vastbesloten om van onderwerp te veranderen, terwijl ik probeerde te gaan zitten met mijn strakke broek aan.

‘Ja en nee,’ zei hij en hij haalde zijn schouders op. ‘Ik heb mijn best gedaan, maar ze heeft iemand uit Californië nodig om haar te vertegenwoordigen. De echtscheidingswet in die staat is heel anders, maar ik heb haar de naam van een goede advocaat die ik daar ken gegeven. Het lijkt me dat die man van haar gehakt van haar zal maken als hij kan. Het goede nieuws is dat zij de wet aan haar kant heeft. En daar kan hij niks aan doen, behalve het proces rekken. Lizzie heeft snel geld en een dak boven haar hoofd nodig. Het is geweldig dat je haar in huis genomen hebt, Electra. Je bent een goed mens,’ voegde hij eraan toe. ‘Maar dat verbaast me niks nu ik je familieachtergrond ken. Ik ben nog steeds verbijsterd.’

‘Nou, als ik Stella straks zie, zal ik haar eens vragen hoe ik in Hale House terechtgekomen ben.’ Ik keek hem een paar seconden aan en wist dat hij begreep wat ik bedoelde. ‘Maar goed, hoe is het met Vanessa?’

‘Ze maakt het heel goed. Ida zegt dat ze komend weekend zover zal zijn dat ze bezoek mag ontvangen. Goed, dan ga ik nu maar eens naar huis. Het is hectisch op het werk op het ogenblik. Als je je grootmoeder ziet, zeg haar dan maar dat ik een fan van haar ben. Ik bel je over Vanessa als ik van haar gehoord heb. Fijne avond nog, Electra.’

‘Doei, Miles, en bedankt,’ riep Lizzie, die de gang in kwam toen hij de deur achter zich dichttrok.

Ik zuchtte diep.

‘Wat is er?’ Lizzie stond me met haar handen op haar heupen aan te kijken.

‘Niets, niets.’

‘Nee, er is wel iets. Heeft het met Miles te maken?’

Ik begon rusteloos heen en weer te lopen in de woonkamer. Mijn angst en ergernis werden er niet beter op toen ik zag dat Lizzie zich opnieuw een glas witte wijn inschonk uit de fles op tafel.

'Kom op, Electra, wat zit je dwars?' vroeg Lizzie. Ik zag dat ze een grote slok nam.

'O, een paar dingetjes,' zei ik met een schouderophalen. Ik wist dat mijn woede als een vulkaan tot uitbarsting zou komen als ik niet oplette, en ik wilde die arme Lizzie niet traumatiseren.

'Het moet met Miles te maken hebben. Hebben jullie een relatie?'

'Wat? Hemel, nee! Haha!'

'Oké, Electra, niet zo defensief.' Lizzie keek me grijnzend aan. 'Als je hem naar jou ziet kijken, is het maar al te duidelijk dat hij denkt dat de hele wereld om jou draait.'

'Ja, nou, dat is allemaal leuk en aardig, maar... Luister, Lizzie, ik heb zojuist niets tegen Miles gezegd omdat ik dacht dat ik nooit van hem af zou komen, maar nu kan mijn grootmoeder hier elk ogenblik aankomen. En wat me dwarszit,' zei ik en ik keek haar doordringend aan, 'is dat ik pisnijdig op haar ben.'

'Juist.' Lizzie nam nog een paar flinke slokken wijn en knikte. 'Dan maak ik dat ik wegkom, oké? Op zomeravonden is het prachtig in Central Park.'

De telefoon ging en ik nam op. 'Ja, stuur haar maar naar boven.'

'Succes, Electra. Tot later, lieverd,' zei Lizzie. Daarop pakte ze haar tas en liep naar de voordeur.

Hij sloeg met een klap achter haar dicht, en het lukte me maar net om niet de wijn die ze in haar glas had laten staan op te drinken om mijn zenuwen de baas te blijven. In plaats daarvan ademde ik een paar keer diep in, en ik was betrekkelijk kalm toen de bel ging om aan te kondigen dat Stella Jackson voor mijn voordeur stond.

Ik deed open en daar was ze, gekleed in het chique tweedjasje waarin ik haar net op tv had gezien. Ze moest regelrecht uit de studio gekomen zijn.

'Hallo, Electra, hoe gaat het met je?'

'Goed, dank u. En met u?' vroeg ik en ik keek haar door mijn knarsende tanden heen glimlachend aan.

'Prima, dank je, lieverd. Ik heb een erg druk maar productief weekend gehad.'

'Dat is, eh, mooi dan,' zei ik en ik knikte, waarop ze naar haar favoriete stoel liep en ging zitten. 'Wilt u een glas water?'

'Alsjeblieft, lieverd, lekker. O jee, die broek van je zit wel erg strak,' merkte ze op, terwijl ik water in een glas schonk en het haar aangaf. 'Je haar is mooi zo, trouwens. Zo kan niemand er nog aan twijfelen dat wij familie van elkaar zijn.'

'Nee,' zei ik, terwijl ik heel behoedzaam op de bank ging zitten en vurig wenste dat ik de leren broek had uitgetrokken voordat ze was aangekomen.

'Hoe was je weekend, Electra?'

'Het was... interessant,' zei ik en ik knikte. 'Yep, interessant.'

'Mag ik vragen in welk opzicht?'

'O, ik heb ontdekt waar mijn vader me gevonden heeft.'

'O ja?'

'Yep.'

'Waar dan?'

Ik keek haar doordringend aan en vroeg me af of ze zich gewoon van de domme hield of een of ander raar spelletje met me speelde waarvan ik de regels niet kende.

'Dat weet u toch wel?'

'Natuurlijk, ja. Ik wilde alleen maar nagaan of je de feiten goed had.'

'O, ik heb de feiten zeker goed.' Ik knikte en beet op mijn onderlip om de woede die erachter tot uitbarsting dreigde te komen te onderdrukken. 'Het was in Hale House in Harlem, waar ze baby's van verslaafden en aidsslachtoffers opvingen.'

Ik bleef haar strak aankijken en het deed me genoegen te zien dat zij als eerste haar ogen afwendde.

'Dus u wist dat ik daar gevonden ben?' vroeg ik.

'Niet toen je daar daadwerkelijk heen gebracht werd, maar naderhand ben ik erachter gekomen, ja. Dat heeft je vader me verteld.'

'Oké. Dus u zegt dat u niet wist dat ik, uw kleindochter, in een tehuis voor verslaafde jongeren en aidsslachtoffers was opgenomen?'

'Ja, dat zeg ik.'

'Ik bedoel dat u, de persoon die ik eerder vanavond op de tv zag praten over de aidscrisis in Afrika, u, de grote voorvechtster van de burgerrechten in dit land, dat u niet wist dat uw eigen kleindochter in zo'n tehuis was achtergelaten?' Op dat moment stond ik op, gedeeltelijk omdat ik niet langer kon zitten met die broek aan, maar ook omdat ik me sterker voelde als ik boven mijn grootmoeder uittorende, die, zag ik, van haar normale elegante zithouding onderuitgezakt was. Het viel me op dat ze er plotseling oud uitzag en dat er iets in haar ogen lag terwijl ze langs me heen voor zich uit keek. Ik realiseerde me dat het angst was.

'Ja, ik weet zeker dat de media hun vingers zouden aflikken bij dit verhaal, nietwaar?' ging ik verder. 'Vooral omdat ik beroemd ben. En dat zou u vast niet leuk vinden, hè, lieve oma?' Het schuim stond me nu bijna op de lippen.

'Dat heb je goed gezien, ik zou het niet leuk vinden, omdat het mijn reputatie zou aantasten, ja. Maar als ik jou was, zou ik denken dat het mijn verdiende loon was. En misschien heb ik het ook verdiend.'

Ik begon in de woonkamer heen en weer te lopen. 'De brandende vraag is, waar is mijn moeder in dit hele verhaal? Wie was ze? En als ze zulke problemen had, waarom was u er dan niet voor haar? En voor mij? Hoe kunt u die shit op tv gaan zitten vertellen en iedereen over u laten denken dat u een soort godin van de goedheid bent, terwijl... Jezus! Hoe kunt u zichzelf nog onder ogen komen?'

'Ik...' Stella zuchtte diep. 'Ik wist het toen nog niet, zoals ik al zei.'

'U wíst niet dat uw dochter aan drugs verslaafd of aidsslachtoffer was en een dochtertje had?'

'Nee, dat wist ik niet.'

'Waar was u dan, in godsnaam?'

'Ik was toen in Afrika, maar het is een lang verhaal en je begrijpt niets tot ik je verteld heb wat er gebeurd is voordat je moeder ook maar geboren was.'

'Maakt het iets uit wat eraan voorafging? Dat verandert niets aan het feit dat u er niet voor mij of mijn moeder was toen we u nodig hadden, toch?'

'Nee, en je hebt alle recht om daar boos over te zijn, Electra, maar alsjeblieft, ik smeek je, hoor me eerst aan. Want als je dat niet doet, zul je het nooit begrijpen.'

'Om het maar ronduit te zeggen, ik denk niet dat ik het óóit zal begrijpen, maar goed,' zei ik en ik zuchtte. 'Ik zal het proberen. Zolang u me maar kunt zweren dat ik, of mijn moeder, of u, of een ander familielid van me eindelijk in het verhaal voorkomt, verdomme!'

‘Dat kan ik je wel zweren, ja,’ zei ze. Ik zag dat ze een zakdoek uit haar tas haalde, van het soort dat de koningin van Engeland altijd bij zich had, en dat haar hand een beetje trilde. Ik kreeg onmiddellijk met haar te doen. Ze was tenslotte een oudere vrouw.

‘Luister, ik ga deze belachelijke broek even uittrekken, en dan kom ik terug in iets wat beter zit, oké?’ zei ik.

‘Oké. Houd je van warme chocolademelk?’ vroeg ze.

‘Ja. Ma, mijn soort van moeder, maakte dat vroeger altijd voor ik naar bed ging.’

‘Nou, mijn warme chocolademelk is de beste van heel Brooklyn. Als je de ingrediënten in huis hebt, maak ik voor ons allebei een mok.’

‘Die heb ik. Lekker.’

Tien minuten later zaten we allebei weer in de woonkamer met een mok heerlijke warme chocolademelk, dat moest ik toegeven. Ik probeerde nog steeds de smeulende woede in mijn buik aan te wakkeren, maar op een of andere manier was die helemaal verdwenen, wat best vreemd was, want normaal gesproken was ik er goed, te goed, in om wrok tegen iemand te blijven koesteren.

‘Goed, dus je weet nog dat ik je de vorige keer verteld heb dat Cecily’s kind was overleden?’

‘Dat weet ik nog, ja. Wordt het verhaal nu wat relevanter voor mij?’

‘Electra, ik durf te wedden dat je dit deel amper zult geloven…’

CECILY

KENIA
SEPTEMBER 1940

Traditionele kralenketting van een Masai-vrouw

35

Cecily rechtte haar rug en veegde het zweet van haar voorhoofd. Ze stak de troffel in de aarde, stond op en liep naar binnen om een glas koude limonade te pakken. Met het glas in haar hand liep ze de veranda op om haar werk te bewonderen. De tuin begon echt vorm te krijgen; de groene gazons die naar de vallei glooiden hadden nu biezen van hibiscus en kerststerren in wit en rood.

In de verte hoorde ze Wolfie blaffen. Ze liep de schaduw van de veranda uit om hem te bevrijden uit zijn hok, aan de zijkant van het huis.

'Hallo, lieverd,' zei ze, terwijl ze knielde en werd bedolven onder de natte kussen van haar enorme hond. Toen hij op zijn achterpoten ging staan en zijn grote poten op haar schouders legde, viel ze bijna achterover. Ze lachte toen ze terugdacht aan de kleine pup waar Bill mee was aangekomen, een paar dagen na de begrafenis van haar dochter Fleur.

'Hij zoekt iemand die voor hem wil zorgen,' had hij gezegd toen hij het spartelende zachte bolletje aan haar gaf. 'Het is een kruising tussen een husky en een herder, vertelde zijn baasje me. Met andere woorden, betrouwbaar en loyaal, maar agressief als het moet.'

Wolfie – een weinig originele naam voor een hond die op een wolf leek – was met zijn mix van witte en zwarte vlekken niet uitgesproken mooi, met één blauw oog en het andere bruin, maar dat hij dol was op zijn baasje leed geen twijfel. Destijds, toen ze in diepe rouw was gedompeld en niets haar nog wat kon schelen, had ze zijn gejank 's avonds en 's ochtends irritant gevonden, totdat ze merkte dat hij rustig sliep als hij bij haar in de slaapkamer mocht. Vaak werd ze wakker met hem naast zich, languit op zijn rug, zijn kop naast haar hoofd op het kussen. Ondanks haar vastberadenheid om niet van de puppy te gaan houden, was Wolfie net zo vastberaden om haar verliefd op hem te laten worden. En zo had hij met zijn vertederende karakter en capriolen die zelfs een sombere Cecily aan het lachen kregen, gewonnen.

Wolfie sprong om haar heen terwijl ze terugliep naar de veranda om haar limonade op te drinken. Hij had de slechte gewoonte om zaailingen uit te graven, waardoor hij moest worden vastgezet als ze tuinierde, maar de rest van de tijd volgde hij zijn bazin op de voet.

'Ik ga straks met je wandelen,' zei ze. 'Ga nu maar rustig zitten. Af.'

Cecily dronk haar limonade op en bedacht dat ze meer gesprekken had met Wolfie, hoe eenzijdig ook, dan met welk mens dan ook. Een paar weken na het verlies van Fleur was in Europa de oorlog uitgebroken; zelf lag ze toen nog in het ziekenhuis. Toen ze uiteindelijk weer naar huis mocht, had er zo'n dikke, donkere wolk van ellende om haar heen gehangen dat ze het begin van het conflict nauwelijks had opgemerkt. Het enige wat er was veranderd, was dat Bill nog vaker dan voorheen weg was, maar eerlijk gezegd maakte haar dat niet veel uit. Haar lichaam had de tijd gehad om te herstellen, maar haar geest had er veel langer voor nodig gehad.

Ze herinnerde zich nog die dag dat Kiki naar Paradise Farm was gekomen om haar te bezoeken. Ze had zich in haar slaapkamer verstopt met de luiken dicht, en ze had Bill gesmeekt om te zeggen dat ze te ziek was om haar peettante te ontvangen. Kiki's rieten manden met champagne en potten kaviaar, en vooral haar gemaakte vrolijkheid, het stond Cecily allemaal zo tegen. De enige wiens aanwezigheid ze kon verdragen was Katherine, die erg lief en geduldig was geweest. Met Katherine in de buurt had ze zich verscholen in de veiligheid en het comfort van Paradise Farm terwijl de rest van de wereld bezig was met oorlog voeren. Haar vader en moeder wilden per se dat ze naar de veilige thuishaven Amerika kwam, maar tegen de tijd dat ze lichamelijk sterk genoeg was om het te overwegen, had zelfs Bill moeten toegeven dat het gewoon te gevaarlijk was om die reis te maken.

'Sorry, popje, we willen natuurlijk niet dat je wordt opgeblazen door een Duitse bommenjager of door een van die onderzeeërs van ze. Ik ben bang dat je het hier zult moeten uitzitten totdat het weer wat rustiger is.'

Het werd niet rustiger, maar hier kon ze zich tenminste schuilhouden, werkend in de tuin en Bills uitgebreide bibliotheek doorploegend. Was ze in New York geweest, dan zou haar moeder er natuurlijk alles aan hebben willen doen om haar te rehabiliteren, door haar 'mee op stap' te nemen. Alleen de gedachte al gaf haar de rillingen. Hoe dan ook voelde ze zich een jaar na het verlies iets minder verdoofd. En ze miste haar familie…

Niet dat ze veel aan hen dacht, of aan andere zaken die te dicht in de buurt kwamen van haar hart. Het leven was om te doorstaan, niet om van te genieten, dat had ze wel geleerd. Alle liefdesbanden die ze ooit was aangegaan, buiten haar eigen familie, waren stuk voor stuk vreselijk misgelopen.

'Maar met jou niet, hè, lieve Wolfie van me,' zei ze, terwijl ze een kus op zijn hoofd plantte. Cecily wist dat ze op Wolfie na alleen was. Hoewel Bill haar terzijde had gestaan en haar hand had vastgehouden toen ze Fleurs kistje in de rode aarde hadden laten zakken, vermoedde ze dat hij opgelucht was dat hij niet werd opgescheept met andermans kind. Sterker nog, ook niet met een eigen kind, de artsen hadden dan wel haar leven gered, maar vierentwintig uur later hadden ze het ook weer kapotgemaakt door te vertellen dat ze geen kinderen meer kon krijgen. Daar was Bill oprecht verdrietig over geweest, en, dat moest ze hem nageven, hij had erop gestaan om thuis te blijven bij haar, totdat de oorlog hem naar Nairobi dwong. Cecily was er zeker van dat zijn gebaar voortkwam uit een slecht geweten. Dr. Boyle had zich laten ontglippen dat Bill onbereikbaar was toen ze ziek werd. Hij was aan het jagen geweest en pas toen Bobby hem eindelijk had opgespoord, was hij naar het ziekenhuis gekomen.

Tegenwoordig luisterde ze niet meer naar Bills uitleg waar hij heen ging en hoe ze hem kon bereiken als ze hem nodig had. Ze was hartelijk tegen hem als hij thuis was, maar in hun echtelijke sponde had ze geen behoefte meer aan zijn armen om haar heen. Of ze wel of geen kinderen kon krijgen was irrelevant, gezien het feit dat ze zich nog nooit hadden gewaagd aan de handeling van het maken ervan.

Cecily was blij dat Katherine vanavond langskwam om te eten en kletsen. Omdat Bobby had bijgetekend bij het leger zat ook zij op dit moment zonder echtgenoot. Vanwege zijn astma vervulde Bobby zijn dienst in een administratieve functie bij het kantoor van het ministerie van Landbouw in Nairobi.

'Gelukkig heb ik Katherine,' zuchtte ze. 'Kom, Wolfie, we gaan aan het eten beginnen.'

‘Schep lekker op.’ Cecily gebaarde naar de dampende ovenschotel die ze op tafel had gezet.

‘Dank je, het ziet er heerlijk uit. Gelukkig zitten wij niet op rantsoen, zoals de mensen in Europa,’ zei Katherine, terwijl ze het brood sneed dat Cecily net had gebakken. ‘Trouwens, Alice vroeg me om je uit te nodigen voor een feestje dat ze geeft bij haar op Wanjohi Farm. Ze is zo eenzaam. Kom je ook?’

‘Nee, dat denk ik niet.’

‘Cecily! Je bent al bijna een jaar niet uit geweest. Het zal je goed doen, een beetje plezier maken.’

‘Niet het soort plezier van Alice en haar vrienden, maar toch bedankt.’

‘Goh, wat klink je preuts. Dat jíj nu bent vergeten hoe je je moet vermaken, wil niet zeggen dat je het andere mensen kwalijk mag nemen dat zij het nog wel proberen.’

Gekwetst door de woorden van haar vriendin sloeg Cecily haar ogen neer. Zwijgend beboterde ze een stuk brood.

‘Ik… O, vergeef me, alsjeblieft. Ik begrijp dat je nog steeds rouwt en dat het onlangs Fleurs eerste gedenkdag was. Maar ik vind gewoon… Je bent pas vierentwintig, verdorie. Je hebt nog een heel leven voor je en ik wil niet dat je dat verspilt.’

‘Ik vind mijn leven prima zo. Hoe gaat het met Bobby?’ veranderde Cecily snel van onderwerp.

‘Druk met het organiseren van gewasrotaties, wat hij oersaai werk vindt. Hij zou veel liever weer fulltime met onze veestapel bezig zijn.’

‘Bill zei dat hij wel even langs zal gaan om te zien of alles goed gaat met jullie vee, als hij deze week op de savanne is. Hij heeft wat dagen verlof.’

‘Ik hoorde het. Gelukkig kunnen ze elkaar een beetje helpen. Ik vroeg me af…’ ging Katherine verder, terwijl ze ondertussen wat met haar eten zat te spelen, ‘waarom ga je niet met hem mee?’

‘Omdat hij me dat niet heeft gevraagd.’

‘Misschien is hij gestopt met vragen omdat je altijd nee zegt.’

‘Houd op met zeuren en eet.’

‘Nou, eerlijk gezegd ben ik nogal misselijk. O, Cecily, ik schuif het al een maand voor me uit om het je te zeggen, maar je bent mijn beste vriendin, en je moet het van mij horen. Bobby en ik krijgen een kind. Ik ben uitgerekend in mei. Het spijt me zo erg, maar ik moest het je vertellen.'

Toen Katherine haar hand over de tafel uitstak, stonden de tranen in haar ogen.

'Ik... Dat is fantastisch nieuws! Ik ben zo blij voor jullie,' wist Cecily uit te brengen.

'Weet je het zeker? Ik was zo bang om iets te zeggen, ik wilde je niet overstuur maken.'

'Overstuur? Ik ben juist heel blij voor jullie, echt.'

'Weet je het zeker?'

'Absoluut. Weet je wat, laten we de champagne openen die nog over is van Kiki.'

'Och, nee, verspil die niet aan mij. Op dit moment word ik al niet lekker van de gedachte aan alcohol. Iets anders wat ik je wilde vragen is of je bereid zou zijn de peettante te worden van de kleine? Ik kan niemand bedenken die ik liever zou vragen.'

'Wat lief van je! Dat wil ik natuurlijk heel graag, Katherine, ik voel me vereerd.'

'Dat is geweldig! En omdat je mijn meest nabije buurvrouw bent, weet ik zeker dat ik jou heel vaak als oppasadres ga gebruiken.'

'Dat lijkt me prima,' glimlachte Cecily.

Niet veel later zwaaide ze Katherine uit vanaf de veranda. Terwijl de achterlichten van de pick-up langzaam uit het zicht verdwenen, ging Cecily aan tafel zitten, liet haar hoofd in haar handen zakken en huilde dikke tranen, alsof haar hart helemaal opnieuw brak.

Cecily zat de keukenvloer te schrobben toen Bill drie dagen later thuiskwam. Hoe hij er ook op aandrong dat ze een hulp in huis moest nemen, Cecily bleef nee zeggen. Ze wilde niemand om zich heen, en daarnaast had ze met het huishouden iets omhanden.

'Goedenavond,' zei hij, terwijl hij naar zijn vrouw keek, die op haar handen en knieën zat.

'Hallo,' zei ze, waarna ze de borstel in de emmer gooide en opstond. 'Hoe was het met de koeien?'

'Met de dag slechter.'

'O. Ik zal het eten opzetten. Ik wist niet hoe laat je thuis zou komen.'

'Nee. Sorry. Cecily, kan ik even met je praten?'

'Maar natuurlijk. Is er iets?'

'Nee hoor. Niet met mij, althans. Hebben we gin in huis? Ik kan wel een borrel gebruiken.'

'In het kastje in de zitkamer staat wat.'

'Zullen we daar dan even praten?'

Cecily volgde hem door de hal naar de zitkamer, en keek toe hoe hij twee vingers gin in twee glazen schonk en er eentje aan haar gaf.

'Tchin-tchin,' proostte hij.

'*Cheers*.' Cecily nam een slokje. 'Wat is er, Bill?'

'Herinner je je nog mijn vriend de Masai-leider, Leshan, die ik een keertje mee heb genomen?'

'Ja, natuurlijk. Hoezo?'

'Hij hoorde dat ik op de savanne was en kwam me daar opzoeken. Hij zit een beetje in de problemen, weet je, en vroeg zich af of we hem konden helpen… Zoals je inmiddels misschien wel hebt gemerkt, hebben de Masai een complexe tribale hiërarchie. Leshan is de leider van de Ilmoleanstam, een van de machtigste in het gebied. Nygasi is ook van die stam.' Bill pauzeerde en nam een slok van zijn gin. 'Leshans oudste dochter is lang geleden al beloofd aan de zoon van de leider van de Ilmakesenstam. Zij zijn van de rechter pilaar, wat betekent dat ze met Leshans linker pilaar kunnen trouwen.'

Cecily knikte, hoewel ze de nuances eigenlijk niet helemaal begreep. Ze kon zich voorstellen dat het een beetje was alsof iemand van de machtige Vanderbilts zou trouwen met iemand van de Whitneys.

'Leshans dochters staan in Masailand gelijk aan prinsessen. De oudste dochter is nu volwassen, ze is dertien, en van al haar zussen wordt zij gezien als de mooiste.' Bill ging verder. 'Maar haar vader kwam erachter dat ze samen is geweest met een moran – een strijder – uit zijn eigen stam, en dat ze van hem zwanger is geraakt, wat strikt verboden is. Als haar verloofde erachter komt, dan kan het oorlog worden tussen de twee stammen. In het minste geval zou Leshan zijn dochter moeten verstoten en dan zou ze worden overgeleverd aan de hyena's en de jakhalzen.'

'O nee! Wat vreselijk! Hoe kunnen die mensen zo barbaars zijn?'

'Je kunt moeilijk zeggen dat het barbaarser is dan wat er in Europa gebeurt, Cecily, maar de leider houdt echt van zijn dochter en ondanks zijn moeilijke positie wil hij niet dat haar iets overkomt.'

'Natuurlijk niet, maar wat heeft dat met ons te maken?'

'Hij heeft mij gevraagd of ik, wij, haar een tijdje in huis willen nemen, tot ze is bevallen. Daarna kan ze terug naar de stam en hopelijk heeft niemand dan iets gemerkt.'

Cecily keek haar man aan. 'Zeg je nu dat je wilt dat dit meisje híér komt wonen? En ze is zwanger?'

'Daar komt het op neer, ja. Met alles wat je de laatste tijd hebt meegemaakt, zou je het ongevoelig van me kunnen noemen dat ik hiermee kom, maar de man heeft me de laatste jaren meerdere keren een dienst bewezen. En daarbij, dat arme kind kan nergens heen, als wij haar niet helpen. Daar in Masailand kan Leshan haar niet zichtbaar helpen, maar hier, waar de Masai haar nooit zouden zoeken, hier kunnen wij wél helpen. Ik ken dit meisje vanaf dat ze een baby was en, ik durf het bijna niet te zeggen, ze bevindt zich in eenzelfde soort situatie als jij, toen ik je ontmoette. Vind je diep in je hart niet dat we haar een schuilplek moeten bieden op ons land?'

'Als je het zo stelt, dan heb ik geen keuze. Hoe ver is ze?'

'Leshan weet het niet zeker. Ze heeft de zwangerschap lang verzwegen. Pas toen haar moeder haar naakt zag bij het baden werd het opgemerkt. Haar moeder denkt dat ze nog een maand of twee te gaan heeft. Als ze bijna zover is, dan zal haar moeder hierheen worden gebracht om bij haar te zijn.'

'Spreekt een van die vrouwen Engels?'

'Nee, maar Nygasi spreekt wel wat Engels, en het duurt niet lang voordat je met elkaar kunt communiceren. Dat is mij ook gelukt. Ik zou hem hier laten zodat hij haar kan bewaken en eten kan brengen. Ergens in het bos vindt hij wel een veilige plek om een kamp op te slaan. Je zult amper merken dat ze er is.'

'Oké.' Cecily was al opgelucht dat het meisje niet bij haar in huis kwam wonen. 'Nou, als we haar alleen op ons land laten kamperen totdat haar moeder komt voor de bevalling, dan vind ik het goed. Wanneer komt ze?'

'Ze is er al. We hebben haar verstopt onder een deken achter in de pick-up. Nygasi is bij haar, ze zijn op zoek naar een geschikte plek in het bos.'

'Ik begrijp het.' Cecily zag in dat de zaak al was beklonken. 'Dan zul je er wel snel heen willen om te helpen.'

'Nee, maar ik zal Nygasi wel even gaan vertellen dat je het goed vindt dat ze hier blijft. Cecily, ik wil je echt op het hart drukken om niemand te vertellen, maar echt niemand, dat ze hier is. Zelfs Katherine niet. Goed, ik ben voor etenstijd terug.'

Cecily keek Bill na terwijl hij van het huis naar het bos liep. Ze zuchtte en liep de keuken in om aan het avondeten te beginnen.

'Is het mijn straf dat ik niet alleen mijn baby verlies, maar ook nog moet worden omringd door zwangere vrouwen?' mompelde ze voor zich uit terwijl ze door de saus roerde en de pan op een laag pitje zette om te pruttelen.

Bill kwam veertig minuten later de keuken in, net toen ze de curry van het vuur af haalde.

'Dat ruikt lekker, Cecily. Jij kunt echt goed koken, wist je dat?'

'Niet vleien, Bill, je wilt alleen maar dat je Masai-meisje mag blijven,' zei Cecily, die er een beetje een grap van maakte omdat ze heimelijk blij was met het compliment. 'Neem je de borden even mee?'

Toen ze eenmaal aan de eettafel zaten, keek Cecily toe hoe Bill aan zijn bord curry begon. 'En, zit ze er een beetje goed bij, in haar... kamp?' vroeg ze uiteindelijk.

'Nygasi bouwt een hut voor haar en zoals ik al zei, ik laat hem hier bij haar achter wanneer ik naar Nairobi ga.'

'O jee! Weet je zeker dat je zonder hem kunt? Je hebt hem nooit achtergelaten om voor mij te zorgen toen ik zwanger was,' merkte Cecily op, waarbij ze haar losse tong weet aan de gin.

'Nee, dat klopt, en dat zal ik altijd blijven betreuren.' Hij keek haar aan terwijl hij zijn mes en vork neerlegde. 'Er zit een limiet aan hoe vaak een mens sorry kan zeggen. Ga je het me ooit vergeven dat ik er niet was, Cecily?'

'Natuurlijk vergeef ik je. Het was niet eens jouw kind,' zei ze. 'Maar goed. Hoe heet dat meisje van je?'

'Ze is niet "mijn meisje", ze is alleen onder mijn, eh... pardon, onder onze hoede tot aan de bevalling. Haar naam is Njala. Dat betekent ster,' mompelde hij. 'Elke naam die de Masai geven heeft een betekenis. Net als alles wat ze doen.'

Niet voor het eerst vroeg Cecily zich af of Bill liever als Masai geboren had willen worden. Hij leek in elk geval liever bij hen te zijn dan bij haar of wie dan ook in hun kring.

'Wel, Nygasi moet het me maar laten weten als ze iets nodig heeft.'

'Dank je wel daarvoor. Ik zal het doorgeven. Ze is erg bang, Cecily.'

'Dat verbaast me niets. Ik begrijp niet dat meisjes zo jong al zwanger kunnen worden...'

'Zodra een meisje vruchtbaar is, wordt ze door de morans gezien als *fair game*, wild waar je op mag jagen,' antwoordde Bill. 'Zo gaat dat, op de savanne.'

'Bill, ze is nog maar een kind, ik vind het obsceen.'

'Ik denk dat zij onze manier van leven net zo obsceen vinden,' zei hij.

Er volgde een stilte, die Cecily uiteindelijk verbrak.

'Ik heb Katherine een paar dagen geleden gezien.'

'O ja? En hoe gaat het met haar?'

'Het gaat goed. En ze verwacht in mei een baby.'

'Ik weet ervan. Bobby zei het. Ik vind het heel fijn voor ze. Jij ook?'

'Natuurlijk! Ze worden vast geweldige ouders. Ben je klaar met eten? Dan ga ik afruimen.'

Cecily stond abrupt op, stapelde de borden op en stampte naar de keuken. Terwijl het water uit de kraan in de gootsteen spoot, voelde ze de woede vanbinnen branden. Had die man dan helemaal geen empathie voor haar lijden?

Bill reed vroeg in de ochtend weg en Cecily ging in haar tuin werken, waarbij ze plukken onkruid bij de wortels vastpakte en uit de grond rukte met dezelfde kracht als waarmee een kind uit de baarmoeder wordt getrokken. Hoewel ze Nygasi en het meisje, die nu op hun land verbleven, nog niet had gezien, was het net alsof ze hun aanwezigheid in het bos vlakbij kon voelen.

Toen ze klaar was, ging ze met Wolfie op de veranda zitten, genietend van haar gebruikelijke glas limonade terwijl ze langzaam afkoelde, samen met de hitte van de dag. Nadat ze een licht maal voor zichzelf had klaargemaakt, een bord groentesoep, voelde Cecily zich buitengewoon rusteloos, en het lukte haar niet om te gaan zitten lezen, zoals ze gewend was. Ze keek op naar de hemel buiten en zag dat het nog een uur zou duren voordat het donker werd.

'Kom, Wolfie, we gaan onze nieuwe buren een bezoekje brengen.'

Uitgerust met haar zaklamp en een fles water in een canvas tas begon Cecily met de hond in de richting van het bos te wandelen. Ze was nog nooit in het bos geweest, ze was er alleen op haar paard langsgereden als ze Katherine ging bezoeken. Het bos liep de heuvel op, een kleine kilometer lopen vanaf de ranch, en het begon al te schemeren toen ze bij de bosrand aankwam.

Wolfie ging haar snuffelend voor terwijl ze door de schaduwen van de hoge bomen liepen. Ze had zich nooit gerealiseerd dat het bos zo dicht was en ze hoopte maar dat Wolfie de weg terug zou vinden. Het was nu bijna donker en Cecily wilde al teruggaan toen Wolfie opeens blafte en vooruitschoot. Wetend dat dit betekende dat hij een geur had opgepikt, bijna zeker van eten, deed Cecily de zaklamp aan en volgde hem terwijl hij op volle snelheid wegrende.

'Ik hoop maar dat je weet waar je heen gaat, Wolfie,' zei ze terwijl ze haar best deed om hem bij te houden. Maar al snel rook ook zij de verleidelijke geur van vlees dat boven een vuurtje gaarde, en een paar tellen later kwamen ze uit op een kleine open plek.

Toen Cecily haar zaklamp richtte op het kleine, ronde hutje, gemaakt van aangedrukte modder met dierenhuiden eroverheen gedrapeerd, had ze het gevoel te zijn beland in een bizarre Afrikaanse versie van *Hans en Grietje*. Voor de hut hing een bout vlees aan een spit boven een vuurtje te grillen.

'*Takwena*, Cecily.' Nygasi kwam behoedzaam naar buiten.

'Hallo, Nygasi, ik... ik wilde alleen even gedag komen zeggen tegen...' Cecily wees naar de hut. 'Is ze daar?'

'Nee. Zij hoort hond. Rent weg. Zij bang.'

'O. Kun je tegen haar zeggen dat ik langs ben geweest om haar te ontmoeten?'

'Ja. Jij terugkomen met zon.' Nygasi wees omhoog.

'Oké,' zei ze terwijl ze keek hoe Nygasi met een groot scherp mes een stuk vlees afsneed en het Wolfie toewierp.

'*Oldia*. Hond,' zei hij.

‘Oldia,’ zei Cecily hem na, Wolfie een aai gevend.

‘*Etaa sere*,’ zei hij, en hij maakte een buiging en draaide zich om.

Cecily liep weer terug naar huis. Toen ze eenmaal op de veranda zat, met naast haar de gaslamp om te kunnen lezen, besefte ze dat dit de eerste keer was dat ze direct met Nygasi had gesproken. Ze was er zo aan gewend dat hij altijd bij haar man was, dat ze moest toegeven aan zichzelf dat ze eigenlijk altijd een beetje bang voor hem was geweest, maar daarnet was hij heel aardig geweest.

Toen ze een uur later naar bed ging, besloot Cecily dat ze morgen weer naar het kamp zou gaan om de Masai-prinses zelf te ontmoeten.

‘Is ze er?’ vroeg ze aan Nygasi, toen ze de volgende ochtend weer op de open plek kwam.

‘Zij is hier.’ Nygasi wees naar de hut.

‘Kun je haar zeggen dat ik haar graag wil ontmoeten?’

Nygasi knikte en liep naar het hutje, trok een van de koeienhuiden opzij en begon in rap Maa te spreken tot degene die binnen zat.

‘Zij komt. Zitten?’ Hij wees op een huid die naast het kampvuur op de grond lag.

Cecily nam plaats, en zag dat er een dierenhuid iets opzij werd getrokken, waarna er twee angstige ogen verschenen die naar buiten keken. Nygasi zei iets geruststellends, blijkbaar, want de huid werd verder naar achteren getrokken. Cecily keek gefascineerd toe terwijl een jonge vrouw zich uit de lage hut oprichtte. Ze had Nygasi altijd al lang gevonden, maar de vrouw die naast hem stond, was nog langer. Cecily hield haar adem in bij het zien van het ongelooflijke schepsel dat voor haar stond. Haar donkerbruine huid glansde als ebbenhout in de zonnestralen die door de bomen schitterden, haar lange ledematen waren haast onmogelijk slank en aan haar hals leek geen einde te komen. Ze had een nauwkeurig gebeeldhouwd gezicht, met volle lippen, hoge jukbeenderen en twee helderbruine ogen. Haar haar was kortgeschoren, en haar kin wees ietsjes omhoog terwijl ze naar Cecily staarde met een zekere arrogantie in haar blik. Ze had een lamsleren rok aan en een rode doek om haar torso gewikkeld. Aan haar oren had ze een hele rits zilveren oorbellen en haar nek en polsen waren versierd met veelkleurige kraalarmbanden en kettingen.

Cecily had een jong meisje verwacht, maar deze dertienjarige was van top tot teen vrouw, met de adellijke pose van de prinses die ze was. Ze was zo ongelooflijk mooi dat Cecily haar maar bleef aangapen en amper iets kon uitbrengen.

Langzaam stond ze op en liep naar de jonge vrouw toe, die boven haar uittorende. 'Ik ben Cecily Forsythe, Bills vrouw. Aangenaam kennis te maken, Njala.'

Ze stak haar hand uit en de jonge vrouw nam de hand vast en schudde hem op een haast koninklijke manier, met een knikje erbij.

'Geen Engels,' legde Nygasi uit.

'Dat geeft niet. Ik wil alleen dat ze weet dat als er een probleem is, dan… nou ja, dan ben ik er.'

Nygasi knikte, en hij zei iets tegen het meisje in het Maa. Ze fluisterde iets terug.

'Zij zegt bedankt zij mag blijven op jouw land.'

'O, geen probleem hoor,' stotterde Cecily, met Njala's verbazingwekkende ogen op zich gericht. 'Wat een prachtige armbanden heb je om.' Cecily wees op de pols van het meisje. 'Heel erg mooi. Wel, ik moet weer eens gaan. Leuk om je te ontmoeten, Njala. Dag hoor. Kom, Wolfie.' Cecily draaide zich om en liep weg bij de open plek. Pas toen ze halverwege haar weg naar huis was, realiseerde ze zich dat ze zo overweldigd was door Njala's schoonheid, dat ze niet eens naar haar buik had gekeken om te zien hoe zwanger ze was.

Na een dag in de tuin en opnieuw een eenzaam avondmaal liep Cecily de zitkamer in, klikte het licht aan en pakte een van Bills boeken over de Masai uit de boekenkast. Ze maakte het vuur aan in de openhaard, want het was een koude avond, en ze ging in de leunstoel zitten lezen.

Het was het relaas van een blanke man, geschreven door een jager op groot wild die door een stam op hun territorium gevangen was genomen. Door het aanbieden van zijn geweer had hij succesvol onderhandeld over zijn leven, en uiteindelijk was er een vriendschap ontstaan. Wat Cecily het meest opviel, was de barbaarse manier waarop ze hun vrouwen behandelden.

Ze verbleekte vooral bij de beschrijving van de ceremonie rond de vrouwelijke besnijdenis die gedetailleerd werd beschreven, waarbij ze het boek af en toe weg moest leggen om bij te komen. Ze kreeg een licht gevoel in haar hoofd bij de gedachte dat zij het was wier edele delen op die wijze werden mishandeld.

Toen ze naar bed ging en het licht uitdeed, dacht ze aan het trotse kindvrouwtje dat vanavond daar buiten sliep, onder haar afdak van dierenhuiden. En voor de eerste keer in tijden besefte ze dat ze blij mocht zijn met haar bevoorrechte positie.

De volgende dag ging Cecily uitgerust met Bills Maa-woordenboek en offerandes van aardappels en wortelen die in de pot boven het vuur konden worden gekookt, wederom op pad, door het bos. Met een haast onwaarneembare glimlach maakte Nygasi een kleine buiging toen ze de open plek betrad.

'Hallo, Nygasi. Kijk,' zei Cecily terwijl ze in haar canvas tas zocht. 'Ik heb wat eten voor Njala meegenomen en wat comfortabele dingen. Is ze er?'

Nygasi knikte en ging Njala halen. Onderwijl legde Cecily de spullen neer.

'Takwena, Njala,' begroette ze haar, opnieuw betoverd door haar schoonheid, terwijl ze dichter bij het kampvuur kwam staan. Ze dwong zichzelf haar ogen af te wenden van het gezicht van het meisje en in plaats daarvan haar middel te observeren, maar dat was bedekt met stroken van een lange rode doek, dus de bult kon zowel stof als baby zijn. Welke van de twee het ook was, de bult zag er niet al te groot uit, maar ja, dacht Cecily bij zichzelf, Njala's een meter tachtig lange lichaam bood dan ook meer ruimte aan een baby dan haar eigen een meter vijfenvijftig.

'Hier, ik heb een kussen voor je meegenomen.'

Njala trok een elegante wenkbrauw op, verbaasd.

'Kijk, zo.' Cecily legde het kussen op de grond naast zich en legde haar hoofd erop. 'Om te slapen. Proberen?' Cecily bood het kussen aan Njala aan, die het aannam alsof Cecily een dienstmeisje was dat haar koningin bediende.

'En hier zijn wat aardappels en wortels.' Cecily pakte er van beide een en liet ze aan haar zien. Nygasi knikte goedkeurend en stapte naar voren om ze aan te pakken.

'Kun je Njala vragen of ze nog iets anders nodig heeft?' vroeg Cecily.

Nygasi deed wat ze zei, en het meisje schudde haar hoofd.

'Ik krijg een koe vandaag.' Nygasi wees naar het dier dat rustig onder een boom stond te grazen, vastgebonden aan een lang touw. 'Goed voor baby,' zei hij.

'O ja, zeker,' zei Cecily. 'Laat maar weten als jullie nog iets anders nodig hebben. Etaa sere.' Cecily struikelde over de woorden die 'tot ziens' betekenden.

'Etaa sere.' Het was Njala die antwoordde, haar kinderlijke toon stond in schril contrast met haar vrouwelijke vormen.

Met een voorzichtige glimlach en een knikje naar de twee Masai verliet Cecily de open plek.

36

In de daaropvolgende maand had Cecily een soort hang naar de jonge vrouw die in de bossen leefde. In plaats van een wandeling te maken over de open velden die een schitterend uitzicht boden over de vallei, gingen zij en Wolfie zodra de middaghitte voorbij was op pad naar hun jonge buurvrouw. November bracht plotselinge zware regenbuien met zich mee, waardoor Cecily zich zorgen maakte over Njala's gezondheid, maar zij zat hoog en droog in haar hut, want Nygasi had de vooruitziende blik gehad om die boven op een terp te bouwen zodat hij niet zou onderlopen.

In het begin bleef Njala achter Nygasi staan wanneer Cecily haar dagelijkse offerandes uit de tas haalde. De kippen die Bill bij een Kikuyu had gehaald, bleken veel eieren te leggen, dus ze had genoeg om te delen.

De eerste keer dat Cecily eieren voor Njala had meegenomen, had ze gegrimast en iets gefluisterd tegen Nygasi.

'Zij zegt komt uit kont van vogel,' zei Nygasi ernstig, en Cecily moest haar lachen onderdrukken.

'Zeg maar dat eieren goed zijn voor de baby. Kijk. Ik laat het zien.'

Cecily had de pan gepakt die naast het vuur stond en er twee eieren in gemengd met een scheutje melk, die nog warm was van de uier, met een beetje zout en peper, die ze in opgevouwen papiertjes had meegenomen.

'Zo, proef maar eens,' had ze gezegd, toen het klaar was en ze het haar voorhield. Het meisje had vastbesloten haar hoofd geschud.

'Kijk.' Zonder lepel of vork had Cecily met haar vingers een hapje roerei in haar mond gedaan. 'Lekker. *Supat.*'

Njala had naar Nygasi gekeken, die haar bemoedigend had toegeknikt, toen had ze een stap gezet en haar lange vingers in de pan gestoken. Met een gezicht alsof ze gif ging innemen, proefde ze het baksel.

'Zie je wel? Supat.' Cecily had over haar buik gewreven.

Njala had haar hand uitgestoken om meer te pakken, en dus had Cecily haar de pan aangereikt en uiteindelijk was het meisje op haar knieën gaan zitten en had ze tevreden de rest opgegeten.

Daarna bracht Cecily elke dag eieren mee voor haar gast, en ze dacht zelfs dat Njala het leuk begon te vinden om haar te zien. Ze wilde alleen dat ze beter kon communiceren met haar, dan kon ze haar vertellen dat ze haar lastige situatie begreep. En zo was ze begonnen het kleine krijtbord uit de keuken mee te nemen waar ze normaal boodschappen op schreef.

'Kan Njala schrijven?' had ze Nygasi gevraagd, terwijl ze met haar krijtje een schrijvende beweging liet zien.

Hij had zijn hoofd geschud.

'O. Dan kan ik het haar misschien leren. Hier,' Cecily had Njala dichterbij gewenkt. Vervolgens had ze in grote letters NJALA op het bord geschreven en een ster ernaast getekend. Ze had het meisje de letters laten zien, en toen naar haar gewezen.

'Njala, jij.' Ze had hetzelfde gedaan met haar eigen naam en uiteindelijk, na veel gebaren, had het meisje het begrepen.

'Njala.' Ze had naar zichzelf gewezen. 'Cecily.' En toen naar Cecily.

'Ja, dat ben ik!' Cecily had in haar handen geklapt van vreugde en ook Njala had gelachen, waarbij ze met haar schitterende witte tanden pronkte.

Vanaf dat moment schreef Cecily, zodra Njala klaar was met haar eitje, basiswoorden zoals 'hallo' op het bord. Ze raadpleegde het Maa-woordenboek en vroeg Nygasi om haar te helpen met de juiste uitspraak. Als Cecily het Maa-woord herhaalde, sprak Njala het woord aarzelend uit in het Engels. Na een paar weken was Njala niet alleen in staat om een simpele Engelse zin aan elkaar te rijgen, maar trof Cecily haar ook ongeduldig wachtend aan als ze op de open plek kwam. Cecily wist niet precies hoe ze het moest omschrijven, maar langzaam ontwikkelde zich een bepaalde warmte tussen hen. Op een ochtend zag ze Njala verkrampen en naar haar buik grijpen.

'Baby schoppen?' Cecily deed de beweging na met haar voet en Njala knikte.

'Mag ik voelen?' Haar hand ging naar Njala's buik. Het meisje pakte haar hand en legde hem op haar buik.

'O jee!' Cecily ademde in en uit terwijl ze een beentje voelde bewegen onder de ebbenhoutkleurige huid. Ze voelde tranen opwellen, zowel van vreugde als van verdriet. 'Hij of zij is sterk! Sterk!' herhaalde ze, haar armspieren bollend, waarna ze allebei moesten giechelen.

'Jij ziet er fris en fruitig uit vanavond,' merkte Bill op toen Cecily stond te koken. Hij was drie weken niet thuis geweest omdat hij niet weg had gekund van zijn bureau op het ministerie van Oorlog in Nairobi. Door haar nieuwgevonden vriendschap met Njala had Cecily het amper gemerkt.

'Dank je,' zei ze, 'zo voel ik me ook.'

'Dan ben je waarschijnlijk dc enige in Kenia,' verzuchtte Bill. 'In Nairobi is het heel grimmig, kan ik je vertellen, vooral met al die blackouts. Overal militairen in de stad.'

'Maar nog geen luchtaanvallen?'

'Eentje aan de kust in Malindi, een maand geleden, maar sinds Mussolini ons de oorlog heeft verklaard, zijn er op Keniaans grondgebied schermutselingen geweest tussen de geallieerden en het Italiaanse leger. Iedereen bereidt zich voor op een invasie vanaf de grens met Abessinië. In Nairobi struikel je over de zandzakken.'

'O jee, wat vreselijk,' zei Cecily afgeleid terwijl ze het eten op tafel zette en tegenover Bill plaatsnam.

'Sterker nog, ik ben gevraagd om leiding te geven aan een bataljon van de King's African Rifles.'

Cecily keek op. 'Moet je dan vechten?'

'In het begin zal ik me vooral bezighouden met rekrutering, en met het in goede banen leiden van troepenbewegingen, maar ik zal godverdomme zorgen dat ik met mijn mannen meevecht als het erop aankomt. Maar goed, voorlopig is het vooral fijn om thuis te zijn, echt waar.'

'Wil je het laatste restje gin?' vroeg Cecily, uit een plots opgekomen schuldgevoel dat ze te weinig aan hem had gedacht.

'Waarom niet?' zei hij, terwijl zij opstond om de fles te halen. 'Zelfs de oude Muthaiga Club is aan het opdrogen, met die toestroom van legerpersoneel. Je kunt maar beter de banden met je peettante wat meer aanhalen.' Hij keek haar met een scheef lachje aan. 'Haar kelder raakt nooit leeg. Tchin-tchin.'

'Cheers,' proostte Cecily.

'Nou, wat heb jij allemaal gedaan toen je hier in je eentje was?'

'De tuin, natuurlijk – ik had niet gedacht dat rijen worteltjes en kolen zo veeleisend konden zijn – maar ik heb ook Njala elke dag opgezocht.'

Bill keek verbaasd op. 'Echt waar? Nou, dat is ook wat. Hoe gaat het met haar?'

'Het gaat heel goed met haar, eigenlijk. Jeetje, wat een schoonheid, hè?'

'Nou en of.'

'Ik breng haar elke dag eieren en ik leer haar Engels. En ik heb wat Maa geleerd.'

'Wat goed.' Bill bestudeerde zijn vrouw. 'Wie had dat gedacht?'

'Wat?'

'Dat jij vriendinnen zou worden met een Masai-meisje.'

'Ik weet niet waarom je zo verbaasd bent, jij brengt de helft van je tijd met ze door.'

'Jammer genoeg niet meer, maar ik hoor wat je zegt.'

'Bill?'

'Ja?'

'Hoe is... Weet jij misschien hoe Njala zwanger is geraakt?'

'Wel, ik denk langs de gebruikelijke weg.'

'Ik bedoel, was het, eh... met haar goedvinden?' bloosde Cecily.

'Je bedoelt was het een wederzijdse relatie of was het tegen haar zin?'

'Ja.'

'Daar heb ik geen antwoord op, maar uit ervaring weet ik dat de dochter van de leider een kostbaar en goed bewaakt bezit is, vooral als ze mooi is. Dus ik denk dat Njala zelf de hand moet hebben gehad in het maken van een afspraakje.'

'Hield ze van iemand anders die niet haar verloofde was?'

'Misschien, maar wie weet?' Bill zuchtte. 'Helaas kiest een Masaivrouw bijna nooit haar eigen pad.'

'Ik begrijp het. Ik voel me zo gezegend, als ik naar haar kijk,' beaamde Cecily.

'Precies. Men kan altijd een ander vinden wiens lijden groter is. Wel, aangezien je dezer dagen in een wat socialere stemming bent, wat vind je ervan als ik Joss vraag om het weekend hier te komen? Hij heeft Djinn Palace bij het meer gesloten, na de dood van zijn vrouw Molly. Het is financieel onhaalbaar voor hem om die tent te blijven runnen en dus zit hij vast in zijn bungalow in de stad, tot over zijn oren betrokken bij de oorlogsinspanningen, net als iedereen. Hij heeft behoefte aan wat frisse lucht, zoals je je misschien wel kunt voorstellen.'

'Goed hoor, waarom niet?' zei Cecily. 'We hebben geen gasten meer gehad sinds... nou, sinds we hier wonen, eigenlijk.'

'Nee, en zelfs met mijn neiging tot kluizenaarschap is het hoog tijd dat we dat een keer doen. Er is ook een nieuw echtpaar in de stad, Jock Delves Broughton en zijn jonge echtgenote Diana. Ze zijn uit Engeland hiernaartoe verhuisd om de oorlog te ontvluchten. Niet dat die echt te ontvluchten valt op dit moment. Nou ja, het weer is hier in elk geval beter,' zei Bill terwijl hij zijn schouders ophaalde. 'Joss stelde voor om hen ook uit te nodigen. Diana is niet veel ouder dan jij en misschien is het goed voor je om iemand van je eigen leeftijd te ontmoeten.'

'Oké, maar dan moet je wel op zoek naar meer vlees, want bij de slager in de stad hebben ze amper nog wat.'

'Je kunt toch een van je kippen slachten?'

'O nee, dat zou ik niet kunnen!' riep Cecily vol afschuw uit. 'Alle kippen hebben een naam. En trouwens, ze geven ons elke dag eieren.'

'Ik wist het.' Bill rolde met zijn ogen. 'Oké dan. Dan vraag ik Nygasi wat hij kan regelen en ik nodig Joss en de Broughtons uit om volgend weekend te komen logeren op Paradise Farm.'

Hoewel ze de volgende ochtend badend in het klamme zweet wakker werd, zichzelf voor de kop slaand dat ze ja had gezegd op weekendgasten, merkte Cecily dat ze eigenlijk wel plezier had in de voorbereidingen. Behalve Katherine en Bobby was er nog niemand bij hen thuis geweest sinds ze er waren komen wonen – de housewarming die ze in gedachten hadden gehad, was uitgesteld vanwege Cecily's tragedie. Ze boende het huis tot alles blonk, en zette bloemen uit de ontluikende tuin in vazen op de gepoetste oppervlaktes. Ze had Katherine ook uitgenodigd – Bobby kon geen verlof krijgen, wat wel goed uitkwam omdat het betekende dat er een even aantal mannen en vrouwen was, wat haar moeder altijd een belangrijk gegeven had gevonden bij een dinerparty.

Op de vrijdag dat de gasten zouden arriveren, haalde Cecily de overgebleven flessen champagne uit Kiki's manden, volgens haar zouden die het feestje meteen een goed begin geven, en legde ze in de koelkast om koud te worden. Ze had Njala al een paar dagen niet gezien, en dus vertrok ze met Wolfie naar het bos. Toen ze de open plek naderde en het meisje meteen uit de hut zag komen, bedacht Cecily hoe dik Njala's buik was geworden. Ze bedekte hem niet langer, maar in plaats daarvan droeg ze een lap stof die als een soort rok onder haar buik zat gewikkeld. Cecily had het gevoel dat de bevalling niet lang meer op zich zou laten wachten.

'*Supai*, Nygasi,' zei ze terwijl ze dichterbij kwam. 'Hoe gaat het met haar?'

'Baby komt,' zei hij terwijl ze samen naar Njala toe liepen.

'Maar gaat het goed met haar?'

Nygasi knikte.

'Wanneer laat je haar moeder komen?'

'Moeder komt snel,' zei Nygasi.

'Hallo, Cecily,' lachte Njala toen ze bij haar waren. Toen draaide ze zich naar Nygasi, en wuifde hem weg als een koningin die haar dienaar wegstuurt. Nygasi knikte en wandelde weg van de open plek.

'Hoe gaat het?'

Njala hield haar buik vast en liet haar ogen nadrukkelijk naar achteren rollen.

'Ja, ik weet het.' Cecily veegde haar voorhoofd af om vermoeidheid uit te beelden.

Njala liep naar de rand van de open plek en wenkte Cecily haar te volgen, naar de bescherming van een groepje bomen met een dicht gebladerte. Daarna nam ze Cecily's handen in de hare. Haar ogen waren ineens vervuld van angst.

'Jij,' zei ze, 'helpen.' Ze trok haar handen terug, wees op haar buik en maakte toen een wiegende beweging.

'Helpen? Met de bevalling bedoel je?' Cecily deed het gebaar na.

'Ja. Help. Alsjeblieft.'

'Njala, je moeder komt om te helpen,' sprak ze langzaam uit.

'Nee! Help mijn baby! Alsjeblieft, Cecily!'

Als een schaduw verscheen Nygasi achter Njala's rug. Hij zei iets in het Maa, en wees naar de open plek.

'Jij naar huis nu,' zei Nygasi streng tegen Cecily.

Njala keek haar indringend aan, met in haar blik alles wat ze niet hardop kon zeggen.

'Alsjeblieft, help baby,' las Cecily van Njala's lippen, terwijl ze door Nygasi werd weggeleid.

Cecily zat nog steeds te denken aan Njala en aan wat ze haar had proberen te zeggen, toen Bill later die middag thuiskwam.

'Het huis ziet er prachtig uit, liefste, en jij ook.' Hij lachte naar haar toen ze in haar groene jurk de slaapkamer uit kwam, klaar om de laatste hand te leggen aan het diner. 'Ik vind je haar mooi nu het wat langer is.' Hij pakte een krul die net over haar schouders viel en draaide hem om zijn vinger.

'De reden dat het langer is, is omdat ik hier niemand heb die ik het toevertrouw om het te knippen.'

'Nou, ik vind het mooi, je zou het wat vaker los moeten dragen. Goed, ik ga eindelijk eens in bad. Ze zijn het water aan het rantsoeneren in de Muthaiga Club, aangezien we daar met veel te veel zijn. Twee man per kamer is het nu, en je weet nog wel hoe klein die kamers zijn,' voegde hij toe terwijl hij in de richting van de badkamer liep.

'O, trouwens, Bill?'

'Ja?'

'Ik zag Njala vandaag, en ze leek me overstuur… Bijna bang. Ik denk dat ze wil dat ik haar ga helpen bij de bevalling. Ik zei dat haar moeder komt om te helpen, maar ik weet niet zeker of ze het begreep. Het duurt nu niet lang meer. Je zegt toch wel tegen Nygasi dat hij haar moeder snel laat komen, hè? Ik zou het vreselijk vinden als haar iets…' Cecily slikte. '… zou overkomen.'

'Natuurlijk doe ik dat. Njala weet dat haar moeder komt als de tijd daar is. Waarschijnlijk heb je haar verkeerd begrepen.'

'Waarschijnlijk.'

Maar terwijl Bill de deur dichtdeed en ze het water hoorde stromen, wist Cecily zeker dat ze de angst in Njala's ogen goed had gezien.

Cecily en Bills gasten kwamen een uur later dan verwacht. Joss Erroll was, ondanks het feit dat hij er uitgeput uitzag, net zo knap als altijd, en Jock, alias Sir Henry John Delves Broughton, bleek een lange, wat oudere Engelsman te zijn met een dikke buik en uitdunnend grijs haar.

'Alsjeblieft, schat, noem me Jock. Dit is mijn vrouw, Diana. Fijn om weer eens iemand van je eigen leeftijd te hebben om mee te spelen, hè, meisje? Diana heeft in Nairobi alleen maar tachtigjarigen om haar heen,' gniffelde Jock.

'Ik denk dat Cecily ook vindt dat er maar weinig mensen net als wij onder de dertig zijn hier, toch?' antwoordde zijn vrouw.

'Eh... nee, niet veel nee,' glimlachte ze, terwijl ze haar ogen niet kon afhouden van de verpletterende blonde schoonheid die voor haar stond. Diana Delves Broughton was wat sommige mensen noemden 'een stuk', en Cecily kon niet begrijpen wat zo'n vrouw in godsnaam moest met een man die haar vader had kunnen zijn – of zelfs haar grootvader.

'Wat een gezellig huis,' zei Diana terwijl Cecily het gezelschap voorging naar de zitkamer, waar Katherine al bezig was de champagne open te maken. 'Wij kamperen momenteel op de Muthaiga Club.'

'Kom, schatje, dat is maar tijdelijk, over een paar dagen nemen we onze intrek in de villa in Karen,' bracht Jock haar in herinnering.

'Ja, zo'n vreselijk donker hol in een buitenwijk van Nairobi,' bromde Diana zachtjes.

'Diana, dit is Katherine Sinclair, mijn dierbare vriendin en buurvrouw,' zei Cecily snel.

'Jeminee! Hier wonen alle jonge mensen dus.' Diana wendde zich tot haar echtgenoot. 'Kunnen we anders niet hier een huis laten bouwen, lieverd? Dan heb ik tenminste leuk gezelschap.'

'Iedereen bubbels?' vroeg Katherine terwijl ze de champagne in zes glazen schonk.

'Maar wat graag,' zei Jock, lachend naar het verzamelde groepje. 'Dit lijkt alweer veel meer op het Kenia dat ik mij herinner. Cheers!'

'Cheers!' riep iedereen in koor.

‘En welkom in Happy Valley, Diana,’ zei Joss, die de nieuwe blonde rekruut bleef aankijken.

‘Dank je wel, Joss, fijn om hier te zijn,’ zei Diana, zijn blik retournerend.

Zelfs Cecily gaf later toe dat het een leuke avond was, en Diana was een leuk mens. Na het diner vroeg Diana of Cecily een grammofoon had.

‘Maar natuurlijk. En mama heeft een paar splinternieuwe albums meegestuurd uit Amerika.’

‘Nou, in hemelsnaam, zet ze op! De platen in de Muthaiga Club waren misschien hip in de jaren twintig, maar die zijn echt niet meer van deze tijd,’ sprak Diana lijzig.

Cecily deed wat er gevraagd werd en zette de grammofoon op de veranda, terwijl de mannen de tafel en de stoelen uit de weg haalden om een soort dansvloer te creëren.

‘Dansen onder de sterren, dat is zo romantisch, vind je niet, Cecily?’ zei Diana dromerig, dansend in de armen van haar man op de klanken van Glenn Millers ‘Moonlight Serenade’.

‘Dans je met mij, Diana?’ vroeg Joss, terwijl hij zijn armen uitstak.

‘Als je erop staat,’ lachte Diana, terwijl ze zich losmaakte van Jock.

‘Cecily, wil jij me dan het plezier doen?’ vroeg Jock.

Ze kon moeilijk weigeren. Over zijn schouder kijkend tijdens het dansen, zag ze dat Bill met Katherine de vloer op was gekomen, maar haar aandacht werd vooral opgeëist door Diana en Joss, die stonden te schuifelen in een donkere hoek. Jock stelde Cecily allerlei beleefdheidsvragen, die zij netjes beantwoordde. Toen de muziek ophield, verontschuldigde ze zichzelf om een nieuwe plaat op te zetten.

‘Zet alsjeblieft iets op met wat tempo,’ fluisterde Katherine, terwijl ze de platenbak doorzocht. ‘Hier, Count Basie, die is goed.’

Diana en Joss bleven echter langzaam schuifelen op ‘Lester Leaps In’, terwijl Cecily en Katherine al giechelend hand in hand over de veranda huppelden. Aan tafel was Bill in een gesprek verwikkeld met Jock, die het gedrag van zijn vrouw niet leek op te merken.

‘Bobby zegt dat er al over die twee wordt geroddeld op de Muthaiga Club,’ fluisterde Katherine terwijl ze bezweet na hun inspanningen op het trappetje van de veranda gingen zitten.

‘Zet nog eens iets op, meisjes?’ riep Joss. ‘Hebben jullie “Blue Orchids”?’

‘Ik zal even kijken,’ zei Katherine, terwijl ze opstond. ‘Blijf jij maar hier, Cecily, jij hebt de hele avond al gerend.’

‘Dat klopt,’ zei Bill, die naar haar toe kwam lopen met Jock.

‘Geweldig feestje, maar ik ben kapot. Ik denk dat ik mijn bed maar eens opzoek. Bill zegt dat hij ons morgen met zijn Masai-vrinden meeneemt op een jachtpartij. Welterusten, pop.’

Cecily en Bill keken toe hoe Jock nogal wankel het huis in verdween terwijl Glenn Miller met zijn orkest de grammofoon uit tetterde.

Bill stak zijn hand uit naar Cecily. ‘Kom je dansen?’

‘Ik... Oké,’ knikte ze, en ze pakte Bills hand om overeind getrokken te worden vanaf het trappetje. Ze voelde een kriebel van verlangen in zich opkomen toen Bill zijn armen om haar heen sloeg, maar dat gevoel duwde ze snel weg. Ze wist dat Bill op dat vlak nooit interesse in haar zou hebben, en dus vermaakte ze zichzelf door in plaats daarvan twee mensen te bekijken die zo overduidelijk in elkaar geïnteresseerd waren. Je kon het gewoon zien aan de manier waarop hun lichamen samen bewogen en hoe Diana in Joss’ ogen staarde.

‘Ze zijn een knap stel, nietwaar?’ zei Bill zacht.

‘Inderdaad. Jammer dat Diana getrouwd is.’

‘Dat heeft Joss nooit eerder tegengehouden. Ik hou enorm van die man, maar hoe hij met vrouwen omgaat...’ Bill zuchtte. ‘Genoeg over hem. Wat ik wilde zeggen, je ziet er echt heel mooi uit vanavond, Cecily.’

‘O, dank je wel.’

‘En nu,’ zei Bill, haar loslatend terwijl de plaat afliep, ‘moet ik Katherine naar huis brengen, zoals beloofd. Ik zou naar bed gaan als ik jou was, laat ze maar,’ fluisterde Bill met een knikje naar Diana en Joss. Hij gaf haar een kus op haar voorhoofd. ‘Tot morgen.’

De volgende dag werd Cecily wakker gemaakt door Bill. Hij had zijn kaki shirt en broek al aan.

‘Hoe laat is het?’

‘Even na zessen. Tijd om op te staan, we gaan jagen.’

‘Moet ik mee? Je weet dat ik er niet van houd. Ik vind het vreselijk om die prachtige beesten te zien doodgaan.’

‘Ik zou het heel fijn vinden als je meeging. Je hebt gisteravond gezien wat er aan de gang is tussen Joss en Diana en ik heb je nodig om de aandacht af te leiden.'

'Wiens aandacht? Die van Diana of van Jock? Of die van Joss?'

'Van alle drie als het kan. Diana en Jock zijn krap een maand getrouwd. Zelfs voor Joss' doen is dit ongehoord gedrag.'

'Diana lijkt al die aandacht helemaal niet erg te vinden, dus je kunt niet alle schuld bij hem leggen. En ze is een schoonheid, vind je niet?'

'Ze heeft wel iets, ja, maar ze heeft kille ogen en die rode lippenstift die ze altijd maar draagt vind ik ordinair.'

'O ja?' Cecily vond dat stiekem wel leuk om te horen.

'Het is toch overduidelijk wat er speelt?' ging Bill verder. 'Een jonge vrouw als zij, die trouwt met een man als Jock, dat riekt naar een golddigger. Jock is misschien wel wat saai, maar hij verdient het niet om zo te worden behandeld door zijn vrouw. Geen wonder dat Joss zo graag zijn "nieuwe vrienden" mee wilde vragen, of moet ik zeggen "nieuwe vriendin". Ik heb Nygasi gevraagd de pick-ups in te laden met de gebruikelijke voorraad. Zodra jij en Diana klaar zijn, vertrekken we. Ik zie je buiten.'

'Oké.' Cecily liep naar de kast om haar safarilaarzen te pakken, zich verwonderend over het feit dat haar man niet betoverd leek door Diana. Of protesteerde hij misschien een tikje te veel?

Terwijl Nygasi en zijn mede-Masai de pick-up namen die vol lag met geweren en voorraden, zat Cecily opgevouwen achter in de andere pick-up met Joss en Diana, terwijl Jock voorin zat naast Bill. Cecily wendde zich af om naar het uitzicht over het land te kijken, in een tactische poging om maar niet te hoeven zien hoe rechts van haar Joss' hand omhoogkroop over de binnenkant van Diana's dij. Toen Joss openlijk met zijn gezicht in Diana's nek begon te neuzen, vrat Cecily zich op van de spanning omdat Jock zich op elk moment zou kunnen omdraaien en hen dan zou betrappen.

Toen ze aankwamen op de plek die voor die dag was uitgekozen, begonnen Nygasi en de Masai het kampement op te zetten.

Cecily liep op hem af. 'Kan Njala wel alleen zijn?'

'Moeder van Njala komt gisteravond. Zij in orde. Nu is vrouwen werk,' zei Nygasi terwijl hij de klapstoelen, inklaptafels en manden uitlaadde.

‘Welke kan ik het beste pakken?’ Diana kwam naast hen staan en pakte een geweer. ‘Deze misschien?’ Ze positioneerde het wapen op haar smalle schouder. ‘Ja, deze is perfect. Ben je ook zo dol op schieten, Cecily?’

‘Om eerlijk te zijn, eigenlijk helemaal niet. Bij mijn allereerste jachtpartij ben ik bijna opgegeten door een leeuw, Bill heeft me gered.’

‘Wat ontzettend romantisch. Ik ben nog maar op een paar safari’s geweest sinds ik hier ben en ik heb zelf die lieve oude Jock ook moeten redden van een leeuw, of niet soms, schatje?’ Haar lach klonk als een hoge rinkel. ‘Laten we hopen dat we vandaag een beetje actie krijgen.’

Cecily vond het geen enkel probleem om bij het kamp te blijven, in de schaduw van de bomen met de andere Masai op wacht, terwijl Nygasi de anderen de jungle in leidde. Een paar meter verderop zag ze een grote slang over de grond glijden. Heel rustig trok ze haar voeten op tot haar stoel, en keek toe hoe hij zijn eigen weg ging. Ze bedacht hoe ze het een jaar geleden zou hebben uitgeschreeuwd van angst, maar terwijl hij haar ongeïnteresseerd passeerde, besefte ze hoe ze door Kenia was veranderd. Slangen waren gemeengoed, en ze had van Bill en Katherine geleerd te spotten welke goedaardig waren en welke niet.

Ze staarde uit over de vlakte die zich voor haar neus uitstrekte, met de blauwe hemel die er bij de horizon op aansloot. In de verte kwam een kudde gnoes voorbij. Door de regens was alles overdadig groen en barstensvol leven en de waterplaatsen werden drukbezocht door dieren die dorstig waren na het lange droge seizoen.

‘Hier ben ik thuis,’ zei ze, in een plotseling besef. ‘Ik woon hier in Afrika. Wie had dat gedacht?’

En op dat moment, terwijl ze de overweldigende pracht van al dat natuurschoon tot zich nam, voelde Cecily dat ze eindelijk begon te herstellen.

De anderen kwamen terug voor een late lunch van champagne en net geschoten antilopenvlees, door Nygasi kundig aan het spit gegaard.

‘Hoe was de jacht?’ vroeg Cecily beleefd, ook al was het door de zebra en de thomsongazelles die ze hadden meegesleept duidelijk dat de trip succesvol was geweest.

‘Het was een glorieuze dag,’ zei Bill terwijl ze het geronk hoorden van een vliegtuig dat boven hun hoofd cirkelde. ‘Een van de verkenningsvliegtuigen die terugkomt van de grens,' merkte hij op. 'Alleen om ons even te helpen herinneren dat het oorlog is.'

'Het uitzicht is hier verdorie toch wel beter dan in Groot-Brittannië, laat me je dat wel vertellen,' zei Jock, terwijl het vleessap over zijn kin droop. 'Ik denk niet dat we nog actie krijgen vandaag met die krengen boven ons hoofd, de beesten worden er bang van. Waar zijn Diana en Joss?'

'Die zijn olifanten aan het spotten,' antwoordde Bill soepel. 'Nygasi zei dat er hier gisteren een familie is gezien.'

'Ze zijn toch niet op zoek naar ivoor, hè?' vroeg Cecily aan haar man.

'Nee, Diana wilde gewoon graag een olifant zien. Ze heeft nog nooit het geluk gehad er eentje met eigen ogen te spotten.'

'Het zijn inderdaad magnifieke dieren,' beaamde Cecily. Opeens zag ze beweging in de struiken.

Diana en Joss kwamen op hen aflopen, schaamteloos hand in hand, giechelend.

'Heb je er eentje gezien, lieveling?' vroeg Jock haar terwijl ze het kamp in liepen.

'Nee, helaas, niets gezien,' zei ze. 'Zullen we teruggaan naar de ranch? Ik denk niet dat er nog iets gaat gebeuren vanmiddag, of wel?'

Cecily zag haar naar Joss knipogen en haar deels losgeknoopte shirt dichtknopen.

Terug op Paradise Farm verklaarde Diana dat ze zo graag terug wilde naar de stad om te dansen in de Muthaiga Club.

'Op zaterdagavond is het daar altijd zo gezellig, vind je niet? Vooral met al die soldaten die nu in de stad zijn.'

'Ik ben helemaal klaar na zo'n dag jagen, maar ga jij anders alvast met Joss, en dan zie ik je morgenavond in de club, goed?' zei Jock.

'Ach, schat, wat ben je toch lief voor me,' dweepte Diana, een kus plantend op de blozende wang van haar echtgenoot. 'Haast je voor mij niet terug naar Nairobi, hoor. Ik weet zeker dat ik niet zal worden opgegeten in de stad – nou ja, niet door wilde dieren, dan,' lachte ze. 'Cecily, mag ik een spiegel lenen om mezelf op te knappen voordat ik vertrek?'

'Natuurlijk.' Cecily leidde Diana door de gang. 'Je zult de spiegel in mijn slaapkamer moeten gebruiken. In de logeerkamers moet ik nog steeds spiegels ophangen, maar we hebben tot nu toe nog niet zo veel gasten gehad.'

'Ik weet het. Bill vertelde me dat je vorig jaar je baby bent kwijtgeraakt. Wat een verschrikkelijke pech. Meid, wat heb je dit enig ingericht!' zei Diana terwijl ze de slaapkamer bekeek. 'Wat een goede smaak heb je, veel beter dan Jock. De villa in Karen is net een victoriaans mausoleum! Ik heb helemaal geen zin om er te gaan wonen, alles is bruin. Ik heb zo'n hekel aan bruin, jij niet?' Diana nam plaats aan Cecily's kaptafel en deed de beautycase open die ze mee naar binnen had genomen. 'Bill is echt een lieverd en duidelijk erg gek op je.'

'Nou, dat denk ik niet. Ik bedoel...'

'Het staat op zijn gezicht geschreven. Jullie zijn duidelijk gelukkig getrouwd, zo anders dan ik en die lieve Jock. Hij en ik hebben nog geen nacht in hetzelfde bed doorgebracht en ik betwijfel of het ooit zal gebeuren,' gniffelde ze terwijl ze haar krullende blonde haar borstelde en handig vastzette met twee met stras bezette haarspelden. 'Kom je vaak naar de stad?'

'Eigenlijk niet, nee.'

'Dan moet je een keer komen! Ik wist niet hoe het zou zijn, maar Nairobi is veel leuker dan Londen, ondanks die stomme oorlog, die nu ook hier is. Ik heb het hier zo ontzettend naar mijn zin,' voegde ze eraan toe, onderwijl haar volle lippen stiftend met felrode lippenstift. 'Je moet echt komen tijdens de raceweek na Kerstmis. Joss zegt dat dat de leukste week is van het hele jaar. Je vindt het toch niet erg dat Jock hier nog een nachtje blijft slapen? De rit terug is nogal zwaar, en hij ziet er inderdaad erg moe uit na het uitje van vandaag.'

Ze spoot een royale wolk parfum op haar hals en decolleté en stond op.

'Goed, ik heb mijn make-up en haar gedaan, en mijn jurk doe ik onderweg wel aan. Het is overal zo stoffig, vind je niet?' Ze bekeek zichzelf nog een keer in de spiegel. 'Nog heel erg bedankt voor het diner gisteren, en ik hoop echt dat ik je snel weer zie.' Ze kuste Cecily op beide wangen en liep de slaapkamer uit, het sterke aroma van haar parfum achterlatend. Cecily ging op het bed zitten en schudde haar hoofd. De nieuwe Lady Delves Broughton was wel een portret.

Nadat ze had gekookt voor de drie personen die achterbleven, verontschuldigde Cecily zich direct na het diner en liet Bill en Jock samen kletsen. In bed probeerde ze zich te concentreren op haar boek, maar Diana's opmerking dat Bill zo overduidelijk gek op haar was spookte door haar hoofd. Misschien, besloot ze uiteindelijk, zei Diana dat alleen om aardig te zijn, want ze was er zeker van dat Bill haar aanwezigheid als vrouw nauwelijks opmerkte.

De volgende dag na de lunch vertrokken Jock en Bill naar Nairobi. Ook al vond Cecily Jock nogal saai en arrogant, ze voelde ook veel sympathie voor hem. 'Wanneer kom je terug?' vroeg ze aan Bill terwijl ze hem een schone stapel legeruniformen aanreikte.

'Ik weet het helaas niet, maar ik geef het je door zodra ik iets weet. En mijn lieveling, het is echt tijd dat je wat huishoudelijke hulp in huis haalt,' zei Bill terwijl hij op de was wees. 'Je loopt het hele weekend al te buffelen.'

'Ik zal erover denken,' stemde ze met een scheef glimlachje in.

'Het was niet zo erg toch, gasten over de vloer?'

'Helemaal niet.'

'Nou, zorg goed voor jezelf, hè?'

'Ja, jij ook,' zei Cecily terwijl Bill haar netjes op haar wangen kuste. Ze volgde de mannen de veranda op en zag dat Nygasi al achter in de pick-up zat. Als hij terugging met Bill, dan moest Njala's moeder er dus nog zijn om voor haar dochter te zorgen.

Met een weemoedig gevoel zwaaide Cecily hen uit. Ze had het inderdaad heel leuk gevonden om een weekend lang de gastvrouw te zijn en te horen hoe mooi iedereen haar huis vond. Een week vol leegte strekte zich voor haar uit. Om de tranen weg te drukken, ging ze snel terug het huis in en begon aan de stapel vaat die op haar stond te wachten.

37

Cecily had er tot dinsdagochtend voor nodig om de moed te verzamelen voor een bezoek aan Njala. Van eventuele geboorterituelen van de Masai had ze geen benul, en ze wist ook niet of ze al bevallen was, maar instinctief had ze aangevoeld dat ze moest wegblijven. Misschien uit angst om erachter te komen dat het helemaal mis was gegaan, net als bij haar destijds. Uiteindelijk wonnen haar nieuwsgierigheid en bezorgdheid het van haar angst en ging ze met Wolfie op pad naar het bos.

Het was een prachtige zonnige decemberdag en na het onweer van de avond ervoor voelde de lucht koel en fris aan. Cecily hoorde zichzelf zelfs 'Blue Orchids' neuriën, en ze bedacht zich dat ze het eigenlijk wel eens was met Bill, ze moest een huishoudelijke hulp in huis halen, vooral met Kerstmis voor de deur. Haar moeder had gebeld om te zeggen dat ze een doos vol met speciale kerstlekkernijen had opgestuurd, maar met de oorlog, die de post zo in de war schopte, ging Cecily er niet van uit dat het pakket snel zou worden bezorgd. Maar zin in de feestdagen had ze wel, en ze bedacht zelfs dat ze misschien wel mee zou gaan met Bill naar de races in Nairobi, in de week van Kerstmis.

'Dan voel je je dus echt beter,' zei ze tegen zichzelf terwijl ze de open plek op liep. Daar keek ze verbaasd om zich heen. Had Wolfie de verkeerde weg genomen terwijl zij had lopen dromen over de races? De open plek was leeg en verlaten. Cecily liep naar de plaats waar de hut had gestaan en zag dat het enige resterende spoor een berg klei was, en wat zwartgeblakerde grond waar het kampvuur was geweest.

'Jeetjemina!' Vol verbazing keek ze om zich heen. 'Ze hadden wel even mogen zeggen dat ze weggingen, Wolfie. Wat ontzettend jammer,' zuchtte ze. 'Ik had zo graag de baby gezien en gedag gezegd… Kom, we gaan naar huis.'

Maar Wolfie luisterde niet naar zijn bazin. Hij was al weggelopen, in de tegenoverstelde richting van huis.

'Wolfie! Kom hier!'

De hond bleef tussen de bomen door rennen totdat hij uit het zicht was verdwenen. Cecily nam het pad terug naar huis, wetend dat hij haar uiteindelijk zou volgen, toen ze hem plotseling in de verte hoorde blaffen.

'Vervelende hond!' bromde Cecily terwijl ze op het geluid afliep. 'Wolfie! Kom hier!'

Het blaffen hield aan en Cecily had geen andere keuze, ze moest het geluid wel volgen, dieper de bossen in. Voorbij de open plek was het bos dichtbegroeid en donker, en Cecily moest zich een weg banen door de bramenstruiken, die langs haar blote benen krasten.

Na een tijdje zag ze Wolfies achterste en staart. Hij zat met zijn neus in een kuil te snuffelen. Ze liep erheen om te zien wat er zo interessant was.

'Wat heb je gevonden, jongen? Oude botten, waarschijnlijk. Kom, ga eens opzij, laat me eens kijken.'

Cecily duwde de hond opzij en begon zelf te graven, terwijl de takjes en twijgen langs haar armen en in haar gezicht krasten. Het enige wat ze op de grond zag, was een berg dode bladeren. Toen ze een paar blaadjes wegveegde om te zien wat eronder lag, raakte ze met haar vingers iets warms aan.

'Bah!' gilde Cecily. Ze trok haar hand snel terug en stapte naar achteren, en terwijl ze dat deed raakte een krul van haar haar verstrikt in een tak.

Het moest een of ander dier zijn, natuurlijk, maar door de warmte die ze had gevoeld wist Cecily dat het leefde. Nadat ze haar pluk haar had losgemaakt, brak ze een tak achter haar af en begon daar met bonzend hart meer bladeren mee opzij te schuiven. Er verscheen een klein stukje bruine huid. Toen hoorde ze een zacht miauwend geluid, als van een pasgeboren kitten. Ze veegde nog meer blaadjes weg en zag tot haar schrik een klein voetje uit de slinkende berg steken.

Ze slikte en besefte opeens wat het schepseltje in het bladergraf was. En waarom Wolfie had geblaft.

'O, mijn god!'

Cecily viel op haar knieën en gebruikte haar handen om de overgebleven bladeren te verwijderen. En daar lag ze, een piepkleine, perfecte, pasgeboren baby. Een meisje. Haar oogjes zaten dicht en het enige teken van leven dat ze gaf, waren de ronde lipjes die een 'o' vormden terwijl ze onwillekeurig een zuigbeweging maakten.

Niet in staat om te bevatten wat er kon zijn gebeurd, boog Cecily naar voren en nam de baby in haar armen. Het kindje zat onder de aarde en modder, en uit de navelstreng droop gele pus. Cecily kon de kleine ribbetjes zien onder de huid, het buikje was onnatuurlijk opgezet, haar beentjes leken wel van een grote kikker.

'Maar ze leeft,' fluisterde Cecily. 'O, Wolfie.' Haar zicht was wazig door de tranen. 'Volgens mij heb jij net een leven gered. Kom, laten we dit kleintje maar zo snel mogelijk naar huis brengen.'

De baby bewoog amper in Cecily's armen op de weg terug en haar ademhaling was zo traag dat Cecily nauwelijks kon zien dat ze ademhaalde. Eenmaal thuis legde ze het kind op een deken op de keukenvloer en Wolfie ging ernaast zitten om over haar te waken.

'Nou, even hier blijven en niet bewegen, goed?' zei ze, waarna ze opnieuw naar buiten rende, de schuur in, die ze gebruikten als voorraadkamer. Bill had alle babyspullen daar weggeborgen voordat Cecily thuiskwam uit het ziekenhuis. Sommige dingen zaten nog verpakt in hun originele doos, en ze zocht in de stapel naar melkflesjes en luierdoeken. Ze pakte ook de zelfgebreide sjaal waar ze weken over had gedaan, en toen liep ze terug naar de keuken. Wat ze verder nog nodig had, kon ze altijd later nog pakken. Maar eerst moest de baby nu heel snel melk krijgen.

'God weet hoe lang dat arme ding daar heeft gelegen,' zei ze half buiten adem tegen Wolfie, die niet van de zijde van de baby was geweken en met droeve ogen naar haar zat te kijken. 'Laten we hopen dat het niet te laat is.' Ze haalde een fles melk uit de koelkast, warmde wat melk op in een steelpan, en waste een flesje met heet water voordat ze het vulde.

'Kom maar even hier,' zei ze tegen de baby, terwijl ze de sjaal om het kleine lijfje wikkelde en haar in haar gevouwen arm liet rusten. Zachtjes duwde ze de speen tussen de lipjes van de baby en bewoog er een beetje mee.

'Kom, kleintje, drink maar voor me,' moedigde ze haar aan. 'Dan voel je je strakjes veel, veel beter.'

Er gebeurde niks. Toen schoot Cecily een tip te binnen uit een van de boeken die ze tijdens haar zwangerschap had gelezen.

Als de baby niet reageert op de speen, probeer het dan met wat druppels melk op de lippen.

Dat deed ze, en ze wachtte met ingehouden adem een reactie af. Uiteindelijk zag ze het mondje tuiten, en snel bood ze de speen weer aan.

'Goed zo!' Cecily blies haar adem uit, zich niet eens bewust van het feit dat ze hem ingehouden had.

In het begin was het zuigen maar zwakjes en leek het of het grootste deel van de melk weer uit het mondje weglekte, maar uiteindelijk zag Cecily de baby slikken.

'Godzijdank.' Cecily snikte, precies op het moment dat de baby besloot om de melk die ze had weten in te slikken weer uit te spugen.

Ze reikte naar een doek en veegde zichzelf en de baby zo goed mogelijk schoon. De baby bracht korte miauwende geluidjes voort die leken op een poging tot huilen.

'Ze zal toch wel iets daarvan in haar maagje hebben gekregen?'

En ja hoor, een paar minuten later kwam er een klein beetje groene, teerachtige vloeistof tussen haar billetjes vandaan.

'Nou, je spijsvertering werkt tenminste. God weet hoe lang je daar hebt gelegen voordat Wolfie je vond.'

Even later liet de baby, die uitgeput was van de inspanning en haar oogjes nog niet open had gehad, de speen los en ademde uit.

'Slaap je?' fluisterde Cecily, vooroverbuigend om te proberen het geluid van haar ademhaling te horen. Ze kon zien dat het borstje op en neer ging. Terwijl de baby sliep, zat Cecily daar, gekweld door besluiteloosheid. Ze wist dat ze dokter Boyle moest laten komen om de baby te controleren. Als ze god weet hoe lang in het bos had gelegen moest ze wel uitgedroogd zijn en wie weet aan wat voor andere medische toestanden waar Cecily nog nooit van had gehoord ze verder nog leed. Maar ze had haar gevonden op een koele, schaduwrijke plek... Cecily voelde haar voorhoofdje. Geen koorts, niet te warm of te koud.

'Als ik kijk naar de kleur van de ontlasting, dan zou ik zeggen dat ze hooguit een paar uur oud is,' zei ze, kijkend naar het slapende kindje onder haar. 'En dokter Boyle zal je per se willen meenemen en dan kom je in zo'n vreselijk weeshuis terecht, zo een waar mama fondsenwerving voor doet.'

Cecily moest ook zijn weggedoezeld, afgemat door de paniek, want toen ze wakker werd, was het al aan het schemeren en lag de baby te dreinen in haar armen.

'Oké, oké, we gaan nog wat melk proberen.'

Toen de kleine klaar was met drinken, trok Cecily het flesje voorzichtig terug en zag ze dat ze dertig milliliter had gedronken, en ze had de melk nog niet uitgespuugd.

'Goed zo. Het spijt me wel, lief meisje, maar nu moeten we die viezigheid van je afspoelen. Ik ga je daar met een teiltje in de gootsteen even lekker wassen.'

In de weer met een zacht, schoon doekje en een stuk zeep was Cecily tegen de tijd dat ze de baby schoon had natter dan de kleine zelf. Er zat een vreemd waxachtig laagje op haar huid dat ze eraf moest krijgen, en ze had haar best gedaan om de navelstreng droog te houden, dat wist ze nog van haar babyboek. De baby had de hele tijd hard gehuild, haar kleine ledenmaten strekkend, wat Cecily het vertrouwen gaf dat ze gezond was.

Nadat ze haar in een droge handdoek had gewikkeld en voorzichtig op de slaapkamervloer had neergelegd, ging Cecily met de zaklantaarn terug naar buiten om het wiegje – dat nog steeds in cellofaan zat ingepakt – te vullen met dingen die ze die nacht misschien nodig zou hebben. Weer binnen deed ze haar best om de baby zo goed mogelijk een luier om te spelden, waarna ze haar in het uitgepakte wiegje op het bed legde, hopend dat de speld goed zat. De baby was weer in slaap gevallen, en Cecily maakte van de gelegenheid gebruik om snel een boterham te smeren. Ze snelde terug naar de slaapkamer met nog een flesje melk in haar hand toen ze haar weer hoorde huilen. De baby dronk dit keer bijna zestig milliliter melk, maar spuugde daarna wel weer een beetje uit. Vervolgens verschoonde Cecily de luier en trok haar het kleine katoenen pyjamaatje aan dat haar moeder haar had toegestuurd in een cadeaupakket van Bloomingdale's, nu meer dan een jaar geleden. Ze deed haar een gebreid mutsje op en moest gniffelen toen ze bedacht wat haar moeder zou denken van het kleine donkere gezichtje eronder.

'Ik zou heel graag je oogjes willen zien, baby,' zei ze, terwijl ze haar opnieuw in het wiegje legde. Nadat ze nog een flesje in de koelkast had klaargezet voor het geval de baby 's nachts wakker zou worden, deed Cecily de buitendeuren op slot en de lichten uit, en klom ze in bed, na eerst te hebben gecontroleerd of de baby, die in het wiegje naast haar lag, nog ademde.

Ze hoorde Wolfie janken achter de slaapkamerdeur. Hij wilde naar binnen. Cecily moest glimlachen bij de gedachte dat hij zijn speeltje wilde beschermen.

'Blijf jij maar daar, Wolf, ik let op de baby. Welterusten.' Ze knipte haar bedlampje uit en legde haar hoofd op het kussen. Ze dacht terug aan dat gesprek niet zo lang geleden, waarin Bill haar had gevraagd of Njala een tijd bij hen mocht komen, en aan het feit dat hij een beetje vaag was geweest over wat er precies met de baby zou gebeuren als Njala eenmaal was bevallen. Als ze er goed over nadacht, dan vermoedde Cecily dat er weinig alternatieven waren. Njala was ondergedoken omdat het niet bekend mocht worden dat ze zwanger was, want anders zou haar huwelijk zijn afgeblazen en zou ze zijn verstoten. Had ze dan dus geweten dat haar baby nooit met haar mee terug zou kunnen gaan?

Help baby.

'O, god!'

Opeens werd het haar duidelijk. Die laatste keer dat ze bij Njala op de open plek was, had ze niet bedoeld dat Cecily haar zou helpen bij de geboorte, ze had gewoon precies bedoeld wat ze zei.

Cecily schoot geschokt overeind.

'Ze wílde dat Wolfie en ik haar zouden vinden...'

Naast Cecily dreinde de baby in haar slaap. Cecily tilde haar op en drukte haar tegen zich aan.

'Stil maar, kleintje. Je bent veilig nu. Veilig hier bij mij.'

38

Elke dag van de daaropvolgende week zei Cecily tegen zichzelf dat ze Bill op zijn minst moest bellen om hem te laten weten wat er was gebeurd, maar steeds als ze zijn nummer op het ministerie van Oorlog in Nairobi draaide, legde ze de hoorn weer op de haak. Ze wist zeker dat hij erop zou staan dat ze hem de baby naar een weeshuis zou laten brengen. Met het verstrijken van de dagen en door het vrijkomen van haar opgekropte moederinstinct moest ze al huilen bij de gedachte dat iemand het wezentje dat nu zo afhankelijk van haar was ook maar een haar zou krenken. Ook al was ze uitgeput door de nachtelijke voedingen – de kleine pasgeborene die een paar dagen eerder amper de energie had gehad om te zuigen, was nu een grote eter geworden en kon zo'n keel opzetten dat de leeuwen op de savanne er nog wakker van zouden worden – Cecily was nog nooit zo blij en tevreden geweest. Ze had een kinderkamer gemaakt in de kamer die ooit voor haar eigen baby bestemd was geweest, en ze had alles uit de schuur gehaald om het in te richten. Nu rook de ooit lege kamer heerlijk naar het talkpoeder dat ze op Stella's kleine bips strooide. In haar babyboek had ze opgezocht hoe je het stukje navelstreng moest verzorgen; het droogde al aardig uit en zou de komende paar dagen een keer moeten loslaten. Er was geen tijd voor de tuin. Ze sliep wanneer de baby sliep, en nam tussen de voedingen door als het kon een sneetje toast.

De naam 'Stella' was tot haar gekomen toen ze in slaap was gevallen en bij het wakker worden recht in twee grote heldere ogen had gekeken, met irissen die net zo donkerbruin waren als koffiebonen. Toen viel het haar op hoeveel ze leken op die van Njala, en ze dacht eraan dat Bill haar had verteld dat Njala's naam 'ster' betekende.

'Stella,' had Cecily gezegd, en ze wist zich nog van school te herinneren dat het ook in het Latijn 'ster' betekende. En trouwens, ze kon haar toch moeilijk 'baby' blijven noemen…

'Dan ga je dus Stella heten, althans voorlopig,' had Cecily gezegd, met een zucht.

Twee dagen geleden had ze het geronk gehoord van een motorvoertuig dat de oprijlaan opkwam. Ze was naar het raam gerend en zag Katherines pick-up buiten aan komen rijden. De voordeur was dicht, wist ze, en Cecily was onder het raam op de grond gaan zitten met Stella in haar armen terwijl Katherine op de deur klopte en wat later haar naam riep. Daarna was ze rond het huis gelopen om door de ramen naar binnen te gluren, duidelijk in verwarring gebracht doordat Wolfie binnen hard zat te blaffen. Katherine wist dat de hond ofwel buiten moest blijven als Cecily boodschappen ging doen, of hij was met haar ergens op het land. Toen de pick-up eindelijk buiten gehoorsafstand was, was Cecily opgestaan met de baby in haar arm. Ze voelde zich best stom, maar op dit moment wilde ze niet dat ook maar iets de warme wereld zou vernietigen die zij en Stella en Wolfie samen hadden gecreëerd.

Toen Cecily wakker werd na weer een verstoorde nacht, hoorde ze de telefoon rinkelen. Nadat ze had gewikt en gewogen of ze hem moest laten gaan, glipte ze uit bed om op te nemen.

'Met Bill,' zei hij op een lijn die net zo kraakte als de lijn met New York. 'Hoe staat het?'

'Alles goed hier, hoor, Bill. Heel goed. En hoe gaat het met jou?'

'Laten we het erop houden dat de situatie in Europa en dus misschien ook wel hier met de dag grimmiger wordt. Hoe dan ook, ik ben thuis op kerstavond.'

'Wanneer is dat?'

'Nou, Cecily! Dat is over drie dagen al. Gaat het wel goed met je?'

'Ja hoor, kan niet beter, Bill. Ik... ik ging boodschappen doen, maar er was niet veel vlees of wat dan ook,' jokte ze.

'Maak je geen zorgen. Ik kom naar huis met mijn wagen vol met allerlei lekkere kerstdingen, al kost het me een maandsalaris. Komen Katherine en Bobby net als vorig jaar weer bij ons met kerst?'

'Ik heb ze nog niet gevraagd. Wil je dat ik dat doe?' Cecily beet op haar lip, wetend dat met elk woord dat ze zei, het einde van haar hemelse dagen hier alleen met Stella dichterbij kwam.

'Ik zal het met Bobby bespreken, geen zorgen, schat. Weet je zeker dat het goed gaat met je? Bobby zei dat Katherine nog langs was geweest en dat je er niet was.'

'Dat gaat als een lopend vuurtje! Dan was ik bijna zeker in Gilgil, meer niet.'

'Als alles maar goed is met jou,' zei hij. 'Ik zie je op kerstavond. Ik moet de dag na kerst weer op kantoor zijn, maar ik hoopte eigenlijk dat je met me mee zou willen naar Nairobi, dan kunnen we naar de races. Dat vind je misschien wel leuk.'

'Daar kunnen we het over hebben als je thuiskomt,' zei ze abrupt, want ze dacht dat ze de baby hoorde huilen. 'Dag, Bill.'

Met een zwaar hart legde Cecily de hoorn neer en liep langzaam terug naar de slaapkamer waar Stella in haar wiegje lag. Met haar armpjes boven haar hoofd en met haar lange wimpers trillend tegen haar wangetjes terwijl ze sliep, was ze het perfecte plaatje van ontspanning.

Cecily ging naast haar zitten.

'Ach, kleintje toch, wat moeten we nou doen als papa straks thuiskomt?'

Afgezien van wat snelle trips heen en weer naar de kraam van de Masai-vrouw langs de weg naar Gilgil om melk te kopen, wanneer Stella lag te slapen, had Cecily nog geen voorbereidingen voor Kerstmis getroffen. Steeds opnieuw overdacht ze wat ze tegen Bill moest zeggen. Uiteindelijk besloot ze dat ze het er maar op aan moest laten komen.

Op kerstavond zette ze een plaat met kerstliedjes op, maar ze vond het moeilijk om een kerstgevoel te krijgen met de buitentemperatuur van eenentwintig graden. Ze nam een bad, waste haar haar en liet het aan de lucht drogen – Bill had gezegd dat hij het dan mooi vond zitten – en zette haar krullende lokken met twee haarspeldjes vast. Ze deed een schone blouse aan en een crèmekleurige rok, voedde en verschoonde Stella en legde haar in de wieg in de babykamer. Daarna schonk ze een sterke gin in met een beetje vermout, en ging in de zitkamer zitten wachten op haar man.

Toen ze het geluid van autobanden op de oprit hoorde, draaide haar maag zich om.

Niks aan de hand, Cecily, vertel hem gewoon dat hij haar echt niet naar een weeshuis mag brengen…

'Hallo,' zei Bill toen hij in de hal stond, met een grote boom die ondanks zijn naaldachtige blad niet erg leek op de kerstbomen die ze kende uit New York.

'Moet je zien waar ik onderweg op stuitte! Ik zal hem zo even in een emmer zetten, en misschien kun jij hem dan versieren.'

'Ik eh... Tuurlijk.'

'Ik heb ook de hand weten te leggen op een heleboel lekkere dingen. Ik zal het zo halen,' voegde hij eraan toe, met een snelle kus op haar wang. 'Vrolijk kerstfeest, Cecily.'

Ze was nogal overvallen door Bills opmerkelijk goede humeur. Ze probeerde terug te denken aan hoe hij vorig jaar met kerst was geweest, maar ze wist het niet meer. Die tijd was in zo'n nevel van ellende gehuld dat de herinnering was gewist. Maar ze was in elk geval blij dat hij zo opgewekt was. Dat kwam haar nu wel goed uit.

'O ja! Bijna vergeten, er is een mand van Kiki voor jou op de club afgeleverd door Aleeki. Hij staat nog in de laadbak van de pick-up, en zo te ruiken zit er ook gerookte zalm bij. Die moesten we maar niet te lang laten liggen...'

'Sandwiches met gerookte zalm, wat een rijkdom!' Cecily glimlachte, terwijl Bill naar buiten stoof om de mand te gaan halen.

Ze schonk twee glazen gin en vermout in, terwijl Bill een emmer vulde met grond uit de tuin en de boom erin zette zodat ze hem konden optuigen.

'Het is een beetje behelpen, maar wat geeft het?' zei hij. 'Kerstmis moet je vieren, zo goed als je kunt.'

'Je vindt Kerstmis leuk?' zei Cecily, ten overvloede.

'Ik ben dol op kerst. Altijd al geweest, sinds ik een kleine jongen was. Dat lijkt misschien raar voor een man als ik, maar ik vind het prettig dat iedereen dan in een goed humeur is. Zelfs mijn ouders maakten met kerst geen ruzie. Goed, ik weet zeker dat we in de schuur nog kerstversiering hebben van vorig jaar. Ik ga het even pakken.' Bill liep naar de achterdeur.

'Wacht! Ik...'

'Wat is er?'

'O, ik ben alleen een beetje moe, meer niet. Kunnen we het niet morgen doen?'

'Cecily, morgen is het Kerstmis, en het is zo voorbij. De spullen tevoorschijn halen kost nog geen minuut en ik kan de boom ook zelf wel even versieren als jij te moe bent.'

Bill was al naar buiten en Cecily had geen uitweg meer om hem tegen te houden. Ze hoopte tegen beter weten in dat hij niet zou zien dat er dingen ontbraken in de schuur.

In een mum van tijd was hij weer terug, met de doos met versieringen in zijn handen.

'Alle babyspullen die we hadden opgeslagen zijn weg. Mag ik vragen wat je daarmee hebt gedaan?'

'Eh… dat vertel ik je later wel. Laten we eerst de boom versieren,' zei ze, terwijl ze een teug gin nam en Bill voorging naar de zitkamer.

'Weet je, Cecily, het is opmerkelijk, hoe groot het verschil is met hoe je vorig jaar was om deze tijd. Met kerst heb je de hele dag in bed gelegen, weet je nog?' vroeg hij, terwijl ze de eerste kerstballen ophingen.

'Tot mijn schande moet ik zeggen dat ik dat niet meer weet, nee.'

'Je was helemaal jezelf niet…'

Plotseling klonk er een harde kreet, ergens in de gang.

'Goede god! Wat is dat in vredesnaam?'

'Ik… ik weet niet.' Cecily voelde dat ze rood werd.

Weer die gil, gevolgd door volwaardig gehuil.

Cecily's hart zonk. Ze had Bill willen vertellen wat er allemaal was gebeurd voordat ze hem aan Stella zou voorstellen, maar nu was het te laat.

'Het komt van ergens in het huis. Heb je een wild dier opgesloten of zoiets?'

'Nee, ik…'

Maar Bill was al in de gang om de oorsprong van het gehuil te vinden.

Cecily liep gespannen achter hem aan terwijl hij een voor een alle kamers afging en uiteindelijk de deur van de kleine kamer opentrok. Ze keek toe hoe Bill zich over het wiegje boog, en toen geschrokken terugveerde.

'Jezus! Wat is dit?' vroeg hij terwijl hij zich naar haar omkeerde.

Ze wrong zich langs hem en pakte Stella op, voor het geval Bill haar heel misschien iets vreselijks zou aandoen. Ze liep de kamer uit met de baby in haar armen, naar de keuken, waar ze een flesje melk uit de koelkast pakte en het in een steelpan met water op het vuur zette om op te warmen.

'Cecily? In godsnaam! Kun je me op zijn minst vertellen wat er aan de hand is?' vroeg Bill vanuit de deuropening.

'Laat me even gaan zitten met haar en een flesje en dan vertel ik het je.'

'Ik heb nog een borrel nodig.'

Cecily keek hem na terwijl hij zijn glas ging vullen. Zelf ging ze met de baby aan de keukentafel zitten. Het gehuil stopte, alles was weer vredig, en Stella dronk met gulzige teugen.

'Nou dan.' Daar was Bill weer. Hij nam een flinke slok en ging tegenover haar zitten.

De baby stopte met zuigen en Cecily stak haar wijsvinger voor haar mond.

'Haal het niet in je hoofd om mij het zwijgen op te leggen,' zei Bill, en Cecily zag hem trillen van woede. Maar hij hield zijn volume tenminste wel laag.

'Het is heel simpel, Bill. Kort nadat jij naar Nairobi was vertrokken, ben ik op bezoek gegaan bij Njala in het kamp. Alles was opgedoekt, geen spoor meer te bekennen, maar toch rook Wolfie iets en hij verdween het bos in. Hij begon te blaffen en luisterde niet, dus ik moest hem halen. Wolfie heeft haar gevonden, begraven onder een berg dorre bladeren. Ik denk dat ze maar een paar uur eerder was geboren. Achtergelaten in het bos om te sterven, dat was wel duidelijk, dus ik heb gedaan wat iedere christen zou doen, of nou ja, ieder mens met een hart eigenlijk, ik heb haar mee naar huis genomen. En sindsdien is ze hier.'

'O, mijn god.' Bill legde een hand op zijn voorhoofd en zette zijn elleboog op tafel.

'Vind je dat ik er verkeerd aan heb gedaan?'

'Nee, natuurlijk niet.'

'Wist jij… wist jij ervan, dat ze de baby voor dood zouden achterlaten?'

'Natuurlijk niet. Ik wílde niets weten.' Bill zuchtte. 'Mij is alleen gevraagd of ik een veilige haven op ons land wilde bieden aan de dochter van mijn vriend, tot aan de bevalling. Leshan zal wel gezegd hebben dat het kind in veiligheid gebracht zou worden. Ik kan het gewoon niet geloven dat ze haar in ons bos hebben achtergelaten.'

'Nou, ze lag anders behoorlijk diep begraven, dus het was puur geluk dat Wolfie haar heeft gevonden. Een uur of wat later en ze was gestorven. Ze was nog maar zo'n hummeltje.' Met tranen in haar ogen keek ze omlaag naar Stella.

'Ik moet zeggen dat ik woedend ben dat ze hun vuile was bij ons hebben achtergelaten. En...'

'Zo noem je haar niet! Ze is geen "vuile was", ze is een mens, net als wij!'

'Sorry, Cecily, dat klonk niet aardig, neem me niet kwalijk, maar je moet ook begrijpen dat ik me kapot ben geschrokken. Ik kom thuis voor de kerst, ik verheug me op een paar dagen rust, weg van het gekkenhuis, en ik tref een zwarte baby aan in de kleine kamer.'

'Maakt haar huidskleur jou wat uit, Bill? Jij bent degene die al de helft van je leven doet alsof je Masai bent.'

'Nee, natuurlijk niet, niet in die zin, Cecily, maar het betekent natuurlijk wel dat we meteen na Kerstmis de baby naar Nairobi moeten brengen en...'

'Nee! Ik sta niet toe dat dit kind naar de missie verdwijnt, of naar een weeshuis waar ze niet goed voor haar zorgen. God mag weten wat voor lot haar dan wacht, en ik wil niet dat haar iets ergs overkomt.'

'Je stelt toch niet voor dat we haar houden, hè?' vroeg Bill na een moment stilte.

'Waarom niet? We hebben zelf geen kinderen, en we zullen ze ook nooit krijgen. Waarom zouden we haar niet adopteren?'

Bill staarde Cecily aan alsof ze helemaal gek was geworden. 'Meen je dat nou echt? Overweeg je serieus dit kind groot te brengen als ons kind?'

'Ja! We hebben een huis, genoeg geld... en Njala wist trouwens heel goed wat er zou gebeuren. Ze vroeg me in die paar woorden Engels die ze van me had geleerd om haar baby te helpen. Ik weet zeker dat ze de baby daarom in de buurt heeft achtergelaten. Ze wilde dat ik haar zou vinden.'

'Het spijt me wel, Cecily, maar nu slaat je fantasie op hol. Zoals je zei, de hond heeft haar gevonden, bij toeval, terwijl jullie door het bos wandelden...'

'Een wandeling die we al bijna twee maanden elke dag maakten. Wolfie kende Njala's geur, die natuurlijk op die van Stella zal lijken...'

'Je hebt haar een naam gegeven?' Bill zag grauw van vermoeidheid.

'Ik moest haar toch iets noemen? Hier, ik heb haar lekker ingepakt en ze slaapt. Wil je haar vasthouden?'

'Nee, Cecily, dat hoef ik niet.' Bill kneep in zijn neusbrug. 'Het spijt me, maar we kunnen haar gewoon niet houden.'

'Waarom niet?'

'Omdat...'

'Ja?'

'Omdat ze zwart is. Adoptie van een zwart kind komt niet voor in onze wereld, en nergens ter wereld, trouwens.'

'Nou. Meneer Forsythe, de grote voorvechter der Masai, die zelfs een Masai aan zijn zijde heeft waar hij ook gaat. Onder dat alles ben je net zo bevooroordeeld als alle anderen! Nou, laat me je dit vertellen, als de baby gaat, dan ga ik ook! Want ik heb die arme meid beloofd dat ik haar baby niet ga wegsturen, hoor je me?' Cecily stond op, met Stella in haar armen, beende naar de slaapkamer, sloeg de deur achter haar dicht en draaide hem op slot.

Ze legde de baby naast zich op het bed en begon hard te huilen.

'Maak je maar geen zorgen hoor, kleintje,' snikte ze. 'Om jou iets aan te doen moeten ze over mijn lijk, ik zweer het je.'

Cecily werd wakker door een klop op de deur. Ze keek op de klok en zag dat het na middernacht was. Naast haar bewoog de baby, met haar vuist in haar mond, haar manier om te laten weten dat ze honger had.

'Cecily, mag ik alsjeblieft binnenkomen?'

Omdat Stella toch een fles nodig had, deed Cecily schoorvoetend de deur open, met de baby op haar arm. Ze keek Bill niet eens aan toen ze langs hem heen liep om de fles te halen. Toen ze hem had opgewarmd, ging ze op een keukenstoel zitten om Stella te voeden.

'Vergeef me, Cecily,' zei hij vanuit de deuropening. 'Jij hebt helemaal niets fout gedaan.'

'Nee, inderdaad,' siste Cecily. 'En iedereen die zegt dat dat wel zo is, is een vreselijk mens.'

‘Dat ben ik met je eens,’ zei Bill, en hij ging zitten op de stoel waar hij eerder had gezeten.

‘Ik meen het. Als je nog een keer voorstelt dat deze baby naar een weeshuis gaat, dan pak ik mijn spullen en vertrek ik met haar. Begrijp je dat?’

‘Ik hoor je luid en duidelijk. Maar het feit blijft dat de maatschappij nog niet is gewend aan interraciale adoptie. En dat geldt voor beide kanten,’ voegde hij ferm toe. ‘Misschien verandert het ooit, dat hoop ik van harte.’

‘Het kan me niks schelen wat de maatschappij zegt en ik dacht dat jij er ook zo over dacht!’

‘Cecily, geloof me, als ik rekening hield met de regels van de maatschappij, dan was ik nooit met je getrouwd, en dan zouden we dit gesprek niet eens hebben. Dan zou ik allang die baby hebben gepakt om haar naar Nairobi te brengen. Dus alsjeblieft, daar mag je me wel wat krediet voor geven. Maar toch, wij drieën moeten wel leven in die maatschappij, hoezeer we ook proberen de regels op te rekken. En een blank echtpaar dat een zwarte baby adopteert is letterlijk ongehoord.’

‘Ik…’ Cecily deed haar mond open om iets te zeggen, maar Bill stak zijn hand op om haar te onderbreken.

‘Laat me even uitpraten, alsjeblieft. Je bent natuurlijk emotioneel gebonden aan de baby. Wat begrijpelijk is, vanwege het verlies van je eigen kind. Ik weet pas een paar uur van deze… situatie, dus vergeef me dat ik worstel om er goed mee om te gaan. Het feit is, Cecily, dat zelfs als je inderdaad weg zou gaan met de baby, je nergens heen kunt.’

‘Natuurlijk wel! We zouden terechtkunnen bij Katherine of zelfs Kiki…’

‘Vast wel, in het begin, maar zij zouden hetzelfde zeggen als ik. Je kunt geen moeder zijn van een zwart kind. Nergens in de wereld zou dat geaccepteerd worden. En zeg alsjeblieft niet dat je bij de Masai zou gaan wonen, want die zouden je ook niet willen,’ zei Bill, in een zwakke poging om grappig te zijn. ‘Cecily, hoor je wat ik zeg? De fantasiewereld die je hebt gecreëerd toen ik weg was, is niet de realiteit en kan dat ook nooit worden. Dat weet je toch wel?’

Cecily beet op haar lip, wetend dat haar man deels gelijk had.

'Maar ik kan haar niet opgeven, Bill. Ze is aan mij gegeven, om voor haar te zorgen. En trouwens, dit is allemaal jouw fout. Als jij Njala niet op ons land had toegelaten, dan zaten we nu niet in deze situatie.'

'Dat realiseer ik me, Cecily, en ik heb spijt als haren op mijn hoofd dat ik ooit ja heb gezegd. Kom, laat me haar vasthouden,' zei Bill, zijn armen over de tafel heen uitstekend.

'Zweer je dat je haar niet midden in de nacht wegbrengt naar Nairobi?'

'Dat beloof ik. Geef maar,' spoorde hij haar aan, en met enige moeite legde Cecily het kind in zijn armen.

'Hallo, kleintje,' zei hij, terwijl hij omlaagkeek naar haar. 'Je bent net als je moeder een absolute schoonheid.'

Cecily keek toe terwijl Bill zijn vinger ophield en Stella hem met haar kleine handje vastpakte en stevig vasthield. Cecily kreeg er tranen van in haar ogen.

'Lieve help, Mrs. Forsythe. Het is af en toe wel een kermis, getrouwd zijn met jou.' Hij lachte flauwtjes. 'En ik maar denken, op weg naar huis, dat we in rustiger vaarwater terecht waren gekomen omdat het zo veel beter met je leek te gaan.'

'Dan vraag je toch een scheiding aan,' haalde Cecily defensief haar schouders op.

'Cecily, om deze kwestie zo goed mogelijk op te lossen, moet je je als volwassen vrouw gedragen, niet als een mokkend kind. Mag ik vragen wie er nog meer weet dat Stella hier is? Katherine misschien?'

'Niemand. Daarom heb ik Katherine ook niet binnengelaten.'

'Dat weet je zeker?'

'Zeker.'

'Dat is al wat.' Bill keek naar de baby in zijn armen. 'Laat me even rustig nadenken over wat voor ons allemaal nu het beste is om te doen...'

'Maar ik...'

Bill legde een vinger tegen zijn lippen. 'Genoeg voor vanavond, Cecily. Ik heb je gehoord. Tijd om naar bed te gaan. Ik ben kapot.'

Bill stond op, gaf Stella weer terug aan Cecily en kuste haar toen op haar voorhoofd. 'Vrolijk kerstfeest, mijn lieve echtgenote. Dat was nog eens een kerstcadeau.'

Tot haar verbazing werd Cecily pas om vijf uur wakker gemaakt door Stella. Om te voorkomen dat Bill wakker zou worden, pakte ze haar op en nam haar mee naar de keuken om haar te voeden.

'Vrolijk kerstfeest, lieverd,' zei ze terwijl er een glorieuze zonsopgang door het raam naar binnen viel. 'En maak je geen zorgen, ik zal voor je vechten, wat er ook voor nodig is.'

Toen Stella had gedronken en in haar wiegje lag te slapen, deed Cecily haar schort voor en maakte vers brood voor bij de gerookte zalm, en gebruikte toen het brood van twee dagen geleden uit de voorraadkast om de vulling te maken voor de kip die Bill had meegenomen. Toen ze klaar was met alle voorbereidingen, deed ze haar favoriete smaragdgroene jurk aan, bracht wat poeder aan op de donkere kringen onder haar ogen en wat rouge op haar bleke wangen. Vervolgens ging ze terug naar de keuken om groenten schoon te maken. Volgend jaar zou haar moestuin al genoeg moeten opleveren, en dan kon ze gewoon haar eigen boontjes plukken…

Ze keek in de spiegel. Hoe kon ze nu zo vrolijk zijn? Voor hetzelfde geld werd Bill zo wakker en zei hij dat Stella weg moest, en dat zou betekenen dat zij ook het huis uit moest…

'Goedemorgen,' zei Bill, alsof haar gedachten hem hadden ontboden. 'Jij ziet er fris en fruitig uit. Zou ik een kop thee mogen?'

'Natuurlijk.' Cecily zette water op.

'Hoe was jouw, en haar, nacht?'

'Heel goed, dank je wel. Ze is 's nachts vrij rustig.'

'Maar ze staat wel met de kippen op, hè? Dank je wel,' zei hij terwijl Cecily hem zijn thee aangaf. 'Goed. Bobby en Katherine komen rond het middaguur, dus ik maak mijn ochtendtoilet en dan zien we elkaar daarna in de zitkamer. We moeten praten, Cecily.'

Vijftien minuten later zat Cecily in de zitkamer, met bonzend hart, toen Bill aangekleed binnenkwam en ging zitten in de leunstoel tegenover haar.

'Ik zal je zeggen dat ik een groot deel van de nacht heb liggen nadenken over wat we het beste kunnen doen,' begon Bill. 'Ik besef dat ik in feite verantwoordelijk ben voor dit… lastige pakket waarin we ons bevinden. Ik was tenslotte degene die Njala hiernaartoe heeft laten komen.'

'Ik weet zeker dat ze haar baby zou hebben gehouden als ze had gekund, maar dat kon niet, en daarom wilde ze dat ik haar zou helpen...'

'Ik denk, schat, dat we even de feiten onder ogen moeten zien. Ik begrijp dat je je verantwoordelijk voelt voor het kind, maar je moet weten dat je schuldgevoel onterecht is. Aan de andere kant begrijp ik ook dat je gehecht bent geraakt aan haar en je hebt gezegd dat je met haar zult weggaan als ik erop sta dat ze gaat.'

'En dat meen ik hoor, Bill, het spijt me, maar...'

'Wil je alsjeblieft je emotionele reacties even voor je houden, Cecily, en gewoon luisteren naar wat ik te zeggen heb? Ik zei gisteravond al dat het onhoudbaar is dat jij en daardoor ook ik de ouders worden van de baby. Ik moet er niet aan denken wat je vader en moeder zouden zeggen als je Stella aan ze zou voorstellen. Dus moet je realistisch zijn. Of beter gezegd, ik moet realistisch zijn voor jou. Ik heb een oplossing gevonden waarvan ik hoop dat jij er blij van wordt – en Stella zelf en ik natuurlijk ook. Ben je bereid om die aan te horen?'

'Ja.'

'Goed. Weet je nog dat ik toen ik de vorige keer vertrok naar Nairobi zei dat we huishoudelijke hulp zouden moeten inhuren?'

'Ja.'

'Mijn suggestie is dat we via Nygasi een vrouw vinden die we de situatie uitleggen en die bij ons komt wonen en werken als kok en huishoudster. Ik had al gepland dat een deel van de schuur als verblijf voor personeel gebruikt zou worden en het kost geen moeite om het bewoonbaar te maken. Als die dame bij ons is, dan vertellen we iedereen dat we een nieuwe dienstmeid hebben die haar baby heeft meegenomen, of misschien haar kleindochter, dat hangt van haar leeftijd af. Op die manier kan Stella hier bij ons blijven op Paradise Farm en opgroeien onder onze bescherming. Het is niet ongebruikelijk dat dienstmeisjes kinderen bij zich hebben wonen. Het betekent ook dat Stella ogenschijnlijk binnen haar eigen cultuur opgroeit. En dat is ook belangrijk voor haar, dat moet je niet vergeten.'

'Je wilt toch niet zeggen dat Stella in de schuur moet wonen?' Cecily gruwde bij het idee.

'Eerlijk gezegd, Cecily, maak ik me over de details geen zorgen, die werken we later wel uit. Waar ik me druk om maak, is dat we een manier moeten vinden om te zorgen dat jij weet dat je je belofte aan Njala nakomt, dat je je christelijke plicht hebt gedaan en dat Stella kan blijven.'

'Maar Bill, ik wil haar grootbrengen… haar moeder zijn.' Cecily beet op haar lip.

'En dat is ook precies wat je op bijna alle punten zult zijn, wanneer er niemand in de buurt is.'

'Denkt de dienstmeid dan niet dat het raar is dat de blanke vrouw des huizes zo veel tijd wil doorbrengen met de zwarte baby?'

'Dienstmeisjes worden niet betaald om te bepalen wat raar is aan hun werkgevers en wat niet. Je kunt doen wat je wilt, zolang Stella maar bij de meid is als er bezoek komt.'

Cecily bestudeerde in stilte haar voeten.

'Ik begrijp dat dit niet de perfecte uitkomst is,' zei Bill voorzichtig, 'maar het is de enige die ik kon bedenken. Zelfs ik heb mijn grenzen, Cecily, en geloof mij, ik heb ze het laatste jaar al flink opgerekt. Maar ik begrijp dat jou en Stella uit elkaar halen net zo onhoudbaar is als de optie dat we haar grootbrengen als ons eigen kind. Dus voor jou en voor haar ben ik bereid om haar aanwezigheid onder ons dak te accepteren, mits jij bereid bent mijn compromis te aanvaarden. Kun je je daarin vinden?'

Cecily staarde naar haar voeten.

Bill slaakte een zucht. 'Ik vroeg gisteravond of je je niet wilde gedragen als een mokkend kind en dat vraag ik je nu opnieuw. Meer dan dit kan ik niet doen. Ga je akkoord?'

Eindelijk sloeg Cecily haar ogen op naar Bill. 'Ik ga akkoord.'

'Goed zo. Nou. Misschien kunnen we dan nu deze kerstdag vieren.' Bill wees naar de boom. 'Kijk er eens onder.'

Cecily stond op en liep naar de boom toe. Daar lag een klein pakje.

'Sorry dat het niet zo mooi is ingepakt, daar had ik geen tijd meer voor. Ik hoop dat je het leuk vindt.'

'O, Bill, wat vind ik dit erg, mijn cadeau voor jou zat in het pakket dat mijn ouders vanuit Amerika hebben opgestuurd, maar dat is nog niet aangekomen…'

'Maak je geen zorgen, schat. Toe, maak maar open.'

Cecily nam het mee naar haar stoel en trok het touwtje en het bruine papier los. Een fluwelen doosje kwam tevoorschijn. Toen ze het deksel opende, zag ze een fijn gouden kettinkje en een hangertje met een prachtige smaragd, afgezet met diamantjes, liggen.

'O, mijn hemel, Bill! Wat ontzettend mooi. Dat had je niet moeten doen, ik... ik verdien dit niet. Ik verdien jou niet...'

'Zal ik hem even bij je omdoen? Hij past mooi bij je groene jurk. De steen heb ik al jaren, gekregen van een Zuid-Afrikaan toen ik hem een gunst had verleend en in plaats van hem in de la te laten liggen, dacht ik... dat hij jou fantastisch zou staan. Zo, hij hangt. Ga maar even in de spiegel kijken.'

Cecily stond op, met betraande ogen, en ging voor de spiegel staan die boven de haard hing.

'Hij is echt prachtig. Dank je wel, Bill, heel erg bedankt. En bedankt dat Stella mag blijven.'

'Kom jij eens hier, gekkie.' Bill trok Cecily in zijn armen. 'We hebben best een lastige tijd gehad sinds we getrouwd zijn,' zei hij, terwijl ze haar hoofd op zijn schouder legde. 'En nu met de oorlog en ons nieuwe gezinslid krijgen we vast nog meer op ons bord. Maar ik hoop wel dat deze kerst een nieuwe periode inluidt voor jou en mij.' Hij tilde haar kin omhoog om haar aan te kijken. 'Wat zeg je ervan, meisje van me?'

'Dat... dat lijkt me een heel goed idee.'

'Goed zo.' Toen boog Bill zich voorover, en voor het eerst sinds hun trouwdag zocht hij haar lippen. Het was zo lang geleden dat ze was gekust, dat Cecily bijna was vergeten hoe het was, maar een buitengewone golf van warmte spoelde over haar heen toen hij haar lippen zachtjes van elkaar duwde met die van hem.

Uit de kinderkamer klonk een gilletje en Cecily maakte zich schoorvoetend los uit zijn omhelzing.

'Goede God! Weet je hoe lang ik hier al naar uitkijk, en dan worden we onderbroken!' Bill lachte naar haar. 'Ga maar, schat, ga maar naar je nieuwe baby toe,' riep Bill haar na.

39

Cecily wist dat ze deze kerst nooit meer zou vergeten. Ze had het heel naar gevonden toen Nygasi met Stella het bos in ging, uit het zicht, vooral bij het zien van zijn geschokte gezicht op het moment dat Bill en zij de baby aan hem overdroegen, met genoeg flesjes voeding voor de daaropvolgende uren. Bill had haar verzekerd dat Nygasi de baby met geen haar zou krenken.

'Ik heb hem gezegd dat als haar iets overkomt, ik hem en Njala zal aangeven bij de autoriteiten, voor het achterlaten van een boreling,' had Bill haar troostend gezegd terwijl hij haar terug het huis in begeleidde. 'Je begrijpt toch wel dat niemand haar mag zien totdat onze nieuwe dienstmeid er is?'

'Ja, dat begrijp ik. Dank je wel, Bill, echt heel erg bedankt. Ik beloof je dat je geen last van haar zult hebben en...'

'Je weet ook wel dat dat niet waar is, maar het is lief bedoeld.' Bill schudde zijn hoofd terwijl hij de voordeur dichtdeed. 'Wat ik allemaal wel niet doe om jou gelukkig te maken, lieverd. Goed, ik ga de champagne openen en jij kunt maar beter de keuken in, Katherine en Bobby kunnen hier elk moment zijn.'

De dag ging voorbij alsof Cecily zweefde, want ze kon amper geloven dat Bill haar had gekust, maar ook dat hij haar het mooiste cadeau ter wereld gaf, dat Stella mocht blijven. Niet langer keek ze met jaloezie naar Katherines dikker wordende buik, want nu had ze een kind om van te houden. Het was verdrietig dat het niet op de traditionele manier kon, maar het was meer dan waar Cecily van had durven dromen, dit gruwelijke afgelopen jaar. Katherine, die helemaal weg was van haar nieuwe ketting, volgde haar de keuken in om te helpen bij het serveren van de lunch.

'Je bent een wonder, Cecily, dat je dit allemaal zelf doet terwijl je je makkelijk personeel kunt veroorloven,' merkte Katherine op terwijl ze de aardappelen omdraaide die bij de traditionele Britse rosbief hoorden.

'Nou, toevallig hebben Bill en ik besloten dat het tijd is om hulp in huis te halen. We nemen zo snel mogelijk een huishoudster in dienst.'

'Wat goed! Ik hoop maar dat we met Bobby's salaris van het leger en de inkomsten van de ranch ook genoeg geld zullen hebben om wat hulp voor mij in te huren als de baby er is. Ik moet zeggen, Cecily, je ziet er vandaag echt stralend uit,' zei Katherine, terwijl ze Cecily nog eens goed bekeek. 'Je bent eindelijk uit de put gekropen en het is gewoonweg zalig om jou en Bill zo gelukkig te zien. Ik zou willen dat Bobby zo dromerig naar mij keek, maar we kennen elkaar al ons hele leven en soms denk ik dat hij me nog steeds ziet als dat irritante kleine wicht dat altijd maar achter hem aan liep.'

'Katherine, je hebt een van de gelukkigste huwelijken die ik ooit heb gezien.'

'Ik weet niet of hij me nog mooi vindt zodra ik bevallen ben. Eerlijk, Cecily, het voelt alsof ik al twee keer zo veel weeg! Ik ben straks net zo dik als een van zijn dierbare vaarzen tegen de tijd dat ik moet bevallen!'

Na een heel gezellige lunch legden ze een kaartje, daarna zei Katherine dat het tijd was om naar huis te gaan.

'Ik ben helemaal kapot, maar het was een geweldige dag. Dank je wel. Volgend jaar bij ons, beloofd,' zei ze terwijl zij en Bobby hun gastvrouw en -heer omhelsden bij het afscheid.

Bill moest zijn vrouw stevig bij haar schouder vasthouden terwijl de pick-up wegreed over de oprijlaan.

'Een paar minuten geduld nog, Cecily. Je weet maar nooit, straks is Katherine wat vergeten en dan komen ze nog terug om het te halen.'

Zodra er tien minuten gepasseerd waren, stond Cecily al buiten, Nygasi's naam te roepen.

'Wil je Stella echt meteen al laten komen?' riep Bill haar na. 'Ik had je wel even voor mezelf willen hebben.'

Maar Cecily was al buiten gehoorsafstand.

Later die avond, toen Stella in haar bedje lag, en zo te zien onaangedaan was na haar dagje met oom Nygasi, stak Bill het vuur aan, niet alleen omdat het die avond fris was, maar ook vanwege de 'kerstsfeer'.

‘Vertel eens over je kerstfeesten toen je klein was,’ zei Cecily terwijl ze zich nestelde in de leunstoel tegenover hem.

‘Ach, die waren vreselijk Brits. Kerstsokken gevuld met cadeautjes in de ochtend, dan door de sneeuw naar de kerk… Er zal vast niet elk jaar sneeuw hebben gelegen, maar dat is hoe ik het me herinner. Zo anders dan hier…’ Hij zuchtte en keek haar aan. ‘Cecily, ik… ik denk dat we misschien wel op verkeerde voet zijn begonnen.’

‘Hoe bedoel je?’

‘Ik heb het gevoel dat jij aannam dat ik je alleen maar ten huwelijk heb gevraagd om je goede naam te redden en dat ik dan een vrouw had om mij een thuis te bieden dat ik nooit echt had gehad. Met andere woorden, het was een “deal” die ons beiden goed uitkwam.’

‘Ja, dat is wat je toen zei, Bill. Heb ik dat verkeerd begrepen?’

‘Niet helemaal, nee. Ik… nou ja, ik voelde me zeker tot je aangetrokken toen ik je ontmoette. Je fascineerde me omdat je niet was zoals de andere vrouwen hier. Je was echt en maakte je niet druk over wat voor kleren je aanhad en of je wel gezien werd op de juiste feestjes. Je was duidelijk slim en bovendien knap,’ zei Bill, met een glimlach. ‘En toen gingen we trouwen en naarmate ik je beter leerde kennen, zag ik je kalme vasthoudendheid en het feit dat je nooit iets van me vroeg, maar gewoon accepteerde wie ik was. Ik werd, nou ja, ik ging steeds meer om je geven. Ik vond het, dat spreekt voor zich, zeer ongepast om fysieke omgang met je te hebben toen je zwanger was, maar ik wil dat je weet dat dat niet was omdat ik het niet wilde.’ Een lichte blos verscheen in zijn hals. ‘En toen gebeurde dus het allerergste en ik was er niet voor je toen je me nodig had. Cecily, het was onvergeeflijk van me om je alleen te laten, zo vlak voordat je was uitgerekend, en dan ook nog zonder te laten weten waar ik was. En toen ik eindelijk in het ziekenhuis aankwam en jou buiten bewustzijn aantrof, met je leven aan een zijden draadje, toen besefte ik niet alleen wat een totaal egoïstische rotzak ik was geweest, maar ook dat ik… dat ik van je hield. Cecily, die dag zat ik naast je bed, en ik heb gehuild. En ik had niet meer gehuild sinds Jenny, het meisje dat mijn hart had gebroken, me vertelde dat ze de verloving verbrak.’

Bill zweeg. Het verdriet was van zijn gezicht af te lezen. ‘Maar toen was het natuurlijk al te laat, je was zo ziek en zo kapot van verdriet en je dacht dat ik geen stuiver om je gaf. Dat was ook niet zo gek, we waren getrouwd en ik ging gewoon door met het leven dat ik leidde voordat jij kwam. Toen begon de oorlog, en ook al wilde ik je niet alleen hier achterlaten, ik kon niet anders. Trouwens, ik begreep wel dat je me niet om je heen wilde hebben. Op mijn eigen klungelige manier heb ik wel geprobeerd je duidelijk te maken dat ik om je gaf, maar dat heb je niet gezien, hè, of wel?'

'Nee, Bill, ik had in de verste verte niet het gevoel dat je van me hield.'

'We zaten zeker in een impasse, en om eerlijk te zijn, ik dacht niet dat daar nog verandering in kon komen. Maar toen Njala hier kwam, toen zag ik de grauwe deken van je afvallen. Ik zag je soms lachen, en die avond dat Joss, Diana en Jock hier waren, zag je er zo prachtig uit. Toen we samen aan het dansen waren, begon ik echt te geloven dat we een toekomst hebben samen. Denk je dat er een toekomst is voor ons, Cecily?'

'Ik… ik denk dat we ons allebei van de wereld hebben afgesloten, allebei op onze eigen manier.'

'Dat denk ik ook. En wat nog belangrijker is, ook van elkaar. De brandende vraag is natuurlijk, voelde jij… of voel jij ook iets voor mij?'

'Ik weet niet of ik dat wel durfde, Bill.' Cecily schudde verward haar hoofd. 'Net als jij, heb ik geleerd om op mezelf te vertrouwen. Ik… ik wil niet nog een keer gekwetst worden. Na alles wat er is gebeurd, zou dat me opbreken.'

'Dat begrijp ik, natuurlijk. Misschien kunnen we helemaal terug en opnieuw beginnen?' Bills ogen waren glazig en het leek of hij bijna ging huilen. 'Ik wil proberen een betere man voor je te zijn.'

'En voor Stella.'

'En voor Stella,' knikte hij. 'Nou?' Hij stak zijn hand uit. 'Zullen we het proberen?'

Na een kort moment pakte Cecily zijn hand. 'We kunnen het zeker proberen.'

'Kom hier.' Bill ging staan en trok Cecily naar zich toe. Toen nam hij haar in zijn armen en kuste haar.

De volgende ochtend werd Cecily gewekt door een hard huilende Stella. Met moeite deed ze haar ogen open en zag Bill naast haar staan, met Stella in zijn armen.

‘Ik denk dat ze misschien ziek is. Ik heb geprobeerd haar een flesje te geven, maar ze spuugt het steeds uit. Wat moet ik doen?’

Cecily ging rechtop zitten en besefte dat ze naakt was. ‘Geef haar maar,’ zei ze, waarna ze de baby overnam. ‘Poeh, ze stinkt. Dus ze wilde haar fles niet?’

‘Nee, ik heb hem uit de koelkast gepakt, maar ze wilde hem niet.’

‘Had je hem opgewarmd?’

‘Nee... O jee, daarom wilde ze hem dus niet.’

‘Geef mijn ochtendjas eens aan.’

Bill pakte hem van het haakje aan de deur. Cecily legde Stella op het bed en ging rechtop zitten om hem aan te doen. Het voelde raar om naakt te zijn waar haar man bij was. Bill boog zich voorover en kuste haar op een van haar schouderbladen, en streek toen met zijn neus in haar nek.

‘Gisteravond was heerlijk, schat.’

‘Ja, maar ik moet de baby nu voeden, anders stopt ze nooit met schreeuwen,’ glimlachte ze, terwijl ze haar ochtendjas dichtknoopte en de baby weer oppakte.

Bill volgde haar naar de keuken en keek toe hoe ze de fles pakte en in een pan water zette om op te warmen.

Toen de baby eenmaal tevreden aan het drinken was, kwam Bill tegenover haar zitten. Hij droeg alleen shorts, en de aanblik van zijn brede borst gaf Cecily tintelingen in haar schaamstreek.

‘Je ziet er echt zo mooi uit, vanochtend.’

‘Ik weet echt zo zeker van niet,’ zei Cecily, terwijl ze haar ogen liet rollen. ‘Ik heb mijn haar niet eens gekamd.’

‘Dat hoeft ook helemaal niet, als je het mij vraagt. Ik vind het zo mooi zitten, zo los, vallend op je blote schouders.’

‘Bill!’ Cecily giechelde.

‘Maar goed, Mrs. Forsythe, ik ben van plan om heel binnenkort weer zo met je te rollebollen, maar ik wilde je vragen of je met me mee wilt naar Nairobi om naar de races te gaan. Ik denk dat het tijd wordt dat jij en ik onze gezichten laten zien op de Muthaiga Club. Iedereen zal er zijn, en met jou naast me denk ik dat ik het daar zelfs nog naar mijn zin kan hebben ook.’

‘O, maar wat moeten we dan in hemelsnaam met Stella?’

'Nygasi en ik denken dat we misschien een geschikte kandidaat hebben gevonden.'

'Nu al?'

'Ja. Je hebt vast wel die vrouw ontmoet die verse melk verkoopt langs de weg naar Gilgil.'

'Ja, klopt.'

'Nou, Nygasi heeft geholpen toen ze in dezelfde situatie zat als Njala. Ze is een nicht van hem en hij vroeg me of ik kon helpen door haar een paar koeien te geven zodat ze melk kon verkopen aan mensen zoals wij. Ze kreeg een zoon, die is nu ongeveer tien, en met hem woont ze in die hut langs de weg, en ze schraapt daar sindsdien een kostje bij elkaar. Nygasi garandeert dat ze een eerlijke vrouw is, en ze heeft als bijkomend voordeel dat ze een paar woorden Engels spreekt, doordat ze met de blanke bewoners praat die melk bij haar kopen.'

Cecily probeerde de vrouw voor zich te zien. 'Hoe oud is ze?'

'Dat weet ik niet, waarschijnlijk voor in de twintig. En ze heeft natuurlijk haar eigen kind opgevoed, dus ze weet hoe ze voor een baby moet zorgen.'

'Zou haar zoon dan met haar meekomen en bij ons wonen?'

'Ja, inderdaad. Hij kan je in de tuin helpen. Nygasi heeft al met haar gesproken en ze begrijpt hoe het zit met Stella.'

'Ze gaat het toch niet aan iemand vertellen, hè?'

'Lieve hemel, nee. Ze vindt jou al een heilige omdat je het kind hebt gered. En dat ben je ook, mijn schat. Ik schaam me en ik vind het verschrikkelijk dat ik je misschien een ander gevoel heb gegeven.'

'Oké, ik ga Stella even wassen en me aankleden en dan gaan we met haar praten,' zei Cecily instemmend.

Een uur later zat ze met Bill in de zitkamer. Nygasi had een pijnlijk magere jonge vrouw naar binnen gebracht, die Cecily herkende, en een jongen met zo'n dun lijfje dat hij ondervoed leek. Moeder en zoon stonden in de zitkamer verbaasd om zich heen te kijken.

'Alsjeblieft,' Cecily wees naar de bank, 'ga zitten.'

Allebei keken ze alsof ze dat heel erg eng vonden, maar Nygasi zei wat tegen hen, waarna ze met enige tegenzin op de punt van de zitting plaatsnamen.

‘Dit zijn Lankenua en haar zoon, Kwinet,’ zei Bill. ‘Dit is Cecily, mijn vrouw,’ zei hij in het Maa tegen het paar op de bank.

‘Aangenaam kennis te maken. Takwena, Lankenua,’ zei Cecily erachteraan.

‘Goed, misschien is het een goed idee als Nygasi en ik de vragen vertalen die je hebt voor Lankenua,’ opperde Bill.

‘Ik… ik weet niet wat ik moet vragen.’

Cecily bekeek de jonge vrouw die voor haar zat. Haar ogen hadden de blik van een bang hert dat bij het minste geluid zou wegrennen. Ze was niet bijzonder knap, haar haar was kortgeschoren, haar neus nogal groot voor haar gezicht en haar tanden gelig en ongelijk. Haar zoon was veel knapper, met de trotse houding van zijn Masai-voorouders.

‘Lankenua weet wat de baan inhoudt en ze wil hem graag, heel graag, aannemen,’ zei Bill. ‘Misschien is het nog het makkelijkst om Stella te halen en te kijken hoe ze met haar omgaat.’

‘Oké,’ zei Cecily en ze stond op. Een paar seconden later kwam ze terug met de baby en gaf haar aan Lankenua, wiens ogen oplichtten toen ze Stella zag. Ze zei iets heel zacht voor zich uit en lachte, en begon toen tegen Stella te koeren, die stilletjes in haar armen lag.

‘Wat zegt ze?’ vroeg Cecily aan Nygasi.

‘Die baby is mooi, net prinses.’

‘Wat ze, in de wereld van de Masai, ook is,’ voegde Bill toe.

‘Lankenua moeder wijze vrouw,’ zei Nygasi. ‘Heel slim.’

Stella zette een keel op, en Cecily ging een flesje halen.

‘Laat Lankenua haar anders voeden, lieverd,’ zei Bill.

Dat deed Cecily, en de baby nam de fles zonder problemen van Lankenua aan.

‘Kan ze koken?’ vroeg Cecily.

Nygasi stelde de vraag in het Maa.

‘Ze zegt niet blank eten, maar zij snel leren.’

Cecily zag hoe Kwinet, de jonge zoon, zich over Stella heen boog, en zijn gezicht ging stralen toen hij naar de baby lachte.

‘En dan heb je nog de was. En werk voor de jongen in de tuin,’ zei Cecily.

‘Jongen kan zorgen voor koe. Hij sterk,’ zei Nygasi.

Lankenua zei toen iets tegen Nygasi, die knikte.

'Wat zei ze?'

'Ik zei jij goede vrouw,' zei Lankenua woord voor woord tegen Cecily, met een glimlach. 'Ik graag werk bij jou.'

Bill keek van opzij naar Cecily. 'Nou?'

Cecily keek nog altijd naar Lankenua. 'Oké,' zei ze met een zucht. 'Ik wil ook graag dat jij werkt bij mij.'

Aan het begin van de avond werden Lankenua, haar zoon en twee magere koeien geïnstalleerd aan een kant van de schuur.

'Weet je, ik denk dat het niet eens nodig is om het te verbouwen,' zei Bill. 'Ze slapen er alleen tijdens de regens. Volgens mij zijn ze echt blij met hun nieuwe onderkomen.'

'Maar ze moeten toch op zijn minst sanitair hebben, Bill. Een toilet en een kraan. Weet je zeker dat we hen kunnen vertrouwen?'

'Absoluut. En bovendien is Nygasi er om toezicht te houden als wij in Nairobi zijn.'

'O, Bill, ik kan morgen echt niet gaan. Ik wil met mijn eigen ogen zien dat ze goed voor Stella zal zorgen.'

'Mijn instinct zegt dat deze vrouw een betrouwbare ziel is, die een moeilijke tijd achter de rug heeft. Ik stel voor dat we Stella met Lankenua in de babykamer laten en vanavond vroeg naar bed gaan.' Hij keek haar aan. 'En dan morgen zien hoe het is gegaan.'

'Oké.' Cecily pakte de hint op en knikte verlegen. Met Bills arm om haar schouder liepen ze terug naar het huis.

40

Zo brak voor Cecily een nieuw tijdperk aan. Ze kon wel zien dat Lankenua helemaal dol was op Stella, en dus ging ze met Bill mee naar de races in Nairobi. Het feit dat haar kleren al twee jaar uit de mode waren en dat haar haar niet volgens de laatste trend geknipt was, maakte niets uit, want Bill zei dat ze er toch gewoon prachtig uitzag. En na lange, warme nachten waarin ze de liefde bedreven in zijn celachtige kamer op de Muthaiga Club, voelde ze zich net zo begeerlijk als Diana, wiens affaire met Joss nu algemeen bekend was. Cecily en Bill gingen een avondje met hen eten. Naast haar zat Jock – het koekoeksjong in het nest, zoals Bill hem noemde – langzaam steeds beschonkener te worden. Niemand in de club leek zich eraan te storen.

'Iedereen hier kent Joss en zijn manier van doen, schat,' zei Bill met een schouderophalen. (Cecily vond het heerlijk als hij haar 'schat' noemde.)

Ze liet zich overhalen om te blijven tot de jaarwisseling en kwam toen haar peettante tegen op het grote feest dat in de club werd gehouden.

'Nou, lieveling! Wat zie jij er prachtig en stralend uit!' Kiki omhelsde haar in een wolk van parfum en sigarettenrook. 'Maar je moet wel je kledingkast even bij de tijd brengen,' fluisterde ze in haar oor. 'Ik zal je het adres geven van een winkeltje waar ik vaak kom, waar ze de meest fantastische kleding verkopen, nagemaakt van de meest recente Parijse modeshows. En je moet echt Fitzpaul en prinses Olga van Joegoslavië ontmoeten – zij logeren bij mij voor de duur van die vreselijke rotoorlog. Kom een keer langs in het weekend, dan geven we een huisfeestje!'

Cecily zegde toe, wetend dat Kiki deze uitnodiging waarschijnlijk weer zou vergeten. Ondanks haar uiterlijke joie de vivre en perfecte make-up had haar peettante donkere kringen onder haar mooie ogen, en haar hand trilde toen ze haar sigarettenhouder naar haar lippen bracht.

'Moet je echt naar huis?' vroeg Bill Cecily toen ze naakt in bed lagen, luisterend naar het feestje dat tot in de vroege uurtjes van 1941 doorging.

'Ik moet wel, dat weet je, Bill. Ik heb Stella al dagen niet gezien. Straks vergeet ze nog wie ik ben.'

'Als baby's gewoon te eten krijgen en een schone luier, dan maakt het ze niet uit wie dat doet hoor,' was Bills commentaar. 'Dat zei mijn oude kindermeisje tenminste altijd.'

'Daar zal ze vast gelijk in hebben gehad, maar toch denk ik dat Stella me mist. En daarbij, jij gaat weer aan de slag en wat doe ik hier dan de hele dag?'

'Dat is ook waar. Nou,' zei hij, met een kus op haar voorhoofd, 'ga jij maar snel naar je baby en je moestuin, dan kom ik zodra ik kan.'

De volgende ochtend vertrok Cecily met de pick-up van Katherine helemaal volgeladen met de confectiekleding die ze had aangeschaft bij de boetiek die Kiki haar had aangeraden in Nairobi.

'Dat was leuk, of niet?' gaapte Katherine terwijl ze Nairobi uit reden, met haar dikke buik tegen het stuur gedrukt.

'Zal ik anders rijden, Katherine?'

'Hemeltjelief, nee hoor, en het meeste is niet de baby maar vet,' zei ze. 'Ik moet zeggen, ik zal blij zijn als ik thuis ben. Ik ben op van al dat gefeest. Bill had het zo te zien ook erg naar zijn zin. Hij was altijd een beetje een spelbreker met dit soort dingen. Maar het is wel duidelijk dat het heel goed gaat tussen jullie. Bill glimt alsof hij net de loterij heeft gewonnen. Dat jij in zijn leven kwam, is echt het beste wat hem ooit is overkomen.'

'En andersom geldt dat ook,' glimlachte Cecily. 'Ik zal hem missen nu hij weg is van huis.'

'Dat is de eerste keer dat ik je dat hoor zeggen, en echt, ik ben zo blij voor je.'

Nadat Katherine haar op Paradise Farm met haar aankopen had afgezet en had kennisgemaakt met Lankenua, Kwinet en Stella – bij wie ze eindeloos had staan koeren – zwaaide Cecily haar uit met de baby in haar armen, en bedacht ze dat ze niet gelukkiger kon zijn.

In de weken die volgden deed Bill zijn best om zo vaak mogelijk thuis te zijn door soms pas laat in de avond aan te komen en bij dageraad weer te vertrekken. Gedurende die nachten installeerde Cecily Lankenua en Stella in een van de logeerkamers – dat Stella een nacht in de schuur zou doorbrengen was voor haar ondenkbaar – zodat zij en Bill niet gestoord zouden worden.

Hoe meer ze Lankenua leerde kennen, die ongeveer van dezelfde leeftijd moest zijn als zijzelf, hoe aardiger ze haar begon te vinden en hoe meer ze haar begon te vertrouwen. Ze was een snelle leerling en na minder dan een maand kon ze al een prima avondmaal in elkaar zetten van gegrilde kip en curry (ook al had ze per abuis een van Cecily's dierbare kippen de nek omgedraaid in plaats van een kip uit de diepvries te halen). Ook Kwinet bleek handig, als hulp in de tuin. Cecily leerde hem hoe hij voor de verschillende soorten planten en groenten moest zorgen. Het was maar één keer nodig geweest om hem te berispen, toen ze de veranda op liep en de twee knokige koeien zag staan grazen, midden op het gazon voor het huis. Over het geheel genomen was het een lieve jongen, en met wat hij nu elke dag te eten kreeg, kwam er eindelijk wat vlees op zijn ingevallen wangen. Lankenua ging ook heel lief en zachtaardig om met Stella, wat Cecily het vertrouwen gaf dat ze naar Nairobi kon rijden als Bill het niet redde om naar huis te komen.

In de laatste week van januari maakte Lankenua Cecily wakker door op haar deur te kloppen.

'Kom, Missus Cecily,' zei Lankenua terwijl ze haar hand als een telefoonhoorn bij haar oor hield. Cecily trok haar ochtendjas aan en slofte de gang door naar de telefoon.

'Hallo, schat, met Bill.' Haar mans stem kraakte door de lijn. 'Ik wilde je even laten weten dat ik vanavond pas laat thuis ben. Er is iets verschrikkelijks gebeurd.'

'Wat?'

'Joss heeft een motorongeluk gehad bij Diana en Jocks huis in Karen. Hij schijnt zijn nek te hebben gebroken… O, god, Cecily… Joss is dood!'

'O nee!' Cecily beet op haar lip. Ze wist dat Bill Joss adoreerde, ondanks zijn vreselijke fratsen met vrouwen. 'Ik… Kan ik iets voor je doen?'

'Nee. Ik moet natuurlijk zijn taken hier overnemen terwijl ze alles regelen. Ik rijd zo naar het mortuarium om… om mijn maatje nog een keer te zien en afscheid van hem te nemen,' zei Bill. Zijn stem brak.

'O, lieverd. Ik vind het zo erg voor je. Misschien is het beter als ik naar je toe kom?'

'De begrafenis zal hoe dan ook wel snel zijn. Dat moet hier, snap je. Als je zeker weet dat je wilt komen, dan zie ik je later op de club. Rijd voorzichtig, Cecily.'

Ze legde de hoorn op de haak en ging naar de keuken voor een kop sterke koffie. Terwijl ze ervan nipte, staarde ze door het raam naar weer een schitterende ochtend, een ochtend die Joss, zo bruisend van levenslust en vitaliteit, niet zou zien. Ze herinnerde zich een oubollig gezegde dat haar vader vaak gebruikte, iets over wie bij het zwaard leeft, er ook aan sterft. Voor het eerst doorvoelde Cecily de werkelijke betekenis ervan. Joss had geleefd als een wervelstorm, zonder ooit gas terug te nemen. En nu was hij er niet meer.

Lankenua verscheen in de keuken, met Stella op haar arm.

'Oké, Missus Cecily?'

'Ik moet naar Nairobi,' zei Cecily. 'Jij zorgt voor Stella, goed?'

'Oké.'

Cecily pakte haar enige zwarte jurk in, en even na het middaguur ging ze op weg naar Nairobi in Bills reservepick-up. Ook al was ze aanvankelijk een beetje zenuwachtig geweest om zelf achter het stuur te zitten, ze was de vrijheid om haar eigen gang te kunnen gaan enorm gaan waarderen.

De sfeer op de Muthaiga Club was op zijn zachtst gezegd verstomd. Door het kleine raam zag ze dat mannen in groepjes bij elkaar zaten in de Gentlemen's Bar, aan de whisky en zachtjes pratend. Buiten zaten wat dames, die met hun glazen champagne klonken op Joss. Cecily ging naar haar kamer, waar ze zich wilde omkleden na de stoffige rit, maar al snel hoorde ze de deur achter zich opengaan.

'Hallo, lieveling, ik hoorde dat je er al was.' Bill zag er grauw en moe uit, alsof hij tien jaar ouder was geworden sinds de laatste keer dat ze hem had gezien. Cecily liep naar hem toe.

'Ik vind het zo ontzettend erg voor je. Ik weet wat hij voor je betekende.'

'Nou, ondanks zijn gebreken zal het leven hier nooit meer hetzelfde zijn. Maar het wordt nog erger, Cecily. Ik ging hem bezoeken in het mortuarium en daar sprak ik hoofdinspecteur Poppy. Dit mag niet openlijk bekend worden totdat het Government House het morgen naar buiten brengt, maar het lijkt erop dat de beste man is vermoord.'

'Vermoord? O, mijn god, Bill. Wat is er gebeurd?'

'Hij is in zijn hoofd geschoten. Blijkbaar is de kogel in een rechte lijn via zijn oor in zijn hersenen terechtgekomen. Hij was kansloos.'

'Maar wie zou Joss nu willen vermoorden? Iedereen is dol op hem! Toch?'

Cecily probeerde het antwoord af te lezen van het gezicht van haar man, en dacht toen nog eens na.

'O,' fluisterde ze.

'Ja, ik ben bang dat iedereen dat denkt, vooral omdat het dicht bij het huis van Jock en Diana is gebeurd. Joss had Diana daar schijnbaar afgezet en God weet wat er precies is gebeurd, maar het ziet er niet goed uit voor Jock Broughton.'

'Nou, om eerlijk te zijn, Bill, ik weet hoe dol je was op Joss, maar ik zou het Jock niet helemaal kwalijk hebben genomen als hij hem inderdaad heeft neergeschoten.'

'Nee, dat begrijp ik, schat.' Bill zuchtte en nam plaats op het bed. 'Dit is natuurlijk allemaal zeer geheime informatie. Morgen is de uitvaart en daarna gaat de politie Jock verhoren.'

'Denk jij dat hij het gedaan heeft?'

'Zoals je zei, hij heeft een motief. Hoe dan ook, mondje dicht voorlopig. Ik wilde het je alleen vertellen. Goed, ik moet terug naar het oorlogsministerie en daar de boel runnen. Lukt het jou hier verder?'

'Maar natuurlijk,' knikte Cecily.

'Ik ben op tijd voor het eten.' Met een droeve zwaai nam Bill afscheid.

De begrafenis van Josslyn Victor Hay, de tweeëntwintigste graaf van Erroll, vond de volgende dag plaats in St. Paul's Church in Kiambu, even buiten Nairobi. Cecily, die met Bill op de voorste bank zat, keek om en zag dat iedereen die iets voorstelde er was, maar Diana zag ze nergens. De avond ervoor had Bill haar verteld dat Jock een paar uur voor Joss' dood had ingestemd met een scheiding zodat zij met Joss kon trouwen. Voor het oog van alle andere dinergasten had hij op hun geluk geproost.

'Vergeet niet dat alleen de politie weet dat Joss is vermoord, de rest denkt dat het gaat om een tragisch verkeersongeval,' had hij haar gewaarschuwd, vlak voordat ze naar de uitvaart vertrokken.

Maar bij de wake achteraf op de Muthaiga Club was het al duidelijk dat er werd gefluisterd. Alice en Idina zagen er beiden gebroken uit en over Diana werd weinig aardigs gezegd. Jock liet zich kort zien, maar hij zag er onverzorgd en gespannen uit, en hij werd door zijn vriendin June Carberry weggevoerd voordat hij zichzelf 'voor schut kon zetten', zoals ze naar Bill siste.

'Het voelt als het einde van een tijdperk,' zei Bill terwijl hij Cecily later die dag hielp bij het instappen. 'Happy Valley was Joss, en ook al vond ik zijn strapatsen soms te ver gaan, de wereld wordt minder leuk zonder hem. Let goed op onderweg naar huis en bel me zodra je er bent, goed?'

'Natuurlijk.'

Terwijl ze wegreed, hoopte Cecily vurig dat de klap van de dood van Bills beste vriend geen domper zou zijn op hun eigen geweldige nieuwe relatie.

Jock Broughton werd drie weken later gearresteerd voor de moord op Joss Erroll. Het schandaal haalde overal ter wereld de voorpagina's. Dorothea belde Cecily zelfs voor het laatste nieuws.

'Kende jij die Joss persoonlijk?' vroeg Dorothea bijna buiten adem.

'Ja, hij is... hij was een goede vriend van Bill. Hij, Diana en Jock zijn in december nog een weekend bij ons geweest.'

'O, hemel!' Er viel een opgewonden stilte. 'Dus jij hebt Diana zelf ontmoet? Is ze net zo mooi als in de krant?'

'Ze is erg aantrekkelijk, ja.'

'Denk jij dat Sir Jock hem heeft neergeschoten?'

'Mam, ik weet het niet, maar Joss en Diana hebben hun affaire amper voor hem verborgen gehouden.'

'Ik kan niet geloven dat ze bij jullie in huis hebben geslapen...'

Cecily moest glimlachen, omdat haar moeder zo onder de indruk was van het sterrendom, hoe gruwelijk de situatie ook was.

‘Waren ze echt zo verliefd als ze in de krant zeggen?’ vroeg Dorothea.

‘O, ja.’ Of echt zo hitsig, dacht Cecily bij zichzelf. ‘Nou, ik moet gaan,’ zei ze, toen ze Stella hoorde klagen dat het tijd was voor een fles. ‘Liefs voor iedereen.’

‘Wacht, hoor ik daar een baby op de achtergrond?’

‘Ja, dat is Stella, de dochter van mijn dienstmeid. Ze is zo’n schatje, mama.’

‘Wel, als deze oorlog ooit afgelopen is, dan spring ik meteen op de boot om je te bezoeken, lieverd. Kenia klinkt zo interessant.’

‘Nou, interessant is het zeker,’ zei Cecily. ‘Tot ziens, mam.’

Het oorlogsnieuws dat zo lang de gesprekken had beheerst, werd tijdelijk opzijgeschoven ten faveure van de sappige roddels rond het moordonderzoek. Hoewel Cecily volledig door Stella in beslag werd genomen, verlangde ze erg naar haar man, die al zijn tijd in Nairobi doorbracht, niet alleen druk met het overnemen van Joss’ voormalige baan, maar ook met het regelen van diens persoonlijke zaken.

Katherine belde regelmatig naar Paradise Farm. Het grootste deel van haar tijd bracht ze door met Alice, op Wanjohi Farm. Ze deed wat ze kon om haar te steunen bij het verlies van Joss.

‘Ik maak me zorgen om haar,’ had Katherine Cecily toevertrouwd. ‘Haar vader is ook onlangs gestorven, en ze is helemaal kapot na de moord op Joss… Het gaat niet goed met haar, Cecily, ik weet niet wat ik moet doen…’

De rechtszaak tegen Jock Broughton startte eind mei bij het Central Court in Nairobi.

‘Eerlijk waar, het is net als publiek dat afkomt op een show, schat,’ zuchtte Bill toen hij aan het eind van de eerste dag opbelde. ‘Heel Happy Valley is er, en natuurlijk is iedereen op zijn best gekleed en er zijn ook journalisten van over de hele wereld. Gelukkig heeft Diana haar bijdrage ook geleverd door een getalenteerde advocaat voor haar man in te huren. Let wel, ze kwam vandaag helemaal in het zwart gekleed aan bij de rechtszaal, bijna in de rol van weduwe. Ik hou er niet van om kwaad te spreken van iemand, maar het lijkt bijna alsof ze geniet van alle aandacht.’

Quelle surprise, dacht Cecily.

'Kom naar de stad, als je wilt, maar het is hier eigenlijk best heel naar, vooral door die oorlog natuurlijk.'

'Ik blijf denk ik maar hier,' zei Cecily, al wist ze wel hoe teleurgesteld haar moeder zou zijn dat ze een van de meest sensationele moordzaken ooit aan zich voorbij liet gaan. Ze was veel liever thuis om Stella, die nu bijna zes maanden oud was, te zien groeien. Het broodmagere baby'tje was een mollig en aanbiddelijk ding geworden, en alles wat ze deed vond Cecily prachtig. Stella was nu helemaal alert, en Cecily legde haar graag op een deken in de tuin in de schaduw van een lindeboom en dan keek ze hoe haar grote ogen, die zo op die van haar moeder leken, de voorbijrazende wolken aan de hemel volgden en naar de vogels keken die vrolijk tjilpten in de takken boven haar. Wolfie adoreerde haar en sliep 's nachts voor de deur van de babykamer.

'Je brengt wel erg veel tijd door met op Stella passen, hè,' merkte Katherine op, die nu ieder moment kon bevallen en een steeds zeldzamer wordend bezoekje was komen brengen, terwijl Stella op Cecily's knie zat op de veranda.

'Lankenua is zo druk in huis, er moet toch iemand voor haar zorgen. En ze is te zwaar voor een draagdoek,' antwoordde Cecily snel.

Katherine keek haar aan. 'Stella klinkt niet erg Masai, of wel?'

'Nou, eigenlijk heet ze Njala, en dat betekent ster. Is dat niet mooi? Stella is de Latijnse versie,' loog Cecily makkelijk.

'Als je maar uitkijkt dat je niet te veel om haar gaat geven en op een gegeven moment niet de godganse dag voor haar zorgt. Anders heb je alleen maar de ene lading werk voor de andere ingewisseld, ja toch?'

'O, maar dat vind ik niet erg hoor, dit is immers beter dan de vloer dweilen,' glimlachte Cecily.

'Nou, de jury is nu eindelijk in beraad voor het vonnis,' zei Bill tegen zijn vrouw aan de telefoon, twee maanden later. 'Als ik heel eerlijk ben, kan het me inmiddels niet echt meer schelen hoe het uitpakt. Het is allemaal een groot circus geworden en ik zal blij zijn als het achter de rug is.'

'Wat denk je dat hun vonnis zal zijn?' vroeg Cecily terwijl ze appelmoes in Stella's mondje lepelde, met de hoorn in haar andere hand.

'Het bewijs tegen hem is overtuigend, maar Morris, zijn advocaat, had een spectaculair slotpleidooi. Die man is elke penny waard die Diana aan hem heeft uitgegeven. Goed, ik bel je zodra er een vonnis is. En misschien kan Joss dan eindelijk in vrede rusten.'

'Ik hoop het maar,' prevelde Cecily voor zich uit terwijl ze de hoorn op de haak legde. 'En dat Bill dan ook wat meer rust vindt.'

'Hij is vrijgesproken!' Bill belde weer, om tien uur die avond. 'Hij hoeft dus toch niet te hangen!'

'Jeetjemina! Ik dacht dat de meeste mensen hadden verwacht dat hij schuldig zou worden bevonden.'

'Dat denk ik ook, maar eerlijk gezegd, nu ik het bewijs heb gehoord, weet ik het ook niet zo zeker meer. Ik ben zo blij dat het nu achter de rug is, schat. Het spijt me heel erg maar ik ben bang dat ik dit weekend niet thuis kan komen. Ik moet een interneringskamp bezoeken in Mombasa.'

'O nee, dat is toch niet gevaarlijk, hè?'

'Nee, helemaal niet. Ik moet alleen controleren of de krijgsgevangenen goed worden behandeld. Ik bel je zodra ik kan. Kop op, dit kan niet lang meer duren.'

Cecily hing op en liep de veranda op. Hoewel de hemel boven haar helder was, was het een ongebruikelijk vochtige avond voor juli, en de lucht was zwaar van de geurende bloemen in de tuin. Onwillekeurig dacht ze terug aan die avond dat Joss en Diana hier samen hadden gedanst...

Toen ze weer naar binnen liep, besloot ze haar moeder morgen te bellen met het nieuws. Hoewel ze diep vanbinnen wist dat Jock schuldig was, was ze blij dat hij niet met zijn hoofd in een strop eindigde. Ze ging in bed liggen en hoopte vurig dat de oorlog snel voorbij zou zijn. Ze had Bill de laatste maanden amper gezien. Als ze Stella niet had gehad, dan was ze waarschijnlijk gek geworden.

Katherine bevond zich in dezelfde situatie, maar zij kon Paradise Farm in elk geval weer bezoeken, want haar zoon Michael was eind mei geboren. Samen breiden ze sokken en bivakmutsen voor de soldaten aan het front, met Stella en Michael op het kleed voor hen. Stella, die nu rechtop kon zitten, zat dan plechtig naar de kleine Michael te kijken.

'Laat het einde van de oorlog snel komen, dan kunnen Bill en ik eindelijk als een normaal stel leven,' zuchtte Cecily, terwijl ze zich uitstrekte om het licht uit te knippen.

41

MEI 1945

Het duurde nog vier jaar voordat Cecily's wens uitkwam. En het waren de langste vier jaar van haar leven.

Toen ze hoorde van de aanval op Pearl Harbor, en dat de Verenigde Staten vanaf dat moment ook deelnamen aan de oorlog, had Cecily gehuild en Stella stevig tegen zich aan gedrukt, zozeer had ze gevreesd voor haar familie in New York. Vanwege het toenemende voedseltekort was Cecily blij dat haar moestuin het zo goed deed, en dat ze eieren en melk had van hun pluimvee en koeien. Belle, haar mooie merrie, was overgedragen aan de oorlogsinspanning, en op de dag dat Bill haar afvoerde, dacht Cecily echt dat ze geen traan over zou houden.

Hoewel Paradise Farm onaangetast was gebleven, had ze in constante angst geleefd dat Bill iets zou overkomen. Als commandant van de King's African Rifles had Bill zich aan zijn woord gehouden en had hij waar nodig meegevochten met zijn mannen. Waren de militaire acties in het begin van de oorlog nog vrij beperkt geweest, in 1943 werden Bill en de 11e Divisie naar Birma verscheept om te vechten. Cecily had wekenlang in angstige spanning geleefd omdat ze maar niets van hem hoorde, op een paar korte brieven na, waarin hij haar vertelde over de intense hitte en vochtigheid van de jungle, met verschillende zinnen die zwart waren gelakt door de censuur. Even was hij terug op Paradise Farm, uitgemergeld en opgejaagd, maar al vrij snel werd hij opnieuw ingescheept om te vechten.

De telefoon en de radio waren haar reddingslijn naar de rest van de wereld geworden. Verder had ze de luiken spreekwoordelijk dichtgetimmerd, terwijl ze tegelijkertijd probeerde een gezellig thuis te creëren voor Stella, die zich ontwikkelde tot een lief en vroegwijs meisje.

Tijdens een zware regenbui in mei 1945 ging de telefoon.

Het was Bill, met nieuws dat Cecily's hart deed bonzen toen ze ophing.

'Het is voorbij, het is eindelijk voorbij! Lankenua, het is voorbij!' riep ze, terwijl ze door de gang naar de keuken rende, waar de vierjarige Stella aan tafel zat te tekenen, terwijl Lankenua bezig was met schoonmaken. 'Het is echt voorbij!' lachte ze, en ze omhelsde de verbaasde Lankenua.

'Wat is voorbij, Missus Cecily?'

'De oorlog! Hij is eindelijk afgelopen!' zei ze, terwijl ze Stella optilde, die al een kop groter was dan Michael, ook al scheelden ze maar zes maanden. 'Het is nu echt voorbij.' Ze kuste haar geliefde dochters keurig ingevlochten haar. 'Nu kan Bill voorgoed thuiskomen en dan kunnen we eindelijk een gezin zijn.'

'Waarom huil je als je blij bent?' vroeg Stella.

'O, omdat het gewoon zo geweldig is! Nu kan ik je eindelijk mee naar huis nemen en New York laten zien en... o, nog wel een miljoen andere dingen. Nu ga ik naar Nairobi. Er worden allerlei feestelijkheden georganiseerd. Lankenua, wil je mijn blauwe jurk met de lintjes even stomen? Tja, en dan moet ik het maar even met mijn oude strooien hoed doen.'

'Mag ik mee?' vroeg Stella zeurderig.

'Vandaag niet, het wordt veel te druk in de stad en dan raak ik je misschien kwijt. Ander keertje, beloofd.'

'Maar ik vind het zo leuk om met jou en Yeyo naar de winkels te kijken.'

'Ik weet het, schatje, maar de winkels zijn leeg. Binnenkort zijn ze weer vol en dan gaan we allemaal mooie jurkjes voor je kopen.' Cecily stak haar hand uit. 'Hier, kom me maar even helpen.'

Stella zat op het bed terwijl Cecily haar krullen opstak.

'Waarom hebben we ander haar?' vroeg Stella.

'Heel veel mensen hebben ander haar, als ze ergens anders zijn geboren.'

'Maar wij zijn allebei hier geboren,' drong Stella aan.

'Nou, ik kom eigenlijk uit de Verenigde Staten van Amerika, weet je nog dat ik je dat in de atlas heb laten zien? Dat is helemaal aan de andere kant van de oceaan. Jij en Yeyo komen allebei hier vandaan, Kenia.'

Bill en zij hadden besloten dat het maar het beste was als Stella zou opgroeien met het idee dat Lankenua haar moeder was. Sinds Stella kon praten had ze Lankenua 'Yeyo' genoemd, moeder in het Maa, terwijl Cecily 'Kuyia' was, de korte vorm van 'Nakuyia', tante. Stella sprak in rap Maa met Lankenua, haar 'broer' Kwinet (die was uitgegroeid tot een spetterende jongeman en onvermoeibaar voor Cecily werkte om de tuin bij te houden) en met haar oom Nygasi. Ze had ook Cecily's New Yorkse accent overgenomen wanneer ze Engels sprak, waar Bill die paar keer dat hij thuis was geweest erg om had moeten lachen.

'Ik haat mijn haar,' zei Stella, terwijl ze aan haar vlechten trok, die Lankenua een dag eerder zo behendig had gemaakt. 'Het voelt als touw. Dat van jou is zacht en soepel. En waarom verf jij je gezicht? Ik zie er gek uit als ik mijn gezicht verf,' merkte Stella op terwijl Cecily wat roze rouge op haar wangen aanbracht.

'Omdat ik een vaalbleke huid heb die wel wat hulp kan gebruiken, terwijl die van jou zo mooi is dat hij helemaal niets nodig heeft,' zei Cecily, terwijl ze haar make-up en andere dingetjes in haar kleine beautycase deed. 'Goed, je kunt me helpen door mijn zalmroze nachtjapon uit de ladekast te pakken.'

Stella trok de bovenste lade open en haalde er een van Cecily's brassières uit.

'Waarom draag je dit? Yeyo heeft die dingen niet. Moet ik dat later ook?'

'Als je wilt, ja hoor. Oké, waar is mijn nachtjapon? Ik moet echt zo snel mogelijk naar Nairobi.'

Lankenua en Stella zwaaiden haar uit, en Cecily beloofde dat ze morgen weer thuis zou zijn. Onderweg naar Nairobi voegde ze zich bij een rij andere auto's met daarin mensen die het nieuws natuurlijk ook hadden gehoord en ook naar de stad gingen om het te vieren. Cecily dacht aan het gesprek dat ze die ochtend met Stella had gehad. De kleine meid hield van haar 'Yeyo', dat leed geen twijfel, maar ze was de laatste tijd wel in verwarring over de vraag waarom zij in een van de slaapkamers sliep – die Cecily had veranderd in een meisjesparadijs – terwijl Yeyo buiten sliep met Kwinet. En ook waarom Lankenua altijd best gewoontjes gekleed ging en Stella altijd prachtige jurken had. Terwijl

Kwinet geen interesse toonde in lessen en liever buiten werkte, kon Stella al lezen en schrijven. Cecily gaf haar elke morgen les en ze was een uitzonderlijk snelle leerling gebleken.

'Als het aan jou ligt, kan ze op haar tiende al naar de universiteit, schat,' had Bill gezegd op een van zijn verlofweekenden, maar half voor de grap. 'Kijk maar uit dat je haar niet op ideeën brengt die buiten haar bereik liggen.'

Die opmerking had geleid tot een van de ergste ruzies die ze tot dan toe hadden gehad. Cecily beschuldigde Bill ervan dat hij met twee maten mat en verzekerde hem dat in de Verenigde Staten ook zwarte vrouwen naar de universiteit konden.

'Dat kan wel zo zijn, maar we leven hier in Afrika, en hier staan dat soort mogelijkheden niet tot Stella's beschikking.'

'Dan moet ik haar maar meenemen naar New York, of niet soms?' was ze tegen hem uitgevaren.

Bill had zijn excuses aangeboden, maar de laatste weken was Cecily zijn punt gaan inzien. Stella was in verwarring over haar identiteit, en dat was iets wat Cecily niet kon oplossen.

'Dat is niet voor vandaag,' mompelde ze terwijl ze tot stilstand kwam, net voor Nairobi, en aansloot in de file van toeterende auto's, wier passagiers niet konden wachten om de stad in te komen. De lucht was opgeklaard, en het verkeer rond Delamere Avenue was stil komen te staan. Cecily kon de muziek van de fanfare al horen toen de overwinningsparade zich in gang zette. Bill zou ze in deze drukte toch niet vinden, dus liet Cecily haar auto staan waar hij stond en liep ze de menigte in om de winnende manschappen toe te juichen die trots met hun kameraden naast zich voorbijliepen.

Een maand later kwam Bill definitief thuis. Cecily had Kwinet de voorkant van het huis laten versieren met Union Jack-vlaggetjes die ze van de vrijheidsparade mee naar huis had genomen. Katherine, Bobby en Michael waren er, met Stella die opgewonden rondjes om haar 'oom Bill' heen danste. Bill zag er oud uit, vond Cecily, met strepen grijs in zijn haar en een gejaagde blik die hij voor de oorlog niet had gehad.

'Op het weerzien met vrienden,' proostte hij, 'en op degenen die we moeten missen.'

‘Op degenen die we moeten missen,’ proostten allen.

Cecily wist dat Bill niet alleen aan zijn gevallen makkers dacht, maar ook aan Joss, en ook aan Alice, die een paar maanden nadat Jock Broughton was vrijgesproken van de moord op haar geliefde Joss zichzelf thuis had neergeschoten. Sommigen hadden gefluisterd dat Alice misschien zelf wel verantwoordelijk was, maar ach, er werden zo veel namen genoemd als mogelijke moordenaars. Cecily had wel geleerd niet te luisteren naar roddels en achterklap en ze had gerouwd om Alice’ dood.

‘Op de start van een nieuw tijdperk!’ zei Bobby, kijkend naar zijn vrouw en haar naar zich toe trekkend. ‘Dat we de rest van ons leven maar in vrede mogen leven.’

‘Hear, hear!’ riep iedereen in koor.

‘God, wat ben ik blij om op een zacht Amerikaans matras te liggen,’ zei Bill, toen hij later die avond in bed lag, met een glimlach op zijn gezicht. Cecily kwam tegen hem aan liggen en hij sloeg zijn arm om haar heen.

‘Hallo, vrouw van me.’

‘Hallo, man van me,’ zei Cecily, terwijl ze een pluk van zijn haar wegveegde. ‘Ik hoop echt dat je de komende week eens rust kunt nemen, dat we wat tijd samen door kunnen brengen,’ fluisterde ze.

‘Rust? Lieve schat, ik weet niet eens wat dat betekent, net zomin als iedere andere man die wat waard is. Nu die verdomde oorlog eindelijk voorbij is, moet ik mijn koeien gaan zoeken. God mag weten hoeveel stuks er verloren zijn sinds de baas van huis was. Morgen ga ik erheen, kijken hoe het ervoor staat.’

‘Maar je kunt toch wel een dagje voor Stella en mij vrijmaken? Ze weet amper wie je bent. Ik wil dat je tijd met haar doorbrengt, en met mij.’

‘Dat kan wel zo zijn, maar het heeft weinig zin als ik me hier thuis ga zitten opvreten over mijn kudde.’

‘Hoe lang blijf je weg?’

‘Weet ik niet, maar je moet echt begrijpen dat ik moet gaan.’

Jij moet altijd wel weer ergens heen… Cecily beet op haar lip en slikte iets weg. Ze wilde niet huilen op de eerste avond dat Bill thuis was.

'Ik zat te denken dat we misschien wel een reisje kunnen maken naar mijn ouders in Amerika,' zei ze. 'Je bent nog nooit in New York geweest. Het kan heel leuk zijn, vooral met Stella erbij.'

'Cecily, ik weet dat je er graag heen wilt, maar je moet begrijpen dat ik onze ranch eerst weer onder controle wil hebben. Hier verdienen we ons brood mee. Er komt al bijna twee jaar niks binnen. Wat ik aan de overheid heb verkocht, heeft weinig opgeleverd en we lopen het risico dat we in de schulden komen als ik het niet snel op de rit krijg.'

'Ik heb wat geld, Bill, dat weet je. We zullen niet omkomen van de honger, dat is zeker.'

'Wat ook zeker is, is dat ik niet van het geld van mijn vrouw wil leven.' Bill keek somber. 'Ik ben een boer, geen rentenierende gentleman zoals zovelen hier. Dat de oorlog over is, betekent niet dat ik met pensioen kan en de rest van mijn leven op mijn luie reet kan zitten met een glas gin in mijn hand. Ik kan niet wachten om de savanne op te gaan...' Hij keerde zich naar haar toe. 'Misschien kun je volgende week een keer komen voor een jachtpartij?'

'Misschien,' antwoordde Cecily zonder veel enthousiasme.

'God, ik ben kapot,' zei hij, haar kussend op haar voorhoofd. 'Welterusten, slaap lekker.'

Cecily keek hoe hij zich omdraaide, en binnen enkele tellen hoorde ze hem al snurken. Ze knipte het lampje aan haar kant uit en liet de tranen die ze had tegengehouden stilletjes over haar wangen glijden. Ze kon zich niet herinneren wanneer ze voor het laatst hadden gevreeën.

Die hemelse dagen vier jaar geleden, toen Joss nog leefde en voordat Bill zijn ziel in Birma had achtergelaten, waren niet meer dan een verre herinnering.

'Het leven is zo wreed,' fluisterde Cecily terwijl ze met haar hand over haar ogen ging om de tranen weg te vegen. 'Godzijdank heb ik Stella nog.'

Gedurende het daaropvolgende jaar had Cecily niet het gevoel dat er veel veranderd was sinds de oorlog. Het grootste deel van de tijd was ze alleen, en als troost hing ze heel erg aan Stella. Dit was erger dan alleen zijn. Ze had Bill weer in haar bed en toch was hij niet echt aanwezig, en ook niet de Bill zoals zij zich hem herinnerde. Hij was zwijgzaam en uitgesproken koel naar haar toe, en zijn slechte buien verzuurden de sfeer op Paradise Farm. Aan Stella besteedde hij amper aandacht.

Eens per maand belde haar moeder, gespitst op wanneer haar dochter thuis zou komen, maar steeds als Cecily het onderwerp bij Bill aansneed, zei hij dat het nu niet de juiste tijd ervoor was, en dat hij niet weg kon totdat zijn veestapel weer helemaal op niveau was.

'Geef me twaalf maanden om alles weer op de rit te krijgen, dan pas kan ik erover nadenken,' had hij gezegd.

Cecily realiseerde zich dat ze haar familie al meer dan zes jaar niet had gezien. Haar hart verlangde naar huis.

42

Het was november 1946 en de regenbuien hadden van Cecily's tuin een weelderig tropisch paradijs gemaakt. Katherine kwam zoals altijd op woensdag halverwege de ochtend met Michael achter zich aan. Hij was nu vijf jaar oud en aanbad zijn beste vriendin, Stella. Cecily had Stella wat simpel rekenen geleerd aan de keukentafel. Het meisje was dol op getallen, en hoewel Cecily wist dat er geen genetische link bestond om het aan toe te schrijven, voedde ze dit maar wat graag. Maar toen Stella Michael zag, slaakte ze een gilletje en rende op hem af voor een knuffel.

'Goh, jeetje,' lachte Katherine terwijl Michael door de natte tuin rende alsof hij een vliegtuig was, achter Stella aan, die gillend voor hem uit rende. 'Ik krijg mijn zoon amper zover dat hij even rustig aan tafel komt om te eten, laat staan voor een potje rekenen!'

'Als Michael ooit wil meedoen, dan wil ik hem best lesgeven, hoor.'

'Dat is een aanbod waar ik misschien ooit gebruik van zal maken,' ging Katherine akkoord terwijl ze van hun limonade nipten op de veranda. 'Je bent echt op Stella gesteld, hè?'

'Maar natuurlijk. Ze is onder mijn dak opgegroeid,' zei Cecily defensief.

'Nou, het is misschien wel handig als je Michael af en toe kunt hebben, de komende maanden. Ik ben eindelijk weer zwanger.' Katherine trok een wenkbrauw omhoog.

'O, wat een fantastisch nieuws! Ben je blij?'

'Als hij of zij er eenmaal is, ja, dan ben ik vast heel blij. Zwanger zijn is alleen niet mijn hobby.'

'Is Bobby blij?'

'Ik weet het niet. Hij is zo afstandelijk sinds hij terug is van het front. Grof gezegd ben ik verbaasd dat het ons is gelukt om überhaupt een kindje te maken. Zijn belangstelling op dat gebied is de laatste jaren bijna nul.'

‘Dat is hetzelfde bij Bill.’ Cecily bloosde bij deze bekentenis. ‘En hij is vaak zo humeurig.’

‘Ik hoop steeds dat Bobby herstelt naarmate er meer tijd verstrijkt,’ verzuchtte Katherine. ‘Mensen voor je ogen kapotgeschoten zien worden, moet al die jongens hebben aangetast. Maar we zijn nu een jaar verder en ik wil gewoon de Bobby van wie ik hou terug.’

‘Ik ben blij dat mijn man niet de enige is.’

‘Het voelt alsof alles veranderd is, nietwaar, Cecily? Zelfs hier, in de Valley. Ik denk dat veel Engelsen die gedwongen werden om in dienst te gaan tijdens de oorlog, om te vechten voor koning en vaderland, dachten dat alles anders zou zijn als ze terugkwamen. Maar voor hen is er eigenlijk niets veranderd, of wel soms? Sterker nog, aangezien veel ranches niet zijn onderhouden zoals zou moeten, is er nog minder werk dan voorheen.’

‘En ik maar denken dat alles veel beter zou worden.’

‘Niets mis met optimisme. Daarmee zijn we de oorlog doorgekomen,’ zei Katherine. ‘Ik geef wel toe dat ik ergens wel in de verleiding kom om naar Engeland terug te gaan. De medische voorzieningen zijn daar zo veel verder en dan kan ik ook mijn carrière als veearts oppakken. Hier is dat haast onmogelijk. De ranchers zien een vrouwelijke dierenarts aankomen en dan rennen ze met hun ziekelijke koeien meteen zo hard mogelijk de andere kant op! En ik droom de laatste tijd ook van mist,’ gniffelde ze.

‘Ik weet precies wat je bedoelt. Ik wil met Kerstmis zo graag naar huis, Katherine. Ik heb mijn familie al bijna zeven jaar niet meer gezien.’

‘Dan moet je erheen. Natuurlijk moet je erheen.’

‘Maar wat als Bill niet mee wil?’

‘Dan ga je zonder hem.’ Katherine haalde haar schouders op. ‘Goh, als ik de kans had om Afrika even achter me te laten en Amerika te zien, dan was ik meteen weg.’

‘En ik zou zeggen ga met me mee, maar...’ Cecily knikte naar Katherines bescheiden maar zichtbare buikje. ‘Dat zal wel niet lukken, of wel?’

‘Dit keer niet, nee. Maar als je het me vraagt als de baby geboren is, dan zeg ik zeker ja. Cecily, ga lekker Kerstmis met je familie vieren in

Manhattan. Neem je dienstmeid mee als je niet alleen wilt gaan.'
'En Stella, natuurlijk.'
Katherine keek haar lang aan. 'Natuurlijk.'

Een paar dagen later kwam Bill thuis van de savanne. Omdat ze wist dat er een beslissing moest worden genomen nu december snel naderde, maakte Cecily zijn favoriete rundvleesstoofpot met dumplings en ontkurkte een fles claret.

Toen ze klaar waren met eten, raapte Cecily haar moed bijeen om het te zeggen.

'Bill, ik eh… nou, ik zou het leuk vinden om naar mijn ouders te gaan om daar Kerstmis te vieren.'

'Zozo. Dat zou je leuk vinden?'

'Ja. En ik zou het nog leuker vinden als je met me meeging. Ik ben geduldig geweest, een jaar lang, zoals je me had gevraagd. Ik weet dat de ranch je aandacht nodig heeft en dat je alles weer opnieuw moet opbouwen wat in de oorlog verloren is gegaan.' Ze ademde diep in. 'Maar ik moet mijn familie zien. Dat is al veel te lang geleden. En als het gaat om mensen van wie we houden, dan kunnen we geen seconde verspillen van de kostbare tijd die we nog op deze aarde hebben.'

Bill sloeg zijn glas achterover en schonk zichzelf bij. Cecily luisterde naar de regen die op het dak kletterde terwijl Bill een slok nam en haar van over de tafel aankeek.

'Ik begrijp dat je ze wilt zien, maar ik kan hier nu echt niet weg. Maar goed, ik wil je niet tegenhouden. Dus ik zou zeggen, ga maar.'

'Echt?'

'Echt.'

Ze voelde de tranen achter haar ogen prikken en stond op om hem een kus te geven.

'Dank je wel, liefste. En aangezien ik niet onbegeleid wil reizen, dacht ik dat ik misschien Lankenua en Stella mee kan nemen?'

'Is dat nodig? Er zal toch wel iemand anders terug naar huis gaan met wie je mee kunt reizen?'

'Nee, niemand, ik heb rondgevraagd. Kiki is al in New York, en zoveel Amerikanen zijn er niet meer over, de laatste tijd.'

'Nou, dan moet je Lankenua meenemen, natuurlijk.'

'Nygasi kan op het huis passen als we weg zijn. En jij hebt Kwinet voor de tuin en het land…'

'O, maak je geen zorgen om mij, Cecily. Voordat jij er was, kon ik prima voor mezelf zorgen.'

'Bill.' Cecily nam zijn handen in de hare. 'Alsjeblieft, je hebt het zo vaak over Kerstmis, je bent er zo dol op. In Manhattan heb je sneeuw, lichtjes… en kalkoen. Weet je zeker dat je niet meegaat, al is het maar voor twee weken?'

'Een andere keer misschien, Cecily. Vergeet niet dat ik Afrika al jaren niet meer heb verlaten, op sociaal gebied dan. Ik weet niet of ik nog wel goed ben in chic gezelschap. Ga jij maar, lieverd, en laat je treurige, vermoeide man hier achter.'

Cecily had spijt dat ze de claret had opengemaakt. Bill werd er nog somberder van dan normaal.

'Bill, ik hou van je, zeg dat alsjeblieft niet. Ik wil wanhopig graag dat mijn ouders hun schoonzoon ontmoeten.'

'Het spijt me, Cecily. Ga maar, met mijn zegen.' Bill stond op. 'En nu moet ik echt naar bed.'

Cecily keek naar hem terwijl hij wegliep. Haar ogen vulden zich met tranen.

43

'Zijn we nu bijna in Amerika, Kuyia?' vroeg Stella terwijl ze opgewonden uit het raampje keek.

'Ja, nu zijn we er echt bijna, schat,' antwoordde Cecily terwijl Lankenua de laatste spullen in de hutkoffer stopte. Cecily drukte op het belletje voor de steward. 'Straks gaan we naar het dek en dan kun je het Vrijheidsbeeld zien. Het is heel beroemd, en het staat daar om reizigers van over de hele wereld welkom te heten.'

De steward kwam om hun bagage op te halen en Cecily gaf hem een fooi, en verzekerde zich er vervolgens van dat hun papieren veilig in haar tasje zaten.

Het was haastwerk geweest om alles te organiseren. Lankenua en Stella hadden allerlei documenten nodig gehad om in de haven van New York aan te mogen komen. Geboortebewijzen, paspoorten en er moesten steunverklaringen worden afgegeven door Britse officials, en Cecily was maar wat blij met Bills connecties bij het Government House. Na overleg met Nygasi hadden ze een passende achternaam gekozen voor beiden, om zonder problemen het land in te mogen.

'We varen nu op de Hudson River, ma'am, en het Vrijheidsbeeld zal over tien minuten te zien zijn,' zei de steward.

'Kom,' zei Cecily tegen Stella en Lankenua, 'we gaan op het dek naar haar kijken!'

'Ik blijf hier,' zei Lankenua, hoofdschuddend, en rillend bij de gedachte, ook al droeg ze Cecily's dikke tweedjas.

'Oké.' Cecily stak haar hand uit naar Stella. 'Dan gaan wij.'

Boven op het eersteklasdek stonden maar een paar mensen die het hadden aangedurfd om in de vrieskou naar buiten te gaan, maar toen Cecily omlaagkeek, zag ze uitgestrekte armen en hoorde ze gejuich van de lagere dekken.

'Daar is ze!' zei ze, wijzend naar links, dwars door de dikke mist in de baai.

'Waar dan? Ik zie haar niet,' zei Stella.

'Daar...' Cecily wees naar het standbeeld. De aanblik bracht haar tot tranen, die ze snel wegveegde voordat ze zouden vastvriezen in de ijskoude lucht. Lady Liberty's welwillende gezicht verwelkomde de vermoeide reizigers, met haar baken omhoog in de mist. Cecily was nog nooit zo blij geweest om haar te zien.

Stella keek omhoog naar haar. 'Wat is ze klein! Je zei toch dat alles in Amerika veel groter was.'

'Nou, ze is heel bijzonder, meer een symbool dan wat anders,' zuchtte Cecily. 'Als de mist zo optrekt, dan zie je de wolkenkrabbers.'

'Wat is dit?' Stella stak haar handje uit, waar witte vlokken op landden.

'Dat is nou sneeuw! Weet je nog de plaatjes die ik je heb laten zien? Sneeuw valt meestal als de Kerstman bijna komt, en je gaat er hier heel veel van zien.'

'Woont de Kerstman hier in Manhattan?' Stella's ogen werden groot.

'Nee, maar met kerst stuurt hij de sneeuw van de Noordpool deze kant op zodat zijn slee erop kan landen om cadeaus te brengen naar alle zoete kindertjes.'

'O, ik heb het zo koud.' Stella wreef over haar neus. 'Kunnen we weer naar binnen?'

'Natuurlijk, schatje. Maar ik beloof je dat je Manhattan heel erg leuk gaat vinden,' zei ze terwijl Stella haar hand pakte en ze samen terug naar beneden liepen, naar hun hut.

Cecily was dankbaar voor het voorrecht dat ze eersteklas konden reizen. Toen ze aanmeerden en hun documenten overhandigden aan de immigratiebeambte, schonk ze hem een glimlach en knipperde ze met haar wimpers.

'O! Ik ben zo blij om weer thuis te zijn, sir. Het waren zeven lange jaren,' zei ze terwijl de beambte hun papieren bestudeerde.

'En hoelang blijft u, Miss Huntley-Morgan?'

'We zijn hier alleen op bezoek. In februari trouw ik met mijn verloofde, in Kenia,' herhaalde ze zoals haar was opgedragen, gezien het feit dat ze in haar paspoort nog als vrijgezel te boek stond.

‘Dus zowel mevrouw Ankunu als haar dochter Stella zullen straks met u mee terugreizen naar Afrika?’

‘Natuurlijk. Zoals u kunt zien zitten de papieren voor onze terugreis er ook bij. Ik bedoel, je dienstmeid en haar dochter, die vergeet je toch niet mee te nemen?’ giechelde Cecily meisjesachtig.

‘Nee, natuurlijk niet, ma’am,’ zei de beambte, Lankenua en Stella bestuderend. ‘Spreken zij Engels?’

‘Niet echt, nee,’ zei Cecily snel. ‘Maar het is vast heel leuk voor ze om Manhattan te zien, niet?’

‘Zeker.’ De beambte stempelde de paspoorten af van Lankenua en Stella. ‘Welkom in de Verenigde Staten, en een heel gelukkig kerstfeest voor u allen.’

Toen ze de hut verliet, was het met een zucht van verlichting. Ze wierp nog even een blik over haar schouder en zag een rij van god mag weten hoeveel mensen bij de loopplank, die daar buiten in de vrieskou stonden.

‘Oké,’ zei ze toen ze bij de ontvangstruimte aankwamen. ‘We zijn er! O, hemeltjelief! Ik ben zo blij!’ lachte ze toen ze haar ouders en hun chauffeur Archer naar hen zag zwaaien. ‘Laten we snel mijn familie gaan ontmoeten!’

Haar vader en moeder zagen er allebei geen dag ouder uit en na een emotioneel weerzien op de kade leidde Archer het clubje naar de gereedstaande auto.

‘Hé, wie is dit?’ vroeg Dorothea, toen ze Stella ontwaarde, die achter Lankenua verstopt stond.

‘Dit is Stella, mijn speciale vriendinnetje, toch, schattebout?’ Cecily lachte haar toe.

‘Ik wist niet dat we nog een lichaam te vervoeren hadden,’ zei Dorothea. ‘De meid kan voorin zitten bij Archer, maar dit meisje...’

‘Ze kan op mijn schoot, mama, er is achterin immers genoeg ruimte voor ons vieren,’ zei Cecily standvastig, en ze pakte Stella’s hand.

Onderweg naar huis negeerde Cecily haar moeders borrelende afkeuring, maar keek uit het raampje met Stella, diverse gebouwen aanwijzend, terwijl de kleine meid ‘o’ en ‘ah’ riep naar de wolkenkrabbers boven hen.

Thuis op Fifth Avenue werd Cecily begroet door de hele familie, die zich in de zitkamer had verzameld. Priscilla stond naast haar man Robert, met de zevenjarige Christabel naast hen. Hunter had zijn arm rond Mamie geslagen, die een peuter op haar arm had, terwijl nog twee andere kleine kinderen zich verlegen achter hun ouders verstopten. Een enorme dennenboom versierd met kaarsjes en ballen stond fier centraal in de kamer, en de vrolijke rode kousen van de hele familie hingen op de schouw boven de haard.

'Mary, breng de meid en haar kind naar boven naar hun kamer zodat Miss Cecily met haar familie kan praten,' commandeerde Dorothea de huishoudster.

Met tegenzin liet Cecily Stella's handje los, wetend dat ze haar moeder had moeten vertellen dat Stella op dezelfde verdieping als zij moest slapen, maar ze wist gewoon niet hoe ze dat had moeten uitleggen.

'Cecily!' Mamie en Priscilla renden op haar af om haar te overladen met knuffels en kussen en om kleine Christabel, Adele, 'Tricks' en Jimmy voor te stellen. Cecily knuffelde ze om de beurt, en terwijl de meisjes onder de indruk leken van het feit dat ze eindelijk hun mysterieuze tante ontmoetten, had de driejarige Jimmy meer aandacht voor zijn speelgoed dat overal verspreid over het kleed lag.

'Wat zie je er geweldig uit, Cecily,' zei Priscilla met een blik van goedkeuring. 'Sinds je weg bent, ben je echt een schoonheid geworden.'

'Bedoel je dat ik niet knap was toen ik wegging?' giechelde Cecily.

'O, nu niet mijn woorden verdraaien, hoor! Je bent nooit goed geweest in het ontvangen van complimentjes, of wel soms, Mamie?'

'Nee.'

Cecily keek naar Mamie, die er met haar bleke gezicht, haar dieprode lippenstift en kortgeknipte donkere haar belachelijk modieus uitzag. Priscilla was net zo knap en gezond als altijd, misschien alleen wat zwaarder sinds Cecily haar voor het laatst had gezien.

'En hoe gaat het met jullie?' vroeg ze.

'Ach, moeder zijn is zo vreselijk saai, maar ja, wat doe je eraan?' sprak Mamie lijzig terwijl ze een sigaret aanstak aan het einde van haar pijpje. 'Ik blijf ze maar krijgen, die krengen.'

'Ze pest je maar, Cecily, of niet soms?' zei Hunter, die naast zijn vrouw kwam staan.

'Ja, dat hoop je dan, hè?' zei Mamie met een dramatische zucht.

'Nou, nu moet je even hier gaan zitten en ons alles vertellen over de laatste zeven jaar van je leven,' zei Priscilla terwijl ze Cecily naar de bank leidde.

'Ik weet niet of dat me vanavond lukt,' zei ze. 'Het is zo'n lange reis geweest, maar ik zal mijn best doen om een beginnetje te maken.'

'Natuurlijk kan ze dat niet,' zei Dorothea. 'Ik moet zeggen, lieverd, ik ben verbaasd dat je niet dezelfde kleur hebt gekregen als je dienstmeid en dat kind van haar met al die zon.'

'Ik had een grote hoed op, mama, vandaar.' Vanbinnen kromp Cecily ineen door haar moeders woorden.

'Nou.' Dorothea nam een glas champagne van het dienblad. 'Welkom thuis, lieveling. We hebben je allemaal gemist, toch?'

'Ja, zeker,' knikte Walter, die ook een glas pakte. 'En de volgende keer dat je ons vertelt dat je een paar weken naar een of andere verre plek gaat, dan laten we je niet zomaar gaan!'

'Het was niet mijn fout dat de oorlog begon, of wel?' wierp Cecily tegen.

'Nee, natuurlijk niet. Was er voedseltekort daar?' vroeg Walter.

'Ja, zeker, maar ik had mijn eigen moestuin, dus we hadden genoeg te eten.'

'Moestuin?' Priscilla keek haar zus verbaasd aan. 'Trok je je eigen wortelen en kool uit de grond?'

'Ja, klopt, met de hulp van Lankenua's zoon, Kwinet. En als we echt honger hadden, dan liep ik gewoon de tuin uit, schoot een antilope en reeg hem aan het spit boven het vuur.'

Tien gezichten keken haar verbijsterd aan, zelfs Jimmy hield op met spelen met zijn speelgoedauto.

'Je maakt een grapje, toch?' vroeg Priscilla.

'Nou, misschien niet vlak bij mijn tuin, nee, maar als Bill en ik op safari gingen, dan gebeurde dat wel. Bill is goed met geweren. Hij heeft me ooit uit de bek van een leeuw gered.'

'Pang, Pang!' schreeuwde Jimmy vanaf het kleed.

'Ja, Jimmy, dat is het juiste geluid, maar in het echt klinkt het veel harder.' Cecily lachte, ze vond al die verraste gezichten maar wat mooi.

'Je neemt ons in de maling, toch, Cecily?' zei Priscilla.

'Eigenlijk niet eens zo heel erg,' gniffelde ze. 'En dan heb je nog de slangen, natuurlijk, grote glanzende adders en cobra's die 's nachts je kamer binnenglibberen. Ik heb zo veel foto's om jullie te laten zien.'

'Het goede nieuws is dat we op Fifth Avenue geen slangen zullen tegenkomen en dat we straks ons diner opgediend krijgen zonder dat we het eerst hoeven te doden,' zei Walter droog.

'We hebben Kiki ook uitgenodigd,' zei Dorothea. 'Je hebt vast wel gehoord dat haar zoon is gesneuveld?'

'Ja, dat heb ik gehoord. Ik ben naar haar toe gegaan op Mundui House destijds, maar Aleeki, haar bediende, zei toen dat ze niemand wilde zien,' zei Cecily nuchter. 'Gaat het nu wat beter met haar?'

'Ik heb haar alleen aan de telefoon gesproken. Ze logeert in het Stanhope Hotel met haar moeder en Lillian, haar metgezel. Ze klinkt niet al te best,' zuchtte Dorothea. 'Maar ja, wie zou er wel goed klinken, na alle ellende die ze heeft meegemaakt? Die vriendin waar ze zo dol op was, Alice...'

'Ja, die twee kenden elkaar al jaren, en Kiki was helemaal kapot van Alice' zelfmoord. Wij allemaal,' zei Cecily.

'Ik las ergens dat het kwam doordat de *dashing* graaf van Erroll de liefde van haar leven was,' kwam Priscilla ertussen. 'Heb je echt met hem gedanst op je huwelijksfeest, Cecily? Was hij echt zo knap als de kranten zeiden?'

'Hij was inderdaad heel knap en charmant, ja.' Cecily vond haar nieuwe status, die van de meest interessante persoon in de kamer, best lastig. 'Nou, komaan, vertel eens wat er hier allemaal is gebeurd.'

Later die avond excuseerde Cecily zich voor de koffieronde na het dessert en moest zichzelf zowat de trap op hijsen naar haar slaapkamer. Uiteindelijk was Kiki toch niet gekomen. Cecily was niet verbaasd, want ze wist hoe onvoorspelbaar haar peettante kon zijn. Toen ze op de overloop was, op de etage waar haar kamer was, keek ze naar het trappengat dat leidde naar de zolderverdieping boven haar.

Ze trok haar pumps uit – ze was thuis in Kenia helemaal niet meer gewend om hakken te dragen – en liep de trap op. Bovenaan moest ze gebukt onder de dakranden door lopen om bij de logeerkamer die Lankenua en Stella samen deelden te komen.

Ze hoorde Lankenua hoesten toen ze op de deur klopte. De arme vrouw was al verkouden sinds ze in Southampton op de stoomboot naar New York waren gestapt.

Het was ijskoud in de kamer en Cecily stond te rillen in haar dunne zijden blouseje, dat prima had volstaan in de verwarmde kamers beneden.

'Kuyia?' fluisterde een stemmetje uit een van de smalle gietijzeren bedden. 'Ben jij dat?'

'Ja, ik ben het.' Cecily liep op haar tenen over de ruwe vloerplanken naar Stella toe. Hoewel het zolderraam dicht was, kwam er toch een kille tocht vandaan. 'Gaat het goed?' vroeg Cecily. Stella lag helemaal opgevouwen met niet meer dan een dun dekentje om haar warm te houden.

'Ik heb het zo k-k-koud.' De kleine meid rilde. 'Het is koud in deze New York-stad en Yeyo zegt dat ze zich niet zo lekker voelt.'

'Hier, laat me je even vasthouden,' zei Cecily terwijl ze het meisje in haar armen nam.

'Waar was jij?' vroeg Stella.

'Beneden, eten met mijn vader en moeder en zussen.'

'Mag ik morgen ook met jullie eten? Wij hebben alleen maar een sandwich als avondeten gekregen en het brood smaakt niet half zo lekker als het brood dat jij altijd bakt.'

'Misschien wel,' zei Cecily, die zich realiseerde dat Stella gewend was een volledige maaltijd met haar te nuttigen als Bill niet thuis was – bijna elke dag dus.

'En ik vind het hier niet leuk in het dak,' ging Stella verder. 'Het is eng.'

'Maak je geen zorgen, schat, morgen gaan we alles regelen, dat beloof ik. Maar voor nu, wat zeg je ervan als we samen naar beneden sluipen en dat je bij mij in bed komt slapen? Dan moet je wel heel zachtjes doen, want Mr. en Mrs. Huntley-Morgan slapen en worden vast boos als we ze wakker maken, oké?'

'Oké.'

Ze dekte Lankenua toe met Stella's deken voor extra warmte. Vervolgens nam ze het meisje bij de hand en leidde haar door de smalle gang en de trap af, met ingehouden adem, voor het geval ze haar ouders tegen zou komen. Toen ze in haar kamer was, slaakte ze een zucht van verlichting.

'Goed zo, kruip er maar lekker in, ga maar lekker liggen, dan ga ik me klaarmaken.'

'Oké, Kuyia. Ik vind het hier veel fijner,' verkondigde Stella vanuit het midden van het grote bed. 'Het is lekker warm en mooi.'

'Hier sliep ik toen ik klein was,' zei Cecily terwijl ze naast haar in bed stapte en het licht uitdeed. Stella deed haar armpjes omhoog voor een knuffel. 'Beter zo?' vroeg Cecily terwijl ze het kind in haar armen nam.

'Beter.'

'Slaap lekker, mijn schat.'

'Slaap lekker, Kuyia.'

Voor de volgende ochtend had ze de wekker gezet, om er zeker van te zijn dat ze wakker was om met Stella naar boven te kunnen en haar aan te kleden voordat Evelyn binnen zou komen met het ontbijt. Toen Cecily op de zolder kwam, trof ze Lankenua aan met hoge koorts. Ze vloog naar beneden, naar de keuken, voor wat doeken die ze nat kon maken om op haar voorhoofd te leggen.

'Waar ga jij in godsnaam naartoe en wat moet je daar nu mee, liefje?' vroeg Dorothea toen ze haar dochter in de hal tegenkwam.

'Mijn dienstmeid is ziek, mama. Ze hoest al sinds we zijn vertrokken uit Engeland en vanochtend heeft ze hoge koorts. Die moet omlaag.'

'Maar daar kan Mary of Evelyn toch voor zorgen, Cecily? Het is waarschijnlijk gewoon een verkoudheidje.'

'Nou, ik vind het niet gek dat ze ziek is. Het is ijskoud daar boven.'

'Daar hebben de andere bedienden nooit over geklaagd.'

'De andere bedienden zijn niet net uit Afrika gekomen, mama. Laat alsjeblieft iemand een bak kooltjes naar de kamer brengen en dan maken we daar een vuur aan.'

'Wordt Yeyo beter?' vroeg Stella terwijl Cecily Lankenua's zwetende en rillende lichaam depte met de koele lappen. Haar hoest zat diep en klonk raspend en ze prevelde iets onverstaanbaars.

'Maar natuurlijk, lieverd. Als ze vanavond niet beter is, dan laat ik de dokter komen. Maak je maar geen zorgen,' zei Cecily, terwijl Stella in de vensterbank keek naar de sneeuw die buiten in dikke vlokken naar beneden kwam.

Cecily had Stella een van haar wollen vesten omgedaan, voor de warmte.

'Ik hoop het, Kuyia. Want ik hou van haar.'

'Ik ook, lieveling. En ik zweer je dat ze snel beter wordt. En als ze beter is, misschien wil je dan wel met mij gaan winkelen? We moeten nieuwe winterkleren voor je kopen. O ja, en dan nog de speelgoedwinkel natuurlijk, en wie weet kunnen we een ritje maken met de koets in Central Park...'

'Bedoel je zoals de slee van de Kerstman met rendieren ervoor?' Stella's gezicht lichtte op. 'Gelukkig ligt hier tenminste sneeuw, daar kan hij mooi op landen.' Opgewonden klapte ze in haar handen. Cecily gooide nog wat kooltjes op het vuur dat nu brandde in de kleine haard.

'Nog maar...' Stella telde langzaam op haar vingers. '... vijf nachtjes en dan komt hij!'

'Ja, dat klopt,' knikte Cecily. Ze moest eraan denken dat Bill niet blij was geweest toen ze Stella had verteld over de Kerstman.

'Het is gewoon niet haar cultuur, en nu gaat ze natuurlijk de rest van haar kindertijd verwachten dat er cadeaus door de schoorsteen komen,' had hij gezegd.

'En wat is daar erg aan? Afrikanen mogen ook in Jezus geloven, toch? En steeds meer mensen doen dat ook.'

'Wat ik ook niet goed vind,' had Bill gereageerd. 'Inheemse culturen kapotmaken die ergens al honderden jaren bestaan, is verkeerd, Cecily. Begrijp je dat niet?'

Natuurlijk begreep ze dat wel, maar aangezien dit het eerste jaar was dat Stella van de Kerstman afwist, was de opwinding en de voorpret op haar gezicht genoeg om haar schuldgevoel weg te nemen. Het was gewoon een sprookje zoals andere sprookjes en ze zag er geen kwaad in. Trouwens, Bill zat ver weg, helemaal in Kenia...

'Mama, je moet een dokter voor me bellen om Lankenua te komen onderzoeken. Ik krijg haar koorts niet naar beneden en ik ben bang dat ze longontsteking heeft,' zei Cecily toen ze die middag de zitkamer binnenviel waar Dorothea thee zat te drinken met een vriendin.

'Excuseer me even, Maud,' zei ze tegen de vrouw terwijl ze Cecily voor zich uit duwde, de zitkamer uit, de vestibule in.

'Kun je het nummer geven, dan bel ik hem zelf wel,' drong Cecily aan.

'Lieverd, voor personeel bellen we de dokter niet. Als ze ziek zijn, dan kunnen ze naar een dokter in de gratis kliniek.'

'Ik bel wél de dokter voor mijn personeel, mama, vooral omdat ik Lankenua hier mee naartoe heb genomen. Ze is mijn verantwoordelijkheid, dat snap je toch wel?'

'Alsjeblieft, Cecily, niet zo hard praten! Maud is een rijke weduwe die ik in onze zwarteweeskinderencommissie probeer te krijgen.'

'Nou, mam, misschien heb je straks wel een wees onder je eigen dak als we niet nu meteen een dokter bellen!'

'Oké, oké, het nummer van dokter Barnes staat in het adressenboek op je vaders bureau.'

'Dank je wel, en maak je geen zorgen, ik betaal,' riep ze Dorothea na, die weer op weg was naar haar rijke weduwe.

Aan de telefoon met dokter Barnes' assistente liet Cecily na om te vermelden dat het een zwarte dienstmeid was voor wie ze hem liet komen. Toen ze een uur later de deur voor hem opendeed, was ze opgelucht om te zien dat er een jongere versie van dokter Barnes stond – zijn zoon, waarschijnlijk – en dat hij er een stuk vriendelijker uitzag.

'Dank u wel voor het komen, dokter. Ik zal u voorgaan naar de patiënt.'

Zes trappen later duwde Cecily de deur naar de zolderkamer open. 'Ze heet Lankenua en ze is pas een paar dagen geleden aangekomen uit Kenia, met mij,' zei Cecily, het gezicht van de dokter peilend om te zien wat zijn reactie was.

'Goed dan, laten we haar eens even bekijken.'

Cecily pakte Stella bij de hand en ze deden een stap opzij zodat dokter Barnes Lankenua kon onderzoeken.

'Voordat ik haar aanraak, moet ik u vragen of u denkt dat het kinkhoest kan zijn? Recentelijk zijn er wat gevallen vastgesteld, ik denk dat dit te wijten is aan het aantal immigranten dat naar de stad komt.'

'O nee, het is geen kinkhoest, dokter. Het is een zeer ernstige verkoudheid die misschien is uitgemond in een longontsteking.'

'U klinkt zeer ervaren op het gebied van ziekte, Miss Huntley-Morgan,' glimlachte hij.

'Het is Mrs. Forsythe, eigenlijk. Nou ja, je moet wel, als je kilometers van de enige dokter verwijderd woont, die een gebied bedient zo groot als Manhattan,' zei ze. 'Lankenua heeft me ook onderwezen welke planten haar volk gebruikt bij welke ziekte. Haar moeder was een wijze vrouw en volgens mij werken haar middeltjes.'

'Dat zal vast, Mrs. Forsythe.' Dokter Barnes haalde zijn stethoscoop uit zijn tas en beluisterde Lankenua's borst. 'Goed, kunt u me helpen haar overeind te laten komen, zodat ik haar rug kan beluisteren?'

'Natuurlijk. Toen ik belde, dacht ik dat uw vader zou komen.'

'Mijn vader is met pensioen en ik heb zijn praktijk overgenomen. Het spijt me als u teleurgesteld bent.'

'O! Nee, zeker niet.' Cecily schudde haar hoofd. 'Hoe klinken haar longen?'

'Te veel piepjes, naar mijn smaak. Uw diagnose lijkt me juist, Mrs. Forsythe. Dit wordt een longontsteking. Het is maar goed dat u me op tijd hebt gebeld.'

'Kunt u haar iets geven?'

'Zeker. Een nieuw wondermedicijn genaamd penicilline, strikt genomen alleen verkrijgbaar in ziekenhuizen en toegediend middels een injectie. Ik heb twee patiënten gehad die zo'n beetje dezelfde symptomen hadden als uw dienstmeid en ik kon wat eenheden aftroggelen bij het ziekenhuis. Beiden herstellen naar tevredenheid.'

Dokter Barnes greep weer in zijn tas en haalde een flesje met wat naalden tevoorschijn. 'Het moet vier keer per dag, vijf dagen lang worden toegediend. Hebt u weleens eerder een injectie gegeven, Mrs. Forsythe?'

'Ja. Mijn man Bill had een zeer diepe wond opgelopen door de klauw van een stervend jachtluipaard, een paar jaar geleden, en onze dokter schreef toen morfine voor. Hij heeft me laten zien hoe ik het moest inspuiten, als pijnstilling tijdens het genezen.'

'Mocht u zelf morfine toedienen?' Dokter Barnes leek ervan te schrikken.

'Zoals ik al zei, als je zo ver van alles vandaan woont, dan word je heel zelfstandig,' zei Cecily. 'Ik ben prima in staat een injectie te geven.'

'Dat is alvast handig,' zei dokter Barnes. 'Het achterste is de beste plek voor dit soort medicijnen. Ik zal toezien op uw eerste injectie en dan is het dezelfde dosis vier keer per dag. Binnen achtenveertig uur moet er verbetering optreden. En zet wat pannen kokendheet water bij haar bed. Stoom helpt bij het ademen.'

Dokter Barnes hielp haar bij het afmeten van de juiste dosis, en keek toe terwijl ze Lankenua de injectie gaf. Hij knikte goedkeurend.

'Prima gedaan, Mrs. Forsythe. U bent een echte zuster. Wel, ik kom morgen kijken hoe het gaat.'

'Hemeltjelief, dat hoeft echt niet.'

'Daar ben ik voor, en bovendien, we zien u graag weer helemaal beter voor uw eerste Kerstmis in Manhattan, of niet soms?' sprak hij tot Lankenua, die zwakjes knikte. 'Goed, tot morgen.' Dokter Barnes glimlachte naar beiden en verliet de kamer.

'Morgen ga ik met Stella uit winkelen voor wat warme kleren en om naar de Kerstman te kijken in Bloomingdale's,' zei Cecily. 'Ze verveelt zich, met haar moeder zo ziek in bed.'

'Ze kan toch naar de keuken, daar zorgt het personeel wel voor haar. Je lijkt nogal gehecht aan dat kind.' Dorothea bekeek haar dochter. 'Ze is de dochter van je bediende, geen familie.'

'Misschien is het in Afrika anders, Dorothea,' opperde Walter.

'Misschien, maar ik heb in Bloomingdale's nog nooit een blanke vrouw zien rondlopen met een zwart kind. Jij?'

'Tijden veranderen, schat,' zei Walter. 'Vorige week nog las ik in *The New York Times* dat het aantal inschrijvingen van zwarte mannelijke studenten bij Yale en Harvard stijgende is.'

'En hoe zou het zitten met vrouwelijke studenten?' mompelde Cecily voor zich uit.

'Wat zei je, lieverd?' vroeg Dorothea.

'O, niks. Heeft Mary de logeerkamer naast mijn kamer opgemaakt voor Stella? Zo niet, dan doe ik het wel.'

'De logeerkamer is altijd opgemaakt, dat weet je, Cecily. Maar waarom het nodig is om haar naar beneden te verhuizen, dat gaat aan mij voorbij.'

'Vanwege het risico op besmetting, mama. Dokter Barnes zegt dat ik Stella bij haar moeder weg moet houden totdat ze beter is,' loog Cecily. 'Maar goed, als je me wilt verontschuldigen, ik moet kijken bij Lankenua.' Cecily stond op van tafel. 'O, en ik dacht ik ga even langs Stanhope Hotel, waar Kiki logeert, ik wil een cadeau bij haar langsbrengen voor Kerstmis.'

'Ik heb hen vandaag gebeld, maar haar moeder zegt dat Kiki geen bezoek ontvangt.'

'Nou, dan geef ik het cadeau toch af bij de receptie. Welterusten, mam, pap.' Cecily stond op en liep de trap op naar zolder, waar ze zag dat Lankenua gelukkig rustig lag te slapen. Haar voorhoofd voelde al minder warm. Ze zou haar om tien uur wakker maken voor haar medicijn.

Stella, die Cecily had achtergelaten in haar kamer terwijl de volwassenen aten, zat nu op Cecily's bed in haar pyjama, weg te dromen in een oud prentenboek getiteld *'Twas the Night Before Christmas*.

'Hoe gaat het met Yeyo?' vroeg Stella met een bezorgd gezichtje.

'O, al een stuk beter, schat. En nu gaan we jou naar je eigen slaapkamertje brengen.' Cecily pakte Stella's hand en bracht haar naar de kamer naast de hare. Ze had Mary gevraagd de haard in die kamer alvast aan te maken, zodat het er al heerlijk warm was. 'Lekker in je bedje,' zei Cecily, terwijl ze Stella toedekte.

'Mag Yeyo hier beneden komen als ze beter is?'

'Dat zullen we zien. Nou, zullen we eens kijken of je me een verhaaltje kunt voorlezen?' vroeg ze, terwijl ze op de rand van het bed ging zitten en naar het oude boek wees.

De volgende ochtend voelde Lankenua zich een stuk beter. De koorts was gezakt, de hoest zat er nog, maar Cecily was vooral blij dat ze weer wat water kon drinken.

'Sorry, Missus Cecily, veel moeite voor mij.'

'Helemaal niet,' troostte Cecily haar. 'Nou, ik ben straks op tijd terug voor je volgende injectie. Ik ga nu met Stella naar de winkels.'

'Ik goed,' knikte Lankenua. 'Jullie gaan.'

'Ga maar slapen,' zei Cecily, terwijl ze nog wat kooltjes op het vuur gooide. 'En straks als we terug zijn, vertellen we je hoe het was.'

Cecily en Stella's eerste bezoekje was aan de kinderafdeling van Bloomingdale's. Stella zette grote ogen op bij alle rekken met jurkjes en overgooiers waar ze uit kon kiezen. Een assistent – die vreemd had gekeken toen Cecily haar benaderde – volgde hen door de gangpaden terwijl ze verschillende kledingstukken van de rekken haalden om te passen.

‘Wat zie jij er prachtig uit,’ glimlachte Cecily terwijl Stella rondjes draaide voor de spiegel in een zacht oranje jurkje, waarvan de rok bestond uit laagjes tule. ‘Deze is perfect voor Kerstmis, en hij staat zo mooi bij je donkere huid!’ Cecily klapte in haar handen en negeerde daarbij de misprijzende blik van de verkoopster. ‘Mooi, en dan gaan we nu wat warme kleren voor je uitzoeken, is dat een idee?’

Ze liet de twee grote tassen met nieuwe kleren naar beneden sturen, naar Archer en de auto, en vervolgens verlieten Cecily en Stella – die nu een rood Harris-tweedjasje aanhad met een fluwelen kraagje en glimmende koperen knopen, compleet met bijpassende baret – de kledingafdeling op weg naar het speelgoed. Er stond een enorme rij voor de Kerstman. Het leek wel of alle ouders in Manhattan op hetzelfde idee waren gekomen.

‘Kijk, mama,’ zei het jongetje voor hen. ‘Dat is net moriaantje!’ De jongen wees naar Stella.

‘Jeremy! Hou je mond, alsjeblieft,’ berispte de moeder haar zoontje. Desondanks bleef ze naar Cecily en Stella staren.

‘En jij bent wit, net als Kuyia,’ zei Stella, terugwijzend naar de jongen, niet in het minst verstoord. Een paar tellen later hadden moeder en zoon de rij verlaten. Cecily hield haar adem in, in afwachting van nog meer opmerkingen, terwijl Stella zichzelf vermaakte door de poppen op de planken aan te wijzen en de levensgrote beer met een kerstmuts op zijn hoofd die tegen een pilaar aan zat geleund.

‘Kijk!’ riep Stella. ‘Een leeuw, net zoals die van thuis!’ Stella rende erop af. ‘Hij bijt niet, hè?’ zei ze terwijl ze bij het dier ging staan met Cecily vlak achter haar. ‘Het is toch namaak?’

‘Ja hoor, dat is namaak,’ zei Cecily, terwijl Stella haar armen om het hoofd van de levensgrote leeuw sloeg.

‘O! Ik heb altijd al een leeuw willen knuffelen,’ giechelde Stella terwijl alle moeders en kinderen in de rij naar haar keken.

‘Weet je wat, lieverd, laten we maar niet in die lange rij gaan staan voor de Kerstman. Laten we wat cadeaus kopen voor Lankenua en mijn ouders, en dan gaan we naar huis en dan stoppen we het briefje voor de Kerstman in de schoorsteen waar het hoort, oké?'

Stella keek verlangend naar de man in rood en wit, die daar op de verhoging zat, en zuchtte. 'Tja, de rij is best wel lang,' vond ze ook.

Cecily keek niet over haar schouder om alle blikken te zien die hen tot aan de uitgang nakeken.

Thuis schreef Stella haar brief aan de Kerstman, waarbij Cecily in haar hoofd de dingen bijhield die ze graag wilde hebben. De grote zachte leeuw stond bovenaan haar lijst.

'Maar die kan moeilijk door de schoorsteen, lieverd,' zei Cecily toen ze voor de open haard zaten in haar slaapkamer met spiesjes met *s'mores*, chocolade en marshmallows, gesmolten tussen twee crackertjes, wat inmiddels Stella's favoriete lekkernij was geworden.

'Dat is waar,' oordeelde Stella, en ze plukte een plakkerige marshmallow van de spies die Cecily voorhield en stopte het tussen twee crackers met chocolade, zoals Cecily had voorgedaan. 'Maar Michael zei dat hij vorig jaar een fiets heeft gekregen van de Kerstman.'

'Ik zal je een geheim vertellen. Ik weet dat er een echte leeuw woont in Central Park,' fluisterde Cecily.

'Echt? Dan heeft hij het vast heel erg koud in de sneeuw,' antwoordde Stella terwijl ze opstond om naar het raam te lopen.

'Nee hoor, hij redt zich wel. Hij heeft een heel huis voor zichzelf alleen. Kom je me helpen deze cadeautjes in te pakken in dit mooie papier?'

Nadat ze Stella in bad had gedaan, ging Cecily naar boven om een dosis penicilline aan Lankenua te geven. Ze kon merken dat haar dienstmeid zich beter voelde, want ze deed heel moeilijk over de naald en waar die in moest.

'Zo, al klaar,' zei Cecily toen ze Lankenua's nachthemd weer goed deed. Vervolgens ging ze Stella halen en nam haar mee naar boven.

'Schat, ik ga even om de hoek een oude vriendin opzoeken. Ik ben zo weer terug, maar jij kunt ondertussen hier bij Yeyo blijven en haar gezelschap houden zolang ik weg ben. Misschien wil je haar wel voorlezen uit je nieuwe *Winnie de Poeh*-boek?'

'Dat is een goed idee,' knikte Stella gretig. 'Niet te laat thuiskomen, Kuyia,' riep ze Cecily na.

Het was eindelijk opgehouden met sneeuwen toen Cecily naar buiten ging en achter in de Chrysler van haar familie stapte. Terwijl ze over Fifth Avenue reden, werd het geluid van het verkeer gedempt door de dikke laag sneeuw op de stoep en op de straat. Stoom van de ondergrondse wasemde uit de roosters, waardoor de sneeuw op die plekken smolt. Toen ze bij het Stanhope Hotel aankwamen, vroeg Cecily bij het uitstappen of Archer op haar wilde wachten.

'Ik ben over een half uur terug,' riep ze terwijl ze van hem vandaan liep onder de groene baldakijn die naar de entree van het hotel leidde. Op weg naar de receptie kon ze de live jazzmuziek uit de bar al horen. Ze verzocht de receptionist door te geven aan Kiki Preston dat ze er was. Aangezien ze had verwacht dat Kiki niemand ontving, was ze verrast te horen dat ze meteen door mocht naar haar suite. Cecily nam de lift naar de vijfde verdieping. Ze klopte, en er werd opengedaan door een dame die ze niet kende.

'Hallo, Cecily, ik ben Lillian Turner, een vriendin van je peettante. Kom binnen. Kiki voelt zich niet helemaal lekker vanavond, maar ze zei dat ze je heel graag wilde zien,' fluisterde ze terwijl ze haar voorging naar een grote zitkamer, waar Kiki in een chaise longue lag voor het open haardvuur. Het was een van de weinige keren dat ze haar peettante zonder make-up zag. En hoewel Kiki lijkbleek zag, met haar donkere haar los, met grijze strengen erdoor, was ze toch nog steeds een schoonheid.

'Mijn liefste Cecily! Sorry dat ik niet opsta om je te begroeten, maar mijn gezondheid laat de laatste tijd te wensen over.' Kiki stak een hand uit naar Cecily terwijl ze met haar andere hand een sigaret doofde. 'Hoe gaat het, schat?'

'Goed, dank je wel, en blij dat ik weer in Manhattan ben! Het was zo lang geleden.'

'En ik maar hunkeren naar Kenia, hier in deze donkere, deprimerende stad. Geen hemel te zien hier,' zuchtte ze. 'Lillian, wil jij onze gast iets te drinken inschenken? Wat belief je, Cecily? Champagne?'

'Ik hoef niets, ik wil je niet lastigvallen als je ziek bent. Ik kwam alleen een kerstcadeau brengen.'

'O! Wat ontzettend lief dat je aan me denkt. Soms lijkt het wel alsof New York me volledig is vergeten. Mag ik het meteen openmaken?'

'Ja hoor, natuurlijk mag dat, maar wil je het niet bewaren tot Kerstmis?'

'O, mijn engel.' Kiki legde haar hand, die duidelijk trilde, op Cecily's onderarm. 'Als ik iets heb geleerd, is het wel dat je nooit iets speciaals tot de volgende dag moet bewaren, want wie weet of morgen nog komt.' Er glansden tranen in Kiki's ogen. 'Nou, laat me eens kijken wat je voor me hebt meegenomen.'

'O, het is niks groots, hoor, ik dacht gewoon...'

'Zoals je weet, het gaat niet om hoe groot iets is.' Kiki schonk Cecily een van haar ondeugende lachjes en leek opeens weer zichzelf. Ze haalde het rechthoekige doosje uit zijn verpakking en maakte het open.

'Het is een foto van jou en mij in Mundui House voordat ik vertrok om met Bill te trouwen. Aleeki heeft hem genomen, met mijn camera,' legde Cecily uit.

Kiki keek naar de foto, genomen bij zonsondergang met het Naivashameer achter hen.

'O, mijn god! Wat een prachtig cadeau geef je me.' Kiki streelde de foto. 'En wat zien we er allebei jong uit, niet?' Ze glimlachte, de tranen stonden weer in haar ogen. Heel erg bedankt, Cecily. Je bent een schat, en ik ben dol op je, altijd geweest ook. Hier, Lillian, zet hem even op de schoorsteenmantel, waar ik hem kan zien.' Lillian deed het en Kiki pakte Cecily's hand. 'Ben je gelukkig, lieverd?'

'Ja, ik denk van wel.'

'Mooi, luister naar mijn advies en zweer me dat je doet wat ik zeg. Doe er alles aan om jezelf en de mensen van wie je houdt gelukkig te maken, want voor je het weet, is je leven – en dat van hen – voorbij. Verspil je tijd niet, Cecily, oké? Vind uit wie of wat belangrijk is voor jou en hou ze stevig vast. Beloof je me dat?'

'Natuurlijk, Kiki. Weet je zeker dat het wel goed gaat? Ik ken een heel goede dokter...'

'O, maak je geen zorgen om mij. Nou, kom eens hier en geef je peettante een knuffel.'

Cecily bukte zich voorover en liet Kiki haar omhelzen, haar lange rode nagels prikten in haar rug.

'Vrolijk kerstfeest,' zei Kiki, terwijl ze haar losliet, en haar ogen zich weer vulden met tranen. 'Gelukkig zijn, hoor!'

‘Ja, doe ik. Vrolijk kerstfeest, Kiki.’

Lillian begeleidde Cecily naar de deur.

‘Weet u zeker dat het wel goed gaat met haar?’ Cecily sprak zachtjes, terwijl ze de hal in liep. ‘Ze lijkt me... niet helemaal zichzelf.’

‘Ze zit in de put door haar zoon,’ fluisterde Lillian. ‘En ze heeft een hekel aan Kerstmis, dan wordt ze herinnerd aan alle mensen die er niet meer zijn om het mee te vieren. Wees niet bang, ik weet zeker dat ze zich beter voelt als het allemaal weer voorbij is. Tot ziens, hoor.’

‘Tot ziens.’

44

De volgende morgen werd Cecily wakker met een gevoel van kinderlijke opwinding over het feit dat het die avond kerstavond was. Ze werd verrast door een aan haar geadresseerde uitnodiging op een zilveren blaadje in de hal.

Mrs. Terrence Jackson verheugt zich op de aanwezigheid van
Mrs. Bill Forsythe
bij de Vassar-reünie.
thuis op dinsdag, 3 januari 1947
r.s.v.p.
18 Joralemon Street
Brooklyn
New York 11021

Cecily was verbaasd over de uitnodiging. Rosalind hoorde bij een groep meisjes die eerder politieke en intellectuele anekdotes uitwisselden in hun campuskamers dan lippenstift. Cecily had Rosalind altijd een tikje afstandelijk gevonden, en ze had zich nooit goed genoeg gevoeld om deel uit te maken van haar kliekje.

'O jee! Wat een eer valt je te beurt! De soirees van Rosalind en haar man worden beschouwd als de meest gewilde avondjes in de stad. Het schijnt dat Mrs. Roosevelt hoogstpersoonlijk te gast is geweest bij de vorige gelegenheid,' zei Mamie, die de hal binnen was komen lopen met een grote tas vol cadeaus om af te geven. 'Ze is een echte feministe, hoor ik,' voegde ze toe. 'Je moet erheen.'

'Weet je, Mamie? Misschien doe ik dat wel.' Cecily glimlachte naar haar voordat ze naar boven ging om Lankenua haar injectie te geven.

Ze had Stella in de keuken achtergelaten met Mary en Essie, de kokkin, die allerlei heerlijkheden stonden klaar te maken voor Kerstmis, en dus sloot Cecily zich op in haar kamer om de kousen van Lankenua en Stella te vullen, en om de kleinere versie van de aaibare Bloomingdale's-leeuw in te pakken die ze de dag ervoor thuis had laten bezorgen. Terwijl ze zichzelf eraan herinnerde dat ze Bill moest bellen – die had gezegd dat hij kerstavond zou doorbrengen op de Muthaiga Club met een paar van zijn dienstmaten – richtte ze haar aandacht op de lastige vraag hoe ze haar ouders zover moest krijgen dat Stella met de kerstlunch aan tafel kon zitten, in plaats van in de keuken met het personeel.

Ze schrok op uit haar gedachten toen er plotseling op de deur werd geklopt.

'Wie is daar?' vroeg ze.

'Je moeder, en ik moet nu met je praten!'

'Binnen!'

Haar moeder kwam met een geschokt gezicht binnen.

'Wat is er in godsnaam, mam? Het lijkt wel of je een spook hebt gezien.'

'O, mijn god, o, mijn god, Cecily!' Dorothea haalde diep adem. 'Kiki... is dood!'

'Dood? Dat kan niet, mam. Ik heb haar gisteravond nog gezien en ze zag er prima uit, wel een beetje down maar verder niets... Wat is er gebeurd?'

Dorothea liep naar een gemakkelijke stoel en liet zich erin vallen. 'Haar moeder belde net een paar minuten geleden. Kiki is gevonden in de binnentuin achter het Stanhope. Ze...' Dorothea slikte. 'Schijnbaar is ze uit het raam gesprongen. Ze had haar pyjama aan toen ze haar vonden.'

'O nee, o nee! Weet je zeker dat het Kiki is?'

'Natuurlijk weet ik dat zeker! Helen herkent haar eigen dochter toch zeker wel?'

'Vergeef me, mam, ik ben gewoon zo geschokt.'

Maar was dat wel zo? Cecily stelde zichzelf die vraag terwijl ze haar moeder omhelsde en haar vasthield terwijl ze huilde. Het leek net alsof Kiki gisteren afscheid had genomen.

'Ze houden het stil tijdens Kerstmis, maar zodra de kranten ervan horen, gaan ze graven in Kiki's leven en dan kan heel Amerika straks bij het ontbijt lezen over haar schandalen! O, Cecily, ik aanbad haar. We kennen elkaar al zo lang, en ze was altijd zo aardig voor jou, of niet?'

'Ja, mama, dat klopt,' zei Cecily terwijl ze wanhopig probeerde haar tranen in te houden.

'En het ergste is dat ze zelfs mij niet wilde zien, en ik ben een van haar oudste vriendinnen. Als ik had geweten hoe depressief ze was, dan had ik alles gedaan, álles, om haar te helpen,' snikte Dorothea.

'Mama, ik laat het belletje rinkelen en dan vraag ik aan Evelyn om een fles brandy naar boven te brengen. Daar worden we wat rustiger van.'

'O, Cecily. Hoe moet ik zo Kerstmis vieren nu zij er niet meer is?'

'Weet je, mama? Je moet gewoon Kerstmis vieren, want zo zou Kiki dat gewild hebben. Ze was een van de beroemdste partygirls in de stad. En ze zei gisteravond nog tegen me dat ik moest uitvinden waar ik gelukkig van werd en daarvoor moest gaan. Dus morgen trekken we voor haar onze mooiste jurk aan...' Cecily moest even slikken. '... en dan vieren we haar leven. Oké?'

Dorothea knikte. Ze nam Cecily's zakdoek aan om haar tranen te deppen en ze kwam overeind. Als een slaapwandelaar bewoog ze zich door de slaapkamer en zuchtte. 'En nu moet ik het je vader gaan vertellen.'

Cecily was die avond naar bed gegaan, wetend dat dit niet het moment was om haar moeder te vragen of Stella met hen mee mocht lunchen. Na een rusteloze nacht vol rare dromen waarin Kiki haar in pyjama vanaf een wolk vertelde dat ze moest beslissen wat belangrijk was, schrok ze wakker op kerstochtend, en ze voelde meteen de tranen opkomen toen haar te binnen schoot wat er gisteren voor vreselijks was gebeurd. Ze nam een paar minuten om zich te herpakken, kwam toen uit bed en trok haar ochtendjas aan. Ze zette een grote glimlach op en liep Stella's slaapkamer in, waar ze het meisje aantrof met een zuurstok in haar mond. Haar lippen zaten vol met vegen van de chocolade die ze al uit haar kerstkous had gehaald.

'Hij is gekomen, Kuyia!' Stella keek blij naar haar op en wees naar de leeuw op haar schoot. 'Ik denk dat de Kerstman hem heeft laten krimpen om hem door de schoorsteen te krijgen. Denk je dat hij weer gaat groeien nu hij hier is?' vroeg ze met grote ogen.

‘Ik weet het niet, misschien is het een toverleeuw.’

‘Ik ga hem Lucky noemen, want dat ben ik ook, lucky!’ giechelde ze. Ze stak haar armen uit om Cecily te omhelzen, en ze kreeg een enorm stevige knuffel terug.

‘Au, Kuyia! Je plet me haast fijn!’ Stella keek op naar Cecily. ‘Waarom huil je? Ben je verdrietig?’

‘Er is niks, lieverd. Ik ga zo even je oom Bill bellen om hem een vrolijk kerstfeest te wensen. Ik mis hem en ik mis thuis.’

‘Ik ook, maar ik vind het hier ook heel leuk,’ zei Stella, die haar aandacht vervolgens op Lucky richtte.

In haar badjas, gedreven door een plotselinge behoefte om haar man te vertellen over Kiki, liep Cecily naar beneden naar haar vaders werkkamer om te telefoneren. Ze werd doorverbonden met de Muthaiga Club, waar Ali de telefoon opnam. Cecily glimlachte bij het horen van zijn vertrouwde diepe stem. ‘Hallo, Ali, Mrs. Forsythe hier. Is Mr. Forsythe daar?’

‘Vrolijk kerstfeest, Mrs. Forsythe,’ zei Ali. ‘Ondanks het feit dat ik u moet condoleren. Ons heeft het nieuws bereikt van Mrs. Prestons overlijden.’

‘Dank je wel, Ali,’ zei Cecily. Ze schrok ervan dat ze het al wisten. ‘Ik moet met Mr. Forsythe spreken. Kun je hem voor me halen, alsjeblieft?’

‘Dat zal helaas niet gaan, ben ik bang. Mr. Forsythe is een paar uur geleden vertrokken voor een jachtpartij.’

Cecily voelde een steek in haar hart. ‘Goed, kun je hem dan doorgeven dat zijn vrouw heeft gebeld en dat ik hem echt moet spreken? Hij heeft mijn telefoonnummer in New York. Dank je wel, Ali, en een vrolijk kerstfeest.’

Ze hing op en nam plaats in de leren leunstoel van haar vader om even bij te komen. Nu ze hem écht nodig had, was haar man weer in geen velden of wegen te bekennen.

Rond het middaguur, net voordat haar zussen zouden aankomen, bracht Cecily Stella naar de keuken, waar de bediening bezig was met de voorbereidingen voor de kerstlunch.

‘O, kijk nou! *Baby girl,* je ben een plaatje!’ zei Essie, de kokkin, die helemaal gek was op Stella. 'Kom jij maar es effe helpen bij tante Essie. Met die pastei en alles.'

Stella, die met haar jurk van oranje tule nogal uit de toon viel in de keuken, huppelde enthousiast op Essie af.

'Vrolijk kerstfeest, allemaal,' zei Cecily. 'Wil er iemand straks wat bouillon naar boven brengen? Mijn dienstmeid heeft eindelijk weer wat trek, zegt ze.'

'Geen probleem,' knikte Essie. 'En maakt u zich geen zorgen, Miss Cecily, we laten haar dochtertje lekker met ons mee eten, toch, Stella?'

'Dat zou mieters zijn, Essie,' antwoordde Stella.

'Lieve Heer! Meisje toch, hoe jij praat, lijk je wel net zo blank als hen!' lachte Essie.

Ondanks Cecily's aandringen bij haar moeder om feest te vieren in plaats van te rouwen, was kerstdag een suffe bedoening. Mamie en Priscilla kwamen met hun gezinnen om cadeaus uit te wisselen en te lunchen, en de drie zusjes deden er alles aan om de verdrietige Dorothea op te vrolijken.

Na de lunch vertrok Dorothea naar haar kamer.

'Mama is er echt helemaal kapot van,' zei Mamie tegen Cecily.

'Kiki was haar oudste vriendin, dus dat is logisch.'

'Dat kan wel wezen, maar ze zag haar slechts om de zoveel jaar. Jij hebt bij haar gewoond, toen je net in Afrika was, en je hebt haar de avond dat ze stierf nog gezien. Gaat het wel?'

'Ik ben natuurlijk heel bedroefd, Mamie, maar, tja... ik denk gewoon dat Kiki geen hoop meer had. En wie de hoop verliest...'

'Ik weet het,' zei Mamie. 'Dan houdt alles op. Wel, mensen, tijd om te gaan en deze kleine monsters in bed te stoppen.'

Toen Cecily haar zusters en hun gezinnen gedag had gezegd, en Walter zich had teruggetrokken in zijn studiekamer voor een dutje, slenterde Cecily terug naar de zitkamer. Ze keek op naar de gigantische kerstboom, die volhing met zo veel kerstballen dat er amper nog groen te zien was.

Ze dacht aan Bill, die ergens over de Afrikaanse savanne zwierf, een plaatje dat zo botste met deze prachtige zitkamer in Manhattan.

Is dit mijn thuis, vroeg ze zich af, of hoor ik thuis in Kenia met Bill? Cecily wist het echt niet.

De dag na Kerstmis kwam Dorothea niet uit haar kamer. Ze was te overstuur om eropuit te gaan. Cecily besloot om Stella mee de stad in te nemen.

Hun eerste stop was Central Park. Cecily kocht een zakje gepofte kastanjes en deed Stella voor hoe je het schilletje eraf haalde en hoe je de gloeiend hete stukjes kon eten. Bij de Central Park Zoo zwaaide Stella naar de leeuw in zijn kooi en sprak hem toe in het Maa. 'Dat is tenslotte zijn taal,' zei ze. Cecily onderdrukte een giechel.

Vervolgens reed Archer hen door de drukke straten, en Stella vergaapte zich aan al die felle gekleurde lichtjes op Times Square, en luisterde toen zeer aandachtig naar Cecily's uitleg over de architectuur van het Chrysler Building en het Empire State Building. Toen de schemering viel, trakteerden ze zichzelf op warme chocolademelk met slagroom, vlak voordat Cecily Stella meenam naar de ijsbaan, bij Rockefeller Center. Ze hielden elkaars arm vast om maar niet te vallen, en zo gleden en glibberden ze giechelend voort, tussen alle andere bezoekers door.

Door Stella zag Cecily haar stad met andere ogen. Ze werd weer helemaal opnieuw verliefd op New York en zijn magische sfeer. Misschien kwam het doordat ze wist dat ze eind januari alweer zouden vertrekken, dat ze zo graag zo veel mogelijk wilde opsnuiven.

Uitgehongerd op cultureel gebied als ze was op Paradise Farm, ging ze met haar zusters naar de meest recente Broadwayshows. Ze vond het ook enig om haar garderobe aan te vullen en die kleding ook daadwerkelijk te dragen. Haar zussen zeiden dat ze 'mooi was opgedroogd', en nadat ze een nieuw kapsel aangemeten had gekregen bij Mamies stylist, vond zelfs Cecily langzaam dat ze niet meer dat lelijke eendje was van vroeger.

'Ze kijken tegenwoordig zelfs om als je voorbijloopt,' zei Priscilla met een hint van jaloezie in haar stem, toen een groepje knappe heren op Madison Avenue Cecily nastaarde. Na al die jaren weggestopt te zijn geweest in Afrika, voelde Cecily zich als een leeuwin die uit haar gevangenschap was bevrijd.

De enige verdrietige wanklank in de verder zeer vrolijke week na Kerstmis was Kiki's begrafenis. Er waren maar weinig aanwezigen – veel van de elite van New York was op vakantie, en daarnaast had Kiki's leven zich de laatste jaren in het buitenland afgespeeld. Cecily hielp haar vader Dorothea te ondersteunen bij het verlaten van de kerk en naar de wake achteraf, waar haar moeder vervolgens flink aangeschoten raakte. Cecily had het gevoel dat Kiki's dood het einde van een tijdperk betekende – niet alleen voor haar moeder, maar ook voor haar.

Op een middag kwam Cecily thuis na een tripje naar de hoedenmaker ter vervanging van een paar hoeden die niet meer in de mode waren, toen ze een paar hoge giecheltjes hoorde in haar vaders studeerkamer. Ze klopte aan, deed de deur open en trof haar vader met Stella op zijn schoot.

'Hallo, Cecily,' zei Walter. 'Stella en ik zitten net te kijken naar de wereldkaart, in mijn atlas. Ik deed voor haar mijn beste leeuwenbrul, maar toen vroeg ze me wat voor geluid een zebra maakt, en toen deed ik wat ik denk dat een zebra doet na, maar dat vond ze niet zo best, hè, dametje?' Walter lachte naar Stella terwijl ze van zijn knie gleed en naar Cecily rende.

'Je bent Mr. Huntley-Morgan toch niet aan het lastigvallen, Stella?'

'Nee hoor, helemaal niet,' zei Walter. 'Ik zag haar naar de boekenplanken staan kijken en we hebben het hier hartstikke gezellig samen. En ze mag me Walter noemen, trouwens, hè?'

Stella knikte verlegen.

'Wat een slim meisje, Cecily. Zal haar moeder haar naar school laten gaan in Kenia?'

'Er zijn daar geen scholen voor een kind als Stella, maar ik doe mijn best om haar te leren lezen en schrijven.'

'Ze leert me ook sommen,' zei Stella met een serieuze blik.

'Goed zo, laten we dan een spelletje spelen dat ik vroeger met Cecily deed, ja? Wat is twee plus twee?'

'Vier.'

'Drie plus vier?'

'Zeven.'

'Acht plus vijf?'

'Dertien,' antwoordde Stella zonder aarzelen.

'Wat goed van jou. Dan moet ik het maar gewoon wat moeilijker maken, vind je niet?'

Twintig minuten later hief Walter zijn handen en smeekte Stella hem om meer sommetjes.

'Alle vragen zijn op, schat, maar je bent echt heel goed met je antwoorden. Heel erg goed,' zei hij, terwijl hij een blik wierp op Cecily. 'Goed dan, gaan jullie nu maar, want ik verwacht bezoek.'

'Ik vind Walter leuk,' zei Stella terwijl ze naar de keuken liepen om Lankenua te zien, die bij de kachel zat. 'Ik vind hem in elk geval leuker dan Mrs. Huntley-Morgan.' Stella haalde haar schouders op, starend naar de chocoladetaart die op de keukentafel prijkte. 'Maar die vind ik het leukst,' giechelde ze, wijzend naar de taart.

'Hoe voel je je, Lankenua?'

'Goed,' knikte Lankenua. 'Wanneer gaan we naar huis, Missus Cecily?'

'Over een paar weken,' antwoordde Cecily, en ze wendde zich tot Mary. 'Zou je koffie naar mijn kamer willen brengen? Ik moet om vijf uur weer weg en ik moet me omkleden.'

'Natuurlijk, Miss Cecily.'

Boven in haar kamer probeerde Cecily voor de spiegel te beslissen wat ze aan moest doen voor de Vassar-reünie. Ze wist nog dat Rosalind nooit zo van de mode was, en daarom besloot ze tot een simpele zwarte cocktailjurk. Ze sloeg haar laatste slokje koffie achterover en vroeg Mary om Archer de wagen te laten voorrijden. Tijdens de rit was Cecily nerveus. Ze had nog steeds geen idee waarom Rosalind op het idee was gekomen om haar uit te nodigen. Ze woonde in Brooklyn, een wijk die, zo hoorde ze van Priscilla, de laatste tijd aan populariteit won bij jonge mensen. Dorothea had gezegd dat het er vol zat met Ieren, dat alle families daar waren blijven wonen nadat de Brooklyn Bridge was gebouwd.

'Hier in deze buurt heb je veel van die mooie oude bruine huizen,' zei Archer toen ze door de straten reden. 'Het was een beetje vervallen, maar mensen zoals uw vriendin komen hier wonen omdat ze heel veel huis krijgen voor hun dollar. New York verandert continu, nietwaar, Miss Cecily?'

Ze stonden stil voor een prachtige brownstone die er veel beter uitzag dan de panden ernaast. Cecily stapte uit.

'Ik ben binnen een uur terug, denk ik,' zei ze tegen Archer, en liep toen de traptreden op naar de voordeur.

'Cecily! Wat fijn dat je kon komen.' Rosalind droeg haar donkere haar in een strakke boblijn, zoals Mamie het ook had. Ze lachte naar haar en ging haar voor naar een aangename zitkamer vol jonge vrouwen, van wie er veel een pantalon droegen. Cecily voelde zich hopeloos ouderwets en overdressed.

'Bier of sherry?' vroeg Rosalind terwijl ze haar voorging naar een serveerwagen.

'O, sherry, graag. Denk je dat ik hier mensen ken?'

'Natuurlijk ken je hier mensen. Op een enkeling na zaten ze allemaal in ons jaar op Vassar. Ik hoor via de New Yorkse roddelmachine dat je de laatste jaren in Afrika woont?' vroeg Rosalind. 'We willen er alles over horen, ja toch, Beatrix?'

Een negroïde vrouw met grote, warme ogen nam Cecily op.

'Zeker, zeker, vooral omdat onze voorouders daarvandaan komen, Rosalind.'

In verwarring keek Cecily naar de twee vrouwen.

'Maak je geen zorgen, Cecily,' gniffelde Rosalind. 'De meeste mensen zien het niet, dat ik een negerin ben. Er was een blanke in het spel, ooit, maar mijn hart is net zo zwart als dat van Beatrix. Vassar wist er pas van nadat ik mijn bul had gehaald – je weet hoe ze daar zijn, Cecily. Als zij hun zin kregen, dan stonden we de vloer te dweilen, en zaten we niet in collegezalen met mensen zoals jij. Het is aan het veranderen, langzaamaan, let op. Ze moesten Beatrix wel aannemen in 1940, aangezien de andere universiteiten een veel hoger aantal gekleurde studenten kenden. Dus laat me je voorstellen aan de eerste officiële aan Vassar afgestudeerde zwarte.'

'Ik hoop de eerste van velen te zijn,' glimlachte Beatrix. 'Ik studeer nu geneeskunde aan Yale Medical School, en de uitdaging daar is niet alleen mijn huidskleur, maar ook dat ik een vrouw ben. Een dubbelslag, hè, Rosalind?'

'Nou en of,' zei Rosalind, gebarend naar een rustiger hoekje achter in de kamer. 'Kom, Cecily, vertel over Afrika. Je woont in Kenia, toch?'

Cecily begon haar standaardverhaal af te steken over safari's, leeuwen en giftige slangen, maar al vrij snel onderbrak Rosalind haar.

'Vertel eens, hoe zit het met de rechten van negers in een koloniaal land? Zijn er activistische partijen?'

'Niet dat ik weet.'

'Dus hoewel Kenia een overheersend zwarte samenleving is, wordt de negerbevolking in haar eigen land nog steeds bestuurd door een paar witte mannen in uniform?' vroeg Beatrix.

'Ja, zo is het, ben ik bang. Hoewel ik weet dat sinds de oorlog, toen veel van hen bij het leger zijn gegaan om te vechten voor koning en vaderland...'

'Voor hun land, niet voor hun koning,' onderbrak Beatrix haar.

'Ja, natuurlijk,' zei Cecily meteen, 'het werd hun voorgehouden dat hun leven zou verbeteren als ze meevochten. Toen kwamen ze terug, maar er veranderde niets. Sterker nog, mijn man zegt dat de situatie is verslechterd.'

'Zie je dat de sociale onrust toeneemt?' vroeg Rosalind.

'Ja,' zei Cecily, terugdenkend aan haar gesprekken met Bill de laatste maanden. 'De Kikuyu, zij vormen de grootste stam van Kenia, accepteren de slechte arbeidsomstandigheden niet meer en de slavenarbeid die hun blanke bazen van hen eisen. Ze kunnen nergens terecht voor medische zorg – er is bij mij in de buurt maar één ziekenhuis voor gekleurde mensen en dat wordt gefinancierd door een liefdadigheidsinstelling. En wat onderwijs betreft...'

'Vertel mij wat.' Rosalind rolde met haar ogen. 'Voor onze kinderen hier in de VS is het trouwens niet veel beter, hoewel het onderwijs wel toegankelijk is voor zowel blank als zwart, en in tegenstelling tot het zuiden is het hier niet gesegregeerd. Maar er zijn veel meer blanke leerlingen en er zijn nog altijd veel vooroordelen, zeker onder de docenten. Ik weet het, want ik behoorde tot een minderheid op mijn highschool.'

'Ik heb erg mijn best gedaan om de dochter van mijn dienstmeid rekenen en taal te onderwijzen... Dat is toch zo'n slimme meid.'

'Zozo.' Rosalind trok een wenkbrauw op naar Beatrix en wendde zich weer tot Cecily. 'Ik heb een meisje van vijf en ik wil gewoon niet dat ze moet doormaken wat ik heb moeten doorstaan om mijn opleiding af te maken. Ik wil dat ze in een veilige en stimulerende omgeving kan leren, waar ze zich op waarde geschat voelt en geen last heeft van getreiter en opmerkingen van haar klasgenoten of dat ze apart wordt behandeld door haar onderwijzers. Dus... daarom ben ik bezig een schooltje op te zetten, hier, bij mij in huis. Beatrix en ik hebben een aantal intelligente negerkinderen die we kennen uitgekozen die we van plan zijn les te geven, zodat ze uiteindelijk de kans hebben om op een Ivy League-universiteit te worden toegelaten.'

'Onze kinderen hebben gewoon rolmodellen nodig waar ze een voorbeeld aan kunnen nemen. Ze moeten erin geloven dat ze het kunnen, en het is aan ons om ze te laten zien dat het kan,' voegde Beatrix toe, met geestdrift in haar blik.

'Je zegt net dat je de dochter van je dienstmeid lesgeeft?' vroeg Rosalind.

'Ja, dat klopt. Stella, zo heet ze, zuigt alles wat ik haar leer op als een spons.'

'Wil je haar een keer hier mee naartoe nemen om kennis te maken?' vroeg Rosalind. 'Misschien is ze een goede kandidaat voor onze school. En als je interesse hebt, ik kan wel een extra leerkracht gebruiken. Beatrix is veel te druk met haar geneeskundestudie op Yale, dus ik sta er zo'n beetje alleen voor.'

'Dat klinkt fantastisch, Rosalind,' verzuchtte Cecily. 'Ik had nooit gedacht dat zoiets zou zijn weggelegd voor Stella.'

'Nou, wij zouden ook heel blij zijn met jou. Je hoofdvak was geschiedenis, toch?'

'Ja, maar eigenlijk lag mijn passie meer bij economie, en ik ben best goed met cijfertjes, al zeg ik het zelf.'

'Nou, en Rosalind is van de geesteswetenschappen, dus samen kunnen jullie die exacte vakken wel doen, daar rommelen jullie je weg wel doorheen met wat hulp van mij wanneer ik tijd heb,' lachte Beatrix. 'Je moet gewoon maar denken, alles is mogelijk in het land der vrijheid, als wij het maar regelen.'

'Wanneer zal ik Stella dan meenemen om jullie te ontmoeten?'

'Wanneer je maar wilt. Het semester begint officieel volgende week, dus vrijdag misschien?' stelde Rosalind voor.

'Perfect.'

Beatrix en Rosalind vergezelden haar naar de voordeur, en tijdens het afscheid keek Rosalind haar peinzend aan.

'Zeg, Cecily, wat zou je ervan vinden om mee te gaan naar een demonstratie?'

'Ik eh… ik weet niet. Waar demonstreren jullie tegen?'

'De behuizing in Harlem is gewoonweg te treurig voor woorden. Ze maken er een getto voor negers van, het is overbevolkt, en dan heb ik het nog niet eens over de politie en hun veel te gewelddadige optreden om de boel "onder controle te houden". Burgemeester O'Dwyer is tot nu toe een goede vriend geweest van onze gemeenschap...'

'Alleen om onze stemmen te winnen!' onderbrak Beatrix haar.

'Dat kan zijn, maar hij heeft bepaalde beloftes gedaan, en daar houden we hem aan. Hij zal volgende week spreken in de Abyssinian Baptist Church en daar zullen we hem helpen herinneren aan wat er op het spel staat,' ging Rosalind verder. 'Het zou geweldig zijn om je daarbij te hebben, Cecily, je zou zo'n aanwinst zijn voor onze groep.'

'Ik... Laat me erover denken, goed?'

'Wat valt er te denken?' zei Beatrix. 'Het gaat om goed en fout, leven of dood. Jij zou dat moeten weten, beter dan wie ook, aangezien je in Afrika woont. Kom onze zaak alsjeblieft steunen, Cecily. We hebben ook de support van de blanken nodig.'

'Goed dan,' stemde ze in. 'Ik zal er zijn. En nu moet ik echt naar huis. Dag hoor.'

'We laten nog weten waar we afspreken!' riep Rosalind haar na.

Archer opende het portier voor haar en ze nam plaats op de achterbank.

'Sorry dat het zo lang duurde.'

'Geen probleem, Miss Cecily. Hoe was uw avond?' vroeg hij terwijl ze begonnen aan de rit terug naar Manhattan, over de Brooklyn Bridge.

'Het was... nou, in één woord geweldig!'

45

De woensdag daarop deed Cecily zoals haar was opgedragen haar meest onopvallende kleren aan. Ze liet Stella achter bij Lankenua, die er alweer veel gezonder uitzag, en vroeg Archer haar naar Harlem te rijden.

'Pardon, Miss Cecily?' vroeg hij, terwijl hij haar hielp instappen achter in de Chrysler.

'Je hoorde me wel, Archer. Harlem, bij de Abyssinian Baptist Church, West 138th Street 132,' las Cecily van het briefje waarop ze het adres had genoteerd toen ze aan de telefoon was met Rosalind.

'Weten uw ouders dat u daarheen gaat?' zei hij na een tijdje.

'Natuurlijk,' loog Cecily, geïrriteerd dat ze zelfs als getrouwde vrouw nog als kind werd behandeld door Archer.

'Zoals u wenst, Miss Cecily.'

Cecily keek uit het raampje terwijl ze naar Harlem reden, waar ze ondanks haar bravoure toen ze Archer het adres gaf, nog nooit was geweest. Terwijl de wolkenkrabbers van Fifth en Madison achter hen kleiner werden, en ze langzaam Lenox Avenue af reden, merkte ze dat de gezichten op straat verschillende tinten zwart en bruin waren in plaats van wit. Opeens voelde ze zich als een vis op het droge in haar eigen stad. Zwarte kinderen die op de stoepjes van vervallen huizen zaten, keken naar de Chrysler die langsreed, voor de ramen van veel van de winkels waren houten planken getimmerd, en op veel straathoeken stonden roestende, uitpuilende prullenbakken bij elkaar. Het was 1947, maar het leek wel of de Grote Depressie hier nog lang niet voorbij was.

Archer stopte de auto. Verderop kon Cecily een imposante gotische kerk zien, waar zich al een grote menigte demonstranten voor had verzameld. Hij stapte uit om de deur voor haar open te doen.

'Ik parkeer hem aan het einde van de straat, op de hoek van Lenox Avenue, daar,' wees hij. 'Als er iets gebeurt, dan komt u maar daarheen rennen, ik sta u op te wachten, oké? Weet u zeker dat het lukt?'

'Ja, Archer, dank je wel. Ik heb met vriendinnen afgesproken,' zei ze veel zelfverzekerder dan ze zich voelde, terwijl ze van hem vandaan liep, in de richting van de menigte.

Ze keek naar de massa mensen, veel van hen hadden handgeschreven borden vast met slogans als GELIJKE RECHTEN! en WOONRUIMTE VOOR EENIEDER! Met bonzend hart liep Cecily aarzelend op de mensen af, die allemaal stonden te kijken naar een podium dat was opgericht op de stoep bij de kerk.

'Daar ben je!' stak de vertrouwde stem van Rosalind boven de herrie uit. Cecily draaide zich om naar haar nieuwe vriendin die op haar af kwam, gekleed in een lange broek en een herenjas. 'Wat fijn dat je bent gekomen,' zei Rosalind. 'De anderen waren al bezig met een weddenschap of je zou komen of niet. Dit is mijn man Terrence,' zei ze, gebarend naar de lange zwarte man naast haar.

'Aangenaam kennis te maken, Cecily,' zei hij, terwijl hij haar hand schudde en haar een warme glimlach schonk. 'We zijn blij met je support.'

Cecily was niet verbaasd om een van de zeer weinige blanken daar te zijn, maar ze werd begroet door lachende gezichten toen ze door de menigte liep en de mensen beleefd voor haar opzijgingen. Sommigen hielden thermoskannen vast tegen de kou, en Cecily zag een vrouw met een baby in een doek voor haar borst gebonden.

'Hoe lang duurt dit?' vroeg ze fluisterend aan Rosalind.

'O, ik denk een uurtje of zo,' antwoordde Rosalind opgewekt. 'Het is een mooie opkomst, Beatrix is goed in het motiveren van mensen. Kijk, daar is ze!'

Beatrix verscheen naast hen, haar ogen glanzend van opwinding, haar donkere haar in kleine vlechtjes strak tegen haar hoofdhuid. 'Cecily! Wat goed dat je er bent! Ik...'

Beatrix werd overstemd door het gejuich van de menigte toen drie mannen op het podium stapten. Cecily herkende burgemeester O'Dwyer van de foto's in *The New York Times*. Twee blanke mannen stonden naast hem, van wie een gekleed was in de regalia van een politiechef en met een frons de borden stond te lezen.

'Harlem! Het is een eer om hier te zijn!' begon burgemeester O'Dwyer met zijn Ierse accent. De menigte antwoordde met gejuich. Cecily bekeek de gezichten om zich heen en werd vervuld van enthousiasme. Dit waren mensen die de wereld wilden verbeteren; zo veel vreugde en hoop had ze niet meer om zich heen gevoeld sinds de vieringen op de dag van de bevrijding in Nairobi. Beatrix gaf haar een bord met daarop HARLEM IS GEEN GETTO! en Cecily hield de slogan met trots omhoog. Ze luisterde naar de toespraak van de burgemeester, die hervormingen beloofde in de huisvesting en meer geld voor onderwijs, en ze kneep haar ogen dicht toen er vlakbij werd geflitst door een persfotograaf.

In het gedrang voor een beter uitzicht kreeg Cecily een duw in haar rug, en Rosalind greep haar vast zodat ze niet zou vallen. Ondanks de vrieskou voelde Cecily zweet in haar nek en ze realiseerde zich hoe dicht iedereen op elkaar stond.

Toen de politiechef voor de microfoon ging staan, ging er een golf van ongemak door de menigte en Cecily huiverde. Ze strekte haar nek om te zien tot hoever de mensenmassa links en rechts van haar reikte, en tot haar schrik zag ze dat er een brede kring politieagenten om hen heen stond, met de hand op de wapenstok, en strakke gezichten onder hun blauwe petten.

'Waarom is er politie?' fluisterde ze naar Rosalind.

'Blijf maar bij Terrence en mij, dan ben je veilig,' fluisterde Rosalind terug.

'Moordenaars!' spoog Beatrix. 'Die agenten hebben Robert Bandy neergeschoten, terwijl hij ongewapend was en alleen maar het leven van een vrouw probeerde te redden. Vieze gore zwijnen!'

Er begon een golf van woede om hen heen te rijzen, en Cecily nam een diepe teug adem terwijl de menigte opeens verder naar voren werd gedrongen door de politieagenten. Cecily kon de toespraken op het podium niet meer horen, alleen het klagende gegil van de vrouw vlakbij die haar huilende baby probeerde af te schermen tegen het gedrang van lichamen.

Overal werd gegild. Een man duwde haar opzij om te ontsnappen aan een agent die op hem af kwam met geheven wapenstok. De man gebruikte zijn bord als schild, maar hij werd neergeslagen tot hij languit op de modderige straat lag, met zijn armen zijn hoofd beschermend tegen de aanhoudende klappen. Cecily hoorde een schel fluitje en gehinnik van paarden, en toen ze opkeek, zag ze bereden politie de demonstranten naderen, van wie velen inmiddels wegrenden.

'Cecily! Blijf dicht bij mij!' Beatrix greep haar hand vast en voerde haar naar een gat in de politielinie. Cecily volgde Beatrix blindelings, rennend met bonzend hart, andere demonstranten ontwijkend die ook een veilig heenkomen zochten. Ze probeerde de pijnkreten en misselijkmakende ploffen van wapenstokken op mensenvlees te negeren. Opeens viel Cecily met een smak op de grond en zag ze boven zich hoe Beatrix werd vastgehouden door twee politieagenten. Ze vocht als een wilde kat, haar krullen schoten uit haar vlechtjes terwijl ze werd weggesleept.

'Nee! Beatrix!' schreeuwde Cecily, en toen ze probeerde op te staan, vlamde er een stekende pijn op in haar enkel. 'Stop daarmee! Ze heeft niets gedaan!'

Met schrik en afgrijzen keek ze op de grond zittend om zich heen. Wat was begonnen als een vredige, ordentelijke bijeenkomst was uitgelopen op chaos. 'Archer,' mompelde ze terwijl ze probeerde terug te halen waar hij had gezegd dat hij op haar zou wachten. Ze deed een poging om op te staan, maar ze zwikte door haar enkel, precies toen er een hele groep demonstranten op haar af kwam denderen.

Net toen ze dacht dat ze onder de voet gelopen zou worden, hoorde ze een zware mannenstem boven haar.

'Kunt u lopen?' Ze keek op en zag een blanke man boven haar uit torenen.

'Mijn enkel...'

'Pak mijn hand.'

Dat deed Cecily, waarna de man haar overeind trok. Hij ondersteunde haar met zijn arm en leidde haar zo weg uit de menigte.

'Mijn chauffeur... hij wacht op me op Lenox, daar aan het einde van de straat,' kon ze uitbrengen, terwijl ze langzaam haar zinnen hervond.

'Goed, snel weg hier dan, want het ziet ernaar uit dat het straks nog erger wordt.'

Overal om hen heen braken er gewelddadige schermutselingen uit terwijl de demonstranten zich verzamelden en begonnen terug te vechten.

Toen ze de kruising van West 138th en Lenox naderden, zag Cecily de Chrysler en wees ernaar. 'Daar is Archer!' gilde ze boven het strijdgewoel uit. De man tilde haar in zijn armen en rende met haar naar de auto, en toen ze bij de achterdeur stonden wrikte hij het portier open.

'U bent er, godzijdank, Miss Cecily!' schreeuwde Archer, terwijl hij de motor startte. 'We moeten weg hier!'

'Voorzichtig, ma'am,' zei de man en hij liet Cecily op de achterbank zakken. Toen hij de deur dicht wilde doen, hield Cecily hem tegen, omdat ze twee politieagenten met wapenstokken op de auto af zag komen.

'Archer, wacht! Stap in!' schreeuwde ze naar de man, en ze pakte hem met haar laatste krachten beet bij zijn arm om hem de auto in te trekken, precies toen de politiemannen naar voren renden om hem te grijpen. 'Rijden, Archer, rijden!'

Archer trapte op het gaspedaal en de auto schoot weg.

Terwijl de Chrysler wegreed van het nachtmerrieachtige toneel achter hen, slaakten de drie inzittenden een collectieve zucht van verlichting.

'Ik kan u niet genoeg bedanken voor uw hulp...' begon Cecily.

'Geen dank. Ik moet u bedanken voor uw hulp van daarnet.' De man zat achterovergeleund, met zijn ogen half gesloten.

'Kunnen we u ergens naartoe brengen? Waar woont u?' vroeg ze.

De man aarzelde even, pakte toen een kaartje uit zijn zak en gaf het haar, voordat hij uitstapte en het portier achter zich dichtsloeg.

46

Twee dagen later werd Cecily wakker met een enkel die nog steeds bonkte van de pijn, ondanks de zakken ijs waar ze mee was gaan slapen. Thuiskomend na de demonstratie had Cecily, met bevuilde kleren en mank lopend, Archer laten zweren dat hij zijn mond zou houden. Schoorvoetend had hij beloofd dat hij haar ouders niets zou vertellen over wat er was gebeurd.

'Als ik zo vrij mag zijn, Miss Cecily, misschien is het beter om u niet meer met dit soort dingen in te laten,' had hij met oprechte bezorgdheid in zijn ogen gezegd toen ze voor het huis stonden terwijl Cecily probeerde tot zichzelf te komen.

'Dank je wel, Archer, maar ik ben oud genoeg om te weten wat ik doe,' had ze kortaf geantwoord. 'En iemand moet toch opstaan tegen ongelijkheid, of niet soms?'

'Als u maar zorgt dat u niets overkomt, Miss Cecily. Maar het is uw strijd niet. U bent een dame.'

Dorothea was in alle staten toen ze zag hoe ze eraan toe was, waarna Cecily snel met een uitgebreid verhaal was gekomen over een metrorooster waarover ze zou zijn gestruikeld, waarna ze voorzichtig de trap op was gegaan naar zolder, waar ze Stella aantrof met Lankenua. Stella was in haar armen gevlogen en Cecily had haar stevig vastgehouden.

'Waarom ben je vies, Kuyia? Waar ben je geweest?'

'Dat is niet belangrijk, lieverd,' had Cecily met een glimlach gezegd. 'Ik ben gewoon blij om je te zien.'

Er werd op de deur geklopt en Evelyn kwam binnen met een blad met koffie en toast. Ze zette het op Cecily's schoot en controleerde toen haar enkel, die op een kussen rustte.

'Het ziet er al veel beter uit, miss,' zei ze.

'Dank je wel, Evelyn,' zei Cecily, die haar bekeek door nieuwe ogen. 'Evelyn?'

'Ja, miss?'

'Vind je het fijn om voor mijn familie te werken?'

'Wat een rare vraag, Miss Cecily! Ik doe dit werk al zo lang. Al vanaf dat u klein was.'

'Ja, dat weet ik, Evelyn, maar zou je niet eens willen dat je andere kansen had?'

Het bleef even stil, en toen zei Evelyn opgewekt: 'Ik ben heel dankbaar voor deze kans. Ik ben blij om bij uw familie te werken, altijd geweest, Miss Cecily. Bent u niet tevreden over me?'

'Jawel, natuurlijk wel! Neem me niet kwalijk,' zei Cecily. 'Ik dacht alleen... Nee hoor, maak je geen zorgen, Evelyn. Let maar niet op mij.'

'Als u iets nodig hebt, dan hoeft u maar te bellen, Miss Cecily.'

Evelyn verliet de kamer en Cecily liet haar hoofd achterovervallen in de kussens. Sinds de demonstratie en al het vreselijks wat daar was gebeurd, was haar wereldbeeld volledig gekanteld. Steeds weer zag ze die doodsbange gezichten voor zich van demonstranten die door de politie zo buitensporig hardhandig werden afgevoerd, en steeds weer overdacht ze hoe schandelijk onrechtvaardig het allemaal was. Gelukkig had Rosalind gisteren gebeld om haar te laten weten dat Beatrix en tien andere demonstranten eindelijk waren vrijgelaten.

'De borgtocht was hoog, maar onze advocaat heeft met de rechter gesproken en een goede deal gesloten. Het is Beatrix' tweede arrestatie, dus ze moet oppassen.'

'Het had zomaar Stella kunnen zijn die werd aangevallen, puur om haar huidskleur. In wat voor wereld leven we?' zei Cecily zachtjes in zichzelf.

In een wereld die voor jou heel voordelig is, was het antwoord in haar hoofd. En waarom? Simpelweg omdat ze rijk was, en geprivilegieerd en blank.

Kom onze zaak alsjeblieft steunen, had Beatrix gezegd.

Cecily keek door haar slaapkamerraam naar buiten, waar ze kon zien dat Central Park bedekt was met een donzige witte deken van sneeuw. Het zag er hier zo vredig uit, in dit deel van New York, maar nu ze die andere kant had gezien, die kant van leed en onderdrukking, kon niets ooit nog hetzelfde zijn. Ze moest denken aan die gruwelijke foto's van Duitse concentratiekampen die door Amerikaanse soldaten aan het einde van de oorlog waren bevrijd, en zag nog haar tranen op de krant vallen, ze kon er met haar hoofd niet bij, bij zo veel wreedheid. En toch wist ze dat ook hier, net als in Kenia, op slechts een klein stukje rijden vanaf haar voordeur, de levens van mensen op dagelijkse basis vol zaten met vergelijkbaar onrecht.

'Mensen zeggen dan wel dat dit het land van de vrijheid is, maar ondertussen doen we helemaal niets aan het rechtzetten van misstanden als ze eenmaal hier zijn,' fluisterde ze.

Terwijl ze haar toast opat, voelde ze een soort gespannen energie in zich oplaaien en ze kreeg ineens een bijna wanhopige behoefte om met Rosalind en Beatrix te spreken. Over dit soort dingen kon ze het met haar zussen niet hebben, laat staan haar vader of, nog erger, haar moeder. Als Dorothea haar maar had gezien bij de demonstratie, schouder aan schouder met de 'negers', voor wier weeskinderen ze geld probeerde bijeen te krijgen, maar die als gelijkwaardige gast in haar huis ongeveer net zo welkom waren als de gemiddelde rioolrat.

'Maar het is waar, ik ben niet een van hen,' zei ze tegen zichzelf, nippend van haar koffie. Maar waarom voelde ze dan dat vuur, die drang om te vechten voor gerechtigheid voor datgene wat ze twee dagen geleden in Harlem had zien gebeuren?

Omdat je van het meisje houdt dat je je dochter noemt, zei haar inwendige stem. En je moet voor haar vechten, en voor anderen zoals zij, omdat zij het niet kan...

Later die dag zette Cecily voorzichtig weer wat stapjes en leek haar enkel weer gewicht te kunnen dragen. Terwijl haar moeder haar middagrust nam, wat in de weken sinds Kiki's dood steeds wat langer was gaan duren, kleedde Cecily Stella aan in haar kamer en liet het meisje zichzelf bewonderen in de kleedspiegel.

'Waar gaan we heen, Kuyia?' vroeg Stella terwijl ze de kraag van haar rode jas goed deed.

'Een school, met veel andere kleine kinderen die net zo slim zijn als jij. Lijkt het je leuk om die te ontmoeten?'

'Ja!' gilde Stella. 'Mag ik Lucky ook meenemen?' Ze greep de leeuw bij zijn manen.

'Natuurlijk mag dat,' zei Cecily.

Archer reed de auto tot voor de deur van Rosalinds brownstone. Het was pas net gestopt met sneeuwen en de sneeuw had nog geen kans gehad om in pap te veranderen en zo liet Stella kirrend van plezier kleine perfecte voetstappen achter op de stoep naar de voordeur.

'Dank je wel, Archer.'

'Graag gedaan, Miss Cecily. Ik wacht hier op u, tot u klaar bent,' zei hij, met een knipoog. Het geheim dat ze deelden had ook gezorgd voor een hechtere band tussen hen.

Cecily tilde Stella op zodat ze de zware bronzen klopper kon gebruiken. Rosalind deed open en begroette Cecily met een warme omhelzing.

'Welkom, zuster,' fluisterde ze in Cecily's oor. 'En jij bent Stella,' zei ze, hurkend en haar hand uitstekend.

Plotseling verlegen probeerde Stella zich te verstoppen achter Cecily's benen.

'Kom maar, lieverd,' moedigde Cecily haar aan. 'Rosalind is mijn vriendin en ze kan je voorstellen aan de andere kindertjes.'

Na enige aarzeling gaf Stella Rosalind een hand en liep ze met haar mee naar de achterkant van het grote huis, tot ze in een ruime kamer kwamen die uitzag op een tuin. Van de kamer was een soort klaslokaal gemaakt, met een schoolbord en vijf kleine houten tafeltjes ervoor. Boekenkasten met oefenboeken en leesboekjes, schriften en speelgoed stonden tegen de ene muur, en aan de andere muur hingen rekentafels, de kaart van New York en tekeningen van allerlei dieren, gemaakt door kinderen.

'Wie heb je daar bij je, Stella?' vroeg Rosalind.

'Lucky,' zei Stella, hem ophoudend.

Rosalind aaide zijn vacht. 'Wat is hij mooi. Ik ben vereerd dat je hem hebt meegebracht. Ben je al eens op een school geweest?'

'Nee, maar Kuyia geeft me les.' Ze keek op naar Cecily, die bemoedigend knikte.

'"Kuyia" betekent "tante",' legde ze uit aan Rosalind, die Stella naar een leeshoek leidde, met kussens op een speelkleed, en daar gingen ze zitten. Cecily keek trots toe hoe Stella geanimeerd raakte terwijl Rosalind vragen stelde, en reikte toen naar een van de prentenboeken op de plank naast hen. Stella begon de stukjes voor te lezen die Rosalind aanwees.

Cecily ging aan een van de kleine tafeltjes zitten, terwijl Rosalind met Stella wat simpele rekensommen deed, en daarna nog wat logicavragen stelde, die ze met gemak kon beantwoorden. Na dertig minuten stelde Rosalind voor om de andere kinderen te ontmoeten, en Stella sprong enthousiast op. Ze werden mee naar beneden genomen naar een grote keuken waar vier kinderen boterhammen met pindakaas en jam zaten te eten aan een grote eikenhouten tafel.

'Jongens, dit is Stella!' zei Rosalind, en de jongens en meisjes stonden verlegen op om haar welkom te heten. Cecily keek toe terwijl Stella een grote glimlach opzette en naast de dochter van Rosalind ging zitten, die werd voorgesteld als Harmony, die haar haar in krullende paardenstaarten had, met linten, en haar de helft van haar boterham gaf.

'Jij en ik zijn de enigen die lesgeven op dit moment,' zei Rosalind zachtjes tegen Cecily terwijl ze naar de kinderen keken, die samen aan tafel zaten te giechelen. 'Als dit een succes wordt, dan hoop ik te kunnen uitbreiden. Mijn bedoeling is dat ik het geld bijeenkrijg door een aantal van mijn rijkere zwarte vrienden een bijdrage te vragen die een fatsoenlijke opleiding willen voor hun kinderen, waardoor we ook de intelligentere kinderen kunnen aannemen wiens ouders het niet kunnen betalen.'

'Dat is een fantastisch plan. Je hebt het allemaal wel goed overdacht,' zei Cecily, vol bewondering voor haar nieuwe vriendin.

'Nou ja, ik ben toch thuis met Harmony, dus dan kan ik net zo goed mijn universitaire graad goed gebruiken. Nou, vertel eens over Stella. Een slimmerdje, dat is wel duidelijk, en ze is gek op je.'

Cecily keek eerst of Stella helemaal opging in haar gesprek, en knikte toen naar Rosalind dat ze haar even apart wilde nemen.

'Ik heb haar gevonden toen ze als pasgeboren baby voor dood was achtergelaten op mijn ranch in Kenia. Ik heb haar mee naar huis genomen en nou ja...' zuchtte Cecily. 'Het is moeilijk uit te leggen, maar het was liefde op het eerste gezicht. Mijn man schrok eerst heel erg toen ik zei dat ik voor haar wilde zorgen, dat ik wilde dat we haar zouden opvoeden als onze eigen dochter. Maar uiteindelijk vond ook hij het een goed idee, en toen hebben we een plan bedacht.'

Cecily vertelde over Lankenua's komst en dat Stella geloofde dat zij haar moeder was.

'Niemand weet hoe het zit natuurlijk, Rosalind. Mijn moeder zou eraan onderdoor gaan als ze lucht kreeg van de daadwerkelijke relatie, maar zo is het wel het beste.'

'Ik begrijp het,' zei Rosalind. Cecily zag tranen in haar ogen. 'Mag ik je een knuffel geven?'

'Natuurlijk,' zei Cecily, en Rosalind drukte haar tegen zich aan.

'Wat jullie voor dat meisje hebben gedaan, vind ik gewoon een van de mooiste dingen die ik ooit heb gehoord. Ik wil je helpen om Stella alles te geven wat ze verdient, en meer.'

Cecily voelde de tranen ook bij zichzelf opwellen, want het was voor het eerst sinds ze Stella als baby in haar armen had genomen dat ze eerlijk kon zijn over de situatie, tegen iemand anders dan Bill of Lankenua.

'En je man dan? Verwacht hij je binnenkort terug in Kenia?' vroeg Rosalind, die haar aankeek met haar opmerkzame blik.

'Eigenlijk wel, ja, maar misschien kan ik het iets uitstellen, even aankijken hoe Stella en ik het hier vinden. Net als jij heb ik een doel nodig, ik moet mijn hersenen kunnen gebruiken. In Kenia heb ik dat niet, afgezien van het huishouden en de tuin, en Stella natuurlijk. En zoals het nu is, is er voor haar geen toekomst in Afrika.'

'Oké, kinderen, wie wil er buiten spelen in de sneeuw?' vroeg Rosalind, nadat ze zich had omgedraaid.

'Ik! Ik!' riepen ze allemaal.

Cecily en Rosalind volgden hen terwijl ze de keuken uit stormden en de twee vrouwen hielpen ze met hun sneeuwlaarzen en winterjassen.

'Ik heb nog nooit in de sneeuw gespeeld,' zei Stella zachtjes tegen Cecily. 'Ik weet niet wat ik moet doen.'

'Ik doe het wel voor,' zei Harmony stoer. 'Laten we een sneeuwpop maken!'

Stella pakte haar hand en samen renden ze de tuin in, waar onder veel gegil en gelach een sneeuwballengevecht uitbrak, en daarna begonnen ze een sneeuwpop te bouwen. Cecily bekeek het door de balkondeur. Ze had haar nog nooit zo zelfverzekerd en blij gezien, ze had haar zelfs nog nooit met zo veel andere kinderen zien spelen. Stella's wereld was tot nu toe noodgedwongen klein en beperkt geweest, het enige speelkameraadje van haar leeftijd was Michael. Hier kon ze een gewoon kind zijn, tussen kinderen die hetzelfde waren als zij. Instinctief wist ze dat dit absoluut de juiste plek was voor Stella. En dat ze er alles voor overhad om haar kleine meid zo gelukkig te kunnen zien.

'Ik wil jullie er heel graag bij hebben, op onze school,' zei Rosalind toen ze wat later buiten voor de deur stonden. 'Maar ik weet ook dat je voor een grote beslissing staat, hè?'

'Ja, dat is zo.'

'Wel, laat het me weten zodra je je besluit genomen hebt, oké?'

'Doe ik.'

Terwijl ze Stella de trap af hielp naar de auto, voelde Cecily een brok in haar keel toen ze Stella naar haar nieuwe vriendjes zag zwaaien.

'Tot ziens, tot snel,' riep Stella.

Toen ze wegreden wist Cecily dat ze er alles aan zou doen om ervoor te zorgen dat haar geliefde dochter haar vriendjes inderdaad snel weer zou zien.

De volgende dag werd Cecily wakker met hoofdpijn en pijn in haar hart, na gedroomd te hebben over Bill. Snel kleedde ze zich aan en ze sloop naar beneden, heel stilletjes, om niemand wakker te maken. Buiten was het nog donker, net voor het ochtendgloren, en ze trok haar jas aan met haar bonten kraag en ging op pad naar Central Park. Haar enkel voelde nog niet helemaal beter, en dus veegde ze wat sneeuw van een bankje, nam plaats en keek op naar het beroemde standbeeld van *Alice in Wonderland*, onder een laag rijp die leek op een wit gewaad. Het was stil in het park, alleen een paar verwilderde duiven liepen zinloos hier en daar te pikken in de sneeuwprut op de grond.

Cecily sloeg haar armen om zich heen en voelde zich een beetje alsof ook zij door een konijnenhol was gevallen sinds haar komst naar Manhattan. Ze keek hoe de adem die ze uitblies zichtbaar werd in de ijskoude lucht, wat weer helemaal nieuw was voor haar nu ze al zo lang in de hitte van Afrika had gewoond. Hier kon de Manhattan-

Cecily zich amper het gevoel herinneren van het te heet hebben, en de andere Kenia-Cecily leek bijna een droom-Cecily, een bedriegster. Ze vroeg zich af wat Bill op dit moment aan het doen zou zijn, of hij nog steeds op safari was. Als ze belde, nam hij thuis nooit op, en op de Muthaiga Club zei Ali dat hij de sahib al sinds Kerstmis niet meer had gezien.

Stella's toekomst was hier, dat voelde ze in het diepst van haar hart. Maar als zij hier bleef, samen met haar in New York, dan zou ze Bill in Kenia achterlaten. Haar thuis en alles wat daarbij hoorde... Paradise Farm, Wolfie, Katherine... Zou Lankenua nog bij haar willen blijven? Ze kon toch moeilijk van een moeder vragen om haar zoon achter te laten.

Misschien was het enige wat ze kon doen, zoals ze ook tegen Rosalind had gezegd, Bill vertellen dat ze haar terugkeer nog even zou uitstellen. Daar kon hij eigenlijk niets tegen inbrengen, na al die jaren dat zij in Kenia had vastgezeten, en daarbij deed hij ook nog eens geen enkele moeite om contact te onderhouden. Een langer verblijf hier zou hen in staat stellen om hun nieuwe leven alvast een beetje uit te proberen zonder dat er grote beslissingen hoefden te worden genomen.

Bij thuiskomst verdween ze haar vaders studeerkamer in. Op de gang en in de keuken hoorde ze de voetstappen van Evelyn die het blad met de ochtendkoffie naar haar ouders boven bracht en ze hoorde haar de haarden aansteken. Cecily pakte een vulpen en papier uit de bureaula en begon te schrijven.

Liefste Bill,

Gelukkig nieuwjaar! Ik hoop dat je het hebt gevierd, waar je ook bent. Ik vond het jammer dat ik niet bij je was. Hoe was het kerstfeest op de Muthaiga Club? Toen ik je belde met Kerstmis, zei Ali dat je op safari was. Ik heb je daarna nog een paar keer geprobeerd te bellen, op de ranch en op de club, vandaar dat ik nu naar de pen grijp. Ik zal je afwezigheid maar opvatten als een goed teken, dat je druk bent en niet als een kluizenaar leeft nu ik weg ben.
Hoe gaat het met Bobby en Katherine? Gaat het goed met haar zwangerschap? Stella mist Michael heel erg.

Hier in New York was Kerstmis best somber, vanwege Kiki's dood. Ik kan me Mundui House helemaal niet voorstellen, zo zonder Kiki, vreselijk.
Ik haal mijn troost uit het feit dat ik mijn nichtjes en neefjes beter leer kennen, en uit het aanhalen van de band met mijn zusters. Ik heb ook heerlijk met Stella door Manhattan gestruind en eerlijk gezegd, de tijd gaat hier zo snel dat ik graag nog wat langer zou willen blijven. Ik ben tenslotte wel zeven jaar weg geweest! Ik hoop maar dat je het niet erg vindt, Bill. Het is ook zo'n lange reis en ik heb geen idee wanneer ik weer terug zal komen als ik hier eenmaal vertrek. Natuurlijk ben je meer dan welkom om me hier op een moment van jouw keuze te komen opzoeken. Mama en papa willen je graag ontmoeten en ik wil je graag mijn stad laten zien zoals jij me Kenia hebt laten zien.
Ik zal je laten weten wanneer ik mijn terugreis boek.
Ik hoop dat alles goed gaat met de ranch, wens iedereen veel liefs, en vooral voor jouzelf heel veel liefs natuurlijk. Ik mis je.
Schrijf me alsjeblieft terug, of bel me. Ik maak me zorgen om je!

Cecily xx

Net toen ze het adres op de envelop schreef, ging de deur van de studeerkamer open en kwam haar vader binnen.

'Hallo, Cecily,' zei hij. 'Wat ben je vroeg wakker, schat.'

'Ik wilde een brief aan Bill schrijven.'

'Ach, natuurlijk. Je zult hem wel missen, maar over een paar weken zien jullie elkaar weer, toch?'

'Nou, ja,' zei ze, tikkend met de envelop op haar handpalm, 'ik heb besloten dat ik langer in New York wil blijven, als jij en mama dat goed vinden, natuurlijk.'

'Dat hoef je niet eens te vragen,' straalde Walter. 'Dat is geweldig nieuws. Nou, kom lekker met me ontbijten, en dan doen we samen de kruiswoordpuzzel in *The New York Times*.'

Cecily liep met haar vader de studeerkamer uit en legde de envelop neer op het zilveren plateau in de hal, zodat hij kon worden gepost.

De maandag erop ging Stella voor het eerst naar school, in haar lievelingsjurk, de geruite, en met staartjes in haar haar, net zoals haar nieuwe vriendin Harmony. Archer reed hen naar Brooklyn, en Stella rende de auto uit en het trapje op naar de voordeur. Cecily had haar oude leren schooltas meegegeven aan Stella en ze had er potloden en gummetjes in gedaan, met een zak chocoladekoekjes die Essie had gemaakt om uit te delen aan haar klasgenootjes.

Rosalind bracht hen naar de klas, waar Stella naar Harmony rende voor een knuffel. Harmony bood het tafeltje naast haar aan. Cecily ging achterin staan en keek toe hoe Rosalind aan de les begon. Ze zag Stella's leergierige gezichtje ingespannen luisteren naar elk woord dat Rosalind zei.

Vanaf dat moment hadden ze een vast schema. Van maandag tot vrijdag bracht Archer Cecily en Stella naar Brooklyn, waar de schooldag voor beiden om negen uur begon. Cecily en Rosalind stonden om de beurt voor de klas om hun verschillende vakken te onderwijzen, terwijl de ander beneden haar les zat voor te bereiden of het werk van de kinderen corrigeerde.

Cecily genoot van het lesgeven. In het begin was ze wat onzeker voor de klas, maar toen ze meer zelfvertrouwen kreeg, reageerden de kinderen goed op haar strikte maar vriendelijke manier van doen. Na school bracht Archer hen naar huis, en dan wandelde Cecily met Stella door Central Park, waar de kleine meid vrolijk honderduit vertelde over wat ze allemaal had geleerd die dag. 's Avonds kropen ze samen onder de wol en lazen ze een boek, en als ze op haar schouder in slaap viel, droeg Cecily Stella naar haar eigen bed in de kamer ernaast.

Ze had ook besloten om het nummer op het kaartje te bellen dat de man die haar bij de demonstratie had gered haar had gegeven om hem te bedanken. Een vrouw met een Frans accent had opgenomen, en de telefoon doorgegeven aan haar echtgenoot. Cecily had erop gestaan om hem en zijn vrouw te trakteren op een lunch. Met zijn drieën hadden ze een paar interessante uren doorgebracht in het Waldorf Astoria. De Tanits waren bereisd en het was een inspirerende ervaring om te praten met mensen die de oorlog in Europa hadden meegemaakt. Het gaf haar het besef dat de meeste Amerikanen in haar omgeving wel heel erg naar binnen gericht waren. Helaas waren de Tanits daarna naar Engeland teruggekeerd, maar steeds vaker zocht Cecily het gezelschap van Beatrix en Rosalind, omdat ze hun vriendenkring zo veel stimulerender vond dan de vrouwen die ze kende van haar moeders oneindige liefdadigheidsnetwerk. De wereld was aan het veranderen, en snel ook, en Cecily wilde deel uitmaken van de toekomst, en niet blijven steken in het verleden.

Lankenua was bevriend geraakt met Evelyn, en sinds kort ging ze zelfs zondags met haar mee naar de kerk. Over terugkeren naar Kenia begon ze bijna niet meer en Cecily vond het fijn om te zien dat ze begon te wennen aan het leven in New York. Nu de feestdagen achter de rug waren, bracht Walter al zijn dagen door op de bank, en 's avonds trok hij zich terug op de club, en tot Cecily's opluchting was Dorothea op haar jaarlijkse trip naar Chicago om haar moeder te bezoeken. Als hij thuis was, nam hij Stella mee naar zijn studeerkamer en deed hij steeds ingewikkelder rekenspelletjes met haar. Het was duidelijk dat hij stapel was op de kleine meid en meer dan eens was Cecily in de verleiding gekomen om hem de waarheid te vertellen over hun band.

Van Bill had ze niets gehoord, niet per brief en niet per telefoon, zelfs niet toen ze een telegram had gestuurd naar de Muthaiga Club. Toen ze later belde, verzekerde Ali haar dat het goed ging met sahib, maar dat hij op de savanne was met zijn vee, wat Katherine bevestigde.

'Misschien is hij me gewoon al vergeten,' mopperde ze terwijl ze de hoorn op de haak legde na het zoveelste onbeantwoorde telefoontje.

Voor ze het wist was het eind maart en verdreef de lente de lange New Yorkse winter. Aan Paradise Farm dacht ze steeds minder, en hoewel ze Bill eindelijk aan de telefoon had gekregen, had ze een afstandelijkheid in zijn stem bemerkt die ze niet kon toeschrijven aan de lange afstand op de lijn. Stella was ook gestopt met vragen wanneer ze naar 'huis' gingen. Het enige wat hun fijne routine verstoorde, was het feit dat Dorothea terug was uit Chicago en een kille en gespannen sfeer had meegebracht.

Een laatste sneeuwstorm joeg door de straten van New York, de ramen trilden in hun sponningen. Cecily en Stella lagen samen in hun ochtendjas in bed met warme chocolademelk en *Little House on the Prairie* opengeslagen op Stella's schoot.

Stella las hardop voor met haar hoge, heldere stem, maar elke keer dat de storm tegen het huis sloeg, huiverde ze.

'Ik ben bang, Kuyia,' fluisterde ze. 'Wat als de wind alles omblaast?'

'In huis is iedereen veilig. Dit huis staat hier al heel, heel lang en heeft al honderd sneeuwstormen doorstaan. Nou, wil je nog even lezen of wil je gaan slapen?'

Net als elke avond las Stella koppig door, maar Cecily zag haar ogen langzaam dichtvallen, en uiteindelijk viel ze in slaap. Cecily keek naar haar wimpers, die zachtjes tegen haar donkere huid knipperden, haar gelaatstrekken helemaal ontspannen. Ze aaide haar over haar haar en liet ook haar eigen oogleden zakken, waarna ze net als Stella naar dromenland vertrok.

Cecily schrok wakker toen er op de deur werd geklopt. Gedesoriënteerd keek ze om zich heen en zag het ochtendlicht door de slaapkamerramen komen, met Stella naast haar, waarna ze zich realiseerde dat ze zo in slaap moesten zijn gevallen.

'Binnen,' riep ze, denkend dat het Evelyn zou zijn met het ontbijtblad.

Het was niet Evelyn, maar Dorothea die de deur opendeed.

'Cecily, ik wilde even zeggen dat ik vandaag...'

Haar moeder stopte midden in haar zin toen ze Stella's donkere hoofdje naast Cecily op het kussen zag.

Dorothea sloeg haar hand voor haar mond en gaf een gil van afschuw. 'Wat doet zij bij jou in bed?'

'Ik... Stella was bang voor de storm, daarom kwam ze bij mij in bed en hebben we een verhaaltje gelezen en...'

Dorothea stampte door de kamer en trok de dekens van Stella af. Toen greep ze het meisje, dat nog half sliep, ruw bij haar arm en trok haar uit bed.

'Kom jij maar eens even met mij mee, juffie, nu meteen! Naar de zolder, waar je hoort! Ik heb genoeg van dat belachelijke gedrag van je, Cecily. En dit – dat negerkind van je dienstmeid in je eigen bed laten liggen – dit spant de kroon!'

'Niet doen!' huilde Stella, die zich probeerde los te rukken uit Dorothea's greep. 'U doet me pijn!'

'Laat haar los, mama, nu meteen!'

Cecily was uit bed gekomen en stond nu aan haar moeders arm te trekken om Stella te bevrijden.

'Geen denken aan! Het kan me niet schelen wat je onder je eigen dak doet in dat godvergeten land waar je zo nodig moet wonen, maar hier onder mijn dak wonen vieze kleine negers op zolder, waar ze horen!'

'Hoe durf je Stella vies te noemen! Ze is net zo schoon als ik ben!' schreeuwde Cecily. 'Ik heb haar gisteren nog in bad gedaan!'

'Jij hebt haar in bad gedaan?! Lieve Heer, Cecily! Heeft al die zon je hersenen aangetast? Ze is de negerdochter van je dienstmeid!'

'Noem haar nog een keer een neger en ik zweer je dat ik...'

'Au!' riep Dorothea toen Stella met haar kleine witte tandjes in het zachte vlees bij haar pols beet en ze eindelijk losliet. Stella rende naar Cecily, die haar beschermend vasthield.

'Dat kind is gewoon een wilde! Kijk!' Dorothea stak haar arm uit. 'Tot bloedens toe! Ik zweer het je, Cecily, ik wil haar en haar moeder weg uit mijn huis, zodra ze hun spullen hebben gepakt. Ik moet mijn dokter bellen, je kunt er donder op zeggen dat ik een of andere ziekte van haar heb opgelopen!'

'Doe niet zo raar, mama. Stella is even gezond als jij en ik.'

'Ik zeg het nog één keer, ik wil haar met haar moeder vandaag nog mijn huis uit!'

'Prima. Dan ga ik met ze mee. Ik kan toch geen moment langer meer luisteren naar jouw walgelijke vooroordelen en racistische opmerkingen! Stella is nog maar een kind, mama, net als jouw geliefde kleinkinderen!'

Door de herrie was Walter, die in zijn pyjama uit zijn slaapkamer was gekomen, erbij komen staan.

'Wat is er in godsnaam aan de hand?'

'Je dochter heeft een negerkind in haar bed laten slapen vannacht,' verklaarde Dorothea. 'Dat is obsceen!'

'Oké, nou is het genoeg!' Cecily tilde Stella op en droeg haar rustig naar de zolder, waar Lankenua nerveus bovenaan de trap stond te wachten.

‘Kunnen jullie je snel aankleden en je spullen pakken, alsjeblieft. We gaan hier weg.’

Lankenua keek verbaasd van Cecily naar Stella, maar deed wat haar was verzocht.

Cecily ging terug naar haar slaapkamer, waar ze zich aankleedde en wat kleding in een weekendtas deed. In de gang trof ze Lankenua en Stella, waarna ze de trap namen naar de hal bij de voordeur.

‘Wat ben je in hemelsnaam aan het doen?’ vroeg Walter van bovenaan de trap, terwijl hij toekeek hoe ze Stella haar jas, muts en laarzen aandeed in de hal.

‘Mama zegt dat Lankenua en Stella het huis uit moeten, dus ik ga met ze mee, pap.’

Heel even keken ze elkaar aan. Cecily voelde haar hart snel kloppen terwijl ze afwachtte of hij voor hen in de bres zou springen. Maar toen haar vader geen aanstalten maakte om iets te zeggen, draaide ze zich om en slaakte een verdrietige zucht.

‘Mary, ga Archer maar halen. En wil je de rest van mijn spullen inpakken in mijn koffer. Die kan Archer later voor me ophalen,’ zei ze tegen de huishoudster, die er met grote ogen van de schrik bij stond.

‘Ja, Miss Cecily.’

Terwijl ze haar jas aandeed, wendde Cecily zich tot haar ouders. Haar moeders gezicht was nog rood van kwaadheid, ze hield haar pols vast. Haar vader liet zijn ogen zakken.

‘Schaam je, papa,’ mompelde ze, terwijl Archer bij de voordeur verscheen. ‘Neem Stella en mijn dienstmeid mee en laat ze in de auto stappen, en wacht dan buiten op me,’ beval ze hem.

‘Ja, Miss Cecily.’ Archer stak zijn hand uit en wenkte Stella. Met zijn drieën liepen ze naar buiten.

‘Is dit dan de keuze die je maakt? Je kiest voor hen, en niet voor ons?’ wilde Dorothea weten.

‘Als dat de keuze is die je me dwingt te maken, ja, dan kies ik voor hen.’

Ze liep naar de voordeur, de tranen van haar wangen wrijvend. Zonder om te kijken stapte ze de vrieskou in en liet haar ouderlijk huis achter zich.

ELECTRA

NEW YORK
JUNI 2008

47

'En ik heb daar nooit meer een voet binnen gezet.'

Stella wendde haar hoofd naar de skyline van New York achter de ramen. Het was gaan schemeren en toen donker geworden, maar we hadden het geen van beiden opgemerkt.

'Ik weet niet wat ik ervan moet zeggen,' fluisterde ik en ik ging rechtop zitten. Tijdens de lange uren dat ik had geluisterd, was ik met een kussen onder mijn hoofd op de bank gaan liggen. In het halfdonker kon ik alleen het silhouet van mijn grootmoeder onderscheiden, haar trotse profiel was maar net zichtbaar in het zwakke lichtschijnsel dat de kamer binnenviel.

Ik probeerde me haar voor te stellen als het kleine meisje dat ze ooit geweest was, de baby die door iemand die ze niet kende van een wisse dood gered was en meegenomen naar hier, naar New York. Het was moeilijk die twee beelden met elkaar te verenigen.

'Waar gingen jullie heen nadat Cecily met u was vertrokken uit het huis?'

'Naar Rosalind, natuurlijk. Weet je, hoewel ik doodsbang was door al het geschreeuw en de harde woorden die ik toen niet begreep, nam Archer me bij de hand, en hij liep met me naar de auto en zette me op de achterbank. Hij gaf me een lolly en zei tegen me dat ik daar moest blijven zitten en dat alles goed zou komen. En ik geloofde hem.' Stella glimlachte flauwtjes. 'We logeerden een paar maanden bij Rosalind en haar man Terrence. Dorothea trok Cecily's trustfund in. Dus we zaten een tijdlang zonder geld. Kiki Preston redde ons.'

'Hoe bedoelt u?'

'Ze liet haar peetdochter een legaat na, wat aandelen en geld waarmee we uiteindelijk een appartement konden kopen, een straat van Rosalind vandaan in Brooklyn. Het was niet wat Cecily gewend was geweest, en als ik er nu op terugkijk, moet ze een erg zwaar leven gehad hebben. Die dag verloor ze haar hele familie, vanwege mij.'

'Ze moet zielsveel van u gehouden hebben.'

'Zeker,' zei Stella. Ze knikte. 'En ik was dol op haar. Ze bleek ook een getalenteerd lerares te zijn en samen met Rosalind maakte ze het schooltje dat ze waren begonnen steeds beter. Toen ik tien was, hadden ze genoeg leerlingen om een eigen schoolgebouw te huren. En toen ik van de school af ging, hadden ze tachtig leerlingen, van wie er een paar blank waren, trouwens, en zes fulltimeleerkrachten.'

'Dus ze had haar roeping gevonden.'

'Ja, dat had ze zeker. Ze was een fantastische vrouw en ik mis haar tot op de dag van vandaag.'

Ik werd bestormd door een heleboel vragen waarop ik antwoord wilde.

'Hoe zit het met die dienstmeid van wie u dacht dat ze uw moeder was toen u nog een kind was?'

'Lankenua? O, die bleef bij ons, hier in New York. Ze leerde een man van haar kerk kennen en een jaar nadat we uit het huis aan Fifth Avenue vertrokken waren, trouwden ze. Ze gingen in een klein flatje hier in Brooklyn wonen en ze bleef werken voor Cecily en zorgde voor mij.'

'En haar zoon?'

'Kwinet was bijna zestien toen we uit Kenia vertrokken. Lankenua vroeg hem of hij met haar meeging, maar dat wilde hij niet. Hij was er tevreden mee om op Paradise Farm te passen.'

'En zijn ze nu dood?'

'Ja, helaas,' zei Stella met een zucht. 'Ze zijn allemaal dood, op Beatrix na. Die is vijfentachtig en nog springlevend. Op een dag zou ik haar graag aan je willen voorstellen. Kun je het licht aandoen?'

'Tuurlijk.' Ik reikte naar de lamp op het tafeltje naast de bank. Het felle licht verbrak op een of andere manier de betovering en we werden allebei teruggeworpen in het heden.

'O jee, het is al twee uur 's nachts geweest,' zei Stella, op haar horloge kijkend. 'Ik moet naar huis.'

'Ik zal een taxi voor u bellen.'

'Dank je, lieverd. Dat is erg aardig van je.'

Ik liep naar de telefoon en regelde een taxi terwijl Stella opstond en met wankelende stappen naar de badkamer liep. Ik ging een glas water drinken in de keuken en zag dat de deur van Lizzies kamer gesloten was. Ergens op de avond moest ze het appartement weer binnengeslopen zijn.

Stella kwam de badkamer weer uit en liep naar de stoel om haar tas te pakken. 'Zie je er niet tegenop om hier vannacht alleen te zijn?' vroeg ze vriendelijk. 'Ik kan bij je blijven...'

'Het zal wel gaan. Er is hier een vriendin bij me, maar bedankt dat u het aanbiedt.'

'Electra, ik weet dat we nog heel veel te bespreken hebben... Dingen die jij over je mama wilt weten. Daar heb je behoefte aan en je hebt er ook alle recht op. Maar ik hoop dat je nu begrijpt waarom het zo belangrijk voor je is om te horen hoe ik in Amerika terechtgekomen ben. Het is geen excuus voor wat er daarna gebeurd is, maar...'

'Ik begrijp het, Stella. Gaat u nou maar naar huis en zorg dat u wat rust krijgt.'

'Wanneer wil je dat ik terugkom? Ik heb dingen te doen, maar jij bent mijn prioriteit nu, dat zweer ik je.'

'Kan ik u morgen bellen? Ik wil nu eerst gaan slapen.'

'Natuurlijk. Welterusten, lieverd, en het spijt me verschrikkelijk dat ik je van streek gemaakt heb.'

'Dat geeft niet,' zei ik en ik deed de voordeur voor haar open. 'Eén ding heeft me in elk geval opgevrolijkt.'

'En dat is?'

'Dat ik echt van een familielijn van prinsessen afstam,' zei ik glimlachend. 'Welterusten, Stella.'

'Jullie hebben lang zitten praten,' zei Lizzie toen ik de volgende ochtend de keuken in kwam met een gevoel alsof ik de avond tevoren een paar lijntjes had gesnoven en een hele fles Goose had leeggedronken.

'Ja, zeker,' zei ik instemmend. Ik liep naar het koffiezetapparaat om een kop sterke koffie in te schenken.

'Dus je hebt alles uitgepraat met je grootmoeder?'

'Zo zou ik het niet willen zeggen, maar ik vind dat we nu eindelijk iets bereikt hebben, ja.'

'Mooi, mooi. Nou, je weet dat ik me niet met jouw leven wil bemoeien, Electra, maar als je er een keer over wilt praten, kun je altijd bij mij terecht.'

'Dat weet ik, Lizzie, dank je wel.'

'Ik ga vanochtend naar de bank. Hopelijk hebben ze de goede papieren gevonden, dan kan ik die ondertekenen en kunnen ze mijn geld vrijgeven. En dan heb jij geen last meer van me.'

'Maar Lizzie, ik vind het fijn dat je hier bij me bent, echt waar. Ik zou het zelfs ontzettend jammer vinden als je nu al wegging. Op mijn weg naar zelfontdekking ben ik erachter gekomen dat ik het niet leuk vind om alleen te wonen. Dus wat zou je ervan denken om hier permanent in te trekken?'

'O, Electra, dat is een prachtkans, maar de huur moet ontzettend hoog zijn, en dat kan ik me niet permitteren.'

'Ten eerste weet je dat geld geen rol voor me speelt en ten tweede heb ik erover zitten denken om ergens anders in de stad te gaan wonen. Binnenkort loopt mijn huurcontract hier af. Een paar dagen geleden ben ik samen met Miles in Harlem geweest, en daar heb je echt een gemeenschapssfeer. Hier boven zou je overal kunnen zijn, vind je ook niet?'

'Als je bedoelt dat het hier onpersoonlijk is, als in een hotel, dan heb je gelijk, ja. In Harlem met Miles, hè?' Lizzie keek me grijnzend aan. 'Wat speelt er nou tussen jullie? Ik bedoel, het is duidelijk wat híj voor je voelt, maar hoe zit het met jou?'

'Dat heb je niet goed gezien, Lizzie. Miles en ik zijn goede vrienden, maar meer ook niet. We helpen Vanessa en werken samen aan een project. Hoewel hij genoeg gelegenheid heeft gehad, heeft hij nog nooit eh... iets geprobeerd.'

'Misschien is hij verlegen, Electra, of overdonderd. Ik bedoel, jij bent officieel een van de mooiste vrouwen ter wereld. Waarschijnlijk vindt hij je te hoog gegrepen,' zei Lizzie. Ze stond op en liep naar het aanrecht. 'Wil je toast met avocado? Ik mag het zelf niet eten, maar ik maak het graag klaar voor iemand die het wel mag hebben.'

'Ja, waarom niet?'

'Nou,' ging ze verder, 'dat is mijn theorie over Miles. Hij mag dan een ontzettend lekkere kerel zijn, maar hij is nou ook weer niet van het merk celeb-slash-miljardair met wie jij normaal gesproken datet, zeker?'

'Nee, goddank niet. Weet je, zo heb ik er nog nooit over gedacht.'

'Misschien moet je dat toch eens doen. O, nou even een ander onderwerp. Toen ik me gisteravond in de keuken had teruggetrokken, heb ik even in je schetsboek gekeken. Ik hoop dat je het niet erg vindt.' Het lag op de tafel en Lizzie wees ernaar. 'Er zitten een paar prachtige ontwerpen bij.'

'Dank je, maar het zijn maar krabbels. Ik was in het afkickcentrum weer met tekenen begonnen, weet je nog?'

'Je moet er iets mee doen, Electra. Ik zou je kleding zeker kopen. Ik hou van die etnolook.'

'Toevallig zat ik daar gisteren ook al aan te denken. Ik zou ethisch verantwoorde stoffen kunnen gebruiken en de opbrengst van de collectie aan het opvangcentrum kunnen schenken. Ik bedoel, voor mezelf heb ik dat geld niet nodig, hè?'

'O, ik zou willen dat ik dat ook kon zeggen. Ik vind het een geweldig idee,' zei ze, en ze lepelde de avocado op een sneetje roggebrood.

Nadat Lizzie naar de bank was gegaan en Mariam was aangekomen, nam ik een douche en dacht ik erover na of ik het aan zou kunnen om Stella vandaag weer te zien. Ik besloot dat ik er klaar voor was. Of tenminste, dat ik er klaar voor moest zijn. Ik móést het gewoon weten.

Het leven kan alleen achterwaarts begrepen worden, maar het moet voorwaarts worden geleefd...

Ik bleef maar denken aan Pa's citaat voor mij op het armillarium. Misschien had hij het gekozen omdat hij wist dat Stella contact met me zou opnemen en me uiteindelijk het verhaal over mijn afkomst zou vertellen. Als hij had gedacht dat het goed voor me zou zijn om te weten waar ik vandaan kwam, moest ik erop vertrouwen dat het ook echt zo zou zijn. Tenslotte had hij meer van me gehouden dan wie ook ter wereld...

Gesterkt door die gedachte belde ik Stella. Ze nam onmiddellijk op en ik vroeg haar of ze later op de dag kon komen.

'Natuurlijk, of wil jij niet liever bij mij langskomen? Dan kun je zien waar Cecily en ik hebben gewoond.'

'Woon je dan nog steeds in dat appartement?'

'Ja, en sindsdien is het niet veel veranderd,' zei Stella grinnikend.

‘Oké, dan kom ik naar jou toe. Hoe laat?’

‘Om drie uur komt me het beste uit. Dan kunnen we theedrinken uit Cecily’s porseleinen servies.’

Ik schreef het adres op, verbrak de verbinding en liep naar de keuken om Mariam te zien.

‘Goedemorgen,’ zei ik glimlachend tegen haar.

‘Goedemorgen, Electra. Hoe gaat het vandaag met je?’

‘Prima. Ik ga vanmiddag op bezoek bij mijn grootmoeder en waarschijnlijk ben ik pas laat terug.’

‘O, oké.’

Ik keek naar haar bedekte hoofd en haar kleine vingers die snel over de toetsen van haar laptop vlogen. Toch was er iets aan haar lichaamstaal wat me zei dat het niet helemaal goed met haar ging. Maar ik mocht me niet met haar zaken bemoeien.

‘Ik had nog een paar dingetjes,’ zei ik en ik pakte een blikje cola uit de koelkast. ‘Zou je voor me kunnen onderzoeken of ik katoen uit Afrika kan krijgen? Het liefst uit Kenia?’

‘Natuurlijk,’ zei Mariam. ‘Mag ik vragen waarom?’

‘Omdat ik eraan zit te denken om een collectie te ontwerpen. Ik wil dat de winst naar het opvangcentrum gaat dat Miles open probeert te houden.’

Net als Lizzie reageerde Mariam heel positief, en we brachten een interessant half uur door met onderzoek naar mogelijke bronnen. ‘Het zou geweldig zijn als je daar echt heen kon gaan en kennis kon maken met de vrouwen die die stoffen maken,’ merkte Mariam op.

‘Op een dag doe ik dat misschien ook echt. Mijn voorouders kwamen uit Kenia.’

‘O ja? Heeft je grootmoeder je dat verteld?’

‘Ja, en vanmiddag hoor ik er nog meer over. Kun je een auto voor me boeken om me om drie uur naar Brooklyn te brengen?’

‘Natuurlijk.’

‘Fantastisch, dan ga ik nu een eindje hardlopen.’

Toen ik de straat over jogde, was Tommy weer niet op zijn post. Raar toch dat mensen een rol in je dagelijks leven konden spelen zonder dat je wist waar ze woonden of hoe je met hen in contact kon komen als ze plotseling verdwenen.

Ik was zo diep in gedachten verzonken dat ik de twee mannen pas zag toen ze me te pakken hadden. Een van hen hield me van achteren in een houdgreep en de ander trok mijn Rolex van mijn pols en rukte het kettinkje met het diamantje van mijn hals.

Voordat ik het ook maar uit kon schreeuwen of me kon verzetten, waren ze al weggerend, mij verdoofd van de schrik achterlatend. Ik boog me voorover en even voelde ik de wereld tollen. Toen hoorde ik een stem achter me.

'Gaat het, ma'am? Sorry dat ik niet kon helpen, maar ze hadden een mes.'

Ik keek op en zag een oude man met grijs haar. Hij stond bijna net zo kromgebogen als ik, maar dan door natuurlijke oorzaken.

'Daarginds staat een bankje, loop maar met me mee,' bood hij aan.

Ik voelde dat hij een opvallend sterk en geruststellend aanvoelende arm om mijn middel sloeg en me naar het bankje leidde.

'Zo, rust hier maar even uit,' zei hij en hij hielp me te gaan zitten.

'S-Sorry, het is de schrik. Ik ben er zo weer bovenop,' zei ik hijgend.

'Hier, drink wat water. Het is een nieuw flesje, ik had het nog niet opengemaakt.'

'Dank u.'

'Je moet niet alleen gaan rennen in het park. Het waren professionals. Ze hadden jou en je sieraden eerder gezien en van tevoren gepland waar ze je precies zouden opwachten.'

'Ja, het is mijn eigen stomme schuld,' zei ik. 'Normaal gesproken doe ik mijn horloge altijd af, maar...'

'Daarom neem ik Poppet altijd mee. Ze is een klein hondje, maar een echte enkelfetisjist,' zei de oude man grinnikend.

Ik keek omlaag en zag een piepkleine terriër, compleet met een strikje boven op haar kop, aan de voeten van haar baasje zitten en naar me opkijken. Ik glimlachte om hoe het beestje eruitzag.

'Je woont hier zeker in de buurt?' ging de man verder.

'Ja, aan de overkant van de straat, aan Central Park West.' Ik gebaarde met mijn arm in de richting van mijn appartement.

'Dan zijn we buurtgenoten,' zei hij. 'Ik woon daarginds, aan Fifth Avenue.' Hij wees naar een appartementengebouw. 'Al tachtig jaar. Ik ben er geboren.'

‘Mijn grootmoeder heeft een tijdje aan Fifth Avenue gewoond, in het mooie huis met de ronde gevel.’

‘Nee! Je bedoelt toch niet op nummer 925? Het vroegere huis van de Huntley-Morgans?’

‘Ik dacht het wel, ja,’ zei ik, nog duizelig van de schrik.

‘Nounou, wat zou ik je dáár een verhalen over kunnen vertellen. Die Dorothea, wat een verbitterde, chagrijnige ouwe tang was dat,’ zei de man grinnikend. ‘Na de dood van haar man heeft ze er nog jaren alleen gewoond. Ik was toen nog maar een kleine jongen, maar ik was altijd doodsbang voor haar, zoals ze daar aan het raam zat, helemaal in het zwart, en naar buiten staarde, als de moeder in *Psycho*. Ik heb nooit gezien dat er iemand bij haar op bezoek kwam, niet één keer.’

Ik was te verbijsterd om te reageren.

Hij zweeg even en toen voegde hij eraan toe: ‘Ik weet wie je bent, ik heb je gezien op de reclameborden. Het verbaast me dat je geen lijfwacht mee laat rennen. Als je niet wilt dat je nog eens zoiets overkomt, moet je er eens over nadenken om er een in dienst te nemen.’

‘Ja, ik weet het, maar ik geniet van de vrijheid en...’ Ik wilde zeggen dat ik voor mezelf kon zorgen, maar gezien de omstandigheden was dat duidelijk niet zo. Ik bracht mijn hand naar mijn nek, die pijn deed waar het halskettinkje was weggerukt. Ik had het voor mezelf gekocht toen ik voor het eerst een groot bedrag verdiend had en deed het maar zelden af. Ik voelde me vreemd naakt nu ik het niet meer had. Toen zag ik dat er bloed aan mijn vingertoppen zat.

‘Je kunt die snijwond beter even laten nakijken. Wil je dat ik iemand bel om je op te komen halen?’

‘Nee, het gaat wel, het is niet ver lopen naar huis,’ zei ik en ik stond aarzelend op.

‘Ik loop met je mee.’

En dus gingen mijn nieuwe beschermer, de kleine terriër en ik in een langzaam tempo op weg naar mijn appartement. Hij bood me zelfs zijn arm aan als we moesten wachten tot de verkeerslichten op groen sprongen, zodat ik de straat kon oversteken.

‘Hartelijk bedankt,’ zei ik toen we onder de markies van mijn appartementengebouw stonden.

'O, het was een kleine moeite, ma'am. Het was een genoegen om met je te praten, dat overkomt je vandaag de dag niet vaak meer in deze stad. Je moet de politie bellen en aangifte doen. Ik wil met alle plezier voor je getuigen.'

'Wat zal de politie eraan doen?' mompelde ik, waarop de man zijn hand in zijn broekzak stak en me een visitekaartje gaf.

'Dit ben ik, Davey Steinman, tot uw dienst. Kom maar een keer bij me langs, dan zal ik u het een en ander over die Huntley-Morgans vertellen. Mijn moeder had een hekel aan ze. We waren Joden, weet u, en ook al waren ze jarenlang onze buren, ze hebben nooit een woord tegen ons gezegd.'

'Ik kom een keer langs. Dank voor uw hulp, Mr. Steinman,' zei ik glimlachend. Toen zwaaide ik naar hem en Poppet om afscheid te nemen en liep wankelend naar binnen.

'O jee!' zei Mariam toen ik de keuken binnenkwam en op een stoel neerplofte. 'Wat is er gebeurd, Electra?'

'Ik ben overvallen,' zei ik schouderophalend. 'Maar het gaat wel. Kijk jij even naar mijn nek, wil je, daar zit een wond, maar die kan ik zelf niet zien.'

Mariam was al opgestaan en pakte de verbanddoos uit de keukenkast. 'Ik heb het nooit prettig gevonden dat je in je eentje ging hardlopen in het park, Electra. Het is er gewoon onveilig, en al helemaal voor iemand die beroemd is, zoals jij. Nou, even kijken wat er met je nek is.'

'Misschien realiseer je je pas dat je iets gevaarlijks doet als er zoiets gebeurt. Maar ik geniet ervan als ik eens een keer alleen kan zijn, weet je? Au!' Ik trok een grimas toen ik iets prikkends in mijn nek voelde.

'Sorry, maar ik moest de schram even schoonmaken. Het stelt niet veel voor. Het kettinkje heeft in je huid gesneden waar ze het van je nek hebben gerukt. Je moet echt de politie bellen...'

'Wat heeft dat nou voor zin? Ze krijgen ze toch niet te pakken,' mopperde ik.

'Dan kun je proces-verbaal laten opmaken en de gestolen sieraden claimen bij je verzekering. En dat doe je ook om te zorgen dat het anderen niet overkomt.'

'Het zal wel. Ik heb een aardige oude man leren kennen, en die zei tegen me dat ze me waarschijnlijk in de gaten hadden gehouden. Dat is wel een beetje eng,' zei ik, terwijl Mariam verband en een pleister pakte om de wond af te dekken.

'Ja, dat is het zeker,' zei Mariam fel.

'Die oude man zei ook dat ik een lijfwacht moest nemen.'

'Nou, dat ben ik met hem eens, Electra.'

'Misschien wil Tommy solliciteren,' zei ik. Ik stond op en begon zoekend naar een paar pijnstillers in de verbanddoos te rommelen. 'Ik maak me eigenlijk zorgen over hem, want ik heb hem al een tijdje niet gezien. Jij wel?'

'Nee.'

'Heb je toevallig zijn mobiele nummer?'

'Nee, waarom zou ik?' antwoordde Mariam kortaf.

'Omdat ik dacht dat jullie contact hadden... Maar goed, laten we hopen dat hij vandaag of morgen boven water komt. Nou, dan ga ik een douche nemen, lunchen en dan naar mijn grootmoeder.' Mariam zette de verbanddoos terug in de kast en ik keek glimlachend naar haar rug.

'Goed, er is nog wat sushi in de koelkast. Ik pak het er wel uit voor je.'

'Dank je.'

Terwijl ik onderweg naar Stella's appartement de Brooklyn Bridge overstak, dacht ik opnieuw dat er definitief iets was veranderd aan Mariams gewoonlijk zo kalme, beheerste manier van doen. Er was iets met haar aan de hand, dat voelde ik gewoon, en ik besloot haar de komende avond te vragen wat haar dwarszat. Als ik het was, moest ik dat weten, want ik kon echt niet zonder haar.

Aangekomen op Sidney Place stapte ik uit de auto en zag ik keurige brownstones en nieuwere redstones. Er stond een rij bomen op het trottoir en de straat ademde een sfeer van rust en bescheiden welvaart. Ik beklom de traptreden van een brownstone met mooie bloembakken voor de ramen, drukte op de bel met het naamplaatje JACKSON en een paar tellen later stond mijn grootmoeder in de deuropening.

'Welkom, Electra,' zei Stella en ze liet me binnen in een ontvangsthal en vandaar meteen in een grote, luchtige ruimte, met openslaande ramen die aan de voorkant uitzicht boden op de huizen aan de overkant van de straat en achter op een tuin. De meubelen waren ouderwets, zag ik. Over een bank lag een overtrek van chintz en tegenover een grote open haard stonden twee gehavende leren leunstoelen.

'Gezellig hier,' zei ik, en ik meende het, al had ik het gevoel dat ik zojuist een ander tijdperk was binnengestapt. Het had iets geruststellends dat alles eruitzag alsof het er al eeuwen stond.

'Let maar niet op de inrichting, ik ben niet in de wieg gelegd voor binnenhuisarchitectuur,' zei Stella. Ze pakte een stapel papieren van de bank en legde hem op een salontafel die al vol andere stapels lag. 'Wil je iets drinken?'

'Een cola graag, als je dat hebt.'

'Zeker. Wil je de rest van het appartement zien?'

'Oké,' zei ik, en ze opende een deur achter in de kamer. We daalden een paar stenen traptreden af naar de lagere benedenverdieping en stapten de keuken in, met openslaande deuren die toegang gaven tot een mooie tuin erachter. De muren hadden een vreemde gele kleur, van ouderdom, vermoedde ik, en in het plafond zat een netwerk van barstjes. Er stonden een grote, ouderwetse grenen tafel, ook met stapels papieren en mappen erop, en een kachel van een type dat ik kort geleden in een jarenvijftigfilm had gezien. Tegen een van de muren stond een dressoir met borden vol veelkleurig aardewerk.

'Het is nog bijna net als toen ik hier als kind woonde.'

'Heeft mijn moeder hier met je gewoond?'

Ik zag dat ze even aarzelde voor ze antwoord gaf.

'Ja. Cecily had het appartement voor een habbekrats gekocht met de erfenis van Kiki toen dit stadsdeel nog goedkoop was. Toen we hier kwamen wonen, was het nog een bende, maar in de loop van de jaren maakte ze er een thuis voor ons allemaal van en nu wordt de buurt "gewild" genoemd door makelaars. Er was een slaapkamer boven voor Cecily, een voor mij en een was van Lankenua, tot ze bij haar man ging wonen. Wil je in de tuin zitten? Daar is zon op dit uur van de dag.'

'Graag,' zei ik. Stella ging me voor naar het terras, waar een ouderwetse smeedijzeren tafel en twee stoelen stonden die ooit wit waren geweest maar waar de verf nu vanaf bladderde en groen zagen omdat er een moslaagje op lag.

'Ik doe mijn best om de boel te onderhouden,' zei ze. Ze wees naar de tuin, waarin allerlei bloeiende planten stonden waarvan ik de naam niet kende. 'Toen Cecily voor de tuin zorgde, was het haar lust en leven. Ze liet stekken overkomen van haar vriendin Katherine in Kenia, maar nadat ik het van haar had overgenomen, is het onkruid gekomen. Ik ben te vaak van huis weg en heb er gewoon geen tijd en aanleg voor.'

'Is Cecily ooit teruggegaan naar Afrika? En jij?' vroeg ik.

'Op beide vragen: ja. Ik begrijp dat je er een heleboel wilt stellen, Electra, maar voordat je hier aankwam, dacht ik dat het toch beter is om je het verhaal in chronologische volgorde te blijven vertellen.'

'Goed, maar laat me je eerst nog één ding vragen, Stella. Leeft mijn moeder nog? Ik bedoel, ze kan nog niet heel oud zijn en...'

'Het spijt me zeer, Electra, maar ze leeft niet meer. Ze is jaren geleden overleden.'

'O, oké...'

Stella stak aarzelend haar hand uit en legde hem op de mijne. 'Wil je nog even wachten voor ik je vertel wat er gebeurde nadat we uit het huis aan Fifth Avenue vertrokken waren?'

'Nee. Ik bedoel, je kunt niet echt rouwen om iemand die je nooit gekend hebt, toch? Ik wilde het gewoon weten.'

'Je kunt rouwen om haar nagedachtenis.'

Ik slikte, want mijn grootmoeder had gelijk. Ze had een eind gemaakt aan alle fantasieën die ik ooit had gehad over kennismaking met mijn biologische moeder. Toen ik klein was en soms met Ma overhoop lag omdat ik ondeugend was geweest, had ik veel aan haar gedacht, zoals de meeste geadopteerde kinderen zouden doen, dacht ik. Indertijd stelde ik me haar voor als een engelachtig wezen dat vanuit de lucht aan kwam zweven, haar armen om me heen sloeg en tegen me zei dat ze onvoorwaardelijk van me hield, hoe stout ik ook was geweest.

'Het zal wel gaan,' zei ik en ik knikte. 'Ik wil gewoon alles weten nu, en dan kan ik verder. Wanneer ben je te weten gekomen dat Lankenua niet je echte moeder was?'

'Toen ze wilde gaan trouwen. Lankenua ging verhuizen om een nieuw leven te beginnen, maar ze zou mij niet meenemen, en dus vertelden ze het met z'n tweeën.'

'Was je van streek toen je wist hoe het zat?'

'Nee, want ook al hield ze van me, ze was nooit zo belangrijk voor me geweest als Cecily. Je zou kunnen zeggen dat ze mijn kindermeisje was.

Kuyia – Cecily – was degene die me had opgevoed en die ik altijd als mijn moeder had beschouwd. Het probleem was dat Cecily zich plotseling realiseerde dat Lankenua en ik op een visum dat nooit verlengd was naar de Verenigde Staten waren gekomen. Dus strikt genomen waren we hier allebei illegaal. Lankenua had niets te vrezen omdat ze met een staatsburger van de vs zou trouwen, en in die tijd werd je dan automatisch zelf ook staatsburger. Maar mijn probleem bleef bestaan. Cecily wilde me legaal adopteren, maar indertijd was het niet alleen ongehoord maar zelfs onmogelijk voor een blanke vrouw om een zwart kind te adopteren. Omdat Lankenua ging verhuizen, werd uiteindelijk besloten dat Rosalind me officieel zou adopteren. Haar man Terrence was jurist en activist, en zodoende hadden ze hooggeplaatste vrienden. Indertijd was dat de eenvoudigste oplossing. En dus werd mijn naam Stella Jackson, en uiteindelijk kreeg ik mijn staatsburgerschap en Amerikaans paspoort, hoewel ik hier bij Cecily bleef wonen.'

'Jackson, natuurlijk! Ik had de achternamen nog niet met elkaar in verband gebracht. Die Rosalind moet een bijzondere vrouw geweest zijn.'

'O, dat was ze zeker, en ze heeft mijn hele leven lang veel invloed op me gehad. Voor jou moet het moeilijk zijn je voor te stellen hoe het was om als jonge zwarte vrouw op te groeien in de jaren vijftig. Als je iets weet van de Amerikaanse geschiedenis, dan weet je dat dat voor zwarte mensen overal in het land een geweldige tijd vol verandering was.'

'Eerlijk gezegd, Stella, weet ik geen bal van Amerikaanse geschiedenis af. Ik heb in Europa op school gezeten, en daar moesten we Europese geschiedenis leren.'

'Ik begrijp het, maar zelfs jij moet toch van Martin Luther King jr. gehoord hebben?'

'Ja, van hem heb ik weleens gehoord, natuurlijk.'

'Nou, toen ik in 1959 een beurs had gewonnen om aan Vassar te gaan studeren, precies zoals Cecily en Rosalind hadden gewild, stond de wereld hier in de Verenigde Staten op zijn kop. In 1948 had de VN de Universele Verklaring van de Rechten van de Mens aangenomen, en dat was de eerste stap op weg naar afschaffing van de segregatie. Ik ging naar de universiteit in de tijd dat de protesten in de zuidelijke staten op hun hoogtepunt waren. En omdat ik was opgegroeid met Rosalind en Beatrix als mentoren, stortte ik me vol overgave op die zaak. Ik herinner me nog dat zij en Cecily feestvierden toen het hooggerechtshof in 1954 de segregatie op openbare scholen ongrondwettig verklaarde. Dat betekende dat de segregatie... Je weet toch wat dat woord betekent, hè, Electra?' Met een ruk van haar hoofd keek Stella me aan.

'Ja, zwarte mensen van blanke scheiden.'

'Precies. Nou, officieel werd het besluit van het ministerie van Onderwijs alleen toegepast op scholen, maar het zette de sluisdeuren open voor protesten waarbij werd geëist dat de segregatie in andere geledingen van de samenleving ook illegaal verklaard zou worden. In die tijd werd dominee King beroemd. Hij organiseerde een boycot in de zuidelijke staten, nadat een jonge activiste, Rosa Parks, geweigerd had haar zitplaats in een stadsbus af te staan aan een blanke passagier. Die boycot hield in dat zwarten geen gebruik meer zouden maken van die bussen tot de segregatie was opgeheven, en dat bracht de busmaatschappijen in de zuidelijke staten op de knieën.'

'Wauw,' zei ik en ik probeerde wat ze me verteld had te bevatten.

'Hoewel dat allemaal in de zuidelijke staten gebeurde, organiseerden de studenten hier in de noordelijke staten demonstraties om hen te steunen,' zei Stella. 'O, Electra, het is moeilijk uit te leggen aan jongeren zoals jij, die hun rechten als vanzelfsprekend beschouwen, maar indertijd werden we allemaal gedreven om op te komen voor een zaak die onze individuele belangen ver te boven ging.'

Stella zweeg even en liet haar blik over de tuin gaan. Aan het licht in haar ogen zag ik dat ze aan die schitterende tijd terugdacht.

'Ben je weleens gearresteerd bij die demonstraties?' vroeg ik.

'Een paar keer, ja, en ik ben er trots op je te kunnen zeggen dat je grootmoeder een strafblad heeft. Ik werd samen met zes jaargenoten beschuldigd van deelneming aan rellen – over het politiegeweld werd met geen woord gerept. Maar ik trok me er niets van aan, en mijn vrienden ook niet, omdat de dingen waarvoor we vochten, de vrijheid van een heel land en het recht op gelijke behandeling door onze blanke Amerikaanse landgenoten, veel belangrijker voor ons waren. Op het toppunt van ons activisme, in de zomer van 1963, had ik net mijn laatste jaar aan Vassar afgerond. De sfeer was toen geweldig. Er deden tweehonderdvijftigduizend mensen mee aan de mars naar Washington en we kwamen allemaal vreedzaam bij elkaar om naar de wereldberoemde redevoering van dominee King te luisteren.'

'I have a dream,' mompelde ik. Zelfs ik had van die toespraak gehoord.

'Ja, die. We waren met een kwart miljoen mensen bij elkaar, en niet een van ons gedroeg zich agressief tegen de anderen. Het was...' Stella slikte. '... het belangrijkste moment van mijn leven, in allerlei opzichten.'

'Dat geloof ik graag,' zei ik en ik knikte, zelfzuchtig wensend dat er een eind aan de geschiedenisles zou komen. 'En wat deed je daarna?'

Stella grinnikte. 'Ik volgde de voor de hand liggende weg en ging rechten studeren aan Columbia, hier in New York, met maar één gedachte in mijn hoofd: de grootste burgerrechtenjuriste en -activiste ooit te worden. Ik had het gevoel dat God me naar Amerika had gestuurd en me al die kansen had gegeven met maar één doel voor ogen: dat ik andere mensen zoals ik die het minder goed getroffen hadden, zou helpen. Maar niets in het leven verloopt ooit volgens plan, nietwaar?'

'Hoe bedoel je?'

Stella keek me een ogenblik aan. 'Weet je, ik vind dat het tijd is voor de thee die ik je beloofd had. En ik heb ook een paar scones gekocht, lust je die?'

'Eh, zijn dat die cakejes die een beetje op rozijnenmuffins lijken? Die bakte onze huishoudster weleens, dacht ik, want Pa hield ervan.'

'Daar lijken ze op. Cecily en haar vriendin Katherine waren er dol op. Blijf hier maar zitten, dan ga ik alles halen.'

En dus wachtte ik tot mijn grootmoeder me de afternoontea zou serveren. Ik had zo'n vermoeden dat ze even pauze nam voordat ze me nog meer vertelde. De middagzon was nu heel sterk en een exotische roze bloem die in een massa met elkaar verstrengelde ranken over een lattenframe hing, verspreidde een bedwelmende geur. Ik sloot mijn ogen en probeerde te verwerken wat Stella me had verteld. Ik voelde me schuldig omdat ik niet wist wat vrouwen als Stella en Rosalind allemaal hadden gedaan om mij de vrijheid en gelijkheid te geven die ik vandaag de dag had.

Bij mij wekte het woord 'geschiedenis' associaties op van ridders te paard die toernooien hielden en beeltenissen van vrouwen op de tombes in de kerken die we van Pa moesten bezichtigen wanneer we op zomervakantie waren en onze reis in een middeleeuws stadje onderbraken. Maar Stella had het over de recente geschiedenis, de tijd die zij had meegemaakt. Zij en haar vrienden hadden hun leven op het spel gezet, zodat ik de vrijheid om mezelf te zijn kon hebben.

Bij die gedachte voelde ik me heel klein worden, en ik vond het erg egoïstisch van me dat ik ooit had gedacht dat ík problemen had.

'Daar zijn we weer,' zei Stella. Ze kwam het terras weer op met een dienblad dat afgeladen was met een prachtige porseleinen theepot, twee koppen met schoteltjes en een melkkannetje.

'Schenk jij in? Dan ga ik de scones nog even halen.'

'Ja, natuurlijk.'

Hoewel ik geen fan van thee was, pakte ik iets op dat eruitzag als een minizeefje, en na enig nadenken kwam ik tot de conclusie dat het waarschijnlijk bedoeld was om de theebladeren uit de pot mee op te vangen. Toen schonk ik een wolkje melk in mijn thee.

'Dit is darjeeling,' zei Stella toen ze terug was, 'de lekkerste thee van de hele wereld.'

'Hoe komt het dat je zo veel Engelse gewoonten hebt overgenomen, terwijl Cecily Amerikaanse was?' vroeg ik en ik nam aarzelend een slokje van de thee. Ik genoot van de smaak, voor het eerst.

'Omdat Kenia in die tijd bestuurd werd door de Britten en Cecily's vriendin Katherine zoals je weet een Engelse was, om nog maar te zwijgen van Bill, natuurlijk. Hier, probeer een scone met geklopte room en jam, dat zijn de lekkerste.'

Ik proefde er een, om haar een plezier te doen. Het smaakte tegelijk vol, zoet en klef.

'Wat ik je nu ga vertellen, Electra, is erg moeilijk, maar ik hoop dat je het begrijpt. Ik schaam me om het je te moeten vertellen.'

'Met míjn verleden, Stella, zal ik het vast begrijpen. Ik weet niet of je iets beschamenders zou kunnen doen dan je te buiten gaan aan drank, drugs en slaappillen en dan jezelf onderkotsen.'

'Nou, dit is anders, een veel erger soort schaamte, en ik smeek je om me te vergeven.'

'Oké, ik beloof het. Vertel nou maar,' zei ik ongeduldig.

'Je weet nog dat ik je zo-even heb verteld dat de dag van de mars naar Washington en de toespraak van dominee King de belangrijkste dag van mijn leven was?'

'Yep.'

'Indertijd ging ik met, ik bedoel, had ik een verhouding met een jongeman die ik bij een demonstratie had leren kennen. Hij had geen hoger onderwijs gevolgd, maar was gepassioneerd over de goede zaak en hij kon ongelooflijk inspirerende toespraken houden. Hoewel hij ongeschoold was, was hij briljant en charismatisch en... nou ja, ik viel voor hem. En die avond in Washington, nadat de toespraken waren beëindigd en iedereen in de wolken was en we ons echt ongelooflijk goed voelden, toen eh... bedreven we de liefde, hij en ik, onder een boom in een park.'

'Is dat alles? Echt, Stella, dat choqueert me helemaal niet, hoor, dat verzeker ik je. Je bent nu eenmaal menselijk, en we hebben allemaal weleens zoiets gedaan,' stelde ik haar gerust.

'Dank je dat je dat zegt, Electra.' Stella keek opgelucht. 'Als achtenzestigjarige vrouw is het gewoon ontzettend gênant om je kleindochter zoiets te moeten vertellen.'

'Ik vind het niet erg, dus maak je geen zorgen. En wat gebeurde er toen?' vroeg ik, al kon ik het antwoord wel raden.

'Vlak daarna kwam ik erachter dat ik zwanger was,' zei Stella. 'Het was een grote schok voor me. Ik bedoel, ik was met vlag en wimpel geslaagd op Vassar en had al een bevestiging dat ik rechten kon gaan studeren aan Columbia. Ik weet nog dat ik hier in het appartement terugkwam en Cecily moest vertellen wat er gebeurd was. Ik ben nooit van mijn leven banger geweest dan op dat moment.'

'Omdat je dacht dat ze je zou verstoten?'

'Nee, het had er meer mee te maken dat alles waarvoor ze had gewerkt en wat ze had opgeofferd om aan mij te geven in rook was opgegaan. Ik kon het niet verdragen dat ik haar teleur moest stellen.'

'Hoe reageerde ze?'

'Ze bleef er merkwaardig kalm onder. Op een of andere manier maakte dat het nog erger. Ik zal wel gevonden hebben dat ik het verdiende om een donderpreek te krijgen. Eerst vroeg ze me of ik van de vader hield, en omdat ik er veel over had nagedacht sinds de... gebeurtenis, zei ik dat ik dacht van niet. Dat de emoties van die avond met me aan de haal waren gegaan. Toen vroeg ze me of ik de baby wilde en ik zei eerlijk van niet. Is dat verschrikkelijk om toe te geven, Electra?'

'Ach, welnee.' Ik schudde mijn hoofd. 'Ik bedoel, ik ben ouder dan jij toen was en dat zou ik ook gevonden hebben. Kon je toen een abortus krijgen?'

'Abortus was illegaal in de jaren zestig, al had Cecily gezegd dat ze discreet inlichtingen had ingewonnen en had gehoord van een goede chirurg die in het geheim dat soort operaties deed. Dus ja, je kunt zeggen dat ik een keus had. Maar ik kon het niet over mijn hart verkrijgen.'

'Waarom niet?'

'Omdat ik door Cecily, Rosalind, Terrence en hun kinderen christelijk was opgevoed. Ik geloofde toen in God, en dat doe ik nog steeds. Om een mensenleven te nemen, een leven dat daar niets over te zeggen had, en het dan simpelweg af te danken, omdat het mij op dat moment niet uitkwam, was ondenkbaar. Ik was bereid te trouwen met de vader, maar Kuyia, of Cecily, zei dat ik dat niet moest doen als ik niet van hem hield, en dat we het samen zouden uitzoeken. Ze stelde voor dat ik mijn rechtenstudie een jaar zou uitstellen, en dat zij bereid was de zorg voor de baby van me over te nemen, zodat ik door kon gaan met mijn opleiding.'

'Ze moet een fantastisch mens geweest zijn,' zei ik, en ik meende het.

'Ze was mijn Kuyia. Ze hield van me en ik aanbad haar,' zei Stella en ze haalde haar schouders op. 'Dus zo ging het. Ik stelde mijn rechtenstudie uit en een paar maanden later kreeg ik je moeder.'

'In welk jaar was dat?'

'1964. Het jaar waarin de burgerrechtenwet eindelijk werd aangenomen.'

'Ik...'

Nu ga ik eindelijk over mijn moeder horen, dacht ik. 'Hoe heette ze?'

'Ik noemde haar Rosa, naar Rosa Parks, de vrouw die alles in gang had gezet. En naar Rosalind, natuurlijk.'

'Een mooie naam,' zei ik.

'Ze was een lieve baby, echt heel lief,' zei Stella glimlachend en met haar ogen vol tranen. 'Neem me niet kwalijk, Electra, dit is jouw moment om verdrietig te worden, niet het mijne. Ik weet niet wat ik heb, normaal gesproken ben ik geen huilebalk.'

'Ik ook niet. Maar de laatste tijd barst ik bij het minste of geringste in tranen uit. Ik denk dat het goed is om ze de vrije loop te laten.'

'Ja, dat is zo. En dank je dat je zo volwassen hebt gereageerd op wat ik je tot nu toe heb verteld.'

'Hé, ik heb zo'n vermoeden dat het ergste nog moet komen.'

'Daar heb je gelijk in, vrees ik.'

'En?' vroeg ik. Ik schonk nog wat thee in mijn kop om iets te doen te hebben. De spanning was dodelijk.

'Nou, ik maakte mijn rechtenstudie af terwijl Cecily voor Rosa zorgde. Toen vond ik een baan in New York bij een woningbouwvereniging en ik lobbyde bij de burgemeester en wie ik maar kon vinden om de woonomstandigheden van de huurders te verbeteren. Ik legde kleine geschillen bij, verdedigde vrouwen met vier kinderen die geen sanitaire voorzieningen hadden, maar waar ik echt mijn zinnen op had gezet waren de grote zaken. Toen kreeg ik de kans om bij het juridische team van de NAACP te gaan werken, de National Association for the Advancement of Colored People. We werkten samen met juristen uit het hele land en gaven advies over het aanpakken van overtredingen van de burgerrechtenwet.'

'Pardon? Wat betekent dat eigenlijk?'

'Als er bijvoorbeeld een donkere man gearresteerd was en het was duidelijk dat het bewijs tegen hem was verzonnen door de politie, dan stelden we een onderzoek in en gingen bij de verdediging in de rechtbank zitten om hun advies te geven. O, Electra, het was een baan waarvan ik jarenlang gedroomd had en die me helemaal opeiste. Ik moest het hele land door reizen om advocaten op rechtszaken voor te bereiden.'

'En dus was je niet vaak thuis.'

'Nee, maar Cecily moedigde me ook aan, gaf me nooit een schuldgevoel over het feit dat zij thuis voor Rosa zorgde terwijl ik carrière maakte. Het ging allemaal goed, en ik begon naam te maken in de burgerrechtenwereld. Maar toen werd Rosa vijf en veranderde alles ...'

CECILY

BROOKLYN, NEW YORK
JUNI 1969

Enkang – huis. Een Masai-nederzetting

48

'Tot straks, zul je je netjes gedragen?' zei Cecily zwaaiend naar Rosa, en ze verliet de klas die zij en Rosalind lichtgeel hadden geverfd zodat het er altijd vrolijk en uitnodigend uitzag. Het was niet haar dag om les te geven, en dus ging ze meteen terug naar haar appartement om wat werk in te halen. Toen Stella was bevallen van Rosa, was Cecily minder gaan lesgeven, om thuis te kunnen zijn met de nieuwe baby. Ze besloot boekhoudwerk aan te nemen, wat ze thuis kon doen, waardoor ze een welkom extraatje in het laatje kon brengen.

Vermoeid kwam Cecily thuis. Misschien lag het aan het feit dat ze ouder werd, ze was dit jaar drieënvijftig geworden, of misschien was Rosa gewoon veeleisend, vergeleken met Stella. Alles was een strijd. Zelfs iets simpels als schoenen aantrekken kon al een gevecht zijn als Rosa er geen zin in had.

'Of misschien ben ik gewoon vergeten hoe het is om een kleuter van vijf in huis te hebben,' zuchtte ze, terwijl ze haar voordeur opendeed en het slagveld aanschouwde dat Rosa's woedeaanval had veroorzaakt op de huiskamervloer.

Nadat ze het speelgoed in een mand had gedaan en de kamer had opgeruimd, liep ze naar beneden om aan de vaat te beginnen. Lankenua had Brooklyn een paar jaar eerder op haar vijftigste verjaardag verlaten. Haar man had het goed voor elkaar. Hij was ooit begonnen als monteur en had uiteindelijk genoeg geld gespaard om in New Jersey een eigen zaak te openen. Cecily hoopte dat de enige reden dat ze was weggegaan, was dat ze niet meer hoefde te werken en thuis wilde zijn om voor haar man te zorgen. Maar ze vermoedde dat Lankenua het ook moeilijk had gehad met Rosa, en daarnaast was het salaris dat ze haar kon betalen schamel geweest. Ze wist dat Lankenua puur uit liefde zo lang was gebleven.

'Mijn god,' zuchtte Cecily. Even overwoog ze om de pannen te laten staan voor de werkster die zo zou komen, maar haar trots won het van haar luiheid. Vieze pannen waren een teken dat dingen uit de hand begonnen te lopen. Toen ze klaar was met de afwas en had opengedaan voor de werkster, zette Cecily een pot sterke koffie en ging ermee in de tuin zitten, voordat ze aan haar werk zou beginnen. Ze keek uit over het onkruid, dat zoals altijd in deze warme junimaand weer welig tierde. Ze zou er later wel mee afrekenen, zei ze tegen zichzelf. In de aarde wroeten kalmeerde haar, ook al was dit lapje maar een zielige postzegel vergeleken bij de magnifieke tuin die ze in Kenia had aangelegd.

Boven hoorde ze de deurbel gaan, maar ze stond niet op. Het was waarschijnlijk de postbode en de werkster zou wel opendoen als er een pakketje was. De zon was zo warm dat ze bijna in slaap viel toen ze een stem achter zich hoorde.

'Hallo, Cecily.'

Het was een diepe, vertrouwde klank die ze niet meteen kon plaatsen. Ze deed haar ogen open en zag dat er iemand in het zonlicht was gaan staan.

Ze keek op om te zien wie het was, en heel even dacht ze dat ze hallucineerde, want daar stond haar man Bill, met de zon als een krans van engelachtig licht om zijn silhouet.

'Kijk nou!' zei ze, want wat moest ze anders zeggen. 'Wat doe jij in godsnaam hier?'

'Allereerst ben je technisch gezien nog steeds mijn vrouw. Ten tweede heb je me in de loop der jaren verschillende keren uitgenodigd om je te komen bezoeken in New York,' zei Bill. 'Ik vond dat het nu weleens tijd was om in te gaan op je aanbod.'

'Zou je het heel erg vinden om uit de zon te stappen? Ik kan je gezicht niet zien.'

'Sorry,' zei Bill, en hij liep naar de stoel die aan de andere kant van de gietijzeren tafel stond. Nu pas kon ze zien dat zijn haar nog dik was, maar bijna helemaal grijs. In zijn knappe gezicht zaten diepe groeven die spraken van te veel zon en de stress van een leven tussen twee wereldoorlogen. Hij zag er ouder uit, ja, dacht Cecily, maar nu haar ogen afzakten over zijn nog altijd gespierde lichaam, zag ze dat hij fysiek nog even sterk was als altijd.

'Je hebt niet toevallig een biertje koud staan, of wel?' vroeg hij.

'Nee, alleen zelfgemaakte limonade.'

'Dat wil ik wel, alsjeblieft.'

Cecily stond op en ging naar binnen om de limonade uit de koelkast te halen. Ook al bleef ze uiterlijk kalm, haar hart bonsde in haar borst. Bill, haar man, was hier in New York, en hij zat op haar terras. Het was zo'n onwerkelijke gedachte dat ze zichzelf een tik op de wang gaf om zeker te zijn dat ze niet droomde.

'Alsjeblieft,' zei ze en ze zette een glas voor hem neer. Hij pakte het en sloeg de limonade in één keer achterover.

'Lekker,' zei hij lachend. 'Ik ben meteen vanaf de luchthaven hierheen gekomen. Is het niet verbazingwekkend hoe de tijden zijn veranderd? Vroeger duurde het weken om naar New York te reizen. En nu is het slechts een paar keer overstappen met het vliegtuig en hupsakee, daar ben ik. De wereld wordt met de dag kleiner.'

'Dat is waar, ja,' beaamde Cecily, die zijn blik op zich voelde rusten. 'Wat is er? Heb ik viezigheid op mijn wang?'

'Nee. Ik zat net te denken dat je geen spat bent veranderd sinds ik je voor het laatst heb gezien. Ik daarentegen...' Hij zuchtte. 'Ik ben tegenwoordig gewoon een oude man.'

'Het is drieëntwintig jaar geleden.'

'Echt waar? Wat vliegt de tijd. Ik ben bijna zeventig, Cecily.'

'En ik ben drieënvijftig, Bill.'

'Zo zie je er niet uit.'

Er viel een lange stilte tussen hen terwijl ze allebei op het kleine tuintje uitkeken, geen van beiden wetend wat ze moesten zeggen.

'Waarom ben je hier, Bill?' vroeg Cecily uiteindelijk. 'Je komt hier doodleuk binnenwandelen alsof we elkaar gisteren nog hebben gezien. Je had op zijn minst even kunnen bellen, in plaats van me de schrik van mijn leven te bezorgen!'

'Neem me niet kwalijk, lieverd. Je weet vast nog wel dat ik niet dol ben op de telefoon en op bellen, maar je hebt natuurlijk helemaal gelijk. Ik had je op de hoogte moeten stellen van mijn komst. Het is hier wel erg rustig, hè?' merkte hij op. 'Ik dacht altijd dat New York zo hectisch was.'

'Loop maar een paar blokken richting het centrum, dan zie je dat dat klopt.'

'En ik zie dat je een beetje Afrika naar Brooklyn hebt gebracht.' Bill wees naar de hibiscus die uitbundig tegen het raster groeide.

'Ja, Katherine heeft me wat zaailingen gestuurd en wonder boven wonder hebben een paar de reis overleefd en staan nu te bloeien. Hoe gaat het met haar?'

'Weer op de ranch en hetzelfde als altijd,' zei Bill schouderophalend. 'Je zult wel hebben gelezen over de Mau Mau-opstand?'

'Ja, ze heeft me erover geschreven. Zij en Bobby zijn met de kinderen naar Schotland uitgeweken toen dit speelde.'

'Net als duizenden andere blanke kolonisten. Iedereen vreesde het ergste, ook al hoorde ik wel dat de berichten over blanken die door hun voormalige werknemers werden afgeslacht in de kranten erg zijn overdreven. In totaal zijn er maar vijfendertig van ons gestorven tijdens die hele vreselijke toestand. Hier en daar ging er een ranch in vlammen op, maar het meeste bloed is gevloeid tussen de Kikuyu onderling. God mag weten hoeveel mensen er zijn gestorven bij de machtsstrijd van neef tegen neef. En onze regering heeft ook niet geholpen. Zij traden keihard op tegen verdachte Mau Mau-rebellen. Er zijn heel veel onschuldige personen opgehangen. Maar Kenia werd uiteindelijk onafhankelijk in 1963, dat weet je natuurlijk. De tijden van de koloniale overheersing zijn voorbij.'

'Ben je al die tijd gebleven? Ik heb vaak aan je gedacht en dan vroeg ik me dat af. Ik heb een paar keer een brief voor jou naar de Muthaiga Club gestuurd, maar ik kreeg nooit antwoord. Eerlijk gezegd wist ik niet of je nog wel leefde.'

'Vergeef me, Cecily. Ook al heb ik je berichten niet ontvangen, want je kunt je vast wel voorstellen hoe chaotisch alles toen was, achteraf gezien had ik je natuurlijk op zijn minst moeten laten weten dat het goed ging met me – en met Wolfie, toen nog, en met Kwinet – en dat we veilig waren.'

'Wanneer is... Ik bedoel, hoe is Wolfie gestorven?' De gedachte aan haar loyale kameraad en hoe ze hem had achtergelaten zorgde voor een vlaag van schuldgevoel.

'Van ouderdom, in zijn slaap. Nadat jij was vertrokken, raakte hij gehecht aan Kwinet en hij liep altijd vrolijk om hem heen te dartelen.'

'En Paradise Farm?'

‘Helemaal zoals het was. Hoewel je antieke meubels wel toe zijn aan een stevige poetsbeurt. Ik ben natuurlijk niet zo’n huisvrouw, zoals je weet.’ Bill glimlachte lichtjes.

‘En hoe is het er nu?’

‘Nou, na de turbulente tijd van de late jaren vijftig en vroege jaren zestig is Kenia nu redelijk “booming”. President Kenyatta heeft een indrukwekkende speech gegeven kort na de onafhankelijkheid, waarbij hij de blanke boeren opriep om te blijven en de economie te helpen opbouwen, en velen van ons hebben daar gehoor aan gegeven. Sommigen besloten de tent te verkopen aan de nieuw opgerichte Land Bank, maar vandaag de dag vloeit er best wat binnen aan investeringen, en elke dag landen er vliegtuigen met toeristen die op safari willen.’

‘Nou, dan zou je toch denken dat het nieuwe regime, nu er wat geld in de schatkist zit, wel kan zorgen voor betere medische zorg en onderwijs voor het eigen volk?’

‘Nu ga je meteen wel heel ver.’ Bill rolde met zijn ogen. ‘Het simpele feit is dat er eigenlijk niet veel is veranderd. Volgens mij zijn de armen nog even arm als altijd, die stomme wegen zijn nog steeds even onbegaanbaar als altijd, en de scholen… Nou ja, het is nog vroeg en laten we gewoon hopen dat dingen beter worden voor de generatie hierna, wiens ouders bereid waren hun leven te geven.’

‘Het klinkt alsof we allebei revoluties hebben gehad in onze verschillende landen,’ zei Cecily wrang. ‘En ja, we moeten hopen dat de toekomst er beter uitziet. Want wat heeft al dat lijden anders voor zin?’

‘Absoluut. Nou, vertel eens wat je de laatste twintig jaar hebt gedaan? Hoe is het met Stella?’

‘O, echt helemaal geweldig,’ zei ze glimlachend. ‘Ze is mensenrechtenadvocaat. Ze werkt bij de NAACP, de National Association for the Advancement of Colored People. Op hun juridische afdeling. Ze vliegt het hele land door om advocaten te adviseren over hoe zij zaken moeten aanpakken waarin er sprake is van duidelijke raciale vooroordelen. Ik ben zo trots op haar, en ik weet zeker dat jij dat ook zou zijn.’

‘Lieve Heer, ik maak een diepe buiging voor je, Cecily. Wie zou hebben gedacht dat de kleine Masai-baby die door haar moeder was achtergelaten ooit een vrijheidsstrijder zou worden voor onderdrukte bevolkingsgroepen?’

'Het was het pad dat ze voor zichzelf koos en waar ze een passie voor had, Bill. Ze was altijd al heel intelligent.'

'Ja, dat klopt. En wat een kansen heb je haar overduidelijk gegeven.'

'Je weet hoeveel ik van haar hield.'

'Ja, dat weet ik.'

Beiden vielen ze weer stil.

'Ik heb me vaak afgevraagd...' zei Bill vervolgens.

'Wat?'

'Of je bij mij was weggegaan, of hierheen met haar? Als je begrijpt wat ik bedoel.'

'Het was nooit mijn bedoeling om jou te verlaten, Bill, maar inderdaad, wat New York Stella kon bieden was een enorme stimulans om te blijven. Vooral omdat het jou niets leek uit te maken of ik wel of niet terugkwam.'

'Hemel, Cecily,' zei Bill haastig. 'Ik wilde absoluut niet klinken alsof ik je bekritiseerde. Neem het jezelf alsjeblieft niet kwalijk. Ik geef meteen toe dat ik nou niet echt een attente echtgenoot was. Toen de oorlog voorbij was, ging ik zo op in mijn eigen zelfbeklag dat ik niets had kunnen betekenen voor wie dan ook.'

'Dat was niet jouw fout, hoewel ik toegeef dat ik vijf jaar lang tegen beter weten in ben blijven geloven dat we als de oorlog voorbij was eindelijk samen een gelukkig gezin konden zijn.'

'Als de dingen... Ik bedoel, als ík anders was geweest, was je dan gebleven? Zelfs als dat had betekend dat Stella niet de opleiding had gekregen die je voor haar wilde?'

'O, Bill,' zuchtte Cecily. 'Daar heb ik geen antwoord op.'

'Nee, natuurlijk niet. Ik heb vaak teruggekeken op onze relatie. Elke keer dat we een kans hadden op geluk gebeurde er iets om het te vernietigen. Eigenlijk was het vooral pech en slechte timing, of niet?'

'Ja, dat kan het zijn geweest.'

'Cecily, een van de redenen dat ik besloot om je te komen bezoeken is omdat ik het tijd vind om de strijdbijl te begraven, als die er al was. Ik wil graag dat je weet dat ik je totaal niets kwalijk neem en ook nooit heb genomen. En dat je me hebt verlaten, mijn god! Het grootste deel van ons huwelijk was ik bezig weg te rijden van Paradise Farm met een grote stofwolk achter me.'

‘Dat was wie je was, Bill, en dat wist ik voordat ik met je trouwde.’

‘Kun je geloven dat we nog steeds getrouwd zijn?’ gniffelde Bill. ‘Wat, zo denk ik dan, betekent dat je nooit de behoefte hebt gehad om het opnieuw te proberen met iemand anders, of heb je er gewoon iemand bij genomen?’

‘Nee, en nee,’ lachte ze.

‘Hoewel je natuurlijk heus wel wat herengezelschap hebt gehad in al die jaren?’

‘O, hemel, nee, ik had het veel te druk met Stella en lesgeven en de boekhouding om zelfs maar aan zoiets te denken.’

‘Dat verbaast me,’ zei hij fronsend. ‘Ik had er rekening mee gehouden dat ik begroet zou worden door een enorme beer van een Amerikaan die zich dan zou voorstellen als je vriend. Nu Stella volwassen is, heb je toch wel tijd om leuke dingen te doen?’

‘Amper.’ Cecily rolde met haar ogen. ‘Stella heeft een kind. Ze woont hier, bij ons. Ze heet Rosa.’

‘Wel, wel,’ mijmerde Bill. ‘Nu voel ik me nog ouder. Rosa is dus wat voor ons allebei het dichtst bij een kleinkind komt.’

‘Ja, dat is wel hoe ik haar zie. Ze noemt me ook haar oma.’

‘Hoe oud is ze?’

‘Vijf. En ze is schattig en slim, net als haar mama, maar het is wel een handenbindertje. Ik dacht vanmorgen nog: ik word te oud om voor haar te zorgen.’

‘Mag ik vragen waar de vader is?’

‘Stella weet het niet, ik weet het ook niet. Ze heeft er destijds voor gekozen om het hem niet te vertellen. Ze leerde hem jaren geleden tijdens de protesten kennen. Hij woonde in het zuiden en toen alles weer rustig werd, hadden ze geen reden meer om elkaar nog te zien.’

‘Aha. Dus jij zit thuis met de baby, als het ware?’

‘Ja.’

‘Maar daar kun je toch hulp bij krijgen?’

‘Nee, Bill, ik ben bang van niet. Ik heb je geloof ik nooit verteld wat de echte reden was dat ik weg moest bij mijn ouders op Fifth Avenue?’

‘Nee, je stuurde me alleen een adreswijziging, als ik het me goed herinner. Wat is er gebeurd?’

‘Op een ochtend kwam mijn moeder mijn slaapkamer binnen en

toen vond ze ons slapend in bed, ik met Stella tegen me aangekropen. Er was een sneeuwstorm en ze was heel bang. Mama was in alle staten en ze vond het walgelijk dat ik in bed lag te slapen met een negerkind. De woorden die over haar lippen kwamen die dag, Bill, ik zal ze nooit vergeten. Ze stond erop dat Lankenua en Stella weg moesten en ze noemde mijn gedrag 'obsceen', dus ik had geen andere keuze dan met hen samen te vertrekken. Met zijn drieën zijn we toen bij een vriendin die in de straat hiernaast woont, gaan logeren. Mijn moeder zette de toelage stop die ik ontving van mijn trustfund, maar gelukkig liet Kiki, mijn peettante... Herinner je je haar nog?'

'Maar natuurlijk! Hoe zou ik Kiki nu kunnen vergeten?' grinnikte Bill.

'Nou, zij heeft me een royale erfenis nagelaten, waardoor ik net kon rondkomen en dit huis kon kopen. Inkomsten uit Kiki's aandelenportefeuille vul ik aan met Stella's bijdrage vanuit haar loon en wat ik verdien met lesgeven en wat boekhoudwerk.'

Bill staarde haar met open mond aan. 'Goede god, jij gekke vrouw! Waarom heb je me niet verteld wat er was gebeurd? Je weet toch dat ik je zou hebben geholpen?'

'Het is heel nobel dat je dat zegt, Bill, maar destijds zat je zelf diep in de schulden omdat je je veebedrijf opnieuw moest opbouwen.'

'Dat is waar, maar kort daarna ging het al snel beter. Ik ben begonnen met gewassen verbouwen en sindsdien heb ik er financieel altijd warmpjes bij gezeten. Je weet dat ik je zou hebben geholpen, Cecily, als je het maar had gevraagd.'

'Maar Bill, hoe je het ook wendt of keert, ik was bij je weggegaan,' zei ze voorzichtig. 'Dan kon ik toch moeilijk rekenen op jouw financiële steun?'

'Wel, wel. Hiervan sta ik, of zit ik, echt te kijken. En ik maar denken, al die jaren in Kenia, dat jij hier in New York lekker een luxeleventje leidde. Ik was toen en ben nog steeds je man, Cecily, wat er ook is gebeurd tussen ons. Je had naar me toe moeten komen.'

'Dat heb ik niet gedaan, punt uit. Trouwens, op de een of andere manier hebben we het overleefd.'

'Dus de breuk tussen jou en je ouders is nooit hersteld?'

'Nee. Ik hoorde van mijn zus Mamie, die een paar jaar geleden van haar man is gescheiden en de enige van mijn familie is die nog met me spreekt, dat mama tegen al haar vrienden zegt dat ik in Afrika door een hoge koorts niet goed bij mijn hoofd ben geworden.'

'Maar je vader dan? Zoals je hem altijd beschreef was dat toch een goede vent.'

'Hij was ook geen… Hij is ook geen slechte man, nee, maar hij was zwak. Die ochtend zag hij het gebeuren, hij zag dat we vertrokken en zei geen woord tegen mama om ons te verdedigen, ook al weet ik dat hij gek was op Stella en op mij. Later schreef hij me dat ik naar hem toe moest komen als ik hulp nodig had. Maar daar was ik te trots voor, zelfs op momenten dat het financieel penibel werd.'

'Heb je nooit overwogen om weer terug naar Afrika te gaan?'

'De tijd ging voorbij, Bill, en ik had hier mijn leven opgebouwd met Stella.'

'Mis je het weleens?' vroeg hij opeens.

'Kenia, bedoel je?'

'Ja. Ik neem aan dat je het niet hebt gemist, en nog steeds niet mist. Want ja, je had natuurlijk gewoon kunnen komen tijdens Stella's schoolvakanties.'

'Bill, je doet net alsof we oude kameraden zijn, alsof er nooit iets van gevoel tussen ons is geweest,' zei Cecily. 'Ik moest gewoon door met mijn leven. Proberen Afrika te vergeten, én jou… Ik besefte dat je nooit echt van me hebt gehouden, want als je van me had gehouden, dan was je wel naar New York gekomen om me over te halen om naar huis te komen. Ik heb vaak genoeg geschreven en gevraagd of je op bezoek kwam. Dat deed je niet, dus om niet gek te worden moest ik alleen verder.'

'Ik heb geen seconde ook maar gedacht dat je wilde dat ik kwam. Als ik dat had geweten…'

'Ja, wat dan, Bill?' zei Cecily bijna wanhopig. 'Was het dan niet overduidelijk dat ik van je hield? Dat soort gevoelens zet je niet zomaar uit omdat je op een boot of vliegtuig stapt en in een ander land gaat wonen. Toen Kiki was gestorven, had ik enorm de behoefte om met je te praten. Het was kerst en ik belde naar de Muthaiga Club, en ik kreeg te horen dat je op safari was gegaan. Je had het telefoonnummer van mijn ouders in New York toch, waarom heb je dan niet gebeld?'

'Geen idee.' Bill zuchtte. 'Destijds had ik ergens wel het gevoel dat je me in de steek had gelaten. Trots, misschien?'

'Of, en dat denk ik eigenlijk, je bent me gewoon vergeten. Je mag het ook gewoon eerlijk zeggen. We zijn drieëntwintig jaar verder. Je kunt me geen pijn meer doen.'

'O, god, Cecily, wat een puinhoop allemaal,' kreunde Bill, waarna hij een hand haalde door zijn dikke haar. Het was zo'n vertrouwd gebaar dat Cecily zich maar net kon inhouden om niet haar hand uit te steken en die op de zijne te leggen.

'Serieus, Bill, waarom ben je hier?'

'Omdat... omdat ik vond dat het tijd was dat ik, wij, onze... nou ja, wederzijdse afspraken formaliseerden. Ik word er niet jonger op zoals je ziet en de dokter zegt dat er iets is met mijn rikketik. Hoewel het niet levensbedreigend is, heb ik toch te horen gekregen dat ik het een beetje rustiger aan moet doen. Dus ik overweeg om Paradise Farm te verkopen en iets te kopen wat iets hanteerbaarder is. Aangezien we nog steeds getrouwd zijn, vond ik dat ik jou op zijn minst om toestemming moest vragen. Per slot van rekening heb jij het huis en de tuin ingericht en bijna alles in het huis is van jou, Cecily. Wil je het terug?'

'Bill, vergeet de meubels, in godsnaam! Wat heeft de dokter gezegd over wat er mis is met je hart?'

'Niets om je zorgen over te maken. Ik ben gecontroleerd door een specialist uit Harley Street toen ik in Engeland was. Hij heeft me een nogal smerig medicijn gegeven voor onder mijn tong, tegen aanvallen van angina pectoris. Het goede nieuws is dat het lijkt te werken. Maar daar gaat het niet om, Cecily. Ik vraag je naar je mening over het verkopen van Paradise Farm. Zoals ik zei, Kenia beleeft op dit moment nogal een opleving en ik heb iemand die het graag wil kopen en het bedrijf door wil zetten.'

Cecily sloot haar ogen en dacht terug aan haar prachtige huis en tuin. Het was net alsof ze een boek opende dat jarenlang ongeopend op een plank had gestaan, in vergeten schoonheid. Cecily hoorde zichzelf naar adem happen terwijl ze het uitzicht op de zonsondergang vanaf de veranda herbeleefde. Ze glimlachte.

'Ik was gek op dat huis,' zuchtte ze. 'Ik ben daar zo gelukkig geweest, ook al was ik ook eenzaam,' voegde ze droogjes toe.

'Nou ja, ik hoef het natuurlijk niet te verkopen, maar ik dacht dat als jij niet van plan zou zijn om ooit nog thuis te komen, ik het waarschijnlijk wel ga verkopen. De andere vraag is of we moeten scheiden. Ik vind het niet erg om de juridische schuld op me te nemen. Verwaarlozing is waarschijnlijk het beste, vind je niet?'

Cecily draaide zich naar Bill toe, die hoewel hij zelf vond dat hij oud was, kon doorgaan voor veel jonger dan de kalende, dikbuikige mannen van haar eigen leeftijd in Manhattan. Plotseling welden er tranen op in haar ogen.

'Lieve help, heb ik iets gezegd om je verdrietig te maken?'

'Ik... Vergeef me, het is de schrik. Je komt als een spook uit het niets opduiken. Dit soort vragen kan ik niet zomaar ineens beantwoorden. Ik heb tijd nodig om na te denken, Bill, om aan het idee te wennen dat je hier bent. Oké?'

'Natuurlijk. Neem me niet kwalijk, Cecily. Dat ben ik weer, met mijn stomme kop. Een tijdlang heb je me beschaving bijgebracht, maar in al die jaren ben ik weer achteruitgegaan,' zei hij, veel zachtaardiger nu. 'Luister eens, als je me een redelijk hotel kunt wijzen in de buurt, dan ga ik weg en laat ik je met rust. Ik heb al een paar dagen niet geslapen of me gewassen, ik zal wel stinken als een stal.'

'Dat hoeft niet, Bill, ik heb een kamer over. Het is Stella's kamer, maar ze is in Montgomery de komende dagen, dus daar kun je terecht.'

'Weet je het zeker? Ik voel me een echte hork dat ik zo je leven in kom banjeren zonder waarschuwing.'

'Je hebt je nooit zo veel aangetrokken van regels, toch? Waar is je bagage?' vroeg ze terwijl ze opstond.

'Daar,' zei hij, en hij wees naar zijn tas. 'Je kent me. Ik neem nooit veel mee.'

'Goed, ik zal je laten zien waar de douche is.'

Toen ze dat had gedaan, liep Cecily weer naar buiten en ging zitten. Ze was helemaal leeg. Ondanks alles was dat gevoel dat zich in haar had geworteld toen ze Bill voor het eerst had ontmoet en dat was ontkiemd tot een zaailing toen ze hem eenmaal wat beter had leren kennen, er na al die jaren nog steeds.

'Verdorie, Bill Forsythe!' mopperde ze terwijl ze de douche hoorde stromen en zijn strakke gespierde lichaam onder het water voor zich zag.

'Je bent gewoon een zielige, oude vrouw,' zei ze streng tegen zichzelf. Het was meer dan drieëntwintig jaar geleden dat ze voor het laatst intiem was geweest met een man. Dus wat ze nu voelde, was gewoon twee decennia aan onvervuld verlangen. Bill was oud en heus geen droomman. Maar zij was zelf ook een opgedroogde oude bes.

'Welke slaapkamer mag ik gebruiken?' Bill verscheen achter haar, met een handdoek om zijn middel gewikkeld.

'Ik ga je voor,' zei Cecily, waarbij ze probeerde zijn naakte bovenlichaam, dat de tand des tijds uitzonderlijk goed had doorstaan, te negeren. 'Hier,' zei ze, terwijl ze een deur opende in de keldergang. 'Dit is Stella's kamer.'

'En dit is Stella?' Bill wees op een foto van haar tijdens haar buluitreiking. 'Lieve hemel, wat een schoonheid.'

'Ik weet het, ze lijkt sprekend op haar moeder.'

'En dit alles...' Bill zwaaide zijn arm rond in de kamer. '... komt voort uit mijn verzoek om... Hoe heette ze ook weer?'

'Njala.'

'Om Njala een veilig onderkomen te bieden op ons land.'

'Ja, maar echt, Bill, voel je daar niet schuldig over. Stella is het beste wat me ooit is overkomen. Van haar houden heeft mijn leven veranderd. Het heeft mij veranderd,' voegde ze eraan toe. 'Goed. Ik laat je rusten. Om drie uur moet ik Rosa van school halen, maar pak vooral wat je nodig hebt uit de koelkast als je wakker wordt als ik weg ben.'

'Maak je geen zorgen, ik kan prima voor mezelf zorgen,' zei Bill, terwijl hij de dekens opensloeg, waardoor Lucky, Stella's geliefde knuffelleeuw, op de grond viel.

'Dat weet ik wel, maar nu ben je in een stedelijke jungle,' lachte Cecily. 'Welterusten.'

'Dus jij bent Rosa,' zei Bill, die na een scheerbeurt, een paar uur slaap en schone kleren al veel meer mens leek.

'Hoe maakt u het, sir?' vroeg de kleine meid, met een handje uitgestrekt.

'Ik maak het uitstekend, dank je wel, Rosa,' zei Bill.

Rosa draaide zich om naar Cecily. 'Wie is deze man?' vroeg ze hautain.

'Deze man heet Bill. En hij is een oude vriend van me.'

'Oké. Mag ik nu even tv-kijken?'

'Eerst je huiswerk, Rosa.'

'Ah, mag ik niet eerst tv-kijken, want *Mister Rogers* komt zo, en dan daarna mijn huiswerk doen?'

'Rosa, lieveling, je weet wat de regels zijn. Ga maar rustig aan tafel zitten en maak je sommen.'

'Nee!' stampvoette Rosa met een pruillip. 'Ik wil *Mister Rogers* zien!'

'Nou, dat kan niet, punt uit. Ga zitten.'

'Doe ik niet!'

'Rosa, je weet wat er gebeurt als je zo doorgaat. Dan ga je naar je kamer zonder eten totdat je er weer uit komt om je huiswerk te doen aan tafel.'

'Maar ik wil *Mister Rogers* zien,' zeurde ze.

'Oké, dat is dat, we gaan naar je kamer.' Cecily pakte het kind stevig bij de hand en marcheerde met haar de gang door. Ze deed de deur open, trok het tegenstribbelende meisje de kamer in en liet haar op bed zitten. 'Nou, zeg het maar. Wil je hier in je eentje blijven zitten of wil je je huiswerk doen en dan boterhammen met pindakaas en jam eten voor de tv?'

'Ik wil *Mister Rogers* zien!'

Cecily liep de deur uit, draaide die achter zich op slot en bereidde zich voor op het geschreeuw dat direct uit de slaapkamer zou klinken. Ze liep naar de keuken terug, keek Bill aan en slaakte een zucht.

'Sorry voor de herrie. Ik zei al dat ze de laatste tijd een handenbindertje is.'

'Ja, ik hoor het,' zei Bill terwijl het oorverdovende geschreeuw door de muren heen kwam.

'Ze wordt zo wel weer rustig, dat is meestal zo,' zei Cecily, met meer overtuiging dan ze eigenlijk voelde. Soms kon het gillen uren aanhouden. 'Ik heb trouwens wat biertjes voor je gehaald op weg naar huis. Ze staan koud te worden in de koelkast.'

'Dank je wel.' Hij ging naar de koelkast en pakte er een flesje uit. 'Je hebt je handen vol, of niet?' zei Bill, terwijl het geschreeuw doorging.

'Ja, best wel, maar of ik ging voor haar zorgen, of Stella moest stoppen met alles waar ze zo hard voor had gewerkt. Ik weet zeker dat ze ooit weer een man zal tegenkomen en dan vertrekken ze met zijn drieën en gaan ze hun eigen leven leiden.'

'Echt? Ik weet niet of je een kerel vindt die een kind met zo'n keel graag in huis zou willen.'

'Rosa is verder heel lief, hoor, maar op dit moment wil ze in alles haar eigen zin,' antwoordde Cecily, opeens defensief nu. 'Ik heb stoofschotel met rundvlees gemaakt terwijl je sliep. Ik herinner me dat je dat zo graag at.'

'Rundvlees uit de oven...' Bill snoof de geur op. 'Goede god, ik ben in één klap terug. Thuis leef ik op blikvoer, vrees ik.'

'Dat kan niet goed zijn voor je gezondheid, of wel?' Cecily liep naar de oven om de ovenschotel te controleren. 'Het is klaar. Heb je trek?'

'Eerlijk gezegd heb ik zo'n honger dat ik wel een heel Boran-kalf op kan.'

Na een tijdje hield het gegil op. Terwijl Bill zat te eten, ging Cecily Rosa uit haar kamer halen.

'Ga je nu je huiswerk doen?' vroeg ze.

'Ja, ma'am.'

'En wat ga je zeggen tegen onze arme gast, die helemaal uit Afrika is gekomen, en nu jouw herrie aan moet horen?' vroeg ze aan Rosa, terwijl ze ondertussen haar hand pakte en haar meenam naar de keuken.

'Ik zal zeggen dat het me spijt, oma,' zei Rosa. 'Het spijt me heel erg, sir,' zei ze, terwijl ze aan tafel ging zitten en Cecily de schoolboeken voor haar neerlegde. 'Wanneer komt mama thuis?' vroeg ze terwijl ze een potlood uit haar etui pakte.

'Dit weekend, schat.'

'Hebt u mijn mama al ontmoet, Bill?' vroeg ze hem. 'Ze is heel knap en slim en ze heeft een heel belangrijke baan, en daarom is ze niet hier,' zei Rosa terwijl ze met volle inspanning getallen opschreef, de punt van het potlood hard in het papier drukkend.

'Ja, ik heb haar weleens ontmoet, jongedame. Ik leerde haar kennen toen ze nog maar een klein baby'tje was, hè, Cecily?'

'Ja, dat klopt, Bill,' beaamde Cecily.

'Ze is in Afrika geboren, wist u dat?' zei Rosa.

'Ik weet het, want toen ze jong was, woonde ze bij mij. Bij ons,' verbeterde Bill zichzelf, met een blik op Cecily.
'Uw huis staat in Afrika?'
'Ja, dat klopt.'
'Ziet u dan ook leeuwen?'
'O, ja, zo veel.'
'Mama is dol op leeuwen, toch, oma?'
'Ja, zeker.'
'Ik wil ook een keer naar Afrika.'
'Ik denk dat dat wel goedkomt, jongedame.'
'Nou, Rosa, genoeg gekletst. Aan je huiswerk!'

Nadat ze twee verhaaltjes bij Cecily had afgedwongen, en erop had gestaan dat Bill welterusten kwam zeggen en dat hij een verhaaltje vertelde over alle wilde dieren die hij in Afrika had gezien, ging Rosa uiteindelijk slapen. Cecily schonk zichzelf een glas witte wijn in, een gewoonte waarvan ze wist dat ze die eigenlijk zou moeten beteugelen, maar het was een moment waar ze altijd naar uitzag, omdat het betekende dat Rosa in bed lag te slapen. Ze stelde Bill voor om naar boven te gaan, naar de huiskamer.

'Hoe vaak is Stella thuis?' vroeg Bill terwijl hij in een stoel bij de open haard ging zitten.

'O, dat hangt af van haar werkweek. Meestal werkt ze in Baltimore, dat is drieënhalf uur met de trein, dus als ze niet ergens heen moet met het vliegtuig, dan gaat ze op zondagmiddag weg en komt ze vrijdagavond laat thuis.'

'Dus haar dochter ziet ze niet veel.'

'Nee, niet zo veel, nee,' zuchtte Cecily.

'Het lijkt er wel een beetje op dat je de restjes mag opruimen, of niet?'

'Ik zou Rosa geen "restje" noemen, Bill. Hoe je het ook wendt of keert, ze is mijn kleinkind, en ik doe alleen maar wat iedere grootmoeder zou doen onder deze omstandigheden.'

'Dat begrijp ik, maar het kan zijn dat je nog jarenlang in deze situatie zult verkeren. Je wilt vast meer uit het leven halen?'

'Ik zou denken dat jij meer dan wie dan ook hebt geleerd, net zoals ik dat heb geleerd, dat het leven geen kwestie is van willen. Maar inderdaad, je hebt gelijk, ik voel me de laatste tijd wel een beetje gevangen,' gaf ze toe.

'Ik krijg de indruk dat je zowat alles hebt opgegeven voor Stella,' zei Bill zacht. 'Je familie, je huis, je geld, je huwelijk zelfs… en nu ook de hoop op een eigen leven totdat Rosa volwassen is.'

'Een offer dat ik graag breng,' zei Cecily defensief. 'Je doet wat je kunt voor degenen van wie je houdt, Bill, maar dat begrijp jij natuurlijk niet.'

'Alsjeblieft, Cecily, nogmaals, vergeef me. Wie ben ik om hierheen te komen en jou even te vertellen wat je met je leven moet doen. En ik… Wel, wat er ook tussen ons is gebeurd, ik geef nog steeds om je en ik wil je graag helpen.'

'Dat is heel lief van je, Bill, maar ik zie niet wat je voor me kunt doen.'

'Om te beginnen door je te sponsoren zodat je je wat kinderopvang kunt veroorloven. Eerlijk gezegd, Cecily, je ziet er uitgeput uit en je moet hoognodig op vakantie.'

'Dat is inderdaad heel lang geleden,' knikte ze. 'Maar ik kan je geld niet aannemen, Bill. Dat zou niet correct zijn.'

'Vergeet niet dat ik het was die deze situatie in de eerste plaats naar je voordeur heeft gehaald – onze voordeur. Het minste wat ik kan doen is je helpen met de consequenties. Je bent tenslotte nog steeds mijn vrouw, en ik heb toevallig genoeg geld. Afgezien van de ranch waar het goed mee gaat, is mijn oudste broer vorig jaar gestorven en hij heeft me het familielandgoed in Engeland nagelaten. Ik ben er geweest op weg naar New York. Het ligt niet ver van dat afzichtelijke oord waar je die gladjakker hebt ontmoet, hoe heette die ook alweer?'

'Julius,' zei Cecily met een rilling over haar rug.

'Misschien sterkt het je om te weten dat ik hoorde dat hij deze wereld een paar jaar geleden heeft verlaten, nadat hij eindeloos veel echtgenotes heeft versleten en evenzoveel vaten brandy, zonder nakomelingen. Hoe dan ook, de plaatselijke makelaar zegt dat hij een koper heeft voor mijn veel kleinere optrekje. Dat zal een mooie duit opleveren. Blijkbaar wil een of andere popster de wijnkelder veranderen in een geluidsstudio. Wat vind je trouwens van The Beatles? Op de radio hoorde ik niets anders toen ik in Engeland was en volgens mij is het hier in Amerika net zo.'

'Stella vindt ze natuurlijk geweldig. Ik vind ze ook wel goed. Het zijn aanstekelijke liedjes.'

‘Het is alleen niet wat je zegt schuifelmuziek, hè? Weet je nog die avond met Joss en Diana toen ze zo smoorverliefd waren en die arme Jock als het koekoeksjong in de hoek naar hen zat te kijken?’ vroeg Bill.

‘Ja, zeker.’

‘Wij twee dansten op Glenn Miller. Ik denk vaak aan die avond. Het was het begin van het herstel van onze relatie nadat we Fleur hadden verloren. Als het geen oorlog was geworden…’

‘Ja, maar het werd wel oorlog. En nu zijn we hier,’ zei Cecily. Die avond was cruciaal geweest voor haar, en ze was verbaasd dat Bill het zich ook zo herinnerde.

‘Het waren paradijselijke tijden,’ mompelde hij. ‘Waarom zien we dat vaak pas achteraf? Maar goed, Cecily, of je het leuk vindt of niet, ik ga een bedrag op je rekening storten en dan ga ik je helpen een kinderjuf te vinden, of hoe ze hier ook heten, om voor Rosa te zorgen. En verder wil ik er niets meer over horen. Wat doe je morgen?’

‘Hetzelfde als altijd, Rosa naar school brengen, en dan naar huis om verder te gaan met mijn boekhouding en dan…’

‘Wat vind je hiervan? In plaats daarvan gaan we morgen de stad in en laat je me New York zien. Nu ik hier ben, moet ik wel zien waar iedereen het altijd maar over heeft. Wat zeg je ervan, Cecily?’ Bill leunde naar voren en legde een hand op de hare.

‘Ja, dat kan,’ zei ze, en tegelijk probeerde ze de tinteling die zijn aanraking veroorzaakte te negeren. ‘Maar nu moet je me verontschuldigen, want ik moet echt naar bed.’

‘Natuurlijk. Tot morgen. Bedankt dat ik hier mag verblijven.’

‘Dat lijkt me niet meer dan logisch, dat mocht ik ooit ook bij jou. Slaap lekker.’

49

Ondanks een slapeloze nacht waarin ze had liggen woelen en draaien en niet wist wat ze moest doen met haar gedachtes en gevoelens over Bills plotselinge terugkeer in haar leven, bracht Cecily een heerlijke dag in de stad met hem door. Het was lang geleden dat ze in Manhattan was geweest, dus ze begonnen met een rondrit in een rijtuig door Central Park, waar ze haar ouderlijk huis aanwees, met links en rechts ervan enorme flats met appartementen.

'Woont mijn draak van een schoonmoeder er nog?' vroeg Bill.

'O ja, zeker, hoewel Mamie beweert dat ze de ene na de andere kwaal heeft en constant roept dat ze doodgaat en dat soort gedoe.'

'En je vader?'

'O, die pikt alles van haar, zoals altijd.' Cecily rilde even toen het rijtuig wegreed bij het huis. Daarna liep ze met hem over Fifth Avenue waar de film *Breakfast at Tiffany's* een paar jaar eerder was opgenomen, en ze schrok toen ze hoorde dat hij die niet had gezien.

'Maar Bill, die moet je toch gezien hebben! Ik denk niet dat er ook maar iemand op deze planeet rondloopt die hem niet heeft gezien.'

'Misschien niemand op planeet Amerika, Cecily. Je weet dat ik me prettiger voel met een lendendoek en een speer dan in deze overweldigende verzameling betonblokken.'

Vervolgens gingen ze naar het Empire State Building, waar Bill over de rand leunde en meteen achteruitdeinsde.

'Goede genade! Mijn hoofd tolt, het duizelt me helemaal. En dit van de man die zonder pauze onderweg in één keer naar de top van Mount Kenya is geklommen. Breng me onmiddellijk naar beneden en laat me weer met mijn twee voeten op de aarde staan.'

Een boottocht op de Hudson om het Vrijheidsbeeld te bekijken was het volgende punt op de agenda, en Bill verklaarde enorm teleurgesteld te zijn.

'Ze is hartstikke klein,' klaagde hij. 'En ik vind het Naivashameer met haar nijlpaardenpopulatie mooier dan die donkere vijver van jullie.'

'Hou eens op met zeuren, Bill! Je wordt een mopperende oude man.'

'Jij weet maar al te goed dat ik ooit een mopperende jongere man was, dus dan ben ik geen spat veranderd, hè?'

Rosalind had beloofd dat ze Rosa mee naar huis zou nemen na school en dat ze daar mocht eten. Ze wist alles van Bill, natuurlijk, maar toen ze Rosa bij haar kwamen ophalen, voelde Cecily zich bijna verlegen toen ze hen aan elkaar voorstelde.

'Nou, hallo, Bill,' zei Rosalind, hem aankijkend met een mengeling van achterdocht en nieuwsgierigheid.

'Zeer verheugd om je te leren kennen, Rosalind. Cecily heeft me verteld dat je door de jaren heen een heel goede vriendin bent geweest.'

Binnen een paar minuten waren ze aan het praten als oude vrienden, waarbij Bills Britse accent het won van de mogelijke reserves die Rosalind eventueel nog kon hebben gehad. Terrence kwam thuis van zijn werk, en de borrel leidde vanzelf naar het diner. Rosa werd naar bed gebracht en Terrence en Rosalind luisterden aandachtig naar alles wat Bill te vertellen had over de nieuwe onafhankelijke Republiek Kenia.

'Ik had niet gedacht dat hij zo zou zijn,' fluisterde Rosalind terwijl zij en Cecily de dessertbordjes wegbrachten. 'Hij weet waar hij het over heeft en hij is een kanjer, schat, voor een wat oudere man,' giechelde ze. 'Hij doet me een beetje denken aan Robert Redford, vind je niet?'

Allebei hadden ze *Butch Cassidy and the Sundance Kid* gezien toen die was uitgekomen en ze hadden zitten zwijmelen bij Redford en Paul Newman, net als iedereen in Amerika.

'En raad eens? Jouw man weet echt hoe hij met een geweer moet omgaan en hoe hij moet paardrijden,' gniffelde Rosalind.

Ze stond erop om Rosa te laten logeren, en zo wandelden Cecily en Bill met zijn tweetjes terug naar haar appartement.

'Ik moet toegeven dat New York minder erg is dan ik me had voorgesteld,' zei Bill terwijl ze over straat liepen.

'Dat vind ik heel fijn om te horen.'

'Ik zeg niet dat ik hier lang kan blijven zonder gillend weg te rennen en op zoek te gaan naar ruimte, maar voor een paar dagen lijkt het me een stad waar je je goed kunt vermaken.'

'Hoelang blijf je dan eigenlijk, Bill?'

'Daar heb ik eigenlijk nog niet over nagedacht. Ik heb alleen de beslissing genomen om hierheen te komen en ik ben in het vliegtuig gestapt.' Hij stopte en keek haar aan. 'Hoezo? Heb je moeite met mij, of met dit? Ik kan ook een hotel nemen.'

'Nee, helemaal niet.' Ze wandelden in stilte verder, totdat Cecily zei: 'Ben je eerlijk geweest over je hartproblemen, Bill? Of is het erger dan je me vertelt?'

'Voor de zoveelste keer, mijn lieve Cecily, ik zweer je dat ik niet op het punt sta om deze aardkloot te verlaten. Desalniettemin is de aanwezigheid van een zwakke plek in mijn tot nu toe uiterst sterke fysiek wel de reden geweest om jou te komen opzoeken. We gaan allemaal een keer dood, en mijn angina-aanvallen waren een aanleiding om te beseffen dat ook ik een sterveling ben, wat ik, zoals je wel weet, soms even vergeet. Ik ben blij dat ik ben gekomen, Cecily, echt waar. Het is lang geleden dat ik een dag vrij heb genomen en iets leuks heb gedaan met een dame. Die ook nog eens mijn vrouw is,' voegde hij eraan toe. 'Nu weet ik weer waarom ik je zo leuk vond.'

'O ja?'

'Ja. Van jou is er geen tweede. Dat wist ik toen en ik weet het nu helemaal. Onder dat timide laklaagje van je zit een tijger verborgen.'

'Vergeet niet, in Afrika zijn geen tijgers,' glimlachte Cecily.

'Nou, nu jij er weg bent niet meer, nee. Je bent echt een heel bijzondere vrouw geworden, als ik het mag zeggen. Daarentegen ben ik nog precies dezelfde als toen.'

'Dat klopt,' vond Cecily. 'Hoewel je wel lichtvoetiger lijkt.'

'Leg uit.'

'Je bent gewoon niet meer zo depressief,' lachte ze. 'En natuurlijk ben je nu een gevangene op mijn terrein. Terwijl ik in Kenia altijd een gevangene was op jouw terrein.'

'Goed punt. Ja, in Brooklyn ligt mijn lot in jouw capabele handen. Wat gaan we morgen doen?'

'Ik moet lesgeven op school, dus je moet jezelf redden,' zei ze terwijl ze het trapje op liep naar haar appartement en de voordeur van het slot haalde.

'Geen wonder dat je zo moe bent. Met je boekhouding, lessen en het zorgen voor Rosa heb je geen minuut voor jezelf.'

'Het is goed om bezig te blijven. En ik ben bovendien dol op lesgeven, en je moet toch je brood verdienen.'

'Ik zei al, als je zo goed wilt zijn om me je bankrekeningnummer te geven, dan zal ik het proces in werking zetten om een bedrag op je naam te zetten.' Bill legde een vinger tegen Cecily's lip toen ze haar mond wilde opendoen om te protesteren. 'Nee! Ik wil er niets meer over horen. Je hebt me de laatste drieëntwintig jaar niets gekost. Beschouw het gewoon als een achterstallige betaling voor al het eten, alle kleding, benzine – en natuurlijk ook alle gin – die ik niet voor je heb hoeven kopen.'

Cecily moest lachen. Ze kon bijna niet geloven dat ze zich na al die jaren zo snel zo prettig bij hem kon voelen.

'Vooral die gin natuurlijk,' was ze het met hem eens. 'Trouwens, over gin gesproken, wil je er eentje? Ik denk dat ik beneden ergens nog een restje moet hebben.'

'Neem jij die, ik hou het bij bier,' zei Bill. 'Goed, blijf jij hier, ga lekker onderuit zitten en dan haal ik de... Hoe noemen jullie dat hier?'

'*Liquor*,' riep Cecily hem na, terwijl hij de trap af liep naar de keuken.

Ze ging op de bank zitten, schopte haar hoge hakken uit en deed even haar ogen dicht, genietend van het feit dat iemand anders haar drankje klaarmaakte. Een heel simpel iets, maar ze was vergeten hoe het voelde als er iemand voor je zorgde.

'Alstublieft, mevrouw. Eén gin met iets wat soda heet, want er was geen tonic of bitter lemon.'

'Bedankt, het valt op zijn minst te proberen,' zei ze. De smaak maakte haar niet veel uit, want vanavond voelde ze zich vrijer dan ze zich in lange tijd had gevoeld.

'Zeg, hoe gaat het met Lankenua? Ik herinner me dat je me lang geleden in een brief hebt verteld dat ze getrouwd was?'

'Ja, ze is getrouwd, en heel gelukkig, naar ik hoor.'

'Ik wil haar graag zien, als het kan. Ik heb een foto van Kwinet, met zijn vrouw en kind, heel trots poserend in de tuin, op Paradise Farm.'

'O, maar die wil ik ook heel graag zien. Hoeveel uur ik wel niet samen met hem aan die tuin heb gewerkt...'

'Cecily.' Bill nam haar gin-glas, zette het neer en pakte haar handen vast. 'Waarom kom je niet met me mee naar Kenia? Voor een vakantie? Kwinet heeft twee decennia lang jouw prachtige tuin verzorgd en hij heeft al die tijd tegen beter weten in gehoopt dat je zijn werk ooit zou kunnen zien. Je zou Katherine en Bobby en de kinderen kunnen zien. En Kenia, natuurlijk.'

'O, Bill, dat zou ik heerlijk vinden, maar hoe dan? Wie zorgt er voor Rosa?'

'Stella heeft vast wel wat verlof dat ze kan opnemen? Een paar weken vakantie?'

'Bill, je begrijpt het niet. Niemand hier in de VS neemt de vakantiedagen op waar ze recht op hebben, zeker niet als jonge ambitieuze zwarte vrouwelijke advocaat die naam wil maken. Het arbeidsethos is hier overdreven, vergeleken met andere landen. Het leven in de Happy Valley draaide volledig om plezier. Het leven hier, op dit moment, voor iemand zoals Stella, draait om je helemaal gek werken om de top te bereiken.'

'Ik begrijp wel hoe het zit, maar dat wil nog niet zeggen dat het klopt, Cecily.' Bill zuchtte. 'Ik wil graag dat je erover nadenkt. Je hebt me zelf gezegd dat je al sinds je hier bent geen vakantie meer hebt gehad! Je moet er echt hoognodig even tussenuit. Alsjeblieft, overweeg het op zijn minst, ik ga doen wat ik kan om te zorgen dat het lukt, maar misschien kun je pas als je Paradise Farm terugziet, helpen beslissen wat ik ermee moet doen. Wat wé ermee moeten doen.'

'Het is een mooi idee, maar ik kan Rosa nu echt met geen mogelijkheid achterlaten,' zei Cecily. 'Maar goed, het is al lang voorbij mijn bedtijd en ik heb veel te veel gedronken. Morgen wacht me een klas vol zesjarigen.' Ze stond op en lachte. 'Dank je wel voor een heerlijke dag. Het was als vakantie en ik heb het erg naar mijn zin gehad. Welterusten, Bill.'

'Welterusten, Cecily.'

Toen Cecily weg was, liep Bill naar beneden om nog een flesje bier te pakken, en daarna liep hij het kleine stukje Kenia in dat Cecily in Brooklyn had gecreëerd. En zo begon hij een plannetje te bedenken...

Stella kwam vrijdag pas na middernacht thuis, doodmoe zoals altijd na een lange week hard werken in Alabama. Cecily had Bill naar bed gestuurd, terwijl zij zoals altijd opbleef totdat Stella arriveerde. Met een beker warme chocolademelk en een bord zelfgebakken koekjes op tafel vertelde Stella over haar lopende zaak.

'Het ligt er gewoon zo dik bovenop dat de autoriteiten het bewijs hebben verzonnen. We zijn erachter gekomen dat de getuigen onmogelijk konden zijn waar ze beweren te zijn geweest om te zien hoe Michael Winston die man zou hebben neergeschoten. We doen wat we kunnen, maar ik weet niet of we hem van de doodstraf kunnen redden. De jury in Alabama staat erom bekend dat ze vaak de doodstraf uitdeelt.'

'Je best doen is het enige wat je kunt doen,' zei Cecily, hetzelfde als wat ze altijd zei als ze de woede en passie in Stella's ogen zag, wetend dat zij er deels verantwoordelijk voor was dat ze die woede en passie had. 'Nou, ga lekker naar bed. Ik ben bang dat je bij Rosa slaapt vanavond, want we hebben een gast.'

'O, echt? Wie is het?'

'Misschien herinner je je hem niet meer, omdat je de laatste keer dat je hem zag vijf was. Zijn naam is Bill en toen ik je vond was ik met hem getrouwd.'

'Bill...' Stella krabbelde aan haar neus. 'Jawel, ik geloof dat ik me hem wel herinner. Had hij licht haar en was hij lang?'

'Ja, dat klopt, hoewel hij nu helemaal grijs is.' Cecily glimlachte. 'Hij was degene die me heeft overgehaald je moeder op onze ranch te laten schuilen toen ze zwanger was van jou. Hij heeft ook het plan bedacht dat Yeyo bij ons moest komen wonen, zodat jij kon blijven en ik je kon opvoeden.'

'Kent hij mijn echte moeder?' vroeg Stella met een verbaasd gezicht.

'Ja, hij heeft Njala zeker ontmoet, en hij was bevriend met jouw grootvader, die de leider was van de stam.'

'Waar is hij dan al die tijd geweest, Kuyia? Waarom is hij niet met ons meegekomen naar New York?'

'Omdat hij een grote veehouderij in Kenia runde en... Bill hoort gewoon thuis in Afrika.'

'Dus je hebt hem achtergelaten?'

'Ik moest wel, als we ook maar enige toekomst voor jou wilden. Ik heb hem zo vaak gesmeekt om te komen, maar hij wilde nooit.'

'Ben je dan voor mij bij hem weggegaan?'

'Nee, joh, Stella, begrijp me niet verkeerd...' krabbelde Cecily terug, nu ze besefte wat ze had gezegd. 'We hadden... Hij had allerlei problemen binnen ons huwelijk destijds. Onze toekomst lag hier, en de zijne niet. Zo simpel is het.'

'Ben je nog steeds met hem getrouwd?'

'Ja. Er was nooit reden om te scheiden.'

'Jeetje! Dat moet heel raar zijn. Je man die zomaar weer opduikt na twintig jaar.'

'Ja, wel en niet, Stella. Ik heb me vaak afgevraagd hoe het zou zijn als hij me kwam opzoeken, maar nu is het net alsof de laatste twee decennia niet hebben plaatsgevonden. Hij koestert geen wrok jegens mij en ik niet jegens hem.'

'Kuyia!' lachte Stella. 'Je hebt een dromerige blik in je ogen. Hou je soms nog van hem? Het lijkt er wel op.'

'Ik weet het niet. Het was gewoon fijn om voor de verandering weer eens wat gezelschap te hebben. En we konden altijd al goed met elkaar opschieten.'

'Wat romantisch, dat hij je na al die tijd komt opzoeken.'

'Nou ja, hij kwam eigenlijk om wat dingen te regelen. Het eerste wat hij me vroeg was of ik wilde scheiden! En of ik het erg zou vinden als hij Paradise Farm verkocht, waar we hebben gewoond, in Kenia. Hij is bijna zeventig, en hij heeft een hartkwaal, dus hij is nou niet wat je noemt de prins op het witte paard.'

'Nou, aan jou te zien is hij dat misschien toch wel,' plaagde Stella haar, terwijl ze geeuwde. 'Ik moet naar bed, ik ben doodop.'

'Rosa ligt op de slaapbank, dus het bed is voor jou. Slaap lekker, lieverd.'

'Slaap lekker.' Stella gaf Cecily een knuffel, voordat ze haar rolkoffer pakte en vermoeid de trap af liep op weg naar bed.

Toen ze de volgende ochtend met zijn vieren aan de ontbijttafel zaten, overdacht Cecily wat Stella had gezegd. Stella en Bill konden het meteen uitstekend vinden met elkaar. Stella luisterde gefascineerd naar Bills verhalen over de plek waar ze was geboren en over zijn kennis van en banden met haar voorvaderlijke volk, de Masai. Zelfs Rosa leek gegrepen, en de aanblik van hen drieën samen, voor de hele wereld gewoon een gezin, gaf haar een brok in haar keel. Die middag gingen ze naar de bioscoop, naar *The Love Bug*. Rosa lag steeds in een deuk van het lachen, wat aanstekelijk werkte, en hoewel Bill de helft van de film slapend had doorgebracht, vond iedereen de trip een succes. Ze gingen naar een *diner* zodat Bill zijn eerste Amerikaanse hamburger kon eten.

'Ik vind de combinatie van het broodje met de kaas lekker, maar dit vlees kan nog niet in de schaduw staan van de Boran-koe uit Kenia. En dat daar...' Met een vies gezicht wees Bill op Rosa's hotdog. '... dat is een en al mais en broodkruim.'

Die avond liet Cecily Stella en Bill kletsend achter in de huiskamer toen ze hun goedenacht wenste en liep naar haar eigen slaapkamer, die aan de achterkant van het appartement lag en uitzag over de tuin. Ze kleedde zich uit en ging toen onder de koele lakens liggen, zich verbazend over hoe Bills komst het gezin had veranderd. Rosa was veel rustiger, Stella was gecharmeerd door Bill, en wat haarzelf betreft... Ze had al zo lang voor zichzelf gezorgd dat zelfs het simpele feit dat er een man in huis was al heel fijn voelde. Kleine dingen die hij had gedaan zoals een glas gin inschenken, de piepende scharnieren van de keukendeur oliën, en zelfs alle onkruid uit de tuin trekken, het was als weldadige zalf op Cecily's normaal zo zelfredzame ziel.

'Het hoeft niet, Bill,' had ze gezegd. 'De dokter heeft gezegd dat je het rustig aan moet doen.'

'Ik denk niet dat een paar brandnetels uit dit tuintje trekken mijn einde zal betekenen. Bovendien, je weet dat ik niet goed ben in stilzitten.'

Het meest genoot Cecily van het lachen. Als Bill vroeger in vorm was, dan kon hij haar altijd aan het lachen maken met zijn geestige opmerkingen.

‘O, wat zou ik graag teruggaan naar Kenia,’ verzuchtte ze, terwijl ze het boek pakte van Ernest Hemingway, getiteld *Green Hills of Africa*, dat ze net had gekocht. Dichterbij zou ze waarschijnlijk niet komen, dacht ze.

Die zondag, toen Bill zich beklaagde dat hij helemaal gek werd, stelde Cecily voor om naar Jones Beach te gaan met zijn allen. Dit idee werd met kreetjes van opwinding ontvangen door Rosa, die ze er samen met Stella al eens mee naartoe had genomen voor haar eerste keer zwemmen in open water.

De junidag was heet en het was druk op het strand, maar Cecily zat in haar strandstoel en keek naar Bill, Stella en Rosa, die spartelden in de branding. Daarna gingen ze voor een late lunch naar het Boardwalk Café, waar ze een schitterend uitzicht hadden over zee.

‘Is dit een beetje wat je bedoelde?’ vroeg Cecily aan Bill, toen ze op het terras stonden uit te kijken over de Atlantische Oceaan.

‘Het is niet helemaal hetzelfde als het hagelwitte strand van Mombasa, maar het kan ermee door, ja.’

Die avond deed Cecily Rosa in bad en bracht haar naar bed, waarna Bill haar nog een verhaaltje vertelde over de stokstaartjes die in Afrika leefden, terwijl Stella haar rolkoffer inpakte, klaar om naar het station te gaan en de trein naar Baltimore te pakken. Na de rijke lunch had niemand veel trek, en dus maakte Cecily alleen wat sandwiches met een pot thee en gingen ze met zijn drieën nog even aan tafel zitten voordat Stella wegging.

‘Kuyia, we willen even met je praten,’ zei Stella, terwijl ze Bill nerveus aankeek. ‘Bill had het erover dat het drieëntwintig jaar geleden is dat jij voor het laatst op vakantie bent geweest. Dat is veel te lang.’

Cecily keek hen met grote ogen aan. ‘Maar het gaat echt prima met me, dank je vriendelijk, en ik heb echt genoeg tijd voor mezelf nu Rosa op school zit.’

‘Luister even, alsjeblieft,’ zei Stella. ‘Je bent al die tijd niet meer in Kenia geweest, dus Bill en ik denken dat je met hem mee terug moet gaan om wat tijd op Paradise Farm door te brengen.’

‘In theorie klinkt dat zalig,’ zei Cecily, ‘maar wat doen we dan met Rosa?’

'Bill heeft aangeboden om een nanny te betalen die doordeweeks voor haar kan zorgen. Ik ben er in de weekenden en onderling krijgen we dat wel geregeld.'

'Maar...'

'Geen gemaar, Kuyia. Bills komst heeft me eraan herinnerd hoeveel je voor mij hebt gedaan, en als iemand vakantie verdient, dan ben jij het wel. Dus ik ga een paar dagen vrij nemen, daarvoor heb ik meer dan genoeg vakantiedagen staan, om de juiste persoon te vinden die bij Rosa kan zijn als jij weg bent.'

'Echt waar, jongens, heb ik niets in te brengen?'

'Nee, ik vrees van niet. Je wordt er niet jonger op. Als je nu niet teruggaat, dan ga je misschien nooit meer,' zei Stella, en ze stak haar handen boven tafel uit om Cecily's handen vast te pakken. 'Alsjeblieft, Kuyia. Nu is het jouw beurt.'

'Maar voor hoelang? Ik weet dat het tegenwoordig makkelijker is om naar Kenia te vliegen, maar het is nog steeds niet een plek waar je voor een weekje heen gaat, of wel?'

'We dachten aan een paar maanden,' zei Bill.

'Een paar maanden! Maar mijn lessen dan? En mijn tuin?'

'Ik heb Rosalind gebeld en zij vindt ook dat je moet gaan. Ik weet dat je er niet graag aan denkt, maar je bent vervangbaar,' zei Stella kalmpjes. 'Rosalind heeft een geweldige nieuwe parttimer die graag meer wil doen.'

'En wat betreft de tuin,' overtroefde Bill, 'ik heb al een bedrijf benaderd om een huishoudster te vinden die zowel het appartement als de tuin kan bestieren.'

Cecily ging achterover zitten. 'Jeetje! Jullie hebben het tot in de puntjes uitgedacht.'

'Ja, dat klopt, en voor deze ene keer moet je iemand anders even de leiding laten nemen, oké?'

'Oké.' Cecily ademde diep in. 'Maar ik wil wel graag de persoon ontmoeten die voor Rosa gaat zorgen. Je weet hoe lastig ze kan zijn, Stella, maar ik wil geen heks, en...'

'Ze is mijn dochter! Denk je nou echt dat ik haar bij een heks zou achterlaten?' zei Stella. 'Ik ben achtentwintig jaar oud, met een carrière die voor een groot deel berust op het kunnen inschatten van karakters.

Vertrouw me nou gewoon. Goed, nu moet ik weg, anders mis ik mijn trein.' Stella stond op en kuste Cecily op haar kruin. 'Vergeet niet, we houden van je, en het is tijd dat je een keer kunt relaxen en dat je je gelukkig voelt. Ik zie je vrijdag,' zei ze terwijl ze haar rolkoffer pakte en de keuken uit liep.

'Gin?' opperde Bill toen de voordeur dichtging. Zonder op het antwoord te wachten stond hij op. 'Ik ben naar wat hier de *liquor store* heet gegaan en heb je voorraad aangevuld,' zei hij, terwijl hij een nieuwe fles uit de kast ophield. 'Cheers,' zei hij, nadat hij tonic en ijsblokjes aan de glazen had toegevoegd en er eentje voor Cecily neerzette.

'Cheers, denk ik,' proostte Cecily, waarna ze een flinke slok nam. 'Dus ik heb niks te zeggen?'

'Helaas niet, nee.'

'Het voelt alsof ik word ontvoerd! Wat nu als ik niet wil?'

'O, maar ik denk dat je heel graag wilt,' zei Bill, met wat Cecily opvatte als een betuttelend lachje. 'Ik zie het in je ogen, elke keer dat het over Kenia gaat.'

'Ik ben gewoon bezorgd over Rosa...'

'Zoals Stella al zei, ze is een volwassen vrouw en eindverantwoordelijk voor haar dochter. Jij hebt zelf gezegd dat ze te weinig tijd samen doorbrengen. Dan is dit hun kans om closer te worden.'

'Als ik er niet ben, bedoel je.'

'Precies.' Bill trok Cecily omhoog totdat ze naast hem stond en nam haar handen in de zijne. 'Twee maanden, Cecily. Meer niet. Twee maanden om te ontdekken of er nog een kans is dat we getrouwd kunnen blijven op meer manieren dan alleen de wettige. Als je begrijpt wat ik bedoel.'

'Ja, dat begrijp ik,' zei Cecily, die voelde dat de hitte opsteeg vanuit haar hals naar haar gezicht.

'Ik geef toe, toen ik hier kwam, was er geen haar op mijn hoofd die eraan dacht dat het misschien nog wat ging worden tussen ons. Maar nu heb ik zo genoten van het samenzijn met jou en moet ik er niet aan denken om weg te gaan zonder je. Na alles wat we hebben meegemaakt zijn we elkaar toch wel wat tijd verschuldigd? Tenzij deze afgelopen paar dagen een hel zijn geweest voor jou en je niet kunt wachten tot ik oprot. Als dat zo is, dan moet je me dat wel echt zeggen, maar als het niet zo is...'

Cecily sloeg haar ogen neer. 'Het is niet zo.'

'Goed, dan hebben we een plan. Weet je, hierheen komen is echt het beste wat ik ooit heb gedaan.'

Bill boog zich over zijn vrouw heen en kuste haar, voor het eerst in drieëntwintig jaar.

ELECTRA

BROOKLYN, NEW YORK
JUNI 2008

50

'Dus toen ze een geschikte huishoudster en kindermeid hadden gevonden, nam Bill Cecily mee terug naar huis in Kenia,' besloot Stella haar verhaal.

'Nou, dat is echt een happy end, en ik vind dat ze dat zeker verdiend had,' zei ik. 'Vooral na de problemen met mijn moeder. Ik geef het niet graag toe, maar ze lijkt veel op mij toen ik nog een kind was.'

'Dat weet ik niet, Electra, ik was er niet bij toen je opgroeide, en dat zal ik mezelf nooit vergeven. Net zomin als het feit dat ik er niet op een goede manier voor Rosa geweest ben.'

'U was een alleenstaande werkende moeder, dat moet echt moeilijk geweest zijn.'

'Dat was het ook, ja, maar miljoenen vrouwen overal ter wereld maken er wel iets van. Alleen ik niet, helaas.'

'Zijn Bill en Cecily ooit nog teruggekomen?' vroeg ik. Ik wilde antwoord op die vraag voordat we verdergingen met wat, zo te zien aan Stella's gezicht, niet bepaald opbeurende verhalen over vroeger zouden zijn.

'Nee, dat niet.'

'Waarom niet?'

'Eerst om alle goede redenen. Vanaf het moment dat Cecily terug was in Kenia, was ze duidelijk gelukkiger dan ooit, nu zij en Bill er eindelijk in waren geslaagd een moment te vinden om van elkaars gezelschap te genieten. Maar die periode bleef niet voor eeuwig duren. Zo gaat dat nu eenmaal.'

'Is Bill overleden aan zijn hartziekte?'

'Uiteindelijk, ja, maar eerst verloor ik mijn geliefde Kuyia. Ze verlengden hun verblijf tot een half jaar en gingen op reis door Afrika. Cecily had altijd nog een keer de piramiden willen zien en ze waren onderweg naar Egypte door de Soedan toen ze zich onwel begon te voelen. Hun medicijnen en andere voorraden waren gestolen en ze waren ergens in een uithoek. Tegen de tijd dat Bill haar naar een ziekenhuis kon brengen, was het te laat. Een paar dagen later overleed ze.'

'O nee.' Ik voelde een huivering door me heen gaan en zag dat de ogen van mijn grootmoeder vol tranen schoten. 'Waaraan?'

'Malaria. Als ze eerder behandeld had kunnen worden, had ze het zeker gered, maar...' Stella slikte. 'Ze stierf in Bills armen... Ze vroeg hem nog of hij tegen mij wilde zeggen hoeveel ze van me hield... Ik... Sorry.'

Ik zat erbij en observeerde mijn grootmoeder. Zo te zien was haar verdriet na al die jaren nog even groot.

'Toen ik het nieuws hoorde, kon ik alleen maar denken dat ik zelf ook dood wilde,' ging Stella verder. 'Ik weet niet waarom die vrouw zo veel voor me betekende. Wat ze voor me heeft gedaan, wat ze allemaal voor me heeft opgeofferd... Mijn enige troost was dat ze bij Bill was en dat ze samen tenminste nog een fantastisch half jaar hebben gehad. Ze is overleden waar ze wilde zijn en de man van wie ze hield was bij haar.'

Hoewel ik deze bijzondere vrouw die het leven van ons allebei zo diepgaand had beïnvloed nooit had gekend, kreeg ook ik een brok in mijn keel.

'Bill kwam een tijdje naar de Verenigde Staten en toen hebben we haar as uitgestrooid bij het Vrijheidsbeeld. Omdat ze in Manhattan was geboren en zo veel had gedaan om ook mij mijn vrijheid te geven, vond ik dat een goede plek. Bill bleef nog een tijdje bij ons. In die paar maanden was hij veel ouder geworden, maar hij voelde zich niet thuis in het grootstedelijke Brooklyn, en dus ging hij terug naar Kenia, verkocht Paradise Farm en kocht een bungalowtje bij het Naivashameer. Vijf jaar later kreeg ik een telegram dat ook hij overleden was. En dat hij alles wat hij bezat aan mij had nagelaten. In het testament stond dat Cecily dat gewild zou hebben.'

'Dat zal hij wel goed gezien hebben,' zei ik. 'Wilt u nog een kop thee?'

'Nee, het gaat zo wel, dank je, lieverd.'

Ik bleef zwijgend zitten en liet Stella tot rust komen. Terwijl ik haar gadesloeg, begreep ik de les die haar verdriet me leerde: dat moederliefde niet per se iets biologisch hoefde te zijn. Ik was vaak tegen Ma tekeergegaan. Een keer, herinnerde ik me, had ik woedend tegen haar geschreeuwd dat ze niet het recht had me naar mijn kamer te sturen omdat ze mijn echte moeder niet was. Maar nu begreep ik dat alle 'echte' moeders op precies dezelfde manier op mijn onacceptabele gedrag gereageerd zouden hebben, en opeens voelde ik een innige liefde voor Ma, die alleen eindeloos veel geduld en mededogen met me had gehad.

'Neem me niet kwalijk, Electra, ik ben klaar om verder te gaan, als jij het ook bent.'

'Zeker, maar alleen als u ook echt het gevoel hebt dat u het aankunt. Ik kan altijd een andere keer terugkomen.'

'Ik ga liever verder, als je het niet erg vindt. Het verhaal is nu bijna afgelopen.' Stella haalde diep adem. 'In die vijf jaar nadat Cecily was overleden veranderde er niet veel in mijn leven. Rosa had het ene kindermeisje na het andere en allemaal gaven ze er na een paar maanden de brui aan. Ze konden zo'n moeilijk kind niet aan. Toen Bill me die erfenis naliet, had ik ervoor kunnen kiezen om thuis te blijven en zelf voor Rosa te zorgen. Tot mijn schande moet ik zeggen dat ik wist dat ik dat niet zou kunnen. 's Ochtends koffiedrinken en oudervergaderingen... Na het werk dat ik voorheen had gedaan, wist ik gewoon dat ik er niet tegen opgewassen zou zijn. Eerlijk gezegd, Electra, ben ik gewoon geen geboren moeder. Niet dat ik dat als excuus of iets dergelijks gebruik. Er zijn zo veel vrouwen voor wie dat geldt, maar ze moeten er iets van zien te maken, en dat probeerde ik dus ook.'

Stella zweeg even en ik vroeg me af of ík moederlijk was. Het was een vraag waarover ik tot op dat moment nog nooit had nagedacht. Ik had in elk geval nog nooit naar een baby verlangd, maar toen dacht ik aan mijn neefje Bear en dat ik zo had genoten van zijn geur en het gewicht van zijn lichaampje in mijn armen, en ik dacht dat ik toch best moeder zou kunnen zijn.

'Electra? Gaat het?'

'Ja, sorry, ik was even in gedachten.'

'Als je wilt stoppen, zeg het dan alsjeblieft.'

'Nee, het gaat best,' zei ik.

'Het werd helemaal een toestand toen Rosalind me vertelde dat Rosa niet langer te handhaven was op school. Ze had een negatieve invloed in de klas, kon niet stilzitten en zich op wat dan ook concentreren. Dat kwam echt hard bij me aan. Rosalind was Rosa's peetmoeder en als zij niet meer in haar geloofde, wist ik dat ik een serieus probleem had.'

'Maar als ik u zo hoor vertellen, was het een heel theoretische school. Misschien was mijn moeder daar gewoon niet geschikt voor,' zei ik. Opeens kreeg ik het gevoel dat ik voor Rosa moest opkomen. 'Dat weet ik omdat ik dat zelf ook meegemaakt heb.'

'Dat zei Rosalind ook, en dus ging ik op zoek naar een andere school voor haar, een school met een meer holistische en ontspannen aanpak.' Stella grinnikte even. 'Daar lapte Rosa de regels helemaal aan haar laars. Ik weet nog goed dat ik een keer in het weekend thuiskwam en dat haar nieuwe kindermeisje me met haar jas aan en haar koffer in haar hand stond op te wachten bij de voordeur. Kennelijk had Rosa de hele week thuis doorgebracht met tv-kijken en popcorn eten. Ze had tegen het kindermeisje gezegd dat ze die week niet naar school hoefde, en toen de school had gebeld om te vragen waar ze bleef, had Rosa zich op een van hun eigen regels beroepen: dat de leerlingen er uit vrije wil naartoe gingen om te leren en dat kinderen die spijbelden geen straf zouden krijgen.'

'Mijn moeder begint steeds meer op mij te lijken. Dat zou ik ook gedaan hebben,' zei ik grijnzend.

'Het verschil is, Electra, dat jij een familiestructuur om je heen hebt gehad, en, zo heb ik begrepen, een liefhebbende moederfiguur en een vader die je opvingen wanneer het mis met je dreigde te gaan. Dat had Rosa niet. Gedeeltelijk lag dat aan de omstandigheden, maar het had ook veel met mij te maken. Na het overlijden van Cecily probeerde ik met nog meer vuur het succes van haar dromen te worden. En nadat Bill me zijn bezittingen had nagelaten, sloeg ik een weg in die ik gewoon niet kon, of...' Stella verbeterde zichzelf. '... niet *wílde* verlaten. Rosa was toen tien. Ze had ik-weet-niet-hoeveel kindermeisjes en vier of vijf scholen versleten. Het strekt me in elk geval nog een beetje tot eer dat ik een maand vrij nam en met haar thuisbleef om te regelen dat ze privéles zou krijgen, maar ik werd er bijna gek van, er was geen land met haar te bezeilen. Ik had het er met Rosalind over en ze zei dat het misschien beter zou zijn om Rosa naar een internaat te sturen. We vonden een geweldig instituut in Boston waar ze gewend waren met kinderen als Rosa om te gaan.'

‘Bedoelt u kinderen die verstoten waren?’

‘Nee, Electra, zij noemden het “moeilijk opvoedbare kinderen”. Eerst leek Rosa het wel een goed idee te vinden. Ik werd helemaal gek van haar, maar ze had er zelf ook genoeg van om altijd maar thuis te zijn met alleen een privéleraar en haar moeder als gezelschap. Bij het intakegesprek testten ze haar op allerlei dingen, onder andere haar intelligentie. En die was natuurlijk bovengemiddeld. De mensen van de school zeiden dat dat vaak voorkwam bij opstandige kinderen. Ze stelden een versneld leerprogramma voor haar op en ze vertrok naar Boston. De eerste drie jaar leek ze er gelukkig. De school gaf haar de stabiliteit en veiligheid die ze nodig had en ze maakte een paar vriendinnen. In die tijd kreeg ik onverwacht een telefoontje van de Verenigde Naties. Ze hadden een artikel van me gelezen over de apartheid in Zuid-Afrika, dat ik had geschreven toen ik aan Columbia studeerde. Ze waren een organisatie aan het opzetten, het United Nations Centre Against Apartheid, en vroegen me of ik wilde solliciteren. Stel je voor, Electra, hoe opgetogen ik was. Het was mijn droom om midden in de machtigste mensenrechtenorganisatie ter wereld te staan. De nieuwe afdeling zou statistische gegevens en feitelijk bewijs van de gevolgen van het apartheidssysteem gaan verzamelen. Ze zochten een team dat hun bevindingen zou omzetten in een paper, dat vervolgens gepubliceerd zou worden. In zekere zin verschilde dat niet heel veel van mijn gewone werk, maar in andere opzichten zou er een hele nieuwe wereld voor me opengaan. En dat gebeurde ook. Het waren betrekkelijk rustige jaren. De VN was gevestigd in Manhattan, en zodoende kon Rosa in de vakanties naar huis komen en kon ik elke avond voor haar koken. Eindelijk waren we in kalmer vaarwater, tot ze natuurlijk in de puberteit kwam.’

‘Ja, het bekende verhaal: uw lieve meisje verandert in een bundel razende hormonen,’ zei ik knikkend. Ik herinnerde me dat mijn eigen hormonen mijn driftbuien niet alleen nieuw leven hadden ingeblazen, maar ze nog veel heviger hadden gemaakt dan toen ik klein was.

‘Of anders gezegd, het hele appartement schudde onder Rosa’s gestamp en gebrul en het slaan van haar slaapkamerdeur. Voor ik het wist, kreeg ik een telefoontje van haar school dat ze was verdwenen. Een vriendin van haar had gezegd dat ze bij een jongen uit de stad was, die ze tijdens een uitje had leren kennen. Uiteindelijk werd ze rokend en bourbon drinkend in een park gevonden. Die jongen was al bijna twintig, maar je moeder was misschien nog wel knapper dan jij, als ik dat tegen je mag zeggen. Ze had ongelooflijk mooie ogen, waarmee ze je ronduit hypnotiserend kon aankijken, en die natuurlijk betoverend genoeg waren om alle schooiers van de buurt aan te trekken. Ze zag eruit en kleedde zich alsof ze achttien was in plaats van veertien. Het duurde niet lang voor ik een brief van de school kreeg waarin stond dat ze haar niet langer in toom konden houden en haar terugstuurden naar New York. Met haar staat van dienst wilde geen enkele behoorlijke school haar hebben, en dus zat er voor mij niets anders op dan haar naar de plaatselijke middelbare school te sturen. Daar kwam ze natuurlijk met de verkeerde kinderen in aanraking. Ze hield altijd al van jongens die niet deugden...'

'Geldt dat niet voor ons allemaal?' Ik rolde met mijn ogen.

'Tegen de tijd dat Rosa zestien was, had ik helemaal niets meer over haar te zeggen. Ze ging niet meer naar school, maar hing rond in het centrum van Brooklyn met haar nieuwe vrienden. Eerst dacht ik dat ze alleen wiet had gerookt wanneer ze high thuiskwam, maar toen begon ze hele nachten weg te blijven. Ik had geen idee waar ze dan uithing. Het begon me op te vallen dat ze gewicht verloor. Rond die tijd begon crack een straatdrug te worden. Electra, ik zweer je dat ik gedaan heb wat ik kon om met haar over drugs te praten, maar ze wilde gewoon niet luisteren.'

'Ik begrijp het,' zei ik zachtjes. 'Kijk maar naar mij, ik wilde er ook niets over horen.'

'Maar goed, ze werd een paar keer door de politie thuisgebracht en uiteindelijk beschuldigd van kruimeldiefstal. Ze had een paar winkeldiefstallen gepleegd en de buit op straat verkocht voor geld. Ik betaalde haar borgtocht en ging op zoek naar een advocaat om haar te vertegenwoordigen in de rechtbank. Nu de gevangenis dreigde, deed ze het een tijdje kalmer aan en bleef ze thuis. Ze dronk nog wel, maar ik denk dat ze in die periode geen drugs gebruikte. Ze kreeg een waarschuwing van de rechtbank en het dreigement dat ze naar de jeugdgevangenis zou gaan als ze opnieuw in de problemen raakte. En toen...'

Stella zweeg. Ik zag dat ze hard in haar handen kneep en haar ogen kregen een pijnlijke uitdrukking bij de herinnering.

'Toen verdween ze. Een week na de rechtszitting ging ze op een avond de deur uit, en ze is nooit meer teruggekomen. Het was de laatste keer dat ik haar heb gezien.'

'Hebt u niet naar haar gezocht?'

'Natuurlijk wel!' Stella keek me aan en haar ogen schoten vuur. 'Ik heb Brooklyn en Manhattan binnenstebuiten gekeerd! Er is geen politiebureau waar ik niet geweest ben met een foto van haar, geen buurt waar ik geen biljetten aan lantaarnpalen heb geplakt. Ik ging naar alle getto's, alle crackpanden, alle godsgruwelijke plekken waar het tuig van de stad rondhing. Ik ging naar Boston om daar naar haar te zoeken. Ik dacht dat ze misschien naar een van haar exen was gegaan, maar het leverde niets op. Helemaal niets. Ze was letterlijk van de aardbodem verdwenen. Meer dan twee jaar lang heb ik naar haar gezocht. Overdag werkte ik voor de VN en 's avonds liep ik door de straten. Het kan natuurlijk niet dat iemand echt van de aardbodem verdwijnt, maar je moeder lukte het wel. En ik zweer je, Electra, dat ik geen middel dat ik kende onbeproefd gelaten heb.'

'Goed, goed, ik geloof u,' zei ik, want ik wist dat we de ontknoping van het verhaal naderden en bereidde me voor op de schok. 'Dus wanneer kwam u erachter dat ze dood was?'

'Eerlijk gezegd een jaar geleden pas, toen je vader contact met me opnam en vroeg of hij me in New York kon zien. Hij vertelde me dat hij een tijdlang geprobeerd had om je bloedverwanten op te sporen, omdat hij wist dat hij zou sterven en een brief voor jou wilde achterlaten waarin stond waar je vandaan kwam. Hij was teruggegaan naar Hale House, waar hij je gevonden had, en had de dochter van Clara Hale gesproken, die hem in contact had gebracht met een van de vrouwen die er indertijd hadden gewerkt. Het bleek dat zij je die avond had opgenomen. Ze wist het register te vinden waarin stond op welke datum je was aangekomen. Zoals gewoonlijk waren er geen gegevens over je moeder genoteerd, maar de vrouw herinnerde zich nog wel de man die je had gebracht. Ze had hem in de buurt gezien en wist dat hij verslaafd was. Dus je vader vroeg hoe hij heette en de vrouw zei dat ze dacht dat hij Mickey werd genoemd. Je vader kamde de buurt uit en uiteindelijk wist hij hem te vinden via de Abyssinian Baptist Church in Harlem. Hij was kennelijk een man die van zijn verslaving was hersteld omdat hij God gevonden had, want hij was lekenpredikant voor de kerk. Hou in gedachten, Electra, dat ík daar toen niets van wist,' verduidelijkte Stella. 'Maar goed, Michael, zoals hij nu heet, kon je vader vertellen wat hij zich van je moeder herinnerde.'

'Was die Michael mijn vader?' vroeg ik gretig.

'Nee, hij woonde alleen in hetzelfde crackpand toen je moeder zwanger van je was. De politie joeg de verslaafden voortdurend op, dus ze trokken altijd van het ene leegstaande gebouw in Manhattan naar het andere. Hij was erbij toen ze van je beviel. Hij gaf toe dat hij toen helemaal van de wereld was door de crack, maar zei dat jij de hele boel bij elkaar schreeuwde, en dat zou de politie kunnen alarmeren. En dus pakte hij je op en bracht je naar Hale House.'

'En...' Ik slikte. 'Wat is er met mijn moeder gebeurd?'

'Ik...' Mijn grootmoeder pakte mijn hand vast en kneep erin. 'Begrijp me goed, Electra, en vergeef me voor wat ik je nu moet vertellen. Mickey zei dat Rosa aan het leegbloeden was toen hij terugkwam. Het was duidelijk dat ze zou sterven, en dus gingen hij en de anderen er gewoon vandoor. Hij zei dat hij wel anoniem vanuit een telefooncel het alarmnummer had gebeld, maar hij had gedacht dat Rosa dood zou zijn voordat ze haar gevonden zouden hebben. Moge God me vergeven dat ik je dit moet vertellen... en dat ik daar niet was toen ik er geweest had moeten zijn voor mijn lieve dochter.'

'Maar u wist toen niet waar ze uithing.'

'Dank je dat je dat zegt, Electra, maar toen je vader me het verhaal vertelde, stortte ik bijna in, dat zweer ik je. De gedachte dat mijn meisje alleen werd achtergelaten om te sterven...'

'Ja.' We zwegen allebei een tijdje. 'Dus,' zei ik ten slotte zachtjes, 'dit verhaal zal wel geen happy end hebben.'

'Niet voor Rosa, nee, maar ik hoop echt dat het feit dat jij en ik elkaar erdoor hebben leren kennen ons allebei een beetje zal troosten. Het spijt me echt ontzettend dat ik je dit verschrikkelijke verhaal heb moeten vertellen op een moment dat je dat helemaal niet kunt gebruiken.'

'Maar hoe is Pa te weten gekomen dat u familie van me was?'

'Via Michael. Hij had een paar weken met Rosa samengewoond. Hij herinnerde zich om te beginnen haar naam, en ook dat ze het over haar mama had, die een belangrijke functie bij de VN had. Hij dacht dat ze Stella heette, een naam die hij zich herinnerde omdat zijn favoriete geïmporteerde bier zo heette.' Ze keek me aan en glimlachte flauwtjes. 'Dus gewapend met die wetenschap begon je vader aan zijn onderzoek. Hij wist via Hale House in welk jaar je geboren was, nam contact op met de VN in New York en vroeg hun in de archieven te kijken om na te gaan of er in 1982 een Stella voor hen had gewerkt. Ik ben Cecily eeuwig dankbaar dat ze me een relatief ongewone naam gegeven heeft. Er stonden maar twee Stella's in het archief en een ervan was overleden. Dus toen hij mijn achternaam had, ging hij op internet om me op te zoeken en toen schreef hij me. De rest weet je.'

'Ik...' Er was één ding dat ik nog niet wist, maar ik moest het vragen, al had ik er de grootste moeite mee.

'Nadat ze was gevonden en...' Ik slikte. '... naar de plek gebracht waar ze de doden heen brengen, toen moeten ze daar toch geprobeerd hebben om haar familie te vinden?'

'Indertijd, Electra, werden er overal in Manhattan lijken van jonge crackverslaafden gevonden. En wettelijk gezien hoeven de autoriteiten een lichaam maar achtenveertig uur vast te houden. Als het niet binnen die tijd is opgeëist, kunnen ze het begraven.'

'O jee, zo snel al,' zei ik zachtjes. 'Dus waar is ze dan begraven?'

'Je vader en ik zijn naar het kantoor van de burgerlijke stand in Worth Street gegaan om dat uit te zoeken. We hadden de datum van Rosa's overlijden omdat dat op dezelfde dag was waarop jij geboren bent, en dat was genoteerd in de administratie van Hale House. En ja hoor, de medewerker kon bevestigen dat het lichaam van een ongeidentificeerde jonge zwarte vrouw op de avond van die dag naar het stadsmortuarium was overgebracht. Omdat ik haar toen niet kon opeisen, is ze conform het beleid van de staat New York begraven op Hart Island in The Bronx. Eerlijk gezegd heb ik het nog steeds niet kunnen opbrengen om daar te gaan kijken.'

'Juist.' Ik wist niet of ik wilde huilen of overgeven, maar wel dat ik niet nog meer kon verdragen. 'Vindt u het erg als ik mijn chauffeur bel om me naar huis te brengen? Ik moet... Ik heb gewoon tijd nodig om dit allemaal te verwerken.'

'Natuurlijk niet,' zei ze, terwijl ik mijn mobieltje tevoorschijn haalde en belde. 'Gaat het, denk je?'

'Ja, dat zal wel moeten, hè? In elk geval weet ik het nu.'

'Als er ook maar iets is wat ik voor je kan doen… zeg het me dan, alsjeblieft.'

'Dat zal ik doen. Nog één ding, u zei toch dat u in Afrika was toen ik werd geboren en naar Hale House werd gebracht?'

'Dat klopt, ja. Ik was gevraagd om deel te nemen aan een speciale VN-onderzoeksmissie naar Zuid-Afrika. Je moet begrijpen dat Rosa toen al meer dan twee jaar werd vermist. Ik zweer je, Electra, dat ik er voor haar, en voor jou natuurlijk, geweest zou zijn als ik had gekund. Maar ik moest verder met mijn leven en dus… ging ik.'

'Oké,' zei ik en ik knikte. Op dat moment ging de deurbel en ik wist dat mijn chauffeur er was.

'Hou alsjeblieft contact met me en laat me weten wanneer je er klaar voor bent om me weer te zien. Ik begrijp dat je veel te verwerken hebt en dat je daar tijd voor nodig hebt, maar ik wil er gewoon voor je zijn, het is belangrijk dat je dat weet,' zei ze en ze liep met me mee naar de stenen trap voor de voordeur. 'Laat me maar weten wanneer.'

'Doe ik.'

Ze stak haar armen uit om me te omhelzen, maar ik wendde me af en opende de deur. Ik had alleen maar behoefte aan frisse lucht en wilde weer in het heden zijn.

'Tot ziens, Stella,' zei ik. Toen sprong ik de traptreden af en liep naar de wachtende auto.

51

Thuis aangekomen zag ik dat Mariam en Lizzie in de keuken zaten.

'Hoi,' zei ik vermoeid.

'Gaat het, Electra?' Ze stonden allebei onmiddellijk op en kwamen achter me aan toen ik doorliep naar mijn slaapkamer.

'Ja, goed, ik heb alleen slaap nodig.'

Ik deed de deur voor hun neus dicht. Ik vond het onbeleefd van mezelf, maar kon geen seconde langer op mijn benen blijven staan. Het lukte me nog net om mijn sportschoenen en spijkerbroek uit te trekken. Toen plofte ik op het bed neer, drukte op de knop om de rolluiken neer te laten en sloot mijn ogen.

'Electra?'

Ik hoorde een bekende stem die me riep en kwam kreunend bij uit wat voelde als de diepste slaap van mijn leven.

'Yep,' mompelde ik.

'Ik ben het, Lizzie. Ik kwam even kijken hoe het met je ging.'

'Het gaat prima. Ik ben alleen een beetje... slaperig.'

'Oké, goed. Het is elf uur, hoor, het is maar dat je het weet.'

'In de avond?'

'Nee, in de ochtend. Je hebt zo'n veertien uur geslapen en Mariam en ik maakten ons ongerust om je.'

'Ik voel me goed, echt waar,' zei ik nadrukkelijk. Ik realiseerde me dat ze misschien dachten dat ik weer aan de drank gezeten had.

'Zal ik je met rust laten of koffie voor je gaan halen? Ik heb ook een paar bagels en gerookte zalm gekocht bij de deli.'

Ik bleef liggen en voelde dat ik eigenlijk uitgehongerd was. 'Klinkt goed, Lizzie, dank je.'

Ik opende de rolluiken en ging met mijn ogen knipperend tegen het zonlicht rechtop zitten. Ik dacht dat ik nog nooit van mijn leven zo lang geslapen had. Misschien was dit de manier van mijn hersenen om mij uit te schakelen, me rust te geven om te verwerken wat ik de dag tevoren had gehoord. Verrassend genoeg, dacht ik, terwijl ik aarzelend naging hoe mijn hersenen reageerden, was ik er niet zo beroerd aan toe als ik had gedacht. Ik voelde me zelfs merkwaardig opgelucht, nu ik eindelijk wist wat er gebeurd was. Ook al was dat verschrikkelijk. Ik dacht ook dat ik heel blij mocht zijn dat ik niet in een tijd leefde waarin mijn huidskleur mijn hele toekomst bepaald zou hebben, en dat ik er op een of andere manier voor was behoed dat ik mijn moeder achterna was gegaan.

Ik dacht na over mijn afkomst en dat ik ergens had gelezen dat verslaving erfelijk was. Stella was alleen verslaafd geweest aan haar werk, proberen de wereld te verbeteren. Ik dacht aan haar kracht, kalmte en evenwichtigheid en hoopte dat ik ook een paar van haar genen had geërfd. En ook al deden sommige eigenschappen van mijn moeder me aan mezelf denken, in mijn hart had ik altijd een goed en geen slecht meisje willen zijn. Ik moest toegeven dat mijn vurige temperament me daarbij in de weg gezeten had, dus misschien was ik een mix van zowel mijn moeder als mijn grootmoeder, en dat vond ik prima.

Wat betreft de man die het zaadje had geleverd dat nodig was om me te maken… Waarschijnlijk zou ik nooit te weten komen wie dat was geweest, maar daar had ik ook vrede mee. Het werd me steeds duidelijker dat ik altijd een geweldige vader had gehad. Een man die er kennelijk een hoop tijd aan had besteed om mijn bloedverwanten op te sporen en ze met mij in aanraking te brengen. En daar was hij in geslaagd.

'Alsjeblieft, ontbijt op bed voor mevrouw, dat heb je wel verdiend,' zei Lizzie. Ze kwam binnen met een dienblad met een potje hete koffie, een kop en twee bagels met gerookte zalm en roomkaas.

'O ja? Waarom dan?'

'Je grootmoeder heeft gisteravond wel tien keer gebeld en vanochtend ook al drie keer. Ze heeft me natuurlijk niet alles verteld, maar ze zei dat ik je in de gaten moest houden. Ze klonk alsof ze zich zorgen om je maakte, Electra.'

'Ja, ze heeft me behoorlijk erge dingen over mijn moeder moeten vertellen. En over andere voorouders,' zei ik met een zucht.

'Nou,' zei Lizzie, en ze schonk een kop koffie voor me in, 'je weet dat je bij me terechtkunt als je erover wilt praten. Een bagel?'

'Zo dadelijk, maar neem jij er ook maar een. Ik kan ze niet allebei op.'

'Nee, ze zijn voor jou. Ik word er toch alleen maar dik van.' Ze gaf me een knipoog. 'Trouwens, Mariam vertelde me dat je gisteren bent overvallen in het park. Heb je aangifte gedaan?'

'Dat heeft toch geen zin. Wat kan het hun schelen als een rijke meid haar Rolex kwijtgeraakt is? Waarschijnlijk kopen ze die zelf voor een honderdste van de prijs weer van de daders op.'

'Wordt het geen tijd voor een lijfwacht, Electra? Je bent een bekend gezicht, een celebrity. In LA gaat iemand zoals jij nooit zonder bescherming de deur uit. Sorry dat ik als je moeder klink, hoor, maar ik vind dat je erover na moet denken. Nou, dan laat ik je nu rustig ontbijten. En roep maar als je nog wat nodig hebt.'

Ik genoot van mijn koffie en slaagde er ondanks mijn protesterende maag in allebei de bagels naar binnen te werken. Ik vond het fijn om een huisgenote te hebben, en dan had Lizzie ook nog die warme, gezellige manier van doen van een moeder, waardoor ik me veilig en beschermd voelde. Ik had haar heel graag bij me en hoopte dat ze nooit weg zou gaan. Ik dacht na over wat ze had gezegd en vond dat ze gelijk had. Susie zei al jaren tegen me dat ik een lijfwacht nodig had, maar ik vond het een verschrikkelijk idee dat iemand die ik niet kende me constant in de gaten zou houden. Toen dacht ik aan het idee dat ik eerder had gehad, en dus nam ik een douche, trok een trainingsbroek en T-shirt aan en liep de keuken in. Mariam zat achter haar laptop te werken.

'Goeiemorgen, Electra, of is het al middag?' zei ze glimlachend. 'Laat me weten wanneer je klaar bent om even te praten. De vrouw die aan het hoofd van de ethischestoffencoöperatie staat, heeft contact met me opgenomen. Ze ziet een eventuele samenwerking met jou helemaal zitten.'

'Fantastisch,' zei ik, terwijl Lizzie de keuken in kwam met mijn ontbijtblad. 'Trouwens, heeft iemand Tommy vanochtend nog gezien?'

'Nee,' zei Lizzie, 'er stond niemand voor het gebouw toen ik naar de deli ging.'

'Ik begin me zorgen te maken. Het is niks voor hem om zomaar te verdwijnen. Het moet een week geleden zijn dat ik hem voor het laatst heb gezien en ik moet hem spreken omdat ik hem een baan wil aanbieden.'

'Als wat?' vroeg Lizzie.

'Als mijn lijfwacht. Ik bedoel, dat is hij nu ook al, eigenlijk, dus ik denk dat hij er niets op tegen zal hebben om ervoor betaald te worden. Hij is tenslotte oorlogsveteraan, oogt fit en...'

Ik hield mijn mond toen Mariam plotseling opstond, de keuken uit en de gang in rende en de deur van de gastenbadkamer met een klap achter zich dichttrok.

Geschrokken keek ik Lizzie aan. 'Heb ik iets verkeerds gezegd?'

'Eh... misschien.' Lizzie zag er verontrust uit en het leek alsof ze iets te verbergen had.

'Wat dan?'

'Niks. Ik bedoel, ik denk dat je er beter met Mariam over kunt praten. Het zijn mijn zaken niet. Oké, ik ga naar de woonkamer om te wachten op het telefoontje van de advocaat die Miles me aangeraden heeft. Tot zo.'

Ik keek beduusd uit het raam, maar toen viel het kwartje eindelijk.

'Wat stom van je, Electra!' zei ik tegen mezelf toen alle stukjes op hun plaats vielen. Die bekentenis die ik op de AA-bijeenkomst had gehoord en waarvan ik had gedacht dat die over mij ging... 'Miss Ego, hè?' fluisterde ik en ik rolde met mijn ogen. Mariams abrupte antwoord toen ik haar een paar dagen geleden Tommy's mobiele nummer had gevraagd, en hoe ze zich de afgelopen dagen had gedragen, waardoor ik had geweten dat er iets mis met haar was...

Ik liep door de gang naar de badkamer en klopte zachtjes op de deur. 'Mariam, ik ben het, Electra,' zei ik zachtjes. 'Het spijt me ontzettend dat ik zo bot ben geweest. Je had er eerder iets over tegen me moeten zeggen. Wil je eruit komen? Dan kunnen we erover praten.'

Ten slotte ging de deur open en ik zag haar betraande gezicht.

'Neem me alsjeblieft niet kwalijk, Electra. Het was een erg onprofessionele uitbarsting van me. Ik beloof je dat het niet weer zal gebeuren. Het gaat nu wel weer,' zei ze en ze liep langs me terug naar de keuken.

'Het is overduidelijk dat het niet niet goed met je gaat, Mariam. Hoe lang hebben jij en Tommy al iets?' vroeg ik haar, en ik ging tegenover haar aan de tafel zitten.

‘O, het stelde niks voor, en het is nu toch over...’ Er kwam opnieuw een snikje uit haar keel, maar toen kreeg ze haar zelfbeheersing terug. ‘Sorry.’

‘Hou alsjeblieft op met sorry zeggen, dat zou ík moeten doen. Ik was zo verdiept in mijn eigen wereld dat ik niet zag wat er onder mijn eigen neus gebeurde.’

‘Maar je had ook niks kúnnen zien. Vlak nadat jij naar het afkickcentrum was gegaan, zijn we, eh, nou, close geraakt,’ bekende Mariam. Ze trok een tissue uit haar mouw en snoot haar neus. ‘Hij is een vriendelijke man en hij geeft heel veel om je, en ook al komen we allebei uit een heel andere wereld, we kregen op een of andere manier een... soort band. Ik kwam hier naartoe om in het appartement te werken en hoewel jij er niet was, bleef hij maar beneden bij de deur staan. Hij zei dat hij van de routine hield. We begonnen te wandelen in Central Park, gingen er op een bankje zitten en lunchten samen. Van het een kwam het ander en... toen realiseerden we ons allebei dat we elkaar heel graag mochten.’

‘Maar dat is toch geweldig, Mariam? Ik bedoel, ik ken Tommy natuurlijk niet zo goed als jij, maar ik weet wel dat hij eenzaam is en een zware tijd heeft doorgemaakt.’

‘Nee, Electra, het is niet geweldig. Tommy is tien jaar ouder dan ik, hij heeft een kind en een ex-vrouw. Hij is herstellend alcoholist en hij leeft van een legerpensioen omdat hij PTSS heeft en...’ Mariam slikte hoorbaar. ‘... bovendien is hij niet van mijn geloof.’

‘Ik herinner me dat je me weleens verteld hebt dat je vader tegen je had gezegd dat je moet accepteren in welk land je geboren bent,’ zei ik.

‘Dat heb ik weleens tegen je gezegd, ja, en hij meende het ook. Maar dat gevoel gaat niet zo ver dat ik buiten mijn geloof zou trouwen. Voor een moslimvrouw is het verboden om te trouwen met een man die geen moslim is.’

‘O. Dat wist ik niet.’

‘Ja. Hoewel moslimmannen wel met een vrouw die geen moslim is kunnen trouwen. Het is echt niet eerlijk verdeeld in het leven, hè?’

‘Weet je, Mariam, mijn Pa vertelde me altijd dat al die oude Bijbelteksten geschreven zijn door mannen, zodat alles ging zoals zij wilden,’ zei ik en ik haalde mijn schouders op, in een poging het gesprek wat luchtiger te maken. 'Kunnen jullie niet voor de wet trouwen?'

'Ik ben de oudste dochter in mijn familie, Electra. Sinds ik klein was, zijn ons hele leven en onze gemeenschap op ons geloof gebaseerd. Een burgerlijk huwelijk wordt niet erkend bij ons. Als ik met hem zou trouwen, zou ik tegen alle principes waarmee ik ben opgegroeid ingaan.'

'Hmm,' zei ik. Ik hing zelf geen georganiseerde religie aan, en dus vond ik het moeilijk om hier een mening over te hebben. Maar ik wist wel dat het voor Mariam heel belangrijk was. 'Kan Tommy zich niet tot jouw groep, of eh, geloof, bedoel ik, bekeren?'

'Misschien, ja, maar vergeet niet dat hij in Afghanistan geweest is, Electra, en ook al heeft hij het nooit openlijk gezegd, ik weet dat hij door moslimextremisten gepleegde gruweldaden heeft gezien. Vrienden van hem zijn door hun toedoen gesneuveld, opgeblazen met mijnen of bommen… O, wat is het toch gecompliceerd allemaal!'

'Dat is de liefde altijd, hè?' zei ik met een zucht. 'Ik bedoel, waarschijnlijk is het geen oplossing, maar kunnen jullie niet gewoon met zijn tweeën in zonde gaan leven of zo?'

'Nee, echt niet, Electra. Dat zou de ergste zonde van allemaal zijn,' zei Mariam beslist.

'En wat heeft Tommy erover gezegd?'

'Niks. Zoals ik je verteld heb, is het een week geleden uitgegaan tussen ons.'

Dat moet rond de tijd geweest zijn dat ik hem op die AA-bijeenkomst gehoord heb, dacht ik.

'Dus daarom is hij niet meer hier geweest?'

'Ja.'

'En hij weet waarom?'

'Zo'n beetje.'

'Maar heb je hem feitelijk gevraagd of hij zich tot de islam zou willen bekeren? Ik bedoel, als dat de enige mogelijkheid is?'

'Natuurlijk niet. Hij heeft me niet ten huwelijk gevraagd of zo, maar gezien alles wat ik je zojuist verteld heb, zie ik gewoon geen toekomst voor ons, en dus besloot ik om het maar simpelweg uit te maken. Dat leek me de beste oplossing.'

'Nou, ik snap dat het een beetje gecompliceerd ligt,' antwoordde ik, met een gevoel alsof ik het understatement van het jaar uitsprak, 'maar Mariam, ik wist al tijden dat er iets mis was. Ik moet je ook vertellen, of beter gezegd, ik moet een van de geheimhoudingsregels van de AA overtreden en zeggen dat ik hem vorige week op een bijeenkomst heb horen spreken. Hij stond op en vertelde ons allemaal dat hij verliefd was, maar dat zijn geliefde nooit de zijne zou kunnen zijn. Toen dacht ik met mijn opgeblazen ego dat hij het over mij had,' zei ik glimlachend. 'Maar hij had het over jou, natuurlijk. Hij houdt van je, Mariam, echt waar. En als jij ook van hem houdt, weet ik zeker dat dit op een of andere manier opgelost kan worden. Maar dan moeten jullie praten. Je moet gewoon tegen hem zeggen wat je zojuist tegen mij gezegd hebt.'

Mariam zweeg en keek naar de keukenmuur tegenover haar.

'Hoe dan ook, ik maak me zorgen om hem. Geef me in elk geval zijn mobiele nummer, dan kan ik checken hoe het met hem is.'

'Goed,' zei ze. 'Ik heb het van mijn eigen mobiel gedeletet, zodat ik niet in de verleiding zou komen om hem te bellen, maar ik weet het nog.'

Ik schreef het nummer op en keek haar aan. 'Luister, ik ben jou niet, en met mijn fraaie reputatie wat mannen betreft, ga ik je hier geen advies zitten geven. Maar mijn grootmoeder heeft iets verteld wat me bijgebleven is. Een vrouw, Kiki Preston heette ze, heeft ooit tegen een... familielid van me gezegd dat je moet zien uit te vinden welke mensen belangrijk voor je zijn, en dat je ze dan stevig moet vasthouden. Je moet doen wat je kunt om jezelf en de mensen om wie je geeft gelukkig te maken, want voor je het weet, is je leven voorbij. Ik vind dat ze daar gelijk in had. Dat probeer ik zelf ook te doen.'

'Neem me niet kwalijk, Electra, ik vind het verschrikkelijk van mezelf dat ik jou met al die problemen van mij opzadel, terwijl ik weet wat een moeilijke tijd je nu doormaakt. Ik heb nog nooit een situatie in mijn carrière gehad waarin mijn persoonlijke leven met mijn professionele leven botste. Als je Tommy als je lijfwacht wilt aannemen, heb ik niet het recht je tegen te houden. En ik vind wel een manier om ermee om te gaan,' zei ze.

'Hé, ik vind dat onze relatie niet meer professioneel geweest is sinds ik mijn inzinking heb gehad, vlak voordat ik naar het afkickcentrum ben gegaan. Je bent ontzettend goed voor me geweest, Mariam, en ik zal je geluk of onze toekomstige relatie niet op het spel zetten. Dat beloof ik je.'

'Nou, heel aardig van je dat je dat zegt, maar ik ben een professional en je hoeft geen rekening met mijn gevoelens te houden. Goed, zullen we het dan nu over je ontwerpproject hebben?' zei ze en ze keek me met haar opgewektste glimlach aan.

Omdat ik nog van streek was na mijn ervaring in het park van de dag tevoren besloot ik naar de fitnessruimte te gaan om lichaamsbeweging te krijgen. Op de loopband dacht ik na over de ommekeer die zich de afgelopen weken in mijn leven had voltrokken. Ervoor was ik alleen van de ene fotoshoot naar de andere gereisd. Nu had ik zo om de tien dagen een shoot, maar in de tijd daartussenin leek mijn leven boordevol persoonlijke dingen. En hoe lastig dat soms ook was, ik wist dat ik het aankon, omdat ik een stel geweldige mensen om me heen had. Een van hen was familie van me en de anderen leken echt om me te geven...

Wat me onmiddellijk aan Miles deed denken.

Ik miste hem. Niet het soort missen van 'lang geleden dat ik je gezien heb', maar het was meer alsof er de hele tijd iets op mijn hart lag. Een gevoel dat ik moeilijk kon omschrijven. Het was alsof ik niet heel was als hij niet bij me was, wat me vreemd én zorgwekkend leek. Misschien had Lizzie gelijk en was hij te geïmponeerd door mij om iets te zeggen. Of misschien had ik hem gewoon niet duidelijk genoeg gemaakt wat ik voor hem voelde...

Maar ik was ook bang, want Mitch had ik wel getoond wat ik voelde. Ik was zelfs zo behoeftig geweest dat ik braakneigingen kreeg wanneer ik eraan dacht hoe ik bij hem geweest was. Zo ver kon ik het niet meer met mezelf laten komen...

Later, in de auto op weg naar de AA-bijeenkomst, zei ik in een opwelling tegen de chauffeur dat hij me naar de bijeenkomst in de buurt van het Flatiron Building moest brengen. Als Tommy problemen had, zoals ik dacht, zou ik hem vermoedelijk daar vinden.

En jawel, daar zat hij, een paar rijen voor me, met zijn opvallende rode honkbalpet. Dit keer nam hij niet het woord, en ik ook niet. Na de voorgaande dag zou ik niet meer ophouden als ik eenmaal was begonnen, en ik had gewoon tijd nodig om alles wat ik te weten was gekomen geleidelijk en in mijn eigen tijd te verwerken. Na de bijeenkomst besloot ik achter in het vertrek te blijven staan om te wachten tot hij me voorbij zou lopen.

'Hé, Tommy!' riep ik naar hem. 'Leuk je hier te zien.'

'O, hoi, Electra. Hoe gaat-ie?'

Ik zag dat hij een bleek gezicht had, met rode ogen, alsof hij dagenlang niet had geslapen. Het goede nieuws was dat ik geen alcohol in zijn adem rook terwijl hij met me sprak.

'Ik heb je gemist bij mijn appartement,' zei ik opgewekt. 'Waar ben je geweest?'

'O, overal en nergens,' zei hij met een schouderophalen.

'Zullen we even koffie gaan drinken?' vroeg ik. 'Ik bedoel, niet die koffie,' zei ik en ik wees naar de ketel.

'Meen je dat?' Hij keek me verbaasd aan.

'Ja, waarom niet?'

'Ik... Nou, goed dan.'

We vonden een cafeetje om de hoek en gingen zitten.

'Gaat het wel goed met je, Tommy?' vroeg ik hem.

'Eerlijk gezegd,' zei hij, blazend op zijn espresso, 'is het leven niet echt geweldig op het ogenblik.'

Ik besloot dat dit niet het moment was om me op de vlakte te houden. 'Hoor eens, ik weet wat er gebeurd is. Met Mariam.'

'Echt waar?' Hij keek me geschrokken aan. 'Hoe dan?'

'Om een lang verhaal kort te maken, ik ben gisteren overvallen in het park en nu zegt iedereen tegen me dat ik een lijfwacht nodig heb. Dus toen dacht ik meteen aan jou. Ik zei het tegen Mariam, maar ze begon te huilen en sloot zichzelf op in de badkamer bij me thuis. En toen kwam het hele verhaal eruit.'

'O jee, Electra, sorry dat ik je last bezorgd heb.' Toen keek hij me aan en ik zag een heel klein sprankje hoop in zijn ogen. 'Ze sloot zich op in de badkamer en begon te huilen?'

'Yep. Ze houdt van je, Tommy, en jij houdt kennelijk van haar. Ik bedoel, dat heb ik je op de AA-bijeenkomst van vorige week horen zeggen. Ik zat achterin. Natuurlijk wist ik toen niet dat je het over Mariam had, maar...'

'Ja, nou ja, het is nu allemaal toch voorbij. Ze heeft me gedumpt.'

'Maar weet je waarom?'

'Nee, niet echt. Maar ik kan het wel raden. Ik bedoel, kijk me nou, Electra, wie zou mij nou willen? Ik ben een puinhoop,' zei hij en er kwamen tranen in zijn ogen.

'Mariam bijvoorbeeld,' zei ik ferm. 'Het heeft niets met haar gevoelens voor jou te maken, Tommy. Ze vindt je geweldig. Het komt allemaal doordat ze moslima is. Kennelijk kan een moslimvrouw niet trouwen met een man die geen moslim is. Zo simpel is het.'

'Dat meen je niet.' Tommy keek me aan alsof ik van een andere planeet kwam en de mensheid niet begreep. 'Daar heeft ze het nooit met me over gehad.'

'Een paar uur geleden nog maar heeft ze tegen mij gezegd dat je haar geen aanzoek had gedaan of zo, en dus dacht zij dat het een beetje vreemd zou zijn om erover te beginnen, maar het is echt de reden, ik zweer het je.'

'Bedoel je dat als ik moslim was, ze écht met me zou willen trouwen?'

'Ja, en zoals ze er vanochtend aan toe was, het liefst morgen, als dat zou kunnen. Ze heeft het uitgemaakt omdat ze geen toekomst zag. Jij en ik begrijpen dat niet omdat we niet islamitisch zijn, maar haar hele leven, haar familie, haar vrienden, alles draait om het geloof. Ze weet ook dat jij vader van een kind bent en, nou, om een lang verhaal kort te maken, ze vond het allemaal te gecompliceerd.'

'Zeker, ik heb een dochter, maar mijn ex heeft een man leren kennen en die wil dat ze bij hem in Californië komt wonen. Nog een reden waarom ik weer naar de AA-bijeenkomsten ga. Zonder mijn dochter of Mariam... O, man, ik heb het zwaar op het ogenblik, Electra.'

'Geen wonder, Tommy. Maar goed, om het even recht voor zijn raap te zeggen: als je je tot Mariams geloof zou moeten bekeren om met haar samen te kunnen zijn, zou je dat dan doen?'

'Nou, dat ligt moeilijk voor me. Je hebt het tegen iemand die in Afghanistan gediend heeft. De gruweldaden in naam van Allah die ik daar heb gezien... Ik bedoel, ik zou over gloeiende kolen lopen om met haar samen te kunnen zijn, en ik weet dat ik daar met extremisten te maken heb gehad, maar om een van hen te worden...' Tommy schudde zijn hoofd. 'Ik weet het gewoon niet.'

'Mariam weet wat je daar hebt meegemaakt. Ze heeft er goed over nagedacht, daarom kon ze het niet opbrengen om het met je te bespreken. Waarom is het leven toch zo ingewikkeld?'

'Zeg dat wel, Electra. Ik bedoel, ik leer een vrouw kennen die in alle opzichten de juiste voor me is, en dan gaat het zo.'

'Luister, ik breng alleen de boodschap over en nu moeten jullie een besluit nemen. Ik begrijp jullie dilemma, maar is de liefde niet grensoverschrijdend? Tenslotte is zij gewoon een vrouw en ben jij gewoon een man. Maar goed, je weet nu in elk geval waarom ze je gedumpt heeft. En misschien is het allemaal te gecompliceerd, maar dat moeten jullie maar uitzoeken. Oké, nu moet ik ervandoor,' zei ik terwijl ik opstond. 'Trouwens, ik meende het toen ik je aanbood om mijn lijfwacht te worden. Maar als het tussen jou en Mariam zo onzeker is, zou dat gewoon niet goed zijn, toch?'

'Nee, maar toch bedankt.'

'We houden contact, Tommy. Ik maak me zorgen om je.'

'Bedankt voor de koffie, Electra. En dat je de tijd genomen hebt om je om mij te bekommeren,' voegde hij eraan toe. Toen liet ik hem over zijn kopje gebogen achter.

In de auto op de terugweg door New York keek ik uit het portierraampje naar de mensen op het trottoir. Ze hadden allemaal hun eigen drama's, dacht ik, en als je zo voorbij ze reed, was dat aan niets te zien. Die gedachte troostte me. Het was maar al te gemakkelijk om aan te nemen dat iedereen een perfect leven had (in elk geval leken de media dat dagelijks te verkondigden – ik hoefde alleen maar te denken aan de talloze foto's van mezelf waarop ik piekfijn gekleed op weg naar een feest van een of andere celebrity limo's in en uit stapte), maar in werkelijkheid was dat helemaal niet zo.

Nou, dacht ik, ik had mijn best gedaan om voor goede fee te spelen voor twee van mijn favoriete mensen, en nu moest ik het aan hen overlaten.

'Electra?'

'Ha, Stella,' zei ik in mijn mobiel toen ik die avond naar bed ging.

'Ik belde even om te vragen hoe het met je is.'

'Goed.'

‘Ik… ik maakte me zorgen om je nadat je bij me was weggegaan. Wat ik je gister heb verteld, was genoeg om wie dan ook te traumatiseren, laat staan iemand die kortgeleden uit een afkickcentrum is ontslagen. Ik zou het verschrikkelijk vinden als ik je herstel op een of andere manier gehinderd heb.’

‘Ik vind eigenlijk dat mijn verleden kennen deel van mijn herstel uitmaakt. Natuurlijk was het naar om te horen, maar ik heb mijn moeder nooit gekend, dus ook al is het verschrikkelijk hoe ze is doodgegaan, het maakt het wel gemakkelijker. Echt waar,’ voegde ik eraan toe, omdat ik aan de stem van mijn grootmoeder hoorde dat ze oprecht bang en bezorgd was.

‘Je stelt je ongelooflijk goed op, Electra, en ik ben…’ Stella’s stem klonk schor en ze slikte even. ‘… echt ontzettend trots op je. Dat wilde ik je gewoon even vertellen.’

‘Dank u,’ zei ik, wetend dat ik zelf ook gevaar liep om in tranen uit te barsten.

‘Kan ik morgen bij je langskomen, of is dat te snel? Ik wilde je iets vragen. ’s Avonds, om zeven uur, zou dat kunnen?’

‘Oké, zie ik u dan.’

Toen ik op mijn bed lag, realiseerde ik me dat mijn zucht naar de Goose nu echt aan het afnemen was en dat mijn grootmoeder echt bezorgd had geklonken en dus oprecht met me begaan was. En ik begon haar ook steeds aardiger te vinden, nu ze zich van haar kwetsbare kant had laten zien. Als ik een rolmodel nodig had, dacht ik, dan was zij een goede kandidaat. Eerder had ik haar gegoogeld, en het leek erop dat er geen zaak was waarover ze zich niet had uitgesproken, geen land dat ze niet had bezocht in haar huidige rol bij Amnesty International. Ze had allerlei prijzen gewonnen en eerbewijzen in ontvangst genomen en toen ik slaperig begon te worden dacht ik dat mijn dagen als model zo goed als zeker bijna geteld waren. Ik wilde zelf ook iets belangrijks gaan doen…

Ik sliep al bijna toen mijn mobieltje ging.

‘Electra?’

‘Ha, Miles, alles goed met je?’ zei ik loom.

‘Shit, heb ik je wakker gemaakt? Ik kom net thuis van mijn werk en ik wilde je zeggen dat Vanessa dit weekend bij je op bezoek kan komen.’

'Fantastisch! En hoe gaat het met jou?' vroeg ik.

'O, bedolven onder stapels werk... Ik dacht vanavond, misschien dat het tijd wordt voor iets anders. Ik begin het beu te raken wat ik doe.'

'Vreemd, ik dacht precies hetzelfde.'

'Ja, nou, het is tijd dat ik wat gas terugneem. Heb jij morgenavond iets te doen?'

'Nee, behalve misschien met Lizzie afhaaleten halen.'

'Zou je in plaats daarvan met mij uit eten willen gaan?'

'Ja, waarom niet?' zei ik, terwijl mijn hart honderdduizend keer sneller begon te kloppen.

'Geweldig, dan kom ik je om acht uur ophalen, oké?'

'Prima, perfect, tot morgenavond.'

'Welterusten, Electra.'

'Welterusten, Miles.'

Ik sloot mijn ogen en schoof even enthousiast heen en weer op mijn matras. Toen viel ik met een brede glimlach op mijn gezicht in slaap.

52

Ik kon me niet herinneren dat ik er ooit zo lang over had gedaan om een outfit te kiezen voor iets waarvan ik nog niet eens zeker wist of het een date zou zijn. Ik had absoluut geen idee of hij me mee zou nemen naar het dichtstbijzijnde eetcafé of naar een chic restaurant in de stad. Het was jammer dat het effect van de leren broek bij zijn laatste bezoek verloren was gegaan, en dus koos ik voor een vintagelook en trok een uitlopende oranje Versace-broek en een zijden blouse aan waarin ik er elegant uitzag. Ik hing wat zware etnische oranje kralen om mijn hals en was klaar voor wat er komen ging.

'Je ziet er geweldig uit, Electra,' zei Lizzie, die de slaapkamer binnenkwam om me te bekijken. 'Die broek is prachtig, maar bij iemand met mijn arme figuur zou hij belachelijk staan.'

'Hé, zeg, wat vond je van de ontwerpen waaraan ik vanmiddag bezig ben geweest?' vroeg ik, terwijl ik de kleren die ik had uitgeprobeerd op een enorme stapel in de kledingkast legde, zodat het dienstmeisje ze een dag later kon uitzoeken.

'Er zijn een paar hele mooie bij,' zei Lizzie bewonderend. 'Ga je ervoor dan?'

'Ja. Alle winst is voor het opvangcentrum. Over een paar dagen komt Susies interne pr-medewerker bij me op bezoek om te bespreken welke mensen we gaan aannemen. Mariam heeft een bedrijf voor me gevonden dat van mijn ontwerpen echte kleding kan maken, want zelf heb ik geen flauw benul hoe dat moet. De ethische stoffen liggen al klaar en ik ben echt enthousiast.'

'Een nieuwe onderneming,' zei Lizzie glimlachend. 'Nou, als je nog iemand voor de boekhouding nodig hebt, ik ben goed met getallen, dus je hoeft het maar te zeggen.'

'Misschien kom ik erop terug.'

'Weet je, Electra? Je bent vanavond zo vol... licht. Het is mooi om je zo te zien.'

'Ja, nou, ik heb een nieuwe ik en ik accepteer het,' zei ik. Op dat moment ging de deurbel. 'Dat zal Stella zijn. Wil jij haar binnenlaten?'

Lizzie liep naar de voordeur en ik naar de badkamer om nog één keer mijn gezicht te bekijken. Daarna liep ik kalm en zelfverzekerd naar de woonkamer om mijn grootmoeder te begroeten. Ze omhelsde me onmiddellijk en herhaalde wat Lizzie over mijn outfit had gezegd. Hoewel ik al zo vaak had gehoord dat ik mooi was, was het op een of andere manier veelbetekenend voor me dat mijn nieuwe beste vriendin en grootmoeder het ook zeiden.

'Ik denk niet dat ik je hoef te vragen hoe het met je gaat, Electra,' zei Stella. Ze ging in haar gebruikelijke stoel zitten en ik schonk een glas water in en gaf het haar aan.

'Het gaat goed. Zoals een citaat dat Pa voor me had achtergelaten zegt: het leven kan alleen achterwaarts begrepen worden, maar het moet voorwaarts worden geleefd.'

'Ook al heb ik je pa niet lang gekend, het was me een genoegen en het was me duidelijk dat hij een heel wijze man was. Ik had echt het gevoel dat hij veel meegemaakt had in zijn leven.'

'Tja, mijn zussen en ik zouden graag willen weten wát allemaal. Voor ons was hij één groot raadsel. We hebben nooit geweten wat hij deed of waar hij heen was wanneer hij van huis was of waarom hij een stel meisjes zoals wij van over de hele wereld bij elkaar gebracht had. En we zullen het nooit meer weten ook, want hij is dood.'

'Mis je hem?'

'Ja, heel erg. Nu ik niet meer boos ben.'

'Waar hij ook is, ik weet dat hij heel trots op je zou zijn. Hé, nu we het er toch over hebben, ik wilde je nog iets zeggen. Weet je nog dat je me van de week op tv hebt gezien en dat ik het over de aidscrisis in Afrika had?'

'Hoe zou ik dat kunnen vergeten?'

'Ze hebben me gevraagd of ik aan het Concert voor Afrika in Madison Square Garden wil meedoen om het publiek toe te spreken en te vertellen wat ik er heb gezien. En... nou, ik zou graag willen dat jij met mij het podium op komt en ook iets tegen het publiek, van miljoenen mensen wereldwijd, zegt over de mondiale drugsepidemie onder jongeren, hier in New York City en de rest van de wereld. Vuile naalden zijn een van de belangrijkste oorzaken van hiv, en ik weet dat Obama een groot voorstander van de campagne is. Zou je dat willen? En kunnen?'

'Ik...'

Ik was zo verbijsterd dat ik als een goudvis mijn mond opende en sloot. 'Ik? Maar Stella, ik ben maar een model. Ik bedoel, ik heb nog nooit van mijn leven een toespraak gehouden. Ik ben een kledingfreak, ik heb geen stem, ik...'

'O, die heb je wel, Electra. Als jij vertelt dat de drugs bijna je dood geworden zijn, dan is dat een krachtige boodschap voor jongeren overal ter wereld. Het zou hun laten zien dat het iedereen kan overkomen, begrijp je?'

'O, wauw.' Alleen de gedachte maakte me al duizelig.

'Toen ik de afgelopen maanden in Afrika was, heb ik de pushers en pooiers met hun prostituees gezien, die te gedrogeerd waren om te weten wat ze deden en met wie. De helft van die vrouwen, van wie sommigen nog maar meisjes van tien, elf jaar waren, zal besmet raken met het hiv-virus en een langzame, pijnlijke dood sterven. Velen van hen laten kinderen achter. Doe het voor je moeder, Electra, voor de verschrikkelijke dood die zij gestorven is. Ik...'

Ik zag de vurige, hartstochtelijke ogen van mijn grootmoeder en nu wist ik hoe ze zo'n idool had kunnen worden. Het lukte haar zelfs mij er half van te overtuigen dat ik voor een miljoenenpubliek moest gaan staan om over mijn verslaving te spreken.

'Maar het is een Concert voor Afrika, en trouwens...'

'Ja, dat is het zeker! En waar komen jouw voorouders oorspronkelijk vandaan, Electra? Waar kom ik vandaan? Die mensen daar hebben niet het platform dat wij hebben, en de vrouwen al helemaal niet. Wij zijn hier om namens hen te spreken, dat begrijp je toch wel?'

'Oké, oké, ho even.' Ik haalde een paar keer diep adem. 'Ik wil er even over nadenken, goed? Ik weet gewoon niet of ik er wel klaar voor ben om de wereld te vertellen over mijn... problemen, weet u? Het zal me voor altijd blijven achtervolgen als ik dat doe.'

'Dat begrijp ik, Electra, maar het zou net zo goed kunnen dat je een publiciteit en financiering voor je opvangcentrum krijgt die je stoutste dromen overtreffen. Dit soort kansen krijg je maar één keer.'

Opeens leek mijn idee van een eigen kledinglijn me onbetekenend in vergelijking met wat Stella me had voorgesteld.

'Kan ik erover nadenken? Alstublieft?'

'Natuurlijk. En neem me niet kwalijk dat ik er zo rauw mee op je dak val na het nieuws over de dood van je moeder, maar als je het wilt doen, moet ik het doorgeven, dan kunnen ze je nog inplannen.'

'Wanneer is het?'

'Zaterdagavond.'

'Shit!' zei ik. 'Sorry voor het taalgebruik, hoor, maar dat is echt heel snel.'

'Ja, dat is zo, en daarom heb ik morgen al een antwoord van je nodig.'

'Nou, ik zie Miles vanavond, die man met wie ik in het afkickcentrum was. Ik bedoel, hij was niet echt aan het afkicken, want hij is al jaren clean, maar goed, dat is een lang verhaal.'

'Hij moet wel heel speciaal zijn. Je straalt helemaal vanavond, lieverd,' zei Stella glimlachend en herhalend wat Lizzie eerder op de avond ook al tegen me had gezegd.

'Dank u. Hebt u nooit een man gevonden die u liet stralen?'

'Niet op de manier die jij bedoelt, maar maak je over mij geen zorgen, lieverd, ik heb het niet zonder gesteld wanneer ik gezelschap nodig had. Maar laten we het daar nu niet over hebben, want ik wilde je ook nog zeggen dat ik je een keer wil meenemen naar Kenia, om je mijn geboorteplaats en het land van je voorouders, de Masai, te laten zien. Ik weet dat je mij erover hebt horen praten, Electra, maar tot je het zelf hebt gezien, kun je je niet voorstellen hoe mooi het is. Ik heb er jarenlang over nagedacht om er na mijn pensionering heen te gaan, want ik ben nog steeds de eigenaar van Bills huisje aan het Naivashameer, maar het lijkt erop dat ik nooit met pensioen zal gaan. En natuurlijk ga ik nergens heen tot na de verkiezingen in november. Het zal het meest trotse moment van mijn leven zijn als ik een zwarte president het ambt zie aannemen.'

'Ja, dat zou geweldig zijn,' stemde ik met haar in. Plotseling begreep ik de weerklank en het belang van de gebeurtenis voor alle mensen met een donkere huidskleur overal ter wereld. 'Ik... wilde u nog iets vragen.'

'Wat, lieverd?'

'Een paar weken geleden heb ik een huis gekocht, in Tucson, en nu ik begin te begrijpen hoeveel leed, armoede en misbruik er in de wereld is, voel ik me daar schuldig over.'

'Ach, Electra, dat hoeft echt niet, hoor. Het leven kan nooit eerlijk zijn. Er zullen altijd rijken en armen zijn. Dat gaf Jezus zelfs toe in de Bijbel. Dus geniet van je rijkdom, maar wees bereid om je bevoorrechte positie te gebruiken om mensen die het minder goed getroffen hebben te helpen. En trouwens, het was me wel duidelijk dat jij geen materialist bent.'

'O ja?'

'Ja. Hoeveel is er in dit appartement bijvoorbeeld van jou?' Stella zwaaide met haar arm door de kamer. 'Ik wil wedden dat je je geld amper hebt aangeraakt, niet dan?'

'Nou, eerlijk gezegd niet nee, tot ik deze maand dat huis gekocht heb.'

'Zie je wel. Dat is omdat bezittingen je niet interesseren.'

'Nou, misschien zou het me wel interesseren als ik geen geld had,' kaatste ik terug, en mijn grootmoeder schoot in de lach.

'Daar heb je gelijk in. Je bent me er eentje, Miss Missy,' zei ze glimlachend. Op dat moment ging de telefoon.

Ik keek op mijn horloge en zag dat Miles tien minuten te vroeg was.

'Wie is dat?'

'Miles, maar hij zal gewoon beneden moeten wachten tot wij hier klaar zijn.'

'Nou, zeg, vraag of hij boven wil komen. Laat die arme man daar niet alleen staan wachten,' beval ze.

Ik deed wat ze had gevraagd, zuchtend, want ik wist dat ik getuige zou moeten zijn van een hoop fanboygedoe, waardoor we misschien niet op tijd in het restaurant zouden zijn.

'Ha, Miles,' zei ik toen hij binnenkwam. 'Hoe gaat het?'

'Beter, nu ik minder zaken op mijn bureau heb en...'

Miles brak zijn zin af toen ik met hem de woonkamer binnenstapte en hij zag wie er zat. Stella stond op om hem te begroeten.

'Hallo, ik ben Stella Jackson, Electra's grootmoeder. En jij bent Miles...'

'Miles Williamson,' zei hij, en met anderhalve stap van zijn lange benen had hij de afstand in mijn ruime woonkamer naar Stella overbrugd om haar een hand te geven. 'Het is een eer met u kennis te maken, ma'am. Ik heb u weleens horen spreken op Harvard. U hebt geweldige dingen gedaan en bent een persoonlijke inspiratiebron voor me geweest.'

O, god, dacht ik, hij ziet eruit alsof hij op het punt staat om in tranen uit te barsten.

'Nou, dank je, Miles, maar je zult vast weten dat wat ik doe een druppel op een gloeiende plaat is.'

'Nee, het is meer, ma'am. U bent de stem geweest van de mensen die geen stem hebben, en u kwam openhartig voor uw mening uit.'

'Dat is waar,' zei Stella grinnikend. 'Ik heb in mijn leven evenveel vrienden als vijanden gemaakt, maar je moet je uitspreken en gehoord worden, nietwaar?'

'Zeker, en namens mij en mijn generatie wil ik van de gelegenheid gebruikmaken om u daar persoonlijk voor te bedanken.'

'Electra en ik hadden het net over een idee dat ik voor haar had, nietwaar, Electra?' Stella keek me strak aan.

'Ja, dat klopt, maar ik weet niet of...'

'Ik wil jullie twee jonkies niet ophouden, maar wil je niet even gaan zitten, Miles? Misschien is het goed te horen wat jij van mijn voorstel vindt.'

'Zeker.' Miles stapte naar de stoel tegenover Stella en ging zitten, terwijl ik met mijn armen over elkaar bleef staan en mijn grootmoeder dreigend aankeek.

'Kunnen we hier niet een andere keer over praten?'

'Sorry, Electra, maar Miles is je vriend en misschien heeft hij iets zinnigs over het onderwerp te zeggen.'

Ja hoor, dacht ik. Hij zou voor je naar de maan vliegen als je dat vroeg.

Ik stond erbij terwijl Stella haar plan om mij tijdens het concert te laten spreken ontvouwde. Ik bereidde me erop voor dat Miles zich meteen tot de goede zaak zou laten overhalen.

'Goed,' zei hij nadat Stella was uitgesproken. Toen draaide hij zich om en keek me aan. 'Ik begrijp waarom je twijfelt, Electra. Je hebt veel meegemaakt de laatste tijd en om je bloot te geven aan een miljoenenpubliek moet je echt moedig zijn. Dus wil je er eerst over nadenken?'

'Ja, dat wil ik zeker,' zei ik met veel gevoel.

'Zoals ik al tegen Electra zei, we hebben niet veel tijd. Ik moet het hun morgen laten weten, dan kan ze nog in het programma gezet worden,' zei Stella.

'Neem me niet kwalijk dat ik het zeg, mevrouw, maar volgens mij is dit soort spanning het laatste wat Electra nodig heeft. Zo, en dan neem ik uw kleindochter nu mee uit eten, dan kunnen we dit verder met zijn tweeën bespreken.' Miles stond op. 'Ben je er klaar voor, Electra?'

'Yep.'

Hij stak zijn hand naar me uit. Ik liep door de kamer naar hem toe, pakte zijn hand beet en voelde dat hij die van mij stevig vastpakte. Hij draaide zich om naar Stella.

'Het was een genoegen met u kennis te maken, en ik hoop dat we elkaar nog eens kunnen spreken. Een goede avond nog.'

En na dat te hebben gezegd, leidde hij me de kamer uit.

Misschien lag het aan het zoemende geluid van de dalende lift, maar ik kreeg een vreemd gevoel in mijn maag dat misschien wel liefde was. Toen we in de hal aankwamen, had ik om een of andere reden tranen in mijn ogen.

'Was dat niet onbeleefd van ons?' vroeg ik hem, terwijl we, nog steeds hand in hand, de warme juniavond in liepen.

'O, daar kan ze wel tegen,' zei hij grijnzend tegen me, terwijl hij een taxi aanhield.

'Waar gaan we heen?'

'Naar een bijzonder restaurant.' Hij wierp me een zijdelingse blik toe. 'Je had je niet toepasselijker kunnen kleden.'

Onderweg zeiden we niet veel. Ik zag dat we naar Harlem reden. We stapten uit voor een restaurant aan de hoofdstraat en gingen naar binnen.

'Welkom in La Savane. Ik vond het tijd om je de Afrikaanse keuken te leren kennen.'

Onder het genot van een heerlijke gegrilde vis en bakbanaan met couscous, vatte ik voor hem samen wat Stella me had verteld over mijn moeder en haar verschrikkelijke dood.

'Wauw, Electra, wat een verhaal. Weet je zeker dat je dit allemaal aankunt?'

'O, ja. Eerst was ik bang van niet, maar het lijkt net alsof er grote schoonmaak is gehouden in mijn hoofd en alle shit die erin zat eruit gegooid is, weet je?'

'Je klinkt alsof je ondergedompeld bent in wijwater en als een nieuw mens een nieuwe start gaat maken.'

'Yep, dat is wel een goeie beschrijving, als je religieuze beeldspraak wilt gebruiken. Ik had gedacht dat ik erger van streek zou zijn over mijn moeder, en vooral over haar verschrikkelijke levenseinde, maar zoals ik al tegen Stella zei, ik heb haar nooit gekend, en in vergelijking met hoe ik me voelde na de dood van Pa heeft het me lang niet zo diep geraakt. Ik heb besloten dat ik niet naar Hart Island ga. Ik heb erover gelezen op internet en het lijkt me een ellendige plek. Ik bedoel, er liggen daar ongeïdentificeerde lichamen begraven in een massagraf,' zei ik huiverend.

'Dat begrijp ik, maar misschien kun je het er met Stella over hebben om haar overlijden toch op een of andere manier te gedenken.'

'Ja, dat is een cool idee, ik ga het doen. Ik dacht ook dat het sperma, zoals ik mijn biologische vader noem, nog weleens zou kunnen leven.'

'Dat zou kunnen, ja, en misschien zul je hem op een dag vinden, als je erachteraan gaat. DNA-tests worden snel beter, en ik weet zeker dat er een soort databank zal komen met behulp waarvan je je bloedverwanten kunt opsporen. Maar daar ben je nu nog niet aan toe.'

'Nee. Dank je dat je me uit mijn appartement hebt meegenomen, trouwens.'

'Ik zag dat je grootmoeder je gespannen maakte en dat heb je op het ogenblik nou net niet nodig. Ze is een oerkracht, hè? Als ze haar zinnen op iets gezet heeft, gaat ze er ook helemaal voor, maar zo zal ze al die dingen wel bereikt hebben. Je verzet geen bergen door je mond te houden.'

'Wat vind je van haar idee om mijn verhaal aan een miljoenenpubliek te vertellen?'

'Dat is niet aan mij om te zeggen, Electra.'

'Dat weet ik, Miles, maar ik moet toch iemand om een mening vragen?'

'Ik begrijp waarom ze wil dat jij dat doet: je bent een bekende persoonlijkheid en een idool voor jonge mensen overal ter wereld. Stella heeft misschien duizend keer meer ervaring met dat soort zaken dan jij, maar als zij een hele toespraak houdt, krijgt ze nog niet eens de aandacht die jij met een paar woorden zou trekken.'

'Maar ik ben een gezicht, geen stem.'

'Dat is zo, en als je dat zo wilt houden, doe het dan niet. Maar het was te verwachten dat ze zou vragen of je het wilde doen, of dacht je van niet, Electra?'

'Ja... Nee... Ach, ik weet het ook niet, Miles,' zei ik met een zucht. 'Ik bedoel, gisteravond zei ik tegen je dat ik eraan zat te denken om dingen in mijn leven te veranderen. Als model werken is het gewoon niet meer voor me. En ja, misschien zit het in mijn genen, maar ik wil echt een positieve kracht zijn en jongeren als Vanessa helpen. Maar er is een groot verschil tussen bij wijze van eerste stap een paar interviews geven over het opvangcentrum en mijn eerste optreden als activiste voor een miljoenenpubliek.'

'Ja, dat begrijp ik heel goed.'

'Ik bedoel, als ik nog aan de drank en drugs was, zou ik misschien de moed kunnen vinden om dat podium op te lopen, maar...'

'Zeg dat nou niet, Electra. Je kunt je herstel niet op het spel zetten.'

'Ook niet als ik iets moet doen wat miljoenen voor het opvangcentrum op kan leveren, en misschien ook voor andere opvangcentra, overal in Amerika?' zei ik en ik keek hem met een spottend lachje aan.

'Ik geef toe dat het cool zou zijn, maar niet als je je geestelijke gezondheid op het spel zet. En als je denkt dat je zo'n groot moment nog niet aankunt, houd je kruit dan droog en wacht tot je wel zover bent.'

'Het probleem is, ik ben niet goed in wachten, en als ik deze campagne wil beginnen, wat ik toch al van plan was, zou het dan niet stom van me zijn om deze kans aan me voorbij te laten gaan?'

'Nee, want jij en wat je in de toekomst kunt worden zijn het belangrijkste. Ik moet steeds maar weer tegen je zeggen dat je nog jong bent, denk daar nou 's aan.'

'Nou, ik denk in elk geval dat ik een manier gevonden heb om al het vuur en de passie die ik in me heb in banen te leiden. Ik moet er gebruik van maken om anderen te helpen en de brand niet blussen met Grey Goose. Mijn problemen met woede als een positieve kracht gebruiken om dingen te veranderen en boos te worden namens anderen.'

'Dat is het helemaal. Neem me niet kwalijk,' zei Miles. Ik zag dat hij helemaal volschoot.

'Shit! Heb ik iets verkeerds gezegd?'

'Nee, het tegenovergestelde juist. Ik ben apetrots op je, dat is alles.'

'O, Miles, steek mij nou niet ook aan.' Ik wuifde mezelf koelte toe. Op dat moment kwam er een jonge zwarte vrouw bij ons tafeltje staan en ze keek me verlegen aan. 'Hallo,' zei ik glimlachend en blij met de afleiding.

'Hallo, Electra. Ik... ik wilde je alleen maar zeggen dat, eh, nou ja, ik ben een fan van je. Jij bent zwart en je hebt succes en shit, je inspireert mij en mijn vriendinnen.'

'Hé, dank je, dat is altijd leuk om te horen.'

'En je nieuwe afrokapsel staat echt goed. Misschien ga ik het ook 's proberen. Alles eraf, want mijn vriendinnen en ik hebben geen geld voor een hoop hairextensions, weet je?'

'Ja, ga ervoor, schat, het is de beste beslissing die ik ooit genomen heb.'

'Kan ik een foto van je nemen?'

'Tuurlijk. Kom maar naast me zitten, dan neemt mijn vriend hem.'

Miles deed het gehoorzaam en het meisje liep met een glimlach van oor tot oor van ons tafeltje vandaan.

'Goh, dat was leuk,' zei ik. 'Misschien doe ik nog één laatste shoot met mijn afrokapsel en stimuleer ik andere jongeren daardoor om aan de tirannie van de kappers te ontsnappen.'

'Nou, als je bewijs wilt dat je een rolmodel bent, Electra, en dat alles wat je doet gezien en gehoord wordt door jongeren overal ter wereld, dan was dit het wel,' zei Miles.

'Zolang ze maar niet aan de paparazzi vertelt dat ze ons zojuist samen heeft gezien, anders eindig jij ook nog met je gezicht in de bladen.'

'Ja, ik snap niet hoe je dat volhoudt. Het zou niks voor mij zijn.'

Als je samen was met mij zou je misschien toch...

'Maar nu even een ander onderwerp, oké?' zei ik opeens. 'Ik zit met een toestand die ik met je wilde bespreken. Het gaat om mijn personal assistant, en ik wil er graag je mening over horen..'

Ik legde hem de Mariam-Tommysituatie uit en Miles luisterde aandachtig.

'Tja, dat is moeilijk,' vond ook hij. 'Zij heeft haar geloof en hij is Afghanistanveteraan...' Hij schudde zijn hoofd. 'Wat mankeert ons mensen toch? We lijken altijd verliefd te worden op iemand die ons voor allerlei moeilijke dilemma's stelt.'

'Maar ze houden van elkaar. Ze willen samen zijn en als ze het met elkaar eens kunnen worden heb ik, vanuit mijn eigenbelang gezien, het perfecte team. Tommy is echt een toffe kerel, Miles. En Mariam is ook fantastisch, dat wist je al. Ik bedoel, jij bent religieus ingesteld. Als jij een moslimvrouw of zelfs een ongelovige vrouw zou leren kennen, zou dat je dan tegenhouden om een relatie met haar aan te gaan?'

'Er zijn twee problemen die hier meespelen, Electra. Het eerste is dat niets in de Bijbel een vrouw verbiedt met iemand van een ander geloof te trouwen. Maar in Mariams religie is het wel verboden. Het tweede en belangrijkste, vind ik, is de cultuurkwestie. Deel uitmaken van een religie, welke dan ook, geeft je een identiteit en een gemeenschap van andere mensen die in dezelfde ethische normen geloven als jij. En in een wereld die elke dag minder ethisch wordt, worden dat gemeenschaps- en identiteitsgevoel nog belangrijker. Zo zie ik het tenminste. Dus voor Mariam, lijkt me, is het introduceren van een buitenstaander in haar "club" even problematisch als het feit dat het haar formeel verboden is met hem te trouwen. En dan heb je Tommy en zijn moeilijke Afghanistanervaringen, om nog maar te zwijgen van de Twin Towers en de haat die dat achtergelaten heeft... Ik zou het niet weten. Het is een lastige situatie. Luister, zal ik eens met hem praten? Misschien kan ik beter uitleggen hoe het voor Mariam in elkaar zit. Ik weet het een en ander van de islamitische religie af. Van de goede aspecten, bedoel ik, waarvan er veel zijn. Misschien moet iemand hem daar eerst van bewust maken.'

'Wil je dat doen, Miles? Dat zou geweldig zijn. Dank je wel.'

Toen werd het vreemd stil aan ons tafeltje en ik voelde me echt ongemakkelijk. Miles keek strak naar de muur achter me. Ik voelde aan dat de stemming tussen ons veranderd was en begon aan mijn servet te friemelen.

'Luister, Electra. Misschien is dit niet het juiste moment om erover te beginnen, maar...' Ik zag dat hij zich vermande. 'Nou, ik heb mijn pastor om raad gevraagd voor ik naar je toe kwam, en hij zei dat ik het er gewoon uit moest gooien. Dus nu komt het. Je zult wel gemerkt hebben dat ik heel graag bij je ben. Eerlijk gezegd heb ik gevoelens voor je, hoewel ik mijn best heb gedaan om ze te negeren. Het probleem is alleen, zoals je in het afkickcentrum wel zult hebben gehoord, dat een relatie tussen twee mensen die gevoelig zijn voor verslaving meestal niet goed gaat. En wat het nog lastiger maakt, is dat jij nog maar net aan het herstellen bent. Het risico dat we elkaar weer in de shit trekken, blijft altijd bestaan. En dan nog het feit dat jij een internationale superster bent en ik een tweederangs advocaat die maar net genoeg verdient om zijn hoofd boven water te houden in de krankzinnige, peperdure stad waarin we wonen. Ik zal open kaart met je spelen en zeggen dat ik gewoon niet weet of ik jouw celebrityleefstijl wel aankan. En ook al zou ik je zeggen dat het feit dat jij een miljoen keer meer verdient dan ik me niets doet, misschien trek ik het me later toch aan, omdat mijn gevoelige mannelijke ego dat niet kan hebben. Bovendien kan het ook nog dat jij, nadat ik dit allemaal gezegd heb, misschien alleen geïnteresseerd bent in een platonische relatie, en dan zou dit gesprek geen enkele zin hebben.'

Terwijl hij aan het woord was, had hij zich naar me toe gebogen, zodat niemand zou kunnen horen wat we zeiden. Ik zag dat hij op antwoord wachtte.

'Oké, bedankt dat je dit met me gedeeld hebt, zoals ze bij de AA zeggen.' Ik knikte. 'Yep. Ik begrijp alles wat je zegt.'

'En?'

'Wat, "en"? Kom nou, Miles, wil je dat ik het hardop zeg of zo? Ik heb toch duidelijk genoeg gemaakt dat ik ook in jou geïnteresseerd ben?'

'Nou, eh, ja, ik weet dat je me graag mag, maar ik dacht misschien alleen vriendschappelijk, want we hebben elkaar leren kennen omdat we Vanessa hielpen.'

'Ja, dat speelt mee, maar het is ook...' Ik slikte. '... meer dan dat.'

'Goed, oké, ik weet niet zeker of ik nou blij of doodsbang moet zijn.' Miles leunde met een opgelucht gezicht achterover.

'Zeg je me nou serieus dat je het niet wist? Wat ik voor je voelde?'

'Ja, meid, dat zeg ik,' zei hij glimlachend. 'Ik bedoel, kijk naar jezelf! Je bent rijk en beroemd en de wereld ligt aan je voeten. Je zou iedereen kunnen krijgen, hebt iedereen al gekregen...'

‘Hé! Ik heb niet “iedereen gekregen”,’ wierp ik verontwaardigd tegen.

‘Ik bedoelde supersterren als Mitch Duggan, en die societyfiguur met die rare naam…’

‘Zed Eszu, bedoel je.’

‘Ja, die. Sorry dat ik het zeg, hoor, maar hij lijkt me een enorme klootzak.’

‘O, dat is hij ook, maar dat is een ander verhaal. En het is ook waar dat ik niet als vestaalse maagd door het leven ben gegaan. Als je zo iemand wilt, moet je niet bij mij aan komen kloppen.’

‘Ik ga niet over je moraal oordelen, Electra. Je bent single en vrij om te doen wat je wilt. Hoewel, als je mijn vrouw was en je bedroog me, dan zou het gelijk uit zijn.’

‘Goed om te weten.’ Rollend met mijn ogen keek ik hem aan. ‘Wauw, Miles, je klinkt echt als een advocaat, met je waslijst van alle mogelijke problemen voor onze hypothetische relatie nog voordat we die begonnen zijn! Dus zou je me nou mee willen sleuren naar die kerk van je en me dwingen een kuisheidsgelofte af te leggen?’

‘Zeker, ja. Dat wil zeggen, in een ideale wereld,’ zei hij grijnzend. ‘Maar goed, in vergelijking met wat je me over Mariam en Tommy hebt verteld, is alles waarover ík me zorgen heb gemaakt klein en onbetekenend. Simpel gezegd, ik hou er gewoon van om met je samen te zijn. Je fleurt mijn dag op, ik sta altijd te springen om met je te praten…’

‘Dat gevoel heb ik ook,’ zei ik. En toen bleven we elkaar glimlachend aan zitten kijken.

Miles stak zijn hand over het tafeltje naar me uit en ik pakte hem vast.

‘Waar het om gaat, Electra, is dat we, ondanks al mijn bedenkingen, goed bij elkaar passen, toch?’

‘Ja,’ zei ik. ‘Dat weet ik zeker.’

53

Toen ik die zaterdagochtend wakker werd, wist ik niet of ik de rolluiken moest openen en de wereld stormachtig moest omhelzen omdat ik zo blij was of naar de badkamer moest rennen om mijn darmen uit mijn lijf te braken. Ik koos voor het eerste, omdat het aardedonker was en de luiken omhoog moesten om iets te kunnen zien. Ik dankte de wereld en de hogere macht dat ik Miles gekregen had, maar even later draaide mijn maag zich om bij de gedachte aan wat ik had beloofd later op de dag te zullen doen. Met trillende handen pakte ik de toespraak op die ik de dag tevoren met hulp van Miles en Stella had geschreven. Ik legde het papier voor me neer en probeerde met mijn ogen dicht op te zeggen wat er stond, maar mijn stem klonk schril.

'Shit, shit, shit!' Ik trok het dekbed over mijn gezicht, bleef liggen en speelde met de gedachte Mariam te vragen een vliegtuig voor me te boeken dat me ver van New York vandaan zou brengen. Nog nooit van mijn leven was ik zo angstig geweest.

Ik stond op en ging met een draaiend gevoel in mijn maag en mijn hart kloppend in mijn keel op zoek naar koffie. Lizzie stond in de keuken zonder make-up op haar verbouwde gezicht.

'Goeiemorgen, Electra. Goed geslapen?'

'Nee. Volgende vraag?' zei ik. Ik pakte de koffiepot van de warmhoudplaat en schonk een mok vol.

'Echt, je zult het geweldig doen, dat weet ik gewoon.'

'Lizzie, ik zie het helemaal niet zitten en ik zou willen dat ik nooit gezegd had dat ik het zou doen. Waarschijnlijk ren ik doodsbang het podium af, als ik mijn benen dan tenminste nog in beweging kan krijgen en...' Ik vloekte luid en bonsde op de tafel. 'Hoe is het mogelijk dat ik me heb laten ompraten?' zei ik kreunend.

'Omdat je die mensen toch wilt toespreken, ook al ben je bang, wat ik heel goed begrijp. Voor je moeder, je grootmoeder en al die jongeren die het nodig hebben dat jij je voor hen uitspreekt,' zei Lizzie wijs.

'Als ik nog kán spreken. Ik probeerde daarnet mijn toespraak op te zeggen, maar kon amper een woord uit mijn keel krijgen. Shit, Lizzie, wat heb ik gedaan?' Ik ging aan de tafel zitten en legde mijn hoofd op mijn armen.

'Electra, schat, we zullen allemaal bij je zijn, en ik weet gewoon dat je het kunt. En ga nou maar hardlopen, dan kun je je hoofd leegmaken. Intussen maak ik het ontbijt klaar.'

'Maar jullie hebben me verboden in het park te gaan rennen sinds ik overvallen ben en ik zou het ontbijt er gelijk weer uitkotsen.'

'Kleed je aan, Electra, en ga naar beneden. Er wacht iemand op je in de hal. Hij zal op je letten, oké?'

'O ja? Wie dan?'

'Dat zie je zo wel. En nou naar beneden,' zei ze zo moederlijk mogelijk.

Ik deed wat ze had gezegd en probeerde te bedenken wie er beneden op me zou wachten. Miles misschien? Hoewel hij, toen hij me de avond tevoren goedenacht had gekust (en het was een heel lange, verrukkelijke kus geweest), had gezegd dat hij me samen met Stella om drie uur 's middags zou komen ophalen.

Er was niemand in de hal en dus jogde ik naar buiten. Iemand gaf me een tikje op mijn schouder en ik kreeg bijna een hartaanval. Kennelijk was ik de naweeën van de overval nog niet te boven.

'Ha, Electra. O jee, sorry dat ik je heb laten schrikken, hoor.'

'Tommy! Wat doe jij nou hier?'

'Nou, je had me een baan als lijfwacht aangeboden, en toen dacht ik, laat ik haar dan maar een gratis proef aanbieden, dan kan ze zien of ik geschikt ben.'

'Maar...'

'Hé, ik weet dat je een drukke dag hebt, dus laten we praten onder het rennen, oké?'

'Oké.'

En dus renden we het park in. Tommy hield me gemakkelijk bij. Hij vertelde dat Miles contact met hem had opgenomen en dat ze een paar dagen geleden koffie met elkaar gedronken hadden. En dat Miles hem had uitgelegd dat de Koran in wezen een prachtig boek vol wijsheid en goedheid was, maar dat er in elke religieuze of politieke organisatie altijd extremisten waren die woorden uit hun context haalden en verdraaiden om er hun eigen doelen mee te bereiken. En dat het, als hij het goedmaakte met Mariam, niet erg zou zijn als hij zich bij haar geloof aansloot.

'Ik bedoel, ik denk er nog steeds over na,' zei hij. 'Ik probeer alles op een rij te krijgen en zo, maar ik heb een koran gekocht, en Miles heeft gelijk, het is een prachtig boek. Maar wel een dikke pil, en ik ben niet zo'n lezer, dus ik zou dood kunnen zijn voor ik het uit heb,' zei hij grinnikend. Het deed me goed hem te horen lachen.

Toen vertelde hij dat hij Mariam had gebeld en dat ze elkaar ontmoet hadden (nadat hij haar met de nodige moeite had overgehaald, begreep ik). 'Ik heb tegen haar gezegd dat ik wist waarom ze het uit had gemaakt, maar dat ik, als we het toch nodig vonden om te trouwen...' Blozend vertelde hij me dat ze kuis moest blijven tot het zover was. '... erover na wilde denken om me te bekeren. Dus voorlopig doen we het rustig aan, snap je? We kijken de kat uit de boom. En als jouw aanbod om mij aan te nemen als beveiliger nog geldt, zullen Mariam en ik veel bij elkaar in de buurt zijn. Dat zal een goeie test zijn, denk ik.'

'Dat denk ik ook, en jullie moeten het goed met elkaar kunnen vinden, want ik zie het niet zitten om "huiselijk geweld" in mijn team te hebben,' zei ik, heimelijk opgetogen.

'Ik zweer je, Electra, dat Mariam en ik alle problemen die tussen ons ontstaan privé zullen oplossen, en niet in jouw tijd.'

'En wat vindt Mariam ervan?'

'Ik denk dat ze er blij om is. Ik bedoel, we hebben nog een lange weg te gaan, maar weet je? We zijn het er allebei over eens dat we, zoals jij ook al zei, morgen dood kunnen zijn, en dat het dus zinloos is om naar de toekomst te kijken en ons in het heden ellendig te voelen. Na verloop van tijd zal ze me voorstellen aan haar familie. Wauw!' zei hij zachtjes. 'Die avond zal ik wensen dat ik weer aan de drank was, dan zou ik voor de kennismaking een slokje kunnen nemen, als je begrijpt wat ik bedoel?'

'O, zeker, Tommy,' zei ik. Mijn eigen maag draaide zich om bij de gedachte aan vanavond. 'Maar ik ben in elk geval blij voor je. Zal ik je om te beginnen een contract van drie maanden aanbieden? Dan geef ik je gegevens door aan mijn financiële manager en zetten we je op de loonlijst.'

'Dat lijkt me geweldig. Echt, Electra, ik ben jou en Miles ontzettend dankbaar. Jullie hebben mijn leven gered. Een paar dagen geleden stond ik nog aan de rand van de afgrond, en nu heb ik toch weer het idee dat ik een toekomst heb,' zei Tommy, terwijl we het park uit jogden en wachtten tot we de straat waar mijn appartementengebouw stond konden oversteken.

'Ik vind het heel fijn dat ik van nu af aan een vast loopmaatje heb. Ik heb mijn hardlooprondje echt nodig.'

'Geen probleem. Tot later.'

'Wat krijgen we nou?' zei ik tegen hem toen hij voor het gebouw bleef staan. 'Kom mee naar boven, Tommy. Om te beginnen heb je een douche nodig en ten tweede wil ik het nieuwste lid van mijn team officieel voorstellen aan mijn vriendin Lizzie.'

'Zeker weten, Electra?'

'Natuurlijk. En je weet nooit wat voor types er in de lift op de loer staan. Dan heb ik jou nodig om me te beschermen,' zei ik grijnzend, terwijl hij trots naast me door de voordeur naar binnen stapte.

'Wat een lieve man,' zei Lizzie nadat ik Tommy aan haar had voorgesteld en hij naar de gastenbadkamer was gegaan.

'Ja hè, hij is fantastisch en ik ben dolblij voor hem en Mariam. Maar ik moet iets doen aan zijn garderobe. Ik bedoel, als hij vanavond met ons meegaat als mijn beveiliger, dan moet hij wel een uniform of zoiets aan, toch?'

'Dat dacht ik wel, ja.'

'Dus, Lizzie, zou je het erg vinden om met hem uit winkelen te gaan? Ik heb hem hier maanden geleden voor het eerst gezien, en hij heeft altijd dezelfde hoody aan. Zeg tegen hem dat het voor het werk is en ga met hem naar Saks of zo, wil je? Hij heeft een hele nieuwe garderobe nodig en hij moet naar een behoorlijke kapper.'

'Oké, baas, blij dat ik kan helpen,' zei ze en ze salueerde. Ik wist dat ze het ook echt meende. Een ochtend doorbrengen op Fifth Avenue met het uitdossen van Tommy was Lizzies idee van iets hemels. En ik had tijd voor mezelf nodig, daar had ik echt behoefte aan.

Nadat ik een douche had genomen en had besloten wat ik die avond zou dragen – ik wilde er professioneel maar ook als mezelf uitzien, dus koos ik na lang wikken en wegen voor de uitlopende oranje broek en zijden blouse die ik bij het etentje met Miles gedragen had – ging ik stilletjes op het dakterras zitten.

Er was zo veel gebeurd sinds die vreselijke avond toen Tommy me hier heen en weer had laten lopen en mijn leven en toekomst had gered dat ik het nauwelijks kon bevatten. Ik had bijna het gevoel alsof ik jarenlang had stilgestaan en dat de ene dag door alle drank en drugs simpelweg op de andere had geleken. Ik was nauwelijks een mens geweest, dacht ik, alleen een zwakke afspiegeling. En hoewel het herstel me op een gegeven moment pijnlijk en onverdraaglijk had geleken, had ik het met de hulp van de mensen die van me hielden – ja, echt van me hielden – toch gered. En nu was ik hier, aan de andere kant, en ik wist dat het leven me altijd een poets kon bakken waardoor ik terug zou kunnen vallen, maar ik had intussen genoeg zelfvertrouwen om te weten dat ik alle krachten die ik nodig had om me te verzetten kon verzamelen.

'Ik ben trots op je, Electra,' zei ik plotseling tegen mezelf. 'Ja, echt waar.'

Toen stond ik op, liep naar de rand van het dakterras en keek op naar de hemel.

'En ik hoop, mama en Pa, waar jullie ook zijn, dat júllie ook trots op me zijn.'

'O, mijn god! Shit, shit, shit!' mompelde ik onverstaanbaar toen ik maar een paar meter van me vandaan het gebrul van het publiek hoorde. Ik was wel vaker naar concerten geweest hier in Madison Square Garden, had in de vipbox gezeten toen Mitch had opgetreden en was zelfs backstage geweest, maar ik had nog nooit zoveel mensen vlak voor me zien stampen, schreeuwen en juichen. Hij (ja, Mitch) stond op het podium met zijn band.

Geen wonder dat rocksterren drugs gebruikten, dacht ik. Op het ogenblik klopte mijn ongedrogeerde hart een miljoen keer per seconde.

'Hé, kijk eens wie ik zojuist gevonden heb,' zei Miles. Hij tikte me op mijn schouder toen ik van mijn plek langs het podium achteruitstapte.

Ik draaide me om en zag Vanessa staan, met mijn Burberry-pet op haar hoofd en Ida naast haar.

'O, hemel! Ik had niet gedacht dat je weg zou mogen uit het centrum,' zei ik, terwijl ik naar haar toe liep om haar te omhelzen.

'Nou, maar dit is een bijzondere avond, toch?' zei Ida. 'Dus we dachten dat je het leuk zou vinden als Vanessa er ook bij was.'

'Hoe gaat het met je?' vroeg ik aan haar. Ik zag dat haar gave huid niet meer die deegachtige kleur had en dat haar ogen – zo groot als schoteltjes terwijl ze tussen de coulissen door naar het podium keek – een heldere, alerte uitdrukking hadden.

'Nou, Lectra, waar ben ik, in dromenland of zo? Ik zie daar gewoon vier van mijn favoriete rappers staan.'

'Je bent niet in dromenland, maar hier bij mij, Vanessa, en daar ben ik heel blij om,' zei ik, en ik keek glimlachend op naar Miles. 'Stella?' schreeuwde ik boven het kabaal van het publiek uit naar mijn grootmoeder. 'Kom kennismaken met mijn vriendin Vanessa. Zij is degene die dit allemaal in gang gezet heeft, hè, Miles?'

'Zeker,' zei hij knikkend.

Stella wendde zich af van een man met een klembord die de boel organiseerde en kwam naar ons toe. In haar zwarte broekpak en met de gebruikelijke veelkleurige sjaal om haar hals zag ze er kalm en elegant uit. Zelfs op haar leeftijd was ze nog een bijzonder mooie vrouw, en ik prees me gelukkig dat ik haar genen had geërfd.

'Hallo, Vanessa, ik heb veel over je gehoord. Hoe gaat het met je?'

Stella's natuurlijke autoriteit maakte dat Vanessa niet een-twee-drie wist wat ze terug moest zeggen, maar toen kon ze toch een paar woorden uitbrengen.

'Nou, alles wat hier vanavond gebeurt, is voor jou en mensen zoals jij,' zei Stella.

'Nog drie minuten!' riep de man met het klembord naar Stella, terwijl Mitch en zijn band zijn beroemdste nummer speelden, waarop het publiek zo hard begon te stampen en te juichen dat het voelde alsof de aarde onder onze voeten beefde.

'Gaat-ie?' vroeg Miles, wijzend naar de rockster op het podium.

'Weet je wat? Het gaat gewoon prima,' zei ik tegen hem.

'Mooi, want ik wil geen concurrentie in de liefde, weet je?'

'Dat weet ik,' zei ik, terwijl hij zijn arm om mijn schouders sloeg en me naar zich toe trok om me te omhelzen. Ik genoot ervan dat hij langer was dan ik en me een meisjesachtig, beschermd gevoel gaf.

'Nog twee minuten!' riep de man met het klembord naar Stella, terwijl het publiek luidkeels om meer bleef roepen.

'Hoe voel je je, Electra?' vroeg Mariam, die aan de andere kant naast me opdook met Tommy, die er in zijn nieuwe pak en met zijn haren geknipt piekfijn uitzag.

'Ik doe het in mijn spreekwoordelijke broek, zoals verwacht. Maar nu ik hier toch ben, zou ik willen dat het maar achter de rug was.'

'Je kunt het, Electra, ik weet dat je het kunt. En we staan allemaal achter je.'

'Ja, zeker weten,' zei Lizzie.

En terwijl Mitch op mij af kwam lopen vanaf het podium, en ik met Miles' arm om mijn schouders bleef staan, beschermd door de kleine familie van zwervers en verschoppelingen die ik om me heen had verzameld, had ik ook echt het gevoel dat ze achter me stonden.

'O, hallo, Electra,' zei Mitch. Hij bleef pal voor ons staan, nam een handdoek van een van zijn roadies aan en veegde er het zweet mee van zijn gezicht. 'Hoe gaat het met je?'

'Heel goed, dank je, Mitch. En met jou?'

'Ja, goed. Nou, leuk je weer 's gezien te hebben,' zei hij, met niet meer dan een vluchtige blik op de knappe man met zijn arm om me heen, die boven zijn relatief kleine, bezwete gestalte uittorende. 'Tot ziens maar weer.'

'Vast,' zei ik. Hij stapte langs me en inwendig giechelde ik even triomfantelijk.

'Oké, Stella, nog een halve minuut en dan moet jij op.'

Stella draaide zich naar me om. 'Nou, dus ik doe mijn zegje en dan leg ik uit dat ik kortgeleden mijn lang verloren gewaande kleindochter teruggevonden heb. Dan kom jij op en...'

'Komt het publiek tot uitbarsting,' zei de man met het klembord achter haar. 'Oké, nog tien seconden.'

'Succes,' zei Stella glimlachend tegen me. 'Ik ben trots op je, Electra.'

'Gaan!' zei de man met het klembord.

Stella kreeg een enthousiast onthaal, al werd er nog steeds om Mitch geroepen. Maar toen ze het woord nam, kon je een speld horen vallen in het publiek. Niet dat ik hoorde wat ze zei, want mijn hersenen waren in een brij veranderd en elke cel in mijn lichaam schreeuwde me toe me om te draaien en weg te rennen.

'Ik kan het niet, ik kan het gewoon niet,' zei ik in Miles' oor.

'O jawel, Electra. Je moeder en Pa Salt, om nog maar te zwijgen van God zelf, ze zien je allemaal. Zij hebben je tot dit moment gebracht, omdat ze in jou en wat je kunt worden geloofden. En ga nou dat podium op en maak ze trots.'

'Oké, oké.'

'Nog een halve minuut, Electra.'

Mijn vriendengroepje stond dicht om me heen en ze fluisterden me allemaal bemoedigende woorden toe.

'Nog tien seconden. Nu kondigt ze je aan…'

'Shit!' fluisterde ik.

'Oké, Electra, gaan!'

'Ik hou van je,' fluisterde Miles in mijn oor. Toen duwde hij me heel zachtjes vooruit en stapte ik het podium op.

MAIA

ATLANTIS, MEER VAN GENÈVE
JUNI 2008

54

'Mon Dieu! Ma! Claudia! Ally!' riep ik en ik rende de gang in. 'Kom hier, snel! Electra is op tv!'

Ik pakte de afstandsbediening en drukte op de opnametoets, zodat we het in elk geval nog een keer konden zien als ze niet op tijd beneden waren. Toen stond ik gefascineerd en verbaasd op, terwijl mijn kleine zusje het podium op kwam en naast de vrouw die kennelijk haar grootmoeder was ging staan.

Een enorm, verbaasd gebrul steeg op in het publiek. Maar niemand was verbaasder dan ik.

'Wat is er?' zei Claudia, die samen met Ma kwam aanrennen.

'Kijk dan! Het is Electra,' zei ik, terwijl Ally en Bear ook bij ons kwamen staan.

'O, mijn god,' zei Ally. 'Dat is toch het Concert voor Afrika of zo?'

'Ja, maar stil nou, dan kunnen we horen wat ze gaat zeggen.'

We zagen allemaal dat de elegante oude vrouw Electra op de wang kuste en toen van achter de spreekstoel stapte, zodat Electra haar plaats kon innemen. Misschien kwam het doordat ik mijn zus zo goed kende, maar toen de camera op haar gezicht inzoomde, las ik de angst in haar ogen.

'Goedenavond, dames en heren, jongens en meisjes, iedereen die kijkt, waar ook in de wereld,' zei ze met een zachte, nauwelijks hoorbare stem.

'Harder, Electra!' zei Ally.

'Zoals mijn grootmoeder zojuist heeft gezegd, ben ik hier omdat ik sinds kort weet dat ik van Afrikaanse afkomst ben. De meesten van jullie zullen me alleen van gezicht kennen. Waarschijnlijk hebben jullie me nog nooit mijn mond open horen doen. Ik weet ook niet of ik er goed in ben, maar ik ga het toch proberen.'

Er ging een rimpeling van bemoedigend gelach door het publiek en ik zag dat Electra zich wat ontspande.

'Ik wilde jullie vertellen over een moeilijke weg die ik kortgeleden heb afgelegd. Jullie hebben vanavond een heleboel over drugs gehoord en het effect ervan op de bevolking van Afrika, maar niet alleen daar zijn drugs, maar overal. En... ook ik ben verslaafd geweest. Het is alleen omdat ik mensen om me heen had die van me hielden, maar ook, even belangrijk, het geld had om de hulp die ik nodig had te kunnen krijgen, dat ik vandaag voor jullie sta.'

Onder het publiek steeg een luid gejuich op. Ik pakte Ma's hand vast en zag tranen in haar ogen.

'Ik zou graag willen dat iedere jongere die verslaafd is hulp kan krijgen, net als ik. Wij, jullie, zijn de volgende generatie, de mensen die op een dag de teugels zullen overnemen en onze landen de toekomst in zullen leiden. Maar dat kunnen we niet doen, zoals we eerder al zeiden, als de regeringen van de wereld niet samenkomen en een nultolerantiebeleid formuleren tegen de drugskartels die deze dodelijke middelen aan onze jongeren opdringen. En ten tweede moeten we ervoor zorgen dat er, als een jongere toch verslaafd raakt, faciliteiten beschikbaar zijn om dat kind de hulp te geven die het nodig heeft.'

Er steeg opnieuw een enorm gebrul en applaus op. En ik voelde mijn hart zwellen van trots voor mijn dappere zusje, die dit vanavond voor elkaar gekregen had.

'Dat ík hier tegen opsta, zal het probleem niet oplossen. Wij allemaal, in alle dorpen en steden van de wereld, moeten in actie komen. In Afrika, waar vaak besmette naalden worden gebruikt, zijn drugs een bekende oorzaak van aids en andere ziekten, en daar moet een eind aan komen. Hier op straat in Manhattan zijn er maar weinig plekken waar jongeren als Vanessa, een vriendin van me, hulp kunnen krijgen. Daarom begin ik vanavond een campagne om overal in het land opvangcentra te openen, adressen waar jongeren terechtkunnen als ze nergens anders heen kunnen. De regeringen van de wereld moeten ook hun aandeel leveren, door jongeren van alle sociale klassen geschikte en gratis faciliteiten aan te bieden om hen te helpen bij hun herstel. Ik ben er kortgeleden achter gekomen dat mijn eigen moeder helemaal alleen is overleden in een crackpand in Harlem...'

Op dat moment brak Electra's stem en haar grootmoeder kwam bij haar staan en sloeg haar arm om haar schouders. 'Het was een verschrikkelijk, onwaardig en eenzaam levenseinde, en ik wil het tot mijn missie maken om ervoor te zorgen dat jongeren zoals zij een dergelijk leed bespaard blijft. Dring alsjeblieft bij jullie regeringen op actie aan, stop jullie handen in jullie zakken en schenk geld aan het Rosa Jackson Drop-in Center Project. Rosa Jackson was mijn moeder, trouwens,' voegde Electra eraan toe, en het applaus en gejuich klonken nog luider. 'Want alleen als we samen sterk staan, kunnen we een eind aan deze groeiende humanitaire ramp maken. Dank jullie wel.'

Ally, Claudia, Ma en ik stonden met tranen op onze wangen bij elkaar. We waren zo overdonderd, trots en treurig tegelijk dat we geen van allen iets wisten te zeggen. We zagen het publiek opstaan en mijn ongelooflijk dappere zusje dat de hele wereld deelgenoot van haar verhaal had gemaakt toejuichen. Haar grootmoeder sloeg haar armen om haar heen en drukte haar tegen zich aan. Ik dacht dat ik haar 'ik hou van je' zag zeggen en ik zei het met haar mee.

En toen kwam er vanuit de coulissen een figuur naar Electra en haar grootmoeder toe.

Er ging een stormachtig gejuich op toen de man Electra omhelsde en Stella de hand schudde.

'Dat is toch senator Obama?' zei Ally. 'Iedereen denkt dat hij de volgende president van Amerika zal worden.'

'Hij is het,' bevestigde Ma.

We keken toe terwijl hij buiten het bereik van de microfoon met Electra en haar grootmoeder bleef praten, tot ze allebei opzij gingen om hem aan het woord te laten.

'Dank jullie wel,' zei hij, 'maar belangrijker, dank je wel, Electra, jij die hier zo dapper voor het oog van de wereld bent gaan staan en je verhaal verteld hebt. Ik herhaal en steun alles wat zij zojuist tegen jullie heeft gezegd, en geven jullie alsjeblieft gul aan haar zaak.'

Op dat moment hielden we op met luisteren, en we gingen allemaal uitgeteld op de dichtstbijzijnde bank of stoel zitten.

Claudia was zo verstandig een doos tissues rond te laten gaan en we snoten allemaal onze neus, behalve Bear, die niet wist wat er gaande was en in plaats daarvan blij kirde.

'Nou,' zei Ally, en ze zette Bear tussen haar benen op de vloer en gaf hem een babyspeeltje, dat hij onmiddellijk in zijn mond stopte. 'Dat was ongelooflijk. Ik denk dat ons zusje er een hele nieuwe carrière als activiste bij heeft.'

'Had jullie vader dit nog maar mee kunnen maken, wat zou hij dan trots geweest zijn,' zei Ma, bij wie de tranen nog steeds rolden. Ze zat naast me op de bank, dus ik nam haar hand in de mijne en kneep erin.

'Ze heeft haar stem gevonden,' fluisterde ik, 'en ik ben ook heel trots op haar.'

Iedereen in de kamer knikte bevestigend.

'Ik vind dat we haar moeten bellen, toch?' zei Ally. 'Om haar te zeggen dat ze geweldig was.'

'Goed idee,' zei Ma. Ze stond op om de huistelefoon uit de keuken te gaan halen.

'Was dat niet haar ex-vriend die optrad voordat zij opkwam?' vroeg Ally.

'Ja,' antwoordde ik. 'Ik ben ontzettend blij dat Electra binnenkort hier bij ons op Atlantis zal zijn, zodat we haar persoonlijk kunnen vertellen hoe trots we op haar zijn. Wat een ommekeer.' Ik dacht aan de laatste keer dat ik haar in Rio had gezien, toen ze helemaal de kluts kwijt was. 'En ze heeft absoluut gelijk dat ze zich inzet om meer hulp van regeringen los te krijgen,' zei ik gloedvol. 'Ik zie het drugsprobleem op elke straathoek als ik door Rio loop.'

Ma kwam met de telefoon aan. Ik keek op mijn mobiel, gaf haar Electra's nummer en ze belde het. We spraken allemaal wat op de voicemail in en toen geeuwde Ally.

'Het is bedtijd, denk ik. Ik ben doodmoe, ook al is Bear nog klaarwakker.'

'Ga jij maar naar boven, Ally. Ik heb een jetlag, dus ik blijf graag nog een tijdje samen met hem op, dan breng ik hem later wel naar boven.'

'Dank je, Maia,' zei ze, en ze tilde Bear op en gaf hem aan mij.

Ik was maar een paar uur tevoren vanuit Rio op Atlantis aangekomen, met het voornemen zo veel mogelijk te maken van mijn eerste verblijf in Europa na bijna een jaar, en tijd door te brengen met Ma, Claudia, Ally en mijn nieuwe neefje. Floriano en Valentina zouden aankomen vlak voordat we naar de Griekse eilanden zouden zeilen om de krans voor Pa te leggen. Het was de eerste keer dat we langer dan een paar nachten niet bij elkaar waren, en het voelde heel vreemd.

Op dat moment ging de voordeurbel en we sprongen alle vier op.

'Wie kan dat nou nog zijn, zo laat op de avond?' vroeg Ma nerveus. 'Christian was vanavond toch niet met de boot weg?' vroeg ze aan Claudia.

'Dat dacht ik niet, nee, maar ik kan het wel even checken.'

Toen ging de huistelefoon in Ma's hand en schrokken we allemaal opnieuw.

'*Allô*?' zei ze in het Frans. '*Ah, bien*.' Ze beëindigde het gesprek en liep naar de voordeur.

'Wie is het?' vroeg Ally wantrouwig.

'Georg Hoffman.'

Ally en ik trokken een wenkbrauw op en Ma liep de gang in om de voordeur te openen en hem binnen te laten.

'Neem me niet kwalijk dat ik jullie allemaal heb laten schrikken,' zei Pa's elegante, grijsharige advocaat terwijl hij de zitkamer binnenstapte. 'Ik had al eerder willen bellen, maar toen dacht ik dat het gewoon beter zou zijn om zo snel mogelijk zelf te komen.'

'Hoezo, Georg?' vroeg ik. 'Is er iets gebeurd?'

'Ja, maar maak jullie niet ongerust, alsjeblieft. Ik heb, eh, echt ongelooflijk nieuws, en daarom wilde ik jullie zo snel mogelijk spreken. Mag ik gaan zitten?'

'Natuurlijk.' Ma wees een stoel aan en Georg nam plaats en haalde een envelop uit zijn jaszak.

'Ik heb deze e-mail een uur geleden thuis ontvangen. Ally, Maia, ik vind dat jullie hem moeten lezen.'

'Heeft het met Pa te maken? Is een van onze zussen iets overkomen?' vroeg Ally. Ze keek naar de brief alsof er dynamiet in zat dat zou ontploffen als ze hem aanraakte.

'Nee, nee. Geloof me, alsjeblieft, er is niets ergs gebeurd.'

'Vertel het ons dan,' zei Ally gebiedend.

'Jullie weten dit niet, meisjes, maar jullie vader en ik hebben allebei een jarenlange, wereldwijde zoektocht ondernomen die ons naar talloze doodlopende sporen en onbekende terreinen heeft geleid. Vorig jaar, vlak voor zijn overlijden, ontving jullie vader nieuwe informatie, die hij aan mij doorgaf. En vanavond kreeg ik eindelijk nieuws waarvan ik denk dat het klopt.'

‘Waarover?’ vroeg Ally, namens ons allemaal.

‘Nou, jullie moeten eerst die e-mail even lezen, maar ik heb reden om aan te nemen dat we na al die jaren misschien jullie ontbrekende zus gevonden hebben…’

NOOT VAN DE AUTEUR

Ik heb altijd geweten dat Electra's verhaal de grootste uitdaging van mijn schrijverscarrière zou zijn. Naast het verhaal over haar voorouders, dat zich halverwege de twintigste eeuw afspeelt, voor Afro-Amerikanen een belangrijke tijd vol verandering, is Electra zelf de meest complexe en problematische van de zussen. En omdat al mijn plots holistisch zijn geschreven – ik weet alleen waar de verhalen beginnen en eindigen – waren de wendingen in *Zon* voor mij even schokkend en verhelderend als voor Electra. Nog nooit heb ik me zo diep betrokken bij of geraakt gevoeld door de moed, welwillendheid en vastberadenheid van de fantastische mensen, zowel in het heden als het verleden, met wie ik tijdens het schrijven van dit boek contact had.

Het is belangrijk in gedachten te houden dat *Zon* een werk van biografische fictie is dat berust op historisch onderzoek en onderzoek van feiten; veel van de personages in het verhaal zijn echt of hebben echt bestaan, maar sommige ook niet. Daarom heb ik de informatie en hulp die me zo royaal werden aangeboden gebruikt om zelf de feiten te interpreteren, en de rest heb ik aan mijn verbeelding overgelaten. Als ik daarbij fouten heb gemaakt, zijn die voor mijn eigen rekening.

Dat ik de feiten over de problemen waarmee Electra en haar voorouders in het verhaal geconfronteerd worden echt zo accuraat mogelijk weer heb kunnen geven, heb ik aan veel mensen te danken. Ten eerste aan mijn geweldige team, zoals gewoonlijk: Olivia Riley, die mijn zaken altijd heel goed waarneemt en in haar vrije tijd ook nog de shop van de Seven Sisters-website runt, waarvan de gehele opbrengst naar de liefdadigheidsorganisatie Mary's Meals gaat. Ella Micheler, mijn vasthoudende, gepassioneerde redactie- en onderzoeksassistente, een kei in werken onder tijdsdruk (wat vaak voorkomt) en Susan Moss, beste vriendin en schouder om op te leunen in tijden van crisis (die ook vaak voorkomen!), die opschoont wat ik gedicteerd heb en tot op het laatste moment als een strenge schooljuffrouw fouten opspoort, ook al zijn ze nog zo klein. Jacqueline Heslop, die niet minder dan mijn linker- en rechterhand is, en Leanne Godsall en Jessica Kearton, die zijn bijgesprongen om de chaos in mijn leven sinds de Zeven Zussen erin zijn verschenen te bestrijden.

In Kenia aan Be en Iain Thompson, Chris en Fi Manning, Don Turner, Jackie Ayton, Caro White en Richard Leakey, die allemaal royaal hun tijd en levensverhaal in Kenia vanaf de 'Happy Valley'-tijd en daarna met me gedeeld hebben. Een bijzonder hoogtepunt was de high tea met luitenant-kolonel Colin Danvers en zijn sympathieke vrouw Maria in de beruchte Muthaiga Club, die nog steeds als een tijdcapsule in een buitenwijk van Nairobi staat. En aan Rodgers Mulwa, onze onverschrokken chauffeur en bron van inheemse Keniaanse kennis, die met ons op zoek naar de Happy Valley van vroeger de wildernis in reed over nauwelijks begaanbare onverharde wegen en zonder een krimp te geven midden op het Naivashameer met ons eindigde in een piepklein plastic bootje dat werd omringd door nijlpaarden.

In New York gaat mijn grootste dank uit naar Tracy Allebach Dugan (en haar sympathieke man Harry). Bij de totstandkoming van dit boek was zij mijn officieuze onderzoeksassistente voor alles wat met Amerika te maken heeft, en ik kan haar niet genoeg danken voor haar hulp. Naar Doris Lango-Leak van het Schomburg Centre, wier rondleiding in en kennis van het Harlem van vroeger en nu van onschatbare waarde waren, Allen Hassell en dominee Alfred Carson van de Mother Zion AME Church, wiens zondagochtenddienst het hoogtepunt was van het halve jaar dat mijn onderzoek duurde. En Carlos Decamps, onze fantastische chauffeur in Manhattan, die me een schat van plaatselijke wetenswaardigheden gaf, hoewel hij werd aangehouden door de politie en een bekeuring kreeg toen we met een slakkengang langs de trottoirs in Harlem reden zodat ik kon zien wat ik moest zien. Ook dank ik Jeannie Lavelle, die me tot in de kleinste details inlichtte over de weg die Electra in het afkickcentrum moest volgen, voor haar hulp. Adonica en Curtis Watkins, die me zo veel belangrijke informatie hebben gegeven, niet alleen over de AFAM-cultuur, maar net zo goed over de pijnlijke en verraderlijke problemen waarmee jonge verslaafden geconfronteerd worden als ze met de politie in aanraking komen omdat ze de wet hebben overtreden om aan geld voor drugs te komen. Verder dank ik vanuit de grond van mijn hart de ouders die hun dierbare kinderen aan een verslaving verloren hebben en bereid waren mij hun verhaal te vertellen, in de hoop andere ouders in vergelijkbare omstandigheden te kunnen helpen.

Zoals gewoonlijk dank ik ook mijn vele fantastische uitgevers overal ter wereld, die zo ongelooflijk veel steun hebben geboden aan het krankzinnige idee waarmee ik zes jaar geleden bij hen aankwam. Ik kan bijna niet geloven dat we nu het eind van dit gigantische project naderen…

Julia Brahm, Stefano Guiso, Cathal en Mags Dinneen en 'de jongens', Mick Neish en Dom Fahy, Melisse Rose, Lucy Foley, Tracy Rees, Pam Norfolk, Sean Gascoine, Sarah Halstead, Tracy Blackwell, Kate Pickering, James Pascall, Ben Brinsden, Janet Edmonds en Valerie Pennington, Asif Chaudry en zijn dochter Mariam (die zo vriendelijk was me toestemming te geven haar naam te gebruiken voor een van de personages in het verhaal), die me het afgelopen jaar allen op hun eigen manier hebben gesteund. Jez Trevathan, Claudia Negele, Annalisa Lottini, Antonio Franchini, Alessandro Torrentelli, Knut Gørvell, Pip Hallén, Fernando Mercadante en Sergio Pinheiro, allen uitgever, maar, veel belangrijker dezer dagen, ook vrienden. O, en een speciale vermelding voor Sander Knol, die er op een of andere manier in slaagde alle Nederlanders over te halen om de *Zeven zussen*-serie te lezen!

En mijn familie: mijn man, agent en rots in de branding Stephen (op een of andere manier kunnen we binnenkort twintig jaar samen leven, werken, vechten en lachen vieren!). Harry, Isabella, Leonora en Kit: woorden schieten tekort om de liefde en steun te beschrijven die zij me in het afgelopen jaar hebben geboden. Zonder jullie zou het allemaal onbetekenend zijn.

En ten slotte dank ik jullie, mijn beste lezers. Hoewel ik mijn verhalen aan mezelf zou blijven vertellen als niemand anders ze wilde horen, is het geweldig dat jullie dat wel willen, en het maakt dat ik me lid van een 'bende' voel. We gaan allemaal samen op reis, ik lach, huil (veel!) en ben net zo goed als jullie teleurgesteld als de personages verschrikkelijke fouten maken. Dus dank dat jullie míj op die lange schrijfavonden gezelschap hebben gehouden, en ook dank voor jullie gulle gaven aan onze liefdadigheidsinstelling Mary's Meals: de shop van de Seven Sisters-website zal dit jaar genoeg geld opbrengen om twee Afrikaanse scholen te steunen en ieder kind een lunch te geven, wat zowel de leerlingen als ouders zal stimuleren om ervoor te zorgen dat ze ook echt naar school gaan.

Electra's verhaal heeft me nederig en ontzet achtergelaten. Ik kreeg te maken met problemen waarvan ik wist dat ze bestaan, maar die in mijn leven veilig buiten beeld waren gebleven. Als romanschrijfster ben ik me ervan bewust dat ik als blanke Europese vrouw van Ierse afkomst in het voordeel ben bij uitgeverijen, waar de vele etnische stemmen ondervertegenwoordigd zijn (hoewel ik nog geen honderd jaar geleden ook tot een etnische minderheid behoord zou hebben). Ik verzoek uitgevers dringend hun auteursspectrum uit te breiden, zodat ze het lezerspubliek meer verhalen kunnen bieden over de culturen die deze schrijvers vertegenwoordigen. In een wereld met een politiek klimaat dat gevaarlijk op het randje van een terugval naar de donkere tijden van vroeger balanceert, is dat nog nooit zo belangrijk geweest. Voorlopig kan ik alleen maar hopen dat ik Electra, en de verhalen van de mensen voor wie ze staat, recht heb gedaan.

Lucinda Riley
oktober 2019

BIBLIOGRAFIE

Munya Andrews, *The Seven Sisters of the Pleiades* (Spinifex Press, 2004).

Juliet Barnes, *The Ghosts of Happy Valley* (Aurum, 2013).

Janet Dewart Bell, *Lighting the Fires of Freedom: African American Women in the Civil Rights Movement* (The New Press, 2018).

George Bennett, *Kenya: A Political History, The Colonial Period* (Oxford University Press, 1963).

Cheryl Bentsen, *Maasai Days* (Collins, 1990).

Nicholas Best, *Happy Valley: The Story of the English in Kenya* (Secker & Warburg, 1979).

Karen Blixen, *Out of Africa* (Putnam, 1937).

Ron Chepesiuk, *Gangsters of Harlem* (Barricade Books, 2007).

Bettye Collier-Thomas, *Sisters in the Struggle: African-American Women in the Civil Rights-Black Power Movement* (NYU Press, 2001).

Vicky L. Crawford, *Women in the Civil Rights Movement: Trailblazers and Torchbearers* (Indiana University Press, 1993).

James Fox, *White Mischief* (Jonathan Cape, 1982).

Martin Luther King, Jr., *A Testament of Hope: The Essential Writings and Speeches* (HarperOne, 2003).

Stephen Mills, *The History of Muthaiga Country Club (Volume 1)* (Mills Publishing, 2006).

Frances Osborne, *The Bolter: Idina Sackville* (Virago 2008).

Tepilit Ole Saitoti, *Maasai* (Abradale Press, 1993).

Paul Spicer, *The Temptress: The scandalous life of Alice, Countess de Janzé* (Simon & Schuster, 2011).

Joseph Thomson, *Through Masai Land* (Frank Cass & Co. Ltd, 1968).

Malcolm X, *The Autobiography of Malcolm X* (Ballantine Books, 1992).